JESSICA HALT
KÖRPERLOSE LÜGEN

Jessica Halt

# Körperlose Lügen

## Im Netz der Illusion

Fantasy

AAVAA
VERLAG

1. Auflage 2016

Umschlaggestaltung: AAVAA Verlag
Coverbild: fotolia: Evil inside Datei: 75897361, Urheber: igorigorevich

Printed in Germany

Taschenbuch: ISBN 978-3-8459-1792-4
Großdruck: ISBN 978-3-8459-1793-1
eBook epub: ISBN 978-3-8459-1794-8
eBook PDF: ISBN 978-3-8459-1795-5
Sonderdruck Mini-Buch ohne ISBN

AAVAA Verlag, Hohen Neuendorf, bei Berlin
www.aavaa-verlag.com

# Kapitel 1

In einer Nacht kann sich alles verändern. Sie kann der Beginn von etwas Großem sein, sie kann bewirken, dass nichts jemals mehr so sein wird, wie es einst war.

Elisa, auch genannt Elli, einem 17-jährigen Mädchen mit dunkelblonden Haaren und braun-grünen Augen, sollte diese Erfahrung bald zu Teil werden.

Sie fotografierte für ihr Leben gern, insbesondere den Himmel. Und so kam es, dass sie in einer lauen Sommernacht so fasziniert vom sternbedeckten Nachthimmel war, dass sie kurzerhand beschloss, diesen Moment draußen mit ihrer Kamera festzuhalten.

Sie war froh, sich eine Jacke angezogen zu haben, da sie, kaum als sie den Garten betrat, von den Mücken belästigt wurde. Lästige kleine Blutsauger..., dachte sie, und ahnte noch nichts von dem, was sich bald ereignen würde.

Elisa stellte sich in die Mitte des Gartens, denn von dort aus hatte sie eine perfekte Sicht auf ihr Motiv. Sie machte ein paar Fotos, veränderte die Belichtungszeiten und schoss noch welche. Elli liebte ihre neue Kamera, ihre Eltern hatten sie ihr zum Geburtstag geschenkt. Sie stellte die Belichtungszeit auf drei Sekunden ein. Dies würde ein großartiges Foto werden, nur leider musste sie dafür ziemlich lange stillhalten. Da sie darauf keine Lust hatte, beziehungsweise wusste, dass ihr das ewige Stillhalten eh misslingen würde, lehnte sie ihren Arm mit der Kamera auf einen großen Stein. Sie drückte den Auslöser und bemühte sich darum, dass ihre Hände still an der Kamera blieben und wartete.

Plötzlich spürte sie einen seichten, kühlen Windhauch an ihrem Hals. Sie wunderte sich, wo im Sommer kühler Wind herkommen mochte, dachte sich aber nichts weiter dabei. Doch dieser Windhauch erschien erneut und wanderte von ihrem Hals zu ihrem Ohr. Sie glaubte, ein Flüstern zu hören. Erschrocken stand sie auf und drehte sich um. Vor Schreck schrie sie leise auf: Vor ihr stand ein junger, geheimnisvoll dreinblickender Mann, der gut einen Kopf größer war als sie. Eigentlich dachte sie bisher, mit ihren 1,70m nicht allzu klein zu sein, doch als sie nun diesem ihr unbekannten Mann gegenüberstand, kam sie sich schrecklich winzig vor. Es ging eine Präsenz von ihm aus, die ihr förmlich den Atem nahm. Sie wollte schreien, doch vermochte es nicht, sein Anblick verschlug ihr förmlich die Sprache: seine Augen waren so blau wie der tiefste Ozean, mit ein wenig Silber-grau durchwirkt, sodass sie Elisa an Wellen auf dem Meer erinnerten. Seine Haare waren von einem goldigen Blond, sahen jedoch, im Gegensatz zu ihren eigenen Haaren, die einfach nur ein Mittelding zwischen braun und dunkelblond waren, wie weiche Seide aus. Sie waren etwas länger als schulterlang und von einer beneidenswerten Fülle. Er hatte eine helle Haut und edel wirkende Gesichtszüge, mit hohen Wangenknochen und einem schmalen, doch wohlgeformten Mund.

Er sah einfach sonderbar aus und schaute sie an. Seine Lippen formten sich zu einem geheimnisvollen Lächeln. Er trat einen Schritt auf sie zu und fragte: »Was tust du hier? Um diese Zeit?«. Seine Stimme klang kühl und klug, Elisa starrte ihn für einige Sekunden nur fassungslos an. Schließlich nahm sie all ihren Mut zusammen, stemmte die Hände in die Hüften und sagte: »Eigentlich müsste ich das Sie fragen. Immerhin gehört dieser Garten uns, und nicht Ihnen. Also, was tun Sie hier, nachts, in unserem Garten?!.«

Er schmunzelte und ignorierte die Frage. »Hast du keine Angst? Es ist dunkel. Dir könnte etwas passieren. Ich könnte…«, er hielt kurz inne und deutete kurz ein Lachen an,»…Dinge mit dir anstellen, die dir vielleicht gar nicht gefallen würden.«. Mit diesen Worten war er plötzlich verschwunden. Lag es daran, dass sie geblinzelt hatte? Erschrocken und verängstigt drehte sich Elisa um sich selbst, erblickte ihn jedoch nicht. Sie blieb stehen, atmete tief durch und versuchte, sich zu beruhigen.

Plötzlich merkte sie, wie ihre Jacke langsam an ihrem Rücken herunter glitt. Zwei kühle Hände berührten ihre Arme. Elisa schrie auf und drehte sich um. Er stand nun direkt vor ihr, mit kaum einer Ellenlänge Abstand. Sie wagte kaum zu atmen. Sie wollte schreien, wollte weglaufen. Doch sie konnte nicht. Gebannt schaute sie nur in seine Augen, die Wissen, Klugheit, Erfahrung, jedoch auch List und Tücke auszustrahlen schienen.

Er hob eine Hand und fuhr ihr damit ganz sachte über die Wange. Elisa erschauderte bei seiner Berührung. Seine Haut war kühl, fühlte sich jedoch auf eigenartige Weise vertraut und gut an. Sie versuchte etwas zu sagen, doch er hob nur seinen Finger an ihre Lippen und sagte: » Sch-Sch.« Dann ließ er seine Hand zu ihrem Hals gleiten und ging noch einen Schritt auf sie zu. Er beugte seinen Kopf ein Stück herunter, führte mit seiner Hand ihr Gesicht zu dem seinen heran und küsste sie. Elisa konnte sich nicht wehren, sie war wie hypnotisiert. Er legte seine andere Hand an ihre Hüfte, als seine Lippen die Ihren berührten. Sie waren kühl und weich, und schmeckten verführerisch. Elisa spürte, wie er ausatmete, sein kühler Atem wanderte ihren Hals hinunter und schien sich in ihrem Körper auszubreiten. Doch plötzlich war der Kuss vorbei. Er hatte nicht lange gedauert, nur wenige Sekunden. Sie öffnete die Augen und erstarrte: der Mann war weg!

Dann hörte sie ein Stöhnen. Sie lief in die Richtung, aus der sie diesen Laut vernahm und erschrak: hinter der Hecke, die ihr gerade bis knapp unter die Brust ging und die ihren Garten von dem ihrer Nachbarn abgrenzte, lag ihr Nachbar neben seinem Kompost auf dem Boden. «Steffen?! Was tun Sie da?!«, fragte sie den Mann über die niedrige Hecke hinweg.

«Elli? Ich weiß nicht. Ich war noch mal draußen weil ich in der Garage das Licht brennen ließ, und dann war da auf einmal so ein kalter Wind...und ab da an weiß ich nichts mehr. Und nun bin ich hier neben dem Kompost aufgewacht. Aber wie bin ich hier hergekommen?! Und was machst du überhaupt nachts draußen im Garten?«

»Hm, komisch...«, sagte Elisa, »Ich...hab Fotos gemacht. Aber Sie...sollten jetzt wieder reingehen. Anja macht sich sonst sicher Sorgen um Sie.«.

»Ja, Elisa du hast Recht, ich sollte reingehen und das hier einfach vergessen.«, stimmte er ihr, immer noch anscheinend verwirrt, zu.

Dann stand er wackelig auf, klagte über heftige Kopfschmerzen und ging in Richtung seines Hauses. Elisa beschloss, es ihm gleichzutun und lief mit schnellen Schritten los.

Sie erzählte ihren Eltern nur, sie habe wunderschöne Fotos gemacht und sich gar nicht von den Sternen losreißen können, weshalb es etwas länger gedauert hätte. Von dem geheimnisvollen Mann sprach sie lieber nicht, um nicht für verrückt erklärt zu werden. Dann ging sie schlafen.

Als sie am nächsten Morgen aufwachte, fragte sie sich, ob sie das alles möglicherweise nur geträumt hatte. Sie beschloss, einfach davon auszugehen und wollte aufstehen. Just bei jener Bewegung spürte sie ein schmerzhaftes Stechen im Kopf. Sie legte sich wieder hin, da sie dachte, durch etwas Schlaf würde der Schmerz wieder vergehen.
Tatsächlich legte er sich etwas. Also versuchte sie nach einer Zeit erneut, aufzustehen, sank aber sofort wieder ab. Ihr Kopf schmerzte immer noch entsetzlich. Sie fing an, zu frieren und zog sich die Decke über die Schultern. Ihre Mutter betrat ihr Zimmer und sagte: »Guten Morgen, Elli. Warum liegst du noch im Bett? Ich werde mal das Rollo hochmachen, damit du mal wach wirst.«
»Nein, Mama bitte nicht!«, sagte Elisa, doch in diesem Moment hatte ihre Mutter das Rollo schon bis zur Hälfte geöffnet. Das Sonnenlicht strömte auf Elisa ein und griff sie förmlich an. Diese hielt sich schützend die Hand vor die Augen.
«Mach das Rollo runter!«, bat sie ihre Mutter.
»Geht´s dir nicht gut?«, fragte ihre Mutter besorgt, ließ das Rollo wieder herunter und kam zu ihr.
»Ich habe Kopfschmerzen und mir ist kalt.«, antwortete Elisa.
Ihre Mutter befühlte Ellis Stirn und sagte, sie sollten am besten zum Arzt gehen, da sie wahrscheinlich Migräne hätte. Elisa versuchte erneut aufzustehen, mit dem Ergebnis, dass ihr schwindelig wurde.
Während sie sich anzog, holte ihre Mutter ihr eine Kopfschmerztablette. Elisa nahm diese und ging widerwillig aus ihrem dunklen Zimmer heraus.
Die Kopfschmerzen, sowie auch der Schwindel wurden stärker. Sie stützte sich an der Wand ab und versuchte es zu ignorieren. Ihre Mutter kam auf sie zu und sagte »Elisa Schatz, du siehst wirklich nicht gut aus. Ich werde das Rollo im Bad etwas herunterlassen, damit du dich dort fertigmachen kannst. Übertreib es aber nicht, wasch dich nur und mach deine Haare, du musst, nachdem wir beim Arzt waren, ja eh wieder ins Bett.«
»Danke Mama, mach ich«, sagte Elisa erschöpft und ging ins Bad.

Die Fahrt zum Arzt war anstrengend, jedoch nichts im Gegensatz zu dem, was sie drinnen erwartete. Das Wartezimmer war brechend voll, es

stank nach Krankheit, Schweiß und Medikamenten. Elisa wurde übel, deshalb bat ihre Mutter an der Rezeption darum, eher drangenommen zu werden. Tatsächlich mussten sie nur knapp 10 Minuten warten, die Elisa aber aufgrund der Umstände wie 2 Stunden erschienen. Als sie endlich an der Reihe waren, fragte der Arzt sie, ob sie vielleicht etwas Falsches gegessen habe oder Ähnliches. Sie schüttelte nur den Kopf. Natürlich erzählte sie nichts von der vorherigen Nacht. Wieso sollte sie auch? Sie wusste ja selbst nicht mehr genau, ob sie nur geträumt hatte, oder ob es wirklich passiert war. Und selbst wenn, so konnte sie sich nicht denken, warum sie deswegen krank geworden sein sollte.
Schließlich diagnostizierte er Migräne, gab ihr ein Rezept für Medikamente mit und wünschte ihr noch eine gute Besserung. Sie war heilfroh, endlich die Praxis verlassen und zurück nach Hause in ihr Bett zu dürfen.
Als sie endlich wieder in ihrem dunklen Zimmer war, tauschte sie ihre Jeans gegen eine Jogginghose aus und legte sich in ihr Bett. Erschöpft schloss sie die Augen. Ihre Mutter brachte ihr noch einen Tee, aber das merkte Elisa gar nicht mehr, denn sie war binnen weniger Minuten eingeschlafen. Ihre Mutter schloss die Tür, um sie nicht zu stören und ging ins Wohnzimmer.
Elisa schlief lange. Ab und zu wurde sie wach, weil ihre Mutter die Küche aufräumte, einer von den Nachbarn Rasen mähte oder Ähnliches.
Als sie wieder einmal aufwachte, schaltete sie ihre Nachttischlampe ein und trank von ihrem Tee. Er schmeckte bitter. Angewidert verzog sie das Gesicht, diese Magen-Darm-Tees waren einfach zu eklig. Kein Wunder, dass sie dadurch auch nie schneller gesund wurde. Dann knipste sie die Lampe wieder aus und schlief wieder ein.

Plötzlich befand sie sich wieder im Garten. Es war Nacht. Klar, als sie das letzte Mal wach gewesen war, war es ja auch schon 21:00 Uhr gewesen. Sie schaute auf ihre Hände, sie waren leer. Wo war die Kamera? Schlafwandelte sie etwa? Eigentlich glaubte sie, in ihrem Unterbewusstsein zu wissen, dass dies nur ein Traum war, doch es sah alles so…real aus. Dann spürte sie wieder den kühlen Windhauch an ihrem Hals. Langsam drehte sie sich um. Und da war er wieder: so schön und geheimnisvoll, wie am Abend zuvor. Er schaute sie aus seinen meeresblau-

en Augen an, mit einer Mischung aus Amüsierung und Erwartung. Elisa wusste nicht, wie sie reagieren sollte. Schließlich hatte er sie am Vorabend geküsst. Sie beschloss, ihn diesmal nicht gewähren zu lassen, verschränkte die Arme vor der Brust und fragte grimmig : »Was tun Sie schon wieder hier?«.
Der geheimnisvolle Mann lächelte nur und sagte dann schließlich: »Wieso schon wieder?«.
Elisa sagte verwirrt: «Na, gestern Abend waren Sie auch im Garten. Sie…haben mich…geküsst.«.
Nun lachte er. »Meinst du wirklich?«, fragte er sie, mit einem Funkeln in den Augen.
»Na…ja.«, antwortete Elli verunsichert. Sie war sich ja selbst nicht im Klaren darüber, ob das Ereignis vom Vorabend nicht auch nur ein Traum gewesen war. Aber dann entschied sie sich, dass das am Vorabend gar kein Traum gewesen sein konnte. Immerhin hatte sie ja Fotos gemacht. Das, was jetzt geschah, das war ein Traum. Und sie war gerade dabei, sich selbst zum Narren zu halten. Dieser komische Typ war am Vorabend zwar da gewesen, aber jetzt hatte sie einfach nur einen Traum, in dem er dummerweise vorkam. Zumindest versuchte sie sich das einzureden, damit sie nicht Gefahr lief, durchzudrehen.
Interessiert beobachtete der Mann sie mit verschränkten Armen und wartete auf weitere Reaktionen. Schließlich sah sie ihn an und sagte kühl: »Was wollen Sie eigentlich?«. Er lachte nur wieder und antwortete schmunzelnd: »Was bezweckst du mit dieser Frage?«
Elisa war verwirrt: »Ich versuche herauszufinden, was Sie gestern Abend in unserem Garten zu suchen hatten und warum Sie sich heute in meinen Traum gestohlen haben.«
»Ich könnte es dir zwar erklären, aber das würdest du nicht verstehen«, antwortete er schulterzuckend.
»Wer sind Sie?«
»Wozu willst du das wissen?«
Elisa dachte nach. »Ich könnte Sie bei der Polizei anzeigen.«
Er lachte daraufhin wieder kurz auf. »Außer einem Aufenthalt in der Psychiatrie wird dir das nicht viel einbringen.« Stimmt eigentlich, dachte Elisa. Was sollte sie den Beamten auch erzählen? Ein geheimnisvoller Mann hatte sie geküsst und in ihren Träumen verfolgt?

»Trotzdem wüsste ich gern, wer Sie sind. Sie werden mir ja wohl zumindest Ihren Vornamen sagen können.«
Er schien ernsthaft zu überlegen. »Warum läufst du eigentlich nicht weg?«, antwortete er stattdessen.
»Es hätte keinen Zweck. Gestern hat es ja auch nicht geklappt. Sie haben noch nicht meine Frage beantwortet.«.
»Mein Vorname ist Tycon. Kluges Mädchen, aber versuch es doch einfach mal, Elli.«
»Was ist das für ein Name? Und woher wissen Sie, wie ich heiße?«
»Deinen Namen herauszufinden, war nicht schwer, Elisa. Warum bist du so auf Förmlichkeiten bedacht?«
»Tja, ich bin eben höflich. Ich sage immer Sie zu Fremden.«
»Was heißt hier fremd? Immerhin hast du mich geküsst.«
»Ich Sie? Sie haben mich geküsst, verdrehen Sie hier nicht die Tatsachen!«, erwiderte sie empört.
»Lass das »Sie« weg. Ich bin jetzt Teil deines Lebens.«
Mit diesen Worten lächelte er wieder und kam einen Schritt auf sie zu. Nun bekam Elisa es wieder mit der Angst zu tun. Sie drehte sich herum und rannte auf das Haus zu.
An der Tür angekommen, schaute sie zurück. Er stand immer noch da. Dann winkte er ihr. Gerade wollte sie den Schlüssel herumdrehen, da sah sie, dass der Schlüssel nicht dort war. Sie sah zu Tycon hin. Lächelnd hob er den Arm. Er hatte den Schlüssel in seiner Hand. Wütend stapfte sie auf ihn zu.
»Gib mir den Schlüssel!«, forderte sie. »Wieso?«, fragte er, gespielt unwissend.
»Weil ich zurück in mein Zimmer will.«
»Aber du bist doch in dem Zimmer. Ich denke, das hier ist nur ein Traum?«
»Ja, und ich möchte, dass dieser Traum endlich vorbei ist!«
»Dann tu doch etwas dagegen.«
»Wie wäre es, wenn du einfach verschwindest, Tycon?«
»Dazu musst du mich erst überreden«. »Und wie? Was willst du hören?«, fragte sie genervt.

»Nichts. Denk doch mal nach? Wie bin ich denn gestern verschwunden?« Elisa überlegte. Dann ging ihr ein Licht auf. »Das ist doch jetzt nicht wahr oder?! Mein Gott, ich bin 17!«
»Glückwunsch, du hast es herausgefunden. Was ist daran so schlimm? In anderen Ländern sind die Mädchen in diesem Alter schon längst verheiratet.«. Lächelnd zuckte er dabei mit den Schultern.
»Wir sind aber in Deutschland und nicht in Ägypten oder sonst irgendwo!«. schimpfte Elisa aufgebracht. Langsam wurde ihr das hier echt zu viel.
»Naja, Elli, es ist deine Entscheidung. Aber bedenke, dass ich dich auch genauso gut dazu zwingen könnte. Die Nacht ist noch jung. Aber irgendwann werde auch ich ungeduldig.«, seufzte er.
Elisa überlegte. Dass er sie zwingen konnte, hatte sie gestern ja gemerkt. Sie wollte ihn lieber nicht wütend machen. Deswegen ging sie auf ihn zu und stellte sich auf die Zehenspitzen. Schon konnte sie wieder seinen Duft riechen. Was für ein Parfüm war das? Es, ...er... roch einfach fantastisch. Doch plötzlich hielt sie inne und stellte sich wieder ein Stück von ihm weg. Warum sollte sie das eigentlich tun? Schließlich war es doch nur ein Traum, oder? Obwohl, wenn es nur ein Traum war...dann konnte sie ja ebenso gut tun was er wollte, es war ja nicht so, dass er stank oder hässlich war...und wenn es nur ein Traum war, würde sie sich nicht schämen müssen, ihm gehorcht zu haben. Keiner der Nachbarn konnte sie sehen und irgendwann würde sie schon aufwachen. Eine schwierige Entscheidung...
Sie merkte, dass er sie beobachtete und schaute zu ihm hoch. Seine Augen musterten sie amüsiert, erwartungsvoll und abschätzend, was sie wohl als Nächstes tun würde. Dann lächelte er und stellte fest: »Du bist ziemlich starrsinnig, kann das sein? Dich kann man nicht so leicht zu etwas überreden.«
Sie verschränkte die Arme und antwortete trotzig: »Kann sein. Ich bin nicht so leichtgläubig wie andere Mädchen, die sich dir vermutlich freiwillig an den Hals werfen würden. Ich tue und glaube nicht einfach etwas, was ein wildfremder Mann mir mitten in der Nacht in unserem Garten erzählt.«
Er lachte kurz, runzelte die Stirn und fragte: »Was glaubst du mir nicht?«
»Dass du mir den Schlüssel gibst, wenn ich...dir gehorche.«

»Sehe ich etwa so unglaubwürdig und hinterhältig aus?«
»Ja, Tycon, irgendwie schon. Nicht zuletzt durch den Umstand, dass du mich mitten in der Nacht in meinem Garten fast zu Tode erschreckt hast.«
Dieser Wortschlag würde hoffentlich sitzen. Tatsächlich sah Tycon etwas überrascht aus. Schließlich räusperte er sich und sagte mit lauernder, leiser Stimme: »Und was hast du jetzt vor, zu tun?«
Er schritt auf sie zu. Elisa konnte seinen Atem spüren und wieder seinen Duft riechen. Sie wurde tatsächlich unsicher, was sie jetzt tun sollte. Schließlich schaute sie ihn an. Er sah nun ziemlich siegessicher aus. Doch Elisa gönnte ihm diesen Sieg nicht. Deswegen setzte sie die Fingerspitzen auf seine Brust und ging ein paar Schritte rückwärts. Wieder verschränkte sie die Arme und sagte: »Ich weiß zu wenig über dich. Wie wär´s, wenn du mir ein paar Fragen beantwortest?«.
Er lächelte wieder und sagte: »Dafür halte ich es für zu früh.«
Elisa konnte nicht glauben, was er gerade gesagt hatte. Sie stemmte die Arme in die Hüften und sagte aufgebracht : »Ach, aber mich zu küssen ist ok?!«
Er lächelte immer noch. Langsam ging ihr sein Dauergrinsen auf die Nerven.
»Ja.«. Mit diesen Worten stand er auf einmal vor ihr und küsste sie. Nicht länger als am Vortag, aber auf die gleiche Art. Wieder spürte sie seinen kühlen Atem in ihrem Hals. Sie versuchte sich von ihm loszumachen, aber wie am Vorabend gelang es ihr nicht.
Als er sie nach ein paar Sekunden losließ, rief sie wütend: »Du bist gerade dabei, dich ziemlich, nein, noch unbeliebter bei mir zu machen!«
Sie schaute sich um, doch konnte ihn nicht sehen. Er war weg. Toll, dachte sie sich, küsst mich, macht sich vom Acker, und ich steh immer noch in Jogginghose im Garten. Sie schaute an sich herunter. Sie hatte nicht die Jogginghose von diesem Tag an, sondern die Sachen, die sie gestern Abend getragen hatte. Zumindest war so endgültig bewiesen, dass dies nur ein Traum gewesen war.
Plötzlich hörte sie einen Laut, der ihr vertraut vorkam, ihr im Garten aber ein wenig merkwürdig erschien, und merkte, wie ihr Umfeld auf einmal dunkel zu werden begann.

Plötzlich lag sie wieder in ihrem Bett. Das Licht war an und ihr Vater hatte gerade das Fenster geschlossen.
»Elli, warum hast du dein Fenster so weit aufgemacht?«
»Ich weiß nicht...«, sagte Elisa verwundert, denn eigentlich hatte sie ihr Dachfenster nur angekippt gehabt.
»Hm. Komisch. Na, dann schlaf dich gesund, damit du morgen in die Schule gehen kannst.«, sagte ihr Vater, ging aus ihrem Zimmer und schloss die Tür wieder.
Ihr Kopf fühlte sich kühl an. War es möglich, dass Tycon...? Nein, das konnte nicht sein. Ein Dachfenster konnte man zwar von außen aufziehen, wenn es angekippt, beziehungsweise leicht geöffnet war, wie das Ihre, aber wie sollte er unbemerkt aufs Dach gekommen sein? Sie beschloss, in der nächsten Nacht in den Garten zu gehen und ihn zur Rede zu stellen. Insofern er da sein würde, worin sie sich aber ziemlich sicher war. Immerhin hatte er ja gesagt, er würde bald Teil ihres Lebens sein...was immer das bedeutete. Sie schloss wieder die Augen und fiel in einen traumlosen, unruhigen Schlaf.

Ein schriller, nicht enden wollender Ton, erzeugt durch einen Wecker, schreckte Elisa auf. Neben dem Wecker lag ein Zettel, den ihre Mutter geschrieben hatte. Sie schrieb, dass sie heute eher weggemusst habe und dass Elisa, sofern es ihr gut ginge, in die Schule gehen solle, da sie sonst so viel Stoff verpassen würde. Also war sie allein, da ihr Vater immer sehr früh aus dem Haus musste. Auch nicht schlecht, so hatte sie wenigstens ihre Ruhe. Elisa schüttelte den Kopf und stieg müde aus dem Bett. Typisch ihre Eltern. Der Inhalt dieses Zettels sollte wahrscheinlich wieder einmal lauten: »Geh in die Schule, beiß die Zähne zusammen, lerne schön, streng dich an. Wir haben dich lieb«. Das, beziehungsweise sowas Ähnliches, sagte ihre Mutter ihr auch jeden Morgen, wenn sie sich auf den Weg zur Bushaltestelle machte. Naja, so waren ihre Eltern nunmal, daran konnte man nichts ändern. Deshalb war sie auch froh, an diesem Morgen allein zu sein. So konnte sie sich das ewige »Ja Mama, mach ich, versuche ich, ich euch auch.« mal sparen.
Also ging sie ins Bad, um sich fertig zu machen. Es ging ihr wirklich besser, als am Vortag. Sie wusch sich das Gesicht, schminkte sich ein wenig

und fasste ihre Haare zu einem Zopf zusammen. Dann ging sie in die Küche, um sich ein Toastbrot zu machen.
Schließlich nahm sie ihre Schultasche und verließ das Haus. Sorgfältig schloss sie die Tür ab und machte sich auf den Weg zur Bushaltestelle. Dort angekommen, wurde sie auch gleich von ihren Freunden empfangen. Ihre angeblich beste Freundin, Claudia kam auf sie zu, umarmte sie und simulierte einen Kuss auf Ellis Wange. Elisa war verwirrt. Was sollte dieser Mist? Sie hatte diesen ganzen Girlie-Kram noch nie verstanden. Umarmen war ja noch ok, aber dieser simulierte, nicht mal echte Kuss auf die Wange??
Dieser Gedanke erinnerte sie an die vorige Nacht. An Tycon, an den Kuss…sie schüttelte den Kopf, um diesen Gedanken loszuwerden.
»Hey, Elli, was ist denn los?«, fragte Claudia unsicher. Elisa wusste nicht, was sie sagen sollte. Sollte sie ihr von Tycon erzählen? Schließlich war sie ihre beste Freundin. Oder zumindest eine von denen, die behaupteten, dies zu sein. Letztendlich beschloss sie, ihr nur zu erzählen, sie sei krank gewesen. »Ich war krank.«, sagte sie,» Ich hatte Migräne.«
Claudia ging sofort einen Schritt von ihr zurück und sagte besorgt: »Du siehst auch noch etwas blass aus. Bist du sicher, dass es dir gut geht und du in die Schule gehen willst?«
Elisa lächelte. Ob sie wollte? Wer wollte schon in die Schule gehen, wo man jeden Tag die gleichen Idioten sah. Viel lieber wäre sie noch in ihrem Bett liegen geblieben und hätte geschlafen. Aber nein. Sie sollte ja die Zähne zusammenbeißen und in die Schule gehen und aufpassen. Und sich anstrengen, nicht zu vergessen. Eltern konnten manchmal so stressig sein! Nicht nur ihre, da war sie sich sicher. Aber sie war sich auch der Tatsache sicher, dass ihre Eltern ein Extremfall waren. Immerhin ließen andere Eltern ihre Kinder schon zu Hause, wenn diese sagten, sie hätten Kopfschmerzen oder ihnen sei schlecht. Damit war Elli bei ihren Eltern noch nie durchgekommen. Sie schaute zu Claudia und merkte, dass diese sie anstarrte. Elli versuchte zu lächeln, runzelte dann die Stirn und fragte Claudia: »Was sollte eigentlich diese kitschige Begrüßung?«
Claudia schaute sie verständnislos an und sagte, dass das völlig normal sei und dass das alle täten. Sogar die Jungs, bloß ohne das Küsschen. Also könne sie nicht sagen, es sei kitschiger Mädchenkram. Elisa unter-

drückte die Antwort, die ihr gerade auf der Zunge gelegen hatte und holte ihren Busausweis aus der Tasche. Gerade hatte sie ihre Schultasche wieder geschlossen, da kam auch schon der Bus. Er hielt ausnahmsweise direkt vor ihr. Als die Türen sich öffneten, stieg sie ein und zeigte dem Fahrer im Vorbeigehen ihren Busausweis. Zielstrebig ging sie auf die Sitze zu und ließ sich in ihrem Stamm-Vierer nieder. Dort saß sie immer mit Claudia und Samantha, schon seit der 7.Klasse, also schon seit 4 Jahren. Sie ließ sich auf den Sitz fallen und schaute aus dem Fenster. Samantha kam gerade aus der Haustür gerannt. Elisa verstand nicht, wie man, wenn man schon direkt neben der Bushaltestelle wohnte, immer noch zu spät kommen konnte. Samantha rannte auf den Bus zu, sprang hinein, zeigte ihren Ausweis und kam zu ihr und Claudia, die sich mittlerweile gegenüber von Elli gesetzt hatte, in den Vierer.
Nach ca. 8 Minuten gelangten sie in Geusa an. Elli schaute aus dem Fenster und sah den Typen, in den sie noch vor einer Woche noch so etwas wie verliebt gewesen war. Zumindest dachte sie das. Sie wusste nicht, ob sie sich überhaupt schon mal wirklich verliebt hatte, da sie bisher noch keine Beziehung gehabt hatte. Entweder hatten bisher die Jungs sie, oder sie die Jungs blöd gefunden. Der hübsche, blonde Typ stieg in den Bus. Naja, man konnte eigentlich nur erahnen, ob er hübsch war, da seine Haare ziemlich weit ins Gesicht hingen. Als sie ihn nun unauffällig betrachtete, gefiel er ihr irgendwie gar nicht mehr. Er sah durch seine hochgewachsene, dünne Gestalt aus wie ein Stock. Oder ein Baumstamm ohne Krone. Vielleicht lag das aber auch einfach nur daran, dass er jetzt mit Katha »zusammen« war, von der Elli eigentlich dachte, sie sei ihre Freundin. Und Katha hatte gewusst, dass sie Christian, so war sein Name, mochte. Tja, was ist die Liebe doch für eine Macht, dachte Elli. Wenn man es überhaupt Liebe nennen konnte. Denn diese »Beziehungen«, wie auch sicher die von Katha und Christian, hielten meistens maximal 2 Monate, manchmal sogar nur wenige Tage.
Sie beobachtete Christian, wie er in den hinteren Teil des Busses, zu Katha, ging. Und sie küsste. Elli spürte einen Stich in der Brust. Sie hatte es zwar schon vorher über Facebook erfahren, doch dabei zuzusehen, wie sie sich küssten, war dennoch schmerzhaft. Dabei fand sie ihn doch gar nicht mehr hübsch…zumindest versuchte sie, sich das einzureden.

Plötzlich war sie in Gedanken wieder bei den beiden Nächten mit Tycon, erinnerte sich, wie er sie geküsst hatte. Wie seine weichen Lippen die ihren berührten und sein kühler Atem sich durch ihren Körper schlängelte… Elli schüttelte kurz den Kopf, um diese Gedanken loszuwerden.
Inzwischen war der Bus wieder losgefahren und hielt drei Minuten später an der nächsten Bushaltestelle. Ein Haufen von Leuten stieg ein. Vor allem laute Kinder, die sie als 5.Klässler einschätzte. Sie hatte Kinder noch nie besonders gemocht. Nicht, dass sie sie gehasst hätte, sie mochte sie bloß einfach nicht, wenn sie rumschrien, nervten und das alles. Am liebsten war es ihr schon immer gewesen, wenn sie schliefen. Doch an diesem Morgen nervte sie das Gelächter und Geschwätz der Kleinen besonders. Sie merkte, wie sie langsam gewaltige Kopfschmerzen bekam. Sie schaute auf die Uhr, noch 5 Minuten, dann würden sie an ihrer Schul-Bushaltestelle ankommen. Sie biss die Zähne zusammen, versuchte den Lärm zu ignorieren und wartete auf den heiß ersehnten Zeitpunkt des Aussteigens.
Endlich war es soweit. Der Bus hielt vor der Bushaltestelle. Elli stand auf und wartete darauf, dass die Türen sich öffneten. Dann stürmte sie aus dem Bus und stellte sich an ihren gewohnten Platz. Claudia und Samantha gesellten sich, wie jeden Morgen, zu ihr. Kurze Zeit später kamen auch die Busse, in denen ihre anderen »Busfahrfreundinnen« saßen. Claudia begrüßte jede einzelne von ihnen auf dieselbe Art, wie sie auch Elli begrüßt hatte. Diese verzog angewidert das Gesicht.
Die Einzige, die Elli kurz umarmte, war Josy. Das ganze Gegenteil davon war Sandra. Diese hatte ein Pferd, weshalb sie des Öfteren, neben Schweiß, Rauch etc., danach roch bzw. stank. Für den Rauchgeruch konnte sie nichts, da sie nicht rauchte, ihre Eltern waren aber sogenannte Kettenraucher. Doch den Schweiß-und Pferdegeruch könnte sie vermeiden. Das fand nicht nur Elli. Doch Claudia umarmte sie natürlich trotzdem.
Elisa schaute zu Christian herüber, der ca. 5m von ihrem »Fleck« entfernt mit seinen Freunden stand. Einer von denen, der zufällig auch Christian hieß, schaute kurz, aber öfters zu Elli herüber. Sie hatte seine Blicke schon in ihrem Rücken gespürt, als sie noch mit Josy und den anderen gesprochen hatte. Was will der Typ, dachte Elli genervt. Vor knapp einer Woche hatte sie versucht, per Internet seine Beziehung mit einer ihrer

Freundinnen zu "reparieren", da sich beide nicht hatten einigen können, wer von ihnen den anderen "verarscht" hatte. Deshalb hatte sie beide, nachdem sie von beiden Seiten darum gebeten worden war, zum Chat eingeladen. Was aber letztendlich zu nichts geführt hatte, außer zu einem Konflikt zwischen ihm und den beiden Mädchen.
Und nun schaute er sie ständig an. Überlegte er nun, sie zu mobben oder gar zu verprügeln? Elli wusste es nicht. Wenn dies der Fall werden sollte, werde ich es Tycon erzählen, dachte Elli. Dann unterbrach sie ihre Gedanken und schüttelte kurz den Kopf. Warum dachte sie schon wieder an Tycon? Warum kam ihr der Gedanke, ihm ihre Sorgen zu erzählen, wobei sie ihn doch eigentlich gar nicht als Freund oder Ähnliches ansah? Vielleicht war es doch nicht so gut, dass sie schon wieder in die Schule gegangen war. Vielleicht hätte sie sich noch ein wenig zu Hause ausruhen sollen…
Josy tippte sie an und fragte, ob sie mit zur Schule komme. Elli nickte nur dankbar und hoffte, durch die zwei Ethikstunden, die ihr nun bevorstanden, auf andere Gedanken zu kommen.

In der Hofpause unterhielten sie sich über ihr Wochenende. Claudia erzählte, sie hätte mit einer Menge süßer Typen gechattet und sei bei Shaiya, einem Online-Rollenspiel, schon auf Level 14.
»Und was hast du am Wochenende gemacht, Elli?«, fragte Josy sie schließlich. Vermutlich konnte sie, genau wie Elli, einfach Claudias dummem Gequatsche nicht mehr länger zuhören.
»Ähm…nichts…naja gelesen, fern gesehen und so…und dann wurde ich halt krank und lag im Bett.«, antwortete sie ihr.
»Oh man, du bist so langweilig, Elli!«, sagte Claudia hochnäsig. Josy verdrehte die Augen.
»Nur, weil ich nicht so eine Hure bin wie du, die sich an fast jeden Typen ranschmeißt, und meine Zeit nicht mit sinnlosen Online-Games verschwende, heißt das noch lange nicht, dass ich langweilig bin!«, sagte Elli in aggressivem Ton zu Claudia. Diese wusste vor Schreck gar nicht, was sie sagen sollte. Auch die anderen schauten Elli schockiert an, da sie sonst nie so sprach. Schließlich sagte Sandra vorsichtig: »Also ich gebe Elli Recht, wenn ich auch etwas andere Worte gewählt hätte…«

Eigentlich hatte Elli das auch tun wollen, doch letztendlich bereute sie es nicht, diese Worte gewählt zu haben. Sie hatte Claudia schon so oft die Meinung sagen wollen. Den Rest der Pause waren sie ziemlich schweigsam und Elli war froh, als es endlich zur Stunde läutete.
Nun hatten sie Geschichte, welches eigentlich eins von Ellis Lieblingsfächern war. Heute jedoch hatte sie gar keine so richtige Lust darauf. Sie fühlte sich…müde. Vielleicht hätte sie wirklich noch ein paar Tage zu Hause bleiben sollen. Plötzlich merkte sie, wie ihr Handy in ihrer Hosentasche vibrierte. Wer schrieb ihr um diese Zeit eine SMS? Vielleicht ihre Großeltern oder…? Nein das konnte nicht sein. Tycon hatte ihre Handynummer gar nicht. Geschweige denn, ob er überhaupt ein Handy hatte? Aber wieso dachte sie schon wieder an ihn? Sie schüttelte kaum merklich den Kopf, um den Gedanken loszuwerden. Sie musste aufhören, an ihn zu denken. Aber es gelang ihr nicht…
Den Rest der Stunde verbrachte sie mit Wechselgedanken zwischen Tycon und dem Unterrichtsstoff, bis es endlich zur Pause klingelte. Auf dem Weg zur Essenausgabe schaute sie auf ihr Handy. Die SMS war von Christian. Stimmt, ich hatte ihm ja meine Nummer gegeben…, dachte sie genervt und las die Nachricht. »Hi Elli na was hast du gerade? HDL«, hatte er geschrieben. Was war das für ein bescheuerter Typ, ihr mitten im Unterricht zu simsen?! Zumal an ihrer Schule striktes Handyverbot galt. Nur auf dem Schulhof war das Benutzen von Handys und anderen elektronischen Geräten gestattet. Na gut, vielleicht war das an seiner Schule ja anders…aber trotzdem. Und dann noch dieses "HDL". Er kannte sie gerade mal durch ein paar Nachrichten und tat so, als wären sie schon seit Ewigkeiten befreundet.
Sie entschied, erst einmal essen zu gehen. Die Essenausgabe war in einer Kantine auf dem Domgelände. Elli hatte noch nie viel für Kirchen übrig gehabt, doch heute hatte sie das Bedürfnis, so schnell wie möglich, am Dom vorbei, zum Essen zu gehen. Was sie dann auch tat.
Die nächsten und letzten vier Stunden bestanden aus zweimal Deutsch und zweimal Englisch, die sie auf die gleiche Art durchstand, wie die, die sie zuvor schon hinter sich gebracht hatte.
Als die 8.Stunde endlich vorüber war, war sie heilfroh, zum Bus gehen zu können. Die meisten der anderen hatten es schlecht, die mussten noch zum Latein-Nachhilfeunterricht gehen, auf Anweisung der Klassenlehre-

rin, die leider auch ihre Latein-Lehrerin war. Die Armen. Obwohl, eigentlich taten sie Elli nicht leid. So hatte sie wenigstens mal ihre Ruhe im Bus und musste sich nicht das sinnlose Gerede von Claudia, die wahrscheinlich sowieso noch wütend auf sie war, anhören. Doch als sie zur Bushaltestelle kam, wäre sie am liebsten wieder umgekehrt und hätte den Unterricht mitgemacht: an der Bushaltestelle stand Christian. Zum Glück war Josy noch mit bei ihr, die Einzige, die neben Elli und einigen wenigen anderen nicht am Förderunterricht teilnehmen musste.
Als sie und Josy an ihrem Stammplatz angekommen waren, spürte Elli, wie sie angeschaut wurde. Sie sah zu Christian. Schnell schaute er in eine andere Richtung. Sofort wich das Gefühl des Angestarrt-Werdens von Ellis Haut. Dann kam ihr Bus, in dem leider auch Christian mitfuhr. Sie umarmte kurz Josy und ging dann die paar Schritte zur Bushaltestelle. Langsam, damit sie gleich in dem Bus einsteigen konnte, wenn dieser ankam und seine Türen öffnete. Am besten nach Christian. Doch als der Bus nun seine Türen öffnete, lief Christian genau neben ihr. Wenigstens war er so höflich, ihr den Vortritt zu gewähren. Wahrscheinlich wartete er darauf, dass sie etwas sagte, was sie jedoch nicht tat. Sollte er doch ein Gespräch beginnen. Und selbst dann war es fraglich, ob sie darauf antworten würde. Elli ging mit schnellen Schritten durch den Bus und ließ sich auf einem Sitz direkt neben dem Ausgang nieder. Christian setzte sich zum Glück weiter vor.
Nach ca. 5 Minuten sah sie, dass Christian aufstand und ausstieg. Schnell richtete sie ihren Blick aus dem Fenster, um ihn nicht ansehen zu müssen. Sie glaubte zu spüren, wie seine Blicke sie kurz streiften. Dann fuhr der Bus weiter.
Zu Hause angekommen, ließ sie ihren Ranzen in die Ecke gleiten, ging in die Küche und machte sie etwas zu Essen. Als sie danach ihren Teller in die Spülmaschine stellen wollte, merkte sie, wie ihr Handy in ihrer Hosentasche vibrierte. Sie nahm es heraus, schaltete die Tastensperre aus und schaute darauf. Als sie sah, wer der Absender war, wusste sie nicht, ob sie überrascht sein sollte oder nicht. Es war Christian. War keine Antwort denn nicht Antwort genug?! Elli seufzte und öffnete die Nachricht, in welcher stand: »Na, halo sagen kanst du auch nich ne«. Elli brauchte ein paar Sekunden, um den Inhalt der SMS zu entziffern.

Was fällt dem ein?! Der soll erst einmal Call of Duden spielen..., dachte sie laut, lehnte sich an eine Wand und schrieb: »Möglich, aber du anscheinend auch nicht...?«
Sie las sich noch einmal ihr Geschriebenes durch und schickte es dann ab. Dann ging sie in ihr Zimmer, um Hausaufgaben zu machen und zu lernen. Nach ca. 2 Stunden kam wieder eine SMS von Christian: »Ok, nächstes Mal sage ich hallo.«
Elli musste so lachen, dass sie beinahe ihren Kaugummi verschluckt hätte. Na da bin ich gespannt, sagte sie leise. Auf diese SMS antwortete sie jedoch nicht.

Nach einer Weile kamen ihre Eltern nach Hause, sogar fast gleichzeitig. Sie erkundigten sie bei Elli, wie es in der Schule war, was diese nur mit einem »wie immer« beantwortete.
Als sie mit Hausaufgaben und Lernen fertig war, war es bereits Abend. Da sie noch mit ihren Eltern ein bisschen fernsehen wollte, ging sie schnell ins Bad und duschte sich. Dann ging sie in die Küche, machte sich etwas zum Abendessen und ihr Frühstück für den nächsten Schultag, und ging mit ihrem Abendessen ins Wohnzimmer, wo ihre Eltern gerade den Fernseher eingeschaltet hatten. Sie schauten sich gerade »Hancock« an. Eigentlich kannte Elli, genau wie ihre Eltern, diesen Film schon, aber das war ja egal. Gute Filme konnte man sich eben mehrmals anschauen.
Nach ein paar Minuten war schon die erste Werbepause. Ihr Vater nahm die Fernbedienung und schaltete um. Er drückte ein paar Mal die Umschalttaste und ließ die Fernbedienung sinken. Elli schaute auf den Bildschirm und traute ihren Augen nicht: dort, im Fernsehen war Tycon! Zumindest sah der Mann, der da gerade zu einem anderen Mann sprach, fast genauso aus wie er! Schulterlanges, gold-blondes Haar, leicht gewellt, und eisblaue Augen. Ok, das Blau von Tycons Augen war satter, dunkler und mit silbrig-grauen Linien durchzogen, seine Haare waren nicht allzu wellig, aber sonst... das war eigenartig.
»Wer...ist das?!«, fragte Elli fassungslos. Ihre Eltern schauten sie merkwürdig an und ihr Vater sagte dann: »Wie der Typ heißt weiß ich gerade nicht...ach doch warte...Lestat, genau. Der wird von Tom Cruise gespielt. Wieso?«

»Nur so.«, sagte Elli, »Der kommt mir irgendwie so…bekannt vor…«.
»Wahrscheinlich hast du den Film schon mal gesehen.«, vermutete ihre Mutter. »Nein…er ist so …schön.«, sagte Elli, die immer noch wie hypnotisiert den Fernseher anstarrte.
»Der spielt aber den Bösen in dem Film, der kleine Kinder und so umbringt.«, sagte ihr Vater. Elli starrte den Protagonisten einfach nur an.
»Wieso findest du immer die Bösen gut?«, wollte ihr Vater wissen.
Elli nahm sich die Fernsehzeitung, und suchte den Film. "Interview mit einem Vampir" hieß er. Elli nahm sich vor, ihn am Wochenende, am besten noch am Freitagabend, gleich zu googeln.
»Elli…?«, fragte ihr Vater argwöhnisch. Elli schaute wieder auf den Fernseher. Lestat war nicht mehr zu sehen. Enttäuscht stand sie auf und ging Zähneputzen, ohne ihrem Vater zu antworten.
Überraschenderweise waren ihre Träume in dieser Nacht frei von Tycon, worüber Elli zwar eigentlich froh, aber irgendwo, tief in ihrem Inneren, auch etwas enttäuscht war.
Als sie am nächsten Morgen zur Bushaltestelle kam, war Claudia wieder so drauf wie immer. Sie tat so, als hätte sie den Vorfall vom Vortag vergessen. Das war typisch für sie. Auch die Busfahrt verlief so, als wäre es ein ganz normaler Tag.
Als sie dann ausgestiegen waren und an ihrem Platz standen, kam der Bus von Christian. Elli schaute auf den Bus. Dann stieg Christian aus, kam halb auf sie zu und sagte langgezogen »Hi!«.
Elli konnte sich kaum noch halten. »Hi.«, sagte sie mit, so gut es ging, unterdrücktem Lachen. Kaum war Christian um die Ecke gegangen, fingen sie alle drei an zu lachen. Sie prusteten einfach los. »Das war so geil!«, sagte Claudia, »Wie der das gesagt hat! Wie so´n röhrender Hirsch, so "Haay"!«
Das war zu viel. Sie waren so laut, dass Elli sich Sorgen machte, er könnte es hören. Hatte er vielleicht auch, aber sie konnte ja nichts dafür. Sie wollte ja nicht seine Gefühle verletzen oder so. Wenn er überhaupt welche hatte, was das betraf. In diesem Alter bestand eine Beziehung doch oft nur aus "wollen wir zusammen sein?", dann so ca. max. 2 Monaten Zusammensein und dann einfach aus langer Weile "Schluss machen". Am besten so zwischendurch per SMS. Keine einzige Träne wurde bei solchen Aktionen meist vergossen. Nur ein weiterer Punkt, der neben

dem Rauchen und Trinken dazu beitragen sollte, möglichst erwachsen auszusehen.
Jedenfalls konnte Christian nichts dafür, dass sie über ihn lachten. Und Elli auch nicht. Er war einfach so. Die Tatsache, dass er einen Haufen Rechtschreib-und Grammatikfehler machte und keine Satzzeichen setzte war einfach...naja, anscheinend kam er damit nicht sonderlich gut klar. Oder er achtete schlichtweg nicht darauf. Sicher gab es viele, die in dieser Hinsicht so waren, aber er.... Naja, ließ sich wohl nicht ändern.
Der Rest des Tages verlief ganz normal, worüber Elli relativ froh war, da sie sich so endlich mal wieder richtig auf den Unterricht konzentrieren konnte.

Endlich war die Woche vorüber und es war Freitagabend. Elli hatte ihre Hausaufgaben beendet und schaltete ihren Laptop an. Nun würde sie sich "Interview mit einem Vampir" auf youtube anschauen. Die Motorik des Computers kam in Bewegung und die Startmelodie erklang, während der Bildschirm hellblau wurde und dann schließlich den Startdesktop zeigte. Elli wartete, bis die ganzen Programme vollständig geladen waren und klickte dann auf den Internet-Button.
Auf youtube angekommen brauchte sie bloß "Interview" in die Suchzeile zu schreiben und sofort tauchte der Film, den sie suchte, unter den vielen Vorschlägen auf. Elli klickte ihn an.
Wow, nicht schlecht, dachte sie. Einer von den youtube-Nutzern hatte den kompletten Film, in 13 Parts aufgeteilt, auf youtube hochgeladen! Das hätte Elli nicht erwartet. Zumindest nicht in so einer guten Qualität, und, dass der Film auch noch auf Deutsch war. Sie klickte den "Part 1" an, schaltete in den Vollbildschirmmodus und lehnte sich zurück.

Schnell wurde ihr klar, dass dieser Film wohl einer ihrer Lieblinge werden würde. Die Story war spannend, die Schauspieler genial und die Inszenierung brillant. Größtenteils hatte sie zwar nur Augen für Lestat gehabt, aber das machte ja nichts- beim nächsten Mal könnte sie ja objektiver an die Sache herangehen.
Um noch mehr über jenen Protagonisten herauszufinden, würde sie sich auch bald noch den ursprünglichen Roman von Anne Rice zulegen müssen.

Warum aber waren Lestat und Tycon sich so...ähnlich? Elli hätte schwören können, dass einer der beiden den anderen als Vorbild genommen hatte. Insofern sie das sagen konnte, denn so lange kannte sie Tycon ja noch nicht. War es möglich, dass Tycon vielleicht auch...? Auch wenn es vielleicht weit hergeholt war, nur wegen rein optischer Ähnlichkeit. Sie beschloss, Tycon einfach zur Rede zu stellen, wenn er im Garten sein sollte. Wenn nicht, so würde er bestimmt wieder in ihrem Traum auftauchen.

Nachdem sie mit ihren Eltern noch ein wenig ferngesehen hatte, da es nach ihrem "Interview mit einem Vampir"- Tycon-Vergleich erst 19.00Uhr gewesen war, ging sie um ca. 22.30 Uhr in den Garten.
Elli schaute sich um: es war niemand zu sehen. Sie beschloss, zum Teich zu gehen, oder zu der Hecke, wo sie ihm das erste Mal begegnet war. Auch dort war nichts zu sehen, außer einer Katze, die in den Nachbargarten lief und einem Raben, der davonflog. Elli ließ sich auf dem Steg über dem Teich nieder, beobachtete die Fische und schaute schließlich verträumt auf das Wasser, während sie den nächtlichen Tiergeräuschen und dem Plätschern des kleinen, künstlichen Bachlaufes am Teich lauschte.
»Jetzt kommst du also schon freiwillig zu mir?«, ertönte plötzlich hinter ihr die Stimme Tycons. Elli stand so hastig auf, dass sie fast das Gleichgewicht verloren hätte, und schaute um sich. Sie konnte ihn jedoch nicht sehen.
»Wo bist du?«, rief sie.
»Wer?«, hieß die Antwort.
»Na du! Du weißt, dass du gemeint bist! Zeig dich!«, rief Elli herausfordernd, aber auch leicht ängstlich. Was zum Teufel tat sie hier? Er jedenfalls spielte schon wieder mit ihr.
»Elli?!«, ertönte die Stimme ihres Vaters von der Gartenmitte, »Was tust du um diese Uhrzeit auf dem Steg?!Du könntest dich verletzen! Und mit wem sprichst du hier überhaupt?«
Elli sah ihn panisch an. Was sollte sie bloß sagen?
»Ich, ähm...wollte nochmal an die frische Luft....«, sagte sie unsicher.
»Und mit wem sprichst du hier?«, wollte er nochmals wissen.

»Mit…ähm…einer Katze…die…gefischt hat. Ich hab sie erwischt und….naja«, sagte in einem versucht lässigen Ton.
Sie sprach mit einer Katze, die gefischt hatte? Ihre Ausreden wurden auch immer blamabler…
Ihr Vater sah sie stirnrunzelnd an und sagte: »Naja, ich geh dann mal wieder rein. Geh vom Steg runter und komm möglichst gleich nach. Es ist schon spät. Du kannst morgen wieder in den Garten gehen.«
Elli nickte und ging vom Steg herunter. Sie wollte ihm gerade folgen, als sie einen kühlen Windhauch an ihrem linken Ohr spürte. Sie drehte sich um und stand auf einmal direkt vor Tycon.
»Ich…komm gleich nach!«, rief sie zu ihrem Vater. Warum tat sie das? Warum hatte sie ihrem Vater Tycon nicht gezeigt, als Beweis dafür, dass sie nicht verrückt war?
Ihr Vater winkte als Zeichen seines Einverständnisses ab, ohne sich umzudrehen, und ging ins Haus. Elli drehte sich wieder zu Tycon um. Doch dieser war schon wieder verschwunden.
»Was soll dieses lächerliche Versteckspiel?«, flüsterte sie, leise, damit ihr Vater nicht wieder herbeikam.
»Wer sagt, dass ich mich verstecke?«, sagte Tycon. Elli drehte sich um, sah aber niemanden. »Ich bin hier.«, hörte sie von der Hecke aus, an der sie ihn das erste Mal gesehen hatte, ertönen. Clevere Wahl, dachte Elli zynisch, vom Haus aus kann man nicht sehen, was dort passiert. Doch diesen Gefallen würde sie ihm nicht tun. Sie verschränkte die Arme und verlagerte ihr Gewicht auf das rechte Bein, um selbstsicher zu wirken. Er verschränkte die Arme ebenfalls.
»Warum kommst du nicht her?«, fragte er lächelnd.
»Warum sollte ich?«, antwortete Elli.
»Du wolltest mit mir sprechen.«
»Ach, wollte ich das?«
»Ja. Wärest du sonst hier?«
»Du doch bestimmt auch. Komm du doch her.«, forderte sie, ausweichend.
Doch dann kam ihr ein Gedanke. Was war, beziehungsweise würde sein, wenn ihre Eltern Tycon nicht sehen konnten, wenn er wirklich eine Art…Illusion Ellis war? Sie würden dann sehen, wie Elli mitten im Garten stand und mit der Luft redete. Dann würden sie sie erst recht für ver-

rückt halten. Aber sie hatte ja auch gesagt, sie würde gleich ins Haus kommen. Wenn sie sich aber an einen Ort stellte, wo sie sie nicht sehen konnten, würden sie womöglich noch hysterisch und riefen gleich die Polizei. Also beschloss Elli, im Traum mit Tycon zu sprechen. Sie ging mit starken, schnellen Schritten auf ihn zu und sagte: »Im Traum. Du weißt was ich meine.«

-Tycon-

Tycon schaute ihr kopfschüttelnd und immer noch lächelnd hinterher, als sie mit schnellen, aber anscheinend betont relaxten Schritten auf das Haus zuging. Sie scheint nicht dumm zu sein, dachte er und ging seiner Wege. Er würde sie beim Wort nehmen.

-Elli-

Elli, nachdem sie im Haus und schließlich im Bad angekommen war, putzte sich die Zähne, sagte schnell ihren Eltern "Gute Nacht" und ging in ihr Zimmer. Er war nicht dort, wie sie ein wenig vermutet hatte. Also zog sie sich ihr Nachthemd an, legte sich ins Bett, knipste die Lampe aus und schloss die Augen. Sie zog sich ihre Decke bis zum Hals. Das tat sie immer so. Warum, wusste sie nicht. Sie fühlte sich so einfach…besser. Sicherer. Ungeduldig, aber mit leichter Nervosität im Magen, wartete sie, bis der Schlaf sie übermannte.

# Kapitel 2

Plötzlich fand sie sich auf einem Flughafen neben ihren Eltern wieder.
»Schau mal, Elli, sogar der Flughafen von Paris ist toll! Das sieht hier ja aus wie in einem riesigen Hamsterkäfig!«, rief ihre Mutter fasziniert aus.
Ah ja, richtig…, dachte Elli, Paris. 3 Tage, mein schon seit 2 Jahren unerfülltes Jugendweihegeschenk.
Aber wie kam sie auf einmal dorthin? War das ein Zukunftstraum? Denn eigentlich wollten ihre Eltern mit ihr erst in den Osterferien nach Paris fahren, beziehungsweise fliegen.
Sie nahmen ihre Koffer, vermutlich waren sie gerade aus dem Flieger gestiegen, und gingen in eine von den Rolltreppen-Röhren, die, in ihrer zahlmäßig gigantischen Anzahl, den Flughafen tatsächlich wie einen riesigen Hamsterkäfig erscheinen ließen. Sie fuhren damit ca. 5 Minuten, da diese nicht besonders schnell waren, und gingen dann zum Ausgang.
Dann veränderte sich das Bild. Elli schaute um sich und sah nichts als Dunkelheit. »Mum? Dad?« sagte sie ängstlich. Plötzlich ging eine Tür auf. Sie saß auf einmal in so etwas wie einem Minivan. Ein großer, schlanker Mann, um die Mitte 30, und ein etwas kleinerer Mann, der vermutlich desselben Alters war, traten in ihr Blickfeld. Elli sah die beiden erschrocken an. Draußen war es dämmrig.
»Sie ist aufgewacht, Tom. Was machen wir jetzt? Schlagen wir sie KO?« fragte der Kleinere den Großen.
»Nein. Mach ihr einfach ´nen Knebel in´ Mund. Hier.«
Mit diesen Worten gab Tom dem Kleinen sein Halstuch.
»Du willst der dein´ Tuch ins Maul stopfen?!«, fragte der Andere ungläubig. »Warum nich. Was tut man nich alles für ne Lady , ne?«, antwortete Tom, wobei er Elli kurz zuzwinkerte.
Elli konnte so seine gelblichen Zähne sehen. Angewidert verzog sie den Mund. »Außerdem machst du´s ja.«, sagte der Große noch, ging dann wieder zur Fahrertür, setzte sich auf den Sitz und schnallte sich an. Nun konnte Elli ein wenig von der Außenwelt sehen. Sie standen anscheinend an einem kleinen Waldstück. Häuser konnte sie keine sehen. Irgendwo in der Nähe mussten aber Straßen sein, da sie Huptöne und an-

dere derartige Verkehrsgeräusche wahrnehmen konnte. Der kleinere Mann betrachtete sie grinsend. Elli hatte Angst. Wie war sie nur in die Fänge dieser Männer geraten? Was würde mit ihr geschehen? Wie konnte sie entkommen? All diese Fragen schwirrten in ihrem Kopf. Der Fremde kam näher. Elli wollte zurückweichen, doch hinter ihr war irgendetwas. Sie tastete mit der Hand hinter sich und nahm eine raue Oberfläche wahr. Das musste ein Holzbrett sein. Sie tastete weiter an dem Gegenstand entlang.

Gut, ich sitze nicht drauf und so groß ist es auch nicht, das müsste ich hochheben können, dachte sie. Der Mann kam immer näher. Doch plötzlich musste er niesen. Wie es beim Niesen nunmal meistens Reflex war, kniff er die Augen zu und beugte sich leicht nach unten. Elli konnte ihr Glück kaum fassen. Sie griff hinter sich, nahm in Sekundenschnelle das Holzbrett und schlug es ihm mit solcher Kraft auf den Schädel, dass er stürzte und sich dabei an der Tür des Vans stieß.

Sie trat ihm, die Chance nutzend, mit aller Kraft ihre Füße gegen die Brust, während sie sich aus dem Wagen schwang. Der Mann sank stöhnend zu Boden, griff aber nach ihrem Fuß, als sie davonlaufen wollte. Elli trat mit ihrem anderen Fuß mit aller Kraft zu und begann dann zu rennen. Sie hörte den Dicken rufen: »Tom! Sie entkommt!«. Sofort hörte sie, wie sich die Fahrertür des Vans öffnete.

»Tom! Das Miststück hat mir, glaub ich, ne Rippe gebrochen! Und ‚nen Finger!«, jammerte der Kleine. Sie hörte, jedoch sich immer weiter und schneller entfernend, wie Tom fluchte. Anscheinend klemmte sein Anschnallsystem. Sie rannte, bis sie weniger hundert Meter vor sich eine kleine Stadt sah.

Elli nahm ihre letzte Energie zusammen und beschleunigte weiter. In der Stadt angekommen, ließ sie sich erschöpft in einer Gasse sinken. Anscheinend war die Stadt doch nicht so klein, wie sie erst dachte. Sie versuchte, ruhig zu atmen und klare Gedanken zu fassen. Immerhin war sie entkommen. Das war ja schon mal etwas. Doch, wie sollte sie wieder nach Hause kommen, oder ihre Eltern finden? Elisa spürte, wie ihr etwas auf die Jacke tropfte und sah, dass es Blut war. Schnell fasste sie sich an die Stirn und merkte, dass sie dort eine Wunde hatte. Anscheinend hatten die Männer sie, wie auch immer sie das getan hatten, wirklich KO geschlagen, oder ähnliches, bevor sie sie in den Van geladen hatten. Elli hatte keine Erklärung dafür, wie das passiert sein konnte. Plötzlich hörte sie Schritte. Hektisch sah sie sich um und wollte aufstehen. Doch ehe sie reagieren konnte, da sie immer noch sehr erschöpft war, sah sie, dass ein Mann vor ihr stand. Ängstlich schaute sie nach oben- und traute ihren Augen nicht. Zuerst dachte sie, es wäre Tom, doch dieser Mann hier trug wesentlich bessere Kleidung: eine schwarze Hose, ein schwarzes Hemd und ein ebenso schwarzes Jackett. Und er hatte blonde Haare und ihr verdächtig bekannte Augen, so blau wie das Meer, mit silber-grauen Linien durchzogen. Es war Tycon.

»Was...tust du hier?«, fragte Elli verunsichert.

»Du sagtest »im Traum«.«, antwortete er schmunzelnd.

Ok, dies hier war also, wenn sie seinen Worten Glauben schenken konnte, wirklich nur ein Traum, wenn auch leider ein sehr realer.

»Ja, aber, wie du vielleicht siehst, bin ich grad ziemlich im Stress, weil ich, wie auch immer das geschehen sein mag, entführt wurde, und es durch einen bloßen Zufall geschafft habe zu entkommen! Wie hast du mich überhaupt gefunden?!«, sagte sie, um Luft ringend.

»Ich...wusste, dass du hier bist.«, antwortete er, nach kurzem Überlegen, lächelnd. Elli schaute ihn missbilligend an und fragte: »Hast du zufällig eine Ahnung, wie ich aus dieser Scheiß-Lage wieder herauskomme?!«

Er überlegte kurz und sagte dann: »Du...könntest mit mir kommen.«

Elli schaute ihn abermals missbilligend an. Woher sollte sie wissen, ob sie ihm trauen konnte? Aber andererseits: Wie schlimm konnte es schon werden? Schlimmer als diese Lage ging ja wohl kaum noch.

Sie sah abwägend zu Tycon hoch. Dieser schaute sie geduldig fragend an und zog leicht eine Augenbraue nach oben, als Zeichen dessen, dass er auf ihre Entscheidung wartete. Dann schaute er hinter sich. Elli blickte an ihm vorbei und sah zu ihrem Erschrecken, dass ein Stück hinter ihm gerade die beiden Kidnapper vorbeigefahren waren. Wieder blickte er sie fragend an. Elli besann sich schließlich dessen, dass es wohl besser wäre, mit ihm zu gehen, als von den beiden Männern gefunden zu werden, die vermutlich sehr wütend auf sie waren. Also nickte sie und wollte aufstehen. Tycon reichte ihr seine Hand, die sie erst aus Stolz ablehnen wollte, letztendlich dann aber doch dankbar ergriff und aufstand. Dann wurde es wieder dunkel um sie herum.

Als es sich allmählich wieder um sie aufhellte, stand sie neben Tycon, im Eingang eines Hauses. Keine Villa, aber trotzdem geräumig. Sie schaute sich um und merkte, wie er sie beobachtete. »Gefällt es dir?«, fragte er. Er musste ihre Blicke bemerkt haben. »Naja…es geht.«, sagte Elli. Sie wollte nicht zugeben, dass es ihr gefiel. Doch er schien es trotzdem zu bemerken, denn er lächelte.
»In der zweiten Etage ist ein Zimmer und direkt daneben ein Bad, für dich. Vielleicht solltest du dich erstmal duschen.«, sagte er und musterte sie von oben bis unten, »In dem Zimmer ist auch ein Schrank mit Klamotten, die du anziehen solltest, da deine ziemlich dreckig sind.«
Elli dachte, sie hätte sich verhört. Ein eigenes Zimmer mit Bad und Klamotten, die sie tragen sollte? Warum zum Teufel hatte er Frauenklamotten in seinem Haus? Hatte er es vielleicht wirklich gewusst? Sie dachte an Lestat. Er konnte Gedanken lesen… aber nicht in die Zukunft schauen. Was zum Teufel war hier los?! Ach ja, genau, darüber wollte ich ja mit ihm sprechen, dachte sie. Doch er hatte Recht. Sie sollte sich wirklich erst einmal duschen gehen. Aber dann kam ihr ein Gedanke.
»Warum?«, fragte sie Tycon.
Er schaute sie fragend an. »Was, warum?«
»Warum ich bei dir wohnen darf…oder soll…naja…also ich meine…was erwartest du dafür von mir?!« Die Worte fielen ihr schwer. Sie kam sich ziemlich lächerlich bei dieser Frage vor.
Er lächelte und meinte: »Nun, wie du weißt, bin ich tagsüber nicht da, da wäre es schön, wenn du dich in dieser Zeit ein wenig um das Haus kümmerst. Nicht den ganzen Tag, aber eben so, dass es sauber ist, und du mir abends, beziehungsweise nachts dann… ein wenig Gesellschaft leistest.«
Elli erschrak. War sie jetzt etwa sowas wie seine Sklavin? Von „um das Haus kümmern" war sie zwar auch nicht begeistert, aber das konnte sie ja noch irgendwo verstehen. Aber "Gesellschaft in der Nacht, beziehungsweise am Abend leisten"? Das klang…als ob sie eine Prostituierte wäre oder so. Geschockt schaute sie ihn an.
»Keine Angst. Versuchs doch erst mal ein Weilchen.«
Elli schaute ihn immer noch empört an . »Ich bin 17!«, protestierte sie.
Er sagte darauf: » Ich weiß. Und? Was ist daran so schlimm? Ich wusste nicht, dass es dafür ein Mindestalter gibt.«

Elli wollte ihm entsetzt widersprechen, doch dann, als er ihre noch immer entsetzte Reaktion bemerkte, schaute er sie rätselhaft an und lachte plötzlich. Elli wurde wütend. »Warum lachst du?!«
»Ich glaube, wir haben gerade an zwei völlig verschiedene Dinge gedacht.«
Er hängte seine Jacke an die Garderobe und ging, noch immer grinsend, den Flur entlang, auf einen Raum zu, der wie das Wohnzimmer aussah.
»Geh dich erst mal duschen und umziehen.«, sagte er im Gehen mit einer Geste, ohne zurückzusehen.
Elli war ein wenig erleichtert. Anscheinend hatte er das mit dem "Gesellschaft leisten in der Nacht" doch nicht so gemeint, wie sie befürchtet hatte. Also ging sie die Treppe hoch, zur ersten Etage.
Oben angekommen, sah sie drei Türen. Eine davon war offen. Vorsichtig schaute sie durch den Türspalt. Es war das Bad. Nicht schlecht, dachte sie, als sie in das Bad schaute: Eine große Badewanne, die sowohl zum Baden als auch zum Duschen geeignet war, ein großes Waschbecken… das Bad war riesig. Und schön. Die Wasserhähne waren gold-silbern in eleganter Form gehalten, an der Decke prangte eine goldene, von der Mitte her sich über die gesamte Fläche erstreckende, bizarre Sonne. Die Wände waren mit beige-goldenen Fliesen gefliest. An einer der Wände hing ein riesiger Spiegel, in welchem Elli ihr gesamtes Spiegelbild sehen konnte. Er war riesig. Und schön. Mit einem, wie es nicht anders zu erwarten war, goldenen Rahmen. Elli betrachtete ihr Spiegelbild. Sie sah wirklich nicht besonders gepflegt aus. Also beschloss sie, sich zu duschen.
Sie prüfte das ganze Bad, ob es blickdicht war. Dabei fiel ihr auf, dass das Bad kein Fenster hatte. Dafür schien aber die riesige Lampe, die in in der Mitte der gemalten "Sonne" leuchtete, umso heller. Sogar diese Lampe sah aus wie eine Sonne. Tycon schien ein ziemlicher Sonnen-Freak zu sein. Doch dann kam ihr ein Gedanke: Wenn er wirklich…wie Lestat war, sah er die Sonne ja seit wer weiß wie vielen Jahren nicht mehr. Da war es nur verständlich, dass er einen, wenn nicht sogar mehrere Räume, so gestaltete, dass sie zumindest irgendwie etwas Atmosphärisches mit der Sonne gemeinsam hatten.
Elli schloss die Tür ab und prüfte nochmals alles auf Blickdichte. Dann ließ sie etwas Wasser ablaufen, bis es warm war, zog sich aus und setzte

sich in die Wanne. Sie genoss es, wie das warme Wasser über ihre Haut lief und schloss die Augen. Nach einer halben Minute fiel ihr ein, dass sie nicht zu Hause war. Also stellte sie das Wasser ab und sah sich nach Duschbad um. Zu ihrem Erstaunen fand sie, auf dem zur Wand gelegenen, Wannenrand auch etwas. Zufällig war es dasselbe, das sie benutzte. Tycon musste wirklich gewusst haben, was passieren würde, dass DAS passieren würde. Doch wie stand er damit in Verbindung? Hatte er etwas mit der...Entführung zu tun? Elli wusste es nicht. Doch sie schwor sich, es herauszufinden.
Alles, was sie Zuhause im Bad hatte, war hier auch. Der gleiche Rasierer, Duschbad, Shampoo, Haarspülung, Bodylotion, Schminkzeug... bis auf die Handtücher. Die waren hier natürlich gold-gelb. Als Elli mit Duschen fertig war, stieg sie aus der Wanne und nahm sich eines der Handtücher. Es war wunderbar flauschig. Ob es auch genauso gut trocknete? Aber das tat es. Es sog das Wasser förmlich auf. Elli erledigte noch den Rest der Körperpflege und ging dann, ins Handtuch gewickelt, in das Zimmer nebenan, welches vermutlich das Ihre sein sollte.

Als sie die Tür öffnete, stockte ihr der Atem. Das Zimmer sah nicht aus wie ihres zu Hause, sondern es war ungefähr doppelt so groß und um einiges schöner: Das Bett war riesig und sah total kuschelig aus. Ein Bett zum Träumen. Es hatte nicht 2 kleine Kleiderschränke, sondern 3 große. Einer davon war jedoch, wie Elli amüsiert feststellte, ein Schuhschrank, in dem sich zum größten Teil Pumps und High Heels, Claudia wäre gestorben vor Neid, ein paar Turnschuhe, Ballerinas, und sonstige Schuharten befanden. Elli entschied sich für ein paar schwarze Sneakers, stellte sie neben das Bett und ging dann zu einem der Kleiderschränke.
Als sie ihn öffnete, stellte sie fest, dass in ihm nur Kleider waren. Rote, Schwarze und Weiße, und das in allen möglichen Längen. Vom Minikleid zum bis zum Ball-oder Abendkleid. Tycon schien solche knalligen Farben nicht zu mögen. Obwohl, ein vereinzeltes, pinkes Kleid hing auch zwischen den anderen. Über den Kleidern war noch ein kleines Fach. Doch Elli konnte nicht sehen, was darin war. Also nahm sie einen Stuhl, trug ihn vor den Schrank und stellte sich darauf. In dem Fach waren BHs. Tycon schien es nicht für allzu wichtig zu finden, dass sie sie fand. Sie schaute auf die Größen und stellte fest, dass es sogar die Größe

war, die sie auch trug. Elli wunderte sich, wollte aber lieber nicht genauer darüber nachdenken und versuchte sich dann damit zu beruhigen, dass ziemlich viele Mädchen ihres Alters und ihrer Statur diese Größe trugen. Aber selbst, wenn dies nicht der Fall gewesen sein sollte: mittlerweile überraschte sie nicht mehr so viel, was Tycon betraf. Außer dem Zimmer, schien er einen Teil von ihrem »Zuhause-Leben« in dieses Haus hineinkopiert zu haben. Elli war zwar kein so großer Kleiderfan, aber auch sie mochte solche knalligen Farben nicht. Sie schloss den Schrank vorerst und widmete sich dem anderen.
Sein Inhalt entsprach schon mehr ihrem Geschmack: T-shirts, Tops, Pullover, Hosen in allen möglichen Längen und Formen und ein paar Röcke. Diesmal waren neben rot, schwarz und weiß auch braun und lila zu finden. Elli entschied sich für einen lila Pullover mit einem nicht allzu weiten Ausschnitt und eine schwarze Jeans. Sie hängte sich noch ein Tuch um den Hals, das sie in einem der Fächer gefunden hatte, und legte sich ein langes T-shirt und eine Hotpants unter das Kissen. Die Nachthemden, die in dem Schrank lagen, würde sie garantiert nicht anziehen. Es war nicht so, dass diese im SM-Design waren oder Ähnlichem, aber in Hotpants und T-Shirt fühlte sie sich einfach wohler. Nachdem sie sich angezogen hatte, kämmte sie sich kurz die Haare und ging dann in das Zimmer, in welches Tycon gegangen war.
Als sie den Raum betrat, fand sie ihn auf einem der Sofas liegend und fernsehend vor. Elli betrachtete den Raum: in der Mitte standen zwei weiße Sofas, dazwischen ein Tisch. An der einen schmalen Seite des Tisches stand ein ebenso weißer Sessel. An der anderen schmalen Tischseite stand, mit einem Abstand von ca. einem Meter, ein riesiger Plasma-TV. Die anderen Möbel, ein kleines Bücherregal neben den Fenstern, zwei Schränke mit Gläsern oder Ähnlichem darin und eine kleine Kommode in einer Ecke waren schwarz. Die Wände waren in weinrot- beige gehalten. Der Raum gefiel Elli irgendwie.
Tycon musste sie bemerkt haben, denn er saß nun lässig auf dem Sofa und musterte sie aufmerksam. »Das Haus gefällt dir?«, fragte er. »Naja…das was ich bisher gesehen habe…ist nicht übel…«, antwortete Elli. Er lächelte und gebot ihr dann mit einer Handbewegung, sich zu setzen. Elli überlegte kurz: würde sie sich auf den Sessel setzen, säße sie ihm nicht direkt gegenüber und könnte mit ihren Blicken zur Seite aus-

weichen. Würde sie sich auf das andere Sofa setzen, säße sie direkt in seinem Blickfeld. Also entschied sie sich schließlich für den Sessel.
Eine Weile saßen sie nur da, ohne, dass einer von ihnen etwas sagte. Elli spürte, dass Tycon sie beobachtete.
»Was?!«, fragte Elli genervt. Sie mochte es nicht, wenn jemand sie anstarrte. Er lächelte und sagte: »Müsste ich das nicht eigentlich dich fragen?«.
Elli verstand nicht, was er damit sagen wollte.
»Wieso…?«, erwiderte sie.
»Du sagtest vorhin, du müsstest mit mir reden.«
»Ja. Das tat ich.«
»Und?«
Elli schwieg. Dann schaute sie ihn vorsichtig an und sagte leise:« Du weißt es, oder?«
»Was?«
»…warum….worüber ich…nachdenke.«
»Du meinst den Grund, warum du mich sprechen wolltest?«
»Ja…«
»Nein. Weiß ich nicht.« Er schaute sie an und lächelte schelmisch.
»Warum machst du´s mir so schwer?!« fragte Elli genervt.
»Was meinst du?«
»Sag mal, tust du nur so, oder redest du so selten mit anderen Menschen, dass du nicht weißt, wie man Gespräch richtig führt, ohne den anderen lächerlich zu machen?!«
»Möglich.«, sagte er achselzuckend, ließ sich aber nicht von Ellis Predigt beeindrucken und meinte lächelnd: »Dass ich dich lächerlich mache, ist mir gar nicht aufgefallen. Vielleicht bist du einfach nur nervös wegen mir…?«
»Nein!«, Elli wurde rot.
Tycon lachte und sagte dann: »Ich glaube du solltest erst mal schlafen gehen. Heute war ein anstrengender Tag für dich.«
»Nein…!«, rief Elli, doch schon wurde wieder alles schwarz um sie herum.

Dann wachte sie auf. Aber die Zimmerdecke, die sie plötzlich anstarrte, war nicht die Ihre. Es war die des Wohnzimmers in Tycons Haus. Sie lag in dem Sessel, in dem sie auch am Abend zuvor gesessen hatte. War sie immer noch im Traum? Eigentlich ja, weil...das alles war ja nur ein Traum gewesen....oder...? Sie war sich nicht sicher und beschloss, aufzustehen. Als sie sich anziehen wollte, wie es nun mal ihre Gewohnheit nach dem Aufstehen war, fiel ihr auf, dass sie noch die Sachen vom Abend an hatte. Dies beruhigte sie ein wenig. Sie beschloss, sich ein wenig im Haus umzusehen.

Zuerst nahm sie sich die Küche vor, da sie Hunger hatte und diese dem Wohnzimmer direkt gegenüber lag. Als sie den Kühlschrank öffnete, staunte sie nicht schlecht: es lag alles darin, noch dazu am gleichen Platz, wie in ihrem zu Hause. Erst fragte sie sich, ob das Essen nicht vielleicht vergiftet war, doch schließlich siegte der Hunger und die Überzeugung, dass dies nur ein Traum war, und sie aß.
Danach hatte sie den Rest des Hauses erkundet. Die Räume waren alle sehr groß und überwiegend recht gut eingerichtet. Zumindest die, die sie gesehen hatte, denn es führte noch eine Treppe von der ersten Etage in den Keller. Nicht, das sie Angst vor Kellern hätte, der Treppengang war ja auch schön beleuchtet und gestaltet gewesen, wie der Rest des Hauses. Doch sie vermutete, dass die Räume da unten die Persönlichen Tycons waren. Ihr Verdacht, Tycon könne etwas mit Lestat zu tun haben, kam ihr, so absurd er auch war, da Lestat ja nur eine Film-, beziehungsweise Romanfigur war, immer selbstverständlicher vor. Sie nahm sich fest vor, Tycon am folgenden Abend zur Rede zu stellen. Möglichst, ohne nervös zu werden.
Elli überlegte, was sie nun tun sollte. Sie entschied sich dafür, sich die Bücher einmal genauer anzusehen, die in den Schränken und in der Bibliothek standen, die sie bei ihrem Rundgang entdeckt hatte, und dann noch etwas zu schlafen, da sie in der Nacht ja mit Tycon reden wollte, was sie wahrscheinlich einige Mühe kosten würde.
Nach gefühlten sechs Stunden Bucherkundung, bei der sie viele Bücher fand, die sie gern lesen würde, ging sie schlafen. Kaum hatte sie ihre Augen geschlossen, wurde es schwarz um sie herum.

Plötzlich rüttelte sie jemand an der Schulter und sie vernahm die Stimme ihrer Mutter: » Elli! Wach auf! Es ist schon halb acht! Wir müssen doch heute zum Hautarzt!«
Ough, nicht schon wieder zum Hautarzt. Da waren wir doch erst vor 3 Monaten!, dachte Elli genervt und stand auf. Dies war nun wirklich ihr Zimmer und ihre Mum. Darüber freute sich Elli natürlich sehr. Sie hatte schon befürchtet, in irgendeiner anderen Traumszene gelandet zu sein, die vielleicht noch merkwürdiger würde wie die, in der sie jetzt gefühlte 14 Stunden verbracht hatte.
Beruhigt stellte sie fest, dass sie ihr normales Nachthemd trug, statt der Sachen aus Tycons Haus. Daraufhin zog sie sich an, machte sich im Bad fertig und ging dann zum Frühstück. Nach dem darauffolgenden Zähneputzen fuhren sie schließlich zum Hautarzt.

Als sie nach 2 Stunden purer Lange Weile wiederkamen, verkündeten Ellis Eltern, dass sie am Nachmittag ins Kino fahren würden und fragten Elli, ob sie mit wolle. Elli erkundigte sich erst nach dem Titel des Films: *‚breaking dawn‘*, nach dem Roman von Stephenie Meyer. Elli kannte ihn aus der Fernsehwerbung. Es war ein Vampirfilm.
Nach dem Mittagessen fuhren sie los.
Als sie das Kino betraten, waren sie froh, vorher Karten per Internet reserviert zu haben, da insgesamt nur noch 2 Plätze in *‚breaking dawn‘* frei waren. Also bezahlten sie ihre reservierten Tickets, kauften noch eine Tüte Popcorn und gingen dann in den Kinosaal.
Nach endlos erscheinender Werbung begann endlich der Film.
Aber die Vampire in diesem Film waren nicht wie Lestat und die anderen, die sie bisher »kennengelernt« hatte. Wenn sie in die Sonne gingen, so verbrannten sie nicht, sondern sie glitzerten. Man wurde in diesem Film nicht zum Vampir, indem man das Blut eines Vampirs trank, sondern indem man einfach von ihm gebissen und dabei nicht getötet wurde. Auch waren die "guten" Vampire des Films "Vegetarier". Sie nannten sich so, weil sie nur Tiere töteten. Dies fand Elli irgendwie schwachsinnig: Es gab so viele Menschen auf der Welt, was war also bitte so schlimm daran, wenn von ihnen ein paar starben? Warum wurden immer nur die Tiere getötet? Denn, die Menschen töteten Tiere, weil sie de-

ren Fleisch, Pelz und so weiter wollen. Warum sollten die Vampire dann nicht auch einfach Menschenblut trinken?
Das verstand Elli nicht so wirklich. Auch das Glitzern kam ihr ziemlich absurd vor. Aber gut, Geschmackssache. Sie beschloss, zu Hause nach weiteren Vampirfilmen und -büchern und nach dem Mythos überhaupt zu recherchieren. Aber in "*breaking dawn*" sprach sie auch keiner der Vampire so wirklich an. Jasper vielleicht. Er hatte ein wenig Ähnlichkeit mit Lestat. Und Tycon. Naja, genau genommen war er nur blond. Oh nein, sie dachte schon wieder an Tycon! Langsam bekam sie das Gefühl, er würde sich in ihre Gedanken einmischen…!

Schließlich war der Film vorbei und sie fuhren nach Hause. Ihren Eltern hatte er, wie eigentlich auch Elli, ganz gut gefallen. Ihre Mutter erzählte die ganze Fahrt über, wie sie die einzelnen Figuren fand. Elli versuchte, nicht hinzuhören und schaute gedankenverloren aus dem Fenster.
Als sie schließlich zu Hause ankamen, war es schon 18.00 Uhr. Der Tag war irgendwie schnell vergangen, wie Elli fand. Sie schaltete ihren Laptop an, während sie sich umzog, tippte dann ihr Passwort ein und wartete, bis er sich vollständig hochgefahren hatte. Dann klickte sie auf den Internet-Button und gab schließlich in die Suchzeile "Vampir" ein. Daraufhin erschienen eine Menge Seitenvorschläge: Wikipedia, Filme und Bücher. Zuerst klickte sie "Bücher" an. Sie fand eine Menge interessanter Exemplare und beschloss, sich demnächst in der Bibliothek ein paar davon auszuleihen. Dann klickte sie einige Filmtitel an.
»Bram Stokers Dracula«-war das nicht mit die erste Vampirstory überhaupt gewesen? Diesen Film würde sie auch auf youtube suchen. Schließlich las sie sich noch ein paar Definitionen durch, die ihr aber nicht so wirklich weiterhalfen. Elli beschloss, sich bei youtube auch noch eine Doku zum Thema Vampire zu suchen. Sie wollte nun so viel wie möglich über diese Wesen herausfinden.
Elli gab also das Gesuchte bei youtube ein. Sofort erschienen dutzende von Vorschlägen, wovon das meiste jedoch nur solche Halloween- Videos oder einfach irgendwelche Parodie-Clips von "Twilight" oder anderen Filmen waren.

Endlich fand sie das, wonach sie eigentlich gesucht hatte: Eine zweistündige Dokumentation über Vampire, unterteilt in 12 Einzelfilme. Trotz des Popcorns hatte sie wieder etwas Hunger, deswegen ging sie schnell in die Küche, um sich etwas zum Abendessen zu machen. Denn nach der Doku würde es etwas zu spät für Abendessen sein, da sie dann vor lauter Energieüberschuss, wie sie erst kürzlich in Biologie gelernt hatte, nicht würde schlafen können. Und das wollte sie nicht riskieren, da sie so schnell wie möglich in den Traum kommen musste, um mit Tycon sprechen zu können.
Dabei war sie sich nicht einmal sicher, ob er da sein würde, oder ob sie überhaupt wieder in diese Traumszene gelangen würde.
Als sie sich ihr Brot geschmiert hatte, machte sie sich auf den Weg in ihr Zimmer, wo sie den Teller neben den Laptop stellte, das Video anklickte, sich bequem im Stuhl zurücklehnte und dann schließlich den Teller nahm und zu essen begann, während sie sich den Film ansah.
Die Doku war sehr interessant. Sie berichtete darüber, wie der Vampir-Mythos entstanden war und welche berühmten Personen damit in Verbindung standen, beziehungsweise oft damit in Verbindung gebracht wurden. Die zwei bekanntesten Personen auf die dies zutraf, waren Vlad Tepesch Dracula, das historische Vorbild für Bram Stokers Dracula, welchen dieser ausgewählt hatte, da er seine Opfer gepfählt und gequält hatte, und einmal sogar inmitten von den Getöteten gespeist hatte. Angeblich. Doch darüber gab es viele Geschichten und sogar alte Gemälde, sodass dies wohl wahr war. Die andere Person war die sogenannte "Blutsgräfin" Elisabeth Báthory. Sie hatte laut den Aufzeichnungen über 600 Jungfrauen in ihre Burg gelockt, sie gefoltert und in ihrem Blut gebadet oder es getrunken, um sich jung und attraktiv zu halten. Angeblich blieb sie auch bis zu ihrem Tode, den sie in einem ihrer Verliese erlebte, da sie angeklagt und dann dort eingesperrt worden war, eine junge Frau.
Des Weiteren erfuhr Elli, dass die Leute früher an Vampire geglaubt hatten, weil einige ihrer Bestatteten nachts aus dem Grab gestiegen seien und durch die Dörfer gewandert und dort Terror gemacht hätten. Die Bewohner des Dorfes waren daraufhin meist am nächsten Tag zu dem jeweiligen Grab gegangen und hatten es geöffnet. Gefunden hatten sie dann eine vermeintlich untote Leiche, was aber schlichtweg dem ge-

schuldet war, dass der genaue Verwesungsprozess damals noch nicht bekannt gewesen war.
Elli war froh, in diesem Teil der Doku ihr Essen schon beendet zu haben, da auch Bilder des Genannten zu sehen waren, und diese nun wirklich nicht appetitlich aussahen.
Was jedoch nicht erklärt wurde, war das Verbrennen im Sonnenlicht, wie sie es bei "*Interview mit einem Vampir*" gelernt hatte. Auch die besonderen Fähigkeiten, wie Schnelligkeit oder Gedankenlesen, wie Lestat es konnte, waren nicht erklärt, worüber Elli etwas enttäuscht war. Den Teil der Doku, den sie bisher gesehen hatte, ließ vermuten, dass am Ende der Doku erklärt würde, dass Vampire nur eine Fantasie abergläubischer Völker waren. Dies geschah jedoch nicht. Es wurde noch erklärt, wie man zum Vampir wurde: entweder indem man das Blut eines Vampirs trank, oder indem man einfach von einem gebissen und aber nicht zu Tode getrunken wurde. Darüber gab es verschiedene Meinungen. Zum Schluss redeten die Doku-Leute noch über Vampir-Jäger, wie Professor Doktor Abraham Van Helsing. Solche wie diesen gab es jedoch angeblich wirklich, und dieser Eine war auch fest davon überzeugt, einen Vampir getötet zu haben. Der Moderator der Doku, oder wie auch immer man diesen Job nannte, besuchte einige Vampir-Wissenschaftler, die wissenschaftliche Erklärungen für das Existieren von Vampiren nannten.

Als die Doku zu Ende war, schaltete Elli ihren Laptop aus und dachte nach: Gab es nun Vampire, oder nicht? In der Doku waren einige Aspekte für- aber auch gegen die Existenz von Vampiren genannt worden. Allerdings erschien ihr alles so real…Tycon schien ihr so real. Und alle Eigenschaften von Vampiren, von Lestat, schienen auf ihn zuzutreffen. Also würde sie ihn danach fragen. Nachher. Jetzt musste sie erst noch ein Weilchen zu ihren Eltern mit Fernsehen gehen, damit diese nicht wieder dachten, mit ihr würde irgendetwas nicht stimmen.
Ca. 22.30 Uhr ging sie dann ins Bett. Da sie am Wochenende sonst gewöhnlich etwas später schlafen ging, sagte sie ihren Eltern einfach, sie sei müde. Was eigentlich gar nicht stimmte, da sie ziemlich aufgeregt war, weil sie ja nun wahrscheinlich gleich mit Tycon würde reden müssen. Beziehungsweise wollte sie es ja. Eigentlich. Wäre da bloß nicht wieder diese düstere Vorahnung, etwas zu erfahren, was sie nicht würde

wissen wollen. Oder, dass sie wieder zu nervös würde. Sie schluckte all diese Befürchtungen in sich hinunter und legte sich ins Bett. Dann schloss sie die Augen.

Es dauerte nicht lange und sie wurde wach. Elli sah sich im Raum um, und tatsächlich: sie war in ihrem Zimmer in Tycons Haus! Doch sie vermochte nicht zu sagen, wie spät es war. Anfangs hatte sie angenommen, im Traum sei dieselbe Zeit wie in der realen Welt, aber dies schien eine eigene Zeit zu sein, denn im Traum von der vorherigen Nacht war sie ja auch am Tag aufgewacht. So ganz verstand Elli die Sache nicht, aber deshalb wollte sie ja auch mit Tycon sprechen. Sie schwang sich aus dem Bett und blickte an sich herab: sie trug dieselben Klamotten, mit denen sie im vornächtlichen Traum schlafen gegangen war. Da Elli ziemlich hygienisch war, was Klamotten und eigentlich auch alles andere, betraf, entschloss sie sich, sich umzuziehen. Wenigstens die Unterwäsche. Danach ging sie in ihr Bad und machte sich frisch.
Vor dem Spiegel fiel ihr auf, dass sie ihre Uhr umhatte. Was ihr im Endeffekt aber auch logisch vorkam, da sie ja in einem der vornächtlichen Träume erst mit ihren Eltern am Flughafen in Paris gewesen war, und sie ja immer ihre Uhr trug. Dieser entnahm sie, dass es 17.45Uhr war. Da noch Sommerzeit herrschte, würde Tycon wohl wahrscheinlich erst so gegen 19.00Uhr nach oben kommen, falls er, wie Elli stark vermutete, erst aufstand, wenn die Sonne nicht mehr so strahlte, beziehungsweise wenn die Dämmerung anfing. Sie beschloss, solange in einem der Bücher zu lesen, die schon beim vorigen Mal so bewundert hatte.
Dann endlich war es soweit. Sie hörte Schritte, die wahrscheinlich von der Treppe kamen, welche zu Tycons Räumen führte. Also legte sie das Buch zur Seite und beschloss, einfach still sitzen zu bleiben und zum Eingang der Bibliothek zu schauen. Sie war gespannt, wie seine Reaktion sein würde, wenn er sie sah.

-Tycon-

Tycon ging die Treppe zur ersten Etage hinauf, wo Elli vermutlich war. Er fragte sich, wo sie wohl genau sein würde und was sie die ganze Zeit lang getan hatte. Er ging über die letzte Stufe, stand nun mitten im Flur

und beschloss, vielleicht zuerst in ihr Zimmer zu schauen. Doch dann hörte er ihren Atem. Somit vermutete er, dass sie in der Bibliothek war, und machte sich auf den Weg dorthin.
Als er eintrat, schaute er sich um und sah sie: sie saß in einem der Sessel und schaute ihn an. Er trat unmittelbar vor sie, verschränkte die Arme und erwiderte ihren starren Blick.
»Was wird das, wenn´s fertig ist?«, fragte Elli genervt. »Was?« erwiderte Tycon, immer noch mit dem starren Blick auf sie.
»Dieses Angestarre!« Tycon lächelte nun. Eigentlich hätte er ja sie das fragen müssen.
»Was tust du hier?« fragte er nun, ohne auf ihre Frage zu antworten.
»Na, was man in einer Bibliothek eben so tut.«, antwortete sie genervt.
Tycon lächelte wieder: »Ach, da gibt es so einiges was man dort tun könnte.«. »Ja…Bücher schreiben, Bücher reparieren, Bücher abbrennen….«, stimmte Elli in das Lächeln ein.
Tycon war verblüfft. Mit dieser geschickten Wortparade hatte er nicht gerechnet. Zumal er eigentlich an anderes gedacht hatte. Ellis Lächeln hatte sich nun zu einem Grinsen verwandelt. Sie schien es amüsant zu finden, ihn so verdutzt zu haben. Tycon kniff die Augen ein wenig zusammen und setzte wieder sein Lächeln auf. »Ja, das auch, obwohl ich Letzteres gar nicht gutheißen würde.«, sagte er nun. Elli lächelte immer noch. »Hast du schon gegessen?«, fragte er. »Ja.«, log Elli. In Wahrheit hatte sie nämlich keinen Hunger gehabt, da sie viel zu aufgeregt gewesen war.
»Ich…«, begann sie, doch kam nicht weiter, da Tycon sie mit einer Geste unterbrach. »Nachher.«, sagte er nur, ging zur Garderobe und zog seinen Mantel an. »Wo willst du hin?«, fragte Elli, die ihm ein Stück gefolgt war. Er schaute sie kurz an. Sie sah hübsch aus, wie sie so an der Wand lehnte, ihre Haare lässig über ihre Schultern hingen und sie ihn misstrauisch anschaute. Er lächelte kurz und sagte dann »Arbeiten«. »Du arbeitest nachts?«, fragte sie skeptisch. Er erwiderte nichts darauf, sondern ging einfach hinaus und schloss die Tür.
Als er ausgetreten war, sog er genussvoll die frische Nachtluft ein. »Eine schöne, klare Nacht.«, sagte er leise zu sich selbst und machte sich auf den Weg zu *Pykanór*, einem Pärchen- und Swingerclub, dessen Besitzer er war.

Als er eintrat, strömten allerlei Gerüche auf ihn ein: verschiedene Parfüms, Make-up...doch daran war er mittlerweile gewöhnt. Eine schlanke Frau, die schulterlange blonde Haare und blaue Augen hatte, kam auf ihn zugeeilt und sagte: »Péte, wie schön, dass sie heute erscheinen. Ich habe alles so verrichten lassen, wie sie es gesagt haben.«
»Danke, Yvonne.«, sagte er teilnahmslos und ging zur Bar. Als er auch die Kellnerin begrüßt hatte, ging er zu einer Frau, die allein an der Bar saß. Sie war dunkelhaarig und trug nur weiße Unterwäsche. Er ließ sich auf dem Barhocker neben ihr nieder und sah sie an. Sie bemerkte seine Anwesenheit und schaute ebenfalls zu ihm. Er blickte direkt in ihre Augen, als wolle er sie hypnotisieren. Ihre Pupillen weiteten sich, sodass ihre Augen fast vollständig schwarz schienen. Sie öffnete, einen Augenblick später, leicht ihren Mund, woraufhin er, ohne den Blick von ihren Augen zu lösen, sich leicht nach vorne beugte und dasselbe tat. Dabei atmete er tief ein. Es sah aus, als wären sie kurz davor sich zu küssen, was sie aber nicht taten.
Nach ein paar Sekunden setzte er sich wieder gerade und veränderte seinen Blick. Nun schaute er nicht mehr direkt in ihre Augen, sondern auf ihr ganzes Gesicht. Sie schien wie aus einer Starre zu erwachen, ihre Pupilen normalisierten sich und sie sah sich verwundert um. Dann sah sie ihn verblüfft an. »Gefällt es Ihnen hier?«, fragte er lächelnd. »Nun...ja...«, antwortete sie unsicher. »Schön.«, sagte Tycon, lächelte, stand auf und ging zum Ausgang des Clubs.
»Oh, Sie gehen schon?«, fragte Yvonne enttäuscht. »Ja, ich habe noch was zu erledigen.«, sagte Tycon, verließ den Club und ging nach Hause.
Dort öffnete er die Tür, ging hinein, zog seinen Mantel und die Schuhe aus und ging ins Wohnzimmer. Elli saß auf der Couch und sah fern. Als sie ihn bemerkte, schaltete sie den Fernseher etwas leiser und setzte sich aufrecht. »Du bist wieder da.«, stellte sie fest. »Offensichtlich.«, antwortete Tycon, setzte sich auf das gegenüberstehende Sofa und schaute sie an. Sie sah ihn ebenfalls, aber unsicher, an »Was ist?«, sagte sie und blickte ihm ebenfalls direkt in die Augen. »Ich wette, du kannst meinem Blick nicht standhalten.«, antwortete er lächelnd. Elli lachte kurz, sie schien die Wette also anzunehmen.
Also starrten sie sich beide an. Plötzlich änderte Tycon seinen Blick ein wenig, schaute ihr jedoch immer noch voll in die Augen. »Du solltest

schlafen gehen«, sagte er leise. » Ja…«, erwiderte Elli, wie in Trance. Dann ließ er den Blick von ihr ab und lehnte sich zurück. Elli schüttelte den Kopf.
»Ich…geh dann schlafen…«, sagte sie müde. Er lächelte nur erneut und stellte den Fernseher ein wenig lauter. Was, in Anbetracht der Situation, dass sie schlafen gehen wollte, eigentlich eher unhöflich war. Elli schien das aber nicht groß zu stören, denn sie ging in ihr Zimmer, ohne etwas diesbezüglich zu sagen.

# Kapitel 3

-Elli-

Elli schlief sofort ein, nachdem sie sich hingelegt hatte. Sie wusste nicht, wie das passiert war, aber nach diesem "Blick-Duell" war sie plötzlich müde geworden. Tycon schien das gewusst zu haben. Irgendetwas war komisch an der Sache. Als ob er es ihr…befohlen hätte.
Als sie in den Schlaf gefallen war, vermeinte sie nach einer Weile, Schritte zu hören. Plötzlich stand sie in ihrem Zimmer in Tycons Haus und schaute geradewegs auf ihr Bett, wo sie schlief. Sie stand also nicht wirklich da. Es war…als würde sie durch eine Kamera blicken und sich beim Schlafen beobachten. Das konnte nur ein Traum sein. Ein Traum im Traum? War das überhaupt möglich?
Auf einmal sah sie, ein wenig verschwommen, wie Tycon den Raum betrat. War es Tycon? Oder Lestat ? In einem Traum war ja alles möglich. Aber sie nahm an, dass es Tycon war. Er schloss die Tür wieder und setzte sich dann schließlich auf die Bettkante. Warum hatte Elli die Tür nur nicht abgeschlossen? Achja, richtig, es hatte ja kein Schlüssel im Schloss gesteckt. Sie fragte sich, was er jetzt wohl tun würde. Würde er sie nur beobachten? Oder töten? Wenn, dann wäre es ja eh nur ein Traum. Obwohl, das hatte eigentlich mittlerweile nichts mehr zu sagen, ob Traum oder Wirklichkeit...langsam begann anscheinend der Traum, für sie zur Wirklichkeit zu werden…
Tycon stand nun ein wenig auf und beugte sich zu ihr, also zu der "schlafenden Elli", vor und strich ihr behutsam mit der Hand eine Haarsträhne aus dem Gesicht. Auch die Haare, die über ihren Hals fielen, legte er so, dass Kopf und Hals frei lagen. Elli glaubte, seinen kühlen Atem spüren zu können. Sie sah, wie er seinen Kopf tiefer über ihren Hals neigte. Elli erschrak. Wollte er etwa…? War es etwa wahr, dass Tycon…? Nein, das konnte doch nicht sein! Oder?! Elli wusste es nicht. Sie würde ihn zur Rede stellen. Am besten gleich morgen. Wenn er sie nicht wieder hypnotisierte. Oder verhexte. Oder was auch immer das gewesen war. Sie erschrak, da er nun seinen Mund öffnete und auf ihren Hals zu be-

wegte. Dann setzte er seine Lippen auf ihre Haut. Und biss sie. Er tat es sehr vorsichtig. Klar, sonst wäre sie vermutlich aufgewacht. Sie spürte seine Lippen an ihrem nackten Hals und seine Zähne, welche sich nun langsam durch ihre Haut bohrten. Elli war fassungslos. Hatte sie etwa Recht gehabt? Er war tatsächlich ein Vampir? Wie Lestat? Oder war das bloß ein Traum? Es fühlte sich jedenfalls sehr echt an. Und dann merkte sie, wie das Blut ihrem Körper entwich. Sie spürte, wie ihr kälter wurde und sie schwieriger Luft bekam. Eine Gefühlswelle durchströmte sie, die sie noch nie zuvor erlebt hatte. Sie konnte nicht einmal sagen, ob diese kalt oder warm war, ein bisschen von beidem eher. Sie breitete sich durch Ellis ganzen Körper aus. Es war ein…komisches Gefühl, aber nicht unbedingt…hässlich. Oder grausam. Insoweit Gefühle das sein konnten. Dann, nach einer halben Minute, oder weniger, nahm er seine Zähne von ihrem Hals und küsste kurz die Stelle, an der er eben zuvor gesaugt hatte. Danach strich er ihr kurz mit einem Finger über die Wange, stand auf und verließ ihr Zimmer. Er schloss auch wieder die Tür, damit sie wohl am nächsten Morgen, bzw. Abend, da es ja im Traum war, nicht merken würde, was geschehen war. Er hatte ja keine Ahnung, was für einen Traum Elli in ihrem, allmählich sehr real erscheinenden, Traum gehabt hatte. Das nahm sie zumindest an.

Dann verschwand der Kamera-Perspektiven-Traum allmählich und sie hörte im Unterbewusstsein die Stimme ihrer Mutter.
»Elli!«, rief sie. Komisch, so wurde sie sonst nie geweckt. Zumal eigentlich Sonntag war. Sie öffnete langsam ihre Augen und sah das, etwas panisch aussehende, Gesicht ihrer Mutter direkt über sich.
»Was ist los?«, murmelte Elli verschlafen. »Es ist 11.30Uhr!«, rief ihre Mutter, »So lange schläfst du sonst nie! Ich hatte solche Angst, ich konnte dich nicht wecken! Du bist nicht aufgewacht! Du hast dich an den Schlaf gesaugt wie eine Zecke!«
»Naja, gesaugt hat wer anders…«, nuschelte sie müde.
»Was?!«
»Ich…war einfach müde, Mum. Mach dir keine Sorgen. Ich zieh mich erst mal an. Müssen wir heute irgendwo hin?«
»Ja, zufällig hat dein Opa heute Geburtstag! Und wir müssen um 12.30Uhr da sein!«, sagte ihre Mutter. Sie wirkte leicht hysterisch.

»Ist ja gut, Mum. Dann verzichte ich eben aufs Frühstück. Wir gehen doch wahrscheinlich eh wieder Essen, oder?«
»Ja, aber du wirst trotzdem etwas zum Frühstück essen! Und jetzt zieh dich an!«, sagte ihre Mutter und verließ Ellis Zimmer.
Elli verdrehte genervt die Augen. Eltern konnten so hektisch und nervig sein. Zumindest ihre. Die Eltern ihrer Freunde schienen nicht so zu sein. Aber vermutlich kam ihr das auch nur so vor.
Also stand sie auf, zog sich gleich ihre "ordentlichen" Klamotten an, in dem Fall eine schwarze Jeans und ein rotes Top, zufälligerweise ähnlich, wie sie es in ihrem Schrank in Tycons Haus liegen hatte und ging ins Bad, um sich zu schminken. Dann aß sie ein Brötchen zum Frühstück. So spät hatte sie noch nie gefrühstückt. Nicht einmal im Urlaub. Doch hätte sie nichts gegessen, hätte sie sich vermutlich wieder einen Vortrag von ihrer Mutter anhören können.
Nun hatte sie noch ca. 15min bis zur Abfahrt. Plötzlich fiel ihr ein, dass sie sich noch gar nicht ihren Hals genauer angeschaut hatte. Also ging sie zu einem Spiegel und untersuchte sich nach einer Narbe oder ähnlichem, die eventuell durch Tycons Biss entstanden sein könnte. Aber da war nichts. Dies beruhigte sie ein wenig. Dann hörte sie die Stimme ihrer Mutter, sie rief zur Abfahrt. Elli fragte, was das solle, sie hätten ja noch genügend Zeit, aber ihre Mutter meinte, man solle lieber zu früh als zu spät da sein. Es waren ja noch nicht einmal ihre Großeltern losgefahren, die in dem Haus direkt neben ihnen wohnten. Doch dann hörte sie den 12 Zylinder-Motor des BMW ihrer Großeltern aufbrummen. Ok, soviel dazu. Sie waren offensichtlich derselben der Meinung wie ihre Mutter. Also steckte sie sich ihr Handy in die Hosentasche, ging die Treppe herunter, zog sich Schuhe und Jacke an, verließ das Haus und stieg ins Auto.
Heute fuhr mal wieder ihr Vater. Noch ein Grund, weshalb sie hätten später fahren können, da dieser eigentlich immer schneller fuhr, als man durfte. Doch er wurde auch fast nie geblitzt. Ok, einmal war er fast 60km/h zu schnell gefahren und hätte um ein Haar seinen Führerschein verloren, aber wie gesagt nur fast. So hatte er nur 2 Punkte in seine Akte und ein Bußgeld von 200€ bekommen. Bloß. Und da wurde sie von ihm angemault, wenn sie mal das Licht brennen ließ…

Nach ca. 45min hatten sie das Restaurant erreicht, wo sie fast immer hingingen, wenn ihr Opa von nebenan Geburtstag hatte. Elli war froh, nur ein kleines Brötchen gegessen zu haben, da die Portionen dort immer sehr groß waren.

Danach fuhren sie kurz zum Club ihrer Großeltern, einem "Pärchen-und Swingerclub", um das Abendessen abzuholen, welches der Koch für sie vorbereitet hatte.
Schließlich fuhren sie wieder nach Hause und gingen alle in das Haus von Ellis Großeltern.
Der Abend verlief, wie von Elli befürchtet, relativ langweilig. Sie spielten erst "Tabu", ok, das war ganz lustig, doch dann wollte ihre Oma nicht mehr und die lange Weile fing von Neuem an. Zwei Stunden waren sie gerade erstmal daheim, da fing ihre Oma auch schon an, den Tisch fürs Kaffeetrinken zu decken. Sie pries in den höchsten Tönen die Schwarzwälder Kirschtorte an, die ihr Koch gemacht hatte. Doch Elli glaube nicht, dass das irgendjemanden auch nur im Geringsten hungrig machen würde. Sogar ihr Opa sah so aus, als würde er lieber auf diesen Part des Essens verzichten wollen. Doch da sie alle höfliche Menschen waren, aßen sie tapfer jeder ein Stück Torte und setzten sich dann wieder aufs Sofa, um eine neue Lange-Weile-Phase zu beginnen. Während ihre Oma ihre Eltern zutextete, wie anstrengend es doch war, nachts zu arbeiten (was sollte Elli da sagen?! Immerhin betrug ihre normale Tageslänge nun 48, statt 24 Stunden!) schaute Elli gedankenverloren aus dem Fenster. Sie fragte sich, was passieren würde, würde sie jetzt einschlafen. Wäre sie dann automatisch in Tycons Haus? Würde er wach sein, oder war dort tatsächlich eine eigene Zeitzone, die auf ihren Schlafzeiten beruhte?
»Na, an wen denkst du gerade?«, fragte ihre Oma lächelnd. Das willst du nicht wissen, du würdest mich in die Klapse schleifen, dachte Elli, sagte jedoch nur: »An niemanden.« Ihre Oma sah etwas enttäuscht drein, ließ sie dann aber mit dem Thema in Ruhe.
Dann, nach 2 Stunden, gab es »endlich« wieder etwas zu essen. Voller Stolz führte ihr Opa sie in die Küche und präsentierte das Buffet á la Tom.
Elli tauschte kurz einen Blick mit ihren Eltern, der ihr deutlich zeigte, dass diese ebenso wenig hungrig waren wie sie selbst. Manchmal kam es

ihr wirklich so vor, als würde sie an diesen Geburtstagen gemästet. Sie ging um das Buffet und beschloss, sich ein Salami-Baguette mit irgendeiner Frucht darauf auf den Teller zu legen. Aus reiner Höflichkeit. Also tat sie dies, ging dann wieder in die Stube und aß. Dabei beteuerte sie ihren Großeltern, dass Tom dies vorzüglich gemacht hätte, aber, dass sie leider zu satt war, um noch mehr zu essen. So ein Pech aber auch. Nach einer Stunde war das Buffet, wie jedes Jahr, noch fast komplett. Würde man es zusammenrechnen, wäre vielleicht ein Baguette-Teller leer gewesen. Einer von 5. Sie fragte sich, warum ihre Großeltern Tom jedes Mal so viel machen ließen, wo sie doch wussten, dass es eh nie alle wurde. Aber dafür gab es ja Kühlschränke. Der Rest wurde nämlich auf Elli und ihre Eltern aufgeteilt. Mittlerweile nahm Ellis Mutter das Essen am nächsten Tag mit auf Arbeit, da es bei ihnen zu Hause eh nur so lange im Kühlschrank herumstand, bis die Saprophyten es heimsuchten.

Nach dem Abendessen folgte noch einmal eine Phase der Langen Weile, die aber glücklicherweise nur eine Stunde dauerte. Dann sagte Ellis Vater: »Heute Abend kommt ein schöner Film im Fernsehen, eine Märchen-Komödie glaub ich.«
Elli schaute ihren Vater an. Dieser zwinkerte ihr kaum merklich zu. Elli verstand und sah auf ihre Uhr: es war 19.45 Uhr.
Ihr Vater beabsichtigte wohl, ihre Großeltern dazu zu bringen, die "Party" bis 20.15 Uhr zu beenden, damit sie dann alle den Film anschauen konnten, beziehungsweise nicht vor langer Weile einschliefen. Ellis Oma strahlte.
»Oh! Toll! Dann können wir ja zu euch rüber gehen und ihn alle gemeinsam ansehen, jetzt wo ihr einen Fernseher im Wohnzimmer habt! Das ist so gemütlich! Wir können ja dann noch ein Glas Sekt trinken!«
Elli dachte, sie hätte sich verhört. Auch ihre Eltern bemühten sich, ihre Reaktion nicht zu öffentlich zu zeigen. Ihr Vater, dessen Eltern dies immerhin waren, improvisierte, indem er lächelte und nur »Klar.« sagte.
Da aber noch eine halbe Stunde Zeit war, fragte Ellis Vater Elli, ob sie ihren Ipod mithabe und ob da Spiele drauf wären. Elli gab ihm ihn. Er entdeckte den Ordner "Ballerspiele". Elli tippte ihr Lieblingsspiel an. Als das Spiel auf dem Touchscreen erschien, stand da, wo normalerweise "Weiter" stand, nur "Neues Spiel".

»Was ist das?!« bemerkte Elli argwöhnisch. Wie es aussah, war ihr Spielstand weg. Sie drückte die Home-Taste und startete das Spiel noch einmal. Dasselbe. Elli wurde leicht hysterisch.
»Was ist denn?«, fragte ihr Opa, der ihr den Ipod zur Jugendweihe geschenkt hatte. »Mein Spielstand ist weg.« Sagte Elli mit gespannter Stimme, stark bemüht, nicht loszuschreien.
»Ja, und?«, fragte ihr Opa darauf. Fassungslos sah sie ihn an. »Ja, und? Sag mal geht´s noch? Hast du `ne Ahnung wie schwer das ist? Ich hab kein Bock das alles noch mal zu spielen!«
»Dann lösch es doch.«, sagte ihr Opa mit seelenruhiger Stimme. Elli musste sich beherrschen, um ihn nicht anzuschreien, oder Ähnliches. Er wollte es einfach nicht verstehen.
»Das hat 3 Euro gekostet! Das lösche ich doch nicht!«. Für so ein Spiel war das nämlich eine verhältnismäßig relativ hohe Summe. Ihr Opa, der seit ca. drei Wochen ein iPhone besaß, sagte nur: »Tja, dann hättest du´s nicht kaufen sollen. Die Spiele über 1 Euro sind sowieso nur Mist.«
Was bildete der sich eigentlich ein? Seit nicht mal einem Monat besaß er ein iPhone, und dachte, deshalb gleich über alles damit Bescheid zu wissen? Vor allem, wo blieb da die Logik?
Elli nahm sich vor, nun nichts mehr zu dem Thema zu sagen, weil wahrscheinlich eh nur unhöfliche, vorlaute und freche Wörter ihrem Mund entweichen würden, in der Stimmung, in der sie gerade war. Also nahm sie ihren iPod, startete ein anderes Spiel und spielte. Irgendwann sagte ihr Opa: »Seht ihr, so schlimm kann´s nich gewesen sein, wenn sie jetzt schon wieder spielt und normal ist.«
Elli musste sich beherrschen, den Ipod nicht quer durch den Raum zu werfen. Ruckartig ließ sie ihn auf ihren Schoß sinken und funkelte ihren Opa wütend an. Gerade wollte sie zu einer wütenden Antwort ansetzen, als ihre Mutter sagte: »Komm, Elli, wir gehen schon mal rüber und räumen noch ein wenig auf.«
Damit war Elli mehr als einverstanden, also gingen sie und ihre Mutter schon nach drüben, während ihr Vater noch mit ihren Großeltern redete.

Drüben angekommen ließ Elli ihre Wut raus: »Was denkt der sich eigentlich?! Der hat keinen Ahnung von iTunes, AppStore und all dem! Seit

nicht mal 2Wochen ein iPhone haben und so tun als ob er alles wüsste! Wer hat denn seit über 3 Jahren einen Ipod?!«
»Tja, so ist er eben. Dafür kaufen sie dir aber auch immer teure Dinge.«, sagte ihre Mutter ruhig.
Dagegen konnte Elli nichts sagen. Das stimmte, letztes Weihnachten hatte sie ein teures Handy von ihnen bekommen und zur Jugendweihe den Ipod. Aber Elli ließ sich nicht kaufen. Außerdem blieb sie unparteisch, da es unfair wäre, eines ihrer Großelternpaare dem anderen zu bevorzugen.

Nachdem Elli und ihre Mum etwas Ordnung geschaffen hatten, sagte Elli: »Heute möchte ich in der Couchecke sitzen.«, da sie sich immer mit ihrem Vater um diesen Platz stritt, weil man da die Beine hoch legen konnte.
Aber ihre Mutter sagte: »Heute wird niemand dort sitzen können, wir sind heute zwei mehr, weil Oma und Opa ja auch kommen.«
Das war schon wieder zu viel für Elli. »Die können von mir aus auf dem Boden sitzen!« Sie hatte sowas von keine Lust mehr, die beiden zu sehen.
»Elli!«, empört schaute ihre Mutter sie an, »Bring mal etwas mehr Dankbarkeit an den Tag! Was die schon alles für dich und uns getan haben!«
Ein wenig war sie ja selbst erschrocken über ihre Worte. Sonst redete sie nie so über ihre Großeltern, und hätte auch nie gesagt, dass sie auf dem Boden sitzen sollten oder Ähnliches. Sie mochte sie doch! Aber irgendwie war sie generell sehr schnell und stark wütend, in den letzten Tagen. Ob das mit Tycon zusammenhing?
Elli ging in ihr Zimmer. »Und es ist kein Tag mehr, sondern frühe Nacht.«, sagte sie noch leise, im Gehen. Bei diesen Worten fiel ihr ein, dass sie dann ja auch bald Tycon wieder sehen würde. Dies hob ihre Laune wieder ein wenig, warum auch immer, denn eigentlich müsste sie ja eher aufgeregt oder mies gelaunt sein, da sie sich für die folgende Nacht vorgenommen hatte, ihn endlich zur Rede zu stellen.

Nachdem das Haus nun wieder blitzeblank war, klingelte es. Ellis Mutter öffnete die Tür. Herein kam Ellis Vater, allein. Elli kam die Treppe herunter und öffnete den Mund, doch bevor sie fragen konnte, warum er allein gekommen sei, sagte ihr Vater: »Oma und Opa kommen nicht mit rüber, weil's Oma grad nicht gut geht, ihr ist schlecht. Wir sollen nicht böse sein.«. Elli sagte, dass dies schade sei, freute sich innerlich jedoch ein wenig, auch, wenn es gemein war. Nun würden sie also in Ruhe in Film anschauen, ohne negative Stimmung im Raum, und dann würde sie ganz entspannt schlafen gehen. Auch diese Gedanken taten ihr im Nachhinein wieder leid.

Nachdem sie den Film hinter sich gebracht hatte, wusch sie sich und ging ins Bett. Sie hoffte, dass ihre Eltern sich nicht wundern würden, warum sie in letzter Zeit so viel schlief.

Kurz nachdem sie eingeschlafen war, erwachte sie auch schon wieder in ihrem Zimmer in Tycons Haus.

Sie schaute auf die Uhr, es war 22.55 Uhr. Plötzlich fiel ihr ein, was sie am Vorabend geträumt hatte: der Traum im Traum. Sie fragte sich, ob vielleicht jetzt, da sie wieder am, oder eher im Ort des Geschehens war, Spuren an ihrem Hals sichtbar waren. Schnell stand sie auf und lief zu ihrem Spiegel, nachdem sie das Licht angemacht hatte. Sie schlug ihre Haare zurück und suchte mit ihren Händen die betroffene Stelle am Hals ab. Doch sie fand nichts. Verwirrt zog sie sich um und ging ins Bad, um sich fertig zu machen.

Danach ging sie die Treppe herunter und wollte ins Wohnzimmer gehen, um mit Tycon zu reden, doch sie entschied sich, noch im Flur stehen zu bleiben und sich einen ungefähren Gesprächsplan auszudenken, damit sie nicht letztlich wieder sprachlos da saß und er sich darüber amüsierte. Also lehnte sie sich an eine Eckwand, die Treppe schräg neben sich und mit seitlichem Blick auf das Wohnzimmer, um nicht von ihm überrascht werden zu können. Sie freute sich innerlich über ihren Plan, mit dessen Hilfe Tycon sie diesmal ganz sicher würde nicht aus der Bahn werfen können.

»Hallo.«, ertönte es hinter ihr. Elli schrie auf, drehte sich um und erschrak. Tycon stand plötzlich vor ihr. So nah, dass sie seinen Atem auf ihrer Haut spüren konnte. Hektisch atmend wollte sie rückwärts gehen, doch dort war ja die Wand. Sie musste aussehen, als wäre ihr ein Geist begegnet, denn Tycon runzelte die Stirn und schaute hinter sich. Als er niemanden entdecken konnte, schaute er mit demselben fragenden Blick Elli an, die sich bemühte, wieder normal zu atmen.

»Wieso…warst du…oben?«, fragte sie atemlos.
»Entschuldige, das ist mein Haus.«, sagte Tycon, mit misstrauischem Blick, »Ich wollte nachsehen, ob du schon wach bist. Warum hast du dich so erschreckt?«
»Ich…hab dich nicht gehört…«, stammelte Elli.
»Aber deswegen verliert man nicht das Gleichgewicht und erleidet fast einen Herzstillstand. Du siehst aus, als hättest du einen Geist gesehen.« stellte er forschend fest. Dabei hat er vielleicht nicht einmal Unrecht…, dachte Elli.
»Es ist nichts«, sagte sie und wollte sich seitlich wegschleichen, was aber nicht ging, weil da, wo sie hinwollte, ein kleiner Schrank war. Plötzlich ergriff Tycon ihren rechten Arm. Erschrocken schaute Elli ihn an. Und blickte wieder in diese meerblauen Augen. Es sah fast so aus, als läge ein Ausdruck von Sorge in ihnen. »Was war los?«, sagte er betont und ließ langsam ihren Arm wieder los.
»Ich…war bloß erschrocken weil…«, sie suchte nach Worten. Tycon schaute sie fragend an und zog leicht eine Augenbraue hoch.
»Weil…weil ich einen Traum hatte.«
»Einen Traum…hm. Worum ging es in dem Traum?«
»Das möchte ich nicht sagen.«
»Warum nicht?«
»Weil es dumm ist…du würdest mich auslachen.«
»Wieso sollte ich dich auslachen? Hast du in dem Traum irgendwas Verbotenes getan? Mein Haus in Brand gesetzt oder sowas?«, fragte er lächelnd.
»Nein…ich hab nichts getan…ich…«, Elli suchte wieder nach Worten.
»Wie wär´s wenn wir ins Wohnzimmer gehen? Im Flur ist es ziemlich…unbequem.«, schlug er vor.
Elli nickte nur und ging einen Schritt nach vorn, da sie davon ausgegangen war, Tycon würde als erster losgehen. Da sie ja zwischen ihm, der Wand und der Kommode festgesteckt hatte. Doch er bewegte sich nicht, was die Folge hatte, dass sie genau gegen ihn lief und ihm nun noch näher war. Er schaute sie nur wieder mit diesem rätselhaften Blick an, lächelte und sagte: »Erst willst du es mir gar nicht erzählen, und dann so stürmisch?«

Elli stotterte: »Nein, ich dachte…«,»Jaja, schon gut.«, schnitt Tycon ihr das Wort ab, lachte kurz und ging ins Wohnzimmer. Elli folgte ihm, nun aber langsamer, damit er nicht wieder mitten im Weg stehen blieb und sie womöglich wieder gegen ihn lief.

Im Wohnzimmer angekommen, setzten sie sich auf die sich gegenüber stehenden Sofas.
»Also?«, fragte Tycon
»Ich …«, fing Elli zögernd an, doch Tycon unterbrach sie: »Ich dachte, es ging nicht um dich?«
Elli schaute ihn wütend an und sagte dann leise, mit kühler Stimme: »Würdest du mir nicht ständig ins Wort fallen, wäre es leichter für mich. Es war…kompliziert.«
Er lächelte nur und sagte. »Ich bin nicht dumm.«
»Ich…du…«, sie holte tief Luft, »Warst ein Vampir.« Tycon lachte. »Oh. Das ist wohl in der Tat ein…merkwürdiger Traum gewesen.«, sagte er, »Aber nicht weiter verwunderlich. Bei den vielen Vampirfilmen, die heutzutage im Fernsehen laufen… Und? Was hab ich getan? Hab ich…«, er lachte kurz amüsiert, »Dich getötet?«
»Nein…du hast…naja…ich stand gegenüber von meinem Bett und hab gesehen wie du…naja du weißt schon…«, Elli fragte sich, wofür sie sich eigentlich vorhin den Gesprächsplan ausgedacht hatte. Tycon schaute sie nur fragend an.
»…mein Blut getrunken hast.«, beendete sie den Satz. Tycon lachte kurz. »Du hast gesehen wie ich dir…? Als ob du eine Kamera gewesen wärst? Ein Zuschauer?«
»Ja…«, sagte Elli, etwas verwundert, »Aber ich hab es…gefühlt. Als…ob es wirklich passiert wäre.«
Er schwieg kurz und sagte dann: »Hast du…Spuren entdeckt? Eine Wunde? Eine Narbe?«
»Nein…wie auch…es war ja nur…ein Traum.« Sie hielt es für besser, nichts von ihrer Halsuntersuchung vor dem Spiegel zu erzählen.
»War es das…?«, fragte er lächelnd.
»Ja, ich…denke schon…«, antwortete sie verwirrt.
»Obwohl es so real schien?«

Wollte er sie verunsichern?! Langsam glaubte sie, leichte Angst zu bekommen.
»Naja…sind das nicht viele Träume? Dieser hier ist es doch auch.«
»Du meinst also, das hier wäre auch nur ein Traum?«
Allmälich wurde es ihr unheimlich:
»Ja…natürlich. Es scheint wie…eine zweite Welt, so real wie die Wirkliche, aber der Traum wo…naja…von dem ich gerade erzählte, war auf jeden Fall ein Traum…da diese…Kamera-Perspektive im realen Leben wohl nicht stattfindet…zumindest nicht so, dass man sieht, wie an einem selbst etwas getan wird und das…auch noch fühlt.«. Sie endete, schaute ihn an und hoffte, überzeugend zu wirken.
»Ein Traum in einem Traum, meinst du?«
»Ja.«
»Seltsam.«
»Das ist es…«
»Wenn dies hier«, er deutete mit dem Arm demonstrativ durch den Raum, »Wie eine zweite Welt für dich erscheint«, er stand auf, »Solltest du dich bald entscheiden«, er ging zur Garderobe und zog seinen Mantel an, »in welcher du leben willst.«
Mit diesen Worten schaute er ihr kurz fest in die Augen und ging auf die Tür zu.
»Hey! Was…?! Ich bin noch nicht fertig!«, sagte Elli aufgebracht.
Tycon schaute sie fragend an. »Womit?«
»Mit…Reden!«
»Erst wolltest du mir eigentlich gar nichts erzählen.«
»Doch aber…nicht das!«. Nun war sie wütend.
»Uh. Da bin ich aber gespannt.«, sagte Tycon scherzhaft, zwinkerte ihr zu und verließ das Haus.
Elli schaute sprachlos zum Fenster hinaus, von dem aus sie Tycon sehen konnte. Dieser schien das zu merken, denn er drehte sich halb zu ihr um, lächelte und winkte kurz, und ging dann auf die andere Straßenseite. Wütend ließ Elli vom Fenster ab und warf sich förmlich auf die Couch. »Manchmal kann er so ein…Arsch sein.«, murmelte sie leise. Dann fragte sie sich, warum überhaupt »manchmal«. Hatte sie je schon mal eine positive Seite von ihm erlebt? Gut, so lange kannte sie ihn noch nicht, aber…sie konnte ihn irgendwie auch nicht hassen. Warum auch immer.

Sie beschloss, sich nicht allzu lange einen Gesprächsplan auszudenken, da er nachher das Gespräch vermutlich eh wieder so lenken würde, dass sie letztlich wieder wie ein Trottel da stand.

# Kapitel 4

-Tycon-

Tycon ging den üblichen Weg zum seinem Club. Jetzt hab ich sie schon fast am Haken, dachte er erfreut.
Als er dann angekommen war und eintrat, wurde er wieder von Yvonne empfangen. Er erkundigte sich kurz nach irgendwelchen Vorkommnissen, hängte seinen Mantel an die Garderobe und ging wieder zur Bar. Diesmal fand er zu seinem Bedauern keine hübsche Single-Frau dort vor, sondern nur einen Single-Mann. Tycon musterte ihn ein Weilchen, in der Hoffnung, es würde doch noch irgendeine Frau kommen, denn die, die sich mit im Raum befanden, waren alle beschäftigt. Er hasste solche Situationen, doch er kam nicht darum herum. Denn er wollte möglichst schnell wieder nach Hause, weil das anstehende Gespräch mit Elli lustig zu werden versprach. Zumindest für ihn. Elli würde ihn danach wahrscheinlich wieder hassen, aber das störte ihn nicht weiter. Ihn amüsierte ihre Art, wenn sie wütend auf ihn war, zumal ihre Wut sich eh nie lange hielt.
Also setzte er sich neben den Mann und fing ein Gespräch an. Er fragte, ob ihm der Club gefiele, was er verbesserungswürdig fände ...und der Mann zählte ein paar Dinge auf. Nach ein paar Minuten begann der Typ einen Witz zu erzählen, wie auch immer er bei diesem Gespräch auf diese Idee gekommen sein mochte. Tycon wandte seinen Blick langsam, damit es nicht so auffällig wirkte, in die Augen des Mannes. Der Mann schaute ihn natürlich auch an, da er seine Mimik und Gestik verwendete, um den Witz verständlicher zu machen. Als er geendet hatte, zwang sich Tycon zu einem Lachen und verstärkte seinen Blick. Der Mann wollte wegsehen, seine Augen wurden jedoch wie durch magnetische Anziehungskräfte von denen Tycons gehalten. Dann wurden seine Augen etwas glasig, die Pupillen erweiterten sich und er öffnete leicht den Mund. Tycoon näherte sich seinem Gesicht, öffnete für ein paar Sekunden ebenfalls den Mund und atmete tief ein. Dann tat er so, als hätte er ihm etwas ins Ohr geflüstert, damit nicht jemand irgendwelche Verdachte aufstell-

te, sollte einer der anderen Gäste, womöglich auch noch ein Stammgast, ihn beobachtet haben. Deshalb hatte er diesen Kontakt auch so kurz wie möglich gehalten, wesentlich kürzer als bei der Frau vom Vortag.

Anschließend stand er auf, lief zum Ausgang, nahm seinen Mantel von der Garderobe und ging hinaus. Wütend darüber, dass er heute nur diesen hässlichen Typen an der Bar angetroffen hatte, ging er rasch den Bürgersteig entlang. Als er um eine Ecke bog, sah er, dass ihm ein Mann entgegenkam. Er dachte sich nicht viel dabei und ging einfach weiter. Gerade, als er etwas nach rechts ging, damit er nicht mit dem Unbekannten zusammenstieß, blieb der Andere stehen, verschränkte die Arme und schaute ihn an. Mit kräftiger Stimme sagte er: »Ich freue mich auch, dich zu sehen, danke.«
Tycon blieb verblüfft stehen, drehte sich um und schaute den Mann an. Er war ein wenig größer als Tycon selbst, hatte eine recht sportliche Figur und kantige Gesichtszüge. Seine Haare waren lang und schwarz. Die Augen, die bei dem schwachen Licht der Straßenlaternen auch einfach nur schwarz wirkten, waren bei genauerem Betrachten von einem dunklen, warmen Braun, hier und da hatten sie einen kleinen, goldenen Schimmer. »Lisco.«, sagte Tycon kühl. Der Angesprochene lächelte und sagte: »Du erinnerst dich also noch an mich, das freut mich.«
»Was tust du hier?«, fragte Tycon leise.
»Ach, ich wohne seit kurzem hier. Nicht weit von dir. Ein paar Straßen weiter.«
»Woher weißt du, wo ich wohne?«, fragte Tycon argwöhnisch.
»Ich habe dich beobachtet. Ich hatte dich zufällig mal gesehen und bin dir, unauffällig, gefolgt.«
»Und was tust du hier?!«
»Nichts Besonderes. Ich will einfach mal…entspannen.«
»Wovon?«
»Ich war bei der Polizei, undercover. Aber nicht bei irgendeiner Polizei. Ich habe…«, er überlegte kurz, »Verbrecher…unserer Art aufgespürt. Solche, die... Gefallen daran finden, ihre Spielchen mit den Sterblichen zu spielen.«
Tycon schwieg kurz und vermutete dann: » Und jetzt hast du Urlaub?«
»Ja, so in der Art.«

»So in der Art?«
»Nun ja, ich soll…dich gewissermaßen beobachten. Den Behörden ist zu Ohren gekommen, dass du anscheinend eine…wie soll ich sagen…Vorliebe für Sterbliche entwickelt hast.«, er schaute ihn schräg an, »So, wie diejenigen, die ich normalerweise verfolge. Nicht ganz so extrem, aber sie fragen sich ob…«
»Es nicht auch so werden wird?«
»Ja. Du bist im Moment mit einem Mädchen…beschäftigt.«
»Möglich.«
»Was hast du mit ihr vor?«
»Ein…Experiment. Harmlos, nichts Weltbewegendes.«
»Du solltest mich ihr vorstellen.«
»Was? Warum das?«, entgegnete Tycon perplex.
»Ich will sehen, was du mit ihr angestellt hast. Und ich finde sie…sagen wir, interessant.«
Tycon wollte zu einer Antwort ansetzen, doch Lisco winkte ab, beugte sich leicht nach vorn und sagte leise: »Ich habe einen gewissen Einfluss auf die Behörden. Ich könnte sie davon überzeugen, dass du nichts Unrechtes tust. Gegen ein gelegentliches Spuken sagt ja keiner was.«. Er zwinkerte Tycon zu.
Dieser verengte seine Augen und sagte leise: »Das ist Erpressung. Nicht besonders nobel, noch dazu von einem Beamten.«. Lisco lächelte und sagte: » Jeder hat seine hellen und seine dunklen Seiten. Ich werde sie kennenlernen. Es muss ja nicht heute sein. Aber du solltest dich nicht zu auffällig verhalten.«
»Du bist ein Verräter.«, sagte Tycon wütend.
»Gewissermaßen...sind wir das doch alle. Jeder ist auf seinen eigenen Vorteil bedacht. Das würde ich zwar eher als Egoismus bezeichnen, aber sei´s drum.«. Mit diesen Worten wandte er sich abwinkend um und ging weiter seines Weges. Tycon schaute ihm noch ein paar Sekunden wütend hinterher und setzte dann ebenfalls seinen Weg nach Hause fort.

## -Elli-

Elli, die während Tycons Abwesenheit auf dem Sofa ein Buch gelesen hatte, bemerkte, wie die Tür aufging. Sie schloss das Buch, setzte sich aufrecht hin und schaute auf den Eingang des Wohnzimmers. Sie hörte, wie seine Schritte näher kamen. Dann schließlich kam er ins Wohnzimmer, setzte sich auf die andere Couch und schaltete den Fernseher an. Elli wunderte sich, denn er schien nicht gerade gut gelaunt zu sein.
»Wo warst du?«, fragte Elli.
»Essen.«
»Essen? Warum isst du nicht hier?«
»Meine Sache.«
»Warum bist du so mies gelaunt?«, wagte sie einen neuen Versuch.
»Das geht dich nichts an.«
Langsam reichte es Elli. Sie stand auf und stellte sich vor den Fernseher, um ihm direkt ins Gesicht zu sehen. Er schaute sie nur genervt an.
Sie verschränkte die Arme und sagte: »Oh doch, es geht mich etwas an. Sag mir auf der Stelle, was hier los ist!«
Plötzlich stand er auf, ging auf Elli zu, stemmte seine Arme an beiden Seiten von Ellis Kopf an die Wand, sodass sie, bei dem Versuch, nach hinten auszuweichen, mit dem Rücken an den Fernseher stieß. Sie war gefangen, konnte nicht entweichen. Er sah ihr direkt in die Augen und fixierte sie wieder mit seinem Blick, während er mit kalter, um Fassung bemühter Stimme, sagte: »Nicht in diesem Ton! Ich sagte "Nein". Und damit meine ich auch "Nein". Du gehst jetzt besser ins Bett.«
Er schaute sie noch einmal durchdringend an, ließ dann ruckartig von ihr ab und ging wieder zum Sofa. Elli atmete tief durch. Mit so einer aggressiven Reaktion hatte sie nicht gerechnet.
Sie schaute zu Tycon, welcher sich nun wieder auf dem Sofa niedergelassen hatte. Schlagartig fiel ihr ein, dass er ja eigentlich fernsehen wollte, und um ihn nicht noch wütender zu machen, als er es ohnehin schon war, ging sie schnell vom Fernseher weg und rannte förmlich durch den Flur und die Treppe herauf, da sie glaubte, seine wütenden Blicke auf sich zu spüren.
Oben und in ihrem Zimmer angekommen, zog sie sich schnell um und legte sich schlafen.

Nicht lange, nachdem sie eingeschlafen war, schien sie wieder mitten im Raum zu stehen und sah auf ihr schlafendes Ich. Dann ging wieder langsam die Tür auf und Tycon trat ein. Er kam auf ihr Bett zu, setzte sich wieder auf die Bettkante und schaute ihr ein paar Sekunden beim Schlafen zu. Dann glaubte Elli, ihn seufzen zu hören, während er sich dann wieder über sie beugte, ihre Haare von ihrem Hals schob und dann...spürte Elli den Biss und dieses merkwürdige Gefühl, welches sie immer noch nicht richtig den normalen Empfindungen zuordnen konnte. Sie versuchte, die Augen zu öffnen, schaffte es jedoch nicht. Sie wollte etwas sagen, doch ihren Lippen wollte kein Ton entweichen. Tycon schien das zu spüren, denn plötzlich hörte er auf mit Trinken, berührte mit seinen Lippen nochmals die Bissstelle, legte ihr eine Hand über die Augen und sagte leise: »Du schläfst.«. Dann stand er vorsichtig auf, verließ leise den Raum und schloss wieder die Tür, während Elli nun ruhig weiterschlief.

Plötzlich hörte sie eine Stimme, die immer lauter wurde. Sie glaubte, ihren Namen zu hören. Schließlich erkannte sie, dass es die Stimme ihrer Mutter war. Auf einmal schlug sie die Augen auf und sah ihre Mutter über sich gebeugt, wie sie hysterisch an Ellis Schultern rüttelte. Elli atmete schnell, als hätte sie gerade eine Stunde Sport hinter sich gebracht. Immerhin hatte sie nicht damit gerechnet, zu Hause aufzuwachen, da sie ja eigentlich erst aus dem einen Traum hätte aufwachen müssen. »ELLI!« rief ihre Mutter.
»Was denn…«, antwortete Elli schläfrig.
»Es ist 6.00 Uhr! Ich versuche seit einer halben Stunde dich wach zu bekommen! Du warst wieder wie festgesaugt!«
»Vielleicht war ich das auch…«, sagte Elli leise. Dann fiel ihr ein, dass ja Montag war, weswegen sie leider schon aufstehen musste. Also schwang sie sich aus dem Bett, sammelte sich ihre Sachen zusammen und ging schläfrig hinüber ins Bad.

Bis auf ein paar Müdigkeitsanfälle verlief der Tag für Elli ganz normal. Nachmittags, als sie allein zum Bus ging, da die anderen ja noch Latein-Förder hatten, sah sie, dass Christian da stand. Sie hoffte inständig, dass er nicht mit ihrem Bus fahren würde. Was er dann aber natürlich tat. Der

Bus kam, sie gingen zur Bushaltestelle und als die Tür aufging, hatte Elli plötzlich nur noch einen Gedanken, und zwar, so schnell wie möglich in den Bus zu kommen. Sie wusste nicht, warum, es war einfach ein… Drang, die wenigen anderen, die auch in den Bus wollten, zur Seite zu stoßen und sich einen Platz zu suchen. Also tat sie dies und setzte sich auf den Sitz neben dem Ausgang, damit sie auch so schnell wie möglich wieder aus dem Bus herauskam. Dann stieg Christian ein und setzte sich natürlich genau vor sie.
Kaum war der Bus angefahren, drehte er sich herum und lächelte Elli an, während er dann sagte: »Du scheinst ja nicht besonders gesprächig zu sein.«. In dem Moment fiel Ellis Rucksack von ihrem Nebensitz. Das war ja mal wieder typisch, dachte Elli, warum passierten solche peinliche Dinge immer ihr?! Sie hob den Rucksack auf, stellte ihn wieder auf den Sitz neben sich, und schaute Christian an. Dieser lächelte immer noch und sah sie fragend an. Plötzlich hörte sie sich sagen: »Ja, und?!«. Sie hatte dies mit kühler, schnippischer Stimme gesprochen, ohne es überhaupt mitbekommen zu haben. Schnell sagte sie: »Ja, naja, ich hatte gerade Mathe.«. Was war nur los mit ihr?! Christian schaute sie merkwürdig an, sagte: »Na dann…« und drehte sich um. Elli glaubte, ihn nun wütend gemacht oder zumindest gekränkt zu haben, doch als er dann ausstieg und an ihr vorbei ging, nickte er ihr zwar nur "cool" zu, lächelte jedoch auch ein wenig. Also hatte er ihre kühle Reaktion wohl schon wieder vergessen, was bei seinem vermutlich nicht allzu hohen IQ gar nicht mal so abwegig erschien. Oder er war einfach nur so stark verliebt in sie, dass er alles, was sie tat, toll fand.

Zu Hause angekommen, hatte sie sich eigentlich vorgenommen, schnell die Hausaufgaben zu erledigen und zu lernen, und dann so schnell wie möglich schlafen zu gehen. Was ihr aber anhand der auferlegten Hausaufgabenmenge und der Tatsache, dass sie morgen in Latein eine Klausur schreiben würde, leider nicht möglich war. Also setzte sie sich an den Tisch und begann ihr Werk.

Als sie alle ihre Bücher wieder im Rucksack verstaut hatte, war es 20.45 Uhr. Zwischendurch hatte sie mit ihrem Lernzeug in ihr Zimmer umziehen müssen, da ihre Eltern im Wohnzimmer fernsehen wollten. Sie war

jetzt schon müde, doch sie musste noch etwas zu Abend essen, da ihre Mutter ihr sonst wieder einen Vortrag halten würde.
Als sie mit allem fertig war, war es schon 22.00 Uhr. Sie befürchtete, am nächsten Morgen ziemlich müde zu sein. Doch nun war sie erstmal ziemlich froh, endlich im Bett zu liegen und schloss die Augen.
Nach ein paar Minuten wachte sie in Tycons Haus wieder auf. Sofort war da wieder die Erinnerung an die letzte Nacht. Sie beschloss, ihn in dieser Nacht nun endgültig zur Rede zu stellen. Dies nahm sie sich zwar jetzt schon seit einigen Nächten vor, aber heute würde sie es wirklich tun. Also stand sie auf, zog sich etwas an, erledigte ihre alltäglichen Wege im Bad und ging dann herunter ins Wohnzimmer. Dort war niemand zu sehen. Sie durchsuchte das Haus, doch nirgendwo war er. Sie wunderte sich, beschloss aber, sich einfach ins Wohnzimmer zu setzen und zu warten, bis er irgendwann aufkreuzte.
Nach einer halben Stunde ungefähr hörte Elli dann, wie die Haustür aufging und er eintrat. Sie wartete geduldig, bis er ins Wohnzimmer kam, setzte sich dann aufrecht hin und schaute ihn an. Als er sich auf das andere Sofa setzte, schien er es zu merken, und wandte ihr fragend seinen Blick zu: »Ist was?«
»Ich weiß es.«, antwortete Elli, mit bemüht kühler und gelassener Stimme.
»Was? Weshalb ich gestern so…schlecht drauf war?«, fragte er etwas unsicher.
»Nein…«, sagte Elli, »Obwohl mich das auch mal interessieren würde…«
Sie schaute auf ihre Hände, welche sie nervös knetete. Dann hob sie ihren Blick, sah ihn an, versuchte jedoch, nicht direkt in seine Augen zu sehen, und sagte angespannt: » Ich glaube, ich weiß…was du bist.«
Er wirkte überrascht und erwiderte: »Aha…und was schwebt dir da so vor?«
Elli atmete tief durch. Sie fühlte sich gerade wie die Bella aus *Twilight*, als diese Edward gerade sagte, dass sie wusste, dass er ein Vampir war.
»Du…hast gewisse Ähnlichkeit mit…dem Lestat aus *Interview mit einem Vampir* und…«
»Du glaubst ich wäre er?! Eine Filmfigur?«, fragte Tycon zweifelnd.
»Naja, ich weiß nicht. Du hast kalte Haut, du gehst jede Nacht allein "Essen"…«

»Ich bin nicht…er. Wenn, dann ist er ich.«
»Hä? Wie jetzt?«
Tycon seufzte. »Nun ja, vielleicht hat der Autor…« , »Anne Rice«, ergänzte Elli.
Tycon warf ihr einen schrägen Blick zu, »Vielleicht hat DIE Autorin mich…als Vorbild genommen.«, schloss er und lächelte.
»Das ist nicht witzig!«, sagte Elli kühl. Seine Scherze konnte er sich sonst wohin klemmen.
»Oh doch, ich finde schon. Du vergleichst mich gerade mit einer Filmfigur. Das Einzige, was der und ich gemeinsam haben, sind die blonden Haare und die blauen Augen, das gute Aussehen allgemein, und vielleicht noch ein paar triviale Kleinigkeiten.«
Elli dachte nach: Eigentlich hatte Tycon Recht. Sie verglich die beiden im Kopf und kam zum selben Schluss: Sie sahen ähnlich aus, jedoch nicht gleich, da Tycons Haare nicht ganz so wellig waren, und seine Augen ein tieferes, dunkleres Blau als die Lestats hatten und seine Figur etwas weniger schmächtig wirkte.
»Hm…es kam dir absurd vor, dass ich dich mit ihm verglichen habe, aber du hast nichts dagegen gesagt, dass du dann...«, sie hielt kurz inne, »...ein Vampir wärst.«
Er schaute sie an und lächelte. »Ach, daher weht der Wind.«, sagte er, »Du hast wieder geträumt?«
Elli nickte langsam.
»Und…hat es sich wieder so…echt angefühlt?«, fragte er.
»Ja…«, sagte Elli leise.
»Hm…«, er überlegte, »Und? Hast du schon in den Spiegel geschaut, ob du eine…Narbe oder ähnliches siehst? Als Zeichen der Echtheit, meine ich.«
»Nein…aber selbst wenn…wenn das in der vorigen Nacht passiert wäre, würde da mehr als eine Narbe sein und vermutlich würde es auch noch schmerzen und das hätte ich gemerkt.«
»Bist du denn schon mal von einem Vampir gebissen wurden?«, fragte Tycon.
»Nein, natürlich nicht!«, antwortete Elli entrüstet.
»Woher willst du das dann wissen? Vielleicht heilen diese Wunden ja schneller?« Mit diesen Worten stand er auf und ging zu Elli, deren At-

mung sich sofort beschleunigte. Er beugte sich zu ihr herunter, hob ihre Haare hoch und musterte ihren Hals. Elli glaubte, er müsse ihren Herzschlag hören, der sich noch mehr steigerte, als Tycon mit einem kühlen Finger ihren Hals berührte, wodurch sie schlagartig eine Gänsehaut bekam.

Er sagte: »Da, das könnte eine fast verheilte Wunde sein.«

Elli erschrak und schaute ihn an, während er sich wieder auf seine Couch setzte. »Geh und schau nach, wenn du mir keinen Glauben schenkst.«, meinte er lässig. Sofort stand Elli auf, rannte förmlich ins Bad, schob ihre Haare nach hinten und schaute auf die Stelle, wo sie Tycons kühle Berührung gespürt hatte. Und tatsächlich: sie glaubte, eine rötliche Stelle an ihrem Hals zu sehen. Und da sie, außer in den Filmen, noch nie die Wunde eines Bisses von einem Vampir gesehen hatte, musste es wohl so eine Wunde sein. Sie wurde blass, ging wieder ins Wohnzimmer zurück und ließ sich wieder auf ihrem Sofa nieder. Tycon saß immer noch da und schaute sie nun direkt an.

»Du bist also…ein…Vampir.«, sagte sie leise.

»Wenn du das sagst, wird es wohl stimmen.«, meinte er ruhig. Sie schwiegen ein Weilchen, und dann fügte Tycon hinzu: »Müsstest du dann jetzt nicht auch einer sein?«

Elli schaute ihn schockiert an: »Wieso?«

»Naja, in vielen Filmen zum Beispiel, oder auch in Büchern, steht, dass man, wenn man von einem Vampir gebissen wurde, auch einer wird.«

»In manchen steht aber auch, dass man erst das Blut eines Vamps trinken muss, um selbst einer zu werden.«, sagte Elli unsicher.

»Nun…vielleicht ist beides wahr…«, sagte Tycon, »Vielleicht bist du jetzt so etwas wie ein…Halbvampir, der ein paar Fähigkeiten eines Vampirs besitzt, beziehungsweise sich diese bald bei dir entwickeln werden, aber bei dem es vielleicht reicht, bluthaltige Dinge zu essen und sich nicht direkter Mittagssonne auszusetzen?«

»Meinst du…?«, fragte Elli angespannt. Mit dieser Situation hatte sie nicht gerechnet.

»Alles ist möglich.«, sagte Tycon lächelnd.

»Das hat…er…auch gesagt…du scheinst ihm in vielen Dingen ähnlich.«, stotterte Elli und schluckte.

Tycon lachte kurz und antwortete darauf: » Tja, wie gesagt, vielleicht bin ich sein Vorbild.«
»Eher umgekehrt.«, sagte Elli und stand auf, »Ich muss ins Bett, ich bin müde.«
Bevor Tycon etwas zu letzterem erwidern konnte, war sie auch schon aufgesprungen und lief, darum bemüht, keine Anzeichen von Panik oder Angst aufzuzeigen, zur Treppe.
Sie hoffte inständig, möglichst schnell einzuschlafen, da sie ihre Mutter nicht in Sorge bringen wollte, wenn sie täglich 30 Minuten brauchte, um Elli aufzuwecken, doch sie hatte auch Angst davor. Andererseits...es ist ja nur ein Traum, dachte sie, und wenn er mich hier töten sollte, lebe ich ja im wirklichen Leben immer noch.
Sich mit diesem Gedanken beruhigend, ging sie ins Bett und schlief dieses Mal traumlos.

Bis sie dann schließlich in ihrem Zimmer der "wirklichen Welt" beim Klingeln ihres Weckers aufwachte. Ihre Mutter stand bereits wieder neben Ellis Bett, schien aber noch nicht allzu lange auf Ellis Aufwachen zu warten, da sie lächelte und sagte: »Guten Morgen, mein Schatz. Wie's aussieht schläfst du jetzt ja wieder...normal.«
»Hi Mama...«, sagte Elli nur, gähnte und ging dann ihre tägliche Routine nach dem Aufwachen an. Als sie dann im Bad vor dem Spiegel stand und sich die Haare gerade zu einem Zopf band, fiel ihr auf, dass auf ihrem Hals ein...Fleck war. Sie erschrak, ging näher an den Spiegel heran und schaute noch einmal genauer hin. Schockiert atmete sie tief ein und musste sich am Waschbecken festhalten, damit sie nicht das Gleichgewicht verlor: der Fleck war jene Wunde oder Narbe, welche Tycon ihr vorgezeigt hatte. Ihr wurde schwindelig: war es also Realität? Hatte er sie in der..."wirklichen Welt" gebissen, und nicht nur im Traum?
Schnell tupfte Elli ein wenig Make-up auf die Stelle, damit es niemandem auffiel und nicht noch jemand dachte, es sei ein Knutschfleck. Dann fixierte sie ihre Frisur noch kurz mit Haarspray und ging dann in die Küche, um zu frühstücken.

Beim Essen sagte ihre Mutter: »Schatz, warum hattest du eigentlich letzte Nacht dein Fenster offen?« Elli schaute ihre Mutter an und sagte erschro-

cken: »Ich hatte mein Fenster nicht offen. Und warum fällt dir das erst jetzt ein?!«
»Doch, es war offen, als ich reinkam. Du hast es bestimmt bloß vergessen. Gestern habe ich einfach nicht dran gedacht, dich deswegen zu fragen, wegen der Sache mit dem Aufwachen und so.« Ellis Vater hatte Ellis geschockte Reaktion offenbar bemerkt, denn er fragte: » Was ist denn, Elli? Bist du aufgeregt?«
»Wir... schreiben heute Latein-Klausur.«, stammelte Elli, stopfte sich den Rest ihres Toastbrotes in den Mund und ging dann schnell aus der Küche, um sich weitere Fragen zu ersparen. Sie wusste nicht, was sie denken oder glauben sollte. Mit dieser Unsicherheit ging dann sie in die Schule.

# Kapitel 5

-einen Monat später-

Ein Monat war vergangen, ohne irgendwelche besonderen Vorkommnisse. Elli war, wie sonst auch, zur Schule gegangen, wo ihr bis auf leichte Konzentrationsstörungen nichts Sonderbares widerfahren war, und auch ihr "Nachtleben" verlief, der derzeitigen Situation entsprechend, normal. Was hieß, dass sie und Tycon sich so ziemlich ignoriert hatten, sie war nicht noch einmal, so dachte sie zumindest, gebissen worden und Tycon hatte auch nicht noch einmal etwas Derartiges angedeutet.
Nun war es wieder einmal Freitagabend und Elli wollte gerade zu Bett gehen, jedoch nicht, ohne sich vorher davon zu überzeugen, dass ihr Fenster auch wirklich geschlossen war. Wie sie es, seit dem Vorkommnis mit der Narbe, nun jeden Abend tat. Dann legte sie sich schlafen.

Es dauerte nicht lange, und sie wachte wieder in ihrem "anderen Zimmer", wie sie es mittlerweile nannte, auf. Sie vollzog ihre übliche Badroutine und ging dann hinunter. Gerade als sie mit den Füßen den Boden des Flurs unten berührt hatte, ging die Tür auf und Tycon kam herein. Entweder war er heute besonders früh ausgegangen, oder Elli hatte einfach lange geschlafen. Elli sagte bloß kurz »Hi«, ging dann ins Wohnzimmer, ließ sich auf einem der zwei Sofas nieder und schaltete den Fernseher ein. Kurz darauf trat auch Tycon ein und nahm auf dem anderen Sofa Platz. Eine Weile lang saßen sie einfach nur schweigend da und schauten auf das Gerät. Nach einer Zeit sagte Tycon dann beiläufig: »Wie geht es eigentlich mit deiner Entwicklung voran?« Elli schaute ihn verdutzt an.
»Wie bitte?!«, fragte sie rhetorisch. Was zum Teufel sollte diese Frage denn nun schon wieder?
»Na, mit deinen Zähnen und so. Sind schon ein paar Ecken abgebrochen, hast du den Eindruck, dass irgendetwas anders ist, an deinem Körper…?«
Elli war verwirrt. »Ähm…nein...ich weiß nicht…sollten sie das?«

»Naja, eigentlich schon...du hast bestimmt noch nicht richtig nachgesehen. Geh zum Spiegel und schau nach.«
Zögernd stand Elli auf, ging ins Bad und besah im Spiegel ihre Zähne. Und was er gesagt hatte, stimmte: an ihrem rechten, oberen Eckzahn fehlte eine Ecke. Dadurch sah er, wenn man ihn nur von eben dieser Seite betrachtete, tatsächlich gruselig... vampirisch aus, wie Elli fand. Sofort schaute sie die anderen Zähne genauestens an, konnte an diesen aber keine großen Veränderungen feststellen.
»Und?«, fragte Tycon, also sie sich dann wieder auf die Couch setzte.
»Es fehlt...eine Ecke. Bei...wie vielen Zähnen wird das passieren?«
»Nur bei den oberen Eckzähnen, vielleicht auch nicht bei beiden.«, sagte Tycon, »Wie gesagt: nur Halbvampir. Was aber auch nicht unbedingt schlecht ist, weil ich glaube nicht, dass du mit 4 Reißzähnen herumlaufen wollen würdest.«
»Aber du...?«, setzte Elli an.
»Ich habe auch keine Reißzähne.«, schnitt Tycon ihr das Wort ab, »Bei den...älteren Vampiren erscheinen sie nur, wenn diese das auch wollen oder brauchen. Und wie gesagt, ich finde das nicht besonders attraktiv, von daher.... Hast du schon irgendetwas Bluthaltiges seitdem gegessen?«
Angewidert schaute sie ihn an. »Nein, wieso...?«
»Das würde den Prozess beschleunigen.«
»Ich hab aber gehört, dass Vampire totes Blut nicht trinken dürfen... « Natürlich in jenem Film, der sie überhaupt erst zu der ganzen Annahme verleitet hatte.
»Vampire. Von Halbvampiren war da vermutlich nicht die Rede.«
»Nein... «, gab Elli zu.
»Siehst du. Ach, da fällt mir ein, ich hab dir etwas mitgebracht.«, sagte Tycon, stand auf und verschwand aus dem Raum. Fünf Minuten später kam er mit einer Tasse zurück, die er vor Elli auf den kleinen Tisch stellte. In der Tasse befand sich eine rote Flüssigkeit.
»Was ist das?«, fragte Elli argwöhnisch.
»Koste.«, antwortete Tycon lächelnd. Elli nahm die Tasse in die Hand, nippte kurz daran und stellte die Tasse dann ruckartig zurück auf den Tisch, bevor sie bleich wurde, sich darum bemühen musste, nicht zu würgen, und Tycon ansah.

»Das ist…Blut!«, stammelte sie.
»Gut erkannt.«, sagte Tycon lächelnd, »Ist aus einem Krankenhaus, von einem Blutspender, du brauchst dir also keine Sorgen zu machen.«
»Wieso…gibst du mir…Blut?!«, fragte sie, mit zitternder Stimme.
Tycon schien verwundert. »Ich dachte, du weißt so viel über Vampire? Der Part mit der Ernährung ist dir wohl scheinbar entgangen…«
»Aber…ich dachte ich bin bloß Halb-..?«
»Auch Halbvampire brauchen mindestens einmal pures Blut, beziehungsweise sind sie…stärker, wenn sie Blut trinken. Vor allem, wenn es menschlich ist. Du solltest das trinken, sonst könnte es ziemlich unangenehm für dich werden. Aber das habe ich dir ja eigentlich schon erklärt.«
»Wie…meinst du das?«
»Krämpfe, Schmerzen…keine Ahnung. Ich selbst habe das ja nicht durchgemacht, aber so lautet nun mal die Theorie…«, erklärte er achselzuckend.
»Denk dir einfach, es wäre Tee, oder halt dir die Nase zu. Eigentlich müsstest du ja total scharf darauf sein. Hm…«, er überlegte, »Aber nachdem du es getrunken hast, wirst du es mögen.«, fügte er motivierend hinzu.
Elli schaute unsicher auf die Tasse. Tycon stand auf, ging zu ihr hin und setzte sich auf die Seitenlehne des Sofas, sodass er neben Elli saß. Dann griff er nach der Tasse und reichte sie ihr. Elli nahm sie und schaute ihn unsicher an, woraufhin er ihr kurz zunickte. Also setzte sie die Tasse an und trank. Sie kniff die Augen zusammen, riss sich zusammen und trank aus. Als die Tasse, die zum Glück nicht allzu groß gewesen war, leer war, nahm Tycon sie ihr ab und stellte sie auf den Tisch.
»Glückwunsch.«, sagte Tycon lächelnd und strich ihr übers Haar, als wäre sie ein Hund, der etwas gut gemacht hatte, »Nun bist du wirklich ein Halbvampir.«
Elli schaute ihn an, immer noch tief durchatmend, und fragte verwirrt: »Wie…wirklich?«
»Naja, durch das Trinken von Blut wird dieser…Zustand sozusagen besiegelt.«
Elli sprang auf und erwiderte: »Heißt das…hätte ich das nicht getrunken, wäre ich nicht…?«

»Nicht wirklich, ja.«, sagte Tycon lächelnd. »Du Mistkerl!«, schrie sie ihn an.
Nun war Tycon offensichtlich verwirrt und schaute sie auch dementsprechend an.
»Du…Lügner! Erst schleichst du dich einfach in mein Leben ein, dann bedienst du dich einfach meines Blutes, als ob ich eine…Hure wäre, die ihr Blut verkauft, und…«
»Vielleicht bist du das auch oder wirst es sein.«, fiel ihr Tycon kühl ins Wort. Daraufhin ging Elli einen Schritt auf ihn zu und gab ihm eine Ohrfeige. »Und dann hast du das hier mit mir gemacht.«, beendete sie leise, um Fassung bemüht. Tycon stand nun ebenfalls ruckartig auf und stellte sich ganz dicht vor sie, woraufhin Elli rückwärts ging, bis sie wieder vor der Wand stand und nicht mehr ausweichen konnte. Tycon ging immer weiter auf sie zu, sodass sie letztendlich mal wieder zwischen Wand und ihm gefangen war. Sie gegen die Wand zu drängen, schien wohl leider eines seiner Hobbys zu sein.
Dann sagte Tycon leise und kühl: »Was würden Andere geben, um das zu sein, was du jetzt bist, und du musstest nicht einmal etwas dafür tun. Ist es dir nicht aufgefallen, dass das Haus immer sauber ist? Dass du lediglich dein Bett zu ordnen brauchst und nicht einmal dein eigenes Zimmer säubern musst, wie ich dich anfangs eigentlich bat, es für das ganze Haus zu tun? Dass du nun nicht mehr irgendeinen Schwachsinn träumst, sondern nun ein besseres Leben im Traum führst? Mit mir? Ich bin jetzt Teil deines Lebens. Du beschwerst dich über etwas, was andere Menschen als Geschenk bezeichnen würden.«
»Eingesperrt in einem Haus mit dir. Das nennst du ein Geschenk? Du gehst abends immer weg und hältst mich hier wie einen Hund gefangen. Und wenn du dann wieder da bist…bin ich eingesperrt mit dir. Das nennst du ein Geschenk? Das ist bisher das Hässlichste, was mir je passiert ist! Ich hasse dich.«, sagte sie kühl, stieß ihn ein Stück weg, damit sie sich an ihm vorbeidrängen konnte, und rannte hoch in ihr Zimmer.
»Dann hast du bisher noch nichts Schlimmes erlebt!«, rief er ihr wütend nach, und ging wieder zum Sofa. Elli hingegen legte sich schließlich ins Bett und weinte.

Als sie dann zu Hause wieder aufwachte, fühlte sie sich matt, vielleicht würde sie krank werden. Sie konnte nicht fassen, was gerade passiert war. Eigentlich war es zwar nur ein Traum, aber mittlerweile war sie der Auffassung, dass das nicht so ganz stimmen konnte. Es war so...real. Sollte sie jetzt jede Nacht so verbringen? Bisher war er, für seine Verhältnisse, ganz nett zu ihr gewesen, von dem Stehlen ihres Blutes und seiner Art, Gespräche zu führen, einmal abgesehen. Aber was würde jetzt werden? Nach dieser Auseinandersetzung? Vielleicht würde er sie schlagen, oder wie Dreck behandeln oder...Elli mochte gar nicht daran denken. Sie stand auf, ging ins Bad und schaute in den Spiegel, um ihre Zähne zu betrachten. Die Ecke an ihrem Zahn fehlte wirklich. Wahrscheinlich würde das mit der anderen Ecke und dem anderen oberen Eckzahn auch bald passieren.
Zu Beginn des Ganzen hatten sie die Vampire fasziniert. Vielleicht hätte sie sich früher oder später vermutlich sogar gewünscht, selbst einer zu werden. Und nun sollte sie es schon sein? So schnell? Vielleicht hatte das alles sie einfach...überrumpelt, vielleicht sollte sie versuchen, das Positive daran zu sehen. Vielleicht sollte sie im Traum einfach mal...ihre neuen Fähigkeiten ausprobieren, es war ja immerhin nur ein Traum. Und wenn nicht, dann kannte sie dort zumindest niemand. Oder vielleicht sollte sie einfach mal weglaufen, im Traum natürlich. Würde Tycon sie suchen? Wenn nicht, würde sie sich zur Not schon zurückfinden. Oder jemanden fragen können. Hoffentlich.

Der folgende Tag war mal wieder ziemlich langweilig, und als er dann endlich zu Ende war, legte sie sich, mit einer Aufregung wie seit langem nicht mehr, schlafen.
In ihrem "nächtlichen" Zimmer wieder aufgewacht, zog sie sich bewusst langsam an und ließ sich viel Zeit im Bad, in der Hoffnung, Tycon würde schon weggehen, sodass sie sich dann in Ruhe hinausschleichen könnte.
Nach etwa einer Stunde ging sie bemüht leise die Treppe herunter und lauschte. Als sie nichts auf Tycons Anwesenheit Hindeutendes hörte, ging sie vorsichtig durch den Flur und spähte in alle Räume. Er war nirgends zu sehen. Also ging sie zur Garderobe, zog sich ihre Schuhe und eine leichte Jacke an und öffnete die Tür. Sofort schlug ihr die nun mittlerweile wieder kühler gewordene Abendluft ins Gesicht. Sie schloss die

Augen, atmete tief ein und trat über die Türschwelle. Nichts geschah. Sie war etwas verwundert, dass er nicht irgendwelche Sicherheitsvorkehrungen vorgenommen hatte, er hatte sie ja nicht einmal eingeschlossen... Sie ging ein paar Schritte vorwärts, musterte nochmals das Haus, ob er auch nicht irgendwo am Fenster stand und sie beobachtete, und ging weiter, als sie nichts Verdächtiges sah. Wie schön es war, mal wieder die kühle Abendluft einatmen zu können! Nicht, dass sie in ihrer "realen" Welt nicht atmen würde, aber da durfte sie nachts ja auch nie raus. Nun war sie frei. Da dies ja nur ein Traum war, wie sie sich nun fest eingeredet hatte, konnte sie ja tun und lassen, was sie wollte. Elli hatte zwar keinen blassen Schimmer, was sie jetzt im Begriff war, zu tun, aber Hauptsache, raus dem Haus. Sie beschloss, einfach mal ein wenig herumzulaufen.

Eine schmale Seitenstraße durchquerte sie zuerst. Gemächlichen Schrittes lief sie dort entlang und schaute sich währenddessen um: es war wie in einem ganz normalen Dorf, oder im ruhigeren Teil einer Stadt: Häuser, in deren Fenstern teilweise noch das Licht brannte, Passanten auf den Gehwegen, die sich aber nicht für Elli zu interessieren schienen, was Elli etwas merkwürdig fand, da sie nicht einmal den Kopf wandten und "Guten Abend" sagten. Sie erklärte sich das selbst aber damit, dass sie vermutlich einfach nur müde, betrunken oder schlecht gelaunt waren. Und mit solchen Leuten wollte sie eh nichts zu tun haben.

Als sie gefühlte 30 Minuten lang herumgelaufen war, erkannte sie in ca. 50m Entfernung ein Schild, auf dem "Park des Schicksals" stand. Der Name war gewöhnungsbedürftig, wie sie fand, dennoch entschloss sie sich, diesem Park mal einen Besuch abzustatten.

Als sie dann vor dessen Eingang stand, überlegte sie, ob es nicht vielleicht besser wäre, wieder umzukehren: sie sah einen langen Kiesweg mit etlichen Abzweigungen, an den Wegrändern hohe, düstere Tannen, sodass es größtenteils unmöglich war, von einem Weg auf den gegenüberliegenden Weg zu schauen. Außer an manchen Stellen, wo der Weg in einen Rasen überging, auf welchem schwarze Bänke standen. Elli überlegte kurz, denn diesen Namen schien dieser Park wirklich verdient zu haben. Es würde sie nicht wundern, wenn eine der Baumhecken jetzt anfinge, sich zu bewegen und zusammenzuziehen, wie im vierten Teil von *Harry Potter*. Dennoch entschied sie sich mit einem tiefen Atemzug, in den Park zu gehen. Wenn das hier wirklich nur ein Traum war, würde sie, sollte ihr etwas passieren, irgendwann wieder aufwachen und alles würde vorbei sein. Und falls doch nicht, würde sie, falls sie dann wirklich tot sein sollte, eh nichts wirklich vermissen. Wie auch? Als ob man als Toter noch denken und vermissen könnte…

Ach, ihr würde schon nichts passieren. Also ging sie in den Park. Sie schlenderte den langen Weg entlang, hörte den Kies unter ihren Füßen knirschen und versuchte, sich den Weg zu merken, um im Notfall schnell wieder aus dem Park fliehen zu können. Schließlich bog sie auf ein paar Seitenwege ab und setzte sich nach weiteren ca. 15 Minuten auf eine der Bänke. Ein bisschen erschien ihr der Park wie ein Friedhof, in seiner Dunkelheit, seiner einschüchternden Atmosphäre und der Stille. Nur ab und zu hörte sie den Schrei eines Raben, was das Schauer-Gefühl nicht gerade vertrieb. Sie schaute sich um und dachte plötzlich, einen Schatten hinter einem der Bäume verschwinden gesehen zu haben. Hinter sich vernahm sie darauf hin ein Rascheln. Vielleicht ein Vogel, oder eine Katze oder…?
Elli beschloss, den Park doch lieber wieder zu verlassen. Schnellen Schrittes betrat sie wieder den Kiesweg und ging in die Richtung, aus der sie glaubte, vorher gekommen zu sein. Sie lauschte auf ihre Schritte, um zu hören, ob sie jemand verfolgte. Auf einmal blieb sie stehen und drehte sich ruckartig um. Wieder sah sie einen Schatten hinter die Bäume huschen. Elli atmete tief durch, drehte sich wieder in ihre Laufrichtung, versuchte, keine Angst zu haben und erhöhte ihr Tempo. Dann vermeinte sie auf einmal, Schritte hinter sich zu hören. Elli fragte sich, ob sie sich herumdrehen, oder lieber weitergehen sollte. Nochmals versuchte sie, ihr Tempo zu erhöhen, doch die Schritte folgten ihr beständig und taten es ihr gleich.
Elli rannte nun durch den dunklen Park und versuchte verzweifelt, den Rückweg zu finden. Doch dann sah alles gleich aus: die dunklen Bäume, die mit grauem Kies belegten Wege…kein Ausweg wollte sich offenbaren. Selbst die wenigen, schwach leuchtenden Laternen sahen alle gleich aus. Nirgendwo ein kleiner Hinweis auf den Ausgang oder auch nur ein anderer Passant, der ihr vielleicht den Weg sagen könnte! Ihr Atem wurde schneller, sie glaubte, neben den sie verfolgenden Schritten ihren

eigenen Herzschlag hören zu können. Sie lief um ein paar Abzweigungen, bis sie sich auf einer der Wiesen neben einer Bank befand. Für einen Moment glaubte Elli, den oder die Verfolger los geworden zu sein. Sie merkte, wie ein paar Tropfen auf ihr Haar fielen und schaute in den düsteren Himmel: es hatte angefangen zu regnen. Der Mond war nun von dunkelgrauen Wolken bedeckt. In der Ferne sah sie einen Blitz einschlagen, kurz darauf ertönte ein Donnergrollen. Sie atmete tief durch und versuchte, sich ihre Situation selbst zu mildern, indem sie sich einredete, dass es nur ein Traum sei und sie bald aufwachen würde. Dann kam ihr eine Idee: in den Filmen kniffen sich die Leute in solchen Situationen immer in den Arm, um aufzuwachen. Also probierte sie es aus: doch es geschah nichts. Sie blieb an diesem grausamen Ort, mit diesem schrecklichen Wetter gefangen. Sie hörte wieder ein Rascheln. Ruckartig stand sie auf und drehte sich einmal schnell um ihre eigene Achse. Hinter ihr war nichts. Nur die dunkle, grüne Hecke. Sie stand auf einer Rasenfläche, die ringsum von der Hecke umschlossen wurde. Der einzige Ausweg war der Gang, durch den sie gekommen war.

Aber dort stand jetzt eine große, kräftig gebaute Person. Ein Mann, mehr konnte sie durch den Regen nicht erkennen. In diesem Augenblick wurde sie sich der Tatsache bewusst, dass dieser Typ sie in diese Enge getrieben hatte. Die Person kam näher und Elli glaubte, ein bösartiges Lächeln zu erkennen. Der Mann blieb direkt in dem Eingang stehen, zog sein Handy aus der Hosentasche, wählte eine Nummer und sagte, als am anderen Ende abgenommen wurde, nur: »Ich hab sie.« Die Stimme war tief und klang rachsüchtig, erfreut und…böse. Elli glaubte, sie schon einmal gehört zu haben. Dann kam ihr der erschreckende Gedanke: waren das vielleicht die beiden Kidnapper, vor denen Tycon sie mehr oder weniger gerettet hatte?

Der Regen wurde stärker. Mittlerweile klebte ihr das Haar in nassen Strähnen im Gesicht, ihre Kleider waren durchweicht. Was sollte sie nur tun?! Sie sah keinen Ausweg. Der unheimliche Kerl blockierte den einzigen Ausgang aus diesem Teufelskreis. Vielleicht konnte sie irgendwie an ihm vorbeikommen, doch wie? Jetzt, solange der Andere noch nicht da war, konnte sie es vielleicht schaffen. Waren sie erst zu zweit, hatte sie praktisch keine Chance mehr. Aber, wie sollte sie das anstellen? Sich tot stellen, oder einen Asthmaanfall vortäuschen, in der Hoffnung, der Typ würde zu ihr kommen, sie könne ihn dann überraschen, wegstoßen und davonlaufen? Ob das klappen würde, war fraglich. Falls ja, wäre es ja schön und gut, wenn sie dann auch noch schnell genug rennen könnte, um zu entkommen, wenn der Andere, oder dieser Typ selbst, nicht gerade eine Schusswaffe dabei hatte. Sollte es nicht klappen, würde sie sich nur vollends zum Narren machen und den Gangstern auch noch etwas zu Lachen bieten. Oder gleich griffbereit, vermeintlich um Luft ringend, am Boden liegen, was vielleicht auch nicht gerade günstig war…

Doch auf einmal glaubte sie, einen Schatten hinter dem Kerl vorbeihuschen zu sehen. Dann vernahm sie einen Schrei. Sie schaute zu ihm. Auch dieser schien plötzlich irritiert, ging einen Schritt rückwärts und schaute in den Park. Drohend deutete er mit dem Finger auf sie und sagte: »Du bleibst schön hier! Wenn du auch nur einen Schritt in Richtung Ausgang tust, schieße ich dir ins Bein!«, und zog eine Pistole aus seiner Jackentasche. Elli erschrak. So viel also dazu. Er ging noch ein paar Schritte rückwärts, schrie abrupt »Harry!« und rannte urplötzlich los. Elli ging vorsichtig ein paar Schritte auf den Ausgang zu, und überlegte hektisch, ob sie nicht einfach losrennen sollte. Plötzlich glaubte sie, wieder ein Geräusch hinter sich zu vernehmen, und erschrak: Einige Meter hinter ihr stand ein anderer Mann. Groß, Angst einflößend wirkte er, in seinem schwarzen, langen Mantel und der großen, weit ins Gesicht hängenden Kapuze. Elli keuchte und rannte, nur ihren Fluchtinstinkten folgend, aus dem Heckenring. Sie hörte, wie einer der Gangstertypen schrie: »Das Miststück haut ab!«, und just in diesem Augenblick vernahm sie Schüsse. Eine Kugel pfiff dicht an ihrem Kopf vorbei, eine weitere an ihrem Arm, und kurz darauf wurde ihre Hüfte von einer Kugel gestreift. Elli schrie auf und fiel hin, ihre Hand an die Hüfte pressend, doch sie durfte nicht aufgeben. Der Kidnapper feuerte immer noch wie besessen in ihre Richtung, und sie durfte nicht riskieren, noch weitere Streif- oder schlimmer noch, volle Schüsse abzubekommen. Deshalb stand sie schnell auf und rannte.

Sie lief durch den Regen, an dunklen Bäumen und Hecken vorbei, mit großen Schritten in irgendeine Richtung, von der sie hoffte, dass sie aus dem Park hinausführte oder sie wenigstens von den Kidnappern wegbrachte. Dies alles geschah in Sekundenschnelle. Ellis Atem ging keuchend, sie spürte ihr Herz immer heftiger gegen ihre Brust hämmern. In ihrer Lunge breitete sich ein schmerzhaftes Stechen aus, ihr Hals war trocken. Der Park sah nach wie vor fortwährend gleich aus, nirgendwo befand sich auch nur ein Hinweis auf den Ausgang. Die kühle Luft ließ sie trotz der schnellen Bewegung frieren, der starke Regen beeinträchtigte ihre Sicht. Nach, wie es ihr vorkam, einer schieren Ewigkeit endlosen Rennens, wurde das Stechen in ihrer Lunge und die Trockenheit in ihrem Hals so stark, dass sie sich hinter die nächstbeste Hecke warf und um Luft rang. Sie hoffte, hier zumindest im Moment sicher zu sein. Jedoch hatte sie keinen Plan, wie sie jemals wieder aus diesem Horrorpark herauskommen sollte.

Sie weinte. Die warmen Tränen liefen über ihre Wangen und vereinigten sich mit dem kalten Regen, der immer noch wie aus Eimern über sie goss. Tycon hatte Recht gehabt. Mit ihm zusammen zu leben, war nicht schlimm, im Vergleich zu diesem Horror hier. Wie sehr sehnte sie sich jetzt nach seinen ozeanblauen Augen, nach seinem nervigen Dauergrinsen, welches sie jetzt vermutlich innerlich erwärmen würde, und danach, ihm in die Arme zu fallen und "Es tut mir Leid" zu sagen!

Doch er war nicht hier. Vielleicht würde sie ihn nie wieder sehen. Was, wenn die Typen sie doch noch fanden, und sie einfach nicht die Kraft hatte, erneut zu fliehen? Oder, wenn der unheimliche Mann, wer oder was auch immer er gewesen sein mochte, sie entdeckte, und dann wer weiß was mit ihr anstellte? Oder wenn sie einfach nie aus diesem Park herausfand und hier jämmerlich verendete?!

Nein, dazu durfte es nicht kommen. Aber sie besaß einfach nicht mehr die Energie, zu fliehen. Sie spürte schmerzhaft die Wunde des Streifschusses und die Erschöpfung ihres Körpers. Fortwährend rannen ihr die Tränen aus den Augen, um es ihr durch den Wind, der nun zusätzlich wehte, noch kälter werden zu lassen.

Wenig später glaubte sie, Schritte hinter sich zu hören. Ruhige Schritte. Einen Augenblick später stand ein Mann neben ihr. Er war groß, vermutlich kräftig, was unter dem schwarzen Mantel, den er trug, nicht genau zu erkennen war. Ein großer Mann in schwarzem Mantel...Elli erschrak. War das vielleicht der unheimliche Kerl, der vorhin plötzlich hinter ihr gestanden hatte?

Sie wollte zurückweichen, doch er ließ sich schnell zu ihr herab und sagte: »Hab keine Angst. Ich will dir nichts Böses. Die beiden Männer sind weg, ich will dir helfen.«
»Wer bist du?«, fragte Elli mit schwacher Stimme, auf die Förmlichkeiten ausnahmsweise verzichtend.
»Ich bin Lisco. Hat dir denn Tycon nichts von mir erzählt?«, fragte er mit sanfter Stimme.
»Du...kennst Tycon?«, fragte Elli, mit einem Funken Hoffnung, Tycon könnte in der Nähe sein.
»Ja. Er hat dir also nicht von mir erzählt...das dachte ich mir.«, sagte er seufzend. »Komm mit mir, hier ist es ziemlich ungemütlich, findest du nicht?«. Er stand auf und reichte Elli die Hand. Nun kam es ihr vor, als hätte sie ein Dèjà-vu. War sie nicht schon einmal in dieser Situation gewesen? Auf der Flucht vor den Kidnappern, auf die Hilfe eines Fremden angewiesen? Sie überlegte kurz, was sie tun sollte.
Doch wie schlimm konnte es schon noch werden? Er sagte, er kenne Tycon, demnach würde sie wohl früher oder später wieder bei Tycon sein, wenn sie mit ihm ging. Also griff sie seine Hand und wollte aufstehen, was ihr aber nicht gelang. Sie war einfach zu schwach. Deshalb beugte er sich zu ihr herunter, griff ihr unter den Arm und zog sie hoch. Elli war dankbar dafür und froh, als sie sich dann auf ihn stützen konnte und ihr so das Gehen leichter fiel. So liefen sie noch ein Stück, und bald, nach einigen Minuten, verließen sie den Park und waren wieder auf der schmalen Straße. Jetzt konnte es nicht mehr weit bis zu Tycon sein.
Allerdings, wie es aussah, gingen sie gar nicht zu Tycon. Sie gingen durch Straßen, die Elli gänzlich unbekannt waren. Oder sie war einfach nur zu geschafft, um sich an sie zu erinnern.
»Wo gehen wir hin?«, brach sie schwach, mit trockener Stimme, das Schweigen. »Zu mir. Du brauchst eine heiße Dusche und ein warmes Bett.«, antwortete er sanft.
»Aber...«, wollte Elli ansetzen, doch er schnitt ihr das Wort ab und sagte: »Hab keine Angst. Wir sind gleich da.«
Elli beschloss schweren Herzens, seinen Worten vorerst Glauben zu schenken, denn gegen eine Dusche und ein Bett hatte sie wirklich nichts einzuwenden. Dennoch hoffte sie, dass die Entscheidung, mit ihm zu

gehen, nicht die Falsche gewesen war…immerhin hatte er nicht erwähnt, in welchem Verhältnis er und Tycon zueinander standen…

Tatsächlich waren sie innerhalb weniger Minuten an Liscos Anwesen angelangt. Er schloss die Tür auf und sie betraten das Haus. Elli schaffte es gerade noch, selbst aus ihren Schuhen zu schlüpfen, so geschafft war sie. Nachdem Lisco dasselbe bei den Seinen getan und seinen Mantel aufgehängt hatte, griff er ihr kurzerhand unter die Arme, nahm sie auf den Arm und trug sie so die Treppe hoch. »He, was soll das?«, protestierte Elli müde.

»Keine Widerrede. Du bist am ganzen Leib durchnässt und schmutzig und würdest alles voll tropfen. Neben dem Bad ist ein Zimmer mit Anziehsachen, schau, ob dir da welche passen. Die, die du jetzt trägst, werden wir nachher gleich entsorgen.«

Mit diesen Worten lud er sie genau vor der Badewanne ab, sagte: »Ich bin unten.« und ließ sie allein. Elli beschloss, immer noch etwas perplex, gleich aus den nassen Sachen zu schlüpfen und ließ deshalb die Badewanne mit heißem Wasser und einer Extra-Portion Badelösung volllaufen. Ohne darauf zu warten, dass die Wanne voll wurde, riss sie sich kurzerhand die Klamotten vom Leib und ließ sich in das warme Wasser gleiten, das zwar noch nicht besonders hoch stand, jedoch die bloße Berührung mit ihm sie schon wärmte. So schloss sie die Augen und genoss, wie der Wasserspiegel immer höher stieg und die Wärme langsam wieder Einzug in ihren Körper fand.

# Kapitel 6

-Tycon-

Nachdem er nun ca. zwei Stunden in seinem Club gewesen war, ging er zurück nach Hause. Er fragte sich, ob Elli sich mittlerweile wieder beruhigt hatte. Die Auseinandersetzung am Vorabend hatte selbst ihn nicht erfreut. Sie war so ein störrisches Mädchen! Sie sollte froh sein, so etwas wie ein zweites Leben zu haben, in dem sie tun und lassen konnte, was sie wollte und so gut wie keine Verpflichtungen hatte. Und eigentlich, so fand er, war er ja auch ganz nett zu ihr. Ja, eigentlich sollte sie ihm dankbar sein. Aber gut, das würde sich gewiss noch ergeben.
Er lief die restlichen Schritte bis zum Haus und ging hinein. Es war still im Haus. Zu still. Misstrauisch zog er Schuhe und Mantel aus und ging durch das Haus, schaute in jeden einzelnen der Räume -erfolglos. Er hatte erwartet, Elli läge vielleicht im Bett und bockte wegen dem Ereignis am Vorabend, doch, dass sie weglief, damit hatte er nicht gerechnet. Aber sie würde schon noch sehen, was sie davon hatte. Wer nicht hören konnte, musste eben fühlen. Tycon hoffte bloß, dass ihr nichts Ernsthaftes zustieß, denn das würde alles verderben. Er sagte sich, sie würde schon bald wieder angekrochen kommen, ging ins Wohnzimmer und schaltete den Fernseher ein. Nach etlichen weiteren vergangenen Stunden ging er dann schlafen.

-Elli-

Nachdem Elisa bestimmt eine gefühlte Stunde lang in der Wanne gelegen und sich ausgiebig gewaschen hatte, war das Wasser jetzt nur noch lauwarm. Bevor es noch kälter und das Frieren sie wieder ereilen würde, entschied sie, dass es besser war, die Wanne jetzt zu verlassen, da Lisco sicher auch schon unten wartete. Also stieg sie aus der Wanne, trocknete sich ab und ging, in das Handtuch gewickelt, ins Nebenzimmer.
Dort angekommen, staunte sie nicht schlecht: es war ebenso groß, wenn nicht sogar größer, als das in Tycons Haus. Es enthielt ein großes Bett,

zwei große Schränke, einen Wandspiegel, einen kleinen Tisch mit einem extra Spiegel, einer Vase mit frischen Blumen und einem Stuhl davor. Neben dem Bett stand auch noch ein kleiner Nachtschrank. Die Leute dieser Gegend hier schienen sehr viel Wert darauf zu legen, dass es ihren Gästen gut ging. So schloss Elli die Tür und widmete sich den Kleiderschränken. Es waren alles Frauensachen und wie es aussah, auch noch in ihrer Größe. Komisch. Als hätte er gewusst, Elli zu finden und mitzunehmen. Genau wie Tycon damals...?

Zuerst suchte sie sich Unterwäsche heraus, die sie auch gleich anzog und das Handtuch dann auf den Stuhl neben dem Bett legte. Grübelnd stand sie nun vor dem Schrank und überlegte, was sie anziehen sollte.
»Solch ein Körper ist eigentlich viel zu schade, um von Kleidern verdeckt zu werden.«, sagte Lisco auf einmal sanft hinter ihr.
Elli erstarrte. Wie war er hier hereingekommen, ohne, dass sie es bemerkt hatte? Sie wollte sich umdrehen, doch sie wollte nicht, dass er sie auch noch von vorn in Unterwäsche sah. Sie verschränkte schnell die Arme vor der Brust, damit er ihr nicht von oben in den BH schauen konnte.
Er hob seinen Arm und strich ihr sanft mit dem Finger den Hals entlang. Sofort lief Elli ein kalter Schauer den Rücken herunter, da sie nun wieder an Tycon denken musste. Und an die beiden Nächte, in denen er sie gebissen hatte. Was würde sein, wenn Lisco auch ein...? Nein, das durfte nicht sein. Seine Lippen waren nun direkt an ihrer Wange, sein warmer Atem strich ihre Haut. Seicht schob er ihre Arme auseinander und drehte Elli mit sanfter Gewalt herum, sodass sie ihm nun in die Augen sehen musste. Ihr Herz schlug schneller und ihr Atem beschleunigte sich. Sie wollte etwas sagen, aber sie traute sich nicht. Ihr Blick hing an seinen Augen. Sie waren von einem so weichen, warmen Dunkelbraun, teilweise schimmerten sie fast golden. Sie wirkten so gutmütig, friedvoll und treu. Lisco war etwas größer als Tycon, und wirkte...trainierter. Und er hatte lange, volle, fast schwarze Haare und kernige Gesichtszüge.
Er hob die Hand und strich ihr sanft über die Wange. Elli öffnete den Mund, um etwas zu sagen, doch er zog sie nun vollends zu sich heran und küsste sie. Er umschloss sie mit seinen starken Armen, sanft drückten seine weichen Lippen die Ihren auseinander. Ihre Hände lagen nun

auf seiner starken Brust, weil sie ihn eigentlich zurückstoßen wollte. Doch sie tat es nicht. Sie ließ es mit sich geschehen. Dieser Kuss war... warm. Kein kalter Hauch durchlief ihren Körper. An seinen warmen Körper gedrückt und von seinen starken Armen umschlossen, begann sich ein Gefühl von Sicherheit und Wärme in ihr auszubreiten. Doch als seine Lippen langsam begannen, ihren Hals hinunterzuwandern, bekam sie es mit der Angst zu tun und versuchte, sich von ihm los zu machen. Zu ihrer Überraschung ließ er sie, zwar etwas widerwillig, doch sofort los. Darum bemüht, wieder ihre normale Atemfrequenz zu erreichen, fragte sie aufgebracht: »Was sollte das?«. Sofort verschränkte sie wieder die Arme vor der Brust.

»Was?«, fragte Lisco amüsiert.

»Das...«, sie hielt kurz inne und suchte nach Worten,» Der Kuss!«.

»Es hat dir doch gefallen.«, unterstellte Lisco mit leicht zusammengekniffenen Augen und einem leisen Lächeln.

»Nein!«, log Elli. Es war ein wunderbares Gefühl gewesen, wenn sie ehrlich war. Da sie noch nie richtig geküsst hatte, oder geküsst worden war, war das für sie eine vollkommen neue Erfahrung gewesen. Doch es schien ihr nicht richtig, da sie Lisco nicht einmal 24 Stunden kannte und sich dabei vorkam, als würde sie Tycon verraten, wenn sie mal eben mit einem Freund von ihm knutschte. Obwohl...eigentlich war sie ja nicht einmal mit Tycon zusammen...aber dennoch. Außerdem: was dachten die Typen, in diesem von Nacht zu Nacht merkwürdiger werdenden Traum, wer sie waren, sie einfach so zu küssen? Wo sie doch gerade mal nicht mehr als die Namen voneinander wussten? Tycons Namen hatte sie ja noch nicht einmal gewusst, als er sie das erste Mal geküsst hatte.

Und Lisco... gut, er hatte sie aus einer verdammt hässlichen Situation gerettet, aber gab dies ihm das Recht, sie einfach zu küssen, geschweige denn, noch mehr zu wollen? Zumal sie nicht einmal wusste, wie alt die beiden waren! Und sie war erst 17...

Deshalb hatte sie es auch mit der Panik zu tun bekommen, als Liscos Lippen an ihrem Hals herunter gewandert waren. Einerseits, immer noch wegen Tycon und der Biss-Geschichte und andererseits...hatte sie Angst, dass Lisco vielleicht noch mehr wollte, als nur Küssen. Er beobachtete sie noch einen Moment amüsiert und sagte dann schließlich: »Eigentlich wollte ich nur nachsehen, wie weit du bist, da wir noch deine

Wunde versorgen müssen und es auch schon ziemlich spät ist. Zieh dir bitte noch etwas an.«, er hielt kurz inne, mit schelmischem Lächeln.
»-wenn du möchtest.«, fügte er dann noch mit einem Zwinkern hinzu, »Und komm dann alsbald herunter.«
Elli nickte nur, wartete, bis er aus dem Raum gegangen war und die Tür geschlossen hatte. Dann suchte sich schnell eine bequeme Hose und einen kuscheligen Pullover, Socken und Sneakers heraus, bevor sie schließlich die Treppe herunter ging und in das Wohnzimmer trat, in dem Lisco schon auf sie wartete.
Er saß in einem Sessel und las. Als sie dann schließlich nervös im Eingang des Wohnzimmers stand und auf eine Reaktion seinerseits wartete, legte er das Buch weg und bedeutete ihr, sich auf eines der Sofas zu setzen. Er dagegen stand auf, ging zu einem Schrank, kramte irgendein Verbandszeug zusammen und kam zu ihr zurück.
»Ich muss dich leider bitten, die Hose noch mal auszuziehen.«, sagte er mit einem gespielt mitleidigem Blick. Elli glaubte, sich verhört zu haben.
»Wie bitte?«, erwiderte sie deshalb.
Er dagegen lachte nur kurz und meinte: »Du hast mich schon verstanden.«
»Warum zum Teufel sollte ich meine Hose ausziehen?!«
»Die Wunde ist an deiner Hüfte, oder?«
»Ja...schon.«
»Und wie soll ich da sonst rankommen, wenn du die Hose nicht ausziehst?«
»Warum kann ich das nicht selber machen?«
»Weil sich das allein nicht so gut macht. Jetzt mach nicht so ein Theater. Vorhin hattest du auch keine Hose an. Dann lass sie meinetwegen an und streif sie bloß bis zu den Knien runter.«
Elli wurde rot. Vorhin hätte er ja eigentlich auch nicht dabei sein sollen, als sie sich anziehen wollte. Die Hose nur bis zu den Knien herunterzuziehen kam ihr noch blöder vor, weshalb sie sie nun letztendlich doch auszog.
»Na siehst du, tat doch gar nicht weh. Jetzt leg dich seitlich auf das Sofa, sodass die Wunde oben liegt.«

»Warum kann ich nicht stehen?«, fragte sie unsicher. Lisco schaute sie, leicht genervt, an und antwortete: »Weil du stillhalten musst und das im Liegen eben besser geht.«
Und weil du vermutlich keinen Bock hast, mir zu Füßen zu hocken, fügte Elli in Gedanken hinzu. Also legte sie sich auf die Couch.
»Du hast hoffentlich keine Creme in die Wunde kommen lassen?«, wollte Lisco wissen.
»Nein, ich denke nicht.«, antwortete Elli unsicher. Natürlich hatte sie nicht Bodylotion direkt in die Wunde gerieben, doch dafür garantieren, dass auch wirklich nichts herein gekommen war, konnte sie nicht. Lisco murmelte irgendetwas vor sich hin, vermutlich, weil sie sich so kompliziert gab, und begann dann sein Werk: erst untersuchte er die Wunde auf kleine Störfaktoren wie Steinchen und sowas, tupfte irgendeine Flüssigkeit auf die Wunde, die seiner Erklärung nach desinfizierend war, falls doch irgendetwas in die Wunde eingedrungen sein sollte, trug eine heilungsfördernde Creme auf ein riesiges Wundpflaster auf, welches er dann auf der Wunde platzierte und schließlich mit einer Binde fixierte. Als er dann fertig war, betrachtete er sein Werk noch mal von Weitem und fing dann an, das ganze Zeug zusammen zu räumen und wieder im Schrank zu verstauen. Währenddessen zog sie ihre Hose wieder an. Schließlich kam er dann zurück, sagte: »So müsste es gehen.« und ließ sich wieder im Sessel nieder. »Ähm…danke.«, brachte Elli widerwillig hervor. Er schaute sie nur an und sagte kurz angebunden nur: »Kein Problem.«.
»Woher kannst du das?«
»Ich hab das früher öfters gemacht, Wunden versorgen.«. Er schien leicht genervt zu sein.
»Tut mir leid, dass ich…«, begann Elli.
»Ja…?«.
»… so rumgezickt hab.«, endete sie.
»Wann?«, wollte er wissen. Wieder wurde Elli nervös. Wieso spielte er schon wieder auf den Kuss an?
»Gerade eben…«
»Und vorhin?«
»Ich…na ja, ich kenne dich erst seit wenigen Stunden und…ich bin doch erst 17…«

»Es war dir zu früh.«, vermutete er.
Elli nickte. Natürlich war es das! Lisco seufzte kurz und sagte: »Ich dachte nur, du hättest nichts dagegen, dich bei mir zu bedanken.«
»Oh nein, das habe ich nicht! Aber nicht auf diese Weise.«
Plötzlich musste sie niesen. Und sie merkte, dass ihr Hals immer noch schmerzte. »Du solltest erstmal schlafen.«, schlug er vor. Das war Elli nur Recht, denn auf einmal merkte sie wieder, wie müde sie eigentlich war. Sie gähnte herzhaft hinter vorgehaltener Hand, und rieb sich dann den Hals.
»Komm, ich bring dich ins Bett und dann mache ich dir noch einen Tee für deinen Hals.«, sagte er und stand auf. Als er dann wartend vor ihr stand und sie ihn fragend anschaute, sagte er noch: »Ich trage dich wieder.«
»Ich denke, ich schaffe das allein.«, sagte Elli bestimmt.
Er seufzte bloß: »Fängt das schon wieder an...dann lass dich wenigstens stützen.« Dafür war Elli dankbar. Andererseits war sie ja vorhin auch allein die Treppe heruntergekommen...vielleicht wollte er nicht, dass das Pflaster zu stark belastet wurde...oder sowas in der Art. Oder er suchte einfach einen Vorwand, um ihr nahe sein zu können.
»Ich will nicht schon wieder nerven, aber ich meine ja nur, ist das nicht ein bisschen viel Aufwand für einen Streifschuss?«
Lisco lächelte kurz, sagte: »Jede Wunde sollte geschont werden.« und bedeutete ihr, nun endlich aufzustehen. Somit gingen sie dann die Treppe hoch. Als sie oben angekommen waren, sagte er: »Du kannst dich ja schon mal umziehen. Ich werde anklopfen, wenn ich wieder oben bin.«
Elli nickte. Als er sich abwenden und wieder heruntergehen wollte, nahm sie ihren Mut zusammen, ergriff sein Handgelenk und sagte zögerlich: »Lisco?«.
Er drehte sich wieder um und schaute sie nun abwartend an. »Danke.«, beendete sie. Er erwiderte bloß: »Kein Problem.«, und wollte weitergehen, doch sie hielt ihn immer noch fest und sagte: »Nein, wirklich. Danke, dass du mich vor diesen Typen und dem schrecklichen Park gerettet hast. Dass du mich mitgenommen und meine Wunde versorgt hast. Ohne dich würde ich jetzt vielleicht nicht mehr leben und...ich will dir danken aber...«, sie wusste nicht, wie sie weiter reden sollte und plötzlich lief ihr wieder eine Träne über die Wange. Elli wollte nicht weinen,

doch es passierte einfach. Lisco kam näher, wischte die Träne mit dem Finger weg und sagte sanft: »Es ist Okay. Du stehst noch unter Schock. Ich bereue nicht, dich mitgenommen zu haben. Mach dir keine Sorgen, ich zwinge dich zu nichts.«.

»Danke.«, sagte Elli nochmal leise, legte dann die Arme um seinen Hals, lehnte den Kopf an seine Schulter und weinte. Sie schien wirklich noch unter Schock zu stehen. Er schloss ebenfalls die Arme um sie, lehnte seinen Kopf an den Ihren und hielt sie einfach fest. Elisa fühlte sich so jetzt sicher und geborgen. Minutenlang standen sie so da, ohne, dass einer von ihnen etwas sagte. Als Ellis Tränen dann endlich versiegt waren, ließ er sie langsam los und fragte sanft: »Geht es wieder?«. Elli nickte dankbar.

»Ich mache dir jetzt deinen Tee, zieh du dich wie gesagt schon mal um.«. Mit diesen Worten ging er wieder die Treppe herunter. Elli ging in ihr Zimmer, zog sich schnell ein relativ langes Nachthemd ohne spektakulären Ausschnitt an und verkroch sich ins Bett unter die Decke. Kurz darauf erschien Lisco mit dem Tee. Er klopfte tatsächlich an. Als er dann eintrat und den Tee auf den Nachttisch stellte, meinte er: »Ich gehe jetzt auch schlafen. Bitte lauf nicht weg, wenn du wach wirst.«.

Elli schüttelte den Kopf. Warum sollte sie auch weglaufen? Damit diese beiden Kidnapper wieder kamen oder sie sich wieder verirrte? Nichts da.

»Gute Nacht.«, sagte er, gab ihr einen Kuss auf die Stirn und wollte gehen, als Elli dann feststellte: »Du bist so…fürsorglich.«

Er lächelte bloß noch einmal kurz, meinte: »Es freut mich, dass dir das aufgefallen ist. Schlaf jetzt.«, und ging dann. Elli trank den Tee, wickelte sich in die Decke und schlief sofort ein.

Irgendwann nahm sie dann im Unterbewusstsein wahr, wie jemand ihren Namen rief. Die Rufe wurden lauter. Sie war so müde, ihr schien immer noch alles weh zu tun, und sie wollte nicht aufstehen. Widerwillig öffnete sie die Augen. Ihre Eltern standen vor ihrem Bett und schauten sie ängstlich an. Elisa gähnte herzhaft und fragte dann: »Was ist denn? Ich bin müde.«

»Wir versuchen bestimmt schon seit einer dreiviertel Stunde, dich wach zu bekommen!«, sagte ihre Mutter vorwurfsvoll.

»Sorry, dass ich einen guten Schlaf habe.«, erwiderte Elli schnippisch, denn ihre Mutter wachte bei jedem kleinsten Geräusch auf.
»Was ist nur los mit dir?«, fragte nun ihr Vater. Elli verdrehte genervt die Augen und sagte, dass nichts Besonderes los wäre, sie schliefe in letzter Zeit nur gern, und, dass sie sich jetzt gern anziehen würde. Daraufhin verließen ihre Eltern murmelnd ihr Zimmer. Elisa überlegte einen Moment, sich einfach wieder hinzulegen, doch dann schüttelte sie den Kopf, stand auf und zog sich an. Denn wäre sie wieder eingeschlafen, hätte ihre besorgte Mutter sie wahrscheinlich noch zum Arzt geschleppt.

Sie fühlte sich müde und schlapp, schaute an ihre Hüfte, konnte aber nichts entdecken. Klar, es war ja auch nur ein Traum gewesen. Andererseits, die Bisswunde war ja auch noch da geblieben. Aber gut, das waren andere Umstände gewesen... Elli versuchte, nicht weiter darüber nachzudenken und zog sich an. Sie fühlte sich nicht gut, wie sie nun merkte. Ihr Hals schmerzte immer noch, durch die Nase bekam sie schlecht Luft, ihre Beine schmerzten. Zudem war sie erschöpft, zwang sich jedoch, sich nichts anmerken zu lassen und ging nach dem Anziehen ins Bad. Danach aß sie etwas. Zum Glück hatten sie an diesem Tag nichts vor, sodass sie sich an ihren Computer setzte und sich weiter über Vampire informierte. Vorsichtshalber recherchierte sie auch schon mal über Werwölfe, falls Lisco ein solcher sein sollte. Es hätte sie vermutlich nicht weiter überrascht, da sie sich zurzeit eh ein bisschen wie in einem Hollywood-Film vorkam. Aber mit Werwölfen würde sie lieber nichts zu tun haben wollen. Zumindest nicht, würde das Tier in ihm zum Vorschein kommen, im wahrsten Sinne des Wortes.
Sie versuchte, sich zu konzentrieren und weiter zu lesen, doch ihre Konzentration schwand immer mehr und sie spürte, wie sich Kopfschmerzen und Müdigkeit ankündigten. Um der Sorge ihrer Eltern willen, wollte sie sich jedoch nicht schon wieder ins Bett liegen, also versuchte sie, standhaft zu bleiben.
Da sie dachte, der helle Bildschirm des Computers würde ihre Augen nur noch mehr beanspruchen, schaltete sie ihn letzten Endes aus und griff zu einem Hefter, weil sie noch für den nächsten Tag lernen musste. Elli entschied, sich dabei raus in die Sonne zu setzen, um vielleicht die

Müdigkeit ein bisschen verblassen zu lassen. Angeblich tat frische Luft ja immer gut.
Also setzte sie sich draußen auf einen Gartenstuhl, machte es sich bequem und las. Die Sonne drückte auf ihre Lider, es fiel ihr immer schwerer, sie offen zu halten. Letztendlich merkte sie, wie sie die Beherrschung ihres Körpers verlor, ihre Lider zuklappten, ihre Arme herabsanken und alles schwarz um sie wurde... und auf einmal schien sie zu spüren, wie sie in einem Bett lag. Vermutlich bei Lisco oder Tycon, jedenfalls im Traum.
Doch sie kam nicht dazu, die Augen zu öffnen und die Umgebung zu begutachten, da das Gefühl des Bettes kurzerhand unter ihr verschwand und sie stattdessen etwas Feuchtes an ihrer Stirn und ihrem Hals spürte. Widerwillig öffnete sie die Augen und blickte in das entsetzte Gesicht ihrer Mutter, welche Ellis Stirn und Hals mit einem nassen Lappen abgetupft hatte.
»Elli! Du schläfst ja schon wieder! Und du bist ganz heiß auf der Stirn! Du hast bestimmt Fieber! Du musst ins Bett! Und morgen fahren wir zum Arzt!«
Na super. Vorhin hatte sie schon spekuliert, wie lange es wohl noch dauerte, bis ihre Mutter wieder hysterisch wurde und sie zum Arzt schickte. Jetzt war es also soweit. Zum Glück kam gerade ihr Vater um die Ecke der Terrasse und sagte zu ihrer Mutter: »Beruhig dich, Schatz, lass sie sich doch einfach mal ausschlafen. Vielleicht ist sie einfach bloß übermüdet. In der Schule hat sie doch auch gerade einen Haufen Stress.«
Im Stillen dankte Elli ihrem Vater dafür. Wenigstens er ließ Vernunft walten.
Dankbar für die Erlaubnis, endlich schlafen zu dürfen, ging Elli hoch in ihr Zimmer, zog das Rollo herunter und legte sich ins Bett, wo sie sofort einschlief.

Elli merkte, wie es allmählich wieder heller zu werden schien. Sie öffnete die Augen und sah, dass sie noch in dem Bett im Zimmer in Liscos Haus war. Schlief er eigentlich auch am Tag? Sie beschloss, dies herauszufinden und stand auf. Damit sie sich nicht vollständig anziehen musste, aber auch nicht im Nachthemd durch das Haus lief, zog sie sich noch einen Bademantel über und begann dann den Rundgang. Liscos Haus äh-

nelte ziemlich dem Tycons. Es besaß zwei Bäder, ein Schlafzimmer, dessen Tür jedoch geschlossen war, sodass Elli gar nicht erst versuchte, sie zu öffnen, das Gästezimmer, in dem Elli schlief, das Wohnzimmer und eine Bibliothek, oder einen Bücherraum, je nachdem, wie man es nennen wollte. Entweder war das Zufall, oder die Häuser hier waren alle so ähnlich aufgebaut, so wie in Amerika in den Surburbs, oder wie diese Stadtteile hießen. Geografie hatte sie noch nie leiden können, weshalb sie sich diese Wissenslücke verzieh.
Elli vermutete, dass Lisco in dem vermutlichen Schlafzimmer schlief und da sie ihn nicht wecken wollte, schlich sie wieder in das Ihre, zog den Bademantel aus und legte sich wieder ins Bett. So lag sie nun da, schaute an die Decke und dachte nach. Lisco schlief also auch am Tag. Die Frage war nur, ob er das getan hatte, weil er in der vorherigen Nacht so lange wach geblieben war, oder ob er es immer tat. Sie beschloss, ihn bei Gelegenheit zu fragen und hoffte, dass er nicht auch so gern seinem Erzählpartner die Wörter im Mund verdrehte.

-Tycon-

Als Tycon am frühen Abend aufwachte, war sein erster Gedanke, ob Elisa inzwischen irgendwie zurückgekommen war. Also ging er, nachdem er sich frisch gemacht hatte, zu ihrem Zimmer und klopfte an. Er vernahm keine Reaktion, ging hinein und sah, dass es genauso verlassen war, wie am Vortag. Langsam begann er, sich ein bisschen Sorgen zu machen. Er beschloss, dass er, nachdem er im Club gewesen sein würde, ein wenig umherlaufen sollte, in der Hoffnung, irgendeinen Hinweis auf sie zu finden. So machte er sich auf den Weg zu seinem Club.
Als er dort angekommen war, sah er, wie Yvonne versuchte, auf ein paar Typen einzureden, die ziemlich wütend schienen und wild mit den Armen gestikulierten.
»Was ist hier los?«, fragte er scharf, an die Typen gewandt.
»Das Miststück lässt uns nicht rein!«, sagte einer der Kerle in arrogantem, gebrochenem Deutsch. Tycon hasste Typen, die sich für ach so toll hielten, dachten, sie wären die Ober-Macker und dann doch nichts drauf hatten. Nicht, dass er rassistisch wäre. Er hatte nichts dagegen, wenn Menschen aus anderen Ländern einwanderten, um hier zu arbeiten, sich

zu integrieren und dergleichen, aber er konnte diejenigen nicht leiden, die nach Deutschland kamen, sich auf die faule Haut legten und sich über das Hartz IV freuten, weil sie so an Geld kamen, ohne dafür arbeiten zu müssen. Und dann am besten noch kriminelle Geschäfte nebenbei laufen hatten. Nur gegen diese Sorte von Migranten hatte er etwas.
»Nicht in diesem Ton, Freundchen.«, sagte Tycon erneut scharf. Nun meldete sich Yvonne zu Wort: »Ach Pète, bin ich froh dass Sie da sind! Diese Männer hier...«, doch weiter kam sie nicht, da ein anderer der Männer sie unterbrach: »Pète?! Bist du ne Schwuchtel oder was?«
Die anderen Männer lachten. Tycon bemühte sich um Fassung und sagte: »Nein, aber ich werde gleich ungemütlich, wenn ihr hier nicht sofort verschwindet!«
Nun lachten die Typen noch lauter. »Du? Du kannst doch sicher nicht mal einer Fliege was zu Leide tun!«, sagte der erste Typ wieder, mit einem hässlichen Grinsen im Gesicht.
»So, denkst du also. Wie wäre es, wenn wir das hinter dem Club klären?«, antwortete Tycon herausfordernd. Die Kerle lachten wieder, klopften dem Einen auf die Schulter und dieser sagte ganz cool: »Okay! Aber ich bezahl deine Krankenhausrechnung dann nich.«
Der wird sich noch wundern, dachte Tycon, nickte Yvonne zu, aufzupassen, dass die anderen Typen nicht hinterher kamen, und ging mit ihm hinter das Gebäude. Kaum waren sie aus der Sichtweite der anderen, packte Tycon den Mann und drückte ihn hart gegen die Wand des Clubs. »He, was...!«, aber mehr brachte dieser nicht hervor, da Tycon ihm nun direkt in die Augen schaute, mit seinem Blick, dem keiner standhalten konnte. Der Mann, der inzwischen völlig ruhig geworden und von Tycons Blick gefesselt war, öffnete inzwischen, wie jeder andere auch, dem dies widerfuhr, den Mund, während seine Augen schwarz wurden. Tycon, sorgsam darauf bedacht, ihn ja nicht mit den Lippen zu berühren, näherte sich seinem Mund, öffnete den Seinen ebenfalls und atmete wieder auf diese sonderbare Weise ein. Dann ließ er den Mann einfach los, welcher stürzte und verwirrt um sich schaute. Tycon ging wieder zum Clubeingang und bedeutete den Freunden des Mannes, nun zu gehen. Dann erkundigte er sich bei Yvonne, ob es noch irgendetwas Neues gab, und ging weiter durch die Straßen, auf der Suche nach An-

zeichen für Ellis Verbleib. Diese Sache eben hatte ihn angewidert. Aber so hatte er wenigstens gleich zwei Probleme auf einmal gelöst.
Also ging er seines Weges und wusste selbst nicht genau, was er sich zu finden erhoffte: dass Elli irgendwo unter einem Baum saß und auf ihn wartete? Dass sie irgendwo aus einem Fenster schaute und ihm zuwinkte? Oder, dass sie irgendwo tot in einer Ecke lag? Letzteres war mehr eine Befürchtung, statt einer Hoffnung, da dies fatale Folgen haben würde. Plötzlich kam ihm eine Idee, wo sie sein könnte: Lisco hatte darauf bestanden sie kennenzulernen, und als Tycon ihm dies verweigert hatte, hatte er mit Bestimmtheit gesagt, dass er sie kennenlernen würde, ob Tycon dies nun wollte, oder nicht. Vielleicht hatte er sie ja gefunden und mitgenommen. Hoffentlich hatte er nichts mit ihr angestellt. So beschloss Tycon, Liscos Haus aufzusuchen und ihn zur Rede zu stellen. Es gab nur ein Problem: er hatte nicht die geringste Ahnung, wo Lisco wohnte. Also beschloss er, ein paar Passanten Lisco zu beschreiben und sie zu fragen, ob sie ihm weiterhelfen könnten.

-Elli-

Durch einen trockenen Hals, und somit das Gefühl von Durst, wurde Elli wach. Müde rieb sie sich die Augen und gähnte herzhaft. Ihr Hals schmerzte fast noch genauso stark wie am Vorabend. Vollends öffnete sie nun die Augen, schaute um sich und erschrak.
Lisco saß auf einem Hocker neben ihrem Bett. »Erschreck dich nicht, ich bin es.«, sagte er sanft. Für diesen Hinweis war es leider schon zu spät. »Du hast tief geschlafen.«, setzte er fort, »Du wurdest nicht mal wach, als ich hereinkam.«
Na ja, gestern hatte sie es ja auch nicht gehört und sich erschrocken, als er plötzlich hinter ihr gestanden hatte. Anscheinend schlichen Lisco und Tycon sich gerne an.
»Ich schlafe viel in letzter Zeit…«, erklärte Elli, »Und ich bin wach geworden, weil ich Durst habe.«
Lisco lächelte und reichte ihr eine neue Tasse Tee. Elli schaute ihn verwundert an, setzte sich aufrecht hin, nahm die Tasse und trank einen Schluck. Der Tee war nicht mehr ganz so heiß, was vermutlich bedeutete, dass Lisco schon eine Weile hier saß und ihr beim Schlafen zuge-

schaut hatte. Sie hoffte, dass sie während des Schlafens nicht irgendwelche peinlichen Dinge, wie etwa das Sprechen irgendwelchen Unsinns, oder irgendwelche Zuckungen ihrer Arme oder so etwas in der Art fabriziert hatte.
»Wie geht es dir?«, wollte Lisco wissen.
»Mein Kopf und mein Hals tun immer noch weh, und ich glaube, ich werde krank.«, sagte Elli verschnupft.
»Na ja, nach dem Wetter gestern ist das kein Wunder.«, seufzte Lisco.
»Wie lange sitzt du schon hier?«, fragte nun Elli.
»Ist der Tee kalt?«
»Nein, eigentlich gerade richtig.«
»Gut.«, sagte er und lächelte, »Früher oder später hätte ich dich vermutlich geweckt, da er sonst kalt geworden wäre. Aber du sahst so friedlich aus, wie du schliefst, da wollte ich dich nicht wecken.«
Gut. Also hatte sie, wie es aussah, keine peinlichen, unbewussten Dinge getan.
»Also sitzt du schon lange hier?«, folgerte sie.
»Ein paar Minuten…«, gestand er. Elli trank weiter ihren Tee.
»Ich werde jetzt für eine Stunde oder so weggehen,«, fuhr er fort, »trink aus und stell die Tasse einfach wieder auf den Nachtschrank. Schlaf dann am besten weiter, damit du schnell wieder gesund wirst. Wenn ich wieder komme, schaue ich noch mal nach deiner Wunde.«
Elli nickte zögerlich. So stand er auf, ging die Treppe hinunter und verließ dann das Haus. Irgendetwas war komisch an der Sache. Es schien gewisse Parallelen zwischen Tycon und Lisco zu geben: sie beide schienen tagsüber zu schlafen und gingen nachts dann…Essen. Wobei Lisco das gerade nicht explizit gesagt hatte, aber Elli vermutete es. Mittlerweile fragte sie sich, ob Lisco vielleicht auch ein Vampir war. Sie würde ihn fragen, sobald er wieder kam. Also trank sie ihren Tee aus, legte sich wieder hin und schlief weiter.

-Tycon-

Nachdem er von einem Passanten erfahren hatte, dass Lisco tatsächlich nicht weit weg wohnte, ging Tycon nun in die von dem Passanten beschriebene Richtung. Die genaue Adresse Liscos wusste er nicht, was je-

doch auch nicht nötig war, wie er nach einigem Gehen bemerkte. Denn, gerade, als er um eine Ecke bog, sah er, wie Lisco nicht weit entfernt vor ihm dasselbe tat. Also beschleunigte er sein Tempo, bis er nur noch ein paar Meter hinter Lisco war, blieb stehen und räusperte sich hörbar. Lisco blieb stoppte ebenfalls und drehte sich um. »Tycon.«, stellte er überrascht fest, »Was willst du hier?«
»Tu nicht so unwissend.«, antwortete Tycon säuerlich. »Nein, ich weiß wirklich nicht, was du willst.«
»Du hast etwas, das mir gehört.«
»Ach, und was sollte das sein?«
»Ich hätte gern Elisa wieder.«
»Oh, das tut mir leid.«
»Was soll das heißen?«. Nun wurde Tycon misstrauisch.
»Nun, sie ist nicht dein Eigentum. Und ich kann sie dir nicht zurück geben.«
»Was hast du mit ihr angestellt?«, fragte Tycon, nun zornig.
»Ich habe sie geküsst.«, sagte Lisco, mit einem leisen Lächeln, »Aber mehr nicht. Noch nicht. Sie ist krank und muss erst wieder zu Kräften kommen.«
Tycon ging zornig auf ihn zu, packte ihn am Mantel und drohte ihm: »Du wirst sie nicht anrühren!«
Lisco lachte kurz und erwiderte: »Du glaubst, du kannst mich davon abhalten?«. »Wo ist sie?«, fragte Tycon, immer noch mit drohender Stimme.
»Bei mir, im Bett. Bedauernswerter Weise nicht in meinem, aber wie ich bereits sagte: sie ist krank und muss genesen. Und deshalb muss ich jetzt nach Hause gehen und mich um sie kümmern.«, sagte Lisco, machte Tycon von sich los und wollte gehen.
»Bring mich zu ihr. Ich kann sie auch pflegen.«, forderte Tycon. »Warum sollte ich das tun?«, fragte Lisco mit gespielter Unwissenheit.
»Sie soll entscheiden, zu wem sie lieber will.« »Oh, das braucht sie nicht.«, sagte Lisco überzeugt, »Ich habe sie gerettet. Ohne mich wäre sie jetzt vermutlich tot. Oder Schlimmeres.«
»Dafür bin ich dir sehr dankbar, doch ich habe sie auch schon mal gerettet. Und ich bin sicher, sie will mich sehen.«

»Ach, will sie das? Bisher hat sie dich noch nicht erwähnt. Sollte sie irgendwann einmal wünschen, dich zu sehen, sag ich dir Bescheid. Aber jetzt gehe ich. Ach, und solltest du mir folgen, oder Ähnliches vorhaben, siehst du sie nie wieder.« Mit diesen Worten warf er Tycon noch einen drohenden Blick zu, drehte sich um und ging. Tycon, welchen Liscos letzte Worte ein wenig beunruhigt hatten, entschied sich, dass es besser war, erst einmal nach Hause zu gehen und, da er ja nun wusste, wo Lisco ungefähr wohnte, später noch einmal dort vorbeizuschauen. Er versuchte, sich mit dem Wunschdenken zu beruhigen, dass Lisco Elli nichts antun und sich vermutlich gut um sie kümmern würde, und ging schweren Herzens nach Hause.

-Elli-

Im Unterbewusstsein hörte sie, wie die Tür auf- und wieder zu ging. Lisco musste nach Hause gekommen sein. Dies bestätigte sich, als sie ihn wenig später die Treppe hochkommen hörte. Deshalb schlug sie widerwillig die Augen auf und schaute zur Zimmertür, durch welche Lisco nun auch herein kam.
»Hast du nicht schlafen können?«, fragte er besorgt.
»Doch, aber ich hab dich kommen hören.« Kaum hatte sie das gesagt, wurde sie rot und ergänzte schnell: »Also, ich meine, wie du zur Tür hereinkamst!«. Lisco lachte, kam näher und setzte sich auf die Bettkante.
»Ich weiß schon, was du meintest.«, sagte er schmunzelnd, »Lass mich bitte nach deiner Wunde sehen.«. Gehorsam schob Elli die Bettdecke ein Stück zurück und legte sich so, dass er ihre Wunde sehen konnte. Vorsichtig nahm er das Pflaster ab und schaute sich die Wunde genauestens an. »Nun, es sieht schon besser aus, als gestern, aber ich werde trotzdem noch mal etwas von der Wundheilcreme auftragen. Warte bitte kurz.«, sagte er und ging nach unten, um die Creme zu holen. Als er wieder oben war, fragte Elli: »Heilen Wunden nicht eigentlich besser, wenn frische Luft dran kommt? Also ohne Pflaster?«
Lisco lächelte und meinte, während er die Creme auf die Wunde auftrug: »Ja, eigentlich hast du recht. Kluges Mädchen. Ich möchte nur nachträgliches Bluten vermeiden. Morgen müsste es ohne Pflaster gehen.«
»Wann darf ich wieder raus?«, fragte Elli.

»Wie, raus?«, fragte Lisco irritiert.
»Na ja, es ist so…langweilig, die ganze Zeit im Bett zu liegen und zu schlafen.«
»Ich dachte, du wärst froh darüber, endlich mal wieder ungestört schlafen zu können?«, bemerkte er. »Ja, das bin ich auch, aber…«, sie suchte nach Worten, »Ich hab jetzt so lange geschlafen und mir ist langweilig.«
Er betastete daraufhin ihre Stirn und sagte: »Du hast immer noch Fieber und solltest dich gesund schlafen. Wenn dein Fieber weg ist, darfst du mit runter kommen.«
Elli schmollte. »Es ist besser so, glaub mir.«, sagte er sanft.
»Kannst du mir nicht wenigstens ein Buch bringen, sodass ich ein bisschen lesen kann? Mir ist so langweilig.«, sagte sie ein wenig traurig.
Er musterte sie kurz und erwiderte daraufhin: »Meinetwegen, darüber lässt sich schon eher reden. Wenn du nicht zu viel liest und auch ans Schlafen denkst.«
»Versprochen.«, seufzte Elli.
Daraufhin verschwand Lisco und kam ein paar Minuten später mit einem Buch wieder. Er reichte es Elli. Verständnislos schaute sie erst das Buch, und dann ihn an. »Ich hab auch noch ein paar Andere, aber lies erst mal das.«
»Was soll ich damit?«, fragte sie verständnislos.
»Na, Lesen. Das wolltest du doch.«
»Ja, schon, aber doch nicht über die Weimarer Republik! Hast du keine Romane, oder so was in der Art?«
Er lächelte, kam auf sie zu und setzte sich wieder auf die Bettkante. »Doch, natürlich habe ich Romane, Thriller und alles, was das Herz begehrt. Doch mit diesem hier...«, er deutete auf das Buch, »laufe ich nicht Gefahr, dass du vor lauter Spannung das Schlafen vergisst. Und du lernst gleich ein bisschen was. Ist doch praktisch, oder?«
»Ja, total.«, sagte Elli ironisch. Na super, jetzt durfte sie also ein Buch über die Weimarer Republik lesen. Er hatte recht: bei dieser Lektüre würde sie das Schlafen ganz sicher nicht vergessen.
»Warum willst unbedingt, dass ich so viel schlafe?«, fragte sie leicht misstrauisch. Er schaute sie mit gerunzelter Stirn an und erwiderte: »Das sagte ich doch schon: damit du wieder gesund wirst.«, »Und warum so dringend?«

»Warum nicht? Ich möchte dich nicht weiter leiden sehen.«
»Aber ich leide doch nicht! Ich bin und fühle mich krank, aber du tust ja so, als würde ich an hunderten von Schläuchen hängen und mein Leben wäre in Gefahr!« »Vielleicht ist mir dein Wohlergehen einfach wichtig. Vielleicht bist...«, er hielt kurz inne, »Du mir wichtig. Braucht man denn für alles einen Grund?«
Nun wurde Elli rot und schaute schnell zur Seite, damit er es nicht sah.
»Warum habt ihr hier eigentlich keine Ärzte?«, versuchte sie, vom Thema abzulenken.
»Wer sagt, dass wir keine Ärzte haben?«, antwortete Lisco, lächelnd über ihren plötzlichen Themenwechsel.
»Na ja, Tycon hat mal was von einem Krankenhaus erzählt, aber ich hab noch keins gesehen. Und wenn es welche gäbe, hättest du mich bestimmt dorthin gebracht.«
»Du bist klug.«, sagte Lisco, »Das war eine gute Schlussfolgerung. Es gibt hier Ärzte und Krankenhäuser. Aber ich habe dich nicht dorthin gebracht, weil ich dich selbst heilen kann. Aber warum hat Tycon dir überhaupt von einem Krankenhaus erzählt?«
»Das…ist nicht so wichtig.«, sagte Elli abwinkend. Den wahren Grund wollte sie ihm natürlich nicht nennen. Sie wusste ja nicht, ob er wusste, was Tycon war, geschweige denn, ob Tycon damit einverstanden wäre, würde sie Lisco davon erzählen. Apropos Tycon! »Was ist eigentlich mit Tycon?«, fragte sie, erschrocken darüber, dass ihr das erst 24 Stunden nach ihrem fast tödlich geendeten Ausflug einfiel. Sie hatte während der Zeit, wo sie schon bei Lisco war, nicht einmal darüber nachgedacht, ob Tycon sich um sie sorgte!
»Was soll mit ihm sein?«, fragte Lisco überrascht.
»Na, wieso kommt er nicht her?«.»Warum sollte er hierher kommen?«
»Na, hast du ihm nicht erzählt, dass ich bei dir bin?«, fragte Elli zaghaft.
»Wie sollte ich ihm das bitte erzählen? Und aus welchem Grund? Außerdem weiß ich nicht, wo er wohnt.«.»Aber…er macht sich doch bestimmt Sorgen um mich.«, vermutete Elli vorsichtig. »Glaubst du das wirklich?«, fragte Lisco verächtlich.
»Was ist falsch daran?«.»Wenn du das wirklich glaubst, kennst du ihn nicht besonders gut. Gefühle, wie Liebe oder Sorge um jemanden, kennt

er nicht. Seine Welt besteht nur aus Hass und daraus, Anderen Leid zuzufügen.«.»Woher willst du das wissen?«, fragte Elli gereizt.
»Woher willst du wissen, dass es nicht so ist? Außerdem kenne ich ihn schon sehr lange.«.»Ich…«, wieder suchte sie nach Worten, »kann das nicht glauben!«
»Du willst es nicht glauben.«, schnitt er ihr das Wort ab.
»Ich…«, hilflos suchte Elli wieder nach den richtigen Worten, »Tief in seinem Inneren muss er doch aber ein gutes Herz haben!«.»Warum? Warum muss jeder automatisch irgendetwas Gutes an sich haben?«, hakte Lisco weiter nach. Nun wusste Elli keine Erwiderung mehr und merkte, wie sich eine Träne in ihrem Auge anbahnte. Lisco schien dies zu merken, denn er beugte sich jetzt ein Stück zu ihr, zog sie zu sich heran und nahm sie in den Arm. »Es tut mir Leid, aber die Wahrheit ist manchmal hart.«
Elli wollte nicht schon wieder weinen, doch sie schaffte es nicht vollständig, die Tränen zu unterdrücken. Sie konnte und wollte nicht glauben, dass Tycon so…scheußlich sein sollte, wie Lisco ihn beschrieb. Sicher, er hatte sich ihr bisher nicht so fürsorglich, verständnisvoll und gutmütig gezeigt, wie Lisco es gerade tat, aber die Beschreibung, die Lisco für Tycon benutzt hatte, schien ihr doch zuwider. Und es machte sie traurig, dass Tycon anscheinend wirklich nicht nach ihr zu suchen schien.
Sie machte sich von Liscos Umarmung los, nahm sich das Buch, schlug es auf und tat, als wollte sie lesen. Lisco lächelte kurz und sagte zärtlich: »Okay, ich verstehe, du willst jetzt allein sein. Ich gehe ja schon. Denk ans Schlafen. Und sei mir bitte nicht böse, wegen dem, was ich über Tycon gesagt habe. Aber glaube mir, es ist die Wahrheit. Und die lässt sich nicht ändern…und sie zu überblenden, mit Wunschdenken, bringt auch nichts.«
Mit diesen Worten ging er aus dem Zimmer, schloss die Tür und Elisa hörte, wie er die Treppe hinunter ging. Eigentlich wollte sie dieses Buch nicht lesen, doch nach Schlafen war ihr gerade auch nicht zumute. Also blätterte sie auf das Inhaltsverzeichnis und suchte nach einem spannenden Begriff, doch als sich alles irgendwie als gleich langweilig herausstellte, begann sie, es einfach von Anfang an zu lesen. So saß sie da und las, bis sie schließlich irgendwann einschlief.

Wie sie es seit letzter Zeit gewöhnt war, wurde sie mal wieder von ihrer hysterischen Mutter geweckt. Diese musste mittlerweile echt verzweifelt sein, da sie Elli nun jeden Morgen mit so großer Anstrengung wecken musste, und Elli begann sich zu fragen, wann sie sie wohl deshalb zum Arzt schleifen würde. Oder zum Psychiater. Also stand sie auf, machte sich fertig und begab sich auf den Weg zur Schule.
Heute hatten sie eine Vertretungsstunde in Geschichte. Die Lehrerin wollte mit ihnen die deutsche Geschichte behandeln. Als Elli die Arbeitsblätter, welche sie großzügiger Weise von der Lehrerin bekommen hatten, durchlas, merkte sie, dass ihr einiges bekannt vorkam. Sie brach das Lesen ab, schaute sich die Aufgaben an, und löste sie zum größten Teil, denn zu ihrem Glück handelte der Großteil des Blattes von der Weimarer Republik, worüber sie in der vorherigen Nacht ja fleißig gelesen hatte. Diese Träume hatten also doch etwas Gutes: während ihre Klassenkameraden schlafen mussten, konnte sie ihn ihrer anderen Welt noch lernen. Vielleicht sollte sie beginnen, diesen Vorteil auszuschöpfen. Der Nachteil war bloß, dass sie höllisch müde war, was eigentlich Schwachsinn war, da sie ja eigentlich trotzdem geschlafen hatte. Eigentlich. Aber eigentlich ja nur körperlich. So ganz war sie sich über die Träume noch nicht im Klaren. Wie auch, es hatte ihr bisher ja noch niemand wirklich darauf geantwortet.
Nach ca. 10 Minuten war sie, ohne viel nachlesen zu müssen, mit den Aufgaben fertig und meldete sich. »Frau Schmid, ich bin fertig.«, sagte sie grinsend. Frau Schmid, die am Lehrertisch gerade irgendwelche Arbeiten korrigierte, schaute sie nur schräg an und sagte: »Schön, dass du so schnell liest, aber du sollst auch noch die Aufgaben lösen.«
Sie schien Elli nicht richtig verstanden zu haben. »Das…hab ich doch schon.«, sagte Elli nun kleinlaut. Die Anderen schauten sie verblüfft an, denn die meisten von ihnen waren gerade einmal mit dem Lesen und Begreifen des Textes fertig. Wenn überhaupt. Nun staunte die Lehrerin tatsächlich nicht schlecht, kam zu Elli hin, überflog kurz Ellis Lösungen, nahm das Blatt dann mit zum Lehrertisch und korrigierte es. Zumindest wollte sie das, denn sie fand keinen Fehler, den sie hätte korrigieren können. Überrascht musterte sie Elli von oben bis unten, welche nur schadenfroh grinste.
»Wie hast du das so schnell geschafft?«, fragte sie Elli perplex.

»Ich wusste das fast alles schon. Ich hab sozusagen vorgearbeitet.«, antwortete Elli wahrheitsgemäß.
»Nun denn, solch ein Fleiß muss belohnt werden, deshalb bekommst du von mir jetzt eine 1, das heißt 15 Punkte. Da könnt ihr anderen,«, sie deutete auf die Klasse, »euch ein Beispiel dran nehmen.«
An dem Spruch, dass abends lernen, beziehungsweise sich die Bücher unter das Kopfkissen zu legen, viel bewirken konnte, musste etwas Wahres dran sein. Elli freute sich über die 1, doch kaum hatte die Lehrerin den Satz vollendet, merkte Elli, wie sie von neidischen, abschätzenden Blicken belagert wurde und aus einigen Reihen das Wort "Streber" erklang. Jetzt würde sicherlich erstmal keiner aus ihrer Klasse mit ihr reden wollen. Aber das war nun mal der Preis des Ruhmes, denn im Endeffekt waren sie ja eh alle bloß neidisch. Und da Elli sich in letzter Zeit eh ein wenig vor ihren Mitmenschen zurückgezogen hatte, störte sie das auch nicht besonders.
Also freute sie sich über ihre 1, beschäftigte sich mit anderen Arbeitsblättern und fieberte der Nacht entgegen, um Lisco von ihrem Erfolg zu erzählen. Doch bevor es soweit war, musste sie noch ein paar weitere Stunden überstehen. Wie zum Beispiel Geografie, welches wie gesagt eines ihrer Hassfächer war.

Die anderen Fächer hatte sie mehr oder weniger dösend gemeistert. Doch die Geostunde, die nun noch folgte, würde sicher nicht einfach werden. Diese Befürchtung stellte sich als die volle Wahrheit heraus, denn in Geo schauten sie sich eine Dokumentation über irgendwelche Gesteine an. Noch dazu mit heruntergelassenen Rollos, was regelrecht zum Schlafen einlud- sodass Elli irgendwann die Augen zu fielen und sie wenig später wieder das weiche, warme Bett unter sich spürte. Genüsslich kuschelte sie sich hinein, bis ihr irgendwann im Unterbewusstsein klar wurde, dass sie gerade in der Schule saß.
Deshalb zwang sie ihre Augenlider regelrecht auseinander- und schaute direkt in das aufgequollene Gesicht ihrer Geo-Lehrerin. Und ganz nebenbei hatte sie auch der Rest der Klasse im Blick, erfreut über die Standpauke, die Elisa nun erhalten würde. Und da ging es auch schon los: »Ich glaub, ich spinne oder was! Was fällt dir ein, in meinem Unter-

richt zu schlafen! Wenn du alles weißt und das Video nicht nötig hast, kann ich dich ja jetzt mündlich abfragen!«, schimpfte ihre Lehrerin los.
»Nein, bitte nicht! Ich bin bloß so schrecklich müde.«, sagte Elli hilflos.
Ihre Klassenkameraden freuten sich jetzt natürlich.
»Müde bist du? Dann solltest du mal eher ins Bett gehen, Mädchen! Oder zum Arzt!«
Wenn die wüsste. Mittlerweile ging Elli ja nun wirklich schon früh ins Bett, sogar freiwillig. Warum, konnte sie ihr ja aber schlecht erklären, also beließ sie es lieber bei einem beschämten Blick nach unten und hoffte, dass die Lehrerin sie nun endlich in Ruhe lassen würde. Was diese dann zum Glück auch tat. Jedoch nicht, ohne Elli einen Eintrag ins Hausaufgabenheft und ins Klassenbuch zu verpassen. Nach dieser Stunde war die Schule nun endlich vorbei. Also machte sich Elli, als sie dann zu Hause war, schnell daran, das Schulzeug für den nächsten Tag zu erledigen, um dann wieder früh schlafen gehen zu können. Was denn aber auch immer alle hatten…im Kindergarten, wo sie nie Mittagsschlaf hatte machen wollen, war sie gezwungen worden, und jetzt, wo sie es sogar freiwillig tat und abends eher ins Bett wollte, ließ man sie nicht.

Nach ein paar Stunden hatte sie es dann endlich geschafft und konnte sich fertig machen, um dann ins Bett zu gehen. Ausnahmsweise wurde sie auch mal nicht von ihren Eltern aufgehalten.
Als sie dann endlich in ihrem Bett in Liscos Haus aufwachte und die Augen aufschlug, bemerkte sie, dass es noch früh am Abend war. Deshalb nahm sie an, dass Lisco noch schlief, und ging, nachdem sie sich den Bademantel übergezogen hatte, leise die Treppe herunter, da sie unten duschen wollte. Weil sich im obigen Bad nur die Badewanne befand. Und in der Badewanne zu duschen, mochte sie nicht. Und wenn sie badete, bestand die Gefahr, dass Lisco in der Zeit wach wurde und einfach hereinkam. Denn, ob und wo das Bad einen Schlüssel besaß, wusste sie nicht.

Also ging sie, unten angekommen, auf das Bad zu, öffnete leise die Tür, gerade so weit, dass sie hindurch schlüpfen konnte, ging schnell hinein und schloss sie wieder.

Als sie sich dann von der Tür umdrehte, um zur Dusche zu gehen, musste sie einen plötzlichen Aufschrei unterdrücken, denn auf einmal stand sie genau gegenüber von Lisco. Dieser war, bis auf ein Handtuch, das um seine Hüften geschlungen war und ihm auch nur bis zu den Knien reichte, anscheinend völlig nackt und war gerade dabei gewesen, sich die Haare zu kämmen, da er wohl zuvor geduscht hatte. Was auch das Klima des Raumes vermuten ließ. Irritiert schaute er sie an, Elli war immer noch erschrocken.
»Entschuldige.«, setzte sie an, »Ich wusste nicht…«, sie suchte weiterhin nach Worten, »Ich dachte du schläfst noch.«
Er sah einfach…sexy aus. Zum ersten Mal sah Elli seinen makellosen, definierten Oberkörper, welcher so glatt und geschmeidig wirkte und bloß von der Brust zum Bauch hin eine Winzigkeit Haare aufwies, was ihn wahnsinnig männlich erscheinen ließ. Lisco sah sie immer noch irritiert an, wahrscheinlich war er verwundert darüber, dass sie schon wach war. Dann schien er die Sprache wieder gefunden zu haben und sagte: »Kein Problem…«, er hielt kurz inne, »Ich bin überrascht, dass du schon wach bist. Brauchst du irgendetwas? Einen Tee, etwas zu Essen oder so?«
»Nein, ich…wollte gerade duschen gehen.«, erklärte sie ,»Und in Badewannen dusche ich nicht so gern.«
»Ach so.«, sagte Lisco, »Aber warum bist du so erschrocken, als du hereinkamst? Sehe ich so schlimm aus, mit nassen Haaren?«, fragte er schmunzelnd.
Nun wurde Elli rot. Was sollte sie darauf denn nun sagen, ohne sich zu blamieren? »Nein, du siehst…«, sie rang nach Worten, »Gut aus. Aber wie gesagt, ich dachte du wärest oben und würdest noch schlafen, deswegen hab ich mich erschrocken.«
Lisco lächelte kurz. Wahrscheinlich hatte er genau dies hören wollen. Hoffentlich verstand er es nicht falsch.
»Ja, ich dachte auch, du würdest noch schlafen. Nach dem Duschen hätte ich mich dann um dich gekümmert, aber jetzt wo du schon wach bist…ich nehme an, du möchtest immer noch duschen?«, sagte er freundlich und wies auf die Dusche. »Ja, aber…ich kann auch hochgehen, wenn du noch nicht fertig bist.«, sagte Elli darauf zaghaft.
»Also mir würde es nichts ausmachen, mich weiter fertig zu machen, während du duschst.«, Elli wollte ihn unterbrechen, doch er winkte ab

und setzte fort: »Aber da ich weiß, dass du das nicht möchtest,«, er zwinkerte ihr dabei kurz zu, »Kannst du ja schon mal was essen, während ich mich schnell noch fertig mache, damit du dann duschen kannst.«
Nun schaute er sie an, eine Antwort abwartend.
»Du musst nicht hetzen, ich kann auch hochgehen!«, sagte Elli schnell.
»Nein, das ist schon in Ordnung.«, antwortete er abwinkend. Elli nickte und verließ das Bad.
Also ging sie in die Küche, um einen Apfel zu essen, denn sie hatte keinen großen Hunger.

Nach ein paar Minuten war Lisco dann im Bad fertig und teilte ihr mit, dass sie nun ins Bad könne und er kurz weg sein würde. Als er aus dem Haus hinausgehen wollte, fragte Elli: »Schließt du ab?«
Wieder schaute er sie irritiert an. »Wieso? Willst du weglaufen?«, fragte er argwöhnisch.
»Nein, ich hab nur…Angst, dass die Typen hier einbrechen und mich wieder entführen wollen.«, gestand Elli.
»Ach was, dir passiert schon nichts.«, sagte er, »Außerdem hat die Tür draußen keine Klinke, sprich, sie könnten nicht hinein, auch, wenn ich nicht abschließe.«»Okay.«, sagte sie kleinlaut.
Lisco kam auf sie zu, legte ihr die Hände an die Arme, und sagte sanft: »Dir passiert hier nichts, ich bin auch nicht lange weg. Dafür hast du mein Wort.«, gab ihr einen Kuss auf die Stirn und ging dann hinaus. Elli berührte mit der Hand die Stelle, wo seine Lippen sie gerade kurz berührt hatten. So etwas hatte Tycon noch nie getan. Gut, so lange kannte sie ihn nun auch noch nicht, aber Lisco war generell so…anders. Er kümmerte sich um sie, las ihr die Wünsche und Bedürfnisse förmlich von den Augen ab, er war so rücksichtsvoll und geduldig…und behandelte sie so, als würden sie sich sehr nahe stehen, und nicht, als hätte er sie erst vor ein paar Tagen nachts im Park aufgelesen. Apropos: wie alt war er eigentlich? Und wie alt war Tycon? War das hier nun Traum, oder Wirklichkeit und was hatte es mit dem "kurz weg sein" oder "Rausgehen" nachts auf sich? Und warum schlief auch Lisco am Tag? War er auch ein Vampir? Auf all diese Fragen wusste sie leider immer noch kei-

ne Antwort und nahm sich, wie schon so oft bei Tycon, vor, nachher ein paar Dinge zu erfragen.
Worüber sie enttäuscht war, war, dass Tycon überhaupt keine Anstalten zu machen schien, nach ihr zu suchen. Während des Duschens dachte sie darüber nach, wann sie wohl wieder zu Tycon gehen würde. Oder, ob sie es überhaupt tun und wollen würde. Hier, bei Lisco, wurde sie umsorgt und gepflegt, ständig gefragt, ob ihr irgendetwas fehle, sodass es schon fast ein wenig nervig war. Bei Tycon dagegen war irgendwie alles so kühl, ignorant, aber dafür ließ Tycon sie auch in Ruhe und ließ ihr ihren Freiraum. Innerhalb des Hauses, verstand sich. Was aber nicht hieß, dass sie sich hier gänzlich eingezwängt fühlte…
Dennoch kam sie sich bei Tycon mehr oder weniger eingesperrt vor. Vielleicht konnte er ja auch ganz anders sein, nicht so kühl und ungeduldig, sondern vielleicht hatte er ja auch eine fürsorgliche, friedvolle und nette Seite, so wie Lisco. Elli konnte sich irgendwie nicht vorstellen, nicht wieder zu Tycon zurückzukehren, denn gewissermaßen hatte mit ihm ja dies alles hier angefangen. Andererseits wollte sie jedoch auch nicht von Lisco weg, der ihr in den letzten Tagen so viel Gutes entgegengebracht hatte, sodass es eigentlich gemein von ihr wäre, einfach zu gehen…
Den Kopf voller dieser Gedanken, ging Elli nach dem Duschen wieder hoch ins Bett und las weiter in dem Geschichtsbuch, damit Lisco sich nicht wieder darum sorgte, sie würde sich überanstrengen, wenn sie zu lange außerhalb des Bettes blieb. Irgendwie hatte er diesbezüglich ein wenig Ähnlichkeit mit ihrer Mutter.
Also begann sie, das nächste Kapitel zu lesen, angespornt durch die 1, die sie heute bekommen hatte.

-Tycon-

Tycon war, nachdem er aufgestanden war und sich fertig gemacht hatte, in Ellis Zimmer gegangen, hatte sich auf ihr Bett gesetzt und dachte nach. Er roch an der Bettdecke und schloss dabei die Augen. Sie hatte ein wenig den Geruch von Elli angenommen. Langsam fing er an, sie zu vermissen. Warum, wusste er auch nicht genau. Sie hatte etwas Leben ins Haus gebracht, er war nicht mehr so einsam gewesen, und es war immer amüsant, sich mit ihr zu unterhalten, da sie sich so wunderbar von ihm in die Irre führen ließ. Okay, das war bisher vielleicht etwas gemein von ihm gewesen. Und vielleicht hatte er sie auch so, generell, nicht ganz fair behandelt. Er war meistens so kühl und abweisend gewesen, hatte sie sich selbst zum Narren machen lassen...Lisco dagegen würde sich bestimmt von seiner besten Seite zeigen. Sie umgarnen, sich bei ihr einschmeicheln, sie verführen...Tycon durfte gar nicht daran denken. Was wäre, wenn Lisco sie um den Finger wickelte und sie nie wieder zu ihm zurück kam? Nein, das durfte nicht passieren. Das durfte er nicht riskieren. Irgendwie musste er mit Elli Kontakt aufnehmen, aber wie? Vielleicht sollte er mal wieder bei ihr, im Garten auf sie warten, aber vermutlich ging sie jetzt eher schlafen, zumal sie ja wieder in die Schule musste... Eigentlich hätte er ja auch im Traum zu ihr sprechen können, doch das ging nicht, wegen Lisco. Dann blieben nur noch ihre Gedanken, wenn Lisco nicht bei ihr war, sprich, in der Schule. Er brauchte ihr ja bloß zu sagen, dass sie in der Nacht mal in den Garten kommen solle...hoffentlich würde es funktionieren. Aber vielleicht konnte er auch so schon mal versuchen, sie zu erreichen, denn wenn er Glück hatte, war Lisco gerade weg und er könnte kurz mit Elli sprechen.

-Elli-

So uninteressant war das Buch eigentlich gar nicht. Wenn sie sich einredete, dass sie es total interessant fand und dass es wichtig war, konnte sie es durchaus lesen, ohne einzuschlafen. Was nicht hieß, dass es spannend war, passend wäre eher...informativ. Also las sie fortwährend in dem Buch, mittlerweile war sie schon im 3. Kapitel angelangt, als sie hörte, wie Lisco unten durch die Tür hereinkam. Elli ließ sich nicht beirren und las weiter, gespannt auf die Reaktion Liscos, wenn er sah, dass sie schon so viel gelesen hatte. Nach ein paar Minuten hörte sie ihn auch die Treppe hochkommen und dann trat er durch die Tür. Er schien wirklich überrascht, sie hier lesen zu sehen. Er kam zu ihr und schaute, wie weit sie schon war. »Das hast du alles schon gelesen?«, fragte er ungläubig und setzte sich wieder auf die Bettkante.

»Ja.«, antwortete Elli grinsend.

»Ich dachte, das wäre dir zu langweilig?«, fragte er nun.

»Na ja, es geht eigentlich. Das Thema haben wir gerade im Unterricht, und weil ich schon alles wusste, durch das hier«, sie hielt kurz das Buch hoch, »Habe ich eine 1 bekommen.«
Im Unterricht? Aber was, wenn Lisco das alles gar nicht wusste? Nicht, dass sie hier jetzt noch Erklärungen machen musste. Doch er schien zu wissen, was sie meinte, denn er lächelte und sagte: »Siehst du, ich hatte Recht damit, dass das Buch dir gut tun würde.«. Dann befühlte er ihre Stirn. »Du hast kein Fieber mehr, du kannst also mit mir runter kommen und ein bisschen fernsehen. Den Tee habe ich gleich unten gelassen.«, erklärte er. Lächelnd schaute er Elli an. Gerade als sie fragen wollte, warum er sie so anschaute, fiel ihr ein, dass er vermutlich auf eine Antwort von ihr wartete.
»Ähm, ich…würde gern noch etwas lesen.«, sagte sie kleinlaut. Sein Blick veränderte sich schlagartig und sein Lächeln erstarb.
»Wie bitte?«, fragte er ungläubig. »Na ja, ich möchte mich in Geschichte wieder verbessern und…«, er schnitt ihr das Wort ab: »Du möchtest lieber in einem Geschichtsbuch lesen, als mit mir Zeit zu verbringen? Gestern hast du gedrängelt, wann du wieder aus dem Bett kannst und jetzt willst du hier lieber lesen?«
Ihre Entscheidung schien ihm nicht zu gefallen.
»Es…ist nichts gegen dich!«, versuchte sie, sich herauszureden.
»Schon klar.«, sagte er grimmig, stand auf und wollte gehen. Doch Elli beugte sich schnell nach vorn und hielt ihn am Arm fest. »Hey!«, sagte sie. Er schaute sie an. »Wenn es dir so viel bedeutet, dann komme ich eben mit, dann gehst du eben schon vor, ich ziehe mich kurz um und dann komme ich nach.«
»Ich zwinge dich nicht.«, sagte er kurz angebunden, riss sich von ihr los und ging hinunter. In Elli regte sich nun das schlechte Gewissen. Er hatte sich so liebevoll um sie gekümmert, und sie wies ihn ab, wegen eines Buches? Dabei wollte er doch bloß mit ihr fernsehen…
Nein, das konnte sie nicht tun. Lesen konnte sie auch noch später. Und sie wollte ihn nicht wütend auf sich machen. Also legte sie das Buch beiseite, ging zum Schrank und suchte sich Sachen heraus: eine bequeme Hose, ein T-Shirt und warme Socken, da es langsam wieder kälter wurde. Dann zog sie sich an und ging schließlich die Treppe hinunter. Sie hörte, dass der Fernseher schon an war. Langsam ging sie in Richtung

Wohnzimmer und spähte um die Ecke. Lisco saß auf dem einen Sofa und schaute in die Richtung des Gerätes. Vorsichtig ging sie nun auf das andere Sofa zu und setzte sich. Unauffällig sah sie ihn an. Er starrte zwar auf den Bildschirm, doch wirklich hinzuschauen schien er nicht. Vielleicht dachte er gerade über etwas, wahrscheinlich über sie, nach. Oder er beobachtete sie unauffällig.

»Es…tut mir Leid.«, sagte Elli zögerlich. Lisco reagierte nicht. Warum war er jetzt so eingeschnappt? Oder tat er bloß so?

»Warum sprichst du nicht mit mir?«, versuchte sie es erneut. Wieder schien er sie zu ignorieren. Langsam hatte sie die Nase voll, stand auf, ging zu Liscos Sofa und setzte sich neben ihm auf die Lehne. »Es tut mir Leid, okay?«, sagte sie energisch.

Endlich schaute er sie an. »Meine Entscheidung hat dich verletzt und das tut mir Leid, deswegen bin ich jetzt hier. Aber du musst meine Entscheidungen respektieren!«

»Das habe ich doch.«, sagte er ruhig, »Ich sagte, dass ich dich nicht zwinge.« Wie gut, er sprach mit ihr. Das war immerhin schon mal ein Fortschritt.

»Ja, aber dadurch, dass du jetzt so auf deprimiert tust, bekomme ich ein schlechtes Gewissen, weil ich dich mit meiner Entscheidung verletzt habe, was gemein ist, weil du dich so gut um mich gekümmert hast, aber du hättest sie akzeptieren müssen, und deshalb,», sie holte Luft, »Ist dein Verhalten unfair! Weil du mir damit ein schlechtes Gewissen einredest, was aber falsch ist, weil du meine Entscheidung respektieren musst!«

Nach dieser Standpauke war sie ein wenig außer Puste.

»Du hast ein schlechtes Gewissen?«, fragte er ruhig, »Gut, dann hat er dir wenigstens dies noch nicht genommen.«

»Wie bitte?«, fragte Elli empört, »Was hat das Ganze nun wieder mit Tycon zu tun?«

»Ich weiß noch nicht genau, was er mit dir angestellt hat, aber du wirst nach und nach Gefühle wie Reue, Liebe oder Schuld verlieren und gefühlskalt wie er werden.«

»Nein, verdammt, das werde ich nicht! Warum sollte ich auch? Ich bin immer noch ich! Bloß weil er…«, sie hielt inne. War es klug, Lisco zu erzählen, zu was Tycon sie gemacht hatte? Wohl eher nicht.

»Weil er was…?«, fragte Lisco, nun interessierter.

»Nichts… warum versuchst du, mich gegen ihn aufzuhetzen?«, wollte Elli wissen. »Das tue ich nicht. Ich versuche nur, zu vermeiden, dass du einen Fehler begehst, dass er dich zerstört. Ich sorge mich um dich.«, antwortete er ruhig. Das klang ehrlich.
»Und was soll ich tun, damit du aufhörst, dich derartig um mich zu sorgen?«, fragte Elli nun, die langsam etwas genervt war, sich aber nicht weiter streiten wollte. Jetzt schaute er ihr wieder direkt in die Augen und sagte bestimmt: »Versprich mir, dass du nicht wieder zu ihm zurückgehen wirst.«
Nun war Elli perplex. Was sollte sie darauf antworten? Sie konnte es nicht versprechen, denn wer wusste schon, was werden würde? Und sie konnte sich ja auch nicht vorstellen, nie wieder zur Tycon zurückzukehren. Schließlich kam ihr dann eine Idee und sie sagte, ebenfalls bestimmt: »Wenn du mir keinen Grund dazu gibst.«
Lisco lächelte zufrieden und meinte: »Ganz bestimmt nicht. Hol dir bitte noch deinen Tee, er steht in der Küche.«
Na, das war ja schon mal ein Anfang. Zum ersten Mal durfte sie sich den Tee selber holen. Also tat sie, wie ihr geheißen und als sie wieder ins Wohnzimmer zurückkam, deutete Lisco auf den Platz neben sich. Elli zögerte kurz, doch da sie ihn nicht noch mehr reizen wollte, beziehungsweise nicht auf einen neuen Streit aus war, setzte sie sich neben ihn.
Zum Glück war die Couch groß genug, sodass sie sich beide bequem hinsetzen und die Beine hochlegen konnten. Bloß mit dem Anlehnen hatte Elli Probleme. Lisco, der ja am Anfang des Sofas lag, konnte sich an die Rückenlehne lehnen, aber für Elli war es schwierig, so schief dazusitzen und sich gleichzeitig anzulehnen. Deshalb schlug Lisco vor: »Lehn dich doch nach hinten, an mich.«
»Nein, ich kann auch auf die andere Couch gehen!«, erwiderte Elli schnell.
»Vertrau mir.«, sagte er sanft und animierte sie dazu, indem er ihre Schulter leicht nach hinten zog. Elli zögerte wieder, doch dann ließ sie sich vorsichtig nach hinten sinken, bis sie schließlich Widerstand spürte und sich gegen seine Brust lehnte. Den Kopf hielt sie noch aufrecht, doch auch ihn ließ sie schließlich nach hinten sinken. Nun lag sie also da, an ihn gelehnt, an seine starke Brust, spürte seinen Herzschlag und er be-

gann nun mit einer Hand über ihr Haar zu streichen. Elli wollte protestieren, doch er sagte nur beruhigend: »Keine Sorge, ich mache nichts.«, und streichelte weiter ihr Haar.
Elli konnte nicht sagen, dass es unangenehm war, hier so dazuliegen, doch es fühlte sich…falsch an. Als würde sie damit Tycon verraten. Sie schüttelte den Gedanken ab und redete sich ein, dass sie ja nichts tat, außer hier zu liegen, und dass es ja Liscos Idee gewesen war. Dieser reichte ihr immer mal den Tee, bis er endlich leer war, und bald merkte sie, wie ihr Kopf zur Seite kippte und ihre Lider zufielen.

# Kapitel 7

Kurz darauf schlug sie sie wieder auf und blickte in das Antlitz ihrer Mutter. Diese sah erleichtert aus. »Elli, zum Glück bist du schon wach, ich wollte dich gerade wieder wecken! Aber anscheinend hat dein Wecker heute gereicht.«.»Siehst du, ist alles halb so wild.«, hörte Elli ihren Vater im Hintergrund rumoren. Sie musste wohl tatsächlich einmal wieder normal aufgewacht sein. Was für ein Glück, vielleicht hatte sich ihre Mutter die Arztgeschichte nun doch abgeschminkt.

In der Schule stand heute Biologie an. Ein Fach, in dem sie größtenteils dösen konnte, da nur ein Viertel von dem, was ihr Lehrer erzählte, wichtig war, weil dieser immer so dermaßen vom Thema abwich, dass er letztendlich von Sachen erzählte, die mit Biologie, geschweige denn ihrem speziellen Thema, so gut wie gar nichts mehr zu tun hatten. So erzählte ihr Lehrer mal wieder eine Geschichte aus seiner Kindheit, als Elli plötzlich glaubte, ein Flüstern zu hören. Sie schaute sich um, doch keiner ihrer Mitschüler versuchte, ihr etwas mitzuteilen. Da war es schon wieder. Elli versuchte, genauer hinzuhören.

*Elli!* Die Stimme sagte ihren Namen!

»Tycon?«, vermutete Elli leise.

*Ja!*

Es war tatsächlich Tycon! Doch was wollte er von ihr, noch dazu mitten am Tag? »Was willst du?«, flüsterte Elli wieder leise.

*Komm heute Abend in den Garten, hinter die Hecke!*

»Was? Warum?«, flüsterte Elli wieder, doch sie bekam keine Antwort.

Die Stimme war weg. Claudia guckte sie schon komisch an, und Elli sagte leise: »Ach, wo ist denn der verdammte Bleistift....«, als Ablenkung. So hoffte sie, dass der Tag schnell zu Ende gehen würde, da sie aufgeregt war, Tycon heute Abend im Garten anzutreffen.

Als sie dann endlich zu Hause war und etwas später auch den ganzen Schulkram erledigt hatte, schaute sie auf die Uhr. Es war 18.45 Uhr. Wann sollte sie nun in den Garten gehen? Er hatte nur gesagt "heute Abend". Sicherlich dann, wenn die Sonne untergegangen war.

Da sie nun September hatten, geschah dies um einiges früher als im Juli. Logisch, war ja immer so. Jetzt konnten Tycon und Lisco sicher länger

wach bleiben, da es ja nun auch wieder allgemein länger Nacht, beziehungsweise länger dunkel war. Für Elli zählte dies allerdings nicht, sie konnte zu ihrem Bedauern ja nicht länger schlafen, den Tag kürzen und weniger zur Schule gehen oder dergleichen. Sie schaute aus dem Fenster. Die Sonne war schon weg, ganz dunkel war es jedoch noch nicht. Also beschloss sie, etwas zu essen, Zähne zu putzen, sich noch schnell zu duschen und dann in den Garten zu gehen.
Als sie dann ihren Eltern sagte, sie sei noch mal frische Luft schnappen, beziehungsweise nächtliche Fotos machen, war es 20:30 Uhr. Allzu lange hatte sie nicht Zeit, da sie ja am nächsten Tag wieder früh aufstehen musste. Also zog sie ihre Schuhe und eine Jacke an und ging in den Garten.

Sie hoffte, dass er in Gestalt, so wie bei ihrer ersten Begegnung, und nicht nur als Stimme auftauchen würde. Schnell ging sie durch den Garten, auf die Hecke zu und trat dahinter.
Doch er war nicht da. Noch nicht, vielleicht hatte er sich ja verspätet. Sie sah sich um, und als sie ihn nicht entdecken konnte, beschloss sie, zum Teich zu gehen. Es war zwar dunkel, aber egal. Gerade als sie sich auf dem Weg zum Teich befand, ertönte ein »Guten Abend.« hinter ihr.
Schnell drehte sie sich um. Und da stand er, Tycon, schön und geheimnisvoll, wie sie ihn in Erinnerung hatte.
»Hi.«, sagte Elli und ging zaghaft ein Stück auf ihn zu, sodass sie beide wieder völlig hinter der Hecke verborgen waren.
»Tut mir Leid, dass ich zu spät bin.«, sagte Tycon.
»Hast du dich gerade bei mir entschuldigt?«, fragte sie fassungslos.
»Ja…? Und…?«, fragte er argwöhnisch.
»Du hast dich noch nie bei mir entschuldigt, oder? Zumindest nicht ernsthaft.«, stellte Elli verwundert fest.
Er lächelte kurz. »So lange kennst du mich ja nun doch noch nicht.«, bemerkte er, »Vielleicht kann ich ja auch ganz nett sein.«
Daraufhin wusste Elli nicht wirklich, was sie sagen sollte, sodass sie ein Weilchen lang nur da standen und schwiegen, wobei Elli betreten ihre Füße anstarrte, da ihr die Worte fehlten. Dann fiel ihr, als sie so über seine Worte nachdachte, ein, was sie im Park gedacht hatte. Wie sie ihn

vermisst, ihn sich herbei gewünscht hatte, und wie sie bei Lisco darüber nachgedacht hatte, wann sie wohl zu Tycon zurückkönne.
»Es tut mir Leid, was ich gesagt habe.«, sagte sie beschämt, immer noch zu Boden schauend. Nun sah Tycon sie an und fragte: »Was genau?«
»Alles!«, sagte Elli und merkte, dass sich die Tränen anbahnten, »Dass ich sagte, du wärst ein Mistkerl, dass es eine Strafe wäre, die Nächte mit dir zu verbringen, dass ich dich hasse…!«
Sie schaute ihn an, eine Träne lief ihre Wange hinunter. Zögerlich kam er ein Stück näher und hob unschlüssig ein wenig die Arme. Elli besiegte den letzten Abstand mit einem kurzen Schritt, schlang die Arme um ihn und weinte. Tycon schloss ebenfalls die Arme um sie, drückte sie an sich und vergrub sein Gesicht in ihrem Haar.
»Ich vermisse dich.«, sagte Elli leise und sog seinen so lange vermissten Duft ein.
»Ich dich irgendwie auch, mehr, als ich anfangs gedacht habe. Mir tut es auch Leid, dass ich an dem Abend so...laut zu dir war.«, gestand er.
Elli nickte nur und fragte: »Warum hast du nicht nach mir gesucht?«
Nun ließ er sie ein Stück los, damit er sie anschauen konnte, und sagte ehrlich: »Das habe ich. Ich wollte zu dir, aber Lisco hat mich nicht gelassen.«
»Du wusstest, wo ich bin? Lisco hat mir nicht erzählt, dass ihr miteinander gesprochen habt.«, sagte Elli verwundert.
»Ich hatte Vermutungen«, erklärte Tycon, »Dann habe ich Lisco aufgespürt, aber er hat gesagt, du wärest krank und er hat mir verboten, auch nur in die Nähe des Hauses zu kommen.«
»Was?«, fragte Elli schockiert, »Aber warum? Warum bist du nicht einfach mal gekommen, als er weg war?«
»Er sagte, wenn ich es trotzdem täte, sähe ich dich nie wieder.«
Das sollte Lisco gesagt haben? Elli war perplex. »Aber, wieso? Ich habe ihn nach dir gefragt, aber…«, wieder kamen ihr die Tränen.
Tycon drückte sie nun wieder an sich und sagte leise: »Nun bin ich doch da.«.»Ja, jetzt, aber nachher nicht mehr! Nachher bin ich immer noch bei ihm, oder?«, fragte Elli ängstlich.
»Ja, leider. Ist es denn so schlimm?«, fragte nun Tycon besorgt.
»Nein, naja, er ist total nett, geduldig und rücksichtsvoll, er fragt ständig, ob ich was brauch, es ist fast schon nervig…«

»Dir kann man es auch nicht recht machen, oder? Ich bin zu kühl und zu abweisend, er ist zu fürsorglich...«, mahnte Tycon ironisch und lächelte kurz.
»Du bist... okay. Du könntest ein bisschen...netter, freundlicher und nicht so, wie du schon sagtest, abweisend sein. Und vor allem könntest du mal versuchen, mich bei Gesprächen nicht immer aus der Bahn zu werfen, sodass ich mich nicht immer selbst zum Deppen mache.«, meinte sie, ebenfalls mit einem kurzen Lächeln.
»Heute habe ich dich noch nicht blamiert.«, bemerkte Tycon mit leichtem, gespieltem Vorwurf in der Stimme.
»Stimmt.«, erwiderte Elli, »Das ist schon mal ein Anfang.«
Doch sofort wurde sie wieder ernst. »Aber er sagt...Dinge über dich.«
Tycon schaute sie wieder an. »Was für Dinge?«, fragte er argwöhnisch.
»Er sagt, du würdest mich zerstören, ich würde so werden wie du...«
»Wie denn?«,»Gefühlskalt, ich würde Empfindungen wie Liebe, ein Gewissen und sowas verlieren und nur noch Hass kennen und die Freude daran, anderen Leid zuzufügen.«
»Das hat er gesagt?!«, fragte Tycon fassungslos.
Elli nickte.
»Das ist vollkommener Blödsinn! Was fällt dem ein, sowas zu behaupten?!«, spielte sich Tycon auf.
»Bitte reg dich nicht auf. Wenn es dir hilft: Ich wollte es auch nicht glauben.«
Er schaute sie wieder an und fragte leise: »Wirklich?«
Elli nickte.
»Das beruhigt mich.«, gestand er.
»Und er...«, begann Elli und blickte beschämt zur Seite.
»Ja?«, fragte Tycon sanft.
»Er...hat mich geküsst.«, gestand Elli und wurde rot. »Ich schwöre dir, ich wollte das nicht! Er stand plötzlich hinter mir und ich konnte mich nicht wehren! Ich hatte die ganze Zeit ein schlechtes Gewissen deswegen und...!«
Tycon legte ihr einen Finger auf die Lippen und sagte: »Das glaube ich dir, du musst dir nichts vorwerfen. Ich kenne ihn und weiß, wie er ist.«
»Ich...habe dich ja auch einfach so geküsst.«, gestand er sich ein.

»Er…wollte noch mehr.«, sagte Elli beschämt, »Aber dann habe ich es geschafft, ihn von mir los zu machen und er hat es akzeptiert.«
Tycon hörte ihr geduldig zu.
»Er sagte, er hätte gedacht, ich hätte nichts dagegen, mich zu…bedanken, dafür dass er mich gerettet und aufgenommen hat… deswegen hatte ich deshalb wieder ein schlechtes Gewissen, aber…ich konnte es nicht.«
»Du brauchst dir deswegen nichts vorzuwerfen, du hast richtig gehandelt. Er ist selber schuld, dass er dich aufgenommen hat, denn er wusste, dass du…«, er hielt kurz inne, »Zu mir gehörst und hätte dich bloß zu mir bringen müssen. Aber er hat das alles so geplant.«
»Ich hab gesagt, ich brauche Zeit…aber ich will und kann das nicht! Aber, was soll ich machen? Ich will zurück, zu dir!«, stotterte sie.
»Das freut mich.«, sagte er lächelnd, »Warum läufst du nicht einfach weg? Heute? Und ich komme dir auf halber Strecke entgegen?«
»Das geht nicht… er wollte von mir, dass ich ihm verspreche, nie wieder zu dir zurückzukehren.«, sagte sie beschämt.
»Und was hast du daraufhin gesagt?«, erkundigte sich Tycon vorsichtig.
»Nur, wenn er mir keinen Grund dazu gibt.«, sagte Elli und schaute wieder zu Boden, »Ich wusste nicht, was ich sonst hätte sagen sollen! Ich hatte Angst, er würde mir oder dir etwas antun, wenn ich nein sage!«
»Das verstehe ich.«, sagte Tycon, »Dann musst du eben warten, bis er dir einen Grund gibt. Wenn er sich dir wieder…annähert, zum Beispiel. Ich denke, er wird solange wie möglich versuchen, dich im Krankenbett zu halten, damit du gar nicht auf die Idee kommst, zu fliehen. Damit er dich pflegen kann und er dein volles Vertrauen gewinnt und du mich vergisst.«, vermutete Tycon.
»Aber wenn ich irgendwann weglaufe, wie finde ich dann den Weg zu dir? Kannst du mir nicht deine Adresse sagen?«, fragte Elli hilflos.
»Ja, das könnte ich tun.«, sagte Tycon nachdenklich, oder aber du rufst, wenn du dann wegläufst, in Gedanken nach mir. Dann hole ich dich ab oder weise dir den Weg.«
»In Gedanken?«, fragte Elli irritiert.
»Na, wie heute.«, erklärte Tycon, »Du hättest nicht sprechen müssen. Es hätte gereicht, wenn du es gedacht hättest. Das funktioniert aber nur, wenn Lisco nicht unmittelbar in der Nähe ist.«

»Wir können uns in Gedanken unterhalten?«, fragte Elli ungläubig. »Ja.«, sagte Tycon lächelnd, »Frag nicht warum, das erklär ich dir vielleicht ein anderes Mal. Hast du ihm erzählt, dass du…? Na, du weißt schon.«
Elli überlegte kurz, was er meinte, und sagte dann: »Nein, natürlich nicht.«
Natürlich hatte sie Lisco nicht erzählt, zu was Tycon sie gemacht hatte.
»Gut.«, sagte Tycon, »Ich glaube, du musst jetzt los, sonst wird er misstrauisch.«. »Ich habe ein wenig Angst.«, gestand Elli leise.
»Das brauchst du nicht.«, beruhigte sie Tycon, »Bisher war er doch zu dir immer nett.«
»Ja, aber…nicht, dass er dir was antut.«, gestand Elli kleinlaut.
»Das wird er nicht, wenn du ihn darum bittest.«, sagte Tycon. Dann lachte er kurz und meinte: »Vor ein paar Tagen hast du mich gehasst und wolltest einfach nur weg von mir, und jetzt hast du Angst um mich?«
Elli lächelte ebenfalls kurz und gestand: »Ich habe dich in diesem Moment gehasst, aber nur, weil ich wütend war. Vor allem im Park und dann bei Lisco habe ich gemerkt, dass du mir fehlst.«
»Hass schweißt wohl doch zusammen.«, sagte er lächelnd.
»Jetzt hör auf, oder wie oft willst du noch hören, dass ich dich nicht hasse?«, schimpfte Elli ironisch.
»Also, sowas höre ich mir immer gern an.«, sagte Tycon scherzhaft. »Aber du solltest jetzt gehen.«, fügte er hinzu, nun wieder ernst.
Elli nickte und wollte sich umdrehen, als er sie plötzlich noch mal am Handgelenk festhielt.
»Warte noch kurz.«, sagte er und Elli drehte sich wieder zu ihm. »Sag ihm nicht, wo du hier…«, er deutete mit dem Arm in den Garten,»…wohnst. Sag ihm allerhöchstens, in der Nähe von welcher Stadt dein Zuhause liegt.«
»Okay…«, bejahte Elli verwirrt.
»Tu es bitte einfach.«, bat Tycon. Dann schaute er sie abermals an, sagte: »Komm her.«, drückte sie mit diesen Worten noch mal kurz an sich und ließ sie dann los.
»Wenn ich…nicht in nächster Zeit zu dir komme…«, begann Elli, »Kommst du dann noch mal her?«

»Bestimmt. Geh jetzt.«, sagte Tycon lächelnd. Also drehte sich Elli schweren Herzens um, und ging ins Haus und hoch in ihr Zimmer. Auf dem Weg dorthin merkte sie, wie sie leichte Müdigkeitsanfälle befielen, weshalb sie ihren Eltern das "Gute Nacht!" nur zurief, anstatt noch einmal zu ihnen zu gehen, und legte sich dann schlafen.

Als sie dann kurz darauf wieder die Augen aufschlug, sah sie, wie Lisco auf ihrer Bettkante saß und seine Hand auf ihrer Schulter lag. Verschlafen blinzelte sie ihn an und fragte: »Was ist los?«
»Warum wachst du erst jetzt auf?«, wollte er wissen.
»Ich…hatte noch massig für die Schule zu tun…«, log Elli, in der Hoffnung, dass es überzeugend klang.
»Bist du dir sicher?«, fragte er misstrauisch.
»Ja, natürlich! Ich weiß doch, was ich getan habe!«, erwiderte sie. Sie musste sich unbedingt mal von jemandem zeigen lassen, wie man überzeugend log. Vielleicht verstand ja Tycon etwas davon. Immer noch misstrauisch sah er sie an. »Ich versuche seit einigen Minuten, dich wach zu bekommen.«, bemerkte er, »Bevor ich raus ging, dachte ich, ich lasse dich noch schlafen, aber als ich wiederkam, schliefst du immer noch und ich habe mir Sorgen gemacht.«
»Du sollst dir nicht immer so viele Sorgen machen.«, sagte Elli gähnend, »Ich komm schon klar.«
»Wenn du meinst…«, erwiderte er und reichte ihr den Tee. Elli nahm die Tasse und schaute sich den Tee an. »Warum trinkst du nicht?«, wollte Lisco wissen. »Was ist das eigentlich für ein Tee?«, fragte sie ihrerseits. Lisco blickte sie nur fragend an.
»Mir…kommt es langsam so vor, als wäre das hier wie in *The Glass House 2*, wo die Frau dem Jungen Gift gibt, um ihn dann pflegen zu können. Und ihn dann irgendwann umbringt…«
Vielleicht hätte sie dies nicht sagen sollen, denn seine Reaktion war…merkwürdig. Schließlich schaute er sie an und sagte mit gebrochener Stimme: »Es verletzt mich, dass du so etwas denkst. Warum sollte ich das tun? Es wäre doch sinnlos, dich so lange zu pflegen und dann zu töten.«

»Ich weiß es nicht, es kam mir nur gerade so in den Sinn.«, sagte Elli schnell, »Ich meine, du gibst mir jeden Tag diesen komischen Tee und…na ja.«
Das konnte sie ja immerhin schon mal als Hinweis darauf sehen, dass er sie nicht unbedingt töten wollte. Hoffentlich.
»Dein Fieber ist weg, oder? Du konntest gestern mit mir fernsehen.«, bemerkte er.
»Ja, schon…« Das stimmte allerdings. Dann vergiftete er sie wohl doch nicht, oder er hatte die Rezeptur geändert.
»Siehst du.«, sagte er lächelnd, »Dann geht diese Theorie wohl nicht auf.«
»Tut mir Leid…«, sagte Elli betreten.
»Und was macht dein Hals? Und die Erkältung?«, wollte er wissen.
»Bald weg, denke ich…«, erwiderte sie.
»Dann habe ich dich wohl nicht vergiftet, sondern eher geheilt.«
»Hm…ja, danke…«, sagte sie beschämt.
»Kein Problem.«, meinte er, »Was sagst du dazu, wenn du jetzt aufstehst, dich fertig machst und dann noch ein bisschen mit runter kommst?«
»Okay…«, stimmte Elli zu, immer noch ein wenig peinlich berührt. Also setzte sich hin und schaute ihn an, darauf wartend, dass er hinausging.
»Bis gleich.«, sagte er, ging aus dem Zimmer und anschließend die Treppe herunter.

Als sie dann wenig später ebenfalls die Treppe hinunterging, hörte sie keinen Fernseher, was sie etwas verwunderte. Es war so still… aber gut, vielleicht las Lisco ja. So ging sie durch den Flur zum Wohnzimmer und spähte hinein. Sie konnte ihn nicht sehen. Also ging sie weiter und schaute in die anderen Räume. Nun konnte er eigentlich nur noch in der Bibliothek sein. Als sie dann schließlich vor derer verschlossener Tür stand, glaubte sie, etwas hinter sich zu spüren. »Lisco?«, fragte sie ängstlich und drehte sich um. Vor ihr stand nun Lisco, doch irgendwie gefiel ihr sein Blick nicht.
»Was ist los?«, fragte sie verunsichert.
»Warum bist du heute so spät wach geworden?«, fragte er kühl.
»Das sagte ich doch schon!« erwiderte Elli und wollte sich davon schleichen, als Lisco sie plötzlich wieder gegen die Tür stieß und seine Hände

neben ihrem Hals an die Tür stemmte, um ihr so mit seinen Armen den Weg zu versperren.
»Ich hätte gern die Wahrheit!«, herrschte er sie an. Nun war sie eingepfercht. Sie erinnerte sich, schon einmal in so einer ähnlichen Situation gewesen zu sein, in der Nacht bevor sie weglief, wo sie mit Tycon gestritten hatte. Eingezwängt zwischen der Tür und einem wütendem Lisco, der sie mit steinernem Blick anvisierte, bekam sie langsam Angst.
»Antworte.«, forderte er sie auf.
»Ich…ich habe gelernt.«, stotterte Elli.
Genervt schaute er zur Seite, sah sie dann mit zusammengekniffenen Augen wieder an und sagte leise: »Du bist eine verdammt schlechte Lügnerin. Und ich hasse es, wenn mich jemand anlügt.«
»Aber…es ist die Wahrheit!«, versuchte Elli sich zu verteidigen, »Was willst du denn hören?!«
»Es wäre besser, wenn du mir lieber gleich die richtige Wahrheit erzählst. Du hast mit Tycon geredet, oder?!«, fragte er wütend, um Fassung bemüht. Nun kamen ihr wieder die Tränen und sie schüttelte den Kopf.
»Warum willst du ihn schützen? Ich weiß, dass du mit ihm geredet hast! Ich will es nur aus deinem Mund hören!«. Oh ja, er war wütend. Sogar sehr. Langsam wurde ihr es zu viel: »Okay! Dann habe ich eben mit ihm geredet.«, sagte sie unter Tränen.
»Und was wollte er?«, hakte Lisco nach.
»Wissen, wie es mir geht!«
»Und wann du zurück kommst.«, vermutete Lisco.
»Ich habe gesagt, dass ich dir versprochen habe, dass ich nicht zurück gehe.«
»Hast du das?«, fragte er, wieder mit zusammengekniffenen Augen.
»Lisco, du machst mir Angst!«, rief sie leicht panisch.
»Tut mir Leid.«, erwiderte er und das Böse wich aus seinem Blick. Er nahm seine Hände von der Wand und zog stattdessen Elli zu sich heran, um sie in den Arm zu nehmen.
»Es tut mir Leid, ich wollte dich nicht verängstigen.«
Elli schluchzte nur.

»Du darfst mich nie wieder anlügen, hörst du?«, sagte er sanft und streichelte mit einer Hand über ihr Haar. Elli nickte leicht. Nach dieser Aktion würde sie das bestimmt nicht wieder tun.
»Ich werde dich auch nie anlügen, und ich werde dir nie etwas Böses wollen.«, fuhr er fort. Das klang ehrlich. »Entschuldige bitte, dass ich so überreagiert habe, es kam so über mich. Am besten, wir vergessen diesen Konflikt, oder?«. Mit diesen Worten ließ er sie ein Stück los und schaute sie an. Elli nickte, woraufhin er kurz lächelte und meinte: »Gut, ich hasse es nämlich, mich zu streiten. Hoffentlich müssen wir das nie wieder tun. Wollen wir noch ein bisschen fernsehen?«. Elli nickte wieder bloß kurz.
»Fein.«, sagte Lisco, wischte ihr mit einem Finger die Tränen weg und fügte sanft hinzu: »Und jetzt lächle mal wieder, hm?« Daraufhin gab er ihr noch einen Kuss auf die Stirn, und sie zwang sich zu einem kurzen Lächeln. Er erwiderte es kurz, nahm sie dann bei der Hand und sie gingen ins Wohnzimmer, wo sie, wie am vorherigen Abend, einen Film schauten.

»Lisco?«, fragte Elli dann, die, wie am Vorabend, an ihm lehnte, dann nach einer Weile.
»Ja?«, antwortete er und strich wieder über ihr Haar.
»Bitte tu Tycon nichts.«, fuhr sie fort, »Sonst tust du mir damit weh, weil ich sonst wieder ein schlechtes Gewissen habe, wenn du ihm wegen mir etwas antust.«
»Wenn du es so wünschst.«, sagte er und hörte auf, ihr Haar zu streicheln. »Versprichst du es?«, fragte Elli zögerlich.
»Wenn du auch dein Versprechen einhältst.«, war die Antwort. Er klang wieder leicht säuerlich.
»Tut mir Leid, ich wollte dich nicht wieder verärgern. Ich höre ja schon auf damit.«, sagte Elli schnell.
Er lächelte daraufhin kurz und erwiderte: »So schnell geht das nun auch wieder nicht.«, nahm ihre Hand in die Seine und sie sahen noch ein Weilchen fern, bis Elli dann irgendwann wieder ins Bett ging, um dann wieder bald in der anderen Welt aufzuwachen.

Wo sie, zu ihrem Entsetzen, heute einen Test schrieb, noch dazu in einem ihrer schwächeren Fächer: Mathematik. Sie bekam die Aufgaben und las sie sich durch. Na super, das konnte ja heiter werden: es ging um Wahrscheinlichkeitsberechnung. Dieses Thema hatte ihr noch nie gefallen. Missmutig versuchte sie, die Aufgaben zu lösen, bis sie auf einmal wieder Tycons Stimme hörte.

*Elli!*

»Es ist gerade etwas ungünstig!«, dachte Elli zurück und wandte sich wieder den Aufgaben zu. Zu ihrer Überraschung ließ er sie sogar in Ruhe. Was er wohl von ihr gewollt hatte? Hoffentlich war nichts passiert, hoffentlich hatte Lisco ihm nichts getan. Obwohl, eigentlich schliefen sie ja beide um diese Zeit… es ging bestimmt um heute Abend…

»Noch 10 Minuten!«, sagte die Lehrerin auf einmal. Elli wurde so aus ihren Gedanken gerissen und erschrak. Wie sollte sie das jetzt noch alles schaffen?! Hatte sie so lange über Tycon nachgedacht? Hastig beugte sie sich wieder über die Aufgaben und versuchte krampfhaft, noch etwas davon zu lösen. Doch das brachte ihr nicht mehr viel, da die Lehrerin wirklich 10 Minuten später die Tests einsammelte. Na super, dieser Test würde ganz sicher keine 3 mehr werden, wenn sie Glück hatte, bekam sie gerade noch eine 4. Und diese, falls es denn überhaupt wenigstens eine 4 wurde, dann wieder auszubügeln…das würde anstrengend werden. Also musste sie Tycon dringend mal klar machen, dass er sie, wenn sie in der Schule war, gefälligst in Ruhe zu lassen hatte.

»Na, Elisa, was war denn heute mit dir los?«, fragte die Lehrerin, als sie Ellis Test einsammelte und ihn kritisch überflog.

»Ich… war unkonzentriert…und müde.«, sagte Elli entschuldigend. Und das war ja sogar die Wahrheit.

»Nun, dann solltest du vielleicht mal eher ins Bett gehen, wenn du tagsüber so müde bist.«, sagte die Lehrerin mahnend und sammelte die anderen Tests ein. Die hatte gut reden. Wie früh sollte Elli denn nun noch ins Bett gehen? Wenn sie noch eher ging, schaffte sie das Lernen nachmittags nicht mehr vollständig, und das würde ihren schulischen Leistungen auch nicht gerade förderlich sein. Aber es stimmte, sie brauchte mal wieder richtigen Schlaf. Vielleicht sollte sie wirklich tagsüber mal noch ein Stündchen schlafen, sodass sie, wenn sie dann wieder bei Lisco, oder demnächst vielleicht wieder bald bei Tycon, aufwachte, einfach weiterschlafen konnte, weil die beiden ja tagsüber vermutlich auch schliefen. Einfach mal schlafen, ohne im Traum wieder aufstehen zu müssen...sie wusste gar nicht mehr, wie das war. Also beschloss sie, dass sie, wenn sie nach Hause kam, prüfen würde, was sie für den nächsten Tag alles zu tun hatte, und, wenn es nicht allzu viel war, ein Stündchen zu schlafen. Aber leider musste sie sich vorher noch den restlichen Stunden stellen.

Gesagt, getan: als sie dann endlich zu Hause war, schaute sie schnell in ihr Hausaufgabenheft und stellte erleichtert fest, dass sie für den nächsten Tag nicht allzu viel zu tun hatte. Also legte sie sich auf die Couch, stellte ihren Wecker für eine Stunde später und schlief sofort ein. Natürlich wachte sie wieder bei Lisco auf, schlief dort jedoch gleich weiter. Endlich konnte sie mal wieder richtig schlafen, ohne im Traum wieder wach sein zu müssen. Eine Stunde kostbaren, friedvollen und traumlosen Schlafes...

Bis sie dann wieder vom schrillen Klang ihres Weckers genervt wurde. Gähnend stellte sie ihn aus. Wie verlockend es doch war, sich einfach wieder herumzudrehen und einmal auszuschlafen! Doch das durfte sie nicht, denn sie musste noch das Schulzeug für den nächstem Tag machen. Ach, wie sehr freute sie sich doch auf das Wochenende...
Letztendlich war sie dann doch eher fertig, sodass sie, wenn sie sich beeilte, um ca. 20.00 Uhr ins Bett gehen konnte. Vorher beschloss sie jedoch, noch einmal in den Garten zu schauen, falls Tycon da war. Immerhin hatte er sie heute in der Schule ja angesprochen, in Gedanken. Doch er war nicht da, woraufhin Elli wieder ins Haus ging, schnell etwas aß, sich dann bettfertig machte und schließlich schlafen ging.

Als sie dann wieder aufwachte, hörte sie, wie Lisco gerade aus seinem Schlafzimmer nach unten, vermutlich ins Bad, ging. Also stand sie wieder auf, zog sich an und ging ebenfalls ins Bad, jedoch in das neben ihrem Zimmer. Kurz darauf ging sie dann herunter ins Wohnzimmer, setzte sich auf eine Couch und wartete, dass Lisco fertig wurde. Als dieser dann endlich so weit war und hoch gehen wollte, vermutlich um sie zu wecken, sah er sie und kam ins Wohnzimmer.
»Du bist schon wach.«, stellte er überrascht fest.
»Ja, damit du dir nicht wieder Sorgen machst.«

Er lächelte. »Gestern zu spät und heute überpünktlich.«, sagte er, kam auf sie zu und gab ihr wieder einen Kuss auf die Stirn.
»Ich bin jetzt erstmal kurz weg.«, sagte er noch, »Wenn ich wiederkomme, können wir ja wieder fernsehen oder so.«

Elli nickte nur und schaltete den Fernseher ein, als Lisco aus dem Haus ging. Eigentlich wäre jetzt die perfekte Gelegenheit, um zu Tycon zurückzukehren, dachte sie. Aber leider hatte sie ja Lisco versprochen, nicht wegzugehen, solange er ihr keinen triftigen Grund dafür gab, und er wiederum hatte ihr dafür versprochen, Tycon nichts zu tun. Was sollte sie also tun? Vielleicht konnte sie Lisco irgendwie dazu bringen, sich in irgendeiner Weise so daneben zu benehmen, sodass sie einen Grund hatte, fliehen zu können, ohne dann ein schlechtes Gewissen haben zu müssen und dass er so sein Versprechen, Tycon nichts zu tun, halten musste. Aber wie sollte sie das anstellen? Ihn wütend machen, ihn reizen...? Aber was war, wenn er sein Versprechen, Tycon nichts zu tun, dann doch nicht hielt? Wenn er in dem, was er dann getan hatte, keinen Grund dafür sah, dass Elli gegangen war? Aber andererseits: es war ja nicht so, dass Tycon ein hilfloses Kind war, er konnte sicher selbst auf sich aufpassen, er war ja ein erwachsener Mann. Womit sie wieder bei der Frage war, wie alt die beiden eigentlich waren. Das könnte sie ja Lisco mal fragen, wenn er wieder da war.

-Tycon-

Tycon war froh, am vergangenen Abend Elli mal wieder gesehen zu haben, und umso mehr darüber, dass sie zu ihm zurückkehren wollte. Lisco hatte sie wohl mit Fürsorge überhäuft und sie so letztlich vergrault. In diesem Falle stimmte wohl auch das Sprichwort "Weniger ist mehr."
Hoffentlich kam Elli bald zurück. Es war zwar traurig, dass Lisco ihr erst einen Grund dafür geben musste, aber eigentlich konnte sie ja den kleinsten Fehltritt von ihm als Grund werten und abhauen. Jeder verstand unter "triftigem Grund" ja etwas anderes, was aber auch irgendwie problematisch war, denn wenn Lisco es als Bruch des Versprechens ansah, weil er seiner Meinung nach nichts getan hatte, konnte er ebenso gut sein Versprechen brechen und sich auf die Jagd nach Tycon begeben.

Aber gut, was konnte er ihm schon groß anhaben? Den Kopf voller dieser Gedanken, machte sich Tycon, wie jeden Abend, auf seinen Weg zu den Menschen.

Als er dann später wieder auf dem Weg, vom Club nach Hause, war, merkte er plötzlich, wie jemand hinter ihm her ging. Deshalb drehte er sich um und war nicht allzu sehr überrascht, als nun Lisco vor ihm stand.
»Lisco!«, sagte er mit gespielter Überraschung, »Bringst du sie mir jetzt freiwillig wieder?«
Lisco lächelte kurz dünn und erwiderte: »Das wird nie passieren.«
Dann erlosch das Lächeln wieder und er fügte, nicht ohne noch drohend einen Schritt auf Tycon zuzugehen, kühl hinzu: »Ich sagte, du sollst dich von ihr fernhalten!«
»Habe ich doch.«, sagte Tycon nun lächelnd, »Oder hast du mich irgendwo in der Nähe deines Hauses gesehen? Oder gespürt, dass ich da war?«
»Du warst nicht bei ihr, zumindest nicht hier. Aber auf der anderen Seite schon. Als sie wach war. Und ich sagte, du sollst dich von ihr fernhalten, und zwar auf beiden Ebenen!«, drohte Lisco nun wieder.
Tycon sah ihn nun etwas verdutzt an und fragte: »Woher...?«
Nun lächelte Lisco und offenbarte: »Stell dir vor, sie hat es mir erzählt.«
Warum in aller Welt hatte Elli Lisco erzählt, dass er bei ihr gewesen war?!
»Und selbst wenn: wie willst du das verhindern, dass ich sie auf der anderen Seite treffe? Du weißt ja nicht einmal, wo genau sie dort ist!«, entgegnete Tycon.
»Oh, das wird sie mir schon sagen, keine Angst. Wir verstehen uns besser, als du denkst. Und, sollte ich mitbekommen, dass du sie wieder auf irgendeine Art kontaktiert hast, mache ich meine Drohung bald wahr und du siehst sie nie wieder. Und alles war umsonst.«
Mit diesen Worten drehte sich Lisco einfach um und ging. Tycon schaute ihm missmutig noch ein Weilchen hinterher und ging dann, mit einem mulmigen Gefühl im Bauch, ebenfalls nach Hause.

Elli hatte, während Lisco weg gewesen war, darüber nachgedacht, wie sie Lisco dazu bringen konnte, irgendetwas zu tun, was sie als gültigen Grund für ihr Fliehen nehmen könnte. Vielleicht sollte sie ihn wütend machen, oder ihn irgendwie dazu verleiten, sich ihr wieder annähern zu wollen...aber wie, das war ihr ein Rätsel. Vielleicht sollte sie über Tycon reden, Lisco sagen, dass sie zurück wollte, um ihn wütend zu machen. Oder sie zog sich ein paar der sexy Sachen aus ihrem Schrank an, oder ganz einfach insgesamt weniger. Vielleicht könnte sie den BH weglassen, oder Ähnliches. Oder sie ging duschen und schloss zufällig die Tür nicht ab, sodass er dann nach Hause kam und sie eben beim Duschen sah. Aber da war dann die Frage: wie schaffte sie es dann, sich schnell wieder anzuziehen? Denn sie konnte ja schlecht nackt oder ins Handtuch gewickelt zu Tycon laufen. Und sie wollte nicht, dass er sie nackt sah. So entschied sie sich dafür, einfach mal etwas weniger anzuziehen.
Also ging sie hoch in ihr Zimmer und wechselte ihr T-Shirt gegen ein figurbetontes Top mit etwas großzügigerem Ausschnitt aus. Den BH ließ sie nun doch drunter, um nicht billig oder auffällig zu wirken. Die bequeme, luftige Stoffhose tauschte sie ebenfalls gegen eine enge Röhrenjeans aus. Dann ging sie schnell wieder ins Wohnzimmer, schaltete den Fernseher ein, und hoffte, dass Lisco nicht bemerkte, was sie vorhatte.

Kurze Zeit später kam er dann auch wieder. Wie immer zog er Mantel und Schuhe aus und kam dann ins Wohnzimmer. Elli konnte nicht so richtig sagen, wie er reagierte, als er sie sah. Er blieb erst einmal verdutzt stehen, musterte sie von Kopf bis Fuß und fragte dann überrascht: »Gibt es einen besonderen Anlass, dass du so herumläufst, oder hast du deinen Kleidungsstil geändert?«
Elli lächelte darauf und meinte: » Ach, ich dachte mir, die Sachen sind zu schade, um im Schrank herumzuliegen, und ich würde dir eine Freude machen, wenn ich sie anziehe.«
Nun war er ein kleines bisschen verwirrt. »Mir eine Freude machen? Wieso?«
»Na ja, du willst doch, dass ich diese Sachen anziehe, oder? Sonst lägen sie ja nicht in meinem Schrank.«

»Und warum willst du mir eine Freude machen?«
Elli glaubte, richtig sehen zu können, wie verwirrt er war.
»Also Dankbarkeit empfinde ich ja schon noch, das hat Tycon mir noch nicht genommen. Und da du so...gut zu mir warst, wollte ich mich eben...bedanken, revanchieren, du weißt schon.«
Misstrauisch blickte er sie nun an: »Auf einmal? «
»Nein, ich war dir schon von Anfang an dankbar, das weißt du doch. Aber bisher habe ich das anscheinend nicht so gezeigt.«, antwortete Elli nun und stand auf.
Zögernd ging sie auf ihn zu, sodass sie schließlich direkt vor ihm stand und seinen Atem auf ihrer Haut spüren konnte. Er schaute ihr in die Augen und sie versuchte, nicht ängstlich oder missmutig zu wirken. Doch er schien nichts von ihrem Plan zu bemerken, denn der rätselhafte Ausdruck in seinem Blick verschwand und machte einem zufriedenen Lächeln Platz.
»Er hat dich also wirklich noch nicht verblendet.«, sagte er leise.
»Nein.«, stimmte Elli zu, ebenfalls lächelnd. Dann zog Lisco sie zu sich heran und küsste sie. Er schmiegte sie an sich, umfasste ihren Rücken, hielt ihren Kopf, sodass sie nicht nach hinten ausweichen konnte, und der Kuss noch intensiver wurde. Elli hatte ihre Arme auf seine Schultern gelegt und erwiderte seine heißen, ihre Lippen auseinander drängenden Küsse zaghaft und unsicher. Doch das schien ihn nicht zu stören, denn er hielt sie weiter fest, presste sie sanft gegen seinen starken Körper und drang immer wieder aufs Neue in ihren Mund ein, zwang mit seinen warmen, weichen Lippen immer wieder zärtlich, aber fordernd, die Ihren auseinander, und einmal berührten sich sogar ihre Zungen. Elli versuchte lockerer, enthusiastischer zu sein, doch sie konnte nicht, in Anbetracht dessen, was vermutlich gleich geschehen würde.
Dann, nach gefühlten fünf Minuten, obwohl es vermutlich maximal nur zwei gewesen waren, lösten sich seine Lippen von denen Ellis. Elli folgte ihnen, um den Eindruck zu erwecken, dass sie noch mehr wollte, und sagte entschuldigend: »Tut mir Leid, ich habe nicht sonderlich viel Erfahrung im Küssen...«
Er lächelte, gab ihr noch einen letzten Kuss, ließ dann von ihr ab und umschlang mit beiden Armen ihre Hüfte.

»Das macht nichts, es war doch schön, oder?«, fragte er zärtlich und lächelte. »Ja...es ist bloß... ich bin eben total unerfahren in solchen Dingen und na ja...stört dich das nicht?«, fragte Elli unsicher.
»Nein, ganz im Gegenteil. Das macht es doch gerade spannend, wenn ich dir alles beibringen kann. Glaubst du, ich wusste von Anfang an und schon alles? Kam allwissend auf die Welt?«, fragte er tröstend.
»Nein.«, gestand Elli und lächelte verlegen. »Was hältst du davon, wenn wir jetzt ein bisschen Fernsehen? Oder ein Gesellschaftsspiel spielen?«, fragte Lisco nun.
»Was?!«, fragte Elli irritiert. Er wollte Fernsehen oder Spielen? Am ersten Tag hatte er sie gleich in sein Bett tragen wollen, im übertragenen Sinne, und jetzt, wo sie ihn scheinbar ließ, wollte er fernsehen?! Nun schaute Lisco verdutzt drein und fragte: »Was willst du denn sonst tun? Wir können natürlich auch was anderes machen...du musst nur sagen, was.«
»Ähm, nein, passt schon, sehen wir ein bisschen fern.«, sagte Elli schnell, setzte sich wieder auf das Sofa und schaltete den Fernseher ein. Lisco war immer noch leicht verwirrt, zuckte dann aber mit den Schultern und ließ sich neben ihr nieder. Natürlich lehnte Elli dann wieder an seiner Brust, wie an den vorherigen Tagen, doch diesmal lagen seine Hände verschränkt auf ihren Bauch und er hauchte ihr ab und zu einen Kuss auf die Wange oder auf den Hals. Nach ca. 2 Stunden wollte Elli dann ins Bett gehen und demnach erst mal vom Sofa aufstehen.
»Wo willst du hin?«, fragte Lisco überrascht.
»Ins Bett.«, sagte Elli müde und versuchte, seine Arme von sich zu lösen.
»Warum? Es ist doch noch früh. Ich bleibe jetzt auch länger wach, ist dir das nicht aufgefallen?«.
Elli gab den Versuch, sich zu befreien, auf, denn er hielt sie mit sanfter Gewalt fest und so legte sie sich wieder hin.
»Doch, das ist es, aber ich möchte wenigstens mal ein oder zwei Stündchen richtig schlafen, damit ich früh nicht so müde bin. In den Ferien kann ich sicher länger bleiben.«
»Achso...sag mal, wo wohnst du eigentlich?«, fragte er beiläufig. Elli erinnerte sich daran, was Tycon gesagt hatte und fragte, gespielt irritiert, damit er ihr mulmiges Gefühl im Bauch nicht bemerkte: »Wozu willst du das wissen?«.
»Nur so, reine Neugier.«

»In so'nem kleinen Nest. Ist ca. eine halbe Stunde von Leipzig entfernt.«
Dass sie in einem Ortsteil wohnte und wie dieser hieß, musste er ja nicht wissen. Er runzelte nur die Stirn. Vermutlich wollte er nun nicht auch noch nach der Straße fragen. Dann fiel ihr etwas ein: »Wo sind wir hier eigentlich?«, wollte sie wissen, »Also, welche Stadt ist das hier?«
»Warum willst du das wissen?«, fragte er nun lächelnd.
»Nur so. Reine Neugier.«, sagte Elli. Ihr war klar, dass sie keine Antwort bekommen würde. Und so war es auch. Ein paar Minuten lagen sie noch schweigend da, dann fragte Lisco: »Wolltest du nicht ins Bett gehen?«
»Eigentlich schon, aber ich kann nicht aufstehen, weil ich durch zwei starke Arme festgehalten werde.«, antwortete Elli ironisch.
»Oh, tut mir Leid.«, bekannte Lisco, lachte daraufhin kurz und löste seine Arme von ihr. Schnell stand Elli auf, bevor er es sich anders überlegte, und ging zur Treppe. Aus dem Augenwinkel bemerkte sie, dass er ihr folgte. Vielleicht bekam sie ja jetzt endlich ihren Grund, um wieder zu Tycon gehen zu können.
Als sie dann oben, vor ihrem Zimmer, angekommen waren, drehte sie sich, etwas nervös, um und sagte: »Na dann…«
Er sah sie belustigt an, zog eine Augenbraue hoch und meinte lächelnd: »Heißt das jetzt so viel wie: Du hast mich jetzt genug genervt und kannst nun gehen? Oder: Verschwinde, ich will jetzt schlafen?«
»Nein! Natürlich nicht.«, sagte sie, ging unsicher auf ihn zu und küsste ihn zaghaft. Vorsichtig legte sie ihre Lippen auf die Seinen und legte ihre Hände wieder auf seine Schultern. Er rührte sich nicht, sondern ließ sie machen. Kaum hatte sie damit begonnen, hörte sie auch schon wieder auf, drehte sich, rot werdend, um und sagte beschämt: »Entschuldige, ich…«, doch er ließ sie nicht aussprechen, denn kaum hatte sie den Satz begonnen, drehte er sie herum, umschlang sie wieder wie vorhin und küsste sie.
Was für ein Unterschied war dies zu dem, was Elli gerade versucht hatte! Jedoch war er diesmal nicht so drängend wie vor ein paar Stunden, sondern eher ruhig und zärtlich. Sie wollte es nicht zugeben, doch es fühlte sich…gut an. Diesmal versuchte Elli es, enthusiastischer zu sein, indem sie sich sanft in seinem Hemd festkrallte und versuchte, ihre Küsse drängender, williger zu machen.

Er lächelte und ließ es eine Weile über sich ergehen, bis er seine Lippen dann sanft von den Ihren löste und feststellte: »Du wolltest schlafen gehen, oder?«.
Elli überlegte, *Vielleicht aber nicht allein* zu sagen, aber das unterließ sie dann doch, denn womöglich würde er sonst Verdacht über ihren plötzlichen Sinneswandel schöpfen.
Deshalb sagte sie nur: »Stimmt.«, machte aber dennoch keine Anstalten, sich aus der Umarmung zu lösen.
»Bekomme ich das jetzt immer?«, fragte er lächelnd, »Einen Kuss zum "Hallo" und zum Schlafen gehen?«
»Wenn du nett zu mir bist.«, feixte Elli.
Da er nun keine Anstalten machte, sich doch noch irgendwie daneben zu benehmen, wollte Elli sich nun gerade lösen, als er sie jedoch festhielt und sagte: »Ach, da fällt mir ein, dass ich mich noch entschuldigen wollte, für gestern. Entschuldige, dass ich so…gemein zu dir war. Es wird nicht wieder vorkommen. Und das sage ich jetzt nicht wegen dem Kuss.«
Er sah sie wieder direkt an, und an seinen Augen sah sie, dass er dies vollkommen ehrlich meinte. Elli nickte: »Schon okay, ich lebe ja noch.«
Dies hatte scherzhaft klingen sollen, verfehlte aber irgendwie seine Wirkung. Lisco lächelte kurz, gab ihr noch einen Kuss auf die Stirn und sagte leise: »Gute Nacht, mein Stern. Ich möchte dein Licht nie missen.«, zwinkerte ihr noch kurz zu und ging dann wieder die Treppe herunter.

Elli ging schnell in ihr Zimmer und schloss hinter sich die Tür, damit er, falls er sich noch einmal umdrehen sollte, nicht sah, dass sie beinahe weinte. In diesem Moment, nach diesen Worten, tat er ihr Leid. Sie machte ihm schöne Augen, um ihn dann, wenn er angebissen hatte, wegzustoßen und zu verlassen. Zu verraten. Anscheinend lag ihm ja wirklich etwas an ihr. Nach seinem letzten Satz gerade…doch was sollte sie tun? Sie hatte Tycon ja schon gesagt, dass sie zurückkommen würde, und sie wollte ja auch zurück. Aber ebenso tat ihr Lisco Leid, und so richtig wollte sie jetzt, nachdem er sich für sein Benehmen entschuldigt hatte, auch nicht mehr von ihm weg. Ob Tycon auch so zärtlich und romantisch sein konnte? Ob seine Küsse auch so schön sein konnten, wie die Liscos? Wann sollte sie zu Tycon zurückkehren? Was, wenn Lisco ahnte, was sie vorhatte, und sie deshalb nur küsste, statt noch mehr zu tun...? Sodass sie keinen Grund hatte, zu Tycon zurückzugehen? Sollte sie dann einfach so gehen, und das Versprechen brechen? Würde er dann wirklich versuchen, Tycon zu vernichten, um Elli wiederzubekommen? Sie fühlte sich schlecht, denn Lisco schien wirklich etwas an ihr zu liegen. Sollte er sie wirklich lieben, und sie würde gehen und somit dann seine Liebe betrügen, würde sie ihn verraten. Doch sie strebte irgendwo in ihrem Inneren auch nach einer Rückkehr zu Tycoon. Und ihn wollte sie ebenso wenig verraten, indem sie seinen scheinbaren Feind ihm vorzog. Wie sie sich auch entschied: Sie würde wohl so oder so einen Verrat begehen müssen. Blieb nur noch die Frage: an wem. Den Kopf voller dieser Gedanken, zog sie sich schnell um und legte sich schlafen, in der Hoffnung, zumindest in der Schule nicht über diese Dinge nachdenken zu müssen.

Heute stand, neben den ganzen anderen, langweiligen Fächern, unter anderem Musik an. Da würde sie dösen können, denn heute machten sie die Liedkontrolle. Sprich, sie musste nicht aufpassen und konnte sich entspannen. Sie hatte die Lehrerin vor der Stunde gebeten, doch erst in der nächsten Stunde singen zu müssen, da sie Halsschmerzen hatte. Das stimmte natürlich nicht, doch warum sollte sie sich heute schon blamieren, wenn sie doch noch eine Woche warten konnte?
Also saß sie dann auf ihrem Platz und döste. Nun musste Claudia vor, zum Singen. Autsch, klang das schief, teilweise. Nach Claudia sangen noch ein paar andere, und Elli war froh, nicht auch heute schon ran zu müssen. Dann hörte sie plötzlich wieder leise eine Stimme. Tycons Stimme.
*Elli!*, ertönte es wieder leise in ihrem Kopf.
»Was willst du?«, dachte Elli.
*Warum bist du noch nicht wieder bei mir?*
»Weil er mir keinen Grund dazu gegeben hat! Vielleicht hat er gemerkt, dass etwas nicht stimmt.«, antwortete sie wieder, in Gedanken natürlich.
*Wickle ihn um den Finger, schmeichle ihm, und dann, wenn er darauf eingeht, lauf weg!*
»Ich...ich glaub ich kann das nicht!«, dachte Elli verzweifelt.
*Was meinst du?*

»Ihn so…betrügen und verraten!«. Sie musste aufpassen, dass ihr jetzt nicht wieder die Tränen kamen, denn dann würden die anderen sie wieder blöd angucken. Außerdem war es schwer, in Gedanken zu sprechen, ohne die Worte laut zu sagen.
*Er hat mich auch verraten! Dann schadet ihm das auch nicht! Lass dich nicht von ihm um den Finger wickeln und gegen mich aufhetzen! Er tut bloß so scheinheilig, hege kein Mitleid mit ihm!*
Das war leichter gesagt, als getan.
*Hat er dich wieder geküsst?*
»Ja…«, gestand Elli.
*War das nicht Grund genug?*
»Nein, ich… habe ihn dazu verleitet.«
*Mir hast du eine Predigt gehalten, als ich dich küsste, und wolltest mich anzeigen, und ihn lässt du einfach so gewähren und dich so oft küssen, wie er will?!*
»Du warst völlig fremd! Außerdem tue ich das ja nicht grundlos! Wirst du jetzt auf einmal eifersüchtig?«, dachte sie genervt.
*Nein, es geht ums Prinzip. Ich mache mir Sorgen.*
»Ja, klar. Warum macht ihr euch immer alle Sorgen um mich?!«, dachte sie, noch genervter.
»Elisa, was sagte ich gerade?«, fragte die Lehrerin. Sie schien wohl mit der Liedkontrolle für heute aufgehört und mit dem Stoff begonnen zu haben. »Ähm, ich weiß nicht, Frau Vetter, tut mir Leid.«
»Das ist nicht der passende Augenblick, um sentimental zu werden! Du darfst mich nicht ansprechen, wenn ich in der Schule bin!«, dachte Elli wütend, an Tycon gerichtet.
*Dann bis bald.*
Und schon war die Stimme verschwunden. Hoffentlich war er jetzt nicht beleidigt.
»Elisa, das werde ich ins Klassenbuch eintragen! Andere Kollegen haben mir auch schon erzählt, dass du in letzter Zeit öfters mal geistig abwesend bist!«
Mit diesen Worten griff die Lehrerin zum Klassenbuch und kritzelte darin herum. Elli fragte sich, was sie wohl einschrieb. "Übermüdete Schülerin"? oder "In Gedanken woanders"?. Hm…na gut, solange ihre Eltern es nicht erfuhren, war ja alles halb so wild. Ansonsten würde sich ihre Mutter wieder höllische Sorgen machen und sie zum Arzt schleifen wollen.

Der ihr dann aber vermutlich eh nur sagen würde, dass Elli kerngesund sei und einfach nur ein bisschen mehr Schlaf brauche. Was für Neuigkeiten...

Der Rest des Tages verlief, wie sonst auch in letzter Zeit, langweilig, mit ein paar Müdigkeitsattacken zwischendurch, und Elli war froh, dann auch zu Hause endlich das letzte Schulzeug geschafft zu haben. Zum Glück war morgen Freitag, dann konnte sie endlich mal wieder länger schlafen. Vielleicht war morgen Nacht dann auch die perfekte Gelegenheit, Lisco zu verlassen, da sie dann mehr Zeit hatte, um in Ruhe nachzudenken, den Weg zu Tycon zu finden und solche Sachen.

Als sie dann bei Lisco wach wurde, bemerkte sie, dass er neben ihrem Bett auf einem Stuhl saß und sie lächelnd anschaute.
»Guten Abend.«, sagte er freundlich.
»Hi...«, sagte Elli gähnend, »Warum sitzt du hier? Bin ich zu spät? Heute hab ich aber wirklich nicht mit Tycon gesprochen.«
Das in der Schule war ja nicht Sprechen gewesen, ihrer Meinung nach. Lisco lachte und sagte: »Keine Sorge, das hätte ich auch nicht gedacht. Es ist bloß interessant, dir beim Schlafen zuzusehen.«
»Warum das?«, fragte Elli missmutig. Hoffentlich hatte sie nicht im Schlaf geredet oder dergleichen.
»Ich weiß nicht genau, das Gesamtbild ist einfach schön: wie du seelenruhig daliegst und schläfst, so friedlich, dich ab und zu bewegst oder etwas sagst...«
»Ich hab im Schlaf geredet?! Und du hast es gehört?«, fragte Elli entsetzt. Lisco lächelte und erwiderte: »Ja, gehört habe ich es, aber nicht verstanden.« Erleichtert seufzte Elli.
»Wieso? War es etwas über mich?«, fragte Lisco scherzhaft.
»Nein, ich weiß auch nicht...ich merk mir Träume nie so gut.«, sagte Elli schnell. Und das war sogar die Wahrheit. Sie hatte nur Angst gehabt, er hätte das Gedankengespräch irgendwie mitbekommen. Aber das war ja relativ früh am Tage gewesen, und da hatte er ja vermutlich selbst geschlafen.
Elli fiel nebenbei gerade auf, dass sie seit 2 Tagen keinen Tee mehr bekam.

»Ich bekomme keinen Tee mehr…?«, fragte Elli.
»Willst du welchen?«, bot Lisco an und wollte aufstehen.
»Nein!«, sagte Elli schnell, »Es ist mir nur aufgefallen.«
»Achso. Was macht deine Erkältung?«, fragte Lisco.
»Ich glaube, sie ist weg… in dem Tee müssen ja echt Wundermittel drin sein.«, bemerkte sie. Lisco lächelte. Elli überlegte kurz und sagte dann auf einmal: »Du hast mich geküsst, obwohl du nicht wusstest, ob ich noch krank bin?«
»Hm…,sieht ganz so aus.«
»Hattest du keine Angst, du könntest dich anstecken?«
»Nein, um ehrlich zu sein, habe ich gar nicht daran gedacht, in dem Moment. Und wenn, hätte ich doch meinen Wundertee gehabt.«, meinte er zwinkernd. Nun setzte er sich auf einmal aufs Bett neben sie und sagte sanft: »Apropos Küssen…«. Elli überlegte kurz. Dann fiel ihr ein, dass sie ihm ja am Vorabend sozusagen versprochen hatte, dass er einen Aufsteh- und einen Gute-Nacht- Kuss bekam, wenn er nett war. Diese ganzen Versprechungen hier…
»Hm…«, sagte Elli grüblerisch.
»Ich war wohl nicht nett zu dir?«, fragte er mit leichtem, gespieltem Entsetzen. Elli setzte sich aufrecht und forderte lächelnd: »Hol ihn dir doch, den Kuss.« Rätselhaft schaute er sie kurz an, ließ es sich jedoch nicht zweimal sagen. Er legte eine Hand wieder an ihren Hals, holte ihren Kopf sanft ein Stück zu sich heran, beugte sich selbst vor und küsste sie. Sanft, liebevoll und zärtlich. Elli hatte, wie auch am Vorabend, die Augen geschlossen, weil die Leute in den Filmen das beim Küssen auch immer taten. Und weil sie sich so wohler fühlte. Mit der anderen Hand wollte er sie noch näher zu sich ziehen, was aber im Sitzen schlecht ging. Elli bemerkte dies, und ließ sich langsam nach hinten sinken. Lisco lächelte kurz über ihre Improvisation und folgte ihr, drängte sie nach unten, bis sie nun wieder lag, er halb auf ihr, und sie sanft in das Kissen drückte. Elli griff mit einer Hand vorsichtig in sein Haar, und drückte seinen Kopf ebenfalls sanft zu sich heran. Lisco duldete es einen Moment, hörte dann jedoch auf sie zu küssen, stützte sich rechts und links von ihr mit den Armen auf und fragte: »Was sollte das gerade?«. Er sagte es ohne jeden Vorwurf, eher…besorgt. »Was meinst du?«, antwortete Elli unsicher.

»Deine Hand in meinen Haaren.«
»Ich...ich wollte dich nicht langweilen, ich kam mir so blöd vor und...«
Weiter kam sie nicht, denn er schnitt ihr das Wort mit einem sanften Kuss ab und sagte: »Du musst das nicht tun, ich weiß doch genau, dass du es nicht willst.«
Elli wollte protestieren, doch er fügte hinzu: »Und wir wollen ja nichts überstürzen, oder?«
Elli nickte zaghaft. Am ersten Tag hatte er ihr am liebsten gleich an die Wäsche gewollt, und jetzt sagte er, er wolle nichts überstürzen? Wo war da der Sinn? Vielleicht wusste er insgeheim ja doch von ihrem Plan...so viel also dazu. Wie es momentan aussah, konnte sie diesen also wohl vergessen. Das zu hören, würde Tycon gar nicht freuen.
»Wollen wir dann noch runter gehen, oder willst du die ganze Nacht im Bett verbringen?«, fragte Lisco.
»Hm...zur Abwechslung würde ich die Nacht schon mal wieder gerne im Bett verbringen...«, sagte Elli und rutschte demonstrativ bis zum Hals unter die Decke. Überrascht schaute Lisco sie an, anscheinend hatte er die Frage rhetorisch gemeint.
»Im Ernst?«, fragte er. Elli nickte zaghaft.
»Und...was willst du dann die ganze Zeit machen? Etwa schlafen?«. Elli überlegte. »Hm...verlockend. Aber nein. Also doch, auch, aber wir könnten ja ein bisschen...erzählen.«
Nun war es Lisco, der überlegte. »Erzählen...«, wiederholte er, »Und worüber?«
»Ach, das kommt dann ganz automatisch....«, sagte Elli, »Und wenn uns nichts mehr einfällt, oder es zu langweilig wird, schlafe ich eben. Aber vorher würde ich mir gern was anderes anziehen, damit ich nicht die ganze Zeit im Nachthemd herumliegen muss.«. Lisco nickte und ging hinaus, während sie sich schnell umzog. Danach legte sie sich wieder ins Bett, er kam wieder herein und setzte sich neben sie auf die Bettkante. Elli begann ein Gespräch: »Warst du heute eigentlich schon draußen?«
Das klang für sie, als würde sie mit einem Hund sprechen. »Ja.«, sagte Lisco.
Elli schaute auf die Uhr. »Dann bist du heute aber früh aufgestanden...warum?«
Lisco lächelte: »Um die Nacht mir dir verbringen zu können.«

Elli wurde rot und schaute zur Seite. »Warum lebst du nachts?«, fragte sie, um das Thema zu wechseln.
»Ich mag den Tag nicht.«, antwortete Lisco, »Die Nacht ist viel schöner.«
»Ja, harmonischer, nicht so laut, keine schreienden Kinder oder andere Nervensägen… nur die Geräusche der Nacht.«, stimmte Elli zu.
»…und die schützende Dunkelheit.«, ergänzte Lisco. Elli nickte.
Was das anging, waren sie offenbar einer Meinung. Lisco hatte sich nun neben sie begeben, sodass sie nun nebeneinander saßen.
»Wie bist du eigentlich hierher gekommen?«, fragte Lisco nun. Elli überlegte erst, ob sie alles erzählen sollte, und antwortete dann: »Tycon hatte mich Zuhause besucht, oder eher gefunden, und dann träumte ich, in einer der nächsten Nächte, ich wäre in Paris auf dem Flughafen. Dann hatten mich auf einmal diese Beiden aus dem Park gekidnappt, ich bin geflohen und Tycon hat mich gefunden und mitgenommen.«
»Ach, du bist diesen Typen aus dem Park also schon mal begegnet? Dann müssen die es ja echt auf dich abgesehen haben… mal sehen, wer dich nächstes Mal rettet.«
»Ich hoffe, es gibt kein nächstes Mal.«, sagte Elli grimmig, »Langsam habe ich es satt, dass mich ständig jemand entführen will.«
Lisco lachte kurz. »Ja, das kann ich mir gut vorstellen.«
»Warum geht ihr nachts immer raus?«, fragte Elli nun wieder. Lisco dachte kurz nach und antwortete: »Ich gehe zum Essen und zum Arbeiten.«
»Arbeiten?«, fragte Elli überrascht.
»Glaubst du, das Haus bezahlt sich von selbst?«, fragte er.
»Nein, natürlich nicht, aber…wenn du arbeiten gehst arbeitest du…wenig, weil so lange bist du ja eigentlich nie weg.«
»Ja, das stimmt. Sagen wir: andere arbeiten momentan für mich, und ich schaue eben immer bloß vorbei, ob alles richtig läuft.«, erklärte er.
»Und warum isst du nicht hier, mit mir?«, bohrte Elli nach.
»Das hat seine Gründe, und mehr möchte ich darauf nicht eingehen.«, sagte Lisco bestimmt, »Immerhin hast du mir auch nicht gesagt, wo genau du wohnst.«
Ok, da hatte er Recht. Schade, sie hätte gern gewusst, was es mit dem nächtlichen Rausgehen auf sich hatte. Aber wo genau sie wohnte, durfte sie ja auch nicht sagen…dann war das eben ein Kompromiss.

»Was hat Tycon dir alles erzählt?«, fragte er nun.
»Worüber?«
»Über das alles hier, über sich selbst, mich…«
»Eigentlich gar nichts.«, gestand Elli, »Deshalb hatte ich gehofft, du würdest mir vielleicht ein bisschen was erzählen.«
Lisco überlegte. »Über Tycon habe ich dir ja schon erzählt…«
»Ja, aber…was ist das hier? Was bist du? Bist du auch…?«
»Bin ich was…?«, fragte nun Lisco überrascht.
Elli atmete tief ein und sagte dann schnell: »Ein Vampir.«
Lisco richtete sich auf und rief überrascht aus: »Ein Vampir? Das hat er dir erzählt?!«
»Was bist du dann?«, fragte Elli schüchtern.
»Jedenfalls kein Vampir, und er ist auch keiner!«
Elli konnte nicht glauben, was er gesagt hatte.
»Was? Doch, natürlich ist er einer!«, entgegnete sie entrüstet.
»Nein, ist er nicht! Er will, dass du das denkst, aber dem ist nicht so!«
Elli richtete sich ebenfalls auf und rief trotzig: »Du lügst! Ich weiß, dass es so ist! Sonst wäre ich…!«
»Was wärest du sonst nicht?«
»Ein Halbvampir!«
»Wie bitte?! Er belügt dich doch nach Strich und Faden!«. Etwas verstört sah er sie an.
»Nein, du lügst!«, sagte sie und stand auf, »Ich weiß es, er hat mich doch gebissen!«
»Er hat was?!«, entgegnete Lisco perplex. Sie befürchtete, dass er jeden Moment die Fassung verlieren würde.
»Er hat mich gebissen, und es hat sich…gut angefühlt!«, bekräftigte sie. Letzteres war zwar nicht so ganz die Wahrheit, da sie die Empfindungen, die sie damals durchströmt hatten, immer noch nicht ganz einordnen konnte, aber das war ja in dem Moment erst mal egal.
Fassungslos starrte er sie an. Dann kam er um das Bett herum, auf sie zu und stand wieder vor ihr, um ihr in die Augen sehen zu können. Die Art und Weise, wie er sie nun ansah, vereinte so vieles: Fassungslosigkeit, Abscheu, Trauer…und Hass. Als Elli diesen Blick, und was dieser förmlich aussprach, sah, beschlich sie ein Gefühl von Schuld und Angst. Wie

würde Lisco nun reagieren? Sicher würde er sie jetzt hassen, und wahrscheinlich Rache an Tycon nehmen wollen.
»Woher weißt du das?«, fragte Lisco angespannt, um Fassung bemüht, »Woher weißt du, dass er dich wirklich gebissen hat und du wirklich bist, was er sagt?«
»Ich habe es gespürt«, sagte Elli, versuchend, mit fester Stimme zu sprechen, »Wie ich bereits sagte. Und ich habe eine Narbe. Und meine Eckzähne werden spitz.«
Lisco kam näher, mit demselben, so vieles ausdrückenden Blick, schob zögerlich ihre Haare weg und erschauderte: an ihrem Hals war, wie sie gesagt hatte, eine Narbe. Nicht besonders groß, aber dennoch war sie da. Er strafte sich wahrscheinlich in Gedanken selbst dafür, dass er sie nie bemerkt hatte, doch so auffällig war sie ja nun auch wieder nicht.
Ellis Herzschlag beschleunigte sich, sie atmete schneller. Nun zog Lisco mit einem Finger vorsichtig ihre Unterlippe ein wenig zurück, und sah die abgebrochenen Ecken des Eckzahnes. Geschockt ließ er die Hand sinken und schaute sie ebenso schockiert an. Dann drehte er sich, zu Ellis Überraschung, herum und ging wortlos aus dem Zimmer. Wie es sich anhörte, ging er nochmal raus. Elli beschloss schweren Herzens, und nun wieder mit Gefühlen der Schuld und Verzweiflung in ihrem Bauch, sich hinzulegen und zu schlafen, denn dann würde sie am nächsten Tag nicht so müde sein. Und die kommende Nacht würde länger werden, was hieß, dass sie eventuell endlich ihren Fluchtplan in Angriff nehmen konnte, obwohl sie fast damit rechnete, oder es zu zumindest in Erwägung zog, dass Lisco sie sogar aus seinem Haus verbannen würde. Denn er schien ja jetzt auch nicht mehr mit ihr reden zu wollen.

-Tycon-

Tycon saß auf dem Sofa und sah fern, war in Gedanken jedoch woanders. Er hoffte, dass Elli morgen wiederkommen würde, denn morgen würde sie vermutlich eine längere Nacht haben, da sie ja am Samstag ausschlafen konnte. Hoffentlich schaffte sie es, zu fliehen, ohne, dass Lisco ihr etwas antat.

Plötzlich läutete es an der Tür. Konnte das vielleicht schon Elli sein? Er ging schnell zur Tür, öffnete sie – und blickte direkt in das wütende Gesicht von Lisco.
Argwöhnisch schaute Tycon ihn an und fragte: »Was zum Teufel willst du denn hier?«
»Was hast du ihr angetan!«, zischte Lisco wütend.
»Ich? Ich weiß nicht, was du meinst.«, erwiderte Tycon und wollte die Tür vor seiner Nase schließen. Lisco jedoch stieß sie mit der Hand zurück und trat, ungebeten, ein. »Oh, doch, du weißt genau was ich meine!«
»Verschwinde aus meinem Haus!«, befahl Tycon, der ein paar Schritte zurück gegangen war, nur barsch und deutete zur Tür.
»Du gaukelst ihr vor, du wärest ein Vampir!«, fuhr Lisco, unbeeindruckt und wütend, fort.
»Falsch: ich *bin* ein Vampir!«
»Weil du sie nach Strich und Faden belügst!«
»Nein, weil sie es glaubt! Und bald ist es auch unwiderruflich so!«
»Bis sie es nicht mehr glaubt…«, sagte Lisco.
»Ich warne dich, wenn du versuchst, sie davon abzubringen…!«
»Das habe ich schon!«, schnitt Lisco ihm wütend das Wort ab, »Aber du hast sie schon so sehr unter Kontrolle, dass sie gar nicht mehr weiß, was richtig ist! Du hast das arme Mädchen total verwirrt!«
»Das arme Mädchen.«, äffte Tycon ihn nach, »Mir kommen gleich die Tränen! Das musst du gerade sagen! Du bist doch der, der ihr etwas vorspielt, damit du sie endlich rumkriegst!«
»Das ist nicht wahr, ich spiele ihr ganz bestimmt nichts vor! Mir liegt wirklich etwas an ihr!«
»Ach, und mir nicht, meinst du?«
»Dir ist sie doch nur für deine Pläne wichtig! Ich weiß nicht, was du noch mit ihr vorhast, aber ich werde es herausfinden! Und dich davon abhalten!«
Tycon lachte und erwiderte: »Das war jetzt eine Drohung, nehme ich an?«
»Mag sein, ja.«
»Und, warum machst du das alles? Sie beschützen wollen, von mir fernhalten? Sag es doch einfach den Behörden!«, schlug Tycon lächelnd vor.

Doch bevor Lisco etwas erwidern konnte, ging Tycon, beinahe schleichend, im Kreis um ihn herum und fügte er hinzu: »Ach, nein, warte: Das geht ja nicht, dann siehst du sie ja nie wieder, da ist der Haken. Dann wirst du den Geschehnissen wohl freien Lauf lassen...oder mich selbst daran hindern müssen.«
Nun lächelte er siegessicher. Tatsächlich hatte er die Wahrheit gesprochen: wenn Lisco den Behörden von Tycons Experiment, wie er es nannte, erzählte, würde er Elli nie wiedersehen, da sie ihr die Erinnerungen an ihre ganze Zeit hier, bei ihnen, nehmen würden und sie, wenn sie einschlief, nie wieder zu ihm zurückkommen könnte. Lisco schwieg.
Tycon umkreiste ihn weiterhin, lauernd.
»Doch, warum tust du das Ganze? Was genau begehrst du so an ihr, dass du es um scheinbar jeden Preis schützen willst?«, fragte er und schaute ihn interessiert an. Dann kam er ein Stück näher und flüsterte ihm ins Ohr: »Ihren Körper?«, er ging weiter um ihn herum und flüsterte wieder, in das andere Ohr: »Oder ihre Seele?«
Dann ging er ein Stück von ihm weg, verschränkte die Arme und sah ihn, hämisch und abwartend, an. Lisco wandte ihm seinen Blick ebenfalls zu und erwiderte traurig: »Und du? Ihr Blut, nehme ich an. Und ihre Seele.«
»Mag sein, ja.«, antwortete Tycon, siegessicher lächelnd, »Dann stimmt es also, was ich gesagt habe. Du willst nur ihren Körper, und dass ihre Seele auf ewig dir gehört...«
»Ich will sie so, wie sie ist!«
»Ach komm, jetzt rede dich nicht raus! Jetzt fehlt nur noch, dass du sagst, du würdest sie lieben!«, warf Tycon ihm vor.
»Vielleicht tue ich das.«, widersprach Lisco leise.
Für einen Moment schien Tycon perplex zu sein. Als er dann die Sprache wieder gefunden hatte, meinte er: »Ach, wirklich? Dann willst du sicher auch nur das Beste für sie.«
»Sicher.«
»Dann lass sie und mich in Ruhe, sonst siehst du sie nie wieder. Dann lasse ich sie nicht mehr hierher kommen und besuche sie in ihrer Welt!«
Nun hatte er prompt Liscos eigene Drohung gegen ihn verwendet. Was war das für ein Gefühl! Rache war ja so süß...
»Nun bist du der Verräter.«, stellte Lisco traurig fest, »Ich gehe jetzt.«

»Endlich.«, sagte Tycon spöttisch. Doch als Lisco die Hand an die Türklinke legte, stemmte Tycon seinen Arm gegen die Tür, blickte ihn an und sagte drohend: »Denk daran, rühr sie nicht an!«, ließ die Tür los und schloss sie sie dann schließlich ab, nachdem Lisco hinausgegangen war.

# Kapitel 8

-Elli-

Nachdem Elli letzte Nacht so früh schlafen gegangen war, auf die Nacht bei Lisco bezogen, plagten sie in der Schule ausnahmsweise mal keine Müdigkeitsanfälle. Dies nützte ihr jedoch nicht sonderlich viel, da sie ständig von den Gedanken heimgesucht wurde, was nun in der heutigen Nacht passieren würde. Würde Lisco sie freiwillig gehen lassen, oder sie sogar aus seinem Haus verbannen? Wie würde Tycon reagieren, wenn er erfuhr, dass Elli Lisco von ihrem Geheimnis erzählt hatte?
Sie musste sich dringend angewöhnen, Privates von Geschäftlichem, wie es so schön hieß, zu trennen, damit sich ihre Noten nicht noch mehr verschlechterten, wie sie es, seit jener Nacht in ihrem Garten, leider getan hatten.
Natürlich war der Mathetest, wo Tycon sie abgelenkt hatte, eine 5 geworden. Und sie hatte keine Ahnung, wie sie das ihren Eltern beichten sollte.

Und genau das war ihr Problem, als sie nach Hause kam. Ihre Mutter hatte frei und erkundigte sich natürlich, wie jeden Tag, ob Elli eine Note bekommen habe. »Na ja…«, druckste Elli herum. Sofort änderte sich der Gesichtsausdruck von ihrer Mum und sie sagte: »Und? Was ist es nun wieder? Wieder ´ne 4?«
»Nein, leider nicht…«, sagte Elli traurig und verlegen und sah sie schüchtern an. »Eine 5?!«, rief ihre Mutter fassungslos, »In was?!«
»Mathe.«, sagte Elli kleinlaut.
»In Mathe! Prima! Ist dir die 3 nicht schlecht genug, willst du nun noch' ne 4 auf dem Zeugnis haben?!«, schimpfte ihre Mutter.
»Nein, natürlich nicht! Ich habe doch gelernt!«, verteidigte sich Elli.
»Ach, und wie lange? Fünf Minuten?!«
»Nein! Ich habe richtig gelernt, ich konnte es beim Lernen ja auch!«
»Und warum ist es dann bloß eine 5 geworden?!«

»Ich war müde und abgelenkt…und ich konnte es nicht mehr! Die Aufgabenstellung hat mich verwirrt!«
»Du warst also abgelenkt, ja? Bestimmt hast du wieder an Jungs oder deine Computer- oder iPod-Spiele gedacht!«
»Nein, habe ich nicht! Ich konnte es einfach nicht mehr!«
»Deine Ausreden sind immer dieselben! Deinen Computer und deinen iPod legst du mir rüber aufs Bett, die kriegst du erst wieder, wenn du wieder vernünftige Noten bringst!«

Elli wollte dagegen protestieren, wusste aber, dass dies keinen Sinn hatte. Wenn es um Noten ging, waren ihre Eltern knallhart. Dass sie ihr den iPod und den Laptop wegnahmen, hatte zwar diesmal keinen Sinn, da ihre Ablenkung ja nicht von diesen beiden herrührte, aber das wussten die ja nicht. Sie nahmen es als Strafe, damit Elli sich wieder mehr anstrengte. Wenn die wüssten! Sie gab doch schon ihr Bestes! Sollten die sich doch mal, nur eine Woche lang, in Ellis Situation befinden! Fast nie richtig schlafen können, an so vieles denken müssen und dann noch alles in der Schule geben! Die hatten leicht Reden. Ok, ihre Mutter arbeitete auch meistens zehn Stunden am Tag, aber sie konnte ja nachts wenigstens noch richtig schlafen! Das war doch nichts, im Vergleich zu dem, was Elli gerade durchmachte!
Seufzend ging Elli die Treppe hoch, legte Laptop und Ipod auf das Bett ihrer Eltern und schloss sich in ihrem Zimmer ein, um die Hausaufgaben für Montag zu machen.
Als sie damit fertig war, war es ca. 18.30 Uhr, da sie in Mathe, wie passend, eine ganze Buchseite hatte durchrechnen müssen. Dann aß sie etwas, machte sich fertig und ging zu Bett, aufgeregt, weil die "große Nacht" nun begonnen hatte.

Bei Lisco aufgewacht, bemerkte sie, dass er nicht neben ihrem Bett saß. Also stand sie auf, zog sich an, verrichtete ihre Wege im Bad und ging dann die Treppe hinunter.
Als sie dann vor der Garderobe ihre Schuhe anzog, ertönte ein »Guten Abend« hinter ihr.
»Hallo.«, sagte sie, ohne aufzublicken.

»Wo willst du hin?«, fragte Lisco und kam langsam näher. Verdammt, wieso hatten diese Schuhe ausgerechnet Schnürsenkel?
»Ich gehe zurück.«, sagte sie, und versuchte dabei unbekümmert zu klingen. »Wieso?«, fragte er wieder, »Ich kann mich nicht erinnern, dir einen Grund dazu gegeben zu haben.«
»Nein, das hast du nicht.«, stimmte Elli ihm zu und stand auf, »Aber du wirst mich doch jetzt sicher eh hassen, jetzt, wo du weißt, was ich bin. Warum soll ich dann noch hier bleiben? Du wolltest mich doch vermutlich eh rausschmeißen.«
Nun stand er direkt vor ihr und sah ihr in die Augen. Mit einem Finger hob er ihr Kinn an und zwang sie so, ihn anzuschauen.
»Warum sollte ich das tun? Ich hasse dich nicht. Ich hasse Tycon dafür, dass er dir das alles angetan hat.«
Sie konnte wieder in seinen Augen sehen, dass er es ehrlich meinte. Elli sagte nichts.
»Er hat dir Blut zu trinken gegeben, nicht wahr?«, fragte Lisco sanft.
Elli sah nach unten und nickte beschämt.
»Hier.«, sagte er und hielt ihr seinen Arm hin. Elli schaute diesen irritiert an und sah, dass er blutete.
»Was...?«, fragte sie irritiert.
»Trink.«, sagte er ruhig. Entsetzt ging sie einen Schritt von ihm weg und erwiderte: »Nein! Wieso...?!«
»Es wird dich stärken. Ich weiß, es erscheint dir noch fremd, aber so, wie du jetzt bist, wird es dir gut tun.«
»Du unterstützt es? Ich dachte, du wärst dagegen!«
»Das bin ich auch, aber es lässt sich nun nicht mehr ändern. Ich könnte dir ewig sagen, dass er dich belügt und dich bloß benutzt, aber du würdest mir eh nicht glauben.«
Auffordernd hielt er ihr den Arm, beziehungsweise das Handgelenk hin, verständnislos sah sie ihn an. »Ich will nur dein Bestes, glaub mir. Und im Moment besteht dies darin, dass du dich stärkst. Momentan ist das hier...«, er deutete mit der anderen Hand auf sein blutendes Handgelenk, »Leider das Beste für dich, fürchte ich.«
»Aber...«, brachte Elli nur hervor.
»Wenn du dagegen ankämpfst, wird es auch nicht besser.«, sagte Lisco traurig. Zögerlich kam sie näher und starrte sein Handgelenk an, wel-

ches er mit einem dünnen Tuch davon abhielt, den Boden vollzutropfen. Er hob den Arm noch ein Stück an, vorsichtig nahm Elli seine Hand. Sie schob das Tuch ein wenig zur Seite und schaute die Wunde an. Diese war nicht besonders groß oder tief, blutete jedoch beständig. Dennoch Elli ging einen Schritt zurück, sah zur Seite und sagte: »Ich kann das nicht.«

»Warum?«, wollte Lisco wissen.

»Ich…könnte dir weh tun…und ich will nicht, dass es dir danach schlecht geht.«

»Ich denke, es hat sich gut angefühlt?«

»Na ja, bei ihm. Er hat ja schon Erfahrung darin und…naja…ich will dir nicht weh tun und dir nicht deine Kraft rauben.«

»Oh, mach dir darum keine Sorgen, du kannst mich nicht töten. Jedenfalls nicht so.«

Alarmiert sah sie ihn an. »Wieso nicht?«

»Normalerweise hat man etwa 7 Liter Blut im Körper, und ich bezweifle, dass du das alles trinken kannst.«

»Stimmt…«, gab Elli zu. Ach, so hatte er das gemeint…peinlich. Da hätte sie auch von selbst drauf kommen können.

»Wieso? Wolltest du mich ermorden? Damit du zurück zu Tycon kannst?«, fragte er ironisch.

»Nein!«, rief Elli entsetzt, »Ich dachte nur…es klang so komisch, wie du sagtest, ich könne dich nicht töten… als ob du…auch unsterblich wärst.«

Er lachte kurz. »Nun, vielleicht bin ich das ja. Auf eine andere Art und Weise…und jetzt trink.«

Nervös sah sie ihn an.

»Bitte.«, fügte er hinzu, »Um mein Gewissen zu beruhigen. Damit wenigstens ich dir etwas Gutes getan habe, beziehungsweise um den Schaden, den er angerichtet hat, zu mildern.«

Unsicher kaute sie auf ihrer Lippe. Immerhin hatte er sie darum gebeten, was hieß, dass es ihm wichtig zu sein schien. Vorsichtig nahm sie seine Hand, hielt das Tuch unter das Handgelenk, schloss die Augen und setzte schließlich ihren Mund auf die blutende Stelle. Vorsichtig, um ihm nicht weh zu tun, leckte sie über die Wunde, schmeckte das Blut und…nahm ein sonderbares Geräusch ihres Magens wahr. Knurrte dieser etwa?!

»Sauge ruhig.«, forderte Lisco sie auf, »Du wirst mir nicht weh tun.«
Elli gehorchte, setzte vorsichtig ihre Zähne auf die Wunde und übte leichtem Druck mit ihnen aus. Lisco zuckte dabei kurz ein wenig zusammen, forderte sie aber auf, weiterzumachen. Also begann sie, leicht zu saugen. Es fühlte sich fremd an, sie kam sich ein bisschen merkwürdig dabei vor, fuhr aber fort, wie er es von ihr verlangt hatte. Nach ein paar Minuten hörte sie auf, band schnell das Tuch um die Wunde und sah ihn peinlich berührt an.
»Tut mir Leid…«, sagte sie entschuldigend.
»Was tut dir Leid?«, fragte Lisco belustigt.
»Falls ich dir weh getan habe, ich habe das noch nie gemacht, und kam mir total bescheuert dabei vor.«
»Das brauchst du nicht, es gibt für alles ein erstes Mal. Du hast mir nicht weh getan…zumindest nicht nennenswert.«, gab er mit einem Schulterzucken zu.
Elli schien ein wenig erleichtert.
»Ich werde jetzt meinerseits erstmal rausgehen, und hoffe, du bist, wenn ich wiederkomme, noch da.«
Elli nickte und sagte: »Natürlich.«
Lisco lächelte, gab ihr einen kurzen Kuss auf die noch immer ein wenig blutbeschmierten Lippen (hatte der denn vor gar nichts Skrupel?!) und ging aus dem Haus.
Elli putzte sich, während er weg war, noch mal gründlich die Zähne, da ihr der Blutgeschmack immer noch absonderlich und fremd vorkam und dann wartete sie, diesmal im Geschichtsbuch lesend, in ihrem Bett, auf seine Rückkehr.
Als er dann schließlich auch zurück gekommen war, kam er zu ihr hoch.
»Wie geht es dir?«, fragte er, als er dann bei ihr war.
»Gut.«, antwortete Elli wahrheitsgemäß. Sicher, sie fühlte sich immer noch komisch, wegen dem Blut, aber ansonsten ging es ihr bestens.
»Schön.«, sagte er und lächelte, »Siehst du, ich sagte doch, danach wird es dir besser gehen.«
Er kam näher und setzte sich wieder auf die Bettkante neben sie.
»Und wie geht es dir?«, fragte nun Elli, ein wenig schuldbewusst.
»Mir?«, fragte er verwundert, »Gut. Warum, hast du mich irgendwie vergiftet?« fragte er schmunzelnd.

»Nein!«, sagte Elli schnell, »Ich meinte eigentlich deinen Arm. Die Wunde…«
»Ach, die.«, sagte er beiläufig und öffnete den Verband ein wenig.
»Autsch!«, stellte Elli entsetzt fest, »Das sieht ziemlich schmerzhaft aus…«
Er lächelte kurz. »Es geht eigentlich, es brennt nur ziemlich.«, sagte er, »Aber ich wüsste was, das helfen würde.«, fügte er hinzu und sah sie dabei an.
Diese Art, wie er sie nun anschaute, war…merkwürdig.
»Und das wäre…?«, fragte Elli argwöhnisch und ein wenig ängstlich. Er lächelte, als habe er nur auf diese Frage gewartet, beugte sich zu ihr vor und küsste sie. Da war ja was…wie hatte sie das auch vergessen können?! Er beugte sich weiter zu ihr herab, drängte sie sanft nach unten, lag nun wieder, mehr oder weniger, auf ihr. Dieses Mal schienen sich ihre Zungen nicht zufällig zu berühren, er schien sie teilweise regelrecht ersticken zu wollen. Nicht, dass es Elli nicht gefallen hätte, wären es vielleicht andere Umstände gewesen. Ohne schlechtes Gewissen, weil sie ihn vermutlich bald verließ, weil sie sich so falsch vorkam… seine eine Hand wanderte hinab zu ihrem Oberschenkel, die andere lag wieder unter ihrem Kopf. Dann hob die eine Hand ihr Bein ein wenig an, die andere wanderte ihren Rücken hinunter und drückte sie sanft nach oben und zu ihm, sodass sie nun saß, er sie aber immer noch leidenschaftlich küsste, und sie dann auf seinen Schoß hob.
Ellis Herzschlag beschleunigte sich erneut, sie zögerte kurz, denn so nahe war sie ihm noch nie gewesen: wie sie auf ihm saß, er sie an sich drückte und küsste, so leidenschaftlich… sie war immer noch etwas ängstlich, erwiderte seine heißen Küsse zaghaft, doch ihn schien dies nicht zu stören. Kurz ließ er sie los, während er stattdessen ihre Beine ergriff und um sich schlang und Elli noch näher an sich schob. Nun saß sie nicht mehr auf seinen Oberschenkeln, sondern direkt auf seinem Schoß. Ihre Hände lagen etwas unbeholfen an seinen Armen. Er nahm sie und schlang ihre Arme um seinen Hals. Nun, da Elli ihm so nahe wie möglich war, glitten seine Hände unter ihr Oberteil und streichelten die nackte Haut ihres Rückens. Elli erschrak, nahm schnell ihre Arme von seinem Hals und wollte seine Hände von ihrer nackten Haut wegschieben. Obwohl sie sich so gut anfühlten…

Doch statt seine Hände von den Ihren wegschieben zu lassen, ergriff er diese und schob sie unter sein Hemd, sodass sie nun seinen seidigen, warmen Bauch fühlen konnte. Er leitete sie über seinen Körper, ließ sie mit ihren Fingern seine Bauchmuskeln umschmeicheln, höher, an seine Brust wandern. Dann riss er sich das Hemd auf, sodass ihre Hände jetzt über seinen ganzen Oberkörper gleiten konnten. Ihre Hände hielt er dort kurz fest, als Zeichen dafür, dass sie sie da lassen sollte.

Dann wanderten seine Hände wieder unter ihr Oberteil. Dies war ihr unangenehm, doch sie traute sich nicht, schon wieder zu protestieren. Also ließ sie es geschehen. Seine Hände streichelten ihren Bauch, ihren Rücken und sie bekam widerwillig eine wohlige Gänsehaut.

Plötzlich löste er seine Lippen kurz von Ellis, doch nur, um ihr ruckartig das Top über den Kopf zu ziehen, es hinter ihr fallen zu lassen und sie dann gleich weiter zu küssen. Nun wurde Elli wieder nervös und ängstlich. Sie trug zwar noch (zum Glück!) den BH, fühlte sich aber dennoch irgendwie nackt und gewissermaßen... ausgeliefert. Deshalb war sie umso froher, den BH noch anzuhaben.

Aber auf einmal hörte er auf sie zu küssen, umarmte sie stattdessen fest...und sie fühlte, wie er ihr den BH öffnete! Sie wollte ihn davon abhalten, doch durch die feste Umarmung konnte sie ihre Arme nicht bewegen. »Hey! Lisco...nein!«, protestierte sie, »Bitte lass das!«

Er ließ sie ein Stück los und sah sie irritiert an.

»Wieso?«, fragte er.

»Ich...will das nicht!«

»Was willst du nicht?«

»Dass du mich immer mehr ausziehst und...na ja! Was du dann eben vorhast!« Verwirrt sah er sie an. »Warum?«, fragte er erneut. Verstand der es denn einfach nicht?!

»Weil...!«, sie suchte nach Worten, »Es ist mir unangenehm und fremd, ich habe Angst...!«, sagte sie leicht verzweifelt.

Tröstend sah er sie an, sagte: »Das brauchst du nicht, ich werde dir nicht weh tun.«

Und er küsste sie wieder. Er schob sanft ihre Hände beiseite und streichelte ihre Brust. Elli wurde das zu viel, sie bekam Panik und stieß ihn etwas von sich weg. Sofort verdeckte sie mit dem einen Arm ihre Brust,

griff mit dem Anderen hinter sich, schnappte sich das Top und zog es schnell über. Verständnislos sah er sie an und fragte: »Was soll das?!«
»Ich habe doch gesagt, dass ich das nicht will!«
»Du sagtest vor ein paar Tagen, du wollest dich bei mir bedanken!«
»Ja, schon aber… nicht so!«, erwiderte sie, ging von ihm runter, stieg aus dem Bett und stand, etwas hilflos und verängstigt, da, mit verschränkten Armen.
»Wie dann?«, fragte er herausfordernd und stand ebenfalls auf. Zugegebenermaßen sah er ja schon sexy dabei aus, wenn auch etwas beängstigend.
»Ich habe dich geküsst und…«, hilflos zuckte sie mit den Schultern und ging ein Stück rückwärts. Er folgte ihr und sagte ungläubig: »Du hast mich geküsst? Und das war alles?«
»Du durftest mich aber oft küssen!«, verteidigte sie sich.
»Ach, ich durfte?! Wie nett!«, rief er, langsam wütend. Elli sagte nichts, doch das war auch nicht nötig, denn er fuhr fort: »Ich habe dich vor den Kidnappern geborgen, dich in mein Haus aufgenommen, du hast sogar ein eigenes Zimmer! Und eigentlich auch ein eigenes Bad! Ich habe mich um deine Wunden, und um dich gekümmert, als du krank warst!«
Beschämt schaute Elli zu Boden.
Er fuhr wütend und fassungslos fort: »Ich habe dir alles gegeben! Liebe und Zuneigung, Zeit, ja, sogar mein eigenes Blut! Und was ist der Dank?! Ich DURFTE dich küssen! Eigentlich müsste ich dich gar nicht mehr fragen, ob du etwas willst oder nicht! Eigentlich gehörst du jetzt mir! Mir allein!«
Erschrocken sah sie ihn an.
»Nein!«, rief sie.
»Oh doch.«, sagte er und kam noch näher, »Du siehst es nicht mal als notwendig, dass meine Wunde, die ich durch dein Zutun habe, damit es dir wieder besser ging, geheilt wird! Du willst nicht? Auf diesem Weg.«, er wies zum Bett, »Könntest du sie ganz einfach heilen. Und mit ihr auch den Rest.«
Er sah sie an, griff ihre Hand und legte sie an seine Brust.
Elli glaubte, er könne ihren lauten und schnellen Herzschlag hören. Mittlerweile stand sie an der Wand. Er sah sie an, aus seinen tiefbraunen, warm erscheinenden Augen, die in diesem Moment eher ein wenig be-

drohlich und schwarz wirkten. Sie atmete stockend, so aufgeregt war sie. Plötzlich küsste er sie wieder, drückte sie sanft gegen die Wand und sagte dann, so wenig von ihr entfernt, dass sich ihre Lippen beim Sprechen fast berührten: »Also, was sagst du?«
Elli atmete tief ein und stammelte: »Tut mir Leid, ich fürchte, deine Wunde muss allein heilen.«, und wollte sich an ihm vorbei schleichen. Er versperrte ihr jedoch sofort mit den Armen den Weg und sagte leise: »Wie gesagt, eigentlich muss ich dich gar nichts fragen.«
»Du hast gesagt, du zwingst mich zu nichts!«, bemerkte Elli, nun wirklich ängstlich. »Richtig. Du hast auch gesagt, du wolltest dich bei mir bedanken. Aber gut, vielleicht willst du es ja auch so. Dass ich dich zwingen muss.«, bemerkte er grimmig. Dann umfasste er sie fest mit seinen Armen, küsste sie wieder und zwang sie mit sich in Richtung Bett. Elli wollte sich losmachen, konnte es aber nicht.
Dann kam ihr eine Idee: sie musste vielleicht so tun, als würde sie mitmachen, als wäre sie jetzt einverstanden mit der ganzen Sache und dann bekäme sie vielleicht Gelegenheit zur Flucht!
Also erwiderte sie seine Küsse, widerwillig, jedoch hoffentlich überzeugend, und drängte nun von selbst dorthin. Dabei versuchte sie, ihre Arme frei zu bekommen. Er lächelte nun siegessicher, intensivierte seine Küsse und ließ sie gewähren. Schließlich waren sie am Bett angelangt, er führte sie vorsichtig, aber bestimmt, weiter, sodass sie auf das Bett sank und schließlich wieder da lag. Er folgte.
»Ich wusste, du würdest deine Meinung noch ändern.«, sagte er lächelnd und küsste sie weiter. Mit der nun freien Hand griff sie unauffällig nach einem der kleinen Kissen und warf es, so gut es ging, auf den Nachtschrank, sodass die Vase herunter fiel. Lisco fuhr erschrocken hoch und sah um sich, denn er hatte das Scheppern gehört.
Er sah die Vase, fluchte: »Ach, verdammt! Wie konnte das passieren?!«, stand auf und begann, die großen Scherben aufzusammeln.
»Damit du dich nicht wieder verletzt.«, begründete er.
Elli stand ebenfalls auf, tat, als wolle sie sich ebenfalls bücken und ihm helfen. Stattdessen aber griff sie nach der Nachttischlampe und schlug sie ihm mit voller Kraft auf den Kopf. Er stöhnte und sackte nach vorn, es tat ihr unendlich Leid, aber sie musste jetzt schnell sein. Also sprintete sie die Treppe herunter, schlüpfte in einfache, leicht überzustreifende

Turnschuhe und lief zur Haustür. Schon hörte sie, wie Lisco ebenfalls, nun deutlich wütender, die Treppe herunter gerannt kam und rief: »Bleib hier!«
Sie wollte die Tür öffnen, doch sie war zugeschlossen. Hastig sah sie sich nach dem Schlüssel um. Er lag auf der Garderobe. Sie griff ihn, steckte ihn ins Schloss und drehte ihn, so schnell sie konnte, um. Dann öffnete sie die Tür, doch Lisco war schon hinter ihr und packte sie am Arm.
»Nein!«, schrie sie, »Bitte lass mich!« und versuchte, sich loszureißen. Doch er war zu stark. Mit der anderen Hand wollte er sie an der Schulter wieder hereinziehen. Dann kam ihr ein Blitzgedanke: sie biss ihn in die Hand, die auf ihrer Schulter lag.
Aus Reflex zog er seine Hände zurück, sie nutzte die Chance und rannte los. Ein paar Schritte folgte er ihr, aber als sie ihn, keine 40m weiter, nicht mehr hinter sich hörte, drehte sie sich um. Er stand auf halber Strecke und sah sie an. Sie hatte geglaubt, er sei äußerst wütend, doch die Hauptemotion in seinen Augen war Trauer.
»Warum tust du mir das an?«, fragte er traurig.
»Ich wollte dich nicht verletzen! Wirklich!«, rief Elli, ebenfalls traurig, aber auch schuldbewusst, »Aber ich habe dir gesagt, dass ich…nicht mit dir schlafen will! Weil ich Angst habe und…es einfach nicht kann und möchte!«
»Ich habe so viel für dich getan.«, sagte er traurig.
»Ja, das hast du. Das hättest du aber nicht tun müssen!«
»Stimmt, ich habe es aus freien Stücken getan. Für dich.«
»Aber deine Dankforderung…«, sie suchte nach Worten.
»Komm zurück!«, bat er, »Ich würde dir wirklich nicht weh tun! Und wenn du so viel Wert darauf legst, dann eben nicht jetzt und heute! Später vielleicht, in einem Jahr oder so!«
Elli schüttelte traurig den Kopf.
»Du warst so nett zu mir, Lisco. Ich mag dich, wirklich, aber…«, sie suchte nach Worten. Dann drehte sie sich um und wollte gehen.
»Ich habe dich geliebt.«, sagte er hinter ihr. Sie hielt inne. Das hatte sie nicht erwartet.
»Wieso habe?«, fragte sie und hoffte, dass er ihre Überraschung nicht bemerkte.

»Wenn du jetzt gehst, bist du für mich gestorben.«, sagte er tonlos. Nicht drohend, sondern einfach nur traurig.
»Dann…«, sie wusste nicht was sie sagen sollte, »Danke, für alles und leb wohl.«, endete sie schließlich traurig, drehte sich um und rannte fort.
»Ich habe dich geliebt!«, rief er ihr, wie eine Beschwörung, hinterher. Doch sie rannte nur, schweren Herzens, weiter, hoffte, dass er ihr nicht folgen würde, und eine Träne kullerte schon wieder ihre Wange hinunter.

-Tycon-

Tycon war diese Nacht früher als sonst aufgestanden, falls Elli schon eher kommen sollte. Falls sie überhaupt kam. Wartend saß er vor dem Fenster. Plötzlich meinte er, eine Stimme zu hören und lauschte in sich hinein. Es war Elli. *Tycon?*
»Ja?«, dachte er erfreut zurück.
*Ich bin gerade auf dem Weg zu dir! Wo wohnst du?*
Sie kam tatsächlich wieder zu ihm zurück! Dann hatte Lisco es also doch nicht geschafft, sie um den Finger zu wickeln. Er konnte sein Glück kaum fassen.
»Wo bist du?«, fragte er sie.
Elli nannte ihm die Straße, die sie gerade entlang lief, er beschrieb ihr den Weg und ging vor die Tür, um dort auf sie zu warten.

-Elli-

Elli lief die unbekannten Straßen entlang, die für sie alle gleich aussahen. Lisco so verlassen zu haben, tat ihr immer noch Leid. Sein Blick und seine Stimme waren so voller Trauer gewesen…anscheinend hatte er sie wirklich geliebt. Und sie hatte ihn einfach so verlassen…
Doch sie musste zurück zu Tycon. Dieser wies ihr den Weg: *An den nächsten drei Straßen vorbei, dann rechts, bis zum Ende der Straße und dann links! Ich stehe vor der Tür!*
Wahrscheinlich hatte er eine Stadtkarte oder Ähnliches in der Hand. Warum er sie nicht abholen kam…? Egal, Hauptsache, sie war bald da. Sie lief schnell, rannte auch teilweise, damit er nicht gleich wieder mürrisch

war, wenn sie (zu spät) ankam. Schließlich ging sie um die letzte Ecke, bog in die letzte Straße ein…und sah ihn. Er stand wirklich vor der Tür. Als er sie sah, lächelte er. Elli blieb kurz stehen. Wie sollte sie jetzt reagieren? Auf ihn zurennen, oder ganz entspannt gehen? Andererseits konnte sie es eigentlich kaum erwarten, endlich bei ihm zu sein…aber auf ihn zuzurennen, als ob es um Leben und Tod ginge, wäre ja auch irgendwie…peinlich übertrieben. Schließlich lief sie einfach, mit schnellen Schritten, auf ihn zu. Auch er machte noch ein paar zögerliche Schritte in ihre Richtung.

Ach, scheiß drauf, dachte sie und rannte die letzten Schritte nun doch noch. Erleichtert fiel sie ihm in die Arme. Ihr Schwung war so groß, dass Tycon ein wenig um sein Gleichgewicht kämpfen musste.

»Tut mir Leid!«, sagte Elli schnell.

»Schon gut.«, sagte er und schloss sie lächelnd in die Arme.

»Ich bin so froh, wieder bei dir zu sein.«, bekannte sie leise.

»Ich freue mich auch, dass du wieder da bist.«, sprach er. Ein Weilchen standen sie noch so da, keiner sagte etwas. Schließlich brach Tycon das Schweigen: »Wollen wir reingehen?«

Elli nickte, sie ließen sich los und gingen ins Haus. Tycon hielt ihr sogar die Tür auf. Vielleicht wollte er ja sein bisheriges Verhalten wieder gut machen. Oder er wollte Lisco übertrumpfen, was Elli jedoch nicht hoffte.

Als er die Tür schloss und sie dabei erstmal von oben bis unten musterte, fragte er überrascht: »Seit wann kleidest du dich so modebewusst? Und warum hast du keinen BH an?«

Das hatte Elli schon wieder vergessen. Es war kalt draußen, und das musste man ihr wohl ansehen…schnell verschränkte sie die Arme vor der Brust.

»Das ist eine lange Geschichte.«, sagte sie, peinlich berührt.

»Die Nacht ist noch jung, wenn du willst, kannst du sie mir erzählen.«, sagte er fürsorglich.

»Habe ich denn überhaupt eine Wahl?«, fragte sie, um ein Lächeln bemüht. Er tat, als würde er überlegen.

»Nein.«, schloss er dann, ebenfalls lächelnd. Sofort wurde er jedoch wieder ernst und meinte: » Ich würde es schon gern alles erfahren. Aber ich will dich nicht zwingen.«

»Okay.«, sagte Elli, »Darf ich mir vorher noch was anderes anziehen?«
»Natürlich.«, antwortete er überrascht, »Da brauchst du doch nicht zu fragen.« Dankbar nickte sie und ging hoch in ihr Zimmer. Sie sog die Luft ein, den Geruch hatte sie vermisst. Ebenso wie den Tycons. Also tauschte sie schnell das sexy Top gegen einen BH und einen bequemen Pullover und die enge Jeans gegen eine bequeme Stoffhose aus. Dann ging sie wieder hinunter ins Wohnzimmer.
Tycon saß auf der Couch und wartete auf sie. Wortlos setzte sie sich ein Stück neben ihn und schaute nervös auf ihre Finger. Überrascht sah er sie an und fragte: »Du setzt dich neben mich? Freiwillig?«
»Oh, tut mir Leid.«, sagte Elli und wollte aufstehen, »Soll ich rüber gehen?«
»Nein, bleib hier. Ich habe mich nur gewundert, denn sonst hatte ich immer den Eindruck, du wolltest größtmöglichen Abstand zu mir wahren.«
»Ich…will nicht so alleine sitzen, das wäre ja wie im Verhör.«, redete sie sich heraus.
»Und er hat es dir so angewöhnt.«, vermutete Tycon.
»Er bestand immer darauf, dass ich neben ihm sitze.«, bestätigte sie.
»Beziehungsweise auf ihm?«, vermutete Tycon weiter.
Elli wurde rot und schaute zur Seite.
»Schon gut.«, sagte er schnell, »Das will ich eigentlich lieber gar nicht so genau wissen.« Dankbar nickte Elli.
»Was ist passiert, nachdem du weggelaufen bist?«, fragte Tycon.
»Ich bin in den Park gegangen.«, begann Elli, »Da waren wieder diese Kidnapper, vor denen du mich schonmal gerettet hattest. Ich war gefangen, in so einem Heckenkreis. Die Typen wollten mich wieder mitnehmen, aber etwas hat sie abgelenkt. Ich bin weggerannt, aber der Eine hat mich angeschossen. Lisco hat mich dann irgendwann gefunden und mitgenommen.«
Tycon hörte geduldig und aufmerksam zu.
»Als ich mich dann geduscht hatte und gerade anzog, sagte er…«, sie hielt kurz inne, »Dass ein so schöner Körper viel zu schade sei, um von Klamotten verborgen zu werden.«
»Stimmt ja auch.«, bemerkte Tycon lächelnd. Erschrocken sah sie ihn an.

Sofort hob er abwehrend die Hände und fügte schnell hinzu: »Keine Angst! Ich wollte damit nur sagen, dass du nicht unbedingt immer in solchen Oma-Sachen«, er deutete auf ihr Outfit,» rumrennen musst.«
»Warum liegen sie dann in meinem Schrank, wenn ich sie nicht anziehen soll?«, fragte Elli.
»Weil ich es verstehe, dass du lieber mal was Bequemeres anziehen möchtest. Du kannst sie ja anziehen, ich würde mich aber auch mal freuen, wenn du auch mal was von den anderen Sachen anziehen würdest.«
»Okay…«, sagte Elli verwirrt.
»Egal jetzt, erzähl weiter.«, schloss er und lächelte kurz.
»Dann hat er mich geküsst.«, fuhr Elli beschämt fort, »Und wollte vermutlich noch mehr. Ich habe mich aber gewehrt. Danach hat er meine Wunden versorgt und mir jeden Tag Tee ans Bett gebracht und sich um mich gekümmert. Ein paar Tage später, durfte ich dann ein bisschen lesen und dann auch unten mit ihm fernsehen. Und dann…fing es eben an. Er war wütend, als er herausfand, dass du bei mir warst. Ich konnte nichts dafür, er hat mich gezwungen es zu sagen! Und er hat gedroht, das ich dich nie wieder sehe, wenn ich mich noch mal mit dir treffe…«
»Dann fing was an?«, fragte Tycon.
»Na ja, du hattest ja gesagt, ich solle ihn dazu bringen, mir einen Grund zu geben, damit ich wieder zu dir kann und…dann tat ich eben so, als würde ich ihn lieben…«
»Du hast ihn geküsst.«, vermutete er. Elli nickte betreten. »Ich habe das nur getan, damit ich wieder zurück kann!«, sagte Elli schnell.
»Das weiß ich doch.«, sagte Tycon ruhig und bedeutete ihr, weiterzureden. »Vorhin hat er mich dazu überredet, Blut von ihm zu trinken…«
»Er hat was?!«, schnitt Tycon ihr erschrocken das Wort ab.
»Ich…musste es ihm erzählen…«, erklärte Elli beschämt, »Und dann meinte er, ich würde mich besser fühlen, nachdem ich sein Blut getrunken hätte…«
Tycon schien einen Moment sprachlos zu sein. »Das hat er gesagt?«, fragte er verblüfft.
Elli nickte. »Ich fand es auch komisch, weil er mir erst versucht hat, auszureden, was ich bin und…was du bist.«, sagte sie.
»Ja, das ist in der Tat komisch.«, grübelte Tycon, »Und was ist dann passiert?«

»Dann wollte er…«, Elli wurde rot und sah beschämt zur Seite,» Naja, du weißt schon.«
»Sex.«, sagte Tycon tonlos.
Elli nickte beschämt, sie hatte es nicht aussprechen wollen.
»Als ich merkte, dass er nun wirklich…mehr wollte als nur Küssen…er hat angefangen, mich, und sich, auszuziehen, deshalb hatte ich keinen BH an. Ich habe schnell das Top wieder angezogen und mich gesträubt.«, sagte sie hilflos und sah aus dem Fenster.
»Ja…?«, sagte Tycon sanft, »Und weiter?«
»Er wollte mich zwingen.«, sagte Elli und fing an zu schluchzen, »Er sagte, er müsse mich eigentlich gar nichts mehr fragen, weil ich nach allem, was er für mich getan hat, jetzt ihm gehören würde…dass ich es ihm schuldig sei…damit seine Wunde, die er wegen meinem Biss hat, wieder heilen würde.«
»Das hat er gesagt?«, fragte Tycon, empört und mitleidig. Elli nickte und fing schon wieder an, zu weinen. Sie konnte sich nicht daran erinnern, jemals so viel geweint zu haben, wie in den letzten Tagen.
»Es war so schrecklich!«, sagte sie unter Tränen. Tycon schaute sie mitleidig an und legte ihr zaghaft, tröstend, eine Hand auf die Schulter.
»Dann habe ich nochmal so getan, als hätte ich meine Meinung geändert, als er mich dann zwingen wollte, habe eine Vase heruntergeworfen und ihm dann, als er die Scherben aufheben wollte, die Nachttischlampe auf den Kopf geschlagen.«
»Autsch.«, sagte Tycon lachend, »Das war aber nicht nett.«
Bevor Elli dazu noch etwas sagen konnte, fügte er schnell noch hinzu: »Aber er hat es verdient. Ich hoffe nur, dass du das bei mir nicht auch mal machen wirst.«
»Solange du mich nicht dazu zwingst…und wenn doch, weißt du ja jetzt Bescheid und kannst dich in Acht nehmen…«, meinte sie scherzhaft.
»Muss ich jetzt etwa immer aufpassen, was ich mache und sage?«, ahnte Tycon, ebenfalls um einen scherzhaften Ton bemüht ,»Das, was er getan hat, werde ich aber ganz bestimmt nicht tun.«
»Nein, natürlich nicht. Das…ist mir nur so heraus gerutscht.«, sagte Elli schnell.
»Und dann bist du weggelaufen?«, vermutete er.

»Ich bin die Treppe herunter und wollte raus, aber er hatte abgeschlossen. Als ich die Tür dann aufgeschlossen hatte, war er aber mir aber gefolgt und hielt mich am Arm fest, als ich wegrennen wollte. Ich habe ihn dann in die Hand gebissen, damit er mich loslässt und bin weggelaufen. Als ich merkte, dass er mir nicht mehr folgt, habe ich mich noch mal umgedreht.«
Tycon schaute sie abwartend an.
»Er hat sich entschuldigt und mich gebeten, zurückzukommen. Und er hat gesagt…«
»Ja…?«, hakte Tycoon nach.
Elli holte tief Luft: »Dass er mich liebte. Und dass ich, wenn ich jetzt ginge, für ihn gestorben sei.«
Tycon schien ein wenig überrascht. »Das…tut mir Leid.«, sagte er, »Aber dann wird er jetzt wenigstens nicht versuchen, dich zurückzubekommen.«
Elli nickte. »Aber ich fühle mich so schlecht deswegen!«, sagte sie traurig.
»Wieso?«
»Er hatte ja irgendwie recht….ich meine, er hat so viel für mich getan…er war so gutmütig zu mir… er hat mich gerettet, sich um mich gekümmert… und ich danke es ihm, indem ich ihn verletze und weglaufe…«
»Du hast ein schlechtes Gewissen deswegen.«, vermutete Tycon.
Elli nickte. »Ich habe ihm gesagt, dass es mir Leid tut und ich ihm nicht weh tun wollte, aber…trotzdem…ich mag ihn und es tut mir Leid, ihn so verraten zu haben…«
»Andernfalls hättest du mich verraten.«, bemerkte Tycon.
»Ja…«, sagte Elli, »Egal wie ich mich entschieden hätte: ich hätte so oder so jemanden verraten…«
»Siehst du, und deswegen brauchst du auch kein schlechtes Gewissen zu haben. Mich hättest du auch verletzt, wenn du nicht zurück gekommen wärst.«
Elli schaute ihn an. »Wirklich?«, fragte sie.
»Natürlich.«, meinte er und sah sie wieder an, aus seinen wunderschönen Meeresaugen, »Man sieht es mir zwar nicht immer an, aber ich habe auch Gefühle, weißt du?«

»Nein, so...so meinte ich das ja auch nicht.«, sagte Elli schnell, »Aber...warum streitet ihr euch um mich? Ich war noch nie jemandem so...wichtig.«
»Vielleicht gerade deswegen.«, sagte er, »Damit du endlich mal jemanden hast. Und Lisco war eben eifersüchtig, dass ich dich...gefunden habe.«
Elli konnte sich kaum vorstellen, dass das der einzige Grund war, warum sie jede Nacht nun hier, bei ihnen, war. »Und was noch?«, fragte sie.
»Wie, was noch? Kannst du es nicht einfach so hinnehmen?«
»Okay...«, sagte sie schnell, bevor er noch wütend würde.
»Vielleicht solltest du erst einmal schlafen gehen, du hast heute viel durchgemacht. Morgen ist auch noch eine lange Nacht, die wir zusammen verbringen können.«, sagte er sanft. Er sah sie an, jedoch ganz normal, ohne seinen Hypnoseblick.
»Okay...danke.«, sagte sie und stand auf. Tycon erhob sich ebenfalls. Bevor sie fragen konnte, warum er dies tat, machte er noch einen Schritt auf sie zu und umarmte sie. »Danke, dass du wieder gekommen bist.«, sagte er leise.
»Danke, dass ich wiederkommen durfte.«, erwiderte Elli und sog zaghaft seinen Duft ein.
Dann ließ er sie los, sah sie noch einmal lächelnd an und sie ging dann, auf seinen Wink hin, die Treppe hinauf, während er selbst wieder ins Wohnzimmer ging. In ihrem Zimmer angekommen, sah sie sich um: Es war alles wie vorher, nichts hatte sich verändert. Also ging sie zum Schrank, nahm ihre Nachtsachen heraus und legte sich ins Bett. Hier fühlte sie sich wieder sicher, Tycon war nicht wie Lisco, er würde sie nicht bedrängen. Doch er würde wahrscheinlich wieder ihr Blut trinken, wie ihr in diesem Moment schlagartig einfiel. Daran hatte sie gar nicht gedacht, als sie von Lisco gegangen war. Aber ging das überhaupt noch? Wo sie doch jetzt Halbvampir war? Und wenn ja, würde er es gleich diese Nacht wieder tun? Sie beschloss, ihn in der nächsten Nacht darauf anzusprechen. Und ihn irgendwann generell mal all die Dinge zu fragen, die sie schon so lange beschäftigten. Schließlich schlief sie ein. Ihr Schlaf war unruhig und traumlos, und Tycon kam auch nicht des Nachts in ihr Zimmer.

Als sie dann Zuhause, ausnahmsweise mal etwas entspannter, aufwachte, da sie ja relativ früh schlafen gegangen war, stand ihre Mutter mal zur Ausnahme nicht neben Ellis Bett. Sie sah auf die Uhr, es war 9.45 Uhr. Für ihre derzeitigen Verhältnisse also relativ früh. Ihre Hand wanderte zu ihrem Hals und betastete ihn. Tycon hatte sie nicht gebissen, und wenn doch, dann hatte sie es nicht mitbekommen.
Sie beschloss, noch ein wenig zu dösen, denn wer wusste schon, wann sie das Nächste Mal richtig zum Schlafen kommen würde.
Dann wurde sie irgendwann von ihrer Mutter geweckt und startete in den Samstag, den sie damit verbrachte, zu lesen, sich weitere Vampir-Dokus anzusehen und sowas alles.
Schließlich ging sie dann gegen 22.00 Uhr wieder ins Bett.

Als sie dann "in der anderen Welt" wieder aufwachte, schaute sie sich um und stellte erleichtert fest, dass sie wirklich wieder in Tycons Haus war. Also zog sie sich an, machte sich fertig und ging die Treppe hinunter. Ob Tycon sie wieder umarmen würde? Jeden Tag, wenn sie aufstand und wenn sie schlafen ging? So wie Lisco es mit dem Kuss gewollt hatte? Sie wusste es nicht und beschloss, einfach abzuwarten, was kam.
Sie ging ins Wohnzimmer, konnte ihn dort jedoch nicht finden. Doch dann hörte sie eine Melodie. Sie kam von einem Klavier. Elli folgte dem Klang, der sie in die Bibliothek führte. Bemüht darum, leise zu sein, kam sie den wundervollen Tonfolgen immer näher. Schließlich sah sie ihn: am Ende der Bibliothek stand ein großer, glänzender, schwarzer Flügel. Langsam und leise ging sie näher an den Flügel heran, bis sie dann schließlich auch Tycon sehen konnte.
Das tiefe Schwarz des Flügels bildete einen schönen Kontrast zu Tycons heller Haut und den blonden Haaren. Schon wieder eine Eigenschaft, die er mit Lestat teilte: dieser war im Film ebenso öfters am Klavierspielen. Aber Tycon spielte etwas anderes, ein Elli unbekanntes Stück. Nicht, dass sie sich übermäßig für Klassik interessierte, aber dieses Stück war ihr gänzlich neu.
Sie stand nun halb hinter einem Bücherregal und sah Tycon an. Er schien versunken in die Musik zu sein und sie nicht zu bemerken. Leise drehte sie sich um und wollte wieder gehen. Plötzlich verstummte die Musik.

»Warum gehst du?«, hörte sie Tycon hinter sich fragen. Schnell drehte sie sich um und sagte: »Ich wollte dich nicht stören.«
Er lächelte kurz: »Das hast du nicht. Gefällt er dir?«, er deutete auf den Flügel. Elli nickte und kam ein Stück näher. Sie wollte mit der Hand das glänzende Schwarz berühren, führte die Bewegung jedoch nicht zu Ende. Tycon bemerkte dies, schmunzelte kurz und sagte: »Du darfst ihn ruhig anfassen, so schnell geht ein Flügel nicht kaputt.«
Elli lächelte ebenfalls kurz und strich mit den Fingern über die glänzende Oberfläche. Sie fühlte sie wunderbar glatt und auch irgendwie…weich an. »Wie lange steht der schon hier?«, wollte sie wissen.
»Seit ein paar Tagen. Ich fühlte mich einsam und musste mich irgendwie abreagieren.«
»An einem Klavier?«, fragte Elli erschrocken.
»Natürlich. Klavierspielen ist sehr beruhigend und man kann alle Emotionen dabei entladen. Möchtest du auch mal spielen?«, antwortete er und deutete einladend mit dem Arm auf den Platz neben sich. Elli wurde rot, schaute nach unten und sagte, peinlich berührt: »Ich…kann nicht Klavierspielen. Ich habe mal Keyboard gespielt, aber das ist schon Jahre her und das waren auch bloß einfache Lieder.«
Ein wenig mitleidig sah er sie an und sagte dann tröstend: »Ach, das macht nichts. Komm her, ich bringe es dir bei.«
Er stand auf, ging zur ihr, nahm ihre Hand und zog sie sanft mit sich, zu den Hockern. Dann ließ er ihre Hand los, setzte sich und deutete lächelnd auf den Hocker neben sich. Zögernd setzte sie sich.
»Hast du das geplant?«, fragte sie vorsichtig. Fragend schaute er sie an.
»Ich meine, weil hier schon zwei Hocker stehen und…naja.«, sagte Elli verlegen. »Ähm…nein, die gehörten beide zum Klavier.«, sagte er verwirrt, »Warum und wozu sollte ich das geplant haben?«.
»Ach, das war nur so eine Idee.«, sagte Elli schnell, »Ich…wollte dir nichts unterstellen.«
Irritiert schüttelte Tycon den Kopf und meinte: »Wie auch immer. Was weißt du denn schon alles vom Klavierspielen?«
»Eigentlich kenne ich bloß die C-Dur, die Hauptbässe und ein paar Zwischentöne…«, gab Elli zu.
»Die Moll-Töne nicht?«
»Nur am Keyboard, weil das dafür so eine extra Einstellung hat.«

Nachdenklich runzelte er die Stirn und sagte dann: »Vielleicht spiele ich erst mal was und du schaust dabei einfach mal auf meine Finger.«
»Ok…«, sagte Elli unsicher. Und so begann er wieder, das Elli unbekannte Stück von gerade eben zu spielen. Seine Finger glitten sanft, aber bestimmt über die Tasten.
Die seichte Melodie durchdrang den Raum, und dann scheinbar das ganze Haus. Sie war leise, tragisch, jedoch auch kraftvoll und stark. Ebenso enthielt sie Höhen und Tiefen und regen Wechsel zwischen Piano und Forte. Sie schien Elli zu umgeben, zu durchdringen. Als der letzte Ton erklang, atmete sie tief aus, da sie die ganze Zeit über, während er gespielt hatte, bemüht flach und wenig geatmet hatte, um die Musik nicht zu stören. Tycon legte die Hände auf seinen Schoß und sah sie abwartend an.
»Das war…wunderschön.«, sagte Elli, mit trockenem Hals. Tycon lächelte und sagte: »Es freut mich, dass es dir gefällt.«
»Was war das? Ist das von Mozart? Oder Beethoven? Oder Bach?«, fragte sie. Tycon schaute, ein wenig verlegen, zur Seite und antwortete: »Nein, das…ist von mir.«
Ungläubig sah sie ihn an. »Das hast du komponiert?«
»Ja.«, sagte er lächelnd.
»Wann? Und wie heißt es?«
»In der Zeit, wo du weg warst. Eigentlich gleich, als der Flügel ankam, aber es hat noch keinen Namen.«
»Worum geht es in dem Stück?«
»Liebe, Trauer, Eifersucht, Wut, Hass… eigentlich so ziemlich alle Emotionen, die man sich vorstellen kann.«
»Warum hast du es geschrieben? Wie bist du darauf gekommen?«
Er lachte. »Ich war einsam, wie ich schon sagte. Gewissermaßen habe ich es…für dich geschrieben, oder wegen dir. Das kannst du dir aussuchen.«. Er sah sie an. Elli errötete und schaute schnell zur Seite, damit er es nicht sehen konnte. Wieder lächelte er und winkte ab: »Egal jetzt. Hast du gesehen, wie ich die Moll-Töne gemacht habe?«
»Ehrlich gesagt, sah das alles ziemlich…gleich für mich aus.«, gab sie zu.
Er lächelte kurz.
»Vielleicht zeigst du mir einfach mal, was du alles schon weißt und wir fangen dann einfach noch mal von vorn an.«

Elli nickte und zeigte ihm auf der Tastatur das Wenige, was sie schon, oder besser gesagt: noch, wusste.
»Na ja immerhin.«, sagte er schließlich seufzend und überlegte.
»Vielleicht hättest du erst fragen sollen, was ich schon kann, und dann erst anbieten sollen, es mir beizubringen.«, bemerkte Elli kleinlaut.
»Ach, was, das kriegen wir schon hin. Bloß eben nicht alles heute, ich würde sagen, wir machen jeden Tag eine Stunde, oder? Also wenn wir Lust haben, nicht auf Zwang.«, schlug Tycon vor.
»Ja, das klingt gut.«, sagte Elli.
Also fingen sie an: Tycon erklärte und zeigte ihr die Dinge, Elli hörte geduldig und um Konzentration bemüht zu.

»Vielleicht machen wir erst mal Schluss für heute.«, schlug Tycon dann nach einer Weile vor.
Elli nickte. »Warst du heute schon weg?«, fragte sie, als sie aufstanden und ins Wohnzimmer gingen.
»Ja.«, sagte er und lächelte, »Willst du mich etwa loswerden?«
»Nein!«, sagte Elli schnell, »Ich…frag ja bloß.«
»Wie hast du eigentlich geschlafen?«, wollte Tycon wissen, »Du erscheinst mir ein wenig müde.«
»Nicht allzu gut.«, gab Elli zu, »Ich musste ständig wieder daran denken…seinen Blick…was er gesagt hat…«
»Du hast immer noch ein schlechtes Gewissen.«, vermutete Tycon und sah sie an. Elli nickte bekümmert. Hoffentlich fing sie nicht wieder an, zu weinen. Er stellte sich vor sie, und sah sie an. »Wie oft soll ich dir noch sagen, dass du kein schlechtes Gewissen haben musst?! Du hättest so oder so gewissermaßen Verrat begangen! Wenn du bei ihm geblieben wärest, hättest du dann etwa kein schlechtes Gewissen gehabt, mir gegenüber?!«, sagte er, nicht wütend oder aggressiv, aber bestimmt, und vielleicht auch ein wenig mahnend.
»Doch, natürlich…«, sagte Elli.
»Siehst du? Und jetzt hör auf damit. Lass uns noch ein bisschen fernsehen, oder erzählen, Kartenspielen oder was auch immer.«
Elli nickte, und sie gingen ins Wohnzimmer. Tycon legte sich auf die Couch, sodass Elli sich auf der anderen niederließ. Es war ungewohnt, wieder so allein zu sitzen. Ihr fehlte ein wenig die Zuneigung Liscos.

Schließlich stand Tycon irgendwann auf, um etwas zu holen oder was auch immer, und Elli ebenfalls, um hoch und ins Bett zu gehen.
»Willst du schon schlafen gehen?«, fragte Tycon ein wenig überrascht.
»Ja, ich bin ziemlich müde.«, sagte Elli. Sie gingen zur Treppe und blieben noch einmal stehen. Er legte ihr die Hände auf die Schultern und sagte sanft: »Bitte vergiss ihn endlich. Du hast nichts falsch gemacht. Hör auf, das zu denken.«
Sie nickte, ging zögerlich auf ihn zu und sog seinen Duft ein.
Tycon sagte nichts, er stand ganz still da, war vermutlich etwas irritiert. Langsam und ganz vorsichtig, stellte sie sich auf die Zehenspitzen, legte die Hände auf seine Schultern und küsste ihn schließlich kurz. Tycon stand immer noch genauso da, wie vorher. Elli ließ ihn schnell los und ging ein paar Schritte weg von ihm. »Tut mir Leid!«, begann sie,»Das…war nicht mit Absicht…ich wollte das nicht…ich muss es mir nur wieder abgewöhnen…!«, stammelte sie.
Er dagegen schaute sie ganz gelassen an und hörte interessiert ihren Entschuldigungen zu. Sie bemerkte, dass, und wie er sie anschaute, wurde rot und lief schnell die Treppe herauf, in ihr Zimmer.
Sie schloss die Tür, legte sich ins Bett und fragte sich, warum sie das gerade eben getan hatte. Warum hatte sie ihn geküsst? Er war nicht Lisco, vielleicht empfand er ja tatsächlich nicht so viel für sie, wie jener es getan hatte. Wie würde sie ihm morgen unter die Augen treten können? Würde er wütend sein, oder sie auslachen? Wieso fehlten ihr die Wärme und die Zuneigung Liscos plötzlich so? Würde Tycon sie in dieser Nacht wieder beißen? Gut, die Gedanken über das schlechte Gewissen plagten sie nun nicht mehr vorrangig, dafür aber eine Menge anderer, komplizierter Sachen.
Sie schlief nicht direkt ein, sie konnte nicht, es schwirrten zu viele Gedanken in ihrem Kopf herum. So wartete sie, bis der Schlaf sie irgendwann endlich übermannte.

-Tycon-

Überrascht und amüsiert schaute er ihr nach, wie sie die Treppe hinauf rannte und in ihrem Zimmer verschwand. Mit einem Finger fuhr er sich über die Lippen. Er hatte ganz vergessen, wie schön sich die Ihren anfühlten. Warum sie das wohl getan hatte? Bestimmt würde sie ihm morgen eine Erklärung dafür, oder wenigstens eine Ausrede, liefern. Eigentlich hatte er ja noch ein Weilchen mit ihr fernsehen wollen, aber da sie jetzt schon schlafen gegangen war, beschloss er, es ihr mal gleich zu tun.

# Kapitel 9

Als er am nächsten Abend dann wieder aufwachte, dachte er noch einmal über die vergangene Nacht nach, über den Kuss. Vielleicht stimmte es ja gar nicht, was sie gesagt hatte. Vielleicht war sie nicht daran gewöhnt, sondern wollte ihn einfach küssen? Sollte er es etwa schon geschafft haben? Sollte es so einfach gewesen sein, sie für sich zu gewinnen, sich zu Eigen zu machen? Einfach ein bisschen nett sein, Klavier spielen, und das war`s? Nein, das konnte er sich nicht vorstellen. So dumm und naiv konnten die Frauen heutzutage doch wohl kaum sein...
Gespannt ging er ins Bad, um sich fertig zu machen, dann ging er in die Bibliothek und spielte wieder am Flügel.
Wenig später hörte er, wie Elli die Treppe herunterkam und ihre Schritte sich der Bibliothek näherten. Schließlich trat sie kurz ein, schien ihn zu sehen und ging schnell wieder weg. »Hey!«, rief er und beendete sein Spiel, »Komm her!«
Bewusst hatte er dies etwas befehlend gesagt, denn sicher würde sie das wieder extra nervös machen. Er liebte es, wen sie nervös war und vor lauter Aufregung mit haufenweise zusammenhangslosen Wörtern um sich warf. Gehorsam kam sie dann doch wieder zurück und ging langsam auf ihn zu. Er hatte mittlerweile die Klappe der Tastatur geschlossen und stützte nun seine Arme darauf. Verlegen stand Elli nun vor ihm und knetete nervös ihre Hände. »Warum bist du nicht gleich hergekommen?«, fragte er sie.
»Ich wollte nur sehen ob da du bist und...dann bin ich eben wieder gegangen.«
»Du wolltest sehen, ob ich da bin? Meinst du, der Flügel spielt von allein?«, fragte er belustigt.
Elli wurde rot. »Nein, ich...«, sie wusste nicht, was sie sagen sollte, »Ich wollte dich nicht sehen...«
»Du wolltest mich nicht sehen?«, wiederholte er, gespielt argwöhnisch. Er wusste, warum sie nicht hereingekommen war, aber das musste er ihr ja noch nicht sagen.

»Nein! So meinte ich das nicht!«, sagte sie daraufhin schnell, »Es…war mir peinlich.«
»Hierher zu kommen und mir "Hallo" zu sagen?«
»Nein, das…von gestern Abend.«
»Was genau?«, bohrte er weiter. Jetzt würde sie vermutlich gleich wieder rumnörgeln, aber genau darauf war er ja aus.
»Na…! Du weißt schon! Warum willst du das jetzt unbedingt noch mal hören?«, antwortete sie gereizt.
»Warum willst du es nicht einfach noch mal sagen?«, fragte er wieder und grinste schelmisch. Elli wurde rot, vermutlich vor Wut. Oder vor Scham. Sie stützte ihre Hände auf den Flügel und sagte, leiser, um einen normalen Ton bemüht: »Okay. Ich habe dich geküsst, das war und ist mir peinlich. Bist du jetzt zufrieden?«. Tycon sah sie amüsiert an und antwortete: »Wenn du mir noch sagst, warum, ja.«
»Das sagte ich doch schon! Weil Lisco es mir so angewöhnt hat, weil er es immer so wollte!«
»Ach, ja? Bist du dir da sicher?«, fragte er schmunzelnd.
Nun schien sie wirklich wütend zu sein, denn sie funkelte ihn böse an, drehte sich um und ging. Tycon stand schnell auf, folgte ihr und hielt sie am Arm fest. »Was?! Was willst du?«, rief Elli gleich darauf gereizt. Er lächelte und sagte: »Ich liebe es, wenn du wütend bist, das ist sehr amüsant.«
»Ach, wie schön, du findest es lustig, wenn ich mich aufrege.«, sagte sie leise, immer noch wütend, drehte sich um und wollte wieder gehen. Mittlerweile hatte sie wieder eine Träne im Auge, diesmal aber nicht aus Trauer, sondern vor Wut. Er hielt sie immer noch fest. »Fängst du etwa schon wieder an?«, fragte sie nun, ohne sich umzudrehen.
»Womit?«, fragte er, nun ahnungslos.
»Du hast es schon wieder getan. Du hast mich mich wieder selbst zum Idioten machen lassen, du hast dich darüber gefreut, als ich wütend wurde…war die Nettigkeit alles nur gespielt?«
Mit diesen Worten drehte sie sich nun um und sah ihm in die Augen.
»Hey!«, sagte er tröstend, als er die Tränen sah, »So war das doch nicht gemeint!«, und nahm sie, ihrer widerwillig, in den Arm. Elli umarmte ihn nicht, sie stand einfach nur da.

»Es tut mir Leid, ich wollte dich nicht schon wieder zum Weinen bringen, es…ist einfach meine Art…«
»Bitte versuch doch, es zu unterdrücken!«, bat sie leise, »Ich komme mir dabei immer so verarscht vor…und dumm…wie ein dummes kleines Kind.«
»Ich wollte dich wirklich nicht verletzen.«, sagte er. Und das meinte er sogar ehrlich. Wie sollte er auch wissen, dass sie auf seinen kleinen Spaß so überempfindlich reagierte?
»Ich wollte dich eigentlich auch nicht anschreien. Ich war bloß so wütend…«, gab sie leise zu.
»Ich weiß.«, sagte er und streichelte ihr Haar. Elli legte nun ihre Hände auf seine Schultern, um ihn wenigstens ein bisschen zu umarmen, als Versöhnung. So standen sie eine Weile einfach nur da und jeder verziehen einander.

-Elli-

Es tat gut, so in seinen Armen zu stehen, sie sog seinen Geruch ein und genoss die Nähe zu ihm. So sehr, wie sie ihn am Anfang gehasst hatte und er ihr suspekt gewesen war, wollte sie ihn jetzt irgendwie nie mehr verlassen müssen. In diesem Moment vollkommen erscheinender Harmonie, fiel ihr etwas ein.
»Du…wirst wieder…mein Blut trinken, oder?«, fragte sie vorsichtig. Wann hätte sie ihn dies schon fragen sollen, wenn nicht jetzt, wo sie seine Aufmerksamkeit hatte, er sie nicht ignorieren würde und ehrlich sein musste? Wo er sich nicht einfach stumm abwenden konnte? Es dauerte ein Weilchen, bis er antwortete. »Vielleicht.«, sagte er zögerlich, »Wieso?«.
Elli überlegte: Lisco hatte einen gewissen Dank gefordert, warum sollte Tycon das nicht auch irgendwann tun? Und wenn er ihr schon mehrmals beteuert hatte, dass er das, was Lisco wollte, nie von ihr verlangen würde, was sollte er dann anderes begehren, als ihr Blut? Irgendwie musste sie sich ja bedanken, dass sie hier, bei ihm, sein durfte. Sicher, ihr "normales" Leben hatte sich, seit jener Nacht im Garten, etwas verändert, doch er hätte sie hier, im Traum (?) ja auch einfach auf die Straße setzen können. Und jetzt gab er ihr auch noch Klavierunterricht! Nein, irgend-

wie musste sie sich bedanken. Und wenn es eben nur so ging…sonst hätte sie vermutlich wieder ein schlechtes Gewissen. Lisco schien sie in dieser Sache regelrecht geprägt zu haben…außerdem wollte sie, zugegeben, dieses seltsame Gefühl des Bisses nochmal erleben.
»Du…solltest es tun.«, sagte sie, mit einem flauen Gefühl im Magen. Er löste sich ein bisschen von ihr und sah sie verwundert und ein wenig misstrauisch an. »Wieso? Damit du einen Grund hast, wieder wegzugehen?!«
»Nein!«, sagte sie schnell, »So meinte ich das nicht!«
»Wie dann?«
»Als…Gegenleistung für…alles hier, wie Lisco es wollte.«
»Wer hat gesagt, dass ich eine Gegenleistung verlange?«
»Niemand, ich…vermute es. Nichts ist umsonst.«
Er lächelte kurz. »Du meinst also, du müsstest mir dein Blut geben, dafür, dass du hier sein darfst?«
»Und für den Klavierunterricht.«, fügte Elli hinzu.
»Und was wäre, wenn ich dein Angebot nicht annähme?«
»Dann hätte ich wieder ein schlechtes Gewissen.«
»Klar, was sonst. Langsam nervt das.«, sagte Tycon ironisch. Er umarmte sie wieder.
»Ich werde es mir überlegen, aber ich denke, ich nehme das Angebot an.«, hauchte er an ihren Hals. Sein Atem war kühl, und sie bekam eine Gänsehaut.
»Wirst du es heute schon tun?«, fragte sie zaghaft.
Er lachte kurz. »Vielleicht. Bis du schläfst, ist es ja noch ein Weilchen hin.«
Elli schluckte, nahm ihren ganzen Mut zusammen und sagte stockend und ein wenig ängstlich: »Du könntest es doch auch jetzt schon tun.«
Er sah sie wieder an, ein wenig verwundert, diesmal aber ohne Misstrauen. »Jetzt? Bei deinem vollen Bewusstsein?«.
»Warum nicht…?«, entgegnete Elli wieder zaghaft.
»Es würde schmerzhaft sein.«, sagte er und fuhr mit seinen Lippen ihren Hals entlang. Elli atmete tief ein, ihr Herzschlag beschleunigte sich ein wenig.
»Das ist mir egal.«, sagte sie tapfer, »Ich möchte es…mal richtig miterleben, nicht nur im Traum.«

»Da bist du dir sicher? Dass du den Schmerz aushältst, und das Empfinden, wenn das Blut deinen Körper verlässt?«
Elli nickte zaghaft, ihre Aufregung wuchs.
»Also gut.«, sagte er nach kurzem Überlegen, »Halt dich an mir fest, falls du ohnmächtig wirst.«. Elli krallte ihre Hände an seine Schulter, ihr Atem ging schneller, sie erwartete, gleich seine scharfen Zähne zu spüren.
Tycon schmunzelte kurz, strich mit der Hand ihre Haare vom Hals und packte sie fester, umschlang sie mit seinen Armen. Nun war sie gefangen, hatte keine Möglichkeit zur Flucht. Er zwang ihren Kopf mit der Hand ein wenig zur Seite, sodass ihr Hals ihm nun völlig entblößt vorlag. Und dann spürte sie seine Zähne. Gezielt setzte er sie auf ihre Haut, und dann versenkte er sie in ihrem Fleisch. Ein stechender Schmerz durchfuhr ihren Körper, sie wollte wegzucken, doch seine starke Hand hielt sie erbarmungslos fest. Gleichzeitig war da wieder dieses seltsame Gefühl, als seine Lippen sich auf ihre Haut pressten, die scharfen Zähne immer noch in ihrem Hals, und sie glaubte zu spüren, wie ihr Blut zu ihm überlief. Sie hörte, wie er trank, wie er schluckte. Es war ein überaus eigenartiges Gefühl. Ein warmes Kribbeln breitete sich in ihrem Körper aus, ihr Atem ging schwerer, die Gedanken schienen sich zu verlangsamen, und schließlich wurde ihr schwarz vor Augen. Elli merkte nur noch im Unterbewusstsein, wie ihr Griff sich von seiner Schulter löste und ihre Knie nachgaben.

Als sie irgendwann wieder die Augen aufschlug, fühlte sich ihr Kopf dick und schwer an. Sie sah sich um und erkannte, dass sie in ihrem Zimmer war. Jedoch nicht zu Hause, sondern bei Tycon. Er musste sie wohl hochgetragen haben, nachdem sie ohnmächtig geworden war.
Vorsichtig betastete sie ihren Hals, bemerkte aber keine verschorfte Wunde oder Ähnliches. Ihr fiel auf, dass es hell draußen war. Wieso also war sie nicht zu Hause, in der richtigen Welt, aufgewacht? Oder, vielleicht war sie dort ja auch aufgewacht, und konnte sich nur nicht mehr erinnern. Kein Wunder, so schwer, wie sich ihr Kopf anfühlte. Elli schlug die Decke zurück, und ging, nachdem sie sich umgezogen und fertiggemacht hatte, die Treppe hinunter. Sie holte sich ein Buch aus der Biblio-

thek, legte sich auf die Couch und las. Jedoch dauerte es nicht lange, bis ihr die Augen zu fielen und sie wieder schlief.

Geweckt wurde sie schließlich dadurch, dass sie etwas an ihrer Hand spürte. Sie öffnete die Augen und erkannte Tycon, der ihre Hand hielt und, als sie ihn ansah, lächelte.
»Guten Abend.«, sagte er freundlich.
»Hi.«, antwortete Elli gähnend und setzte sich aufrecht hin.
»Wie geht es dir?«, fragte er.
»Ganz gut, denke ich…«, ich bin ein bisschen müde…du hast mich zum Bett getragen, oder?«
»Ja.«
»Danke…«, sagte sie betreten.
»Kein Problem.«
Eine Weile sagten sie gar nichts, dann fragte Elli irgendwann schließlich: »Bin ich…tot?«
Verwundert sah er sie an und erwiderte: »Warum solltest du tot sein?«
»Na ja, weil ich…nicht aufgewacht bin, zumindest nicht zu Hause…was bedeutet das?«
»Dein Körper war erschöpft, durch den Blutverlust, er…du brauchtest Schlaf. Ich sagte dir ja schon mal, dass du dich entscheiden musst, in welcher Welt du leben willst.«
»Hm…«, machte Elli,» Und was… ist mit mir dann geschehen? Also zu Hause? Was tue ich dort gerade?«
»Du schläfst, was sonst. Aber du bist nicht tot, keine Sorge.«. Tycon stand auf und setzte sich neben sie. »Wie war es für dich? Gestern Abend?«
Elli dachte kurz nach und meinte dann: »Ich weiß nicht…allzu viel hab ich nicht mitbekommen, weil ich viel zu aufgeregt war und dann ja umgekippt bin…tut mir leid.«
»Das braucht es nicht, das ist ganz normal.«
»Ich werde versuchen, mich daran zu gewöhnen, und trainieren, durchzuhalten.«, versprach sie.
»Trainieren? Daran gewöhnen? Du meinst es also ernst? Dass wir das jetzt jede Nacht so machen?«

»Ja, natürlich.«, sagte sie, mit bemüht fester Stimme, »Du musst ja nicht immer so...viel nehmen, dass ich ohnmächtig werde, sodass der Abend noch nicht vorbei ist und ich mitbekomme, wie es...danach ist.«
»Ach, wirklich? Und wie willst du das kontrollieren, wie viel ich trinke?«, er lächelte gefährlich, mit einem Blitzen in den Augen.
»Gar nicht.«, gab sie zu, »Da werde ich dir wohl vertrauen müssen.« Wieder hatte sie ein mulmiges Gefühl im Magen.
»Das wirst du wohl.«, stimmte er zu, beugte sich näher zu ihr heran und flüsterte: »Aber ich könnte dich dabei töten.«
»Das könntest du.«, gab sie mit klopfendem Herzen zu.
»Wer garantiert dir, dass ich es nicht tue?« Sie spürte seinen Atem an ihrem Ohr und bekam eine Gänsehaut.
»Das wirst du nicht.«, sagte sie schnell.
»Warum?«
»Weil...ich dir etwas bedeute, sonst hättest du mich nicht unbedingt wieder haben wollen.«. Zumindest hoffte sie, dass dem so war.
»Kluges Mädchen. Aber vielleicht wollte ich dich ja genau deswegen zurück.«
»Nein!«, beschloss sie etwas panisch, »Ich vertraue dir, du wirst mich nicht töten!«
Er lachte kurz und wiederholte: »Du vertraust mir? Na gut, etwas Anderes bleibt dir ja eh nicht übrig.«
Er beugte sich weiter zu ihr vor, sie lehnte sich, aus reinem Reflex, nach hinten, doch irgendwann war dort die Armlehne und sie konnte nicht weiter ausweichen. Er war nun direkt über ihr, lag praktisch halb auf ihrem Körper. Und schließlich ließ er sich behutsam nach unten sinken, sodass er nun wirklich auf ihr lag, und ein vages Kribbeln kurz in ihrem Schoß aufflammte. Elli kam sich vor, wie in einem Dèja-vú. Lisco hatte auch so auf ihr gelegen. Doch Tycon tat es nicht Lisco gleich. Er küsste sie nicht, zog sie nicht auf seinen Schoß, sondern legte seinen einen Arm auf ihren Brustkorb, stützte den Kopf darauf, sah sie an und strich mit der anderen Hand über ihren Hals. Elli schaute in seine wunderschönen Augen und fragte mit zitternder Stimme: »Was hast du jetzt vor?«
Er lächelte leicht und antwortete: »Ich weiß nicht. Sag du es mir.«
Elli schluckte und sagte stotternd: »Deine... Bezahlung einfordern...?«
»Bezahlung? Hm...«, er dachte nach.

Dann lächelte er wieder, sah sie erneut an und sagte: »Du verkaufst mir dein Blut, dafür, dass du hier sein kannst. Weißt du, was das bedeutet?«
Sie dachte nach. Er fuhr fort: »Ich hatte Recht, damit, was ich zu dir sagte, bevor du weg gegangen bist, damit…«
»Dass ich eine Blutshure bin.«, vollendete Elli, peinlich berührt, den Satz.
»Ja.«, sagte er und sah sie wieder, abwartend, an.
»Solange es nur mein Blut ist…und ich lass ja auch nicht jeden, du bist ja der Einzige, der es anrühren darf!«, verteidigte sie sich.
Er lächelte, stützte sich wieder mit den Armen, diesmal rechts und links von ihr, ab, beugte sich nach vorn und flüsterte wieder in ihr Ohr: »Also bist du meine persönliche Blutshure. Oder sagen wir, Mätresse?«
»Blutspender.«, verbesserte sie ihn, mit zittriger Stimme.
»Ja, Blutspender, du hast Recht.«, stimmte er ihr zu. Dann strich er ihr die Haare von ihrem Hals, führte mit der Hand sanft ihren Kopf auf die Seite…und näherte sich ihrem Hals. Sie konnte seinen kühlen Atem wieder spüren, und schließlich auch wieder seine Zähne. Tycon war behutsam, vorsichtig, trank langsam. Der sanfte, irgendwie aufregende Schmerz an ihrem Hals vermischte sich mit dem warmen, kribbelnden Gefühl, das aus ihrem Schoß aufstieg. Sie seufzte, wollte mehr davon, drückte seinen Kopf mit ihrer Hand sanft auf ihren Hals. Tycon jedoch löste ihre Hand von sich und schließlich auch seine Zähne von ihrem Hals, berührte die Wunde noch mal mit dem Mund und setzte sich aufrecht, neben sie, hin.
»Hey, was soll das!«, protestierte Elli, »Warum hast du aufgehört?«
Er lachte kurz und meinte: »Du wärst sonst wieder ohnmächtig geworden, und das wolltest du doch nicht, oder?«
»Ja, schon, aber es hat sich gerade so…gut angefühlt!«, gab Elli zu.
»Oh, Danke.«, meinte er grinsend. An seinem Mund war immer noch etwas Blut, ebenso an seinen Zähnen. Eigentlich hätte dies anwidernd und abartig auf Elli wirken müssen, ihn so zu sehen: als Raubtier, oder Monster, welches gerade ihr Blut gestohlen hatte. Doch es störte sie nicht.
»Wofür?«, fragte nun Elli irritiert.
»Dass es dir gefallen hat.«, erwiderte Tycon.
»Warum bedankst du dich dafür? Ich meine, das kann dir doch egal sein, wie es mir dabei geht, oder?«

»Meinst du?«, antwortete er lächelnd.
»Was…bedeutet das denn, dass es mir gefallen hat?«
Tycon lächelte und begann, zu erklären: »Dieser Vorgang kann durchaus…erotisch sein, manchmal sogar mehr als das, für den…Täter und auch den Spender. Das hängt jedoch davon ab, in wie weit man den Anderen mag, oder erotisch findet.«
Elli errötete und sah zur Seite.
»Das heißt, dass du mich magst, wenn nicht sogar mehr.«, schloss er grinsend. »Das heißt also, wenn mich jetzt auf der Straße ein unbekannter Vampir überfallen hätte, hätte es sich anders angefühlt? Inwiefern?«, versuchte sie, von seinem letzten Satz abzulenken.
»Ja.«, antwortete Tycon, »Inwieweit es anders gewesen wäre, kann ich aber nicht genau sagen…schmerzvoller, vielleicht einfach nur widerlich, schwächend…«
Er besah ihren Hals, stand auf und sagte: »Komm mit ins Bad, du hast noch Blut am Hals.«, und reichte ihr die Hand. Elli jedoch ergriff diese nicht, dafür war sie zu stolz. Also stand sie auf, wollte einen Schritt gehen, spürte, wie ihre Knie einknickten und wäre beinahe gefallen, hätte Tycon sie nicht schnell an den Oberarmen gepackt und gehalten. »Hey, pass auf.«, mahnte er lächelnd, »Ich habe dir meine Hand nicht ohne Grund angeboten.«
»Ich…kann nicht stehen, mein Körper fühlt sich so schwach an!«, stellte Elli beängstigt fest.
»Deswegen ja. Komm, ich stütze dich.«, sagte er, und bot ihr seine Schulter. Zögernd lehnte sie sich mit dem Arm auf seine Schulter und sie gingen ins Bad. Dort setzte er sie auf einem Hocker ab, tränkte dann einen weißen, sauberen Waschlappen mit warmem Wasser und tupfte ihr damit sanft über den Hals. »Warum sieht man keine Wunde?«, fragte Elli.
»Das ist ein Geheimnis… ein Trick.«, erklärte er lächelnd.
»Wie so vieles anderes?«, vermutete Elli.
»Vielleicht.«, antwortete er, ging zum Waschbecken, wusch den Lappen aus und entfernte dann damit das restliche Blut von seinem Mund.
»Warum nimmst du keinen anderen Lappen?«, fragte Elli.
»Ich habe gerade ebendieses Blut getrunken, was ich gerade von deinem Hals entfernt habe. Warum also sollte ich dann einen anderen Lappen nehmen?«

»Stimmt, das leuchtet ein.«, gestand Elli. Als er den Lappen dann wieder mit dem heißem Wasser auswusch, verteilte sich der Blutgeruch im Raum. Elli merkte, wie ihr Magen zu knurren anfing. Tycon sah sie an und lächelte.
»Ich hab heute noch nichts gegessen.«, erklärte Elli.
»Und du riechst das Blut.«, fügte er hinzu, »Komm.«
Sie stützte sich wieder auf ihn, er führte sie ins Wohnzimmer und ließ sie dort wieder auf die Couch sinken.
Dann ging er in die Küche und kam kurze Zeit später mit einer Tasse wieder. Elli wusste, was sich darin befand, ohne hineinzuschauen. Es war nur logisch, und sie roch es. Sie war froh, dass er ihr die Tasse nicht in die Hand gab, da auch ihre Arme sich schwach anfühlten. Er setzte sich neben sie, hob die Tasse an ihre Lippen und sagte sanft: »Trink.«
Tycon hob die Tasse leicht an und das Blut berührte Ellis Lippen. Ihr Magen knurrte wieder. Zögernd trank sie. Es schmeckte noch ungewohnt, fremd, doch sie dachte daran, was Lestat in *Interview mit einem Vampir* zu Louis gesagt hatte: "Stell dir vor, es wäre Wein."
Als sie die Tasse geleert hatte, stellte Tycon sie auf den Tisch und sah Elli an.
»Willst du noch was?«
Sie schüttelte den Kopf.
»Gut.«, sagte er, brachte die Tasse wieder in die Küche, und setzte sich wieder neben sie.
»Wenn du jetzt den Fernseher einschaltest, schlafe ich auf der Stelle ein.«, sagte Elli, »Also solltest du das vielleicht nutzen und noch ein bisschen trinken, bis ich ohnmächtig werde. Wodurch ich nun schlafe, ist ja egal.«
Er lachte kurz und erwiderte dann: »Damit ich dich wieder hochtragen kann?«
»Du kannst mich auch hier liegen lassen, das stört mich nicht.«, sagte sie schulterzuckend. Er lächelte. »Es muss dir ja wirklich überaus gefallen haben.«, stellte er fest, »Und wenn ich nun aber nicht mehr durstig bin?«
»Dann schlafe ich hier ein oder du stützt mich bis hoch in mein Zimmer.«. Er schmunzelte und schien dann kurz zu überlegen. Dann sagte er schließlich: »Na gut, komm her.«, und deutete direkt auf den Platz neben sich. Elli rutschte unsicher ganz nahe, saß nun direkt vor ihm und

sah ihn aufgeregt an. Er beugte sich nach vorn, strich ihr wieder die Haare vom Hals und umschlang sie wieder mit seinem eisernen Griff. Er flüsterte in ihr Ohr: »Deshalb hast du mir dieses Angebot unterbreitet, weil es dir gefallen hat und weil du es noch mal erleben wolltest. Clever. Und natürlich überhaupt nicht eigennützig.«, wobei er letzteres betonte. Elli antwortete nicht, dafür war sie zu aufgeregt, doch er hatte auch nicht auf eine Antwort gewartet. Und dann biss er sie wieder. Elli spürte, wie der Schmerz wieder da war, ebenso das angenehme Kribbeln, und es dauerte nicht lange, bis ihr Körper wieder in seinen Armen erschlaffte und sie das Bewusstsein verlor.

Als sie am nächsten Abend dann aufwachte, saß Tycon neben ihrem Bett und musterte sie. »Du bist schon wach?«, stellte sie müde fest.
»Es wird Winter, das heißt die Sonne geht eher unter und ich stehe eher auf.«
»Stimmt, im Winter sind die Nächte länger.«, bemerkte Elli, »Warum sitzt du hier? Willst du jetzt, wo ich noch im Bett liege, gleich wieder trinken, damit du mich nachher nicht wieder hoch tragen musst?«
Er lachte kurz. »Das ist eine gute Idee, aber nein. Ich wollte jetzt raus gehen und dich fragen, ob du mitkommen willst.«
»Ähm, klar.«, sagte Elli verwundert.
»Damit es nicht wieder heißt, ich würde dich einsperren.«, fügte er zwinkernd hinzu.
»Ok, dann…ziehe ich mich an und so und…komme mit.«, sagte Elli zögerlich.
»Schön.«, erwiderte Tycon, stand auf und ging aus ihrem Zimmer.

Wenig später gingen sie dann aus dem Haus.
»Wo gehen wir hin?«, fragte Elli.
»Zu meinem Club, also meinem Arbeitsplatz. Eigentlich darfst du da noch gar nicht rein.«, meinte er und sah sie lächelnd an.
»Wieso?«, fragte Elli.
»Das ist ein Swingerclub, da darf man eigentlich erst ab 18 rein. Da gehen Leute hin, die…«
»Ok, danke, das reicht.«, schnitt Elli ihm schnell das Wort ab, »Bevor es peinlich wird: Ich weiß, was ein Swinger Club ist, meine Großeltern ha-

ben auch einen, da war ich auch schon drin. Zumindest in ein paar Bereichen.«
»Oh, das ist schön. Besonders scharf darauf, es dir zu erklären, war ich nämlich auch nicht.«, stellte er erleichtert fest.
Er bot ihr seinen Arm an und zögernd hakte sie sich bei ihm unter.
»Was ist, wenn wir jetzt Lisco begegnen?«, fiel ihr plötzlich laut ein.
»Was soll dann schon sein?«, antwortete Tycon, »Er wird so tun, als sähe er uns nicht, wir ignorieren ihn, und dann passt das.«
Danach sagten sie ein Weilchen nichts.

»Warum nimmst du mich ausgerechnet heute mit? Damit du mich in einer dunklen Ecke töten und hinter einem Busch oder im Park verstecken kannst?«, fragte sie wenig später, um einen scherzhaften Ton bemüht.
»Traust du mir immer noch nicht?! Was soll der Unsinn?«, erwiderte er, bleib stehen und sah sie an.
»Entschuldige, das meinte ich nicht so. Aber…warum? Warum auf einmal?«
»Man braucht nicht immer für alles einen Grund, oder?«, erwiderte er, etwas forsch.
»Nein, du hast Recht.«, sagte Elli schnell, »Bitte verzeih, dass ich das gesagt hab, ich wollte dich nicht wütend machen.«
»Schon gut.«, erwiderte Tycon und sie gingen weiter. Nach einer Weile waren sie am Club angekommen. Sofort kam ihnen Yvonne entgegen, als sie eintraten. »Oh, Pète, guten Abend, und sie haben Besuch mitgebracht! Wie schön.«
»Elli, das ist Yvonne.«, stellte Tycon vor und sie gingen weiter.
»Pète?«, fragte Elli spöttisch und verwundert, »Was soll denn das?«
»Es muss ja nicht jeder meinen richtigen Namen wissen, oder?«, antwortete er mit einem Zwinkern. Sie gingen zum Buffet.
»Iss ruhig etwas, wenn du Lust hast. Du bist bestimmt hungrig. Ich muss noch ein paar Sachen klären gehen und bin gleich wieder da.«
Elli nickte, fragte dann aber, als er gehen wollte, noch schnell: »Was ist mit den Gästen? Wenn mich einer anspricht?«
»Sie sehen dich nicht, zumindest sollten sie das nicht. Warum, erkläre ich dir vielleicht später. Und sollte dich doch einer ansprechen oder anfas-

sen, bekommt er es mit mir zu tun.«. Er nickte ihr aufmunternd zu und ging dann wieder zum Empfang.
Elli wandte sich zögernd dem Buffet zu: und wie sie Hunger hatte. Bis auf das Blut hatte sie ja seit zwei Tagen nichts mehr zu sich genommen. Also nahm sie sich einen Teller und packte ihn sich mit Essen voll. Dann setzte sie sich an einen Tisch und aß. Es stimmte, die Gäste schienen sie wirklich nicht sonderlich wahrzunehmen.
Schließlich war sie dann fertig mit Essen, und wie gerufen, erschien dann auch Tycon.
»Bist du satt?«, fragte er lächelnd.
»Für die nächsten zwei Nächte müsste es reichen.«, sagte sie, stellte den Teller in die Rücknahme-Luke der Küche und stand dann unschlüssig da.
»Soll ich dich hier noch ein bisschen rumführen?«, bot Tycon an.
»Ja, aber auf die Sado-Maso-Räume und so kann ich verzichten.«, sagte sie schnell. Das stimmte eigentlich nicht ganz. Bei ihren Großeltern hatte sie diese Räume noch nicht ansehen dürfen, und sie war auch neugierig darauf, aber mit Tycon in solche Räume zu gehen, wäre ihr peinlich gewesen. Vielleicht irgendwann einmal, wenn keine Gäste da waren. Er lachte: »Ok, wie du meinst.«, und begann, sie herumzuführen.
Dann gingen sie ein Weilchen später wieder nach Hause.

»Wie wär´s, wenn wir noch ein bisschen am Flügel spielen?«, schlug Tycon vor, »Dann bringe ich dich heute ins Bett und trinke dann, damit du gleich im Bett liegst und ich dich nicht wieder erst hoch tragen muss.«
»Bin ich so schwer?«, scherzte Elli.
Er lächelte und erwiderte: »Natürlich nicht, aber wenn ich dich jeden Abend hochtragen muss, ist das ja zusätzliche Arbeit für mich. Und eigentlich sollte es das ja gerade nicht sein, oder?«
»Ja, okay.«, gab sie zu. Also gingen sie zum Flügel und er brachte ihr die ersten Takte seines Stückes bei.
Danach ging Elli hoch, zog sich um und legte sich ins Bett, Tycon folgte ihr und setzte sich auf die Bettkante. »Gehst du jetzt überhaupt noch…auswärts…Essen?«, fragte Elli, wobei sie letzteres betonte.
»Natürlich, oder glaubst du, dass bisschen, was ich von dir bekomme reicht aus?«

»Ist es denn so wenig?«, fragte sie erstaunt.
Er lachte kurz. »Na ja, mehr als einen halben, vielleicht einen Liter kann ich nicht trinken, weil du sonst sterben könntest. Und selbst da merkst du ja schon, wie schwach du danach bist.«
»Hm, ich dachte, es wäre mehr...aber wie kannst du einen Liter auf einmal trinken? Ich meine, das ist doch ziemlich viel auf einmal, oder?«.
»Ich nehme ja aber auch sonst nichts zu mir, den ganzen Tag über, im Gegensatz zu dir. Würdest du nicht auch mehr essen, wenn du 24 Stunden lang nichts bekommen hast?«
»Doch, wahrscheinlich schon...aber was ist dann mit denen, von denen du sonst noch...trinkst? Nimmst du da auch verschiedene Leute und trinkst von jedem einen Liter, oder...tötest du dann jede Nacht...?«
Letzteres fragte sie etwas ängstlich.
Wieder lachte er kurz.
»Wenn, dann nehme ich es von denen, die es verdient haben. Aber oft sterben die eh nicht, weil die Krankenwagen leider meist schneller sind.«, erklärte er, »Und wenn sie doch mal sterben, vermisst die eh keiner.«
»Hm, ein Vampir, der sich zur öffentlichen Sicherheit ernährt.«, feixte sie und sie lachten.
»Aber manchmal...«, flüsterte er und beugte sich über sie, »Kann ich einfach nicht widerstehen, wenn es zu gut schmeckt...dann müssen selbst gute Menschen dran glauben und fallen mir zum Opfer.«
Er sah ihr in die Augen und fuhr mit dem Fingernagel ihren Hals entlang. Sie atmete tief ein, jetzt fehlte nur noch, dass er so einen Krallen-Fingerhut wie Lestat trug.
»Ich könnte dich töten.«, sagte er bestimmt und funkelte sie mit seinen kalten Augen an.
»Das könntest du.«, stimmte sie ihm etwas ängstlich zu.
»Vielleicht werde ich es tun.«.
»Nein, das wirst du nicht, zumindest nicht ohne Grund.«, sagte sie mit fester Stimme.
»Meinst du? Aber was wäre, wenn ich es doch tun würde? Einfach so?«
Wollte er ihr etwa Angst machen?!
»Dann wäre ich tot.«, vermutete Elli stotternd, »Oder auch nicht. Kann man als Halbvampir sterben?«

»Natürlich. Hätte ich dich sonst dazu gemacht?«.
Sie schluckte. »Willst du mich denn töten?«, fragte sie, nun wirklich verängstigt.
»Ich weiß es noch nicht.«, sagte er nachdenklich und spielte mit einer Strähne ihres Haares, »Würdest du es denn vermissen? Das Leben, meine ich?«
»Ich weiß nicht.«, sagte sie unsicher, »Besonders viel, was mir fehlen würde, habe ich nicht. Höchstens…«
»Ja?«
»Dich.«, gab sie zu, »Das alles hier. Aber andere Dinge, wie richtige Freunde, zum Beispiel, wofür es sich zu leben lohnt, habe ich ja eh nicht.«
Etwas mitleidig sah er sie nun an. »Sag so etwas nicht.«
»Doch, es ist aber so. Die sogenannten Freunde, die ich habe, würden mich doch bei der kleinsten Gelegenheit verraten, wie sonst was.«. Zumindest die meisten.
»Das mag sein, aber…man kommt auch ohne Freunde klar. Schau mich an.«, sagte er und deutete auf sich.
»Vielleicht, aber…es macht keinen Spaß. Wenn man keinen hat, dem man trauen kann, mit dem man seine Geheimnisse teilen kann, mit dem man etwas unternimmt…«, meinte sie traurig.
Er schlug vor: »Wenn du willst, können wir ja… Freunde sein, oder zumindest so was Ähnliches. Aber komm' ja nicht auf Selbstmordgedanken.«
»Danke.«, sagte sie und sah ihn an, »Aber wenn ich irgendwann einmal sterben muss, oder will, sollst du es sein, der es tut.«

-Tycon-

Diese Antwort hatte er nicht erwartet. Fassungs- und sprachlos sah er sie an. Als sie merkte, dass keine Antwort kommen würde, fügte sie hinzu: »Natürlich nicht heute. Irgendwann einmal. Falls wir uns dann überhaupt noch sehen.«
Mit diesen Worten ließ sie sich vollends nach hinten sinken, drehte den Kopf zur Seite und entblößte ihm ihren Hals. Dieses Mädchen schien es mit ihrem Leben ja ziemlich locker zu nehmen. Eigentlich hätte er sich

freuen müssen, des Triumphes bewusst, dass sie ihn irgendwann über ihr Leben entscheiden lassen würde, aber er konnte und wollte es einfach nicht glauben. Sie hatte sich fast zu leicht rumkriegen lassen. Oder er selbst war mächtiger, als er bisher angenommen hatte. Immer noch ein wenig fassungslos, deutete er ein leichtes Kopfschütteln an, beugte sich dann zu ihrem Hals und biss sie. Er spürte, wie sie bei dem Biss ein wenig zusammenzuckte und ihr Herzschlag sich beschleunigte. Ihr warmes Blut benetzte seine Lippen, rann seinen Hals hinunter, und kurz darauf spürte er, wie auch Elli wieder von dem süßen, trügerischen Gefühl seines Werkes heimgesucht wurde und allmählich ruhiger unter ihm wurde.
Er hörte auf, küsste noch einmal die Wunde, strich ihr übers Haar, zog ihr die Decke bis an den Hals, und sah ihr noch eine Weile beim Schlafen zu, bevor er sich dann langsam selbst in seine Gemächer begab.

-einen Monat später-

-Elli-

Seit einem Monat trank Tycon nun jeden Tag von ihr, es war mittlerweile zu so etwas wie einem Ritual geworden. Während dieser gesamten Zeit war Elli nicht einmal zu Hause gewesen, doch, wenn sie ehrlich war, dachte sie mittlerweile schon gar nicht mehr so daran. Durch den täglichen Blutsverlust schlief sie nun länger, und wenn Tycon wach war, spielten sie Klavier, gingen mal zum Club, sahen fern oder taten andere Dinge zusammen, es blieb ihr also gar keine Zeit, an ihr Zuhause zu denken. Oder zumindest wurde sie durch nichts daran erinnert. Und falls sich doch mal ein Fetzen der Erinnerung in ihre Gedanken verirrte, tat Tycon sein Bestes, um ihn ihr gleich wieder zu entreißen.
Nicht, dass sie das gestört hätte. Ihr Verhältnis schien nun wirklich ein freundschaftliches geworden zu sein, wenn nicht sogar mehr. Zumindest hätte Elli es gern, dass sie mehr als Freunde wären. Denn mittlerweile war Tycon nicht nur verhältnismäßig freundlich, geduldig und unterließ sogar seine sonstigen blöden Bemerkungen und Scherze, sondern übte auch eine immense Anziehungskraft auf sie aus. Ob er dies absichtlich tat? Oder ob das irgendwie mit seinem Trinken zusammenhing?

Es war ein Abend wie jeder andere. Draußen war es nun wieder relativ kalt, weshalb der Kamin nun immer an war.
Tycon war gerade in die Bibliothek und Elli ins Bad gegangen. Sie lehnte an der Wand und dachte nach: Mittlerweile mochte sie ihn mehr, als sie sich anfangs je hätte träumen lassen, sie fühlte sich zu ihm hingezogen, wollte ihn so gern küssen, in seiner Nähe sein…aber wie? Was war, wenn er nicht dasselbe für sie empfand, wie sie für ihn? Und selbst, wenn: wie sollte sie es ihm sagen? Sie konnte ja schlecht zu ihm gehen und fragen: "Hey, darf ich dich küssen?", oder einfach zu ihm gehen und, ohne ihn überhaupt nach seiner Zustimmung zu fragen, drauflos knutschen. Sicher, in den ganzen Liebesfilmen taten das immer eine Menge Leute, aber in der Realität…außerdem war sie nicht der Typ für so etwas. Tycon hatte sie zwar auch zweimal ohne ihre Zustimmung geküsst, aber…
Das war es! Sie sah noch einmal in den Spiegel, ob sie auch einigermaßen annehmbar aussah, und ging zur Bibliothek.
Tycon lehnte dort an einem Regal und las in einem Buch. Langsam ging Elli hinein, tat so, als sähe sie sich ebenfalls die Bücher im Regal an und fragte beiläufig: »Tycon?«
»Hm?«, antwortete er, ohne aufzublicken. Elli holte, unauffällig, tief Luft, nahm ihren Mut zusammen und setzte fort: »Warum hast du mich eigentlich bloß zweimal geküsst?«, ihn aus dem Augenwinkel beobachtend.
Nun blickte er auf, ganz offensichtlich überrascht.
»Wie bitte?!«, fragte er, als hätte er sich verhört. Hoffentlich würde er nicht wütend.
»Na ja, du hast mich zweimal geküsst…«, begann Elli und lief weiter am Regal entlang, »Warum nur zweimal? Du…hättest es doch auch öfters tun können.«
Er legte das Buch weg, kam langsam auf sie zu und sagte dabei: »Ach, hätte ich das?«
»Ja.«, bekräftigte Elli und fügte, langsam rückwärtsgehend, hinzu: »Und du könntest es noch immer tun.«
»Und warum hätte ich das tun sollen? Oder sollte es tun?«, fragte er argwöhnisch. Er stand nun vor Elli und sah ihr in die Augen. Weil ich

dich liebe, hätte sie gern gesagt, traute sich jedoch nicht. Und sie wusste nicht, ob dies überhaupt der richtige Ausdruck wäre. Ihr Rücken berührte die Wand hinter ihr.

»Zweimal hast du mich dazu gezwungen, warum nicht ein drittes Mal? Oder öfter? Vielleicht hätte ich es irgendwann über mich ergehen lassen…?«, deutete sie an.

»Wo bliebe dann der Spaß? Vielleicht wollte ich ja nicht, dass du es auch wolltest. Vielleicht wollte ich dich ja zwingen müssen.«, erwiderte er und lächelte. Verstand der denn gar nichts, oder tat er nur absichtlich so unwissend und unbegreiflich?!

»Du…hast mich geküsst, weil ich nicht wollte? Um…meinen Willen zu brechen?«, fragte sie ein wenig fassungslos.

Wieder lächelte er kurz und meinte: »Vielleicht, wer weiß? Vielleicht auch aus demselben Grund, aus dem du mich letztens geküsst hast.«

Jetzt war sie offensichtlich verwirrt. »Das war, weil ich es noch so gewöhnt war!«, protestierte sie.

Er grinste und meinte: »Ach komm, hör auf. Wem erzählst du das?«

»Ach, und aus welchem Grund war es dann bitte, deiner Meinung nach?«, fragte sie nun schnippisch.

»Vielleicht wolltest du es einfach?«, vermutete er. Sie wollte protestieren, doch Tycon griff nun nach ihr und hielt sie fest, als wolle er sie beißen. Stattdessen jedoch küsste er sie. Es geschah in Sekundenschnelle, sodass Elli es nicht einmal schaffte, zu protestieren. Seine Lippen waren kühl, ganz anders als die Liscos, und dennoch köstlich, so weich und soft…

Er küsste sie nicht drängend, sondern ganz sacht. Sie gab ihren Widerstand, der ein reiner Instinkt gewesen war, auf, und erwiderte seine Küsse ebenso vorsichtig. Plötzlich hörte er jedoch auf, es waren nur wenige Sekunden gewesen, lockerte seinen Griff und meinte lächelnd, sie immer noch im Arm: »Du wolltest nicht ernsthaft von mir wissen, warum ich dich damals geküsst habe, oder?«

»Nein.«, flüsterte sie. Aber sie wollte mehr. Mehr von seinen Küssen, mehr von ihm.

Er lächelte und fragte wieder: »Warum hast du es nicht einfach gesagt? Warum so kompliziert?«

»Ich weiß nicht…«

»Du hast dich nicht getraut.«, neckte er sie.

»Ja…hast du das nicht schon eher gemerkt?«, gestand sie.
»Doch, natürlich. Ich wusste es schon seit Wochen. Glaubst du, deine Blicke, dein Verhalten allgemein, wären mir nicht aufgefallen?«
»Du hast es gewusst?«, fragte sie ungläubig, »Und da lässt du es mich dir so kompliziert erklären, wenn du doch schon weißt, was ich will?!«
»Also ich fand es lustig, genau wie deine Erklärung, warum ich dein Blut trinken sollte.«, meinte er grinsend.
»Stimmt, du amüsierst dich dabei, wenn ich mich in solch peinlichen Situationen befinde.«, sagte sie, gespielt, schnippisch.
Er schmunzelte. »Wie gesagt: Du hättest es einfach sagen können.«
»Dann sag ich es jetzt.«, begann Elli, »Küss mich.«
»…ob ich es dann aber mache, ist eine andere Sache.«, fügte Tycon grinsend zu seinem letzten Satz hinzu. Elli reichte es jetzt, sie ergriff die Initiative und küsste ihn einfach. Lächelnd tat er ihr den Gefallen und ließ sie gewähren.
Nach kurzer Zeit löste er sie zärtlich von sich und fragte lächelnd: »Kann es sein, dass Lisco einen schlechten Einfluss auf dich hatte?«
Als Elli ihn nur fragend ansah, fügte er hinzu: »Erst bietest du mir dein Blut an, dann willst du mich küssen…was kommt als Nächstes?«
»Mal sehen.«, sagte sie, herausfordernd lächelnd und küsste ihn erneut, jedoch nur ganz kurz, da Tycon sie wieder von sich löste.
»Was hast du?«, fragte sie enttäuscht. Er lächelte, gab ihr einen Kuss auf die Stirn und meinte: »Ein Wein bleibt nur so lange schmackhaft, wie man ihn nicht jeden Tag trinkt.«
Verwirrt sah sie ihn an.
»Das heißt«, ergänzte er, »Dass es umso reizvoller für dich ist, mich zu küssen, wenn du es nicht immer tust und kannst.«
»Kann ich doch nicht, tagsüber schläfst du doch.«, erwiderte sie schulterzuckend. Schräg sah er sie an. Sie überlegte kurz und fragte dann ein wenig fassungslos: »Heißt das, dass ich um Erlaubnis fragen muss, wenn…?«
Bei dieser Frage käme sie sich ja total bescheuert vor, denn wer fragte schon so etwas?!
»Nein, das heißt nur, dass du mir nicht die ganze Nacht an den Lippen hängen sollst, im wahrsten Sinn des Wortes.«
»Müsstest nicht eigentlich du mich um Erlaubnis fragen…?«, begann sie.

»Wer hatte denn so große Sehnsucht?«, fragte er feixend.
»Aber warum kümmerst du dich darum, ob es für mich den Reiz verliert? Das kann dir doch egal sein!«, erwiderte sie hilflos. Tycon lachte kurz: »Das ist ja ergreifend, wie du darum kämpfst, mich küssen zu dürfen. Du bist ja regelrecht süchtig danach! Außerdem: wer sagt, dass ich meinte, dass es nur für dich den Reiz verliert?«
»Das heißt…es hat dir… du willst es auch…?«, fragte Elli unsicher.
Er schmunzelte. »Hätte ich dich sonst geküsst?«
Elli errötete wieder.
»Wie wäre es mit ein bisschen Klavierspielen?«, fragte Tycon nun, um die merkwürdige Situation zu verwischen.
»Gern!«, erwiderte Elli schnell, froh darüber, nicht weiter über dieses peinliche Thema reden zu müssen. Also gingen sie zum Klavier und setzten das Erlernen von Tycons Stück fort.

Danach gingen sie nach draußen. Auf dem Weg zum *Pykanór* fragte Elli: »Du hast gesagt, die Leute hier sehen mich nicht. Yvonne sieht mich aber, Lisco sieht mich auch…warum?«
Tycon schien eine Weile darüber nachzudenken und antwortete dann: »Mich sieht in deiner Welt auch keiner. Nur die, die mit mir zu tun haben, mit denen ich schon…Kontakt hatte.«
»Von denen du schon…getrunken hast?«
»So in der Art, ja.«
»Aber ich hab dich doch auch gleich gesehen, als du hinter mir standest, und ich hatte vorher noch nichts mit dir…zu tun.«
»Das…lag daran, dass ich es so wollte.«, sagte er kurz und knapp, als wäre dieses Thema hiermit für ihn beendet. Also fragte sie nicht weiter nach. Als sie beim Club angekommen waren, kamen ihnen ein paar Fremde entgegen.
»Nicht die schon wieder.«, grummelte Tycon genervt.
»Was ist mit denen?«, fragte Elli.
»Mit denen gab es hier mal…ein paar Schwierigkeiten.«, erklärte Tycon, und fügte dann, an die Männer gewandt, hinzu: »Was wollt ihr hier?«
Sie lachten, es klang hässlich, primitiv, und antworteten hämisch: »Rache dafür nehmen, was du unserem Bruder angetan hast!«
Fragend schaute Elli zu Tycon.

»Geh rein.«, sagte dieser zu ihr und wies auf den Club.
»Aber...!«, protestierte sie, doch er winkte nur ab und schubste sie leicht in Richtung Tür. Elli ging zögernd hinein, stand angespannt hinter der Tür und wartete darauf, dass Tycon hereinkam. Nach einer, für Elli gefühlten, halben Ewigkeit trat er dann auch endlich ein, klopfte sich demonstrativ Staub vom Jackett und tat, als sei nichts gewesen.
»Was wollten sie? Was hast du gemacht? Warum hat das so lange gedauert?«, überfiel Elli ihn aufgeregt. Ein wenig verwundert sah er sie an und meinte: »Lange? Das war doch höchstens eine viertel Stunde, die ich draußen war.«
»Mir kam es total lange vor.«, erwiderte Elli, »Was wollten die? Wovon hat der gesprochen, als er meinte "Rache nehmen"?!«
»Du lässt nicht locker, was?«, fragte er lachend. Elli sah ihn nur mit verschränkten Armen an.
»Ihr Kumpel hatte mal die große Klappe mir gegenüber und ich habe ihn dafür bestraft, und jetzt ist er...nun ja...nicht mehr ganz derselbe, der er früher einmal war. Aber den vermisst doch eh keiner.«
»Was heißt das...?«
»Er ist eben ein bisschen geistig verwirrt.«
»Und...wie hast du ihn...bestraft?«, fragte sie zögerlich. Tycon sah sie lächelnd an und meinte ironisch: »Ich habe ihm die Seele ausgesaugt und...«
»Okay, alles klar, das reicht.«, sagte Elli schnell. Auf seine Ironie konnte sie auch verzichten. Er grinste und schlug vor: »Geh doch zum Buffet und iss etwas, du bist sicher hungrig. Ich geh noch ein paar geschäftliche Dinge klären.« Elli nickte und ging etwas Essen.
Nach etwa einer halben Stunde verließen sie den Club und gingen gemächlich nach Hause.

-Tycon-

Wie gut, dass sie seine Aussage des Seelen-Aussagens für Ironie gehalten hatte, unwissend, wie sie war. Dadurch konnte er sich einige Erklärungen sparen.
Nun waren sie gerade auf dem Weg nach Hause.

»Warum sind deine Lippen eigentlich so kalt und Liscos so warm?«, fragte Elli auf einmal. Was war das denn bitte für eine Frage?!
»Ich dachte, du weißt so viel über Vampire.«, erwiderte er.
Fragend sah sie ihn an.
»Du weißt doch, dass Vampire auch "kalte Wesen" genannt werden, oder nicht?«, fügte er deshalb hinzu.
»Doch, schon, aber Lisco…«
»Lisco ist kein Vampir.«, erklärte er.
»Aber…was ist er dann? Ich meine, wie ein Mensch scheint er mir auch nicht wirklich…ist er vielleicht ein Werwolf?«
Wie bitte?! Was hatte sie gerade gefragt?! Nun war er es, der verblüfft stehen blieb und sie verständnislos ansah. »Was hast du gerade gesagt?!«
»Ob er ein Werwolf ist…ich meine, es würde ja passen…ihr versteht euch nicht so gut und so…«, erklärte sie verlegen. Tycon war immer noch fassungslos, überrascht schwieg er ein paar Sekunden, lachte plötzlich herzhaft und meinte dann spaßig-abfällig: »Du guckst zu viel *Twilight*! Ein Werwolf, tzz! Wie kommst du denn auf diesen Irrsinn? Nur, weil ich der Vampir bin und er mich nicht leiden kann?!«
Sie wurde rot und meinte schüchtern: »Entschuldige, ich dachte nur weil…naja, ihr mögt euch nicht, er ist so stark und, im Gegensatz zu dir so…heiß…«
Nun schmunzelte er und erwiderte, ein wenig beleidigt: »Oh, danke, er ist heiß, im Gegensatz zu mir.«
Elli dachte ein paar Sekunden darüber nach, und als sie den zweiten Sinn des Satzes verstand, sagte sie schnell: »Oh, nein! So meinte ich das nicht…!«
Doch Tycon fuhr unbeirrt fort: »Du hast mich also nur geküsst, weil du Sehnsucht danach hattest, nicht nach mir. Wahrscheinlich hast du dir dabei sogar ihn an meiner Stelle vorgestellt.«
Gleich würde sie wieder verlegen werden und dafür argumentieren, dass dies so nicht so stimme. Wie liebte er doch ihre verzweifelten Argumentationen!
»Nein!«, erwiderte sie gereizt, »Das stimmt nicht! Ich habe dabei nicht an ihn gedacht, ich…«, sie suchte verzweifelt nach den richtigen Worten, »Ich wollte…dich küssen, nicht ihn!«

Er lächelte. Womöglich verriet sie ihm gleich noch, dass sie ihn liebte, darauf freute er sich schon.
Er sah über ihre Schulter und erblickte zu seiner, ausnahmsweise angenehmen, Überraschung Lisco, der sich am Anfang der Straße befand, auf der anderen Seite, und nun langsam näher kam. Was für ein Zufall. Wenn man gerade vom Teufel sprach, erschien dieser doch sprichwörtlich auf der Stelle. Noch sah er sie nicht. Tycon überlegte: es wäre am einfachsten, zügigen Schrittes nach Hause zu gehen, wahrscheinlich war dies auch am klügsten. Andererseits konnte er ihn auch ruhig ein bisschen ärgern und ihn sie ruhig sehen lassen. Also sah er wieder Elli an, die ihn abwartend angeschaut hatte.
»Tatsächlich?«, fragte er, »Und warum?«
Sie wurde rot, schaute an ihm vorbei und stammelte: »Weil…ich…«
»Sieh mich an.«, forderte er, damit sie Lisco nicht sah, und weil es so unterhaltsamer sein würde. Gezwungen sah sie ihm in die Augen und stotterte: »Ich…fühle mich von dir angezogen…«, gestand sie,» Ich…bin so gern in deiner Nähe, habe ein Kribbeln im Bauch wenn du nur an mir vorbeiläufst…«
Aufmerksam lauschte er. »Das klingt, als würdest du in mich verliebt sein.«, stellte er fest.
»Vielleicht bin ich das.«, sagte sie verlegen.
»Vielleicht?«
»Und…du?«, fragte sie schüchtern, »Liebst du…mich…?«, fragte sie schüchtern. Er antwortete nicht, sondern sagte: »Du sagst, du liebst mich? Beweis es mir.« Verwirrt sah sie ihn an: »Wie denn?«
»Hinter uns, auf der anderen Straßenseite, geht Lisco.«, begann er. Natürlich wollte Elli über seine Schulter schauen, doch Tycon zwang sie sofort, ihm wieder in die Augen zu sehen. »Küss mich, wissend, dass Lisco uns sieht. Beweis mir, dass ich es bin, den du liebst, nicht er. Sollte dem nicht so sein, dann geh zu ihm. Dann aber für immer.«
Etwas erschrocken sah sie ihn an. Sie überlegte jedoch nicht lange, sondern trat rasch auf ihn zu, stellte sich auf die Zehenspitzen und küsste ihn. Er beugte sich ein Stück zu ihr herunter, damit sie sich nicht so strecken musste, schloss sie in die Arme und erwiderte ihren Kuss. Er war diesmal nicht ganz so zaghaft, wie vorhin, er war lockerer, aber immer noch bedacht. Er hörte, wie Liscos Schritte sich näherten, blickte wäh-

rend des Kusses zur anderen Straßenseite und sah, wie Lisco kurz stehen blieb und zu ihnen sah. In seinem Blick lag Trauer, Wut und vieles mehr. Tycon spürte Ellis schnellen Herzschlag an seiner Brust und dachte einen Moment lang, Lisco würde zu ihnen herüber kommen. Doch dieser wandte sich stattdessen von ihnen ab und setzte seinen Weg fort. Als er um die nächste Straßenecke gebogen war, ließ Tycon Elli los.
»Wir müssen noch nicht aufhören…!«, protestierte Elli. Doch Tycon grinste nur zufrieden, legte ihr den Arm um die Schulter und zog sie sanft mit sich nach Hause.

»Du hast mir nicht geantwortet.«, bemerkte Elli beim Gehen.
»Worauf?«
»Darauf, ob du mich auch liebst.«
»Hätte ich dich sonst geküsst?«
»Bei unserer ersten Begegnung hast du mich auch geküsst, obwohl du mich nicht kanntest.«
Er lächelte wieder und meinte: »Wer sagt dir, dass ich dich nicht schon vorher kannte?«
Sie sah ihn an und fragte empört: »Hast du mich etwa gestalkt?!«
»Vielleicht.«, antwortete er wieder nur, grinste dabei jedoch ironisch.
»Was machen wir, wenn wir zu Hause sind?«, lenkte sie ab. Anscheinend wollte sie es doch nicht so genau wissen.
»Ein bisschen Kartenspielen?«, schlug er vor. Elli nickte. Wobei sie gegen Kuscheln oder Ähnliches wahrscheinlich auch nichts gehabt hätte.

-einen Monat später-

-Elli-

Elli genoss die Nähe, die sie nun zu Tycon hatte, auch Tycon war scheinbar ein wenig aufgetaut, schien ihre Küsse nun gern zu erwidern. Elli wollte jedoch lieber von ihm geküsst werden, anstatt selbst die Dominante zu spielen. Deswegen ging sie an diesem Abend zu ihm, er stand gerade vom Klavierspielen auf, und sagte, an die Wand gelehnt: »Warum soll ich eigentlich immer dich küssen?«
Irritiert sah er sie an.

»Ich meine…«, ergänzte sie,»Warum küsst du nicht mich? Macht Mann das nicht eigentlich so?«
Er lächelte, kam auf sie zu und meinte: »Nun ja, früher war das so, da hast du Recht. Aber heute…«
»Ich fände es besser so…«, bemerkte sie nebenbei. »Ach, ja?«, sagte er herausfordernd, fast ein wenig drohend, mit hochgezogener Augenbraue, stützte seine Arme rechts und links von ihrem Kopf gegen die Wand und sah sie an, als er, mit leiser werdender Stimme fortfuhr: »Lass mich raten: du findest es erotisch, von mir gegen die Wand gedrückt, dominiert zu werden, es turnt dich an, dich in solch großer Gefahr zu befinden, wo ich dich doch jeden Augenblick töten könnte? Weil ich so unendlich viel stärker bin, als du?«. Die letzten Worte waren nurmehr ein Flüstern gewesen.
Besser hätte sie es nicht sagen können, auch, wenn ihr seine Art, wie er es gesagt hatte, von der Wortwahl her etwas unangenehm war. Aber es stimmte. Es sah in den Filmen in der Tat erotisch aus, wenn die starken Männer die Frauen leidenschaftlich mit ihrem Körpergewicht gegen die Wand pressten und sie küssten.
»Ja.«, gab sie, mit hochrotem Kopf, zu, »Aber ich hätte es vielleicht anders formuliert.«
Tycon sah sie noch einen Moment lang an und dann küsste er sie. Erst zaghaft, dann immer derber, intensiver. Sie wollte ihm die Hände auf die Schultern legen, doch er ergriff diese und drückte sie förmlich da, wo seine Arme vorher schon gewesen waren, fest gegen die Wand. Elli war erschrocken und es kribbelte in ihrem Bauch. Sie spürte seine Kraft, war eingeklemmt zwischen ihm und der Wand, gab sich seinen Küssen hin. Seine kühlen Lippen zwangen die Ihren auseinander, als drohten sie, sie zu ersticken. Nach gefühlten fünf Minuten, die Elli dennoch zu kurz vorkamen, lockerte er seinen Griff und ließ sie los, stieß sich fast von ihr ab. Elli lehnte noch immer an der Wand und versuchte, ihre Atemfrequenz wieder zu regulieren. Auch Tycons Atem ging etwas schneller.
»Das war…«, begann sie.
»Überraschend?«, schlug Tycon vor.
»Ja…«, sagte sie zögernd, »Das könntest du öfters machen.«
Tycon lächelte.
»Na mal sehen.«, war alles, was er dazu weiter sagte.

Nachdem sie wieder spazieren gewesen waren, gingen sie ins Wohnzimmer, um fernzusehen. Tycon setzte sich, wie immer, auf das linke Sofa. Elli überlegte kurz, ob sie es wagen sollte, und ging dann schließlich mit herüber.
»Was wird das, wenn es fertig ist?«, fragte Tycon überrascht. Elli sagte nichts, schob seine Beine ein Stück zur Seite, setzte sich hin und lehnte sich so an ihn, wie sie es bei Lisco getan hatte. Sie legte den Kopf auf seine Brust, nahm seine Hände, die sie auf ihren Bauch legte, und sah ihn schließlich an.
»Ich nehme an, das hast du bei Lisco…gelernt?«, vermutete er.
»Ja.«, stimmte sie lächelnd zu.
»Was hat er nur aus dem lieben, schüchternen Mädchen gemacht, das ich einst fand?«, murmelte er vor sich hin.
»Ein Mädchen, das weniger Scheu hat und weiß, was es will.«, antwortete sie lächelnd.
Er sah sie an und meinte dann: »Vielleicht solltest du noch mal zu Lisco gehen, für einen Monat.«
»Was?! Wieso?«, fragte sie, nun ein wenig erschrocken.
Er lächelte. »Du warst ungefähr zwei Wochen bei ihm. Da frage ich mich, was ein ganzer Monat bewirkt, wenn du nach zwei Wochen schon ein vollkommen anderer Mensch bist…«
»Willst du denn das schüchterne, brave Mädchen wieder?«, fragte sie vorsichtig, da sie sich nicht im Klaren darüber war, ob er dies gerade ironisch gemeint hatte, oder nicht.
Er sah sie wieder an und überlegte. »Manchmal ja, manchmal nein.«, antwortete er.
»Wie meinst du das?«
»Ich mag es, dass du jetzt etwas…lockerer bist, und mich mittlerweile sogar liebst. Aber ich habe das Gefühl, dass du nicht mehr dieselbe Elli bist.«
Elli schwieg, doch er deutete kurz ein Lachen an.
»Was ist?«, fragte sie. Hoffentlich begann er nicht wieder, sich über sie lustig zu machen.

»Wenn ich es mir so überlege, «, begann er, »Die Auswirkungen von zwei Wochen… als ich dich das erste Mal geküsst habe, wolltest du mich verklagen, und jetzt bettelst du mich förmlich darum an.«
Auch Elli lächelte kurz verlegen.
»Und jetzt darf ich sogar legal dein Blut trinken.«, fügte er hinzu.
»Du hast die vollkommene Macht über mich.«, stellte sie fest.
»Ja, jetzt wo du es sagst…«
»Und ich habe jetzt endlich einen Freund.«, stellte sie verzückt fest.
»Hattest du noch nie einen?«, fragte er ein wenig verwundert.
»Nein…«, sagte sie. Er dachte kurz nach und meinte dann, fast mit einem Anflug von Spott: »Ich habe also deine Lippen entjungfert…welch Ehre.«
Elli nahm ihren Mut zusammen und meinte: »Du könntest vielleicht auch mehr…als das.«
Sie sah ihm in die Augen. Etwas irritiert blickte er sie an und überlegte. Auf einmal schien er eine Art Geistesblitz zu haben und zu verstehen: »Nein.«, sagte er bestimmt.
»Warum?«, fragte sie.
»Weil ich nein gesagt habe.«
»Aber es muss doch einen Grund dafür geben.«, bohrte sie nach, »Hältst du mich für zu jung?«
»Nein, es geht einfach nicht.«
Wie jetzt? Was meinte er damit? War er etwa impotent, oder was?
»Du meinst…du…dein Körper…?«
»Ja. Ich bin ein Vampir, und Vampire können nicht…du weißt schon.«
Das war ja bitter. Sie wollte schon protestieren, dass es bei Edward aus *Twilight* doch auch geklappt hatte, unterließ es aber lieber. Schließlich war dieser ja nur eine Filmfigur. »Aber…wenn du nicht…warum wolltest du dann nicht, dass Lisco…?«
Er dachte kurz nach und erklärte dann forsch: »Man vergisst nie denjenigen, mit dem man sein…erstes Mal hatte. Ich will nicht, dass du Lisco auf ewig in Erinnerung behältst. Und noch aus anderen Gründen, die ich jetzt nicht nennen werde. Und jetzt lass mich mit diesem Thema in Ruhe.«
Ihm war das Thema anscheinend ebenso unangenehm, wie ihr, wenn nicht sogar noch mehr. Nun verharrten sie in peinlichem Schweigen. Es

war nicht so, dass sie auf der Stelle Sex haben wollte, nur der Sache wegen. Es verhielt sich nur so, dass sie, ihr Körper, sich nach Tycon sehnte, wie auch immer das auf einmal kam. Vielleicht hatte ihr die Zeit bei Lisco erst den Anstoß dafür gegeben. Lisco hatte ihr gezeigt, dass es etwas Reizvolles und eigentlich ganz Normales war…

Sie schauten noch ein wenig fern, bis Elli irgendwann beschloss, ins Bett zu gehen. Sie ging also die Treppe hoch, Tycon folgte ihr, wie jeden Abend. Als sie schließlich in Ellis Zimmer waren, kam er plötzlich schnell auf sie zu, drückte sie gegen die Wand und küsste sie wieder, wie vorhin. Elli war überrascht, sogar regelrecht erschrocken, machte dann aber freudig mit. Doch auf einmal ließ er von ihren Lippen ab und biss sie in den Hals. Erschrocken schrie sie auf. Damit hatte sie nicht gerechnet. Er tat es nicht sanft, wie sonst immer, sondern fast etwas derb, als wäre sie irgendein Tier, an dem er seinen Durst stillte. Das kribbelnde Gefühl, dass sie noch vom Küssen im Bauch hatte, mischte sich mit dem Schmerz, und dem Schock. Das angenehme, unbekannte Gefühl des Bisses, das sie bisher immer vernommen hatte, blieb diesmal aus. Elli merkte, wie ihr das Atmen schwerer fiel, ihre Glieder erschlafften und ihr schließlich schwarz vor Augen wurde.

Am nächsten Abend wachte sie erst spät auf. Tycon musste viel von ihr getrunken haben. Sie lag, mit denselben Sachen wie am Vorabend, auf ihrem Bett, als hätte er sie gestern einfach hier abgelegt, wie eine "leere Hülle", wie Lestat im Film gesagt hatte. Mit noch zittrigen Beinen ging sie die Treppe hinunter und in die Bibliothek. Dort war Tycon aber nicht zu finden.
Plötzlich glaubte sie, eine Bewegung hinter sich zu spüren. Sie drehte sich um und erschrak, denn Tycon stand genau vor ihr. Und bevor sie etwas sagen konnte, packte er sie mit seinem eisernen Griff und schlug ihr wieder die Zähne in den Hals.

Elli hörte Stimmen, als sie aufwachte. Müde die Augen öffnend, bemerkte sie, dass sie im Wohnzimmer auf der Couch lag und der Fernseher lief. Ihr Kopf tat weh, ihr Körper war schwach. Sie merkte, dass sie beobachtet wurde. Tycon saß auf der anderen Couch und visierte sie an.

»Mein Kopf…«, sagte sie schwach, »Was sollte das?!«
»Das wolltest du doch.«, antwortete er, mit der Schulter zuckend, »Du wolltest von mir dominiert werden.«
»Na ja, aber… nicht so…du hast mich ja förmlich angegriffen.«, murrte sie.
»Jetzt weißt du, wie sich das anfühlt.«
»Warum hast du das getan?«
»Es hat mir Spaß gemacht, ich hatte Lust darauf. Ich spiele gern mit meinen Opfern, weißt du.«, meinte er schulterzuckend.
Und schon wieder eine Gemeinsamkeit mit Lestat. Wollte er sich etwa wieder bei ihr unbeliebt machen?!
»Wer sagt, dass es immer nur nach dir gehen muss? Ich möchte nunmal auch ab und zu meinen Spaß.«, fügte er hinzu.
»Willst du damit erreichen, dass ich dich wieder hasse, oder was?«, fragte sie ärgerlich.
»Grundgütiger, nein. Ich wollte dir nur mal meine Macht, meine Stärke, demonstrieren. Wie gefährlich ich sein kann.«
»Ich hätte dir auch so geglaubt.«
Dieser Abend war versaut.
»Vielleicht ist es besser, wenn du noch ein Weilchen schläfst.«, riet er ihr.
»Das würde ich aber lieber in meinem Bett tun.«, sagte Elli säuerlich. Mit wackligen Beinen stand sie auf.
»Soll ich dich stützen?«, fragte er, nun fürsorglich.
»Nein danke, ich schaffe das auch so.«, erwiderte sie schnippisch, schleppte sich zur Treppe und hinauf in ihr Zimmer, wo sie sich auf ihr Bett fallen ließ und sofort einschlief.

Nach einer Woche, die ohne einen Kuss oder Ähnliches vergangen war, beschloss Elli, ihn nach dem wahren Grund für sein merkwürdiges Verhalten zu fragen. Sie vermisste ihn, vermisste seine Nähe und konnte sich nicht vorstellen, dass er so komisch gewesen war, weil es ihm einfach…Spaß gemacht hatte. Also ging sie in die Bibliothek, da sie hörte, dass er am Klavier spielte.
»Ausgeschlafen?«, fragte er, als er sie bemerkte, ohne aufzusehen. Als sie nichts darauf erwiderte und sich einfach neben ihn setzte, hörte er auf, zu spielen und sah sie fragend an.

»Warum hast du dich so…komisch benommen?«, fragte sie ihn.
»Das sagte ich dir doch schon.«
»Ich will aber die Wahrheit hören. Und du warst auch so abweisend, die ganze Woche lang. Als würdest du mir irgendetwas übel nehmen.«
Er lächelte und vermutete: »Du sehnst dich nach mir.«
Das stimmte, jedoch wollte sie es nicht zugeben.
»Jetzt lenk nicht schon wieder vom Thema ab!«, forderte sie verärgert.
»Das tue ich nicht.«, meinte er, »Weißt du nicht mehr, was ich dir gesagt habe, als ich dich das erste Mal küsste? Hier, in der Bibliothek?«
Fragend sah sie ihn an.
»Ich sagte…«, begann er belehrend, »Ein Wein bleibt nur so lange kostbar, wie man nicht jeden Tag davon trinkt.«
»Und…?!«. Sie wusste nicht so recht, daraus eine Verbindung zum eigentlichen Thema herzustellen.
»Je länger man etwas nicht hat, umso reizvoller ist es, wenn man es dann wieder bekommt.«, erklärte er weiter. Als Elli immer noch fragend dreinschaute, beugte er sich zu ihr vor und küsste sie sanft. Ihr Herz schlug wieder schneller, sie legte die Arme um seinen Hals und erwiderte seine Küsse. Er hörte auf und sagte lächelnd: »Siehst du? Es erscheint dir jetzt viel reizvoller, weil du eine Woche lang darauf verzichten musstest.«
Doch Elli ließ ihn nicht weitererzählen, sondern zog ihn einfach wieder zu sich heran und fuhr fort. Der Abstand zwischen ihnen war ihr zu groß, deswegen rutschte sie kurzerhand auf seinen Schoß, um ihm noch näher zu sein. Er lächelte und meinte: «Was für ein böses Mädchen du doch geworden bist.«, und zog sie sogar noch näher an sich. Diese Szene erschien ihr wieder wie ein Dèja-vú, nur mit dem Unterschied, dass dieses Mal alles von ihr ausging.

Schließlich stoppte er sie sanft und meinte lächelnd: »Ich denke, das genügt erstmal.«
Tycon hatte eigenartige Ansichten über Liebe, Küssen etc. Seit wann gab es da eine Beschränkung?? Das genügt erst mal, das klang als…würde er sein Auto volltanken oder sowas. Er schien Küssen wirklich als Tätigkeit zu sehen, nicht als Zeichen der Liebe und Leidenschaft, wie Lisco es tat.

Enttäuscht leistete Elli Folge und stand auf. Tycon grinste in sich hinein. Vielleicht machte es ihm auch einfach nur Spaß, sie damit zu ärgern.
»Ärgere dich nicht.«, meinte er lächelnd, als hätte er ihre Gedanken gelesen, »Aber glaub mir: Es ist besser so.«
Dennoch erklärte das nicht die Angriffe, die er auf sie verübt hatte…vielleicht hatte er es ja wirklich einfach nur aus Spaß getan, dachte sie, obwohl sie persönlich das ja nicht so lustig fand.
Elli nickte tapfer und fragte zur Ablenkung: »Was machen wir heute so?«.
Nicht, dass es so viele Auswahlmöglichkeiten dafür gegeben hätte...
»Ich dachte, wir…könnten heute mal ins Kino gehen.«, schlug Tycon nach kurzem Überlegen vor. Überrascht sah sie ihn an. »Was? Ins Kino?«
»Ja, da schaut man sich Filme an auf einer ganz großen…«
»Ich weiß, was ein Kino ist!«, schnitt sie ihm ärgerlich das Wort ab. Wieder einmal wollte er sie für dumm verkaufen und freute sich über ihre Reaktion.
»Warum bist du dann so perplex?«, fragte er schmunzelnd.
»Wir waren bisher immer nur spazieren, haben ferngesehen, Klavier oder Spiele gespielt oder erzählt, und jetzt auf einmal kommst du auf die Idee, dass wir ja mal ins Kino gehen könnten.«, stellte sie fest.
»Willst du etwa nicht?«
»Doch, natürlich! Ich war eben bloß…überrascht!«, sagte sie, mittlerweile leicht genervt. Wollte er nur wieder ihre Geduld auf die Probe stellen, oder meinte er es ausnahmsweise mal ernst?!
»Gut, dann ziehen wir uns noch etwas Anderes an und fahren los.«
»Fahren…?«, fragte sie nach, als hätte sie sich verhört. Tycon sah sie belustigt an und antwortete amüsiert: »Mit einem Fahrzeug. Soll ich dir auch noch erklären, was das ist?«
Elli ignorierte dies und stellte verwundert fest: »Du hast nie erzählt, dass du ein…Fahrzeug hast.«
»Tja, in mir stecken eben viele Überraschungen.«, meinte er, zwinkerte ihr zu und ging sich umziehen. Elli tat es ihm gleich. Dann gingen sie aus dem Haus. Tatsächlich befand sich neben, beziehungsweise eher hinter dem Haus, eine Garage. Tycon ließ sie sich per Fernbedienung öffnen und sie traten ein. Es offenbarte sich ihnen ein mattschwarzes Motorrad

mit neongrünen Verzierungen. »Cool!« rief Elli begeistert aus, »Das ist eine Suzuki GSX-R1000!«
Nun war es Tycon, der sie überrascht anschaute. »Woher weißt du das?«, fragte er verwundert.
Elli grinste und sagte: »Aus einem Rennspiel.«
Und da sage nochmal einer, zu viel Computerspielen würde dumm machen, dachte sie erfreut.
»Ein Mädchen, das Rennspiele spielt, du überraschst mich immer mehr…«, stellte er erstaunt fest.
Elli lächelte und meinte: »Tja, auch ich stecke voller Überraschungen.«.
»Ich bin gespannt, sie alle zu entdecken.«, entgegnete er zwinkernd.
Elli wurde rot und lächelte wieder.
»Hier.«, sagte Tycon und gab ihr einen Motorradhelm.
»Den soll ich aufsetzen?«, fragte sie.
Er verdrehte die Augen. »Nein, du sollst ihn essen.«, sagte er leicht genervt, »Natürlich sollst du ihn aufsetzen! Was denn sonst? Ich werde auch einen tragen, keine Sorge. Die Dinger halten eine Menge des Fahrtwindes ab.«
Tatsächlich nahm er noch einen anderen Helm aus einem Regal und setzte sich diesen auf. Elli tat es ihm schließlich gleich. Dann steckte Tycon den Zündschlüssel ins Zündschloss des Motorrads, fuhr es aus der Garage und bedeutete Elli dann, aufzusteigen, während er per Fernbedienung wieder das Garagentor schloss.
Unsicher musterte Elli die Maschine, in dieser steckten immerhin 185 PS. Da konnte viel passieren. Allein im Computerspiel hatte sie schon gesehen, wie schwer es war, bei hohen Geschwindigkeiten solch ein Fahrzeug zu steuern.
»Bist du schon mal Sozia gewesen?«, fragte Tycon, der ihre Ehrfurcht wohl bemerkte.
»Nein.«, gestand sie.
»Keine Angst, es passiert schon nichts.«, sagte er aufmunternd, »Setz dich einfach hinter mich und halt dich an mir fest.«
Zaghaft schwang sie ein Bein über das Motorrad und setzte sich hinter ihn. Dabei hatte Tycoon Mühe, die Maschine gerade zu halten, da Elli wohl etwas zu viel Schwung genommen hatte- glücklicherweise schimpfte er jedoch nicht. Er griff nach ihren Armen und legte sie sich

um den Bauch. »Schön festhalten.«, sagte er noch einmal und fuhr dann langsam auf die Straße. Erst fuhren sie in einem niedrigen Tempo, doch die Maschine wurde immer schneller. Er drückte sie in die Kurven, fuhr so schnell und gewagt, als befänden sie sich in ebenso einem Autorennspiel, von dem Elli vorhin gesprochen hatte.
»Kannst du auch normal fahren?«, schrie Elli etwas ängstlich durch den Fahrtwind.
»Du meinst langsam und langweilig? Wieso, es macht doch Spaß! Oder ist dir schlecht?«
»Nein, mir geht es gut. Ich habe nur keine Lust darauf, dass wir nachher irgendwo im Straßengraben landen. Dir kann es ja egal sein, aber ich bin nicht unsterblich, so wie du!«
Er lachte und zügelte seine Fahrt etwas.
Es dauerte nicht lange, und sie parkten auf dem Kinoparkplatz. Dann gingen sie in das Gebäude. Tycon hatte schon einen Film ausgesucht und bezahlte die Karten. Anders ging es ja auch nicht, da Elli hier ja überhaupt kein Geld hatte. Wie auch.

Der Film war amüsant gewesen, von demselben schwarzen Humor, dem auch Tycon anhing. Sie hatten sich eine Vampirkomödie angeschaut. Es war ein komisches Gefühl gewesen, auf der Leinwand einen Vampir zu sehen, der sich gerade sein nächstes Opfer suchte, und neben genau so einem Geschöpf zu sitzen. Vielleicht hatte Tycon ja den Film auch deshalb ausgewählt. Sie hatten danach viel über den Film gesprochen, doch warum er gerade diesen Film gewählt hatte, sagte er ihr nicht. Sie fragte auch nicht danach.

Als sie dann wieder zu Hause waren, wollte Elli sich wieder etwas Bequemes anziehen, doch Tycon bat sie, ihre jetzigen Sachen anzulassen. Verwundert tat sie ihm den Gefallen und folgte ihm ins Wohnzimmer. Er schaltete die Stereoanlage ein und ruhige Musik erklang.
»Kannst du tanzen?«, fragte er.
»Tanzen? Ich? Nein, nicht wirklich.«, gab sie nervös zu.
»Komm, wir probieren es.«, forderte er sie freundlich auf und zog sie zu sich auf eine kleine, freie Fläche. Widerwillig ließ sie ihn machen. Dann nahmen sie Tanzhaltung ein und begannen.

»Na siehst du, geht doch.«, stellte er fest.
»Na ja, ich hab mal einen Anfängerkurs mitgemacht. Walzer, Tango und so, aber das ist schon ein Weilchen her.«
»Tango?«, fragte er, »Den können wir auch tanzen, aber dann müssen wir in die Bibliothek oder in den Flur, hier ist nicht genügend Platz.«
»Ich weiß nicht…«, meinte sie unsicher.
»Ach, komm schon.«, munterte er sie auf und zog sie sanft mit sich in den Flur. So tanzten sie also Tango, nachdem Tycon ihr die Grundschritte wieder beigebracht hatte. Wie war er nur auf die Idee gekommen, mit ihr zu tanzen? Zumal sie davor schon im Kino waren, was ja auch etwas Besonderes darstellte. Hoffentlich hatte er noch andere solcher Überraschungen mit ihr an diesem Abend vor…oder ihretwegen auch an jedem Abend!
Schließlich fragte sie, als sie wieder zu etwas Ruhigerem tanzten, zögerlich: »Kannst du eigentlich auch von…anderen…Stellen trinken?«
»Wie meinst du das?«, fragte er zurück.
»Na ja, nicht immer nur vom Hals…auch mal vom Handgelenk, von den Lippen oder so…«
»Oder so…«, mimte er, schelmisch lächelnd. Sie fragte sich, ob er auch schon mal *Interview mit einem Vampir* angeschaut hatte. Lestat trank ja in manchen Szenen von durchaus interessanten Stellen…
»Das könnte ich tun… aber warum sollte ich es? Wird es dir so etwa zu langweilig?«
»Nein! Nur…nur mal so. Zur Abwechslung…«
»Es könnte aber mehr weh tun…«
»Egal!«, sagte sie entschlossen. Sie hörten auf zu tanzen, er sah sie mit kritisch einschätzendem Blick an. Dann küsste er sie vorsichtig, jedoch diesmal unter Nutzung seiner Zähne. Elli atmete scharf ein, als seine spitzen Zähne ihre Lippen rissen, sie schmeckte ihr eigenes Blut. Er umfasste sie wieder, wie immer, und fuhr fort. Dieser Kuss, dieser Biss, dauerte länger als die anderen. Das Kribbeln in Ellis Bauch gewann an Stärke, ihr wurde abwechselnd warm und kalt. Doch auch bei diesem langen, leidenschaftlichen Biss merkte sie irgendwann, wie sie immer schwächer und schwerer in Tycons Armen wurde, bis sie schließlich ihr Bewusstsein verlor.

# Kapitel 10

Als sie am nächsten Abend aufwachte, fühlte sie sich glücklich. Das, letzte Nacht, war nicht einfach nur ein Biss gewesen, es war Leidenschaft, Liebe. Sie wollte mehr davon. Er konnte ihr auf diese Weise ja immer ein bisschen Blut aussaugen, nur so viel, dass sie dieses unbeschreibliche Gefühl bekam und nicht ohnmächtig wurde, sodass sie danach noch sie selbst war. Sie würde ihm dies vorschlagen.

Also ging sie rasch die Treppe hinunter. Als sie unten im Flur stand, hielt sie jedoch inne, denn sie hörte Stimmen. Nicht nur die Tycons oder jene aus dem Fernseher, sondern noch eine andere. Eine weibliche Stimme. Ihre Ohren führten sie ins Wohnzimmer. Sie trat ein und hielt sich am Türrahmen fest, um vor Entsetzen nicht das Gleichgewicht zu verlieren: Auf dem Sofa saß Tycon, und neben ihm eine Frau. Er küsste sie. Tycon schien sie bemerkt zu haben, denn er hielt inne und drehte sich zu Elli.

»Du bist schon wach…«, stellte er etwas erschrocken fest.

»Offensichtlich.«, antwortete Elli kühl.

»Wer ist das?«, fragte die Frau.

Komisch, genau dasselbe hatte Elli auch gerade fragen wollen.

Tycon sah Elli an und schien kurz zu überlegen, bis er dann sagte: »Das…ist das Hausmädchen.«

Elli konnte ihren Ohren kaum glauben.

»Das Hausmädchen?«, fragte die Frau, »Sie erscheint mir etwas jung.«

Bevor Tycon etwas dazu sagen konnte, sagte Elli wütend: »Ja, und deswegen kündigt das Hausmädchen!«

Mit diesen Worten drehte sie sich um, lief eilig zur Garderobe, zog sich schnell Mantel und Schuhe über und ging aus dem Haus. Sie hörte, wie Tycon ihr folgte und rief, sie solle doch warten. Doch Elli dachte nicht daran, beschleunigte ihre Schritte und bog an der nächsten Straßenecke ab. Als sie sicher war, dass Tycon ihr nicht gefolgt war, lehnte sie sich an eine Mauer und weinte.

Wie konnte er so etwas tun? Die letzten Tage waren ihr, bis auf die eine Woche, so liebevoll vorgekommen, und jetzt so etwas! Er hatte sie geküsst, hatte fast jeden Tag ihr Blut getrunken, und dann…betrog er sie?

Noch dazu im Haus! Wenn er es doch wenigstens irgendwo außerhalb getan hätte, dass sie es nicht merkte! Aber so, dass sie es auch noch sah! Er musste doch damit rechnen, dass sie mal eher wach wurde! Wie lange er dies wohl schon tat? Ihr wurde schlecht bei dem Gedanken, dass er sie geküsst hatte, mit jenen Lippen, die auch diese Frau geküsst hatten. Vielleicht sogar, kurz bevor er Elli geküsst hatte. Wie konnte man nur so dreist sein? So zu tun, als würde er sie lieben, und sie dann kaltblütig mit irgendeiner anderen Frau zu betrügen? Und dieser dann auch noch zu erzählen, Elli sei das Hausmädchen! Vielleicht hatte die Frau ja Recht, als sie meinte, Elli scheine etwas jung. Wahrscheinlich hatte Tycon sie nur als Spielzeug benutzt, als dummes Kind, womit man ein bisschen Spaß haben konnte. Sie wusste ja noch nicht einmal, wie alt Tycon war…genau genommen, wusste sie gar nichts von ihm.
Aber was sollte sie jetzt tun? Sicher erwartete Tycon, dass sie sich wieder beruhigen und zurückkommen würde, und dann würde er ihr irgendeine sinnlose Erklärung liefern. Doch das konnte und wollte sie nicht. Aber sie konnte ja auch nicht einfach hier auf der Straße bleiben, sie wusste ja nicht mal, wie sie aus dieser Traumwelt wieder in ihre richtige Welt gelangte. Anfangs hatte sie gedacht, die Welten wechselten sich, wenn sie einschlief. Doch das schien nicht mehr zu funktionieren.
Es gab nur eine Möglichkeit: Sie musste zurück zu Lisco. Einen anderen Weg, hier zu überleben, sah sie nicht. Höchstens bei irgendwelchen Fremden klingeln, die sie ja aber leider größtenteils nicht wahrnehmen konnten, wahrscheinlich würde sie zufällig sogar noch die Kidnapper erwischen.
Sie wusste nicht, wie Lisco reagieren würde, vermutlich würde er sie hassen, sie abweisen, ihr die Tür vor der Nase zuschlagen. Sollte er sie hereinlassen, bereit sein, ihr zu verzeihen, war sie sich auch darüber im Klaren, was das bedeutete: sie würde ihm geben müssen, wonach er schon so lange strebte, weshalb sie letztes Mal geflohen war. Doch auch dies, ihm nachzugeben, schien ihr momentan nicht so fern, wie zu Tycon zurückzukehren. Tycon wollte nicht, dass sie mit Lisco schlief, weil man denjenigen, von dem man das erste Mal körperlich geliebt wurde, nie vergaß. Allein das war schon ein Grund, es zu tun: um Rache an Tycon zu nehmen. Um ihm zu zeigen, dass er mit ihr nicht machen konnte, was

er wollte, dass sie nicht ihm gehörte, nicht sein Spielzeug war, dass sie ein eigenes Leben hatte und die alleinige Bestimmerin darüber war.
Also versuchte sie, sich an den Weg zu Lisco zu erinnern und machte sich entschlossen, wenn auch ziemlich angespannt, auf den Weg.

Ihre Erinnerungen hatten sie nicht getäuscht, sie erkannte das Haus schon von weitem. Zögernd trat sie, nun mit mulmigem Gefühl im Bauch, vor die Haustür. Vorsichtig warf Elli einen Blick durch ein Fenster: Lisco saß auf dem Sofa und schien allein zu sein. Wenigstens das. Wäre bei ihm nun auch noch eine Frau gewesen, hätte Elli nicht gewusst, was sie dann getan hätte. Zaghaft drückte sie die Klingel. Hoffentlich öffnete Lisco ihr überhaupt, nicht, dass er zu so später Stunde keinen mehr einließ. Doch Elli hörte Schritte. Tief im Inneren hatte sie natürlich dennoch gehofft, er möge nicht öffnen, um der bevorstehenden, verbalen Konfrontation zu entgehen. Doch sie wusste, es war besser so. Schließlich öffnete sich die Tür und er stand vor ihr. Sie wusste nicht genau, welche Emotionen alle in seinem Blick verborgen lagen, als er sie sah: Trauer, Freude, Wut... vermutlich von jedem etwas. Er schien sprachlos zu sein.
»Hallo...«, sagte Elli beklommen.
»Bist du hergekommen, um mich wieder zu verletzen und zu demütigen?«, fragte er tonlos. Elli dachte irritiert nach. Was meinte er damit? Dann fiel ihr die Szene mit der Lampe ein, bevor sie geflohen war. Und jene Nacht, wo sie Tycon vor Liscos Augen hatte küssen müssen. Vermutlich spielte er eher darauf an.
»Lisco, ich...«, begann sie, doch er fragte erneut: »Warum bist du hier?«
Sie nahm ihren ganzen Mut zusammen und sagte: »Um mich zu entschuldigen, es tut mir Leid.«
»Was genau?«
»Alles! Dass ich einfach so prüde und hinterhältig von dir weggegangen bin, dass ich dich...verraten habe, dass ich Tycon vor deinen Augen geküsst habe...«
»Du wusstest, dass ich da war?«, fragte er fassungslos.
»Er...hat es mir gesagt.«
»Wie konntest du so dreist sein? Du wusstest, was ich für dich empfand, und dann küsstest du ihn, obwohl du wusstest, dass ich euch sehe?!«

»Er hat mich gezwungen!«, erwiderte sie fassungslos, »Er hat mich erpresst!«
»Ach, und womit?«
»Ich…sollte ihm beweisen, dass ich ihn liebe, sonst…«
»Sonst was?!«
»Sonst hätte ich zu dir zurück gemusst…für immer.«
»Wie nett. Und dieses Risiko wolltest du natürlich nicht eingehen.«, sagte er verächtlich und wollte die Tür wieder vor ihr schließen.
»Ich hatte Angst! Ich war…blind!«, sagte sie verzweifelt und hielt ihre Hand gegen die Tür.
»Wodurch?! Durch Liebe?!«
»Nein…vielleicht…ich weiß es nicht.«, stotterte sie,» Er hat mich geblendet!«
»Und warum erklärst du mir das jetzt alles?«
»Er…hat eine andere Frau geküsst…er sagte ihr, ich sei das Putzmädchen, er hat mich gedemütigt…«
»Jetzt weißt du, wie sich das anfühlt.«, antwortete Lisco gefühlslos.
»Bitte, ich wollte dich nicht verletzen! Er hat mich gezwungen!«
»Das ändert nichts daran, dass du es getan hast.«
»Bitte, verzeih mir! Was soll ich noch dafür tun, außer mich zu entschuldigen?!«
»Warum sollte ich das tun?«
»Weil ich dich…darum bitte!«
»Ich habe dich auch gebeten, bei mir zu bleiben.«, erwiderte er kühl.
»Lisco, ich flehe dich an! Und…ich vermisse dich auch.«, gab sie beklemmt zu. Das stimmte sogar ein wenig.
»Und du willst jetzt nicht zu ihm zurück und brauchst deshalb eine Unterkunft.«, fügte er hinzu. Elli nickte beschämt.
Lisco musterte sie noch eine Weile, dann trat er beiseite und forderte: »Dann tu, womit er dir gedroht hat: Wenn du jetzt eintrittst, dann für immer.«
Elli überlegte. Für immer mit Lisco zusammen bleiben? Tycon nie wieder sehen? Aber andererseits: warum nicht? Tycon hatte sie verletzt und vermutlich nur mit ihr gespielt, Lisco dagegen hatte sie geliebt und ihr den Respekt erwiesen, der ihr zustand, jene Nacht mal ausgenommen. Er hatte sich um sie gesorgt und verzieh ihr, so wie es aussah, nachdem sie

ihn so schrecklich verletzt hatte. Also holte sie noch einmal tief Luft und trat dann ein. Er schloss die Tür hinter ihr. Wie sollte sie jetzt reagieren? Sie wäre sich ziemlich falsch vorgekommen, hätte sie ihn jetzt geküsst. Aber vielleicht sollte sie ihn wenigstens umarmen. Sie ging einen Schritt auf ihn zu, doch er wich zurück.
»Du glaubst nicht im Ernst, dass wieder alles so ist, als wärest du nie weggegangen, oder?«, meinte er verächtlich, »Ich sagte dir doch: wenn du gehst, bist du für mich gestorben. Das ist auch immer noch so. Ich habe dich nur hereingelassen, weil man ein Mädchen nachts nicht vor der Tür stehen lässt.« Dies traf sie hart, aber sie wusste auch, dass er Recht hatte. Es war wirklich naiv gewesen von ihr, zu denken, es könnte alles so sein, als wäre das alles nicht passiert.
»Danke.«, sagte sie tonlos, »Dann...gehe ich hoch.«
Er sagte nichts weiter, sondern ging ins Wohnzimmer zurück. Vermutlich musste er selbst erst mal mit der Situation klarkommen. Aber wie hatte er das gemeint: *Wenn du jetzt eintrittst, dann für immer.*-? Wenn sie doch für ihn gestorben war? Sollte sie dann für immer bei ihm bleiben, auf ewig gehasst? Oder wollte er bloß prüfen, wie sehr Tycon sie verletzt hatte?
Sie ging hoch in das Gästezimmer. Zu ihrer Überraschung war dort alles so, wie sie es verlassen hatte. Das Bett war jedoch gemacht, auch die Scherben der Vase waren weggeräumt- ansonsten war alles unverändert. Sie zog sich um. Fast rechnete sie damit, dass Lisco plötzlich wieder hinter ihr stehen würde, ihr, wie am ersten Abend, über die Arme streichen und versuchen würde, sie zu verführen. Doch dies geschah nicht. Mit schlechtem Gewissen legte sie sich schlafen.

Am nächsten Abend hoffte sie, bevor sie richtig aufwachte, dass letzte Nacht nur ein Traum gewesen war und dass sie noch bei Tycon war. Als sie jedoch die Augen aufschlug, sah sie, dass sie in Liscos Haus war. Es war also wirklich kein Traum gewesen. Bedrückt zog sie sich an, ging ins Bad und anschließend die Treppe herunter.
Vorsichtig betrat sie das Wohnzimmer und spähte hinein: Lisco saß auf dem Sofa und las in einem Buch.
Beklemmt ließ sie sich auf dem anderen Sofa nieder, sah aus dem Fenster und dachte nach. Elli konnte immer noch nicht glauben, was Tycon ihr

angetan hatte. Er hatte ihr Liebe vorgespielt und sie dann auch noch verraten. Jetzt wusste sie, wie Lisco sich gefühlt haben musste.
Sie fühlte sich beobachtet und schaute zu Lisco. Er hatte sie angesehen, und schaute schnell wieder auf sein Buch.

»Jetzt weißt du, wie ich mich fühlte, nicht wahr?«, brach Lisco irgendwann das Schweigen, immer noch auf sein Buch sehend.
Elli sah ihn an.
»Er hat dir Liebe vorgetäuscht und dich dann verraten- genau dasselbe hast du mit mir getan.«, fügte er hinzu.
»Im Gegensatz zu ihm habe ich aber lange darüber nachgedacht und es tat mir Leid. Er hat mich damit…getröstet, dass ich sonst ihn verraten hätte…ich hätte so oder so einen von euch verraten…«
»Und das rechtfertigt deine Taten?«
»Nein…«, gab sie zu, »Aber es erklärt sie vielleicht. Er hat mich…gesteuert.«
»Du hättest das alles verhindern können.«, meinte er seufzend. Fragend sah sie ihn an. »Wie denn?«
»Indem du auf mich gehört hättest.«, bemerkte er verächtlich. Das stimmte allerdings. Wie oft hatte er ihr zu erklären versucht, dass sie Tycon nicht trauen durfte, dass er nur mit ihr spielte und die Gefühle anderer ihm völlig egal waren?
»Ich fühle mich so…schrecklich.«, gab Elli nun zu.
»Weil du am eigenen Leibe erfahren hast, wie sich Verrat anfühlt? Betrogen zu werden?«
»Nein…also auch, natürlich…aber ich meine, weil ich nicht auf dich gehört habe. Die ganze Zeit über wolltest du mir helfen, mich schützen, aber ich habe das immer ausgeblendet…«, schluchzte sie, der Verzweiflung nahe.
Lisco zögerte kurz, stand dann auf, setzte sich neben sie, legte ihr eine Hand auf die Schulter und sagte tröstend: »Aus Fehlern lernt man.«
Sie stützte ihr Gesicht auf ihre Hände und erwiderte: »Davon dreht sich die Zeit aber auch nicht zurück! Was hilft das schon?! Ich war so dumm…«

»Das stimmt. Was geschehen ist, ist geschehen und lässt sich nicht rückgängig machen. Aber, dass du deine Fehler einsiehst, zeigt, dass du es verstanden hast und nicht dumm bist, wie du gerade denkst.«
»Hast du schon mal einen solchen Fehler begangen?«, fragte sie tonlos.
»Ja.«, antwortete er einfach.
»Und was hast du da falsch gemacht?«, wollte sie wissen.
»Ich wollte dich zu etwas zwingen, was du nicht wolltest und dadurch hat sich deine, beziehungsweise seine List erfüllt.«
»Jetzt gibst du dir die Schuld?!«
»In dieser Sache. Ich hätte dich nicht zwingen dürfen. Ich wollte es nicht mal. Ich tat nur so als ob, weil ich dachte, dann würdest du schon nachgeben. Das hätte ich nicht tun sollen und ich habe es bereut. So, wie du deine Entscheidung jetzt bereust.«
»Bereust du auch, mich damals im Park gerettet zu haben?«, fragte sie traurig. Fragend sah Lisco sie an. »Dann wäre dir dieser ganze Mist erspart geblieben.«, erklärte sie tonlos.
»Ja, das stimmt. Aber wer weiß, was dann mit dir passiert wäre.«, gab er zu bedenken.
»Hättest du mich nicht gefunden, dann hättest du mich nie gekannt und es könnte dir egal sein.«
Er hob sanft ihr Kinn an, sah ihr in die Augen und erwiderte: »Ich wollte dich aber kennenlernen. Und das bereue ich nicht. Viel mehr hätte ich es bereut, hätte ich von Tycon erfahren, du wärest irgendwo im Park gestorben, oder Ähnliches.«
»Du bereust es nicht? Aber…wieso? Ich habe dir doch nur weh getan!«, sagte sie verständnislos.
»Nein.«, erwiderte er sanft, »Es war Tycon, der mir, durch dich, weh getan hat. Ich kenne ihn, ich weiß, wozu er fähig ist. Du kannst nichts dafür.«
»Heißt das…du…verzeihst mir?«, fragte sie vorsichtig, »Also, ich bin doch nicht für dich gestorben?«
»Ja. Und ich hoffe du vergibst mir dafür, dass ich dich zwingen wollte…«, sagte er etwas beschämt. Darüber musste Elli nicht lange überlegen.
»Ja, natürlich.«, sagte sie lächelnd, unter Tränen. Sie zögerte noch für einen Moment, und dann umarmte sie ihn kurz.

»Was hat er dir noch angetan?«, fragte er sorgevoll.
»Er hat wieder mein Blut getrunken…jeden Tag.«, sagte sie beschämt.
»Hat er dich dazu gezwungen?«
»Nein, ich…ich wollte es so. Es gefiel mir…«
»Ja, ich weiß. Das ist der Trick dabei. Das Opfer verliert sich in Exstase und merkt nicht, wie ihm das Leben entweicht…«
»Aber nur, wenn es den Vampir mag…«, fügte sie hinzu, »Wenn es ihn…erotisch findet.«
»Naja, das war noch nie sein Problem.«, seufzte er.
»Aber…als er merkte, dass es mir gefiel…hat er es manchmal so gemacht, dass ich nicht mehr viel gespürt hab…so schnell, das eine Mal auch fast brutal, als wäre ich irgendein Tier…genau wie mit dem Küssen. Ich war so…wie süchtig danach, aber er hat mich höchstens zweimal in einer Nacht geküsst. Er meinte, ein Wein bleibe länger schmackhaft, solange man ihn nicht wie Wasser trinke…«, stammelte sie beschämt.
Lisco hörte ihr geduldig zu. Als sie geendet hatte, schwieg sie betreten.
»Ja, ich weiß. Er spielt so mit seinen…Opfern. Er spannt sie auf die Folter, nicht unbedingt mit Schmerzen, sondern dadurch, indem er ihre Verlangen erkennt, sie immer kurz davon kosten lässt und es ihnen dann wieder entzieht, sodass sich ihre Körper danach verzehren.«
»Aber…warum tut er das?«, fragte sie verständnislos. Lisco zuckte mitleidsvoll mit den Schultern und meinte: »Ich weiß es nicht, es…törnt ihn an, glaube ich.«
»Dann nimmt er das wohl als Ersatz…«, überlegte sie.
»Als Ersatz wofür…?«, fragte Lisco etwas verwundert.
»Für…naja…du weißt schon…« Sie wollte das Wort nicht aussprechen.
»Körperliche Liebe?«, schlug er lächelnd vor. Klar, warum war ihr das nicht eingefallen? Sie nickte.
»Warum?«, fragte Lisco. Elli wurde rot. »Naja, er…er meinte, dass das bei ihm nicht ginge…«
Warum musste Lisco bei diesem ohnehin schon peinlichem Thema noch so indiskret nachfragen?! Lisco überlegte kurz und sagte dann: »Natürlich. Hat er auch begründet, warum?«
Elli schüttelte den Kopf und sagte: »Er hat nur gesagt, weil er ein Vampir ist…«

Lisco lächelte nur und murmelte: »Clever.«. Sie sah ihn an.
»Wieso? Weißt du etwa noch einen anderen Grund?«, hakte sie nach.
Plötzlich schmunzelte Lisco kurz und bemerkte: »Warum unterhalten wir uns gerade über Tycons Impotenz?«
Elli wurde rot, sah schnell zur Seite und musste ebenfalls schmunzeln. Er hatte Recht. Das war nun wirklich nichts, worüber sie unbedingt reden müssten.
»Ich vermute, er hat dir das nicht einfach so erzählt…«
Elli schüttelte den Kopf. »Ich hab ihn danach gefragt…ich hab darauf angespielt…« Sie sah ihn dabei nicht an. Lisco schwieg.
»Wie gesagt, ich war…wie im Rausch!«, fügte sie als Rechtfertigung hinzu.
Nun lächelte Lisco kurz und sagte leise: »Vielleicht war ich das ja auch damals.«
Sie sah ihn an. »Ich…!«, protestierte sie, doch er schnitt ihr das Wort ab: »Du hast mich nicht…verhext, so wie er es mit dir getan hat. Wie denn auch. Ich wollte es einfach.«
Elli sah peinlich berührt zur Seite. Ihr das so zu sagen, war für ihn bestimmt auch nicht einfach.
»Ich…wollte dich, weil ich dich liebte.«, fügte er leise hinzu.
»Vielleicht bekommst du irgendwann, was du begehrst.«, sagte Elli nach kurzem Überlegen, jedoch ohne ihn anzusehen. Er lächelte kurz und erwiderte: »Vielleicht.«
Dann schwiegen sie eine Weile.

Schließlich brach Elli das Schweigen, indem sie leise sagte: »Tycon wollte nicht, dass ich…mit dir…du weißt schon. Weil er nicht wollte, dass ich dich auf ewig in Erinnerung behalte.«
Er sah sie an und wiederholte fragend: »Mich auf ewig in Erinnerung behalten?«
»Seiner Meinung nach vergisst man nie denjenigen, mit dem man…du weißt schon. «, erklärte Elli.
»Das stimmt auch.«, stimmte er ihr zu, »Aber er tut ja gerade so, als sei das weltbewegend. Man erinnert sich an denjenigen, das stimmt, aber mehr auch nicht.«
Elli schwieg wieder.

»Weißt du, was ich für wahrscheinlicher halte?«, begann er erneut.
Sie sah ihn an und schüttelte kurz den Kopf.
»Er war eifersüchtig. Dass ich…es könnte und er nicht.«
»Aber wenn er mich nicht wirklich geliebt hat, warum hätte er dann eifersüchtig sein sollen?«, fragte sie ein wenig irritiert.
»Weil er dich als sein Eigentum betrachtet hat. Und das vermutlich immer noch tut.«
»Aber…warum?«, fragte sie.
»Warum was?«, fragte er zurück.
»Warum geht es bei dir und…bei ihm nicht? Was…bist du? Du bist kein Mensch, kein Vampir…kein Werwolf…?«, fragte sie stockend.
»Werwolf…?«, wiederholte er belustigt, »Wie kommst du denn darauf?«
»Ich…hab ihn gefragt. Weil du so warm bist und er so kalt und weil ihr euch nicht leiden könnt…«
Lisco lachte herzhaft. »Du hast zu viel *Twilight* geguckt!«, stellte er fest.
Elli kniff die Augen zusammen und sah ihn trotzig an. »Das hat er mir auch schon gesagt. Ich werde so etwas nie wieder ansehen!«, schwor sie.
»Meine Haut ist gar nicht *so warm* oder gar heiß, sie ist ganz normal. Siehst du…«, sagte er und legte ihr die Hand an die Wange. Sie zuckte kurz zurück, ließ ihn dann aber gewähren. »Es kommt dir nur so vor, weil seine Haut relativ kühl ist.«, setzte er fort, »Und, dass wir uns nicht leiden können, hat andere Gründe.« Er nahm seine Hand von ihrer Wange, und dort, wo diese gerade gelegen hatte, wurde Elli nun kalt. Es stimmte, seine Hand war nicht direkt heiß gewesen. Einfach nur…warm, so wie ihre Eigene. Fast hätte sie seinen Arm festgehalten, damit er die Hand an ihrer Wange ließ. Erst jetzt fiel ihr auf, dass sie seine menschlich-warme, weiche Haut vermisst hatte. Seine Zärtlichkeit, seine Fürsorge. Er sah sie an.
Schnell verließ sie ihre Gedanken und fragte: »Aber was bist du dann?«.
Er schien kurz zu überlegen und entgegnete: »Was spricht dagegen, dass ich ein Mensch bin?«
»Ich weiß nicht…«, begann Elli,»Es…kommt mir nicht so vor. Du wirkst nicht wie ein Mensch. Außerdem passt das nicht… er ein Vampir und du nur ein Mensch?«
»Und warum sollte ich nicht einfach *nur ein Mensch* sein? Weil es in den Filmen auch so ist?«

»Nein, weil, dann hätte er dich doch einfach töten können, wenn er dich nicht leiden kann.«, erwiderte sie schulterzuckend.
Lisco lächelte.
»Cleveres Mädchen.«, sagte er, »Dir kann man nicht einfach so etwas vormachen.«, »Nein.«, entgegnete Elli, »Aber Tycon hat es trotzdem geschafft…«
»Das ist für ihn kein Kunststück, vor ihm ist niemand sicher.«
»Du lenkst vom Thema ab.«, bemerkte Elli, »Was bist du?«
»Du lässt nicht locker, oder?«, fragte er lächelnd. »Nein.«, sagte Elli bestimmt.
Er überlegte kurz und sagte dann: »Eigentlich bin ich dasselbe wie er.«
»Hää? Aber…!«, wollte sie protestieren, doch er schnitt ihr mit einer Handbewegung das Wort ab: »Er ist kein Vampir.«
Elli verdrehte die Augen und meinte genervt: »Warum fängst du jetzt schon wieder damit an?«
»Würdest du mich endlich mal ausreden lassen, würdest du sehen, warum.«, erwiderte er belehrend.
Also verschränkte Elli die Arme und meinte: »Na, da bin ich aber mal gespannt.«. Lisco schenkte ihr nur einen schrägen Blick und fuhr fort: »Jedenfalls ist er kein Vampir. Eigentlich. Bis er dich vom Gegenteil überzeugen konnte.«
Verwirrt sah sie ihn an. Er beachtete sie nicht und erzählte weiter: »Er hat dir eingeredet, dass er einer ist. Er hat es nicht direkt gesagt, denke ich, aber er hat vermutlich irgendetwas getan, was dich dann vermuten ließ, er sei ein Vampir. Ist doch so, oder?«
Elli überlegte kurz und sagte dann: »Ja…du hast Recht. Er sieht aus wie…ein bestimmter Vampir aus einem Film. Zumindest anfangs sah er für mich so aus, mittlerweile nur noch ähnlich…und…er hat so kalte Haut und…hat mein Blut getrunken.«
»Hat er das wirklich, oder hat er es dir nur so gesagt? Das mit dem Bluttrinken?«
»Naja, eigentlich dachte ich, ich hätte es nur geträumt, aber…er hat mich verwirrt, weil er meinte, dass es doch komisch sei, dass ein Traum sich so echt anfühlt…er…«, »Er hat dich dazu gebracht, zu denken, es sei wirklich passiert.«
»Ja, woher weißt du das?«

»Hast du noch nie etwas von der Kraft der Gedanken gehört?«, fragte Lisco. Rätselhaft sah ihn Elli an und schüttelte den Kopf. Lisco erzählte weiter: »Mit der Kraft der Gedanken ist eigentlich alles möglich. Vielleicht kennst du es eher unter diesem Namen: Wenn du wirklich an etwas glaubst, dann passiert es auch so. Oder so ähnlich müsste es lauten.« Elli dachte nach.

»Ja, das habe ich schon mal gehört…meine Eltern sagen immer, bevor ich eine Arbeit schreibe, soll ich positiv denken und mir einreden, dass ich es kann und dann klappt das schon«

»Ja, genau das meine ich.«, fuhr er fort, »Er ist zum…Vampir geworden, weil du daran geglaubt hast. Er hat sich deine Gedanken zunutze gemacht, um zu werden, was er werden wollte.«

»Aber was…warum ist er dann kein Mensch? Wenn dieses Gedanken-Ding doch angeblich jeder kann. Und warum ist er so kalt?«

»Er kann sich in deine Gedanken einmischen, sie verändern, dich gewissermaßen steuern, wenn er eine seelische Verbindung zu dir hat.«

»Seelische Verbindung?«, fragte Elli ungläubig, »Ich denke nicht, dass er und ich Seelenverwandte sind.«

Lisco lächelte.

»Nein, das ist damit nicht gemeint. Mit seelischer Verbindung ist gemeint, dass sich ein kleiner Teil seiner Seele in dir befindet.«

»Er…spaltet sich also ein Stück seiner Seele ab und…pflanzt das mir dann ein?«, fragte sie zweifelnd,» Dann hat er ja irgendwann selbst keine Seele mehr.«

»Nein, darum geht´s ja. Er…ist im Prinzip bloß eine Seele.«

»Wie bitte?!«, jetzt verstand Elli gar nichts mehr. Lisco atmete tief ein und fragte dann: »Hast du schon mal was von Scientology gehört?«

»Nein…?«

»Scientology besagt im Groben, dass ein Mensch aus drei Dingen besteht: dem Körper, also der sterblichen Hülle; der Seele, also dem unsterblichen Teil eines Menschen; und dem Verstand. Sagt man nicht immer, Gott sei seiner Seele gnädig, wenn jemand stirbt?«

»Vielleicht…«

»Und wenn Gott nicht gnädig ist?«

»Dann kommen sie in die Hölle…?«, vermutete sie ironisch.

»Naja, so ähnlich. Bei Tycon und mir ist es jedenfalls so, dass wir, sagen wir, in Ungnade gefallen sind und nun für immer und ewig hier herumspuken. Bei uns ist der Verstand mit der Seele zusammengeblieben und hat bloß den Körper verlassen.«

»Also, um das mal klarzustellen: du behauptest, ihr seid einfach...Seelen, die mal böse Menschen waren und nun auf ewig verdammt auf der Erde wandeln? Wie...Geister?«, fasste sie zusammen.

»Genau.«

»Aber...warum seid ihr so unterschiedlich?«

»Ich habe einen Körper, er nicht.«

»Du...hä? Aber er war doch nicht transparent, und durch ihn durchfassen konnte ich auch nicht.«

»Ja, hier. Das ist ja auch ein Traum, eine Illusion, die er gewissermaßen in dir erzeugt hat. Dies ist...unsere Welt, hier sind wir physisch, hier bist du nur so etwas wie eine Seele. Eigentlich. Da du es als deinen Traum wahrnimmst, hast du aber trotzdem hier eine Art Körper, wie wir. Anders als wir, oder eher Tycon, auf deiner Ebene. Weil er es so wollte.«

»Aber mich sehen nur einige Menschen hier..?«

»Ja, wegen der seelischen Verbindung. Die Leute, die dich sehen können, hatten schon einmal seelisch Kontakt mit ihm, weil er ihnen einen Teil der Seele ausgesaugt hat oder dergleichen.«

»Einen Teil der Seele ausgesaugt?«, fragte sie ängstlich. Langsam schienen sich die Ereignisse her vom *Twilight*- in einen *Harry Potter*-Stil umzuwandeln.

»Wie ein Vampir das Blut. Er muss jeden Tag ein Stück...neue Seele aufnehmen, damit die Seine gestärkt bleibt. Ich brauche das zum Glück nur noch selten, da ich einen Körper habe, der mich schützt. Aber im Prinzip ist er bloß ein Geist, ja.«

»Aber als er mich in meiner Welt besucht hat, war er auch nicht durchsichtig, oder so!«

»Ja, er kann kurzeitig in fremde Körper eindringen, indem er deren Seele...unterdrückt.«

Elli erinnerte sich. Als Tycon in der ersten Nacht plötzlich wieder weg gewesen war, hatte ihr Nachbar verwirrt und mit Kopfschmerzen im Garten gelegen.

»Das ist dir bestimmt auch schon mal passiert, von anderen unserer Sorte.«, vermutete Lisco.
»Nicht, dass ich wüsste…«, sagte Elli irritiert.
»Ist dir das noch nie widerfahren? Dass plötzlich so ein merkwürdiger…Wind kam, der dir den Atem nahm? Und dann hast du nachts vielleicht noch etwas Merkwürdiges geträumt?«
»Also das mit dem Wind kann schon sein, aber das mit dem Träumen…eher nicht.«
»Na ja, manche machen das gern. Die nehmen ihr Dasein zu ernst und spuken wirklich herum…aber um jemandem ein Stück der Seele stehlen zu können, braucht man einen Körper, daher die Fähigkeit, in fremde Körper schlüpfen zu können. Dann hypnotisieren wir die Opfer sozusagen, öffnen ihnen die Seele. Und dann stehlen wir einen kleinen Teil davon. Man darf aber nicht zu viel nehmen, sonst werden die Menschen zu dem, was man als geistig verwirrt oder geistig behindert bezeichnet.«
»Also sind die geistig Behinderten die Opfer von jenen eurer Sorte, die nicht genug kriegen konnten?«, fragte Elli angewidert.
»Nicht alle, aber manche. Das hat aber nichts mit nicht genug kriegen zu tun. Ein kleiner Teil der Seele reicht vollkommen aus.«
»Und warum tun sie dann so was?!«
»Warum wohl? Weil es ihnen Spaß macht.«
»Also sozusagen so, wie…Kriminelle, die grundlos Leuten Schaden zufügen?«
»So könnte man es nennen. Und für solche Fälle bin ich zuständig.«
Irritiert sah sie ihn an. Er lächelte. »Ich bin sozusagen…ein Agent, ich beobachte Verdächtige unserer Art.«
»Und momentan beobachtest du Tycon…?«, vermutete sie.
»Gut erkannt. Ich habe es ihm sogar gesagt, vor einiger Zeit. Eigentlich hätte ich ihn schon längst an die Behörden verraten müssen…«
»Warum hast du es nicht getan?«
»Ich habe gesagt, ich würde ihn nicht verraten, wenn ich dich kennenlernen darf.«, sagte er und sah sie an. Schnell schaute Elli nach unten.
»Er hat dich mir zwar nicht vorgestellt…«
»Meinst du, das war Absicht? Im Park? Hat er mich…absichtlich dorthin geleitet, oder mich fliehen lassen, damit du mich findest?«, fragte sie etwas schockiert.

»Möglicherweise...«, meinte Lisco nachdenklich, »Aber es ist nicht so verlaufen, wie er wollte. Er hatte sicher nicht damit gerechnet, dass du...nicht sofort wieder zu ihm gehen würdest.«
»Oder es hat zu seinem Plan gehört. Er wusste, es würde mich quälen, einen von euch verraten zu müssen...und es würde dich quälen.«
»Damit könntest du auch Recht haben.«, erkannte er.
»Warum verrätst du ihn nicht jetzt einfach?«, fragte sie vorsichtig.
»Wegen dir.«, sagte er und sah sie wieder an. Elli stockte. »Wegen...mir? Wie meinst du das?«
»Ich kann ihn nicht einfach so ausliefern, ohne Beweise, dann müsste ich dich mitschicken, immerhin bist du das Opfer.«
»Und du willst mich nicht wegschicken, nehme ich an?«
»Nein, das möchte ich in der Tat nicht.«
»Was...würde denn dann mit mir passieren?«, fragte sie vorsichtig und blickte zu ihm.
»Du würdest einer Art Gehirnwäsche unterzogen. Du könntest dich an nichts mehr erinnern, was passiert ist, seit er dich das erste Mal besucht hat. Du könntest dich nicht mehr an ihn erinnern, an mich...an alles hier. Wenn es gut läuft, kommst du ein Weilchen in die Psychatrie, wenn es schlecht läuft, kannst du gar nicht mehr klar denken und zählst dann auch zu den geistig Gestörten.«. Elli war schockiert.
»Das heißt...du entscheidest über mein Schicksal?«
»Wenn du es so willst, ja.«, sagte er ein wenig traurig. Elli wurde sich darüber klar, was dies bedeutete. Sie durfte sich keinen Fehltritt erlauben, durfte ihn nicht reizen. Sie schätzte ihn zwar nicht als jemanden ein, der sie irgendwann abliefern würde, wäre er ihrer überdrüssig, aber sicher war sicher.
»Keine Angst.«, sagte er, der ihre Gedanken förmlich gesehen zu haben schien, »Ich werde dich nicht aus...Rache an die Behörden liefern. Oder weil du nicht tust, was ich will. Ich möchte, dass du alles aus freien Stücken tust, nicht aus Zwang oder Angst.« Das waren ja immerhin mal gute Nachrichten.
»Danke.«, sagte sie ehrlich, »Du hast so ein gutes Herz.« Er lächelte und meinte: »Schön, dass du das erkennst. Und hoffentlich auch zu schätzen weißt.«
»Ja.«, sagte sie schnell, »Das tue ich.«

Er lächelte wieder, ein Weilchen schwiegen sie.
»Du hast gesagt, er kann meine Gedanken steuern…«, begann sie wieder, »mit Hilfe der seelischen Verbindung…kann er sie auch lesen? Und kannst du das auch?«
»Er kann sie lesen, ja. Aber nicht, wenn ich in deiner Nähe bin.«
»Warum das?«
»Das ist schwer zu erklären…meine Präsenz dominiert deine Gedanken einfach, es ist wie ein Schild.«
»Und…kannst du meine Gedanken lesen? Und steuern?«
»Nein, ich habe keine direkte seelische Verbindung zu dir, deshalb kann ich sie leider nicht lesen. Aber ich könnte sie steuern.«
»Und wie?«, fragte sie etwas skeptisch.
»Indem ich dir, wie beim Aussaugen der Seele, in die Augen schaue, deine Seele öffne und dir dann etwas befehle.«, antwortete er. Elli schaute schnell zur Seite. Er schmunzelte und meinte: »Keine Sorge. Wenn ich es wollte, könntest du dich nicht dagegen wehren.«
Elli erschauderte. Wie beruhigend, dachte sie sarkastisch. In dem Moment wurde ihr alles klar. Er hätte sie zu allem zwingen können! Er hatte Recht gehabt, letztes Mal, als er mit ihr schlafen wollte, dass er sie eigentlich gar nichts mehr zu fragen brauchte. Er hätte sie einfach dazu bewegen können, es zu tun. Ihren Willen brechen, sich ihrer aneignen…er hatte eigentlich die volle Macht über sie. »Du…hättest es dir so einfach machen können, als du…«, sagte sie leise.
»Ja.«, stimmte er zu, »Aber das wollte ich nicht. Ich wollte, und möchte dich auch immer noch, zu nichts zwingen. Du sollst mich aus freien Stücken lieben, wenn du es tust.«
»Du bist so…gütig.«, sagte sie leise. Wenn sie daran dachte, was für eine Macht er hatte! Was andere Menschen täten, hätten sie solch eine Fähigkeit! Was für ein gutes Herz er doch hatte, wenn man bedachte, was er von ihr hatte erdulden müssen! Sie hatte ihn zurückgewiesen, ihn verlassen, sogar verletzt und verraten- und er verzieh ihr, respektierte und liebte sie wahrscheinlich immer noch. Dass dieser Mann quasi in die Hölle gekommen war, konnte sie nicht glauben.
»Dann hat Tycon mich dazu gezwungen, ihn zu lieben, oder?«

»Wahrscheinlich, ja.«, stimmte Lisco zu, »Er kann sich von weiteren Entfernungen aus in deine Gedanken einmischen, ohne dich ansehen zu müssen.«
»Er kann sich einmischen…aber direkt dazu zwingen kann er mich nicht, oder?«
»Nein, das kann er auch nur über Augenkontakt. Aber wenn er dir deine Gedanken manipuliert, tust du eigentlich automatisch was er will. Es sei denn, du erkennst es und wehrst dich dagegen.«
»Und das geht auch nur, wenn du nicht unmittelbar in meiner Nähe bist…?«
»Ja.«
»Also…weiß ich nicht, ob er nicht alles geplant hat? Dass ich weglief, dass ich ihn küsste, mein Blut trinken ließ…all das?«
»Ja. Und, dass du denkst, er sei ein Vampir.«
»Ich kann auch in Gedanken mit ihm sprechen.«
»Ja, ich weiß.«
»Könntest du mir auch einen Teil deiner Seele…?«, »Das könnte ich, aber das habe ich nicht vor. Es würde dich wahrscheinlich vollkommen zerstören. Wieder ein Weg, der dich in die Psychiatrie bringen würde. Das meinen die Verrückten nämlich manchmal damit, wenn sie behaupten, sie hörten Stimmen.«
»Also sind diese ganzen Spuk- und Geistergeschichten wahr…«, sagte Elli fassungslos.
»Nicht alle, aber einige liegen in der Tat nahe an der Realität.«
»Könntest du mir nicht…seine Seele wieder aussaugen?«
»Zu meinem Bedauern, nein. Ich kann eine Seele…meiner Art nicht aus einem Wirt aufnehmen. Ihr seid für immer verbunden, leider. Nur er selbst kann sie dir vielleicht wieder entnehmen.«
»Und wenn er es kann, wird er es wahrscheinlich nicht tun.«, stellte sie fest.
»Das denke ich leider auch.«, stimmte Lisco traurig zu. Ein Weilchen saßen sie dann einfach nur da, der Raum war erfüllt von betretenem Schweigen.

Schließlich stand Elli auf und meinte: »Ich gehe nach oben, ich will einfach mal über das alles nachdenken, das ist grad alles ein bisschen viel.«

»Natürlich.«, stimmte Lisco zu und somit ging sie, allein, nach oben in ihr Zimmer.
Dort angekommen, lehnte sie sich gegen die Wand und dachte nach. Sollte sie jetzt allen Ernstes für immer mit Tycon verbunden sein? Seine Stimme hören, wenn er es wollte, seinem Willen folgen, wenn er es ihr befahl, ohne sich dagegen wehren zu können? Es musste doch einen Weg geben, ihn aus ihrem Kopf zu verbannen, ihn zu vernichten! Aber selbst wenn…würde sie es über sich bringen, ihn zu töten, wenn sie die Wahl hätte? Sie war sich nicht sicher, ob sie nicht tief in ihrem Inneren doch noch etwas für ihn empfand…oder ob dies bloß die Gedanken und Gefühle waren, die er ihr aufzwang und zu denen er sie verleitete.

-Tycon-

Ganz so, wie er es sich vorgestellt hatte, war es nicht verlaufen. Er hatte sie eigentlich nur ein wenig eifersüchtig machen, und nicht wieder gebrochenen Herzens aus dem Haus rennen sehen wollen. Aber gut, was geschehen ist, ist geschehen, dachte er. Das würde er schon wieder hinbiegen.
Wahrscheinlich war sie wieder zu Lisco gegangen. Ob er sie hereingelassen hatte? Bestimmt, denn Lisco war nicht der Typ, der einer Frau nachts die Tür vor der Nase zuschlug, dafür war dieser viel zu…weichherzig. Doch er würde sich Elli schon wieder holen. Gleich morgen Abend, so beschloss er, würde er zu Liscos Haus gehen, wenn dieser nicht da war, und Elli dazu bringen, mit ihm zu gehen. Und wenn Lisco dann nach Hause kam, würde Elli weg sein. Wie schade, hoffentlich brach das ihm erneut das Herz. Vielleicht, dachte Tycon, würde er ja denken, Elli sei einfach so wieder weggegangen, aus Sehnsucht nach ihm, Tycon. Ja, dies war ein überaus simpler, jedoch ebenso genialer Plan. Er schaute auf das Sofa. Dort lag die Frau, die er gestern geküsst hatte.
Sie war tot, denn er brauchte sie nicht mehr. Nun musste er sich nur noch ihres Körpers entledigen und dann war sie Geschichte. Mitleid verspürte er keines mit ihr, warum auch. Sie war nur eine Sterbliche, die er zum Stillen seines Durstes benötigt hatte, und um Elli eifersüchtig zu machen. An Elli wäre sie eh nie herangekommen. Generell war sie kein Mensch gewesen, um den es schade wäre- Elli dagegen hatte schon ihre

Tücken und Vorteile, die durchaus interessant und nützlich für ihn waren.

-Elli-

Als Elli am nächsten Abend aufwachte, hatte sie Kopfschmerzen, denn sie hatte noch so lange über die ganzen Dinge nachgedacht, letzte Nacht, dass es ihr vorkam, als hätte sie überhaupt nicht geschlafen. Mühsam stieg sie aus dem Bett, zog sich um, ging ins Bad und dann schließlich die Treppe herunter. Lisco stand gerade vor der Tür und zog sich seinen Mantel an.
»Guten Abend.«, sagte er überrascht, »Du bist ja schon wach. Ich wollte gerade mal ein wenig…Spazieren gehen. Hast du etwas dagegen, so lange allein hier zu sein?«
»Nein, mach ruhig.«, sagte sie, kam die letzte Stufe herunter und stand nun vor ihm.
»Geht es wieder?«, fragte er sanft und legte ihr eine Hand auf die Schulter, »Das kam gestern Abend alles etwas…überrumpelnd für dich.«
»Ja…«, antwortete sie, »Mir geht's gut. Geh du nur…«
Er sah sie noch einen Moment lang an, drehte sich dann um und meinte: »Okay, ich werde nicht lange weg sein. Tu mir bloß den Gefallen und lauf nicht wieder weg.«
Elli schüttelte sofort den Kopf. »Natürlich laufe ich nicht weg, warum sollte ich? Ich wüsste ja gar nicht, wohin ich gehen soll…«
»Gut.«, sagte er lächelnd, »Bis nachher.«, und ging aus der Tür.
Elli dagegen begab sich ins Wohnzimmer, setzte sich auf eines der Sofas und sah fern.
Nach ein paar Minuten vernahm sie merkwürdige Geräusche. Erst dachte sie sich nichts dabei, doch als diese wenig später wieder erklangen, schaltete sie den Fernseher aus und lauschte. Dann klopfte es an der Tür. Ihr Instinkt sagte ihr, dass sie besser nicht zur Tür gehen und einfach auf Lisco warten sollte, doch ein anderer Teil in ihr brachte sie dazu, sich doch vorsichtig zur Tür zu bewegen. Es klopfte erneut. Sie legte die Hand auf die Klinke, drückte sie jedoch nicht herunter. Wer mochte wohl vor der Tür stehen? Lisco hatte doch sicher einen Schlüssel dabei. Konnte es Tycon sein? Aber warum sollte dieser zu Liscos Haus kom-

men? Sie wollte die Tür nicht öffnen, konnte sich dem plötzlich aufkommenden, dunklen Befehl in ihr jedoch nicht widersetzen und drückte die Klinke langsam herunter.
Vorsichtig öffnete Elli die Tür einen Spalt breit und schaute durch diesen hinaus.
»Wer ist da?«, fragte sie vorsichtig.
»Ich.«, sagte die ihr so bekannte Stimme, und da waren sie auch schon: die marineblauen Augen, die sofort Ellis Blick an sich banden.
»Tycon…«, sagte sie tonlos. Sie wollte ihm die Tür vor der Nase zuschlagen, abschließen und sich oben in ihrem Zimmer verkriechen, bis Lisco kam. Doch er hielt sie fest, mit seinem Blick. Er lächelte und meinte: »Ich freue mich auch, dich zu sehen, danke der Nachfrage. Lass mich herein.«
Sie wollte etwas erwidern, doch Tycon intensivierte seinen Blick und wiederholte, langsam und betont: »Lass mich herein.«
Elli, hilflos an seine Augen gefesselt, ließ langsam die Tür los und ging ein Stück rückwärts. Tycon kam herein, schloss die Tür und ließ seinen Blick von ihr. Er sah sich um und meinte beiläufig: »Hübsch.«
Elli atmete tief ein und fragte: »Was willst du hier?«
Er sah sie wieder an, jedoch ohne seine hypnotischen Fähigkeiten anzuwenden. Elli ging rückwärts, stand jedoch bald mit dem Rücken an der Wand. Er kam auf sie zu und strich mit dem Finger über ihre Wange. Verächtlich schüttelte sie seine Hand ab und wiederholte: »Was willst du hier?«.
Er lächelte und antwortete: »Ich will dich zurückhaben, was sonst.«
»Ich komme nicht zu dir zurück.«, sagte sie kühl.
»Wirklich…«, meinte er verärgert, »Das glaube ich nicht.«
»Ach, und warum?«
»Du liebst mich.«, meinte er lächelnd, »Du willst zurück zu mir, du willst mich wieder…«.
»Nein!«, erwiderte Elli, »Ich weiß, was du bist! Du hast mich dazu gebracht, hast mich dazu gezwungen dich zu lieben!«
Nun sah Tycon ein wenig überrascht aus. »Das hat dir Lisco erzählt, nehme ich an?«, vermutete er verächtlich.
»Ja!«, sagte Elli, »Du…hast mir ein Stück deiner Seele eingepflanzt! Du kontrollierst meine Gedanken, steuerst mich…ich liebe dich nicht! Eben-

so wenig wie du mich! Das hast du mir nur eingeredet, du benutzt mich nur!«
Er sah sie an und meinte: »Denkst du das, ja? Und woher weißt du, ob das die Wahrheit ist?«
»Lisco...!«, »Lisco«, unterbrach er sie scharf, »Hat dir wohl verschwiegen, dass er genauso jemand ist, wie ich? Woher weißt du, dass er dir das nicht auch eingeredet hat, dich gezwungen hat, das zu denken? Woher weißt du, ob du ihm trauen kannst?«
Darauf wusste Elli keine Antwort, in der Tat hatte Tycon damit Recht. Er bemerkte ihre Verunsicherung und fuhr fort: »Wer sagt dir, dass er nicht einfach nur Rache an dir nehmen will, weil du ihn wegen mir verlassen hast?«
»Das würde er nicht!«, versuchte Elli sich zu verteidigen, »Er...ist nicht wie du!«
»So? Wie bin ich denn?«
»Hinterlistig und gemein und...«, stotterte Elli.
»Und? Dass ich dich aufgenommen, mich um dich gekümmert habe, dich geliebt habe, hast du vergessen, nehme ich an?!«, rief er wütend.
»Du hast mich nicht geliebt! Du hast nur so getan, als ob!«
»Und warum sollte ich das bitte tun?!«
Elli zuckte mit den Schultern. Tycon lachte kurz verächtlich und sagte: »Siehst du, wie einseitig und naiv du denkst? Du plapperst einfach nach, was Lisco dir gesagt hat! Er ist es, der dir irgendeinen Schwachsinn einredet und dich benutzt!«
»Du hast eine fremde Frau geküsst.«, sagte Elli bitter, »Warum?«
»Nicht aus Liebe.«
»Warum dann?«
»Sie ist tot, okay? Reicht dir das nicht?«, erwiderte er barsch.
»Du hast sie einfach getötet?«, fragte Elli fassungslos.
»Ja, na und? Freu dich doch! Das zeigt doch, dass ich sie nicht geliebt habe!«
Elli wurde blass und hielt sich an der Wand fest. »Mein Gott...«, sagte sie leise, »Wenn ich daran denke...du hättest vermutlich auch mich irgendwann getötet, wenn du mich satt gehabt hättest.«

»Das ist vollkommener Blödsinn!«, entgegnete er wütend und ging ein Stück rückwärts, »Warum sollte ich dich einfach so töten? Das könnte ich gar nicht!«
»Natürlich könntest du…«, sagte sie leise, »Und du würdest es auch tun…du hast kein Herz…du bist ein Dämon.«
»Meinst du?«, entgegnete er spöttisch, »Du vergisst da aber was: Ein Dämon hat keine Seele. Ich dagegen bin eine Seele.«
»Das mag sein. Trotzdem empfindest du nichts.«, sagte sie tonlos.
»Ich empfinde nichts? Wie kommt es dann, dass ich wütend bin? Dass ich dich vermisst und mir Sorgen um dich gemacht habe?«
»Als hätte ich dir jemals etwas bedeutet!« rief Elli verächtlich. Er kam wieder auf sie zu. Elli wollte weglaufen, doch er hielt sie am Arm fest und stieß sie wieder, etwas grob, gegen die Wand. Er stützte seine Arme rechts und links von ihr ab, sodass sie gefangen war. Ihr Atem ging schneller, jetzt hatte sie Angst.
»Das reicht jetzt!«, sagte er bestimmt, um einen normalen Tonfall bemüht, »Ich werde nicht weiter mit dir darüber diskutieren.«
»Warum gehst du nicht einfach und lässt mich in Ruhe?«, erwiderte sie bitter. Er sah ihr wieder in die Augen und meinte sanft: »Ich liebe dich. Und ich weiß, dass du genauso für mich empfindest.«
»Da irrst du dich.«, sagte sie kühl. Ihr Herzschlag schien sich zu verdoppeln. Tycon schien dies zu spüren und lächelte. »Du willst mich küssen.«, fügte er hinzu und kam ganz nahe an ihr Gesicht, sodass sie seinen Atem ihrer Haut spürte und wieder seinen mysteriösen Duft riechen konnte.
»Weißt du noch, wie es war?«, fragte er verführerisch, ganz nahe an ihren Lippen.
»Hör auf!«, bat sie leise, doch er lächelte nur und küsste sie. Sie wollte sich wehren, war jedoch wie versteinert. Seine kühlen, weichen Lippen berührten die ihren, zwangen sie sanft auseinander, Elli merkte wieder ein Kribbeln in ihrem Bauch. Ihr Wille gab nach und sie erwiderte zaghaft seine Küsse. Tycon nahm seine Hände von der Wand, griff nach Ellis Armen und legte sie sich auf die Schultern. Seine eigenen Hände legte er an Ellis Hüfte. Er drückte sie leicht an sich, Elli glaubte, ihr Herz würde ihre Brust zertrümmern und sie würde daran ersticken. Sie wusste nicht, ob das, was sie da gerade tat, richtig war, ob sie dies wirklich tun

sollte. Ebenso wusste sie jedoch nicht, es zu verhindern. Es fühlte sich ebenso falsch, wie gut an. Tycon hörte nach einer Weile auf, sie zu küssen, und sagte, immer noch an ihren Lippen: »Komm mit mir, ich bitte dich darum.«
Sie sagte nichts, sah nur in seine mystischen Augen. Er küsste sie nochmals kurz und wanderte dann mit den Lippen an ihrem Hals entlang. Elli bekam eine wohlige Gänsehaut. Und dann biss er sie sanft. Ein plötzlicher, irgendwie lieblicher Schmerz durchfuhr wieder ihren gesamten Körper, das kribbelnde Gefühl in ihrem Bauch, in ihrem Becken, wuchs. Er hielt sie nun wieder in seiner festen Umarmung, doch sie gab sich ihm ganz ohne Zwang hin. Er trank langsam, kleine Schlucke, gönnte ihr jeden Moment dieser gewaltigen Empfindung. Der Schmerz und das Kribbeln schienen sich anzustauen, explodieren zu wollen…!
Doch dann hörte Tycon plötzlich auf.

Er hatte sich schnell herumgedreht und starrte zur Tür. »Was ist los?«, fragte Elli enttäuscht, »Warum hast du aufgehört?«. Sie sah an ihm vorbei, erkannte den Grund und erstarrte. In der Tür stand Lisco, völlig perplex.
»Lisco…! Ich…!«, stotterte sie fassungslos. Daran hatte sie ja, in dem Moment, überhaupt nicht mehr gedacht, dass Lisco irgendwann nach Hause kommen würde! Warum hatte sie nicht einfach mit Tycon diskutiert, bis Lisco wiederkam? Warum hatte sie sich küssen lassen?!
»Was tust du in meinem Haus?«, fragte Lisco kühl, an Tycon gewandt.
»Was schon?«, antwortete dieser, »Ich möchte mir Elli wiederholen. Danke, dass du auf sie aufgepasst hast, aber jetzt nehme ich sie wieder mit.«
Er sah zu ihr und meinte: »Du willst doch mit mir kommen, nicht wahr?«
»Ich…!«, brachte sie nur heraus. Ihr fehlten buchstäblich die Worte. Tycon wandte sich ich ihr wieder voll zu, strich ihr über die Wange und sagte verführerisch: »Komm schon, gib zu, dass du mich liebst. Es hat dir doch gefallen, gerade eben. Der Kuss und…unser kleines Ritual…«, er lächelte verschwörerisch, »Das möchtest du doch wieder öfter tun, oder nicht?«
»Lass sie in Ruhe!«, forderte Lisco barsch.

Tycon lachte und erwiderte: »Warum? Glaubst du im Ernst, du kannst mich davon abhalten? Sie gehört zu mir und das weiß sie auch.«
Lisco sah Elli an und diese wurde rot. Dann wandte er sich wieder Tycon zu und meinte: »Ich kenne deine Tricks, Tycon. Ich weiß, wie du die Frauen verführst. Du vergisst, dass ich diese Kunst auch beherrsche. Ich mache nur nicht gern Gebrauch davon, ich…überzeuge lieber auf die richtige Art, wie ein Mensch es auch tut.«
»Oh, wie poetisch!«, sagte Tycon lachend, »Ich habe Elli auch nicht dazu gezwungen, mich zu lieben, das hat sie ganz von allein getan. Sie war es, die mich zuerst küssen wollte und mir ihr Blut anbot. Nicht andersherum. Nicht wahr?«, er schaute nun sie, auf Zustimmung wartend, an.
»Du hast sie völlig manipuliert.«, sagte Lisco angewidert.
»Ach, und du nicht? Wer hat ihr denn eingeredet, ich würde sie nur belügen, sie benutzen und dergleichen? Ich würde nichts für sie empfinden? Warst das nicht du?«
»Das entspricht doch der Wahrheit.«
»Würde ich nichts für sie empfinden, wäre ich dann hier? Würde ich dann um sie kämpfen?«
»Du willst sie nicht zurück, weil du etwas für sie empfindest, sondern weil du sie noch für irgendetwas brauchst. Ich weiß nur noch nicht, was das ist.«
»Und woher willst du das bitte wissen? Und selbst wenn ich etwas mit ihr vorhätte, hätte es dich nicht zu interessieren!«
»Woher ich das weiß? Ich kenne dich!«, erwiderte Lisco verächtlich.
»Du kennst mich, ja? Aber Menschen können sich ändern, hast du davon auch schon mal gehört?«, entgegnete Tycon ebenso.
»Natürlich können Menschen sich ändern, aber du bist kein Mensch, Tycon. Gib es endlich auf.«
»Du hast Recht.«, meinte Tycon, nun lächelnd, »Ich bin kein Mensch. Aber ich werde bald noch viel mächtiger sein.«
»Das werde ich zu verhindern wissen.«, meinte Lisco bestimmt.
»Versuch es doch! Verrate mich doch an die Behörden!«, forderte Tycon ironisch, »Ach nein, das geht ja nicht, wegen ihr.«, er deutete zu Elli, »Du siehst also, es hat keinen Zweck. Entweder, du machst deinen Job und verrätst mich, oder du schützt Elli. Nun bist du es, der in der Klemme sitzt.«, fügte er, triumphierend lächelnd, hinzu.

»Ich werde andere Wege finden.«, sagte Lisco drohend. Tycon lachte nur. Dann ging er wieder zu Elli und strich ihr übers Haar, sie zuckte bei der Berührung zusammen.
»Lass sie in Ruhe!«, forderte Lisco erneut.
»Wieso?«, sagte Tycon, »Es gefällt ihr doch. Nicht wahr?«, fragte er dann Elli und sah ihr wieder in die Augen. Dann küsste er sie kurz sanft. Elli stand erneut da wie versteinert, unschlüssig, was sie tun und sagen sollte. Ihre Blicke huschten nervös von Tycon zu Lisco. Sie beide sahen sie abwartend an, Tycon ungeduldig und Lisco wieder mit einem Ausdruck von Trauer in den Augen.
»Was...erwartet ihr jetzt von mir...?«, fragte sie vorsichtig.
»Dass du eine Entscheidung triffst.«, antwortete Tycon ruhig.
»Eine Entscheidung?«, fragte Elli zweifelnd.
»Für wen von uns du...mehr empfindest. Bei wem du bleiben möchtest.«, fügte Lisco grimmig hinzu.
»Aber...wie soll ich das entscheiden? Ihr könntet beide meine Gedanken manipuliert haben...woher soll ich dann wissen, was ich wirklich fühle?!«
»Höre darauf, was dein Herz dir sagt.«, erwiderte Lisco. Tycon warf ihm daraufhin einen genervten Blick zu und schüttelte leicht den Kopf.
»Wenn du es unbedingt so poetisch willst...«, sagte Tycon abschätzig, »Dann entscheide dich so, dass dein Gewissen rein ist.«
Das half ihr auch nicht viel weiter. Wie sollte sie sich da bitte entscheiden? Natürlich war Lisco gütiger, ehrlicher zu ihr, er achtete sie trotz ihrer Taten, schenkte ihr seinen Respekt. Dennoch konnte sie, nach der Aktion gerade, sich nicht vorstellen, nie wieder zu Tycon zu gehen oder ihn nie wieder zu sehen, obwohl er sie schon manchmal, insbesondere gestern, nicht gerade ehrenwert behandelt hatte. Immerhin hatte mit Tycon alles angefangen. Er war es gewesen, der sie zuerst geküsst hatte, sie sich angeeignet, von ihr Besitz ergriffen hatte. Ohne ihn wäre sie nie hier, in dieser Welt, in dieser Situation angelangt und hätte Lisco vermutlich nie kennengelernt...

Sie überlegte noch ein Weilchen und fasste dann schließlich einen Entschluss. Vermutlich war es ihr anzusehen, wie schrecklich sie sich in ih-

rer Haut fühlte, als sie vorsichtig sagte: »Ich…ich denke…es wäre besser, wenn ich hier bleibe, bei Lisco.«
Es war überraschend, wie schnell sich die Gesichtsausdrücke der beiden Männer änderten: In Lisco Augen glänzte Erleichterung, Tycons Gesicht dagegen schien vor Wut eine dunkle Schattierung anzunehmen. Seine Augen brannten förmlich auf Elli. »Und warum?«, fragte er gepresst.
»Ich fühle mich hier sicherer, Tycon. Lisco behandelt mich…anders. Respektvoller, liebevoller…als wären wir zwei völlig gleiche Menschen. Du dagegen…manchmal bist du mit mir umgesprungen, als wäre ich eine Puppe oder ein Spielzeug. Und wie du erzählt hast, dass du die Frau einfach getötet hast… da habe ich Angst bekommen. Wer sagt mir, dass du nicht auch mich einfach tötest, wenn du mich nicht mehr sehen willst?«, erklärte sie verzweifelt.
»Ich habe sie getötet, um dir zu zeigen, dass sie mir nichts bedeutet! Und im Übrigen warst du es doch, die dominiert werden wollte!«, verteidigte sich Tycon.
»Ja, deswegen! Und was wäre, wenn ich dir irgendwann nichts mehr bedeute oder nütze? Tötest du mich dann auch einfach? Falls ich dir überhaupt jemals etwas bedeutet habe!«, erwiderte Elli, trat auf ihn zu, sah ihm in die Augen und fügte etwas traurig hinzu: »Es tut mir Leid, Tycon. Ich danke dir, für die schönen Dinge, die du mit mir gemacht hast, und…ich mag dich, irgendwie, auch immer noch, aber… ich fühle mich bei dir nicht mehr sicher.«
Tycon sagte nichts. Er sah sie nur auf eine Art an, die Elli nicht wirklich deuten konnte. Besonders positiv schien sie jedoch nicht zu sein.
»Ich würde sagen, das Blatt hat sich gewendet, Tycon. Ich habe dir bereits vor Jahren gesagt, dass dein Verhalten, deine Art und Weise, dir irgendwann alles kaputt machen wird. Hier siehst du nun das Resultat. Und jetzt verlass bitte mein Haus.«, forderte Lisco ruhig.
Tycon sah erst Elli an, dann Lisco. Dann sagte er kühl: »Es ist noch nicht vorbei!«. Dann griff er, ohne Vorwarnung, nach Elli, legte gewaltsam ihren Hals frei und biss sie erneut. Diesmal jedoch nicht zärtlich, auskostend, sondern grob und schnell. Lisco versuchte, ihn von ihr loszumachen, hatte jedoch keine Chance. Binnen weniger Sekunden hörte Tycon jedoch von selbst auf, ließ sie achtlos fallen, wie einen leeren Sack,

ging zur Tür und sagte drohend zu Elli: »Wir werden uns wiedersehen. Du wirst deine Wahl schon noch überdenken, glaub mir.«
Mit diesen Worten stürmte er zur Tür hinaus und ließ diese mit einem lauten Knall zufallen. Lisco kniete sich sofort neben Elli. Sie war nicht bewusstlos, atmete jedoch flach und wirkte schwach und verletzt.
»Alles in Ordnung?«, fragte er besorgt. Elli deutete kurz ein Nicken an. Tycon hatte nicht viel getrunken, ihm war es bloß auf die Schmerzen und die Demütigung, die er ihr damit zugefügt hatte, angekommen. Vorsichtig tastete sie die Wunde an ihrem Hals ab.
»Au…«, stieß sie hervor. Es brannte. »Lass mich mal sehen.«, sagte Lisco und schob sanft ihre Hand weg.
»Es brennt so fürchterlich…«, sagte Elli.
»Hattest du nicht mal gesagt, dass das nicht weh tut und sogar Spaß macht?«
»Hat es bisher ja auch. Ich weiß auch nicht, warum das jetzt so weh tut. Ich glaube, er hat es sonst einfach sanfter gemacht und die Wunde danach kurz mit den Lippen berührt…«
»Er hat sie danach geküsst? Nun, das könnte ich auch versuchen. Vielleicht hilft es ja. Aber ich hab Angst, dass du mir dann wieder eine Lampe auf den Kopf schlägst.«, sagte Lisco bedenklich.
Elli lächelte kurz schwach und erwiderte: »Tut mir Leid, dass ich das getan habe. Du hast mir ja keine Wahl gelassen.«
»Ja, ich weiß, es war verdient. Ich werde das nie wieder tun, versprochen.«
»Das möchte ich dir auch geraten haben.«, sagte sie lächelnd. Er lächelte ebenfalls. Dann näherte er sich langsam ihrem Hals, sah sie dabei abwartend an, um zu sehen, wie sie reagierte. Dann küsste er die Wunde ganz sachte, Elli zuckte bei der Berührung zusammen. Er nahm wieder etwas Abstand, um sie nicht zu bedrängen. »Hat es geholfen?«, fragte er lächelnd.
»Nein, es brennt genauso wie vorher.«, sagte sie enttäuscht, »Ich schätze, er hat das absichtlich gemacht, um mich jeden Tag daran zu erinnern, was er ist. Was er durch meine Hilfe wurde…«
»Weil er dich manipuliert hat.«, verbesserte Lisco sie, »Es ist nicht deine Schuld.«

»Okay, wie du willst. Warum sitzen wir eigentlich im Flur auf dem Boden?«

»Du hast Recht, es gibt wesentlich bequemere Plätze.«, stimmte er ihr zu, stand auf und half ihr, es ihm gleich zu tun. Dann gingen sie ins Wohnzimmer.

»Setz dich.«, sagte er, »Ich werde deine Wunde versorgen.«

Elli setzte sich aufs Sofa, Lisco verschwand für kurze Zeit aus dem Wohnzimmer und erschien dann wieder mit seinem Equipment. Vorsichtig säuberte er die Wunde und tupfte dann wieder das komische Zeug darauf.

«Fertig.«, sagte er dann und räumte den ganzen Kram weg.

»Danke.«, sagte Elli.

»Nein, ich danke dir. Dass du dich für mich entschieden hast.«

»Es war nicht leicht für mich…«, gab sie zu, »So grausam er auch manchmal war… mit ihm hat ja schließlich alles angefangen und…«

»Ja…«, sagte Lisco, »Ich weiß, dass es dir schwerfiel. Deswegen danke ich dir, dass du dich für mich entschieden hast. Du hättest auch den leichteren Weg wählen und einfach wieder mit ihm gehen können.«

»Den leichteren Weg?«

»Hast du ihn nicht gehört? Er hat gesagt, du würdest deine Entscheidung schon noch überdenken, er wird vermutlich alles Mögliche versuchen, um dich wiederzubekommen. Ich hätte das nicht getan. Hättest du dich wieder für ihn entschieden, hätte ich deine Entscheidung akzeptiert, auch, wenn es mich sehr verletzt hätte.«

»Aber bei dir bin ich doch sicher, oder?«, fragte sie ängstlich.

»Natürlich bist du das. Wobei ich nicht denke, dass er dir weh tun wird.«. Sie sah ihn schräg an. »Zumindest nicht allzu sehr.«, fügte er hinzu, mit Blick auf ihre Wunde.

»Gut zu wissen.«, sagte sie sarkastisch.

»Aber es ist doch so. Warum sollte er dich töten oder Ähnliches mit dir anstellen wollen? Auf diese Art bekommt er dich doch auch nicht zurück.«

»Aber er könnte es aus Rache tun.«, gab sie zu bedenken.

»Er könnte höchstens versuchen, mir etwas anzutun.«, sagte Lisco.

»Oder meiner Familie!«, fiel Elli schlagartig ein, »Was, wenn er meiner Familie etwas tut? Ich muss sie warnen!«

Er runzelte die Stirn und meinte: »Und wie willst du das machen? Ich dachte, du kommst nicht mehr zurück zu ihnen.«
»Ich muss es versuchen. Ich muss schlafen gehen und versuchen, bei ihnen wieder aufzuwachen.«, sagte sie entschlossen und stand auf.
Lisco wollte noch etwas sagen, aber da war sie schon hoch in ihr Zimmer geeilt. Die Schwäche schien aus ihrem Körper gewichen zu sein und der Angst um ihre Familie Platz gemacht zu haben. Sie eilte in ihr Zimmer, verschwendete keine Zeit zum Umziehen, sondern legte sich einfach so ins Bett und bemühte sich darum, einzuschlafen.

Am nächsten Tag wachte sie auf und stellte fest, dass sie noch immer bei Lisco und nicht zwischendurch zu Hause gewesen war. Warum kam sie nicht mehr zurück? Sie stand auf, zog sich schnell etwas anderes an und ging dann eilig die Treppe herunter und ins Wohnzimmer. Lisco war nicht da. Sie schaute aus dem Fenster und sah, dass es noch hell war. Verzweifelt lief sie umher. Was sollte sie nur tun? Wie konnte sie wieder in die "wirkliche" Welt gelangen? Wenn Lisco doch nur schon wach wäre und sie ihn fragen könnte! Sie ging wieder hoch, setzte sich neben seine Tür und wartete ungeduldig, dass er wach wurde. Nach einer gefühlten Ewigkeit hörte sie dann, dass er aufstand und schließlich sich der Tür näherte. Schnell stand sie auf und in dem Moment öffnete er auch die Tür. Zum Glück öffnete sich diese nach innen, sonst hätte Elli sie womöglich noch vor den Kopf bekommen. »Elli!«, sagte er überrascht, da sie plötzlich direkt vor ihm stand, »Was ist los?«.
Beiläufig registrierte sie, dass er nur in einen Morgenmantel gehüllt war und seine Sachen im Arm hatte.
»Ich komme nicht nach Hause! Ich…hab einfach nur geschlafen! Ohne zu träumen! Wie…wie ist das möglich? Wie kann ich zurück zu meiner Familie?«, fragte sie aufgeregt.
»Beruhige dich erst einmal.«, riet er sanft, »Hektik zu verbreiten nützt dir und deiner Familie auch nichts.«
»Schon klar, aber weißt du, wie ich zurück kommen kann?«
»Ehrlich gesagt, nein.«, sagte er, »Vielleicht solltest du es einfach noch ein paar Mal…probieren.«
»Und wenn es dann auch nicht funktioniert?!«

»Beruhige dich! Es ist doch gar nicht gesagt, dass er deiner Familie etwas tun will!«, sagte er beschwichtigend und legte ihr eine Hand auf die Schulter. Er sah ihr in die Augen und sagte sanft: »Beruhige dich, okay? Es bringt nichts, wenn du dich jetzt unnötig verrückt machst.«
»Aber...!«
»Kein aber! Du wirst dich jetzt beruhigen, in Ordnung?«
»Okay...«, sagte sie zögerlich.
»Gut.«, meinte er lächelnd, »Ich gehe mich jetzt erst mal duschen. Ich nehme an, du willst nicht unbedingt mitmachen...?«
»Nein.«, antwortete sie schnell und ging demonstrativ ein Stück von ihm weg. Er lachte: »Keine Sorge, ich werde nichts mehr tun, was du nicht ausdrücklich willst.«
Mit diesen Worten ging er an ihr vorbei und die Treppe herunter.

-eine Woche später-

Elli hatte nun eine Woche lang jeden Tag aufs Neue versucht, nach Hause zu kommen, jedoch vergeblich. Sie hatte sogar am Tage geschlafen, mit der Vermutung, dass es dann vielleicht klappen würde, weil Tycon da immerhin auch schlief, falls er mit ihrem immer währenden Misslingen in Verbindung stehen sollte. Nun ging sie zu Lisco und gestand, dass es einfach nicht klappte.
»Das tut mir leid für dich.«, sagte er, »Da kann ich dir leider auch nicht weiterhelfen.«
»Vielleicht muss ich...Tycon fragen.«, zog sie in Betracht.
»Warum das?«, fragte Lisco.
»Naja, ich glaube...es hängt irgendwie mit ihm zusammen, es fing ja ganz plötzlich an, also dass ich hier sozusagen...gefangen war.«
»Und wenn er gar nicht vorhatte, deiner Familie etwas zu tun und durch dich erst auf die Idee kommt?«, gab er zu bedenken. Elli runzelte die Stirn und dachte nach. Damit hatte Lisco natürlich Recht.
»Was willst du denn außerdem als Begründung für deine Frage nehmen? Du kannst ja schlecht sagen, dass du zurück willst, um deine Familie vor ihm zu schützen.«

»Nein, aber ich muss so oder so mal wieder zurück! Ich meine, die machen sich doch sicher Sorgen um mich! Wenn sie mich nicht sogar schon begraben haben!« Und das war nichtmal scherzhaft gemeint.
»Nein, das haben sie bestimmt nicht. Und wie willst du das anstellen? Ihn zu fragen, meine ich? Einfach hingehen und erzählen?«
»Ich…könnte es über die Gedanken versuchen.«
»Du weißt, dass ich dazu weggehen muss?«
»Naja…es muss ja sicher nicht weit sein, oder?«
»Das weiß ich nicht.«
»Ich würde es gern probieren.«, sagte sie.
Er seufzte und sagte: »Okay, dann werde ich jetzt mal ein Stück spazieren gehen.«
Sie nickte dankbar. Lisco ging zur Garderobe, zog sich an, gab ihr einen Kuss auf die Stirn und ging dann. Elli ging ins Wohnzimmer, wartete eine Weile und konzentrierte sich dann. »Tycon.«, dachte sie, »Kannst du mich hören?«

Eine Weile geschah nichts, doch dann hörte sie seine Stimme.
*Ja. Ich wusste, dass du früher oder später wieder Sehnsucht nach mir haben würdest.* »Ich habe keine Sehnsucht nach dir.«, dachte sie ärgerlich.
*Was willst du dann?*
»Von dir wissen, wie ich wieder in…meine richtige Welt komme.«
*Das hier ist deine richtige Welt. Allerdings bist du im falschen Haus.*
»Nein, das ist sie nicht. In meiner richtigen Welt sind…« Sie konnte sich gerade noch stoppen, »Familie« zu sagen.
*Ja?*
»Jedenfalls nicht ihr. Also, wie komme ich zurück? Wenn ich hier einschlafe, träume ich nur…ganz normal.«
*Was willst du denn dort?*
»Es…wird langweilig hier.«, log sie, »Jetzt sag mir endlich, wie ich zurück komme!«
*Warum sollte ich das tun? Komm doch lieber wieder zu mir, wenn dir bei ihm langweilig ist.*
Sie ignorierte Letzteres.
»Weil ich dich darum bitte!«
*Ich habe dich auch gebeten, wieder mit mir zu kommen.*

»Das war etwas anderes. Lisco bat mich, bei ihm zu bleiben. Du weißt bereits, warum ich mich so entschieden habe.«

*Ich kann es aber nicht nachvollziehen.*

»Das musst du auch nicht. Würdest du mir jetzt bitte sagen, wie ich wieder nach Hause komme?«

*Du gehst aus dem Haus hinaus, läufst durch ein paar Straßen und gehst wieder in das Haus, vor dessen Tür ich stehe. Hier, bei mir, ist dein zu Hause.*

»Nein, Tycon, das ist es nicht.«, dachte sie genervt, »Was hast du getan, dass ich im Traum nicht mehr nach Hause komme?«

*Ich habe dein Blut getrunken.*

Das war ja nun keine Neuigkeit. Hatte er etwa dadurch ihre Verbindung nach Hause gekappt?!

»Erzähl mir mal was Neues, Tycon. Das weiß ich ja, stell dir vor. Sag die Wahrheit!«

*Das ist die Wahrheit. Dein Körper und dein Geist waren so geschwächt, dass sie den... Übergang nicht geschafft haben.*

»Aber du hast jetzt schon seit über einer Woche mich nicht mehr angerührt, und ich komme trotzdem nicht in diesen Traum!«

*Vielleicht endet es so, wie es begonnen hat?*

Meinte er damit allen Ernstes, wenn er nochmals ihr Blut trank, würde sie wieder in ihre Träume nach Hause kommen?

»Du meinst, das würde funktionieren?!«, fragte sie ungläubig.

*Vielleicht.*

»Du weißt es also nicht genau?!«

*Was hast du zu verlieren?*

»Du meinst also allen Ernstes, ich soll dich herkommen, mein Blut trinken lassen und dann käme ich wieder in meinen Träumen nach Hause?!«

*Warum soll ich zu dir kommen? Du willst doch was von mir.*

»Aber dann müsste ich noch eine Nacht bei dir bleiben. Und ich schätze, Lisco kommt mit, weil er dir nicht traut. Also müsste er dann auch bei dir mit bleiben, denn ich glaube, er hat keine Lust, mich zurückzutragen.«

*Ok, ich komme zu dir.*

»Aber erst in einer Stunde, damit Lisco wieder da ist.«

*Hast du etwa Angst?*

»Nein, natürlich nicht.«, log sie, »Aber es wäre ihm sicher lieber, wenn er dabei wäre.«
*Glaub mir, würde ich dir ernsthaft etwas tun wollen, so könnte er mich eh nicht davon abhalten.*
Ein Schauer lief ihr über den Rücken, als er dies sagte. Sie hörte, wie er zu einem neuen Satz ansetzte, aber in dem Moment öffnete sich die Tür. Schnell ging sie in den Flur. Lisco war nach Hause gekommen, folglich konnten Tycon und sie auch keine Gedanken mehr austauschen. Es funktionierte also wirklich so.
»Und, was hat er gesagt?«, fragte Lisco.
»Er sagte…würde er mein Blut nochmal trinken, müsste es funktionieren.«, sagte sie nervös. Lisco sah sie schräg an und erwiderte: »Mit welcher logischen Erklärung?«
»Was ist an dieser ganzen Sache hier überhaupt logisch?!«, erwiderte Elli, »Es hat immerhin auch damit angefangen. Vielleicht macht er es ja dieses Mal irgendwie anders…keine Ahnung.«
»Das willst du wirklich tun? Ihm nochmals seinen Willen erfüllen?«, fragte Lisco zweifelnd.
»Wieso seinen Willen? Wenn es klappt, bin ich doch im Vorteil. Und es war doch klar, dass für ihn dabei auch etwas herausspringen muss.«
»Dafür bestätigst du ihm seine Existenz als Vampir aber wieder ein Stück mehr.«
»Um dies zu verhindern, ist es jetzt doch eh schon zu spät. Außerdem, soll er doch machen. Wenn er unbedingt ein Vampir sein will…es gibt bestimmt ein paar "Twilight"-Fans, die sich darüber freuten, würden sie ihm begegnen.«
»Du willst allen Ernstes andere Menschen ihm, seiner Gefahr, aussetzen?!«, fragte er leicht entsetzt.
»Ist doch nicht mein Problem. Mein Gott, es gibt so viele Menschen auf dieser Welt, da machen ein paar doch nichts aus!«
»Das hat er dir eingeredet, stimmt´s?«
»Nein, das ist meine Meinung. Und selbst wenn…du fängst schon wieder mit dem Thema an!«
»Ich will dich doch nur schützen! Vor ihm, vor unüberlegten, dummen Entscheidungen…«

»Das ist nett von dir, aber ich kann selbst auf mich aufpassen.«, sagte sie bestimmt.
»Oh ja, das habe ich gesehen. Im Park und als er hier war…hätte ich dich nicht vor ihm gewarnt, wärest du wahrscheinlich schon längst seine Marionette!«
»Nein, wäre ich nicht! Ich habe meinen eigenen Willen!«, erwiderte sie erzürnt.
»Und wann willst du zu ihm hingehen?«, fragte er seufzend.
»Gar nicht. Er kommt her.«
»Wie bitte?!«
»Wäre ich hingegangen, hätten wir bei ihm schlafen müssen oder du hättest mich zurück tragen müssen, ich weiß ja nicht, wie viel er trinkt.«, erklärte sie.
»Wir…?«
»Ich bin davon ausgegangen, dass du mitkommen willst, um mich zu…beschützen. Um sicher zu gehen, dass ich auch lebend wieder zurück komme. Oder überhaupt wiederkomme.«
»Du meinst, ich misstraue dir…?«
»Ich weiß es nicht. Aber Tycon vertraust du doch ganz sicher nicht, oder?«
»Stimmt, da hast du allerdings Recht. Wann kommt er denn?«
Elli wollte gerade antworten, doch in dem Moment klingelte es an der Tür. Unsicher sah sie zu Lisco, und als dieser sie nur abwartend, nichtssagend ansah, ging sie zögernd zur Tür und öffnete sie einen Spalt breit.

-Tycon-

Die Nachricht von Elli hatte ihn freudig überrascht. Es war ihm so klar gewesen, dass sie keinen Monat ohne ihn auskommen würde! Es war nur eine Frage der Zeit gewesen, wann sie ihn wieder kontaktiert hätte, und nun war es auch schon geschehen. Er verstand zwar nicht, warum sie unbedingt wieder auf ihre Ebene wollte, aber das konnte ihm ja egal sein. Vielleicht tat Liscos Gegenwart ihr einfach nicht gut. Hoffentlich würde sie dies irgendwann auch einsehen. Also machte er sich auf den Weg zu Liscos Haus.

Er war vor der Haustür angekommen und fragte sich, wie Elli reagieren würde, würde er gleich vor ihr stehen. Würde sie Angst vor ihm haben, weil er letztes Mal so gewaltsam gewesen war? Oder würde sie wieder schwach werden?
Er klingelte. Ein Weilchen rührte sich nichts, dann hörte er Schritte. Schließlich öffnete sich die Tür einen Spalt breit und Elli blickte ihn hindurch an.
»Ich sagte in einer Stunde, nicht in 10 Minuten.«, sagte sie, darum bemüht, kühl zu klingen. Doch er konnte hören, riechen und sehen, wie nervös sie war. Und gleich würde er es auch schmecken können. Seine Freude wuchs.
»Sehe ich so aus, als würde ich mich an Regeln halten?«, antwortete er schlicht, »Du kannst froh sein, dass ich überhaupt hergekommen bin.«
Sie schien kurz zu überlegen, ließ dann die Tür los und ging ein paar Schritte rückwärts. Tycon kam herein. Elli trat unsicher auf der Stelle herum und kaute auf ihrer Lippe. Sein Blick schweifte weiter und was er dann sah, verdarb ihm seine gute Laune. Nicht weit von Elli stand Lisco. Warum zum Teufel war der schon da? Er hatte gehofft, Elli vielleicht wieder rumzukriegen und küssen zu können, gerade in dem Moment, wo Lisco zur Tür hereinkam. Jetzt konnte er das wohl vergessen.
»Du bist schon da.«, bemerkte er kühl, an Lisco gewandt.
»Ebenso wie du. Ich kenne dich, Tycon. Hast du im Ernst gedacht, ich würde dir Glauben schenken, dass du zu einer vereinbarten Zeit kommst? Beziehungsweise, ich würde Elli zu lange allein lassen?«, erwiderte dieser.
»Du glaubst, du wüsstest alles über mich, aber da irrst du dich.«, sagte Tycon mit einem kühlen Lächeln, »Warum wolltest du unbedingt dabei sein? Glaubst du wirklich, du könntest mich davon abhalten, ihr etwas anzutun? Zu viel zu trinken?«, fragte er Lisco, ohne ihn anzusehen.
Sein Blick galt jedoch Elli, die aufgeregt zwischen ihnen beiden umherblickte, und immer nervöser zu werden schien. »Du wirst sie nicht töten.«, sagte Lisco bestimmt, »Dann hättest du doch gar keinen Nutzen mehr von ihr.«
»Nutzen?«, wiederholte Tycon in überraschtem Ton, »Wer versucht denn ständig, sie ins Bett zu bekommen? Ich ja wohl nicht! Was sollte ich bitte für einen Nutzen aus ihr ziehen?!«

»Das macht er nicht mehr!«, mischte Elli sich ein, »Er tut nichts mehr, was ich nicht will!« Lisco sah sie kurz dankend an, dafür, dass sie ihn verteidigt hatte, doch signalisierte ihr dann zeitgleich mit Tycon durch Blicke, sie solle still sein, woraufhin sie sofort wieder verstummte. Anscheinend wollten sie es unter sich klären.
»Ich weiß nicht, welchen Nutzen du aus ihr ziehst, aber du wirst sie nicht töten.«, sagte Lisco ruhig.
»So viel also zum Thema, du kennst mich.«, spottete Tycon, »Da siehst du es. Aber du hast Recht, ich will sie nicht töten, sonst bekomme ich sie nie mehr zurück. Aber ich könnte ihr weh tun.«
Er streckte die Hand aus und strich Elli über die Wange. Schaudernd wich sie seiner Berührung aus. Er lächelte. Sie hatte also wirklich ein wenig Angst vor ihm, das machte das Ganze noch spannender.
»Selbst das wirst du nicht.«, sagte Lisco schulterzuckend, »Denn, wenn du ihr Schmerzen zufügst, kommt sie erst recht nie mehr zu dir zurück. Wenn sie es denn überhaupt jemals tun sollte. Ich wüsste nicht, warum.«
»Du glaubst wirklich, sie hält es ihr ganzes Leben lang mit dir aus?«, fragte Tycon und lachte, »An Selbstvertrauen, oder sagen wir eher, Selbstverliebtheit, scheint es dir ja nicht zu mangeln.«
»Das sagt der Richtige.«, warf Lisco ein, »Aus welchem Grund sollte sie bitte zu dir zurückkommen, nach dem, was du ihr angetan hast?«
»Wer weiß, vielleicht weil du ihr etwas noch Schrecklicheres antust? Na, kommen da Erinnerungen hoch?!«
»Ach, du hast deinen Fehler eingesehen?«, fragte Lisco, »Aber keine Sorge, ich werde so etwas nicht tun.«
»Es war nicht so, wie es aussah.«, sagte Tycon grimmig.
»Natürlich nicht.«, erwiderte Lisco abwinkend, »Das sagen sie immer alle.«
»Warum erzähle ich dir das eigentlich?«, regte sich Tycon auf, »Ich bin dir keine Rechenschaft schuldig!«
»Mir nicht, aber Elli.«
»Ich habe ihr nicht verboten, sich mit Anderen zu treffen! Nur mit dir!«
»Du hättest es aber auch nicht als toll empfunden, hätte sie plötzlich einen Anderen geliebt!«, warf Lisco ein.
»Ich habe diese Frau nicht geliebt, sie ist tot, verdammt nochmal!«

»Das ist es ja! Woher soll Elli dann wissen, ob du sie wirklich liebst oder bei ihr auch nur so tust? Ich kann sie voll und ganz verstehen!«
»Natürlich tust du das!«, erwiderte Tycon ironisch, »Du verstehst ja jeden, von dem du etwas willst!«
Lisco wollte wütend protestieren, doch Elli trat kurz entschlossen zwischen sie und rief: »Jetzt hört auf! Ihr klingt wie zwei Jungen, die sich um irgendein Mädchen streiten! Das habt ihr doch nicht nötig!«
Eine Weile sagte keiner von ihnen etwas, Elli merkte nur, wie diese gar so unterschiedlichen Augenpaare abwechselnd sie und ihr jeweiliges Gegenüber nachdenklich musterten.
»Sie hat Recht.«, sagte Lisco schließlich ruhig, »Und eigentlich warst du ja auch aus einem anderen Grund hier, als dich mit mir zu streiten und mich zu beleidigen.«
»Oh, ja, wie gut, dass du mich daran erinnerst.«, sagte Tycon, mit kühler Stimme, »Auch, wenn es fraglich ist, wer hier wen beleidigt.«
Langsam wandte er sich Elli zu und musterte sie. »Vertraust du mir?«, fragte er tonlos. Sie zuckte unsicher mit den Schultern.
»Kommt drauf an, in welcher Hinsicht du das meinst.«, antwortete sie unsicher.
»In jeder.«
Sie ging ein paar Schritte und sagte dabei: »Ich vertraue dir insofern, dass du mich nicht tötest. Aber ob du es tust, um mir wirklich zu helfen, ob es klappen wird, oder du mir nur wieder Schmerzen zufügen willst…das weiß ich nicht.«
»Dann wirst du mir wohl einfach vertrauen müssen.«, sagte Tycon tonlos und näherte sich ihr wieder. Behutsam strich er ihr das Haar vom Hals und legte wieder, wie er es immer getan hatte, seine Arme um sie.
»Woher weißt du, ob es funktionieren wird?«, fragte sie etwas ängstlich.
»Es wird funktionieren, das weiß ich einfach.«, sagte er tonlos.
Dann besah er ihren Hals, mit der Wunde vom letzten Biss, die schon zur Hälfte verheilt war.
»Hm, eine schöne Narbe, die dich immer an mich erinnern wird.«, sagte er lächelnd, über die Wunde streichend, und biss sie, ohne ein weiteres Wort zu verlieren oder abzuwarten. Der Schmerz, den sie dieses Mal empfand, war anders als diejenigen, die sie bisher meist erfahren hatte. Bei den anderen Malen hatte sie ihn geliebt, begehrt, ihm wahrscheinlich

sogar vertraut. Dieses Mal hatte sie ein wenig Angst, war obendrein noch aufgeregter als sonst und sie hatte ein schlechtes Gewissen, weil Lisco daneben stand und zusehen musste. Kein Kribbeln breitete sich in ihrem Körper aus, sie empfand nur Schmerz und merkte, wie ihre Kräfte zu schwinden begannen. Er trank weiter, bis Ellis Körper schließlich in seinen Armen erschlaffte. Nach kurzem Überlegen küsste er schließlich nochmal kurz die Wunde, ließ Elli behutsam zu Boden gleiten und lehnte sie, sitzend, gegen die Wand.
»Keine Sorge.«, sagte er lächelnd zu Lisco, dessen beunruhigten Blick er bemerkt hatte, »Sie wird morgen Abend wieder aufwachen. Sie wird schwach sein, aber es besteht kein Risiko, dass sie stirbt. Red´ ihr ein, dass sie am nächsten Tag wieder auf ihrer Ebene sein wird, dann klappt es auch sicher.«
Er ging zur Tür, öffnete diese und sah noch einmal zurück. Lisco saß neben Elli und hielt ihre Hand.
»Bring sie ins Bett, damit sie sich ausschlafen kann.«, riet Tycon, schelmisch lächelnd. Nun hatte er immerhin für eine Nacht gesorgt, in der Lisco nichts mit Elli würde anfangen können. Lisco funkelte ihn wütend an und meinte: »Ich hoffe für dich, dass es funktioniert.«
»Das wird es.«, erwiderte Tycon ruhig und verließ das Haus.

Es würde funktionieren, das wusste er, denn Elli glaubte ihm noch immer. Als er gemächlich nach Hause ging, malte er sich aus, wie es weitergehen würde. Wenn Elli wieder die Verbindung in "ihre Welt" hatte, konnte er sie ja dort aufsuchen. Natürlich würde Lisco dies nicht gutheißen, aber das konnte ihm ja egal sein, kontrollieren konnte dieser sie, und ihn ebenso wenig, dort nicht. Lisco hatte nichts mehr zu melden, er hatte keinerlei Macht mehr über ihn: er würde Elli nie etwas tun, also konnte er ihm damit schon mal nicht drohen. An die Behörden ausliefern würde er ihn auch nicht, denn dann müsste er sich auch von Elli trennen, beziehungsweise würde er ihr das, was die Behörden mit ihr vorhätten, niemals zumuten wollen.

-Elli-

Nach gefühlten drei Tagen wachte sie auf, mit schrecklichen Kopfschmerzen.
Vorsichtig betastete sie ihren Hals: es war keine Wunde zu bemerken, also musste Tycon diese Stelle wohl gnädiger Weise nochmal mit den Lippen berührt haben. Eine Narbe an der Zahl schien ihm wohl zu genügen, damit sie ihn auf ewig in Erinnerung behielt.
Sie sah aus dem Fenster. Es war heller Tag, also würde Lisco noch nicht wach sein. Elli stand auf und ging auf wackeligen Beinen ins Bad. Dort sah sie in den Spiegel. Es war tatsächlich keine Narbe zu sehen, die vom vorherigen Male hatte sich jedoch nicht verflüchtigt. Sie wusch sich schnell, zog sich um und legte sich nochmal ins Bett, um noch ein wenig zu dösen.

Im Unterbewusstsein hörte sie, wie die Tür aufging und Lisco eintrat. Mittlerweile wieder müde, öffnete sie die Augen und drehte ihm den Kopf zu.
»Hey.«, sagte er lächelnd, »Wie geht es dir?«
»Ganz gut, denke ich.«, antwortete sie und richtete sich auf. Die Kopfschmerzen verschwieg sie lieber, um ihn nicht wieder wütend oder besorgt zu machen.
»Es freut mich, das zu hören.«, meinte er und setzte sich auf die Bettkante ,»Hat es schon funktioniert?«
»Nein…«, sagte Elli, nach kurzem Überlegen, was er meinte, »Ich hoffe, dass es heute Abend klappt.«
»Das wird es, ganz bestimmt.«, sagte er tröstend und legte ihr eine Hand auf die Schulter, »Dein Körper war sicher einfach nur noch zu schwach, das ist alles.« Elli nickte und fragte dann: »Wie lange habe ich geschlafen?«
»Zwei Tage.«, antwortete er, »Ich war schon wieder dabei, mir Sorgen zu machen.«
»Du sollst dir doch aber nicht so viele Sorgen um mich machen! Du bist selber schuld, wenn du dich ständig wegen mir verrückt machst!«, erwiderte sie belehrend. Er lächelte: »Ja, ich weiß, aber du kennst mich doch mittlerweile gut genug, um zu wissen, dass ich das nicht abschalten kann. Ich vertraue Tycon eben nicht.«

»Ja, das ist mir bekannt. Ich ja auch nicht so wirklich…ich weiß grad gar nicht, was ich glauben soll.«
»Das verstehe ich.«, meinte er lächelnd, »Mach dir deshalb keine Sorgen. Ich werde dich nicht manipulieren, du kannst mir vertrauen.«
Sie nickte.
»Es tut mir Leid, dass du…dabei zusehen musstest. Es war bestimmt nicht leicht für dich.«, sagte sie betreten.
»Ja.«, erwiderte er, »Das war es in der Tat nicht. Ich wusste ja nicht, wie…viel nötig war und ob ich dazwischen gehen sollte…und was er als Nächstes tun würde.«
»Ich habe mich dabei auch nicht wohl gefühlt, auch, als ihr euch gestritten habt…«
»Kann ich mir vorstellen, es ist hart, wenn zwei Menschen sich streiten, für die man etwas empfindet.«, stimmte er ihr zu. Sie hätte wieder protestieren können, doch ihr war klar, dass es nichts genützt hätte. Denn Lisco wusste, dass sie etwas für Tycon empfand, so sehr sie es auch abstreiten mochte. Doch er nahm es ihr ja zum Glück nicht übel, weil er auch wusste, dass sich daran nichts ändern ließ, weil es von Tycon gesteuert wurde.
Den ganzen Abend über war sie aufgeregt gewesen, wegen des kommenden Schlafes, sodass sie an diesem Tage extra früh ins Bett ging. Lisco wünschte ihr lächelnd »viel Erfolg« und mit klopfendem Herzen legte sie sich schließlich schlafen.

# Kapitel 11

Nach einer gefühlten Ewigkeit spürte sie durch die Augenlider, wie es heller um sie herum wurde. Ein ihr irgendwie entfernt bekannter, unsympathischer Geruch stieg ihr in die Nase. Auch spürte sie ihr unbekannte Gegenstände auf und in ihrem Körper. Mühsam öffnete sie die Augen und blickte auf eine weiße Fläche mit einer schwach leuchtenden Lampe. Sie ließ den Blick umherschweifen und fand sich in einem sterilweißen Zimmer wieder. Auf ihrem Gesicht, über Mund und Nase, lag ein gummiähnlicher Gegenstand. Erschrocken wollte sie ihn sich vom Gesicht reißen und schrie erschrocken auf, als sie feststellte, dass ihre Arme an Schläuche an verschiedensten Geräten angeschlossen waren. War das ein verdammter Traum, womöglich von Tycon verursacht? Sie schien sich in einem Krankenhaus zu befinden, doch wie zum Teufel kam sie dahin, und vor allem warum? Wahrscheinlich kam gleich Tycon als Arzt um die Ecke, um ihr bei lebendigem Leibe, aus Rache, das Herz herauszuschneiden! Von weitem hörte sie Schritte, die rasch näher kamen. Schließlich drückte sich die Türklinke herunter und Elli starrte mit angehaltenem Atem auf den Türspalt.

Er öffnete sich rasch und entbarg eine Krankenschwester, die schnellen Schrittes näher kam und Elli zurück ins Bett drückte. »Leg dich wieder hin!«, sagte sie eilig, nahm dann ein Funkgerät aus ihrer Tasche, wählte einen Knopf und sagte aufgeregt: »Sie ist aufgewacht!«.
Sie musste den Doktor angerufen haben. Schnell legte sie auf und sagte: »Der Arzt komm gleich und wird dir alles erzählen. Bleib bitte ruhig liegen.«. Elli musste wohl oder übel gehorchen, durch die ganzen Schläuche hätte sie ja eh nicht weglaufen können.
Kurze Zeit später vernahm sie wieder schnelle Schritte und die erneute Befürchtung, Tycon würde um die Ecke kommen und die Krankenschwester würde sich als seine blutrünstige Gehilfin entblößen, holte sie wieder ein.
Wer da lächelnd durch die Tür kam, ähnelte jedoch überhaupt nicht Tycon, ebenso wenig Lisco. Es war einfach ein Mann im mittleren Alter mit

weißem Kittel, der rasch hineinkam, auf die ganzen Geräte schaute und sie untersuchte.
»Wo bin ich?«, fragte Elli.
»In der Uni-Klinik, in Leipzig.«, antwortete er.
»Warum? Mir geht's doch gut!«, entgegnete sie.
»Das sah aber ganz anders aus, Kind.«, sagte er, »Du warst einige Monate lang in einer Art Koma, wir dachten schon, du stirbst.«
Was? Die ganze Zeit über, die sie bei Lisco und Tycon gewesen war, hatte sie im Koma gelegen? Was für Sorgen mussten ihre Eltern sich um sie gemacht haben, wenn sie nicht sogar schon einen Grabstein für sie besorgt hatten! Was war in der Zeit alles passiert? Was hatten sie Ellis Freunden, Klassenkameraden und Lehrern erzählt? Was würde aus ihrer schulischen Laufbahn werden? Würde sie die elfte Klasse wiederholen müssen?
»Könnten Sie mir bitte mal die ganzen Schläuche abnehmen? Ich bin gesund, ich hab doch nur geschlafen!«, bat sie flehentlich.
»Nein, dein Zustand ist noch nicht stabil. Wir werden sofort deine Familie benachrichtigen, dass du aufgewacht bist.«
Sie gab es auf und schloss wieder genervt die Augen. Wie lange sollte sie denn jetzt noch hier liegen bleiben?? Da hätte sie auch bei Lisco bleiben können! Hoffentlich kamen wenigstens gleich ihre Eltern, um sie aus diesem Gefängnis herauszuholen.

Tatsächlich hörte sie bald aufgeregte Stimmen durch den Gang hallen und kurz darauf öffnete sich auch schlagartig die Tür. Sie schlug die Augen auf und sah, wie ein ganzer Haufen Leute auf sie zugerannt kam. Ganz vorn erkannte sie ihre Mutter, die hysterisch auf sie zu rannte und ihren Namen rief. Auch die Anderen, ihr Vater und ihre Großeltern, versammelten sich aufgeregt um das Bett und redeten auf Elli ein: »Wie geht es dir?«,»Kennst du uns noch?«,»Ist alles in Ordnung?«, fragten sie alle durcheinander.
»Mir geht's gut! Könntet ihr mich bitte von diesen Schläuchen befreien?«, antwortete sie gereizt. Netterweise nahm der Arzt ihr zumindest die blöde Sauerstoffmaske ab. Erleichtert atmete sie tief ein. Die Luft schmeckte total nach Krankenhaus, fürchterlich. Mühsam versuchte sie,

sich aufzusetzen, die Schwester half ihr dabei. Sofort fiel ihre Mutter über sie her, umarmte sie, weinte, schluchzte immerzu Ellis Namen.
»Mama.«, sagte Elli nur, »Es ist schön, euch alle wiederzusehen. Aber mir geht es gut, ich habe bloß geschlafen.«
»Wir haben uns solche Sorgen um dich gemacht! Wir dachten schon, du wachst nicht mehr auf und…und…«, begann ihre Mutter, vor Freude weinend.
»Nein, Mama, mir geht's gut, wirklich. Tut mir Leid, ich weiß auch nicht, wie das passiert ist. Kann ich wieder mit nach Hause?«.
Nun umarmten sie auch die Anderen alle. Elli hätte die ganzen Grüße gern erwidert, konnte aber nicht, da ihre Arme noch immer gebunden waren.
»Herr Doktor, wann kann ich denn endlich wieder nach Hause?«, fragte sie genervt. »Wenn dein Zustand wieder stabil ist. Wir wissen außerdem noch nicht, was es war und ob du Rückfälle erleiden wirst. Und es wird wahrscheinlich ein Weilchen dauern, bis du wieder richtig laufen kannst.«
»Warum das denn?!«, fragte sie verständnislos.
»Du hast mehrere Monate lang gelegen, deine Muskeln sind ziemlich abgebaut und schwach.«, belehrte er sie.
Das konnte doch unmöglich sein! Dafür war sie doch im Traum umso mehr gelaufen!
»Also muss ich jetzt noch eine Woche unter Beobachtung hier bleiben?«, vermutete sie seufzend.
»Mindestens.«, sagte der Doktor nickend.
»Und was soll ich dann den ganzen Tag lang machen?«, fragte sie weiter.
»Du könntest lernen, damit du wieder in das Schulleben reinkommst.«, schlug ihr Vater vor. Entrüstet sah sie ihn an. So eine Idee konnte echt bloß von ihren Eltern kommen. Da war sie gerade nach monatelangem Schlaf wieder aufgewacht, war wieder zurück in der Wirklichkeit, und sofort sollte sie wieder für die Schule lernen!
»Ja, wir bringen dir nachher gleich das ganze Zeug. Claudia hat dir alles kopiert.«, sagte ihre Mutter. Ach, stimmt, die gab es ja auch noch, fiel Elli ein. Claudia und die anderen. Wie kam es bloß, dass sie die während der gesamten Zeit bei Tycon und Lisco nicht ein einziges Mal vermisst hatte…? Bestimmt war es von deren Seite aus genauso gewesen. Warum

sollte schon jemand Elli vermissen?? Außer ihrer Familie, natürlich. Aber sonst…

Ihre Eltern hatten sie gefragt, was sie alles gespürt oder gesehen hatte, als sie schlief, ob sie überhaupt bei Bewusstsein gewesen war, innerlich natürlich. Da Elli nicht unbedingt die ganze Geschichte erzählen wollte, nicht nur wegen der Zeit, sondern weil sie dann danach vermutlich noch ein Weilchen in die Irrenanstalt gemusst hätte, sagte sie einfach, sie wisse nichts mehr- wie es bei manchen Träumen tatsächlich ja gar nicht so unüblich war.
Zum Glück gingen ihre Besucher bald, da der Arzt sagte, Elli brauche Ruhe. Wie dankbar sie ihm dafür war. Und natürlich kam ihr Vater kurz darauf nochmal kurz wieder, um ihr das Lernzeug zu bringen. Elli wurde ganz schlecht, als sie das alles sah. Wahrscheinlich war es einfacher, das Schuljahr zu wiederholen, anstatt dies alles binnen weniger Wochen zu lernen, unter kontinuierlichem Stoffzuwachs, verstand sich.
Also nahm sie sich schweren Herzens den Biohefter, da dies vermutlich noch am einfachsten war, und lernte, bis es schließlich wieder Abend geworden war und sie entschied, zu schlafen. Dann legte sie den Hefter weg, legte sich bequem, insofern dies in dem Krankenhausbett möglich war, hin und schloss die Augen.

Bald darauf wachte sie wieder auf, zu ihrer Erleichterung in ihrem weitaus bequemeren Bett in Liscos Haus. Eilig stand sie auf, zog sich an und machte sich daran, Lisco zu suchen. Sie musste ihm das unbedingt erzählen!
Sie lief die Treppe hinunter, ging ins Wohnzimmer und in die Bibliothek, konnte ihn jedoch nicht finden. Auf einmal hörte sie ein Geräusch und folgte dem Laut: sie war vor dem Bad angekommen, als gerade in diesem Moment Lisco dort heraustrat. Er wollte verwundert etwas sagen, doch da hatte sie ihn schon vor Freude umarmt und rief erfreut: »Es hat geklappt, Lisco, es hat geklappt! Ihr hattet Recht!«
Er erwiderte die Umarmung kurz, ging dann ein kleines Stück von ihr zurück und sagte erfreut: »Na, siehst du, das habe ich dir doch gesagt. Es konnte gar nicht schief gehen.«.

Elli registrierte erst jetzt, dass er –mal wieder- nichts weiter trug, als ein Handtuch um die Hüfte und ging deshalb instinktiv einen Schritt zurück. Er lächelte und meinte: »Meine bloße Nähe lässt dich zurückweichen? Sehe ich so schrecklich aus?«, »Nein!«, sagte sie schnell, »Ganz und gar nicht…nur…«
»Ja, ich weiß schon…«, sagte er und kam näher, »Ich weiß, warum du Angst hast.« Er stand nun ganz dicht vor ihr, sodass sie seinen warmen Atem auf ihrem Gesicht spüren konnte. Sie wagte es nicht, sich zu bewegen und atmete flacher. Er näherte sich ihrem Gesicht, als wenn er sie küssen wollte, flüsterte aber stattdessen: »Habe ich dich so verschreckt?«.
Er blieb noch einen Moment in dieser Haltung, dass ihre Lippen sich fast berührten, doch als Elli nichts tat, ging er einen Schritt zurück und sagte: »Hab bitte keine Angst. Ich tue nichts mit dir, was du nicht willst.«.
Erleichtert atmete Elli auf. Er schien es also wirklich ernst zu meinen.
»Ich bin froh, dass du wieder da bist.«, sagte er, um auf das eigentliche Thema zurückzukommen, »Ich hatte schon Angst, Tycon hätte das Ganze so gedreht, dass du hier nicht mehr aufwachst.«. Elli erschrak, denn daran hatte sie überhaupt nicht gedacht.
»Ja…ich bin auch froh darüber.«, bemerkte sie deshalb.
»Wirklich?«, fragte er hoffnungsvoll, »Du empfindest es nicht als Zwang oder Last, hier zu sein?«. Sie schüttelte den Kopf und erwiderte: »Nein, momentan nicht. Ich könnte es mir gar nicht mehr anders vorstellen.«
»Das freut mich. Das heißt, du bist gern hier…bei mir?«
»Ja…«, gestand sie zögernd, »Ich…mag dich, aber…du weißt schon.«
»Ja.«, sagte er, »Ich weiß.«
»Danke, dass du es zugelassen hast. Das mit dem Biss…und so.«, sagte Elli ,»Es muss wirklich schwer für dich gewesen sein, zuzusehen.«. Lisco nickte und sagte: »In der Tat, es war sehr schwer. Und ich war eifersüchtig.«
Fragend sah sie ihn an. »Worauf?«
»Er durfte dir so nah sein…«, gestand er.
Elli wurde rot und bemerkte: »Du bist doch jetzt jeden Tag in meiner Nähe.«
»Aber nicht auf diese Art.«, erwiderte er, bitter lächelnd, »Es war…er hätte dich genauso gut küssen können.«

Ohje, er schien wirklich neidisch auf Tycon zu sein.
»Es war doch das letzte Mal.«, erwiderte sie, »Er wird es nie wieder tun können.« Stimmte das? Würde er es wirklich nie wieder tun? Ein merkwürdiges Gefühl durchschlich ihren Körper. Irgendwie hatte sie es ja schon gemocht…aber es musste ein Ende haben. Sie konnte ja nicht ewig den Blutspender spielen…zumindest hatte sie das nicht vor. Aber würde sie sich dem, und damit Tycon selbst, wirklich auf Dauer entziehen und widersetzen können?
»Du brauchst nicht neidisch auf ihn zu sein…«, sagte sie erneut. Lisco lächelte dünn, kam wieder einen Schritt auf sie zu und sah ihr in die Augen. Langsam, stetig ihre Augen im Blick behaltend, näherte er sich ihrem Gesicht. Was hatte er denn jetzt schon wieder vor? Elli wagte nicht, zu atmen. Schließlich küsste er sie kurz, legte sanft seine Lippen auf ihre. Nur einen Moment, nicht länger. Dann flüsterte er: »Ich liebe dich noch immer, Elisa.«
Wie versteinert stand sie da, berührt von seinen Worten. »Nach dem, was ich dir angetan habe…«, sagte sie leise, verwundert. Er sagte nichts, sondern blieb einfach in der Haltung stehen. Sie starrte auf seine warmen, weichen Lippen, die sie insgeheim manches Mal vermisst hatte, und die sie gerade kurz geküsst hatten. Fast wäre sie in die Versuchung geraten, sie zu berühren, noch einmal zu küssen. Doch stattdessen ging sie einen Schritt zurück, denn es erschien ihr falsch.
»Lisco, es ist noch zu früh…ich…«
»Ich verstehe.«, sagte er, »Du willst erst mal etwas…Abstand.«
»Von den Ereignissen, ja. Ich will erst mal wieder klar im Kopf werden…«. Er nickte verständnisvoll. Aber fing es nicht gerade schon wieder an? War es letztes Mal nicht auch so gewesen? Sie hatte gesagt, sie brauche Zeit, aber er war ungeduldig geworden…oder hatte sie falsch verstanden…naja, eigentlich hatte er sie richtig verstanden gehabt, so war es ja im Plan festgelegt gewesen. Und jetzt begann das Ganze schon wieder. Sie brauchte Zeit, wollte ihn jetzt nicht schon wieder küssen und so tun, als sei nichts gewesen, doch wer sagte ihr, dass er nicht wieder ungeduldig wurde?
»Wie war es eigentlich?«, fragte er plötzlich.
»Wie bitte, was?«, fragte Elli, die ihm nicht richtig zugehört hatte.
»Wie es war, bei deinen Eltern…«, wiederholte er.

Jetzt hatte sie ihn verstanden, auch wenn dies ein ziemlich abrupter Themawechsel gewesen war.
»Es war…eigenartig.«, sagte sie, »Ich lag im Krankenhaus, die ganze Zeit über, die ich hier war, lag ich im Koma… ich muss jetzt alles nachholen, was sie in der Schule gemacht haben…«
»Wann wirst du aus dem Krankenhaus entlassen?«
»In ein paar Wochen, glaube ich. Der Arzt hat gesagt, mein Zustand sei noch labil…und mein Körper müsse sich erst wieder an Bewegung gewöhnen…«
»Das denke ich nicht. Es war ja nicht so, dass du nur bewusstlos da gelegen hast. Du hast dich ja hier die ganze Zeit bewegt…das sollte kein Problem darstellen.«
»Meinst du? Aber ich bin doch nicht geschlafwandelt, ich hab mich doch nur hier bewegt…und trotzdem muss ich alles nachholen…ich weiß gar nicht, wie ich das schaffen soll…«
»Wie war das, mit der Macht der Gedanken? Es wird schon klappen, vertrau mir. Und was das Lernen angeht…ich sage das zwar ungern, aber du könntest ja auch hier…ein bisschen lernen…«
»Na hoffentlich…«, murmelte sie, »Warum ungern?«
»Weil ich dann vermutlich noch weniger von dir habe…vor allem im Sommer.«
»Bist du an die Nacht gebunden, oder bist du bloß…allergisch gegen die Sonne?«
»Ich vertrage die Sonne nicht gerade…aber auch ich brauch irgendwann mal Schlaf. Warum?«
»Naja, sonst könntest du ja einfach solche Rollläden, die kein bisschen Sonne durchlassen, anbringen…dann wärst du nicht immer so an die Nacht gebunden.«, schlug sie vor. Lisco schien darüber nachzudenken und sagte dann: »Ja, das ist keine schlechte Idee…aber es wird schwer sein, Handwerker zu finden, die nachts arbeiten.«
»Wieso? Sag einfach, du hast tagsüber einen Job.«
»Hm…ja, ich werde es versuchen.«
»Aber…wie soll ich hier denn lernen? Ich kann das ganze Zeug doch nicht mit hierher bringen, oder?«
»Nein, aber du könntest es mir per Email schicken.«

»Du hast eine Email Adresse?«, fragte sie überrascht, »Und einen Computer?«
Lisco sah sie verwirrt an und erwiderte: »Natürlich, hat das nicht mittlerweile jeder?«
»Schon, aber…ich hab, seit ich hier bin, noch kein Handy, Computer oder ähnliches gesehen.«
»Ja…weil du das hier nicht brauchst.«. Das klang eindeutig, keinen Widerspruch duldend. Merkwürdig…
»Und…wie lautet deine Email Adresse?«
»Das sage ich dir nachher, bevor du schlafen gehst, damit du sie nicht vergisst. Schreib sie dir dann am besten gleich auf, wenn du aufwachst.«
»Aber wenn ich noch im Krankenhaus bin, kann ich dir ja eh noch nichts schicken…«
»Dann warten wir damit eben, bis du wieder nach Hause kannst.«
»Okay…im Krankenhaus hab ich ja eh genug Zeit…«
»Ich werde jetzt erst mal rausgehen.«, beschloss er, »Willst du mitkommen?«
»Nein, nicht wirklich.«, gab sie zu. Eigentlich hätte sie ja nichts gegen etwas frische Luft gehabt, doch sie hatte Angst, auf Tycon zu treffen und dann wieder in eine unglückliche Lage zu geraten. Lisco nickte kurz, wahrscheinlich etwas traurig über ihr Verneinen, zog sich an und ging aus dem Haus.

-Tycon-

Tycon ging aus dem Haus, um seinen abendlichen Spaziergang zu beginnen. Er lief in Richtung seines Clubs. Einen Moment lang war er versucht, mal bei Lisco vorbeizuschauen, ob dieser vielleicht nicht da und Elli somit allein war. Doch dann verwarf er diese Idee wieder. Natürlich hätte er auch via Gedanken einfach Elli fragen können. Das hätte er ja schon daran bemerkt, wenn sie ihn hätte hören können, denn dann war Lisco ja automatisch nicht da. Aber andererseits: was sollte er dann tun? Sicher, eigentlich schuldete sie ihm noch Dank, weil er ihr ermöglicht hatte, wieder nach Hause zu kommen. Zumindest dachte sie, dass dem so war. Aber dann, wenn Lisco käme, könnte es wieder ungemütlich werden und er verspürte gerade mal kein unstillbares Verlangen nach einem Streit. Obwohl schon etwas...Belustigendes dabei war, wenn Elli hilflos da stand und versuchte, den Streit zu schlichten. Aber er wollte sich nicht wieder unbeliebt bei ihr machen, im Gegenteil, er hatte dafür zu sorgen, dass sie ihn wieder mochte. Darum würde er sich bald kümmern, ja, er würde sie besuchen, wenn sie auf ihrer Ebene war.

Wenn man gerade vom Teufel spricht, dachte er, als er weit vor sich die Gestalt Liscos erkannte. Dieser schien Tycon auch zu erkennen, denn er schien kurz zu überlegen, die Straßenseite zu wechseln. Schließlich kam er dann aber doch weiter auf Tycon zu.
»Du schon wieder.«, sagte Lisco kühl, ohne jegliche weitere Begrüßung. Wie höflich.
»Wo ist Elisa?«, fragte Tycon, ohne auf das Gesagte einzugehen.
»Bei mir, zu Hause, wo sonst. Komm bloß nicht auf dumme Ideen!«, antwortete Lisco drohend.
»Ich?! Nein, wieso sollte ich das tun?«
»Niemand weiß, auf was für Ideen du kommst.«
Tycon lächelte. »Wie geht es ihr?«
»Gut, denke ich. Zumindest tut sie so.«
»Dann fehlt ihr nichts. Hätte ich auch nicht erwartet.«
»Es hat funktioniert.«, stellte Lisco fest.
»Natürlich hat es das.«, sagte Tycon zufrieden, »Da siehst du, wie sie mir schon...gehorcht.«
»Du meintest wohl eher: gehört. Aber vergiss es, du bekommst sie nicht wieder.«
Tycon lachte kurz und erwiderte: »Ach, komm, Lisco, diese Diskussion hatten wir doch schon. Du kannst mich nicht von meinen Plänen abhalten.«
»Was zum Teufel hast du vor?«
»Das wirst du sehen, wenn ich mein Ziel erreicht habe. Erzähl mir lieber, wie es für dich war, als ich ihr Blut getrunken habe. Ich habe deine Blicke bemerkt.«, sagte er, spöttisch kurz die Augenbrauen hebend.
»Ich hätte dich am liebsten getötet. Und würde es auch jetzt noch gern tun.«, gab Lisco kühl zu.

Tycon lächelte wieder und entgegnete: »Dachtest du im Ernst, ich würde sie töten? Rührend, wie du dich um sie sorgst, aber ich brauche sie noch.«
»Ich wollte nur nicht, dass du ihr noch mehr weh tust.«
»Ach, glaub mir, wenn ich das tun wollte, würde ich schon einen Weg finden. Wenn nicht hier, dann bei ihr zu Hause.«
»Wage es ja nicht!«
»Wieso? Du kannst mich doch eh nicht davon abhalten.«
»Warum hast du gerade sie ausgewählt?«, fragte Lisco wütend.
»Warum nicht?«
»Sie ist noch so jung und unschuldig!«
»Ja, und sie hat einen eigenen Kopf und ist Entscheidungsneurotiker. Das gefällt mir.«
»Es gefällt dir, ihren Willen zu brechen?!«
»Nein, mir ihren Willen anzueignen. Hast du das nicht auch schon gemacht?«
»Nein, ich brauche diese dunklen Künste nicht. Mich wird sie so lieben und dann tun, was ich will.«, sagte Lisco überzeugt.
Nun war es Tycon, der aufgebracht wirkte und drohte: »Du wirst sie nicht anrühren! Gerade beschwerst du dich über meine *dunklen Künste*, wie du es nennst, und wie jung und unschuldig sie ist, und dann kommst du wieder, mit deinen…Verführungen!«
»Tu doch nicht so, als hättest du sie nicht gezwungen, dich zu lieben! Oder willst du mir erzählen, dass sie freiwillig deine…Macken geduldet und sogar gemocht hat?«
»Doch, ich würde schon sagen, dass es ihr gefallen hat. Sie steht wahrscheinlich mehr auf die bösen Typen, als auf gutmütige, langweilige Schmeichler und Heuchler wie dich.«, gab Tycon zurück. Und das war nichtmal aus der Luft gegriffen.
»Ich kenne deine Tricks, Tycon. Sie wird mich lieben und dich irgendwann vergessen.«, entgegnete Lisco kühl. Als Tycon zu einem neuen Satz ansetzen wollte, drehte Lisco sich kommentarlos um, wechselte die Straßenseite und ging weiter seines Weges. Verdutzt sah Tycon ihm nach und ging dann, kopfschüttelnd, über das plötzliche Gesprächsende, weiter zu seinem Club.

Dort angekommen, wurde er wieder von Yvònne begrüßt, fragte sie nach irgendwelchen Ereignissen und ging dann wieder zur Bar, auf der Suche nach einer Seele. Tatsächlich war der Club gut besucht, sodass er eine reiche Auswahl hatte. Er entschied sich für eine junge, hübsche Brünette, die zwar wahrscheinlich nicht unbedingt die Schlauste war, aber für seinen Zweck würde sie genügen. Er bat sie, mit ihm zu kommen und führte sie in einen gerade unbesetzten Raum. Sie setzten sich auf eine Couch. Er fragte sie, ob sie das erste Mal hier war, wie der Club ihr gefiel und das Übliche. Sie schien hellauf begeistert und als er sich ihrem Gesicht näherte und begann, sie zu küssen, schlug ihr Herz freudig schneller, wie er hörte. Wüsste diese arme Frau doch nur, was ihr bevorsteht, dachte er hämisch. Ihre Haut war warm, ihre Lippen weich und als er mit dem Mund an ihrem Hals entlang wanderte, lächelte sie, voll freudiger Erwartung. Er wollte etwas versuchen. Ihr Herzschlag veränderte sich, als er sie biss. Ihr Körper verkrampfte sich und sie rief ängstlich: »Was tust du da? Das tut weh!«
Merkwürdig, bei Elli hatte es viel besser funktioniert…
Er küsste nochmal kurz die Wunde und sah ihr wieder tief in die Augen. »Du vergisst, dass wir uns getroffen haben.«, sagte er bestimmt. Sie stand unter seinem Bann und nickte langsam. Dann öffnete sie, wie all die Anderen, bei denen er dieses Ritual vollzog, leicht den Mund und er küsste sie erneut, dieses Mal jedoch, um ihr einen Teil ihrer Seele zu rauben.
Danach ließ er sie einfach auf dem Sofa liegen, mit der gedachten Begründung, die anderen Gäste würden denken, sie sei erschöpft oder betrunken. Dann ging er wieder nach Hause.
Es war merkwürdig, dass es bei dieser Frau nicht funktioniert hatte. Bei Elli war es wohl so gewesen, weil er sie davon überzeugt hatte und sie daran glaubte.
Die Frau musste ihn für einen Psychopaten oder einen "besonders Wilden" gehalten haben, deshalb hatte er es lieber abgebrochen. Er würde also noch weitere Wege gehen müssen, um sein Ziel zu erreichen, aber das war ihm eigentlich von Anfang an klar gewesen.

## -Elli-

Elli wartete ungeduldig auf Liscos Rückkehr. Eigentlich hatte sie ja schon Schlafen gehen wollen, doch er musste ihr ja noch seine Email Adresse geben. Sie konnte ihm zwar eh erst schreiben, wenn sie wieder zu Hause war, aber das war ja egal. Lieber wollte sie auf Nummer sicher gehen und sie sich vorsichtshalber schon aufschreiben.
Endlich kam er dann auch, doch irgendwie schien er ein wenig mies gelaunt zu sein.
»Was ist los?«, fragte sie besorgt.
»Ich habe Tycon angetroffen.«, sagte er kurz angebunden.
»Und…was…ist was passiert? Hat er was vor? Hat er dir was getan?«, hakte sie langsam nach. Lisco lächelte kurz dünn und sagte: »Nein, das könnte er auch nicht. Wir haben nur geredet.«
»Und…über was?«
»Elisa, bitte.«, sagte er leicht genervt, was wohl so viel hieß, wie, sie solle doch endlich den Mund halten.
»Warum sagst du es mir nicht einfach, Lisco? Was ist so schlimm daran? Du weißt doch, wenn du es verschweigst, will ich es nur umso mehr wissen.«.
Er seufzte und erwiderte: »Na gut, du hast ja Recht. Dreimal darfst du raten worüber wir geredet haben…«
Elli sah ihn bloß fragend an, für solche Spielchen war sie gerade wirklich nicht in Stimmung. »Worüber nun?«, fragte sie erneut.
»Na, über dich, worüber sonst. Die übliche Diskussion.«, sagte er, etwas gestresst.
Hm, das hätte sie sich ja eigentlich auch denken können.
»Und…worum geht es immer in dieser Diskussion?«
»Um seine Pläne, um den gegenseitigen Vorwurf dich nur auszunutzen…das Übliche eben, wie an dem Tag, wo wir, also er und ich, uns hier gestritten haben.« Elli seufzte und sagte: »Aber warum tut ihr das auch? Ich meine, es gibt so viele Mädchen auf dieser Welt, die mir in so Vielem überlegen sind…warum ich? Das verstehe ich nicht! Ihr habt das doch nicht nötig!«
»Das musst du auch nicht verstehen.«, antwortete er, kurz lächelnd, und gab ihr einen Kuss auf die Stirn.

»Aber was hat er für Pläne? Was hat er vor?«
»Glaubst du, das verrät er mir? Seit wann verraten Verbrecher der Polizei freiwillig, was sie vorhaben?«, erwiderte er.
Ok, damit hat er Recht, dachte Elli.
»Willst du nicht langsam schlafen gehen? Denk daran, du musst viel aufholen.«, sagte er fürsorglich.
»Ja, du hast Recht. Aber du wolltest mir noch deine Email Adresse geben.«
»Ja, das stimmt.«, er nickte zustimmend, ging in die Küche und schrieb jene auf einen Zettel. Dann gab er diesen Elli.
»Du hast eine…eigenartige Schrift.«, stellte sie fest, als sie jene betrachtete.
»Eigenartig? Wie nett.«, feixte er.
»Nein, ich meine eigenartig im Sinne von…wundersam…schön…sie sieht so alt und elegant aus…dagegen sind meine Buchstaben echte Hieroglyphen…im negativen Sinne.«
»Ach, das glaube ich nicht.«, sagte er, anscheinend etwas verlegen.
»Doch, im Ernst, meine Schrift kann außer mir fast keiner lesen. Und wenn doch, dann nicht ohne ewiges Rätseln und Fluchen.«, beteuerte sie.
Sie lachten beide kurz.
»Naja, dann werde ich mal ins Bett gehen.«, sagte sie, umarmte ihn kurz zögernd und ging dann, mit dem Zettel in der Hand, hoch in ihr Zimmer, wo sie den Zettel unter das Kopfkissen und sich selbst sofort schlafen legte.

-zwei Wochen später-

Seit ungefähr zwei Wochen konnte sie nun wieder in "ihre Welt" und der Arzt hatte sie nun endlich nach Hause entlassen. Wie von Lisco vorhergesagt, hatte auch das Laufen wieder rasch funktioniert, worüber der Arzt nur Erstaunen hatte aufbringen können.
In die Schule durfte sie jedoch noch nicht. Aber sie konnte Lisco nun endlich die Email mit dem Lernzeug schicken! Sie schaltete ihren, so lange nicht mehr genutzten, Laptop an, ging auf ihre Email-Seite und gab Liscos Adresse ein. Sie hatte sie am Abend vorher extra auswendig gelernt. Dann scannte sie alles, was sie lernen musste. Was natürlich nicht

gerade wenig war und auch dementsprechend dauerte. Schließlich hängte sie die ganzen Dateien an, betete, dass die Internetverbindung mitspielte und schickte es ab.
Nachdem sie tagsüber noch fleißig gelernt hatte, legte sie sich schließlich schlafen, gespannt darauf, ob das mit der Mail geklappt hatte.

Kaum war sie bei Lisco aufgewacht, zog sie sich schnell an, lief die Treppe herunter und kaum, dass sie ihn sah, rief sie: »Und, hat es geklappt?«
»Guten Abend, Elli.«, sagte er lächelnd, umarmte sie kurz und reichte ihr dann einen Stapel Papier.
»Aber…du hättest das doch nicht alles ausdrucken müssen!«, sagte sie entsetzt, »Ich hätte doch auch vom Bildschirm lernen können!«
»Das ist aber nicht gut für die Augen und du ermüdest dann schneller. Außerdem kannst du dir so Notizen machen und mich fragen, wenn du etwas nicht verstehst.«, sagte er belehrend.
»Ähm…danke…«, erwiderte sie, etwas verlegen ob seiner Großzügigkeit. Er lächelte wieder und meinte: »Gern geschehen.«

Wie sich herausstellte, war Lisco ein ausgezeichneter Lehrer. Sie wollte ihn eigentlich gar nichts fragen, doch er schien es zu merken, wenn sie etwas nicht verstand. Dann fragte er sie sofort, wo das Problem liege und erklärte es ihr. Dies führte dazu, dass sie Mathematik nun besser verstand und sogar etwas Spaß daran fand. Natürlich, bei Geschichte und den Sprachen musste sie einfach auswendig lernen, aber das war ihr ja noch nie schwer gefallen. Vor allem war es eine Erleichterung, dass Lisco ihr Tipps gab und ihr ab und an etwas zu Trinken oder zu Essen brachte, und sie so immer zu kleinen Pausen zwang, die insofern nützlich waren, dass ihre Konzentration danach wieder voll da war und sie nun mehr und effektiver lernen konnte, als bisher. Deshalb beschloss sie, diese Pausen-Taktik von nun an auch zu Hause anzuwenden.

Schließlich war es dann soweit: die letzte Nacht, bevor sie wieder in die Schule gehen durfte…oder eher: musste. So aufgeregt war sie schon lange nicht mehr gewesen: unruhig lief sie durch Liscos Haus, mit dem Lernstoff, für den nächsten Tag, in der Hand, wiederholte alles doppelt und dreifach, da sie an fast jedem Schultag eine Klausur nachzuschrei-

ben hatte. Eigentlich müsste sie das Schuljahr wiederholen, aber sie wollte mit aller Macht versuchen, es doch noch zu schaffen.
»Warum bist du so aufgeregt?«, fragte Lisco.
»Morgen ist mein erster Schultag.«, erklärte sie.
»Und warum machst du dich da so verrückt?«
»Weil…ich muss die ganzen Klausuren nachschreiben und so…und einfach, weil es so lange her ist, dass ich das letzte Mal dort war.«
»Wie ging es dir, nachdem Tycon dir seine Seele…eingesetzt hatte?«, fragte er plötzlich.
»Wie bitte?«, fragte sie verwundert, obwohl sie die Frage akustisch verstanden hatte, »Lisco, ich muss noch lernen, können wir nicht später darüber reden?«
»Nein.«, erwiderte er lächelnd, »Ich hatte nämlich überlegt, es zu versuchen…dir ebenfalls einen Teil meiner Seele zu geben…dann könnte ich dir in der Schule helfen…über die Gedanken, meine ich.«
»Das würdest du tun?«, fragte sie erfreut, »Aber…nein, das geht nicht. In den nächsten paar Tagen danach hatte ich höllische Kopfschmerzen und Fieber…wie Migräne. Und außerdem sagtest du doch, es sei gefährlich?«
»Das ist schade, dann geht es nicht…höchstens, wenn du dann Ferien hast.«
Auf ihre Frage ging er anscheinend nicht ein.
»Hm…das ist noch ein Weilchen hin.«
»Aber du schaffst das auch so.«, sagte er überzeugt, kam auf sie zu, legte ihr die Hände auf die Schultern und sah ihr in die Augen, »Leg das Ganze doch jetzt mal weg, du kannst das. Du hast in den letzten Wochen so viel gelernt…wenn du dich jetzt so verrückt machst, bringt das auch nichts.«
»Genau das sagen meine Eltern auch immer…also, dass ich ruhig bleiben soll, meine ich.«, erwiderte sie augenrollend, mit dem Versuch, zu lächeln.
»Weil es das Richtige ist.«, stimmte er ihr zu.
»Ich werde trotzdem die ganze Nacht lang aufgeregt sein.«, seufzte sie.
»Tut mir leid, ich kann dir nicht dein Blut aussaugen.«, sagte er, mit einem Hauch von Sarkasmus.
»Was?!«, erwiderte sie perplex, »Wie kommst du jetzt darauf? Und wer hat gesagt, dass du das tun sollst?!«

»Ich meine ja nur. Tycon würde das jetzt wahrscheinlich tun…dann wärest du bewusstlos und müsstest dich nicht weiter mit diesen Gedanken plagen.«
Damit hatte er allerdings Recht.
»Jetzt bist du es, der sich etwas einredet.«, warf sie ihm vor, »Sicher würde oder könnte er das tun, aber er wird es nicht, weil ich bei dir bin. Ich schaffe das schon, dann bin ich halt mal die ganze Nacht über aufgeregt…das macht doch nichts.«
Er schmunzelte und meinte: »Ich könnte dich höchstens…ablenken.«
Elli sah ihn schräg an und fragte: »Und…wie stellst du dir das vor?«
»Versprichst du, nicht wieder mit einer Lampe auf mich einzuschlagen?«
»Das kommt ganz darauf an…wenn es das ist was ich denke, dann…«,
»Nein, ist es nicht.«, sagte er sogleich sanft. Als sie nicht weiter protestierte näherte er sich wieder ihrem Gesicht, sie stets im Auge behaltend. Dann küsste er sie vorsichtig. Sie spürte, endlich, nach langer Zeit wieder, seine warmen, weichen Lippen auf den Ihren, ihr Herz schlug etwas schneller und erinnerte sie wieder daran, wie sehr sie diese Lippen in manchen Momenten vermisst hatte. Er wartete ab, ob sie ihn wegstoßen oder ähnliches tun wollte, doch stattdessen erwiderte sie zaghaft den Kuss. Sie hatte etwas Angst gehabt, dass er dies falsch deuten und dort würde weitermachen wollen, wo er letztes Mal so prüde von ihr unterbrochen worden war, doch zu ihrer Erleichterung tat er nichts dergleichen. Ganz sanft, vorsichtig, küsste er sie, immer auf sie achtend, ob sie aufhören wollte.
Schließlich tat sie dies dann auch, nach kurzer Zeit. Sie hatte eigentlich nicht aufhören wollen, aber es kam ihr so…besser vor. Moralisch korrekter.
»Das…war also deine Ablenkung?«, fragte sie leise.
»Nein.«, erwiderte er schmunzelnd, »Das hatte nichts damit zu tun.«
»Warum hast du es dann getan?«
»Ich hab es…vermisst. Und ich dachte, du würdest vielleicht auch so empfinden.«
»Ein wenig…«, gab sie zu, »Hattest du etwa keine…Andere während ich weg war?«
»Nein.«, sagte er einfach.
»Das…tut mir leid.«, meinte sie daraufhin.

»Das braucht es nicht.«, erwiderte er, kurz lächelnd, »Wenn man jemanden liebt, gibt man sich mit niemand anderem zufrieden.«
Diese Worte rührten sie zutiefst. Er schien sie wirklich von ganzem Herzen zu lieben. Was würden Andere dafür geben, so geliebt zu werden, noch dazu von einem Mann wie Lisco, der nahezu perfekt zu sein schien? Und sie hatte ihn stattdessen verlassen und verletzt!
»Es tut mir Leid, dass ich dir damals so weh getan habe…warum hast du mir nicht eher gesagt, dass du mich liebst?«, sagte sie kleinlaut.
»Das hätte deine Entscheidung auch nicht geändert.«
»Aber vielleicht hätte es sie beeinflusst, mich zum Nachdenken angeregt…«
»Ich hatte mich nicht getraut.«, gab er zu. Überrascht sah sie ihn an: »Du hast dich nicht getraut? Ich meine, du bist so…mächtig und hast bestimmt schon so viel Schwierigeres durchgemacht, und da traust du dich nicht, diese drei Worte zu sagen?«
»Tja, das kommt vor. Meistens sind gerade diese kleinen Dinge ziemlich schwierig.«
Sie überlegte und küsste ihn dann kurz erneut.
»Ich…muss erst mal damit…klar kommen, also…bitte tu nicht gleich wieder so, als wären wir ein Paar…also, ich meine verstehe mich nicht falsch…«
»Ja, ich weiß, was du meinst. Es ist okay.«, schnitt er ihr sanft das Wort ab, »Ich verstehe dich nicht falsch, es ist alles in Ordnung.«
Erleichtert atmete sie auf.
»Siehst du, jetzt habe ich es doch geschafft, dich abzulenken.«, sagte er schmunzelnd.
»Ich dachte, du wolltest mich damit nicht ablenken?«, »Wollte ich auch nicht.«, gab er zu, »Aber offensichtlich hat es hiermit doch auch gut funktioniert.«
»Womit…wolltest du mich dann eigentlich ablenken?«
»Ich könnte dich…manipulieren.«, sagte er ernst. Elli schrak zurück.
»Natürlich nur, wenn du es willst.«, fügte er schnell hinzu, da er ihre Erschrockenheit bemerkt haben musste.
»Ich weiß nicht.«, sagte sich unsicher.
»Es ist deine Entscheidung.«
»Hast du mich schon mal…?«

»Natürlich nicht.«
»Hat Tycon mich schon mal…manipuliert?«
»Ja, jedoch anders, wie ich dir schon erzählt habe. Erinnerst du dich an keine Situation, wo er dir etwas befohlen hat, dich ansah und du plötzlich gemacht hast, was er verlangte, obwohl du es eigentlich gar nicht tun wolltest?«, fragte er ruhig. Elli überlegte und sagte dann: »Doch, ich glaube schon…aber ich erinnere mich nicht mehr richtig daran…«
»Es tut nicht weh, wirklich.«, sagte er, »Und ich werde dich nie manipulieren, wenn du mich nicht ausdrücklich darum bittest.«
»Okay…«, überlegte sie unsicher, »Dann…tu es.«.
Er nickte und sah ihr in die Augen, jedoch anders als sonst. Er fixierte sie, bannte ihren Blick, er schien ihr direkt in die Seele schauen zu wollen.
»Entspann dich, Elli.«, sagte er langsam, er befahl es ihr förmlich, »Du denkst heute nicht weiter daran, was morgen ist. Du wirst den morgigen Tag so bewältigen, wie du es dir wünschst. Hast du mich verstanden?«
»Ja.«, antwortete ihr Körper, wie von selbst.
»Gut.«, sagte er, veränderte seinen Blick, trat ein Stück zurück und sah sie abwartend an. »Wie fühlst du dich?«, fragte er sie, wieder normal.
»Ich…ich weiß nicht…ich fühle mich irgendwie…erleichtert.«, antwortete sie zögerlich.
»Gut.«, meinte er lächelnd, »Warum auch nicht? Weißt du noch, worüber du vorhin nachgedacht hast?«
Angestrengt versuchte sie, sich zu erinnern, doch es misslang ihr. »Nein…«, gab sie zu, »Woran denn?«
»Das ist nicht wichtig, jedenfalls hat es funktioniert.«, erwiderte Lisco lächelnd, »Wollen wir irgendeinen bestimmten Film ansehen?«

Elli wurde schließlich vom Klang ihres Weckers geweckt. Den hatte sie überhaupt nicht vermisst. Mühsam, müde und noch aufgeregter als am Abend stand sie auf, machte sich fertig und ging dann um 7.00 Uhr zum Bus. Von weitem sah sie schon Claudia, Katha und Sam dastehen und sich unterhalten. Darauf hatte sie erst recht keine Lust: die vielen Menschen, die sie in Kürze wieder umgeben würden, vor allem Claudia mit ihrem Nerv-tötenden Gefasel über Klamotten, Schuhe und Jungs…

Kaum war sie bei ihnen angekommen, wurde sie mit Fragen überhäuft: »Was hattest du?«,»Wie geht es dir?« und dergleichen wurden ihr alle durcheinander an den Kopf geworfen. Sie antwortete einfach, sie hätte im Koma gelegen, die Ärzte wüssten nicht warum und es ginge ihr wieder gut. Von Tycon und Lisco würde sie natürlich keinem erzählen.

Sie stiegen schließlich irgendwann in den Bus ein und fuhren durch die verschiedenen anderen Dörfer zur Schule. Während der Fahrt fühlte Elli sich beobachtet. Sie ließ ihren Blick durch den Bus schweifen und sah auch, warum: Christian saß im hinteren Teil des Busses, den Blick auf sie gerichtet. Als sie ihn ansah, schaute er schnell weg. Stimmt, da war ja was, dachte sie belustigt, noch einer mehr, der was von mir will…jetzt sind es also schon drei.
Als sie ausstiegen, ging sie möglichst schnell aus dem Fahrzeug und zu Josy, um nicht noch mit Christian reden zu müssen. Leider wurde sie auch von Josy und den Anderen mit Fragen gelöchert. Ganz zu schweigen davon, als sie in das Schulgebäude eintrat.
In der Pause fühlte sie sich wie ein Außenseiter. Ihre Abwesenheit wurde offiziell von Claudia wieder als langweilig betitelt, da sie ja "nur geschlafen" hatte. Tzz, wenn die wüsste, dachte Elli. In der Tat würde Claudia wahrscheinlich neidisch werden, wenn plötzlich Lisco und Tycon vor der Schule stehen und Elli, in ihrer Mitte, ihr noch zuzwinkernd, mit ihnen gehen würde. Aber leider würde das nie geschehen...

Die Anderen unterhielten sich über Themen, von denen Elli nur Bahnhof verstand. Dabei merkte sie wieder, wie lange sie abwesend gewesen war. Dadurch, dass sie nur da stand und den Anderen beim Reden zuhörte, fühlte sie sich noch mehr als Einzelgänger, als sie es ohnehin schon war. Einige tuschelten sogar über sie, behaupteten, sie sei vielleicht schwanger gewesen oder schwer krank…und man müsse sich von ihr fernhalten.
Natürlich fragte auch jeder Lehrer, der sie sah und kannte, nach ihrem Befinden, was sie denn genau gehabt habe…langsam wurde es anstrengend.
Die Klausur, die sie heute geschrieben hatte, Geschichte, verlief ihren Gefühls nach gut. Was aber nicht weiter verwunderlich war, schließlich

hatte sie ja guten Privatunterricht gehabt. Ihre Lehrer und der Schulleiter hatten beschlossen, die Klausuren, von denen sie mehrere im Schuljahr schrieb und die sie verpasst hatte, jeweils zu einer großen Arbeit zusammenzuschließen.
Schließlich kam sie am späten Nachmittag erschöpft nach Hause, zwang sich, zu lernen und Hausaufgaben zu machen, schickte Lisco wieder den Lernstoff und legte sich irgendwann endlich schlafen.

Als sie bei Lisco wieder aufwachte, fühlte sie sich immer noch erschöpft und verspannt.
»Na, wie war dein erster Schultag?«, fragte er sie, nachdem sie die Treppe heruntergekommen war und er sie kurz umarmt hatte.
»Stressig.«, antwortete sie, »Alle haben gefragt was ich hatte, wie´s mir geht…als die sich unterhalten haben, konnte ich natürlich nicht mitreden…ich glaube, ich muss mich an den ganzen Stress erst wieder gewöhnen.«
»Und wie war die Klausur?«
»Die lief ganz gut…dank deiner Nachhilfe.«
Er lächelte.
»Weißt du, was ich mir heute gedacht habe?«, begann sie.
»Nein, was denn?«
»Vielleicht sollte ich mich nochmal…beißen lassen.«
Verwirrt sah er sie an und erwiderte: »Von ihm? Warum das?«
»Naja… jetzt habe ich wieder so ein Doppelleben…es war so schön, so unkompliziert, zumindest größtenteils, wie ihr in der Nacht zu leben…ohne jegliche Pflichten…jetzt war ich gerade mal einen Tag wieder in der Schule und es kotzt mich schon wieder an…«
»Soll ich dich nochmal manipulieren?«, bot er ihr an.
»Ja…ich glaube, das wäre eine gute Idee…rede mir einfach ein, ich hätte Spaß an der Sache…und ich sei überhaupt nicht gestresst…«
»Okay.«, sagte er lächelnd.
»Bevor du anfängst…«, fügte sie hinzu, »Weißt du, dass du damit richtig viel Geld ernten könntest? Du könntest als Therapeut oder Psychologe arbeiten…mit hundertprozentiger Erfolgsgarantie.«
»Ja, das ist wahr. Aber wer geht schon nachts zum Psychologen?«

»Ich zum Beispiel.«, sagte sie neckisch. Er lächelte, sah ihr wieder in die Augen und sagte dann: »Du gehst ab heute wieder in die Schule…es macht dir Spaß und du bist froh, dich wieder etwas auspowern zu können. Es strengt dich nicht an, es gleicht dich aus, du bist vollkommen entspannt.«
Als er fertig war, merkte Elli, wie jegliches Stressgefühl gewichen war, sie fühlte sich erleichtert, so als hätte sie gerade eine kalte Dusche nach einem Marathonlauf genommen.
»Wie fühlst du dich?«, fragte er.
»Gut.«, antwortete sie.
»Ich befürchte, ich soll dich jetzt jeden Abend therapieren, habe ich Recht?«, fragte er neckisch.
»Das klingt gut, ja.«, antwortete sie lächelnd.
»Willst du für morgen noch lernen, oder bist du schon fertig?«
»Nein, es ist noch ein bisschen übrig.«
»Brauchst du dabei meine Hilfe? Ansonsten gehe ich jetzt mal ein bisschen raus, es sei denn, du willst mitkommen.«
»Nein, morgen vielleicht, geh nur. Ich schaff das schon. Und wenn doch nicht, bist du ja nachher wieder da.«
»Ja, da hast du Recht. Dann bis nachher.«, sagte er, gab ihr kurz einen Kuss auf die Stirn und ging hinaus. Elli dagegen ging ins Wohnzimmer und lernte für den nächsten Tag.

Das war der Vorteil bei diesem Doppelleben: sie träumte nicht mehr irgendeinen Schwachsinn, wie Tycon es formuliert hatte, sondern konnte ihre Träume nutzen, um zu lernen. Deshalb brauchte sie das dann nicht so intensiv zu tun, wenn sie wach war, war demzufolge entspannter und konnte eher schlafen gehen. Dadurch waren ihre Träume jetzt zwar umso stressiger, aber dafür hatte sie ja Lisco. Auch, wenn es ihr ein Rätsel war, wie die Emails aus ihrer "echten" Welt in diese "Traumwelt" zu Lisco gelangen konnten. Dies ließ sie erneut an der (Un)echtheit dieser…Welt zweifeln. Vermutlich hing das einfach mit dem anderen Gedankenzeug zusammen: solange sie glaubte, die Mails würden ankommen, passierte dies auch. Warum auch nicht, bisher hatte sie ja keine Nachteile davon getragen.

Am Freitag hatte sie das erste Mal wieder Sport. Das war einerseits gut, weil sie dafür nicht lernen musste, beziehungsweise konnte, andererseits schlecht, weil sie schon so ewig keinen Sport mehr getrieben hatte und ohnehin eine Niete in diesem Fach war.
Ihr derzeitiges Thema: Hochsprung. Das hatte sie noch nie leiden können. Nicht zuletzt, weil dieses Sportelement einfach nur unfair war: die Großen, mit ihren langen Beinen, brauchten bloß laufen, kurz springen, waren drüber und hatten die 1. Die Kleineren, oder "normal Großen" konnten rennen und herumspringen wie sie wollten, und bekamen höchstens die 3. Elli musterte das Hochsprunggerät. Gleich war sie an der Reihe. Seit neuestem hatten sie eine Stange, sonst waren sie immer über ein Gummiband gesprungen. Das hatte ihr gerade noch gefehlt. Über das Gummiband zu springen und daran hängen zu bleiben, war eine Sache. Aber auf die Stange zuzurennen und womöglich schmerzhaft dagegen zu springen, war etwas Anderes.
Nun war sie dran. Sie holte tief Luft, nahm Anlauf, sprang ab– und riss die Stange mit sich auf die Matte. Die Klasse lachte natürlich wieder.
»Elli, das war doch die niedrigste Höhe!«, sagte ihre Sportlehrerin vorwurfsvoll. Das war auch so ein Ding, dass so jemand Sport überhaupt unterrichten durfte: die Frau war dick und konnte wahrscheinlich nichtmal über die Stange drübersteigen. Wahrscheinlich war sie Stammkundin bei McDonalds oder BurgerKing. Und so eine sollte den Kindern weis machen, dass Sport wichtig war? Sie konnte ja noch nicht mal was vorzeigen! Wenn sie Bodenturnen hatten, musste immer jemand aus der Klasse die Elemente vorführen. Soll sie doch mal springen, dachte Elli verächtlich.
Sie war insgesamt noch viermal gesprungen. Beim letzten Sprung war sie derartig falsch aufgekommen, dass sie sich schmerzhaft die Schulter verrenkt hatte.
Letzten Endes tat ihr alles weh, als sie nach Hause kam. Sport war einfach unbestreitbar Mord, oder wenigstens Totschlag.

Auch, als sie bei Lisco aufwachte, waren die Schmerzen nicht vergangen. Mühsam stand sie auf und trottete, nach ihrer täglichen Routine, die Treppe herunter. Sie ging ins Wohnzimmer und ließ sich, kurz stöhnend, auf dem Sofa nieder.

»Was ist los?«, fragte Lisco, der ihr gegenüber saß.
»Wir hatten heute Sport.«
»Und...? Wieso bist du deshalb so...drauf?«
»Wir hatten Hochsprung. Das konnte ich noch nie leiden.«
»Mit dieser Einstellung wird das auch nichts.«, belehrte er sie.
»Ich weiß, aber...ich kann das einfach nicht. Ich bin zu klein.«
»Was ist passiert?«
»Ich bin mehrmals vor die Stange gesprungen, daran hängen geblieben, falsch aufgekommen...und bin total verspannt.«
»Ich...könnte dich ein bisschen massieren.«, schlug er nach kurzem Überlegen vor. Elli sah ihn etwas misstrauisch an und fragte: »Was für eine Gegenleistung erwartest du dafür?«
»Habe ich jemals eine Gegenleistung von dir verlangt?«
»Ähm, ja, wenn ich mich recht entsinne, hast du das.«, erwiderte sie, mit leichtem Vorwurf in der Stimme.
»Das ist Vergangenheit.«, gab er bestimmt zu, nach kurzem Überlegen, »Ich dachte, wir wollten dieses...Missgeschick vergessen.«
»Du...versprichst also...dann hinterher nicht mit irgendwelchen versteckten Bedingungen oder Gegenleistungen anzukommen?«, vergewisserte sie sich. »Vertraust du mir etwa nicht?«, fragte er, ein wenig traurig.
»Ich weiß nicht so recht...nachdem ich letztes Mal dein Blut trinken sollte, kamst du auch später an und...naja.«
»Wie gesagt: das war einmal und wird nie wieder sein.«
»Also du versprichst...?«, »Ich schwöre dir, dass es nichts Kleingedrucktes gibt, was ich dir verschweige.«, schnitt er ihr lächelnd das Wort ab.
»Okay...«, sagte sie nervös.
»Du kannst mir vertrauen, wirklich.«, bekräftigte er lächelnd.
»Soll...ich mich hinlegen?«
»Das wäre besser, ja.«, antwortete er, »Und nein, du musst deinen Pullover nicht ausziehen, wenn das deine nächste Frage war.«
Elli wurde rot und fragte: »Wohin...?«
»Einfach auf die Couch.«, sagte er, stand auf und kam zu ihr herüber. Sie überlegte kurz, zog sich dann doch kurzerhand den Pullover über den Kopf und legte sich rasch auf den Bauch.
»Oh, woher der plötzliche Sinneswandel?«, fragte Lisco überrascht.

»Ich dachte mir...wenn du wolltest, könntest du mich eh ja zu allem zwingen...und du hast mich ja eh schon im BH gesehen...also wäre es sinnlos, den Pullover anzulassen. Und du siehst mich ja eh nur von hinten.«, meinte sie schulterzuckend.
»Ja, da hast du Recht.«, stimmte er schmunzelnd zu, setzte sich, beugte sich über sie, und begann, ihre Schultern zu massieren. Seine warmen, kräftigen, jedoch ebenso sanften Hände fühlten sich gut an. Sie schloss die Augen und genoss, wie er ihre Haut knetete. Ihre Verspannung löste sich und sie bekam eine Gänsehaut, als er von ihren Schultern hinab tiefer mit seinen Händen wanderte. Nach einer Weile fragte er dann: »Geht's wieder? Reicht das?«
»Ja, danke, ich denke schon.«, sagte sie, fast ein wenig traurig darüber, dass es schon vorbei war. Er ging wieder zu der anderen Couch, während Elli sich wieder, ihm den Rücken zugewandt, den Pullover anzog.
»Zum Glück ist morgen Samstag.«, sagte sie erleichtert.
»Ich würde dir empfehlen, trotzdem zu lernen, damit du Sonntag nicht so viel machen musst. Verstehst du? Also so, dass du es dir aufteilst, meine ich.«
»Ich dachte, du freust dich, weil ich jetzt mal wieder ein bisschen freie Zeit habe...die wir zusammen verbringen könnten.«, bemerkte sie.
»Natürlich freut mich das. Aber wenn du auch jetzt ein bisschen lernst, habe ich auch in der Woche was von dir, weil du dann nicht mehr so viel machen musst.«
Elli schmollte: »Jetzt benimmst du dich schon wie mein Vater, der will auch, dass ich jeden Tag lerne...«
Lisco lächelte und erwiderte: »Weil ich, wie dein Vater vermutlich auch, nur das Beste für dich will. Glaub mir, es ist besser so. Nächste Woche wirst du dich dann freuen, wenn du dann nicht mehr so viel zu tun hast. Du kannst natürlich auch am Tag mehr lernen, damit du hier mehr Freizeit hast.«
»Dann komme ich aber wieder erst so spät ins Bett...bin dann später hier...das bringt's auch nicht.«
»Siehst du? Dann lerne doch jetzt lieber schon für ein Fach, welches dir Spaß macht.«
Elli seufzte und vermutete: »Wie's aussieht, führt wohl kein Weg daran vorbei, oder?«

»Nein.«, antwortete er lächelnd, »Aber wenn du Fragen hast, helfe ich dir natürlich.«
»Danke.«
»Kein Problem.«
Also ging Elli schweren Herzens in die Bibliothek, um zu lernen.

-1,5 Monate später-

Seit ca. anderthalb Monaten ging Elli nun wieder in die Schule und sie hatte es, zum Erstaunen aller, geschafft, den Stoff nachzuholen, die Klausuren nachzuschreiben und ganz akzeptable Noten zu schreiben. Natürlich war ihr Durchschnitt nicht der Klassenbeste, aber immerhin hatte sie keine 4 oder schlechteres als Gesamtnote in einem Fach. Bis zu den Zeugnissen war es ja auch noch ein Weilchen hin.

Dies war der letzte Schultag, bevor sie endlich mal wieder Ferien hatte. Die letzte Stunde war gerade zu Ende und Elli ging nochmal auf die Toilette. Sie bemerkte, dass sich auch hier einiges verändert hatte: von innen war mittlerweile die ganze Tür vollgeschrieben. Inmitten der vielen Buchstaben fiel ihr jedoch eine große, mit Edding geschriebene Schrift auf: »*Dream your life*«, hatte jemand geschrieben. Darunter stand als Antwort: »*Why do you want to dream your life? You should live your dream!"*
Die Worte machten Sinn, es schien regelrecht »klick« in Ellis Kopf zu machen: Was sie im Moment tat, war, dass sie ihr Leben träumte. Mehr oder weniger. Dadurch, dass sie so viel nachzuholen hatte, und dies im Traum tat, hatte sie gar keine Zeit, diesen Traum zu leben, und genau das war der Fehler: Was war schon ihr Leben gegen diesen Traum, wenn es denn einer war? Hier war sie Einzelgängerin, ohne richtige Freunde, oder herausragende Talente...und dort, dort war sie frei, dort wurde sie von einem Mann geliebt, von dem sie es sich hätte nie träumen lassen. Was hatte er nicht schon alles für sie getan! Allein schon die Zeit, die er geopfert hatte, nur für sie! Es wurde Zeit, ihm etwas zurückzugeben: Zuneigung, Zeit mit ihm zu verbringen...wieder so zu tun, als sei dieser Traum ihr wahres Leben. Natürlich, sie würde weiterhin lernen müssen, doch sie würde sich nicht diesen wundersamen Traum durch ihr normales, fast schon erbärmliches Leben zerstören lassen.

Kaum war sie bei Lisco schließlich aufgewacht, zog sie sich an, ging ins Bad und dann die Treppe herunter. Lisco befand sich im Wohnzimmer und las. Als er Elli bemerkte, sah er auf und lächelte. »Na, endlich wieder Ferien?«, fragte er.

»Ja, endlich!«, antwortete Elli und ließ sich neben ihm auf der Couch nieder.

»Und was hast du so vor, mit der vielen Freizeit?«

»Ich weiß nicht, wir könnten ja mal spazieren gehen. In ein paar Tagen ist Weihnachten und da ist es immer so schön draußen…vor allem abends.«

»Okay, überredet.«, sagte er lächelnd.

Sogleich gingen sie zur Garderobe, zogen sich an und verließen dann das Haus. Elli atmete genüsslich die kühle Abendluft ein. Sie gingen durch die Straßen, besahen sich, wie wunderbar alles geschmückt war, wie die Häuser in den vielen Lichtern strahlten.

»Hey, warum ist dein Haus eigentlich nicht geschmückt?«, fragte Elli nach einer Weile.

»Weil es bisher keinen Anlass dafür gab.«, antwortete er.

»Aber Weihnachten ist doch jedes Jahr, was für einen Anlass willst du denn noch?«

»Weihnachten ist das Fest der Liebe. Was, mit wem und warum sollte ich es also feiern und schmücken, wenn ich allein bin?«, entgegnete er.

Elli errötete und meinte: »Naja, aber…du kannst doch trotzdem schmücken, nur der Sache wegen. Viele machen das.«

Lisco blieb ihr eine Antwort schuldig, deshalb fragte sie weiter: »Was hältst du davon, wenn ich nachher oder morgen ein bisschen schmücke?«. Er lachte daraufhin kurz und meinte: »Wenn es dir Freude bereitet…da muss ich aber erst nachsehen, ob auf dem Dachboden zufällig was liegt.«

»Das kann ich doch auch machen!«

»Nein, nachher fällst du mir noch die Leiter herunter, nichts da.«

»Glaubst du allen Ernstes, dass ich es nicht schaffe, eine Leiter hoch und runter zu klettern?«, fragte sie ironisch, in beleidigtem Tonfall. Er lächelte nur und blieb ihr wieder eine Antwort schuldig, indem er seinerseits fragte: »Hast du Lust auf einen Spaziergang durch den Park?«

Elli sah gerade aus und erschrak: sie standen vor genau jenem Park, in dem sie Lisco das erste Mal begegnet war: dem "Park des Schicksals".
»Ich...ich weiß nicht...«, stotterte sie. Lisco sah sie an und fragte belustigt: »Hast du etwa Angst vor diesem Park?«
»Nein!«, verteidigte sie sich, »Nur...es erinnert mich an jene Nacht und...es war so schrecklich...«
»Hey.«, sagte er tröstend: »Ich bin doch bei dir, hab keine Angst. Komm schon, das ist doch nur ein Park.«
Er ging demonstrativ einen Schritt vorwärts und sah sie an. Gerade wollte er noch weiter gehen, da ergriff sie seine Hand und ging nervös mit ihm. Eigentlich hatte sie seine Hand wieder loslassen wollen, doch als sie den dunklen Park betraten, klammerte sie sich nur noch fester an ihn. Er drückte lächelnd ihre Hand, um ihr zu zeigen, dass er bei ihr war.
»Warum wolltest du unbedingt in diesen Park?«, fragte sie nach einer Weile leise, immer noch ängstlich.
»Damit du deine Angst davor überwindest und verlierst. Und weil in der Mitte des Parks etwas ist, was du sicher gern sehen möchtest.«
»Und was soll das sein?«
»Wart´s ab, wir sind gleich da.«

Elli fragte sich, was das sein sollte, doch nach fünf Minuten weiteren Gehens sah sie es: in der Mitte des Parks stand ein riesiger, prächtig geschmückter Weihnachtsbaum, der festlich strahlte. »Wow!«, sagte sie nur, mehr brachte sie nicht heraus. Sie zog Lisco mit sich, zu dem Baum hin, da sie immer noch nicht allein gehen wollte, und befühlte einen der saftig-grünen Zweige, um sich von dessen Echtheit zu überzeugen.
»Er ist schön, nicht wahr?«, fragte Lisco lächelnd.
»Er ist wunderschön...«, verbesserte Elli ihn sprachlos. So etwas hatte sie in diesem Gruselpark absolut nicht erwartet. Bestimmt stand sie zehn Minuten lang vor dem Baum, ging um ihn herum, bestaunte ihn von allen Seiten.
»Wollen wir dann langsam weitergehen?«, schlug er vor. Eigentlich wollte sich Elli nicht von dem Baum losreißen müssen, doch schließlich gab sie nach und folgte ihm.
Bald konnte Elli Lichter erkennen und schloss daraus, dass sie dem Ausgang des Parks nahe waren. Tatsächlich standen sie bald vor einem Tor-

bogen, der der Ausgang war. Elli besah sich das Bauwerk genauer, denn es war mit Lichterketten verziert. Und in seiner Mitte hing ein Mistelzweig.
»Wer hängt denn in einem solchen Park einen Mistelzweig auf?«, rutschte es ihr belustigt heraus.
»Wie bitte?«, erwiderte Lisco, sah ebenfalls nach oben und schien den Zweig auch zu entdecken. Elli sah ihn an und ihre Blicke trafen sich. Sie wurde rot und sah schnell zur Seite. »Du weißt, was der Brauch ist?«, vermutete er. »Natürlich.«, entgegnete Elli.
»Sollen wir es…ignorieren?«, fragte er vorsichtig.
»Nein.«, sagte sie nach kurzem Überlegen. Sie drehte sich ihm wieder zu und sah ihn an.
»Ich fasse das als Erlaubnis auf, dich küssen zu dürfen…?«, vergewisserte er sich, leicht spöttisch.
»Nur des Brauches wegen.«, erwiderte sie lächelnd. Dann wandte er ihr langsam sein Gesicht zu und küsste sie. Es war ein zärtlicher, romantischer Kuss, ohne großartige Leidenschaft, und er dauerte auch nicht besonders lange. Schließlich sagte Elli: »Nachdem wir jetzt meine Ängste besiegt und den Brauch gewahrt haben, könnten wir dann jetzt bitte nach Hause gehen? Mir ist nämlich kalt.«
»Wie Ihr wünscht, Madam.«, spaßte er und sie gingen nach Hause.

Den Rest des Abends hatten sie noch damit verbracht, sich einen Film anzusehen, bei dem Elli fast eingeschlafen war. Als der Film zu Ende war, stand sie kurzerhand auf, setzte sich auf die Couch neben Lisco und sah ihn an. »Ist irgendwas?« fragte er etwas argwöhnisch. Elli jedoch antwortete nicht, sondern beugte sich zu ihm vor und küsste ihn zaghaft. Er zog sie daraufhin sanft noch ein Stück zu sich heran und erwiderte, ebenso sanft und vorsichtig, ihre Küsse.
Als sie ihren Kopf dann schließlich ein Stück zurück zog, sagte er: »Ich habe gar nicht mitbekommen, dass in meinem Haus Mistelzweige an der Decke hängen.«
»Tun sie auch nicht.«, bestätigte sie lächelnd.
»Ach, ich dachte, du hast nur des Brauches wegen zugelassen, dass ich dich küsse?«, sagte er neckisch.
»Nein, das war nur…eine Ausrede.«

»Dürfte ich dann vielleicht den wahren Grund erfahren?«
»Ich habe beschlossen, meinen Traum zu leben.«
»Und welcher Traum wäre das?«
»Na, dieser hier. Wenn es denn ein Traum ist...«, sagte sie. Fragend sah er sie an.
»Naja, ich meine...ich habe in letzter Zeit nur für mein Leben geträumt, den Traum zum Lernen genutzt...jetzt möchte leben, um zu träumen.«
»Und...aus welchem Grund? Warum auf einmal?«, fragte er irritiert.
»Mir ist klar geworden, dass dieser Traum viel besser ist, als mein Leben. Dort bin ich ein Einzelgänger, habe keine richtigen Freunde, muss zur Schule...und hier bin ich frei und...habe dich.«
»Das...ist rührend.«, sagte er zögernd, »Aber du kannst doch nicht einfach so dein Leben wegwerfen!«
»Tu ich doch nicht. Aber sieh mal...«, sagte sie und stand auf, »Wofür lebe ich eigentlich? Ich meine, jetzt gehe ich, und auch all die Anderen, zur Schule. Danach muss ich 45 Jahre lang arbeiten, um dann Rente zu bekommen, alt zu sein und zu sterben. Verstehst du? Ich meine, wo ist da noch Platz für Individualismus? Was ist das Ziel des Ganzen? Wo ist da noch Freiheit? Man ist das ganze Leben lang an irgendetwas gebunden, hat Pflichten, die man erfüllen muss, man lebt nach einem unveränderlichen, festgesetzten Plan...aber wofür? Die einzige Zeit, wo man vielleicht etwas freier ist und nicht mehr so viele Pflichten hat, ist, wenn man Rentner ist. Aber da ist man wiederum durch das Alter beeinträchtigt und somit wieder eingeschränkt...wo ist also der Sinn des Lebens?!«
»Jetzt klingst du schon wie ein Philosoph.«, stellte er belustigt fest.
»Aber es ist doch so! Das, was die Menschen tun, kann man doch nicht Leben nennen!«
»Ich gehe auch arbeiten, auch wenn es momentan vielleicht nicht so aussieht. Und Tycon ebenfalls. Auch, wenn er seine Angestellten das Meiste machen lässt. Arbeiten gehen müssen alle.«
»Ja, aber...ihr seid doch unsterblich, oder?«
»Ja, und?«
»Ihr altert nicht! Ihr habt viel mehr Chancen, als die Menschen! Wenn ihr mal in der Schule wart, habt ihr für euer langes Leben gelernt, ihr habt auf ewig was davon. Aber wir, wir Menschen, stehen am Ende doch alle

gleich da, egal, wie wir gelernt und gearbeitet haben: alt, verschrumpelt, zum Sterben prädestiniert.«

»Aber indem du lernst, kannst du dir ein angenehmes Leben ermöglichen. Denk doch nur mal an die ganzen Wissenschaftler, die durch ihre Arbeit den Nobelpreis gewonnen haben und reich wurden. Du musst nur die richtige Arbeit finden, und dann kannst du ein angenehmes Leben führen.«

»Deswegen bin ich aber trotzdem irgendwann alt und gebrechlich. Und wenn ich bis dahin kein Multi-Millionär bin, ist mein Leben dann genauso verkorkst, weil die Rente von Jahr zu Jahr sinkt oder die Steuern steigen.«, bemerkte sie mürrisch.

»Ich finde…«, sagte er und stand auf, »Du solltest dein Leben nicht wegwerfen und nicht so abfällig darüber reden. Natürlich bist du an Regeln und Gesetze gebunden, aber das ist jeder. Jeder muss sich anstrengen, um etwas aus seinem Leben zu machen, es wird immer irgendwelche Gesetze geben. Ich habe zum Beispiel den Nachteil, dass ich an die Nacht gebunden bin, das bist du nicht. Du kannst tagsüber und in der Nacht draußen rumlaufen.«

»Irgendwann muss ich aber auch mal schlafen. Und den Tag würde ich nicht sonderlich vermissen, glaube ich, die Nacht ist eh viel schöner…«

»Das ist wahr…dennoch vermisse ich manchmal die Sonne.«, gab er zu, »Wie du es drehst und wendest: Jeder ist irgendwie an irgendwas gebunden, niemand ist völlig frei.«

»Aber…ihr könntet doch frei sein, oder etwa nicht? Ich meine, wenn Tycon nur eine…Seele ohne Körper ist, kann er doch tun und lassen was er will, oder? Er kann in fremde Körper schlüpfen, herum…schweben, wie er will…Geld und sowas braucht er doch gar nicht.«

»Niemand braucht Geld, wenn man es mal so sieht. Aber mit Geld ist das Leben angenehmer. Hier, in unserer Welt, was du als Traum bezeichnest, wäre er ohne Geld auch nicht gerade gut dran. Obdachlose überleben auch ohne Geld, wenn´s gut läuft, aber das ist dann kein wirkliches Leben.«

»Aber trotzdem seid ihr doch…mächtiger als wir, besser dran, oder nicht? Oder willst du mir erzählen, dass ihr auch Steuern und sowas zahlen müsst? Und ihr habt ja auch weniger Ausgaben, Essen und so müsst ihr ja auch nicht kaufen.«

»Es sei denn, man hat jemanden wie dich als Gast und einen Körper.«, entgegnete er lächelnd.
»Ich esse hier doch aber fast gar nichts!«, verteidigte sie sich.
»Ja, ich weiß.«, stimmte er zu, »Aber darum geht es jetzt doch auch gar nicht. Du hast Recht, Steuern müssen wir nicht zahlen, das macht ihr ja . Krankenkassen und Versicherungen brauchen wir hier auch nicht...ja, na gut, ein paar Vorteile haben wir schon.«
»Wie meinst du das, weil wir Steuern zahlen, müsst ihr das nicht?«, fragte sie verwirrt. Er überlegte kurz und erläuterte: »Sieh mal, es ist so: wir leben eigentlich in derselben Welt, nur auf unterschiedlichen Ebenen. Ich bin, dadurch, dass ich einen Körper habe, gar nicht so weit von euch entfernt, ich bin quasi fast ein normaler Beamter, wenn du es so willst. Mein Lohn kommt vom Staat, wie von allen anderen auch. Nur eben auf unserer Ebene. Tycon dagegen erhält seinen Lohn durch seinen...«
»Club.«, ergänzte Elli.
»Ja...«, sagte Lisco, »Wie man es nennt...dort hat er jeden Abend die perfekte Gelegenheit, an die Seelen zu kommen...«
»Das erklärt aber immer noch nicht, warum ihr keine Steuern zahlen müsst.«, erwiderte Elli, um nicht wieder vom Thema abzukommen.
»Weil es uns, für euch, eigentlich gar nicht gibt. Wir sind in einer höheren Bewusstseinsdimension, ihr wisst nichts von unserer Existenz, und das muss auch so bleiben. Deshalb ist es wichtig, dass du keinem von dem Ganzen hier erzählst.«
"Okay, klar.", sagte sie, etwas überrumpelt, "Aber wie kommt es eigentlich, dass Tycon trotzdem wie er selbst aussah, als er in den fremden Körpern bei mir war? Also, dass er die Körper quasi verwandelt hat?"
»Der Körper ist bloß eine Hülle, er passt sich der Seele, die ihm innewohnt, an. Wenn diese es befiehlt. Ansonsten behält er seine Gestalt.«, erklärte Lisco.
»Wie...merkt man das?«
»Was?«
»Naja, wenn...jemand wie ihr in den Körper eindringen will.«
»Es wird kalt, du bekommst nicht richtig Luft...ungefähr so, wie als Tycon dir ein Stück seiner Seele gab, nur schlimmer.«
»Wie kann man sich dagegen schützen?«, fragte sie ängstlich.

»Gar nicht, soweit ich weiß. Vielleicht kannst du es erkennen und dich wehren…mit deinen Gedanken. Rede dir ganz fest ein, dass er nicht in dich hineinkommt…vielleicht klappt es dann.«, sagte er nachdenklich.
»Aber, ist das nicht gefährlich? Ich meine, dann könntet ihr ja einfach uns Menschen jemanden töten lassen, uns kontrollieren, und wir merken es nicht…«, erwiderte sie ängstlich.
»Ja, das ist wahr.«, seufzte er.
»Und…wenn jemand wie ihr sich jetzt einen Körper genommen hat, kann er dann…jemandem die Seele…aussaugen?«, sie erschauderte, als sie das sagte.
»Ja, natürlich.«
»Und…kann man sich dagegen…wehren?«
»Es ist sehr schwierig, du musst dem Hypnose-Blick standhalten, du könntest es wieder mit der Gedankenkraft versuchen…ich musste das noch nicht machen, deswegen weiß ich es nicht genau.«
»Aber…woher weiß ich dann noch, was, beziehungsweise wer, wahr und wer falsch ist? Wenn der Körper seine Gestalt behalten kann…könnte ja jeder von uns…besessen sein!«
»Ja.«, sagte er, kurz lächelnd, »Da wären wir wieder bei den Leuten, die vom Teufel besessen sind…«
»Aber…ihr könnt doch nur nachts…herumgeistern…?«
»Und, wenn die Sonne nicht so scheint, kurzfristig. Zum Beispiel bei Gewitter oder im Winter…da geht es unter Umständen auch mal am Tag. Die Körperlosen und somit Ungeschützten kürzer, die, wie ich, länger.«
Elli atmete tief ein und setzte sich wieder.
»Was hast du?«, fragte Lisco besorgt.
»Ich…habe Angst, dass Tycon…in…mit meinem Körper Unheil anrichtet…er könnte meine Eltern töten…oder andere…und ich wäre dann ein Mörder!«
»Das wird er nicht.«, versuchte er sie zu beruhigen, »Was würde es ihm bringen, deine Eltern zu töten und dich dann ins Gefängnis wandern zu lassen?«
»Ich weiß es nicht…wer weiß schon, was in seinem Kopf vorgeht?«

»Mach dich jetzt nicht verrückt.«, sagte er tröstend und legte ihr eine Hand auf die Schulter, »Das wird er schon nicht tun, davon bin ich überzeugt. Vielleicht hätte ich dir das alles nicht erzählen sollen…«
»Nein, ich bin froh, dass ich es weiß. Auch wenn es unheimlich ist, aber dadurch unterschätze ich das Ganze wenigstens nicht.«
»Du darfst es aber auch nicht überschätzen. Sonst denkst du negativ und das ist gefährlich. So, wie positives Denken nützlich ist, ist negatives Denken genauso gegenwirkend.«, belehrte er sie.
»Darf ich dich noch was fragen?«, fragte sie vorsichtig, da sie ihn nicht nerven wollte. »Natürlich, da brauchst du doch nicht um Erlaubnis zu bitten.«
»Das hier ist doch nun ein Traum, oder…? Eine Illusion? Weil du vorhin etwas von *Ebenen* sagtest.«
»Was du nur immer mit deinem Traum hast…«, begann er seufzend, »Das hier ist…eine andere Ebene der Existenz, wenn du es so willst, eine andere Dimension des Bewusstseins…im entfernten Sinne kannst du aber schon Traum sagen, ja.«
»Also…bilde ich mir das nur ein…? Ich meine, ist das wirklich, bin ich wirklich hier?«
Lisco sah sie kurz einen Moment lang nur an, dann küsste er sie kurz und erwiderte: »Fühlt sich das etwa unecht an?«
»Nein, aber…«,»Es ist wirklich, du bist wirklich hier. Wenn auch ohne deinen Körper. Es ist ebenso wirklich, wie wenn Tycon bei dir ist, auf deiner Ebene. Wenn du es unbedingt mit Träumen erklärt haben willst: Das hier…«, er deutete um sich, »Ist dein Traum, hier bist du wirklich, jedoch nur seelisch. Das, was du als deine Welt bezeichnest, ist quasi unser Traum, dort sind wir sozusagen nur als Seele da. Es sei denn, wir haben einen Körper, wie ich. Da wir eine höhere…Art von Seelen sind, haben wir so die Möglichkeit, auch dort gewissermaßen wie ein Mensch zu sein. Verstanden?«
»Ja…ich denke schon…«, sagte sie unsicher, »Aber ist das dann nicht nachteilig für dich?«
»Was meinst du?«
»Naja, du bist doch dann…an den Körper gebunden, während Tycon…herumgeistern kann, wie er will…wo sind da deine Vorteile?«

»Ich kann…«, begann er, »Zum Beispiel normal essen, wie ein Mensch, ich kann Dinge tun, über die wir schon gesprochen haben…da gibt es einiges. Und ich bin nicht so einsam, weil die Menschen mich sehen können.«

»Ich dachte, wir können euch nicht sehen?«.

»Du musst zuhören, Elli. Solange wir keinen Körper haben, könnt ihr uns nicht sehen, ansonsten schon.«, erwiderte er.

»Dann bist du doch aber im Prinzip auch ein Mensch, mit der Ausnahme, dass du Seelen…aufnehmen kannst.«

»…und meinen Körper verlassen kann, mein Aussehen ändern kann, nicht altere…nur geringfügig Nahrung brauche… ein bisschen was unterscheidet uns schon. Und nicht zu vergessen, besitze ich die Fähigkeit, Leute zu manipulieren, manchmal auch die Gedanken zu lesen…«

»Du hast mir noch gar nicht gesagt, dass du Gedanken lesen kannst!«, rief sie erschrocken. Wusste er nun etwa alles, was sie dachte und empfand?

»Nur bei den schwachen Seelen, und während der Hypnose. Ich höre sie dann manchmal…keine Sorge, deine Gedanken konnte ich bisher nicht hören.«, meinte er schmunzelnd.

Erleichtert atmete sie aus. Einen kurzen Moment dachte sie nach und sagte dann: »Also, ich glaube, ich verstehe das jetzt alles so einigermaßen…nur eine Sache ist mir unklar…«

»Und die wäre?«, fragte er seufzend und lächelnd zugleich.

»Ihr könnt, ohne Körper, nur in der Nacht raus…und wenn es quasi euer Traum ist, wenn ihr bei uns seid, müsstet ihr ja rein theoretisch schlafen…«

»Ja, und?«

»Aber ich denke, ihr schlaft am Tage und seid nachts wach?«

»Kannst du denn ausschließlich nachts schlafen? Hast du noch nie tagsüber geschlafen?«, fragte er verwundert.

»Doch, natürlich! Du meinst also…wenn Tycon zu mir kommt, schläft er hier?«

»Ja. Was ist daran so verwunderlich?«

»Nichts, ich…ich glaube, ich gehe jetzt erst mal schlafen.«, sagte sie plötzlich und stand wieder auf. Lisco hielt sie am Arm fest und fragte besorgt: »Ist alles okay?«

»Ja, warum nicht?«, sagte sie, gab ihm kurz einen Kuss und ging dann hoch in ihr Zimmer.

Von diesen Erklärungen musste sie sich erst mal ein Bild machen. Wenn Tycon schlafen musste, um zu ihr zu kommen, hieß das doch, dass er es absichtlich tat und nicht nur rein zufällig bei ihr vorbeischaute. Aber zu welchem Zweck? Und wenn Lisco, durch seinen Körper, auch bei Tageslicht herumlaufen konnte, würde er dann zu ihr kommen? Und was würde dann geschehen? Immerhin hätte auch er die Möglichkeit, Ellis Familie etwas anzutun, um Elli für sich zu haben, oder? Obwohl, so fies und hinterlistig ist Lisco nicht, redete sich Elli ein. Jedoch war es ihr immer noch ein Rätsel, was Tycon auf ihrer...Ebene wollte. Sie beschloss, ihn einfach mal zu fragen, sollte er sie mal wieder dort besuchen.
Und was Lisco, beziehungsweise den heutigen Tag anging: sie fragte sich immer noch, weshalb er sie in den Gruselpark gelockt hatte. Vielleicht hatte er ja von dem Mistelzweig gewusst, wenn er ihn nicht sogar persönlich dort aufgehängt hatte...aber wie schön es gewesen war, endlich wieder diese warmen, weichen Lippen zu kosten! Und auch zu Hause dann...wie vorsichtig und sanft er gewesen war, um sie nur nicht wieder zu verschrecken.
Wenn Lisco auch bei Tageslicht herumlaufen konnte, könnte er sie ja mal von der Schule abholen...wie die anderen Mädchen neidisch sein würden! Obwohl, dazu musste sie ihm ja verraten, wo sie wohnte...und davon hatte Tycon sie ja unbedingt abhalten wollen...sie würde ihn wohl mal fragen müssen, warum. Aber jetzt war sie müde und wollte versuchen, zu schlafen.

Abends, am nächsten Tag auf "ihrer Ebene" beschloss sie, mal in den Garten zu gehen, vielleicht würde ja Tycon da sein. Also zog sie sich warm an, sagte ihren Eltern, sie fotografiere etwas, und ging hinaus.
Weißer Dunst strömte aus ihrem Mund, als sie ausatmete. Es war ein Tag vor Weihnachten und die Kälte schnitt ihr in die Haut. Der Schnee knirschte unter ihren Füßen, als sie durch den Garten ging. So viel, wie in diesem Jahr, hatten sie davon noch nie gehabt. Ihre Großeltern schoben nachts um 4.00 Uhr, wenn sie nach Hause kamen, Schnee. Wenn Elli und ihre Eltern um 7.00 Uhr aus dem Haus gingen, war alles wieder zu-

geschneit und ihr Vater musste erneut Schnee schieben. Alles war weiß, die Katzen mussten immer riesige Sätze machen, um überhaupt vorwärts zu kommen.
Elli ließ ihren Blick durch den Garten schweifen, auf der Suche nach Tycon, konnte ihn jedoch nicht entdecken. Sie versuchte, ihn in Gedanken zu rufen. Konzentriert stand sie da, die Hände an ihrer Schläfe, was wohl wenig brachte, und dachte: Tycon? Bist du hier irgendwo? Ich würde gern mal mit dir reden.
»Was tust du da?«, erschallte es plötzlich hinter ihr.
Erschrocken fuhr sie herum-und sah ihrem misstrauisch dreinblickenden Vater ins Antlitz. »Ich, ähm, hatte…Kopfschmerzen.«, stammelte sie.
»Du hattest Kopfschmerzen?«, wiederholte er. Sie nickte.
»Es sah aus, als hättest du telefoniert…wolltest du nicht Fotos machen?«, erwiderte er. »Ja, ich…hab die Kamera vergessen.«, antwortete sie ausweichend. »Geht es dir gut, Elisa? Nicht, dass du einen Rückfall erleidest!«, sagte er besorgt.
»Ja, mir geht's gut. Die frische Luft hat mir gut getan, glaube ich.«
»Gut, dann komm wieder mit rein, bevor du noch krank wirst…wieder einmal.«
Elli nickte, sah sich nochmals um und ging dann mit ihrem Vater ins Haus. Also würde sie das Gespräch mit Tycon wohl verschieben müssen.
Drinnen angekommen, beschloss sie, sich zu duschen und dann schlafen.

# Kapitel 12

Auf »seiner Ebene« aufgewacht, stand sie auf, zog sich an, machte sich fertig, und ging schließlich die Treppe herunter. Als sie die letzte Stufe hinter sich gelassen hatte, fiel ihr Blick auf ein paar Kisten, die neben der Treppe standen. Überrascht ging sie ins Wohnzimmer, wo Lisco auf der Couch lag und las. Kaum hatte sie den Raum betreten, legte er das Buch beiseite, stand auf und umarmte sie, als sie vor ihm stand. »Na, alle Infos verdaut?«, fragte er fürsorglich. »Natürlich.«, sagte sie lächelnd. Sie sah ihm in die Augen, er ihr ebenfalls. Schließlich küsste sie ihn wieder zaghaft. Er lächelte, erwiderte sanft den Kuss und hielt sie liebevoll im Arm.
»Du hast es dir also doch nicht wieder anders überlegt?«, fragte er nach einer Weile zufrieden.
»Was meinst du?«, fragte sie spielerisch.
»Dass ich dich nicht nur wegen des Mistelzweiges küssen durfte.«
»Nein.«, sagte sie lächelnd und küsste ihn erneut flüchtig.
»Woher kommt der plötzliche Sinneswandel?«
»Ich…hab es vermisst. Und dich. Deine Art…«
»Ich dachte, ich war dir…zu schnell? Zu begierig und stürmisch?«, bemerkte er überrascht.
»Naja, schon…aber du warst…leidenschaftlich. Tycon musste ich förmlich anbetteln…und das war auch immer nur so kurz…so richtig schön und leidenschaftlich war es eigentlich nur einmal…wenn überhaupt. Leidenschaftlich hat ja nichts mit stürmisch zu tun…«
Lisco runzelte die Stirn und erwiderte: »Letztens hast du zu mir gesagt, ich solle nicht so tun, als wären wir ein Paar, weil du Zeit bräuchtest…es ist aber selten, dass…Freunde sich so küssen…«
»Nein…ja, also ich meine…«, sie stammelte verlegen, »Das zählt jetzt nicht mehr…ich möchte jetzt gern mit dir zusammen sein.«. Dieser Satz hatte sie einige Anstrengung gekostet. Überrascht sah er sie an und fragte misstrauisch: »Heckst du schon wieder was aus…?«
»Nein!«, protestierte sie, »Ich…mir ist klar geworden…dass…ich…ich liebe dich.«
»Auf einmal…?«

»Hör zu, ich weiß, du bist misstrauisch…das verstehe ich auch. Aber…ich habe beschlossen, diesen Traum zu leben, ich möchte hier sein, weil…es gefällt mir hier viel besser und…du liebst mich…und ich möchte dich auch lieben.«, stammelte sie nervös.
Lisco sah sie noch einen Moment rätselhaft an, dann zog er sie zu sich und küsste sie einfach wieder. Genau das hatte sie vermisst: geküsst und geliebt zu werden. Bei Tycon war sie es immer gewesen, die ihn geküsst hatte, hatte ihn ja förmlich anbetteln müssen…und jetzt küsste Lisco sie leidenschaftlich, jedoch nicht aufdringlich. »Du meinst, so? Das hast du vermisst?«, fragte er sie schließlich.
»Ja, genau so.«, sagte sie lächelnd.
»Also schwörst du, von nun an nicht mehr mit einer Lampe auf mich einzuschlagen, wenn ich dich küsse?«, fragte er ironisch.
»Wenn es nicht absolut gegen meinen Willen ist und du mich dabei nicht gegen meinen Willen zum Bett drängst, ja.«
»Ich sagte doch bereits, dass ich das nicht tun werde.«, meinte er.
»Was sind das für Kisten an der Treppe?«, fragte sie schließlich, um vom Thema abzulenken.
»Du wolltest doch für Weihnachten schmücken.«
»Du willst mich im Ernst dein Haus schmücken lassen?«, fragte sie ungläubig.
»Naja, warum nicht…solange du es nach Weihnachten wieder wegräumst…«, meinte er schulterzuckend.
»Okay…alles was in den Kartons ist, oder nur Bestimmtes?«
»Das, was du möchtest und für nötig hältst. Ich bin derweilen mal draußen…«
»Ja, okay.«
»Lass bitte keinen Fremden rein, brenn´ nichts an…«, sagte er schmunzelnd.
»Ja, Papi.«, erwiderte sie scherzhaft. Er warf ihr nur einen schrägen Blick über die Schulter zu, zog sich an, gab ihr noch einen Kuss und ging dann aus dem Haus.
Elli ging zu den Kartons und öffnete sie. Es lag ein Haufen Weihnachtsdekoration darin. Nachdenklich packte sie erstmal aus, was ihr gefiel, bevor sie es dann im Haus verteilte: Auf die Fensterbänke stellte sie kleine Figuren, hier und da einen Kerzenhalter. Auch die Treppe bestückte

sie auf jeder zweiten Stufe mit einer Kerze. Es würde wundervoll aussehen, wenn diese dann angezündet waren.
Am Treppengeländer hing sie eine Lichterkette auf, ebenso an diversen anderen Stellen. Diese schaltete sie auch an, aber die Kerzen würde Lisco anzünden müssen, da sie nirgends ein Feuerzeug finden konnte. Vermutlich hatte er wirklich Angst davor, dass sie mehr anzünden würde, als eigentlich gedacht…

Bald darauf kam Lisco nach Hause: er trat ein, sah sich um und pfiff anerkennend. »Das hast du toll gemacht.«, gab er beeindruckt zu.
Elli grinste und sagte: »Die Kerzen müsstest du dann bitte noch anzünden.«
»Natürlich.«, erwiderte er und begann sogleich sein Werk. Als er fertig war, betrachteten sie es und lächelten. Er nahm sie in den Arm und sagte: »Das ist wunderschön, so wie du.«
»Ja, ich finde es auch schön.«, antwortete sie, Letzteres überspielend. Dann gingen sie in die Stube und sahen fern. Lisco lächelte, als Elli sich mit zu ihm auf die Couch setzte und sich an ihn anlehnte, wie sie es damals auch getan hatte. Er rührte sie jedoch nicht an.
Plötzlich ging der Fernseher aus und auch alle Lampen erloschen.
»Was ist los?«, fragte Elli erschrocken. Es war stockdunkel im Wohnzimmer, da sie darin ausschließlich elektronische Beleuchtung angebracht hatte.
»Ein Stromausfall.«, sagte Lisco ruhig. Elli war hochgeschreckt und saß kerzengerade und unruhig atmend vor ihm.
»Hey, beruhige dich.«, sagte er ruhig und drückte sie sanft wieder nach hinten. Es war ihr unangenehm, sich nach hinten sinken zu lassen, wo sie doch überhaupt nichts sehen konnte. Sicher, säße jetzt Tycon an Stelle Liscos hinter ihr, hätte sie wohl mehr Grund, besorgt sein zu müssen, als jetzt. Tycon hätte sich garantiert wieder einen Scherz mit ihr erlaubt.
»Vertraust du mir?«, fragte Lisco, »Im Dunkeln?«. Unsicher lehnte sie sich wieder an ihn an. Auf einmal spürte sie seinen warmen Atem näher kommen und er küsste sie schließlich am Hals. Als seine Lippen ihre Haut berührten, schien ihr Herzschlag sich zu verdoppeln. »Was tust du da?«, fragte sie vorsichtig.
»Ich küsse deinen Hals.«

»Hör auf…das ist nicht witzig!«, forderte sie nervös.
»Hey, bleib ruhig. Ich bin nicht Tycon, ich werde dich nicht beißen.«
»Trotzdem ist es mir unangenehm!«, begann sie und wollte ihm den Kopf zudrehen, um ihn durch das Dunkel wütend anzustarren, doch da legte er ihr kurz einen Finger auf die Lippen und küsste sie dann richtig. Überrascht und immer noch unruhig erwiderte sie zaghaft seine Küsse. Er zog sie etwas näher zu sich, drehte sie, sodass sie nun auf dem Bauch lag. Dieses Mal lag sie also auf ihm, nicht er auf ihr, wie es bisher immer gewesen war. Dies verlieh ihr ein Gefühl von Überlegenheit und Kontrolle, jedoch fühlte sie sich auch etwas…komisch dabei. Bei Tycon war es ja auch größtenteils so gewesen, dass sie die…Dominante gewesen war, weil Tycon ja immer nur aus langer Weile mitgemacht zu haben schien. Es sei denn, er hatte mal seine Macke gehabt, sie unbedingt dominieren zu wollen. Das wollte sie aber so nicht wieder. Sie wollte lieber geküsst werden, sich sicher fühlen, von starken Armen umschlossen. Andererseits hatte sie Angst, würde sie jetzt von Lisco "dominiert" werden, dass er wieder…aber nein, er hatte ja hoch und heilig versprochen, dass er das nicht tun würde.
»Bin ich zu schwer?«, fragte sie deshalb leise.
»Nein, wieso? Willst du etwa wieder tauschen?«, fragte er, unsichtbar lächelnd, zurück.
»Ja…«, gab sie zu, »Es fühlt sich…merkwürdig an, auf dir zu liegen…falsch.«
»Du bevorzugst also mehr die Rolle der Frau, wie sie früher war? Untergeben, kein Recht auf eigene Meinung?«, vermutete er.
»Nein, nicht untergeben und meinungslos, nur nicht…dominant. Es heißt ja auch, der Mann soll auf die Frau zugehen und nicht anders herum…weißt du, wie ich das meine?«, fragte sie unsicher. Er schien kurz zu überlegen und sagte dann: »Ja, ich glaube schon. Ich dachte nur, es gefiele dir, mal die Kontrolle zu haben.«
Er wartete keine Antwort ab, sondern küsste sie wieder zärtlich, wobei er sich aufrichtete und sie sanft immer mehr nach hinten zwang, sodass sie schließlich wieder lagen, nur andersherum. Seine Lippen drängten ihre auseinander, sanft, ganz ohne Zwang. Sie spürte seinen heißen Atem, schmeckte seine Süße, seine Liebe, doch auf den ultimativen Liebesbeweis würde er noch eine Weile warten müssen. Irgendwann stützte

er sich rechts und links von ihr mit den Armen ab und sah ihr, immer noch im Dunkeln, in die Augen und meinte: »Ich bin froh, dass du dich so entschieden hast.«
»Ich liebe dich.«, sagte sie als Antwort und Erklärung für alles. Hier, im Dunkeln, wo sie ihn, und er sie hoffentlich auch, nicht sehen konnte, wo sie nur seinen Atem spürte, fiel es ihr nicht schwer, das zu sagen.
»Du magst es im Dunkeln, kann das sein?«, fragte er schelmisch, »Das hättest du doch im Hellen nie so einfach gesagt.«
»Möglich. Trotzdem wäre es mir lieber, wenn wir jetzt ein paar Kerzen in die Stube stellen würden, damit es nicht so dunkel ist...«, gestand sie.
»Okay.«, sagte er und stand auf, »Bleib hier liegen, ich hole welche.«
Sie wollte protestieren und mitkommen, doch er drückte sie sanft zurück, sodass sie schließlich liegen blieb.
Wenig später kam er, mit ein paar Kerzen in der Hand, zurück. Es sah gruselig aus, als er in das Dunkel trat und sich der Kerzenschein in seinem Gesicht spiegelte.
In jede Ecke des Raumes stellte er ein paar Kerzen, sodass der Raum nun in ein dunkles, goldenes Licht getaucht war. Schließlich kam er zurück, setzte sich wieder neben sie und fragte: »Ist das nicht romantisch?«
»Ja.«, gab sie zu und lächelte. Tycon würde daran wahrscheinlich wieder gar nichts finden, höchstens, dass es zu dunkel war.
»Endlich sehe ich dich wieder.«, sagte er, beugte sich zu ihr und küsste sie wieder. Er küsste ihre Lippen, ihren Hals und ihr Dekolletè zärtlich, ohne sie irgendwie zu drängen. Sie streichelte sanft seinen Kopf und flüsterte: »Ich weiß, was du willst, Lisco. Aber eine Weile wirst du dich noch gedulden müssen...ich...fühle mich noch nicht bereit.«
»Ich weiß.«, erwiderte er, »Das werde ich, hab keine Angst. Wir gehen alles ganz langsam an, du entscheidest, was, wie, wo und wann passiert.«. Dankbar nickte sie.
Plötzlich ging der Fernseher an und es wurde wieder hell um sie herum. Beide zuckten vor Schreck zusammen und Elli bemerkte: »Ich glaube, der Strom geht wieder.«
»Sieht so aus.«, stimmte er zu und sie lachten.

Am nächsten Tag war es soweit: es war der 24. Dezember. Das hieß, sie würden gegen Mittag zu Ellis Großeltern rübergehen und mit ihnen

Weihnachten feiern. Am 25. Würden sie noch mit ihnen Essen gehen und dann zu Ellis anderen Großeltern fahren.
Also ging Elli mit ihren Eltern gegen 12.00 Uhr nach drüben. Zum Mittag gab es Kartoffelpuffer und Lachs, mit Salatbeilage. Das war wenigstens ein Essen, das nicht allzu sehr auf den Magen schlug. Auf die späteren Mahlzeiten bedacht, aß Elli aber trotzdem nur sehr wenig.
Nach dem Essen saßen sie auf der Sitzgarnitur und erzählten. Elli hörte bloß mit halbem Ohr zu und sah aus dem Fenster.
»Wie hast du es geschafft, in der Schule wieder mitzukommen?«, fragte ihre Oma sie.
»Was?«, erwiderte Elli, aus den Gedanken hochgeschreckt.
»Wie du es geschafft hast, in der Schule wieder so gut mitzukommen.«, wiederholte ihr Opa.
»Ich…hab gelernt.«, sagte Elli einfach. Was wollten sie denn hören?! Sie konnte ja schlecht erzählen, dass sie Emails an einen…Geistesähnlichen gesandt und dann den Traum zum Lernen genutzt hatte. Scheinbar sah ihre Oma die fehlende Tiefgründigkeit ihrer Frage auch ein, denn sie beließ es bei Ellis Antwort.

Zwei Stunden später gab es dann Kaffee. Ihre Großeltern tischten wieder fünf verschiedene Kuchen auf, darunter eine Schwarzwälder-Kirschtorte von Tom. Es handelte sich ausschließlich um "gute" Kuchen. Darauf legten ihre Großeltern immer viel Wert. Was den Appetit aller jedoch wenig steigerte…
Nach dem Kaffee, wo noch drei Viertel des gesamten Kuchens übrig geblieben waren, musste Elli mit ihrem Opa und dem Hund in den Garten gehen. Ganz zufällig, weil Letzterer angeblich mal raus musste. Als sie wieder kamen, lagen, welch Überraschung, die Geschenke unter dem Baum. Elli musste natürlich wieder vor dem Baum sitzen und die Geschenke verteilen. Sie hasste das. Als wäre sie immer noch das kleine Mädchen von vor zehn Jahren!

Nach der Bescherung ging Elli in den Garten, mit der Ausrede, frische Luft schnappen zu wollen. Ihr eigentliches Ziel war natürlich, zu sehen, ob Tycon da war. Sie ging hinaus, wieder hinter die Ecke, wo er sie da-

mals geküsst hatte, und wartete. »Jetzt komm endlich her, mir wird kalt.«, murmelte sie.
»Wartest du auf jemanden?«, erscholl es plötzlich hinter ihr. Sie wirbelte herum, und da stand er, schön und geheimnisvoll, wie eh und je. Fragend sah er sie an. »Ja, ich habe auf dich gewartet.«
»Oh, welch Ehre.«, feixte er. Sie ignorierte dies und fragte: »Warum schleichst du dich immer so von hinten an?«
»Mach ich doch gar nicht.«, antwortete er, »Du stehst nur immer falsch herum.«
»Deine merkwürdige Art zu Scherzen hast du anscheinend nicht verlernt.«, sagte sie.
Er lächelte und erwiderte: »Natürlich nicht. Du kennst mich doch.«
Ach wirklich, tat sie das? Das war ihr neu. Hoffentlich würde jetzt nicht wieder die ewige Diskussion beginnen, dass sie zu ihm zurückkommen sollte, Lisco ihr nur schaden wollte…und so weiter.
»Was willst du hier?«, fragte sie.
»Ich wollte dir frohe Weihnachten wünschen.«, sagte er zwinkernd, »Und, wolltest du nicht, dass ich herkomme? War da nicht was?«
»Ja, schon…«
»Sag ich doch. Du tust immer so, als würde alles von mir ausgehen. Also, was gibt´s?«
»Warum…wolltest du nicht, dass ich Lisco erzähle, wo genau ich wohne?«, fragte sie vorsichtig.
»Na, warum wohl. Weil er dann herkommen kann. Haben dir deine Eltern denn nicht beigebracht, dass man Fremden nicht erzählt, wo man wohnt?«, antwortete er sarkastisch.
»Doch, natürlich. Aber…er ist ja kein Fremder…mehr.«, erwiderte sie genervt. Tycon sah sie zweifelnd an und fragte dann: »Kein Fremder mehr? Soso, was weißt du denn über ihn?«
»Naja, er ist…eine Art höhere Seele, wie du, nur, dass er einen Körper hat…und er arbeitet bei einer Art Polizei…und er ist sehr…gutmütig und liebevoll…«
»Und korrupt, hinterhältig…mir wird gleich schlecht.«, schnitt er ihr abfällig das Wort ab. Genervt funkelte sie ihn an und fragte: »Und, was wäre so schlimm daran, wenn er mich hier aufsuchen würde? Tust du doch auch.«

»Ja, und dadurch hat das alles ja auch angefangen…mir ist nicht wohl dabei, Elisa, das ist alles. Ich traue ihm nicht. Ich habe einfach…Angst um dich.«, gestand Tycon, wieder ernst.
»Komisch, dasselbe sagt er auch immer.«
»Ja, weil er dich gegen mich aufhetzen will.«
»Ach, und du versuchst das nicht? Mich gegen ihn aufzuhetzen?«, fragte sie zweifelnd.
»Nein, ich warne dich nur und äußere dir meine Bedenken. Ich möchte, dass du zu mir zurück kommst, Elli.«.
Na super, da ist es ja schon wieder, dachte sie genervt.
»Nein, dafür ist es nun zu spät, ich bleibe bei ihm.«, antwortete sie deshalb bestimmt.
»Warum? Was…findest du denn an dem?«, fragte er aufgebracht.
»Das sagte ich doch schon! Er ist nett zu mir, er ist liebevoll, er hat mir verziehen…und er zeigt mir, dass er mich liebt. Und er küsst gut.«, antwortete sie errötend.
»Er tut was?!«
»Er küsst mich leidenschaftlich, öfter und länger, als du es getan hast. Bei dir war es immer so…als wäre es nur eine Tätigkeit für dich, wie…ach, ich weiß nicht. Wie irgendwas Stinknormales so nebenbei.«
»Ich sagte dir doch bereits, warum ich so…sparsam damit war.«
»Ja, und das hat auch gewirkt.«, gab sie verärgert zu, »Aber, wenn du mich, oder viel mehr, ich dich, geküsst habe, war es trotzdem nicht…leidenschaftlich. Vielleicht an dem Abend am Klavier, aber trotzdem…nichts im Vergleich zu Lisco.«
»Vielleicht habe ich mich bisher nur nicht getraut, meine Leidenschaft zum Ausdruck zu bringen.«, sagte er und kam näher. »Nein!«, sagte Elli und ging ein Stück zurück, »Komm mir nicht näher!«
»Hast du etwa Angst vor mir?«, fragte er belustigt.
»Nein, aber ich werde dich nicht mehr küssen!«
»Musstest du ihm das etwa versprechen?«, fragte er lachend.
»Nein! Aber…!«, »Wo ist dann das Problem?«, schnitt er ihr das Wort ab.
»Ich will nicht!«
»Natürlich willst du.«, widersprach er, zog sie an sich und küsste sie. Sie schmeckte wieder sein sonderbares Aroma, spürte seine kühle Haut. Er umfasste ihre Hüfte, hielt ihr Gesicht dem seinen entgegen. Dieser Kuss

war tatsächlich leidenschaftlich, verführerisch nach mehr... wie schön wäre es, sich einfach hinzugeben, den Kuss, betörend, wie noch nie zuvor, zu genießen... Lisco würde es ja nicht erfahren! Aber sie durfte Tycon nicht nachgeben. Deshalb biss sie ihn in die Lippe. Erschrocken ließ er von ihr ab und ging, seine Lippe betastend, nach hinten. »Das tat weh!«, sagte er aufgebracht. »Selbst schuld. Ich sagte doch, dass ich nicht will.«, sagte sie mitleidslos.

»Das ist kein Grund, mich gleich zu beißen.«, erwiderte er ärgerlich. Elli zuckte mit den Schultern und meinte: »Komisch, oder? Wenn man plötzlich selbst gebissen wird.«

»Allerdings. Aber da heute Weihnachten ist, verzeihe ich dir. Wenn ich dich dafür auch beißen darf.«, erwiderte er lächelnd.

»Was? Du meinst...richtig...?«

Er nickte.

»Nein, das geht nicht!«

»Ach, komm schon, das ist doch nicht dasselbe wie Küssen, damit...betrügst du ihn doch nicht. Du kannst sagen, ich hätte dich gezwungen. Was ich natürlich auch tun könnte...«, erwiderte er grübelnd.

»Nein, Tycon bitte nicht! Ich muss gleich wieder rein, sie würden es sehen!«

»Nein, würden sie nicht. Du kennst doch meinen kleinen Trick.«, widersprach er, keck zwinkernd.

»Ja, aber...sie würden merken, dass ich...erschöpft bin!«

»Ich will nicht viel, keine Angst. Nur ein kleines bisschen...ich vermisse deinen Geschmack.«

Natürlich, ein bisschen vermisste Elli es auch, aber trotzdem...konnte sie ihm trauen? Da fiel ihr ein, dass sie ja noch eine Frage hatte: »Na gut...«, entschied sie, »Beantworte mir noch eine Frage, dann darfst du ein bisschen...haben.« Abwartend sah er sie an.

»Warum bist du eigentlich damals hergekommen? Als du mich das erste Mal hier überrascht hast?«

»Das sagte ich doch schon: weil du mir gefallen hast.«

»Aber, wie hast du mich gefunden?!«

»Man kann nur finden, was man sucht. Ich habe dich nicht gesucht, sondern einfach gesehen. Auf der Durchreise, quasi.«

»Und was willst du von mir? Ich meine, du könntest Jede haben, warum ich?«
»Nicht alle Geschmäcker sind gleich.«, sagte er lächelnd.
»Es gibt...keinen tieferen Sinn?«, fragte sie vorsichtig.
»Nein, und wenn, würdest du es bemerken. War´s das jetzt?«
Unsicher nickte sie. Er kam wieder näher, nahm sie in den Arm, sah ihr in die Augen und lächelte. Er musste ihre Unsicherheit wohl bemerken. Dann, er schien es einfach nicht lassen zu können, küsste er sie kurz, (warum hat er das früher nie getan?!, dachte sie mit leichtem Bedauern), wandte sich dann ihrem Hals zu und biss sie. Wieder zuckte sie kurz zusammen, merkte wieder den Schmerz und das kribbelnde Gefühl, doch er ließ seinen Worten Taten folgen und hörte tatsächlich nach wenigen Augenblicken wieder auf.
»Ich weiß, wir wollen beide noch mehr, ob du es zugibst oder nicht, aber nicht hier.«, sagte er, mit traurigem Klang in der Stimme, und küsste die Wunde nochmal kurz.
Dennoch ließ er sie nicht los, sondern fügte hinzu: »Ich werde dich heute nochmal besuchen und dir ein Geschenk bringen. Bereite Lisco am besten darauf vor, damit er nicht wieder wütend wird.«. Dann ließ er sie los.
»Aber...«, begann sie, »Kein Aber.«, schnitt er ihr das Wort ab.
»Dann...bis nachher.«, sagte sie unsicher, »Ich...geh' dann jetzt wieder rein.«
Er nickte. Zögernd drehte sie sich um, ging ein paar Schritte und blickte nochmal hinter sich. Er war nicht mehr da. Zügig ging sie zurück ins Haus, damit sich nicht noch jemand Sorgen um sie machte.

Kurze Zeit später aßen sie Abendbrot. Die Häppchen, die der Koch immer machte. Natürlich nur mit besten Zutaten. Auch von denen blieben über drei Viertel der Menge übrig.
Irgendwann abends gingen sie dann wieder rüber. Das war das Ätzende an Weihnachten: die ewige Esserei. Am nächsten Tag würde es so weiter gehen: Mittags Essen gehen, Kaffee trinken, Abendessen. Am 26. würde es auch nicht weniger geben...dadurch kam sich Elli dann immer furchtbar dick vor. Den ganzen Tag am Essen, nur der Sache wegen! Wer zum Teufel hatte sich das nur ausgedacht?!

Schließlich war sie froh, endlich im Bett liegen und die Augen schließen zu können.

Bei Lisco aufgewacht, suchte sie sich besondere Sachen aus dem Schrank. Immerhin war Weihnachten, da konnte sie ja ruhig mal etwas Anderes anziehen. Sie wählte eine schwarze Röhrenjeans, einen roten, figurbetonten Pullover und wollte sich auch mal an höheren Schuhen versuchen. Sie ging ins Bad, zog alles, bis auf die Schuhe, an und ging schließlich, barfuß, die Schuhe in der Hand, die Treppe herunter. Unten setzte sie sich auf die letzte Stufe und zog die Schuhe an.

Dann ging sie, um ein wackelfreies Gehen bemüht, ins Wohnzimmer. Sie traute ihren Augen nicht, als sie eintrat: in der einen Ecke stand ein Weihnachtsbaum. Und neben diesem befanden sich einige Kisten mit Schmuck.

»Guten Abend.«, sagte Lisco überrascht, den sie aus dem Augenwinkel gar nicht gesehen hatte, »Du hast deine Vorliebe für hohe Schuhe entdeckt?«

»Und du deine für Weihnachten?«, erwiderte sie. Er stand auf, kam auf sie zu, küsste sie kurz und sagte dann: »Ich habe zuerst gefragt.«

»Ich dachte, es ist Weihnachten, da kann ich ja mal was anderes anziehen, was Besonderes.«

»Ja, das ist in der Tat besonders.«, stimmte er ihr zu, »Jetzt bist du fast genauso groß wie ich, da fällt das Küssen leichter.«

»Tatsächlich?«, sagte sie ironisch, »Jetzt beantworte du mir meine Frage, dann können wir es ausprobieren.«

»Du gehst heute ja ganz schön ran.«, bemerkte er lachend.

»Heute ist Weihnachten.«, entgegnete sie schulterzuckend.

»Nun gut…ich dachte mir…weil heute Weihnachten ist, und du es ja so magst, stell ich eben einen Weihnachtsbaum auf…und wir schmücken ihn gemeinsam. Ist das okay?«

»Ja, ist es. Solange du nicht auch versuchst, mich zu mästen…«

Lisco lachte und antwortete: »Nein, bestimmt nicht, es sei denn, du willst es so.«

»Nein, bitte nicht.«, bat sie schnell. Er lächelte und küsste sie schließlich. Es war schön, mal fast so groß zu sein wie er. So musste sie sich nicht strecken, kam ungehindert und ohne Anstrengung an ihn heran. Vor-

sichtig strich er mit den Händen über ihren Körper: über ihren Kopf, ihren Rücken, ihren Po…jedoch ohne irgendetwas zu tun, das sie beunruhigen könnte. Sie lächelte bei seinen Zärtlichkeiten. Plötzlich klingelte es. Lisco hörte auf, sie zu küssen und bevor er irgendetwas sagen konnte, sagte Elli schnell: »Tycon wollte mich besuchen kommen und mir irgendetwas geben…«
»Wer sonst…«, erwiderte er genervt und ging zur Tür.

-Tycon-

Tycon hatte geklingelt und hörte Schritte. Dann öffnete sich die Tür und er erblickte Lisco. »Du hättest nicht unpassender kommen können.«, sagte dieser kühl.
»Verzeiht, dass ich Euch bei etwas gestört habe, Eure Majestät.«, entgegnete Tycon verächtlich, »Ich kann zwar vieles, aber durch Wände zu sehen, gehört leider nicht dazu. Ist Elli da?«
Lisco funkelte ihn kurz wütend an und hielt dann die Tür auf.
»Ich würde gern allein mit ihr sprechen.«, forderte Tycon, »Am besten hier draußen. Oder drinnen, ist mir auch egal, Hauptsache: allein.«
Lisco zuckte mit den Schultern, sah hinter sich und ließ dann Elli hinaus zu Tycon. »Ich lasse die Tür ein Stück offen und höre alles, sollte etwas vorfallen.«, sagte er drohend und ging ins Wohnzimmer. Tycon verdrehte die Augen und umarmte Elli, zu deren Überraschung, kurz.
»Neue Schuhe?«, fragte er verwundert.
Sie antwortete: »Ich…wollte mal etwas Anderes anziehen.«
»Frohe Weihnachten.«, sagte er und hielt ihr seine Hand hin: darin befand sich eine Kette. Vorsichtig nahm Elli sie entgegen und hielt sie hoch. Die Kette war silbern und hatte einen Anhänger in Form eines verzierten Kreuzes, in dessen Mitte ein schwarzer Stein prangte. Hier und da war das Kreuz schwarz lackiert, dadurch wirkte es alt, was wahrscheinlich auch der Zweck davon war. Ellis Gesichtsausdruck zeigte, dass sie verwundert war.
»Danke…«, sagte sie, »Aber warum…?«, »Nimm es einfach.«, schnitt er ihr lächelnd das Wort ab.
»Aber…ich habe jetzt gar nichts…«, »Du hast mir schon genug gegeben, in all den Nächten.«, flüsterte er lächelnd und streichelte kurz ihre Wan-

ge, »Hör auf dein Herz und…lass dir nichts andrehen, was du nicht willst und…ich geh dann wieder.«. Damit drehte er sich um und wollte gehen.
»Aber…warte!«, sagte Elli überumpelt, wollte ihm folgen, stolperte mit ihren Schuhen und wäre gefallen, hätte er sich nicht schnell wieder umgedreht und sie aufgefangen. »Du solltest diese Schuhe ausziehen.«, riet er schmunzelnd, half ihr, wieder fest zu stehen, drehte sich dann um und ging. Es tat fast ihm Leid, sie so stehen zu lassen, gern wäre er länger bei ihr geblieben. Doch er durfte jetzt nur nicht sentimental werden.

-Elli-

Immer noch verwundert über diese kurze Begegnung, ging Elli langsam wieder ins Haus, nachdem sie Tycon noch ein Weilchen nachgesehen hatte. Sie sah sich die Kette nochmal an und ging dann wieder ins Wohnzimmer.
»Er ist schon wieder weg? Freiwillig?«, fragte Lisco verwundert. Sie nickte. »Und? Was wollte er?«, fragte er weiter. Sie zeigte ihm die Kette.
»Ah, eine Kette.«, sagte er, »Möchtest du sie ummachen?«
»Wenn es dir nichts ausmacht…«, erwiderte sie unsicher.
»Ach, was. Sie ist dein Geschenk, also solltest du sie auch tragen. Ich helfe dir.«
Sie gab ihm die Kette, er ging hinter sie und legte sie ihr um. Dann sah er sie an und stellte fest: »Die steht dir.«
Elli ging zu einem Spiegel und besah sie sich selbst. So etwas…Gothic-Angehauchtes hatte sie noch nie getragen, es schien ihr fremd, gleichzeitig aber passend.
»Wollen wir dann den Baum schmücken?«, fragte Lisco.
»Ja, klar.«, sagte sie und sie begannen. Es war lustig, allein schon bei der Lichterkette. Dann begannen sie mit den Kugeln. Elli sah Lisco ein Weilchen zu und sagte dann belustigt: »Du weißt schon, dass man die der Größe nach aufhängt?«. Er sah sie irritiert an und fragte zurück: »Wie meinst du das?«
Lächelnd nahm sie die falsch platzierten Kugeln wieder vom Baum und sagte: »Es gibt vier verschiedene Größen, wonach die Kugeln geordnet

werden. Mit den großen Kugeln fängt man an, immer kleiner werdend, von unten nach oben.«
»Okay, das wusste ich nicht.«, gab er lächelnd zu, dann machen wir es eben so, wenn du das sagst.«
»Meine Mutter hat mir das gezeigt.«, sagte sie stolz, »Ich fasse es nicht, dass ich dir gerade etwas beigebracht habe.«
»Tja, man lernt nie aus. Dafür gibt es sicher noch viele andere Dinge, die du von mir lernen wirst.«, erwiderte er zwinkernd. Dazu sagte sie lieber nichts.
Am Ende brachten sie noch etwas Lametta an und besahen sich dann ihr Werk. »Er ist hübsch geworden.«, bemerkte sie. »Ja, das haben wir gut hinbekommen.«, stimmte er ihr zu.
»Was hältst du von einem weihnachtlichen Spaziergang?«, fragte er sie nach einer Weile. »Ja, klar, warum nicht.«, stimmte sie zu, »Aber da ziehe ich mir lieber Stiefel an, sonst wird es zu kalt.«
»Tu das.«, sagte er und so ging sie nach oben, um sich ein Paar Stiefel herauszusuchen. Sie entschied sich für schwarze, warm gefütterte Stiefel mit Keilabsatz. Hoffentlich würde Lisco nicht wieder durch den Park gehen wollen, denn das würde sich mit diesen Schuhen als schwierig erweisen. Naja, zur Not würde er sie eben tragen müssen. Und ob er dann immer noch freiwillig durch den Park gehen wollte, würde er sich dann sicher nochmal überlegen.

Vorsichtig ging sie die Treppe herunter, die Stiefel hatte sie gleich angelassen, und zog sich ihren Mantel an. »Du hast deinen Modegeschmack geändert, oder?«, fragte Lisco, der sich ebenfalls anzog. »Nur heute.«, erwiderte sie lächelnd. Dann traten sie hinaus.
Sie gingen durch die Straßen, erfreuten sich an der Beleuchtung überall, an den Weihnachtsbäumen, die durch die Fenster hindurch leuchtenden, dem einen oder anderen Gelächter, das hier und dort noch erscholl und an dem Schnee, der lautlos vom Himmel fiel. Lisco führte sie durch die zahlreichen Straßen, sie wusste überhaupt nicht, wohin es ging, doch sie vertraute ihm. Schließlich sah sie auf der anderen Straßenseite ein großes Gebäude, mit bunten Fenstern, aus dem Gesänge drangen. »Willst du in die Kirche?«, fragte Lisco.
»Nein, ich mag keine Kirchen.«, antwortete sie wahrheitsgemäß.

»Warum, weil du glaubst, dass Vampire sie nicht mögen? Glaubst du, du fängst an zu brennen, wenn du zum Altar gehst?«, erwiderte er belustigt.
»Nein, ich mag einfach keine Kirchen.«, entgegnete sie, »Ich fühle mich nicht wohl darin. Ich finde es da so…bedrückend.«
»Lass uns trotzdem hinein gehen.«, schlug er vor, »Komm schon, tu es für mich, es ist Weihnachten.«
»Ich weiß nicht…«, begann sie, doch er zog sie einfach sanft an der Hand mit sich auf das Gebäude zu.
Sie setzten sich in die hinterste Reihe und lauschten eine Weile den harmonischen Liedern.
Sicher, die Musik war schön, vor allem auch mit der Orgel, aber dennoch würde Elli Kirchen nie etwas abgewinnen können. Außerdem wurde es langsam kalt. »Wollen wir wieder gehen?«, fragte Lisco, der ihr Frösteln wohl bemerkte.
»Gern.«, nickte sie, also standen sie auf und verließen die Kirche.
»Wären wir weiter vor gegangen, hättest du nicht so gefroren.«, gab er zu bedenken.
»Stimmt nicht, in Kirchen ist es immer kalt.«, entgegnete sie mürrisch.
»Wenn du meinst.«, schmunzelte er und sie gingen nach Hause.

Dort angekommen, nahm er ihr den Mantel ab, zog seinen ebenfalls aus und verschwand dann kurz in seinem Schlafzimmer. Wenig später kam er zurück, warf ihr ein Päckchen zu und forderte sie auf es zu öffnen: »Ich glaube, ich kann darauf verzichten, es unter dem Baum zu legen, oder?«
»Was ist das?«, fragte sie argwöhnisch.
»Immer diese Fragen…mach es auf, dann wirst du es sehen.«
Zaghaft und mit schlechtem Gewissen, weil sie für ihn nichts hatte, öffnete sie das Päckchen und zog ein kleines Stoffbündel daraus hervor. »Ich dachte, wir könnten da weitermachen, wo Tycon uns vorhin unterbrochen hat und ein heißes Bad nehmen.«
»Also…ist das ein Bikini…?«, vermutete sie.
»Ja, genau. Ich werde natürlich auch eine Badehose tragen.«, antwortete er, »Und? Was sagst du?«
»Naja…ja…okay.«, stimmte sie unsicher zu.

»Gut.«, sagte er, ich stelle nur schnell das Wasser an, du brauchst dich noch nicht umziehen.«, sprach er und ging nach oben in das Badezimmer.
Unsicher legte sie den Bikini auf die Couch und wartete.

Kurz darauf kam er wieder auf sie zu, lächelte und küsste sie wieder. Sanft streichelte er wieder ihren Körper und fing dann an, ihr die Kette zu öffnen. »Was tust du?«, fragte sie.
»Du willst doch nicht, dass sie nass wird, oder?«, rechtfertigte er seine Tat.
Er nahm sie ihr ab, legte sie auf die Couch und zog ihr dann langsam den Pullover aus. »Keine Angst.«, sagte er beruhigend, als er merkte, wie sie unruhig wurde. Unter dem Pullover trug sie noch ein Hemd, was er ihr auch gleich noch mit über den Kopf zog.
»Mehr ziehe ich dir nicht aus, keine Sorge.«, beruhigte er sie, sie immer noch küssend, »Öffne doch stattdessen mein Hemd.«
Unsicher und langsam knöpfte sie sein Hemd auf und schob es ihm dann nach hinten über die Schultern hinab. Er trug kein Unterhemd, sodass ihre Hände nun auf seiner nackten, warmen, kräftigen Brust lagen. Er hatte seine eigenen an ihre Hüfte gelegt, sie fühlten sich angenehm an, wenn sie auch kalt waren, wie die ihren. Er führte sie ein Stück nach hinten, bis sie die Couch an ihren Beinen spürte und sich darauf sinken ließ.
»Das reicht fürs Erste an gegenseitigem Ausziehen, oder?«, fragte er sie lächelnd. Sie nickte erleichtert. Schließlich lag sie wieder unter ihm und er küsste sie, sanft, nicht drängend.
Dann wechselten sie irgendwann ihre Positionen, sodass sie oben lag. Elli hörte auf, ihn zu küssen und legte ihren Kopf auf seine Brust, an seinen Hals. Er streichelte ihren fast nackten Oberkörper sanft und lauschte auf ihren Atem. Bald darauf bemerkte er: »Ich glaube, die Wanne müsste jetzt voll sein. Geh doch und zieh den Bikini an, ja?«, sagte er.
Widerwillig stand sie auf, denn gern wäre sie noch weiter auf ihm liegen geblieben, nahm den Bikini, ging hoch und zog ihn an.
Es war ein schöner Bikini: er war schwarz und hatte dezente, goldene Verzierungen, zum Glück war er nicht zu knapp und das Höschen war auch nicht in String-Tanga-Form. Sonst hätte sie ihn wahrscheinlich nicht angezogen.

Nervös ging sie, im Bademantel, ins Bad. Die Haare hatte sie sich hochgesteckt, damit sie nicht nass wurden. Als sie in das Bad kam, stand er noch in seinen Sachen da und fragte: »Und? Passt er?«. Sie nickte, hoffentlich würde er sich nicht explizit selbst davon überzeugen wollen.
»Gut. Du kannst schon mal in die Wanne gehen, wenn du willst, ich zieh mich auch schnell um.«, sagte er lächelnd und verschwand in seinem Schlafzimmer. Unsicher löste Elli den Knoten des Bademantels, ließ ihn, in der Ecke des Raumes, von den Schultern gleiten und testete mit dem großen Zeh die Wassertemperatur. Als sie diese als angenehm warm empfand, stieg sie in die große Wanne. Das warme Wasser umspülte ihren Körper und ließ sie eine angenehme Gänsehaut bekommen. Sie holte den ganzen Schaum zu sich, damit Lisco sie nicht gleich im Bikini sah. Obwohl, eigentlich hatte er sie ja schon in Unterwäsche gesehen: vorhin, im BH, und am ersten Abend, im Slip. Und eigentlich ja auch schon ganz ohne BH…
Naja, egal, dann wenigstens des Anstandes wegen, dachte sie seufzend.

Wenig später kam Lisco, zog ebenfalls den Bademantel aus und stieg zu ihr in die Wanne. Da sie ihn noch nicht unbedingt in Badehose sehen wollte, sah sie schnell zur Seite. Zum Glück setzte er sich nicht direkt neben sie, sondern mehr ihr gegenüber.
»Ist die Temperatur gut?«, fragte er. Elli nickte. Sie saß da, mit angezogenen Knien, die sie mit den Armen umschlang.
»Warum bist du so verkrampft?«, fragte er lächelnd, »Ich guck dir schon nichts ab.«
»Ja, aber…es ist mir unangenehm.«, antwortete sie zögerlich.
»Warum? Mir ist es auch nicht peinlich, dass du mich so siehst. Die Badehose habe ich nur wegen dir an, damit du nicht gleich wieder flüchtest.«, sagte er lächelnd.
»Ja, ich weiß, aber…mich hat eben noch nie jemand nackt gesehen, außer meinen Eltern…«
»Tatsächlich?«
»Ja…«
»Aber im Schwimmbad sehen dich doch auch alle im Bikini.«
»Ja, aber das ist was Anderes…«
»Wieso ist das etwas Anderes?«, fragte er belustigt.

»Da ist das normal, die gucken mich ja da nicht so an…«
»Wie denn? Was meinst du mit *so*?«, fragte er.
»Naja, du…ich weiß doch, was du…irgendwann mit mir…vor hast.«, stammelte sie und wurde rot.
»Ich liebe dich, da ist es doch normal, dass ich dich ansehen und berühren will.«, sagte er sanft, »Aber, wer weiß, wer und was im Schwimmbad alles herumläuft? Die haben vielleicht ganz ähnliche Gedanken…aber nicht aus Liebe.«
»Wenn du so weitermachst, geh ich nie wieder ins Schwimmbad.«, sagte sie scherzend.
»Verzeih, ich lasse es. Du könntest aber mal in die Sauna gehen, dann wirst du vielleicht etwas…lockerer.«, schlug er vor.
»In die Sauna? Aber das ist ja noch schlimmer! Da laufen doch alle nackt herum!«, erwiderte sie empört.
»Ja, deswegen. Was glaubst du, wer du bist, dass du denkst, auch nur einer würde dich dort anschauen?«, entgegnete er mahnend.
Peinlich berührt sah sie auf ihre Arme.
»Im Prinzip sehen doch alle Menschen gleich aus, Elli. Was ist also daran so schlimm, wenn dich jemand, oder ich dich nackt sehe? Glaubst du, ich erzähle irgendwas weiter oder poste es im Internet?«, fügte er lachend hinzu.
»Nein, aber…es ist eben…ungewohnt und…ich möchte das einfach nicht. Noch nicht…« Könnten wir bitte mal das Thema wechseln?!, dachte sie leicht genervt.
»Okay, das ist etwas anderes. Aber du brauchst dich nicht aus Scham zu verstecken, das ist Quatsch. Du hast einen gesunden, jungen, schönen Körper, den kannst du auch zeigen.«, fuhr er fort.
»In die Sauna möchte ich trotzdem nicht.«, beharrte sie.
»Es gibt ja auch Frauensaunen, da laufen nur Frauen herum. Vielleicht solltest du´s erst mal damit versuchen.«
»Mal sehen…«. Lisco war ja mal wieder total hartnäckig…warum eigentlich?! Es war doch ihre Sache…
»Glaub mir, es wird dir gefallen.«
»Wie gesagt…mal sehen…«, seufzte sie und hoffte, dass das Thema nun damit beendet war.

Eine Weile sagten sie gar nichts, dann irgendwann fragte Lisco: »Hattest du schon mal einen Freund?«
»Was?«, fragte Elli überrascht, »Warum fragst du das?«.
»Weil es mich interessiert, deshalb. Was ist schlimm daran?«
»Nichts, ich…war nur überrascht.«, antwortete sie und sah ihn an. Sein Blick war fragend. »Naja…eigentlich nicht…Tycon vielleicht, wenn das zählt.«, begann sie.
»Ich meinte eigentlich auf deiner Ebene.«
»Nein, hatte ich nicht.«
»Du bist 17 und hattest noch keinen festen Freund?«, fragte er etwas ungläubig.
»Wolltest du dadurch jetzt herausbekommen, ob ich noch Jungfrau bin?«, erwiderte sie säuerlich.
»Nein, das hast du mir vorhin schon damit beantwortet, dass dich noch nie jemand nackt gesehen hat.«, antwortete er lächelnd. Sie wurde rot. Na wunderbar…manchmal musste sie echt ziemlich blöd rüberkommen…
»Warum findest du es so…abwegig, dass ich noch keinen Freund hatte?«
»Ich dachte immer, heutzutage wäre das anders…,dass alles viel eher beginnt, aber wie es aussieht…«
»Oh, doch, es ist so, nur eben nicht bei mir. Ich kenne viele, die mit 14 schon mehrere Beziehungen hatten… es ist ja auch schon öfters passiert, dass welche mit 13 schwanger waren…«
»Die Menschheit entwickelt sich zurück.«, stellte er schmunzelnd fest.
»Wie meinst du das?«, fragte sie irritiert.
»Früher haben die Mädchen oft schon mit 14 oder 15 Jahren heiraten müssen, sobald sie fruchtbar waren. Viele hatten mit 20 Jahren schon mindestens zwei Kinder…dann gab es eine Zeit, wo unter 18 gar nichts lief, und jetzt fangen schon wieder alle so früh an…«
»Stimmt, das ist mir noch gar nicht aufgefallen…«, gab sie zu.
»Warum ist das bei dir nicht so? Warum hattest du noch keine Beziehung? An Angeboten und Jungs wird es ja sicher nicht mangeln, oder?«
»Nein, naja.«, sagte sie lächelnd und musste an Christian denken, »Ich…sagen wir, ich hab ein spezielles Auge für die, die mich eh nicht wollen…bisher war es immer so, dass entweder der Typ mich nicht

mochte oder ich ihn nicht. Im Moment gibt es ja einen, der mich...liebt. Zumindest sagt er das. Aber der ist blöd.«
»Wieso?«
»Ach, der ist einfach hohl...und ist ganz stolz auf seine paar Gramm Muskelmasse...der ist total dämlich, der versteht es einfach nicht, dass ich nichts von ihm will.«
»Hast du es ihm denn schon mal richtig gesagt?«
»Nein, nur so...angedeutet. Ich antworte halt nicht so...kitschig wie der, sondern...sachlich. Ohne *hab dich lieb* oder so...«
»Du solltest es ihm mal richtig sagen, ins Gesicht.«
»Und wie?«
»Naja, einfach *Hör zu, tut mir leid, aber ich empfinde nichts für dich*, oder du sagst eben, dass ihr ja Freunde sein könnt, aber nicht mehr. So in der Art.«, schlug er vor.
»Okay...«, sagte sie nachdenklich.
»Aber wie kommt es, dass du noch keinen bekommen hast, den du mochtest? Suchst du dir immer solche schweren Fälle?«
»Was heißt immer, es war erst...ein paar Mal.«, verteidigte sie sich, »Ich suche ja nicht. Wenn mir einer gefällt, gefällt er mir halt. Ich bin da nicht wie andere, die ständig "auf die Jagd" gehen...«
»Und warum nicht?«
»Weil das dann doch keine echte Liebe ist, wenn man bloß zusammen ist, um einen Freund zu haben...und weil ich eh keine Zeit dafür habe. Das würde mich bloß von der Schule ablenken...«
»Das ist eine gute Einstellung...lenke ich dich etwa von der Schule ab?«, fragte er, etwas besorgt.
»Nein, tust du nicht. Nur auf meiner Ebene wäre es wohl so.«

Der Schaum begann sich langsam aufzulösen.
»Du solltest dich jetzt neben mich setzen, damit ich nicht so viel von dir sehe.«, schlug er plötzlich schelmisch lächelnd vor. Elli zögerte kurz und rutschte dann neben ihn.
»Du hast es ja tatsächlich getan.«, stellte er, freudig überrascht, fest.
»Ja, sieht so aus.«, bestätigte sie und küsste ihn zart. Er dagegen legte die Hand an ihre Wange und führte sie so sanft näher zu sich heran. Sie setzte sich seitlich auf seinen Schoß und legte die Arme um seinen Hals. Ihr

Herz schlug schneller, als er mit seinen nassen Händen an ihrem ebenso nassen Körper entlangfuhr. Er küsste ihre Lippen, ihren Hals und wieder ihr Dekolletè, was sie genoss und ihr einen wohligen Schauer durch die Haut fahren ließ.
Wenn ihre Eltern wüssten, was sie gerade tat! Sie musste lächeln bei diesem Gedanken.
»Was ist?«, fragte Lisco amüsiert.
»Ich habe gerade daran gedacht, was meine Eltern wohl sagen und tun würden, wenn sie wüssten, was ich hier gerade mache.«
»Genau genommen, machst du ja nicht Schlimmes. Du genießt nur die Nähe zu deinem Freund, oder nicht?«
»Ja, stimmt. Du bist ja eh der, der alles macht. Freund…heißt das, wir sind jetzt…zusammen? Ein Paar?«
»Natürlich, hättest du mich sonst geküsst?«
»Nein.«, gab sie zu, »Da hast du Recht. Sag mal, wie alt bist du eigentlich? Du erscheinst mir nicht wie 18…«
»Bin ich auch nicht.«, gab er zu.
»Wie alt bist du dann?«
»Was spielt das für eine Rolle? Das ist doch nur eine Zahl…«,»Ich würde es trotzdem gern wissen.«, schnitt sie ihm das Wort ab.
Er überlegte und erwiderte dann: »Mein Gesamtalter oder mein Alter, als ich mein Menschendasein verlor?«
Überrascht sah sie ihn an und meinte: »Du warst mal…ein Mensch?«
»Ja, bis ich gestorben bin. Ich wurde getötet. Seit dem bin ich…eine wandernde Seele. Seit nicht allzu langer Zeit wieder mit einem Körper.«, erklärte er.
»Und…wie alt warst du, als du getötet wurdest?«
»Um ehrlich zu sein…ich war 27.«
Sie sah ihn an, überrascht, vielleicht etwas geschockt und wiederholte: »27?«
Er nickte. Sie rutschte von ihm herunter und setzte sich ein Stück neben ihn. »Was ist los?«, fragte er irritiert.
»Wie alt bist du dann insgesamt? Wie lange…existierst du schon?«
»Ich habe in Caesars Heer gekämpft, also schon ziemlich lange.«
Aha, ein Italiener also…das erklärte die schwarzen Haare und die braunen Augen.

»Ah, ein Soldat. Deshalb kannst du so gut Wunden versorgen.«, stellte sie fest.

»Ja, genau.«

»Das ist irgendwie...pervers.«

»Was?«

»Dass du so alt bist. Ich meine, du bist 10 Jahre älter als ich...im Extremfall könntest du fast mein Vater sein, und du willst mit mir...das ist pervers.«

»Nein, ist es nicht, und jetzt übertreib mal nicht. Alter ist doch unwichtig, es ist relativ, bloß eine Zahl auf dem Papier. Was zählt, sind doch die inneren Werte. Hätte ich dir mein Alter nicht verraten, hättest du es wahrscheinlich gar nicht gemerkt.«, verteidigte er sich ruhig.

»Trotzdem...es kommt mir falsch vor.«

»Ich könnte dich manipulieren, damit du es vergisst oder dich nicht mehr daran störst.«

»Nein!«, sagte sie entschieden, »Ich will es nicht vergessen, ich möchte...darüber nachdenken.«

»Ach, komm, Elli! Wir haben gerade so eine schöne Beziehung geführt, mach das doch nicht wegen ein paar Zahlen wieder alles kaputt!«

»Ja, für dich sind es nur ein paar Zahlen, aber für mich...! Ich frage mich, ob du nicht vielleicht ein bisschen pädophil bist...?!«

»Wie bitte? Pädophil? Ich? Wo hast du denn diesen Mist her!«, entgegnete er empört.

»Lisco, ich bin 17! Ich bin theoretisch fast noch ein Kind!«, rief sie.

»Du siehst aber nicht gerade wie eins aus und verhalten tust du dich auch nicht so. Obwohl, im Moment ist das gerade schon ziemlich kindisch, wie du dich wegen ein paar Zahlen so aufspielst.«

»Ich bin einfach nur...überrascht? Ich muss erst mal damit klar kommen! Immerhin bist du wie...ein lebendes Objekt aus dem Geschichtsunterricht!«, fuhr sie fort. Das musste er doch wohl verstehen!

»Elli, bitte vergiss es doch einfach wieder! Bisher sind wir doch auch super klar gekommen.«, bat er.

»Ich weiß, aber...«

»Kein Aber! Ich bitte dich!«

»Ich weiß nicht...«

»Bitte!«. Er flehte ja fast, es schien ihm wirklich leid zu tun...

»Das Wasser wird kalt, ich will hier raus.«, sagte sie und wollte aufstehen, als ihr einfiel, dass Lisco sie ja dann sehen würde. Davon mal abgesehen, hatte sie auch keine Ahnung, wo die Handtücher hin waren.
»Warte.«, sagte er, »Ich geh zuerst raus und leg dir dann von hinten das Handtuch um die Schultern. Dann kannst du wenigstens beruhigt sein, dass ich dich nicht sehe..«, sagte er mürrisch.
»Danke...«
Lisco stand auf und stieg aus der Wanne. Dieses Mal sah Elli hin und ihr fiel auf, welch erotischer Anblick es war, als das Wasser über seinen robusten Körper lief. Peinlich berührt über diese Gedanken, sah sie schnell zur Seite.
Als sie ihren Blick ihm wieder zuwendete, stand er, zur Wanne gerichtet, mit einem Handtuch in der Hand, das er so hielt, sodass sie sein Gesicht, und er folglich auch sie, nicht sehen konnte. Vorsichtig stand sie auf und stieg hinaus. Sofort drehte sie sich dann um, sodass sie mit dem Rücken zu Lisco stand. Dieser kam näher, legte ihr das Handtuch um die Schultern und umarmte sie dabei von hinten. Er küsste ihren Hals und flüsterte ihr ins Ohr: »Bitte vergiss es, lass dich nicht davon abschrecken. Ich liebe dich, das hat nichts mit Alter zu tun.«
Er drehte sie sanft herum, samt Handtuch, sodass sie die Wärme seiner Haut spüren konnte und ihm in die Augen sehen musste. »Ich werde dich nicht manipulieren, weil du mir ausdrücklich gesagt hast, dass du das nicht willst...dafür verlange ich aber von dir, dass du es von dir aus vergisst oder einfach nicht mehr daran denkst. Okay?«, fragte er und sah sie abwartend an. »Okay...«, stimmte sie unsicher zu. Er lächelte, zog sie an sich und küsste sie. Sanft drückte er sie an sich, gegen seinen nassen, warmen Körper. Sie wollte das Handtuch festhalten, doch er schob es ihr wieder von den Schultern, sodass nun nichts mehr zwischen ihren fast nackten Körpern stand. Elli erwiderte seine Küsse, erst noch unsicher und wieder zaghaft, dann intensiver. Das Wasser auf ihrer Haut begann zu trocknen, sie bekam eine leichte Gänsehaut. Ihre Arme hatte sie um seinen Hals gelegt. Er begann wieder, ihren Körper zu streicheln. Schließlich legte er seine Hände auf ihren Po und schob sie nochmals sanft gegen sich. Ein warmes Kribbeln erschien kurz in ihrem Becken, als sie gegen seines stieß. Sie schrak kurz auf, denn sie konnte ihn spüren. Lisco lächelte und küsste ihren Hals. Elli überlegte, was sie tun sollte...es

war offensichtlich, dass er sie wieder verführen wollte. In der Tat war es verlockend, seine zärtlichen Berührungen und Liebkosungen…sollte sie sich ihm einfach hingeben? Sie beschloss gerade, abzuwarten, was passierte, als er plötzlich aufhörte.
»Was ist?«, fragte sie überrascht. Wie konnte er plötzlich freiwillig aufhören? Er lächelte und meinte: »Ich probiere jetzt Tycons Taktik aus.«
»Was meinst du?«, fragte sie verwirrt.
»Ein Wein bleibt nur so lange kostbar, wie man ihn nicht im Überfluss trinkt.«
»Nein! Nicht du auch noch!«, sagte sie enttäuscht und etwas entsetzt.
»Doch, ich…reize dich…rühre dich aber nicht an, wenn du weißt, was ich meine, bis du diejenige bist, die zu mir kommt und es will.«, sagte er neckisch.
»Das ist…nicht fair!«, protestierte sie.
»Doch, finde ich schon.«, meinte er grinsend.
»Wenn du mich dann auch so auf die Folter spannst…wie er…dann ist das unfair.«
»Das werde ich nicht tun. So lange, wie ich dann darauf gewartet habe, werde ich dich bestimmt nicht zurückweisen.«, sagte er lächelnd.
Ihr fiel auf, dass sie immer noch im Bikini da stand, also hob sie rasch das Handtuch auf und wickelte sich schnell darin ein. »Ich glaube, du bist schon trocken.« Damit hatte er Recht, aber sie behielt es trotzdem um und ging in ihr Zimmer, um sich wieder etwas anzuziehen.

Danach ging sie wieder ins Wohnzimmer. Lisco kam, auch wieder angezogen, hinzu. Er legte sich auf die eine Couch und bedeutete ihr lächelnd, zu ihm zu kommen. Elli folgte der Aufforderung und legte sich wieder halb auf ihn. Er faltete seine Hände auf ihrem Bauch. »Siehst du, jetzt habe ich dich fast nackt gesehen und sogar geküsst und berührt…und es geht dir genauso wie vorher.«, sagte er, leicht grinsend, und küsste ihren Hals.
»Tut es das, ja? Geht es mir wirklich genauso wie vorher?«, erwiderte sie seufzend.
»Etwa nicht? Ist dir schlecht oder so?«
»Nein, ich fühle mich nur…«,»Erwachsener? Glücklich?«, schnitt er ihr das Wort ab.

»Oder aber mies, schuldig…«
»Das ist Quatsch, das musst du nicht. Sich zu lieben und zu begehren ist doch eine der natürlichsten Sachen der Welt.«
»Schon, aber…du bist zehn Jahre älter als ich und…«
»Komm, fang bitte nicht schon wieder damit an, das hatten wir doch schon diskutiert. Das Alter tut nichts zur Sache.«
»Doch, weil…ich…hab das doch noch nie gemacht, ich bin noch so unbeholfen, du machst das wahrscheinlich schon seit mehr als 2000 Jahren…«
»Sei doch froh, dass ich viel Erfahrung habe, denn dann kannst du dir sicher sein, dass nichts…falsch läuft und…keine halben Sachen stattfinden. Ist doch besser als zwei Unerfahrene…so erlebst du gleich das Beste, das Ultimative. Und bekommst keinen falschen Eindruck davon, wie wenn etwas schief laufen würde.«, gab er zu bedenken.
»Ja, aber…ich hatte schon meine spezielle Vorstellung davon…vom ersten Mal.«, gab sie zu.
»Und wie sah die aus?«, fragte er und schmunzelte.
»Romantisch…echte Liebe, nichts auf die Schnelle Entschiedenes…unvergesslich. Nicht mit irgendjemandem, nicht mit irgendeinem Typen, sondern mit einem, der mich wirklich liebt…wie im Märchen.«
»Ich liebe dich wirklich.«, erwiderte er ernst.
»Ich weiß…«
»Du mich etwa nicht?«
»Doch, aber…«,»Bin ich dir nicht romantisch genug?«
»Nein…aber…«
»Du hast einfach Angst.«, vermutete er. Elli nickte.
»Wovor? Ich würde dir nie weh tun.«
»Ich weiß, das ist es aber nicht. Ich…habe Angst, dass ich es später bereue…oder dich…enttäusche…oder sowas.«
»Du mich enttäuschen? Keine Sorge, das wird nicht passieren. Ich erwarte nichts von dir, ich werde mich dir voll und ganz anpassen.«, sagte er und streichelte ihre Wange.
»Gut zu wissen.«, sagte sie nervös,»Könnten wir jetzt vielleicht das Thema wechseln?«
»Warum nicht. Was hast du zu Weihnachten bekommen?«

So ein blödes Thema hatte sie nun doch nicht gemeint...»Warum fragst du mich gerade das?«, fragte sie deshalb.
»Du wolltest ein anderes Thema.«
»Ja, aber...«
»Kein Aber. Was hast du also bekommen?«
»Nichts Interessantes.«
»Ich höre.«, sagte er bestimmt, keine Widerrede duldend.
Sie seufzte und antwortete.
»Das ist doch schön.«, meinte er daraufhin, »Und billig sicher auch nicht...sei froh, weißt du, was Andere zu Weihnachten bekommen?«
»Bin ich doch, ich sag doch nix. Dass du vor 2000 Jahren keine Tauchausrüstung bekommen hast, ist mir schon klar.«
»Logisch, aber das meinte ich nicht. Viele Kinder ärmerer Familien müssen sich mit etwas Süßem und ganz normalen Anziehsachen und Unterwäsche zufrieden geben.«
»Ja, ich weiß. Aber dafür kann ich ja nichts.«
»Ich sage ja nur.«
»Ein anderes Thema, bitte.«, forderte sie erneut.
»Schlag du doch was vor, wenn dir meine Themen immer missfallen.«, forderte er spöttisch.
Elli überlegte und fragte dann: »Du kannst doch Latein, oder hast du das verlernt?«
»Man verlernt doch nicht seine Muttersprache.«
»Ich dachte nur, weil das heute doch keiner mehr spricht.«
»Trotzdem. Wieso, brauchst du da Nachhilfe?«
»Nein, in Latein stehe ich gut. Ist mir nur gerade eingefallen.
»Wir können auch gern auf Latein reden, damit habe ich kein Problem.«, meinte er.
»Ich aber. Wir lernen nicht, es zu sprechen, sondern übersetzen nur solche Kriegstexte und Fabeln.«, gab sie zu.
»Wo ist der Sinn dabei, eine Sprache lernen zu wollen, wenn man sie dann aber nicht sprechen kann?«, fragte er verständnislos.
»Keine Ahnung, frag die Lehrer. Vermutlich, weil das heute eh keiner mehr spricht.«
»Also lernt ihr das nur fürs Studium und somit für den späteren Beruf, wenn ich das richtig verstehe?«

»Ja, genau.«
»Wie sinnfrei.« Er schüttelte den Kopf.
»Ja, irgendwie schon.«
Eine Weile herrschte Stille, dann fragte Elli vorsichtig: »Wo kommt Tycon denn her?«
»Aus Deutschland. Er stammt aus einer Adelsfamilie.«
»...und wie kommt es, dass ihr beiden auch...seelisch verbunden seid? Also, dass ich dich und du mich sehen konntest?«
»Ich...habe Tycon einen Teil meiner Seele implantiert...«
»Du hast ihn geküsst?«, fragte sie belustigt.
»Nein, zumindest nicht so, wie du es jetzt wahrscheinlich denkst.«, sagte er schnell.
»Und...warum hast du es getan?«
»Ich wollte ihn für einen bestimmten Zweck nutzen und ihm danach meine Seele, wenn möglich, wieder entnehmen...aber da war er dann leider schon tot.«
»Wodurch ist er denn gestorben?«
»Ermordet, genau wie ich. Was für ein Zufall, nicht?«
»Und...von wem?«
»Von einem Mann, der eifersüchtig war, beziehungsweise sich rächen wollte, weil Tycon was mit dessen Frau hatte. Deshalb finde ich eigentlich, dass es ihm recht geschah, aber dafür habe ich ihn jetzt für alle Ewigkeit an der Backe...«, erklärte er seufzend.
»Also wird man zu sowas, wie ihr es seid, indem man getötet wird oder stirbt, wenn man so einen...Seelenteil in sich trägt?«
»Ja, das heißt, wenn alles gut geht. Leider ist bei Tycon alles gut gegangen...«, setzte er in bedauerndem Tonfall fort, »Wenn man bis an sein Lebensende so einen Seelenteil, wie du es nennst, mit sich trägt, und dann von allein, durchs Alter stirbt, lebt die Seele auch noch weiter. Jedoch geht das nicht lange gut, da die alte Seele des alten Menschen sich mit der meist jung gebliebenen Seele des...Spenders nicht, sagen wir, verträgt. Es passt einfach nicht. Das läuft dann meist darauf hinaus, dass dieses Seelengespann ausgeschaltet werden muss.«
»Also klappt das am besten, wenn der Mensch noch relativ jung ist?«
»Wenn er ungefähr dasselbe Alter wie der Spender hat, ja.«, bestätigte er.
»Also gibt es auch...Alte von eurer Sorte?«

»Sehr selten. Die Seele desjenigen wird quasi...eingefroren, wenn er zu jemandem, wie wir es sind, wird. Das heißt, eine junge Seele altert nicht wirklich, aber eine Alte bleibt auch für immer alt. Das halten die meisten nicht aus. Aber es passiert auch relativ selten, dass wir uns...Alte für unsere Zwecke aussuchen. Warum auch? Junge Menschen können viel mehr verrichten. Und denen die Seele einzusetzen, ist auch wesentlich angenehmer...aber warum fragst du das alles?«
»Nur so, weil es mich interessiert.«
»Du wirst mir doch nicht auf dumme Ideen kommen?«, fragte er argwöhnisch.
»Nein! Natürlich nicht!«, entgegnete sie, »Warum sollte ich? Außerdem könnte ich das gar nicht, Selbstmord begehen...«
»Dann ist ja gut.«
»Was wäre denn schlimm daran, wenn ich so würde wie ihr?«
»Du bist noch zu jung, außerdem möchte ich das nicht. Und es würde dir nicht gefallen, glaube mir.«
»Ist ja gut. Wenn du das sagst...«
»Glaubst du mir etwa nicht? Stell dir nur mal vor, bis in alle Ewigkeit mit Tycon verbunden zu sein...willst du das?«
»Nein, da hast du Recht.«, pflichtete sie ihm bei, wobei es insgeheim zwar wirklich nicht ihre Traumvorstellung war, aber auch nicht das Schlimmstmögliche...
»Aber, warte mal.«, fügte sie hinzu,» Tycon kann sich doch per Gedanken mit mir unterhalten und eventuell auch meine Gedanken lesen. Aber wenn du sein...Schöpfer bist, kannst du dann nicht einfach in seine Gedanken blicken und herausfinden, was er vor hat?«
»Nein, so einfach ist es leider nicht. Er ist ja kein Mensch mehr, sondern wie ich, deswegen geht das nicht. Schön wäre es ja...obwohl...nein, eigentlich nicht. Eigentlich will ich nicht wissen, was er den ganzen Tag über so denkt. Deshalb kannst du ihn ja auch nicht hören, wenn ich in der Nähe bin. Das...liegt in unserer Natur, dass wir uns sozusagen nicht riechen, oder eher hören, können.«
»Hm...«, fuhr sie fort, »Aber sag mal, wenn du damals ein Soldat warst, warum bist du dann so...schlau? Warum kannst du mir bei den vielen Schulsachen helfen?«
»Wieso? Wer sagt denn, dass Soldaten dumm sind?«, fragte er belustigt.

»Keiner, aber war das nicht so, dass die Soldaten eben nur fürs Kämpfen ausgebildet wurden? Also nicht in die Schule gegangen sind?«
»Jein. Lesen und Schreiben zu können war Pflicht. Das Meiste habe ich mir eben über die Jahre angeeignet.«
»Stimmt, in 2000 Jahren könnte mal lange Weile aufkommen und zum Lernen verleiten…«, stellte sie fest.
»Ja, genau. Und was Geschichte angeht, habe ich ja quasi alles miterlebt, was ihr heute lernen müsst.«
Das war natürlich praktisch.
»Jetzt, wo wir wieder über Schule geredet haben, bin ich müde geworden.«, stellte Elli fest und gähnte.
»Dann sollten wir vielleicht ins Bett gehen.«.
»Wir?!«, fragte Elli, als hätte sie sich verhört.
»Ja, ich dachte mir, dass du heute mal bei mir schlafen könntest. Neben mir, also nicht mit mir, meine ich.«, schlug er vor.
Meinte er das tatsächlich ernst? Elli bekam das dumme Gefühl, dass diese Nacht wieder schlecht enden würde…
»Aber…warum?«, fragte sie zaghaft.
»Weil es schön ist, nicht allein zu sein, zum Beispiel. Da ist doch nichts dabei.«
»Ich weiß nicht…«, murmelte sie unsicher.
»Ach, komm schon, tu mir den Gefallen.«, bat er. »Aber kein Sex.«, sagte sie bestimmt.
»Kein Sex.«, bestätigte er, »Es sei denn, du willst es nachher dann doch.«
»Bestimmt nicht.«, meinte sie zweifelhaft, »Aber, was ziehe ich an? Nackt oder nur im Nachthemd kommt nicht in Frage.«
»Lass doch einfach BH und Slip an, ist doch im Grunde dasselbe wie im Bikini.«
»Okay…«, sagte sie unsicher und stand auf. Er tat es ihr gleich. Dann gingen sie die Treppe hoch. Elli hatte ein mulmiges Gefühl im Bauch. War das richtig, was sie da gerade im Begriff war, zu tun? Er könnte wer weiß was mit ihr anstellen, wenn sie tagsüber auf ihrer Ebene war! Obwohl, da schlief er ja selbst auch…aber abends, wenn er wach wurde…also musste sie dafür sorgen, eher wach zu werden, als er.
Oben angekommen, fragte er: »Ziehst du dich um und kommst dann rüber?«

Elli nickte. Er lächelte, küsste sie kurz auf die Stirn, sagte: »Schön, ich freue mich.« und ging dann in sein Schlafzimmer. Elli ging in ihres und begann, ein wenig nervös, sich auszuziehen. BH und Slip ließ sie wie gesagt an, zog sich ihren Morgenmantel über und ging dann zu Liscos Zimmer. Er stand lächelnd, ebenfalls im Morgenmantel, vor der Tür, nahm sie bei der Hand und führte sie hinein. »Willkommen in meinem Schlafgemach. Fühl dich, als wäre es dein Eigenes.«, sagte er, als wären sie in einem Film.
Elli sah sich um: Lisco hatte ein richtiges Himmelbett, welches sehr einladend aussah, vor den Fenstern hingen lichtundurchlässige Rollläden und ansonsten glich es eigentlich fast ihrem hiesigen Schlafzimmer. Nur, dass Lisco seines noch ein wenig größer war. Sanft wandte Lisco sich ihr zu und küsste sie zärtlich. Elli erwiderte seine Küsse und wollte ihre Arme um seinen Hals legen, doch stattdessen führte Lisco ihre Hände zu seinen Schultern und über den Rücken, sodass Elli langsam seinen Morgenmantel nach hinten schob und dieser schließlich zu Boden fiel. Lisco entledigte sie ebenfalls ihres Morgenmantels und ging noch näher an sie heran, sodass ihre Körper wieder aneinander gelehnt waren. Nun legte er ihre Arme um seinen Hals, fasste ihre Hüften und hob sie hoch. Was hatte er doch starke Arme! Aus Reflex, und auch Überraschung, schlang sie die Beine um seinen Leib, er trug ja zum Glück auch eine Unterhose. Sie küssten sich weiter, er hatte seine Hände nun unter ihrem Po verschränkt, sodass er sie ziemlich mühelos halten konnte.

Es war Elli fremd, ihm, einem Mann, so nahe zu sein, gleichermaßen fühlte es sich jedoch auf irgendeine Weise gut an und sie verspürte ein Kribbeln im Bauch, ähnlich dem bei Tycons Bissen. Sie dachte an die Nacht zurück, wo Lisco sie gefunden und geküsst hatte. Wie er sie beim Umziehen überrascht und gemeint hatte, sie solle ihren Körper nicht unter Klamotten verbergen…und jetzt trug er sie auf dem Arm, halbnackt, und küsste sie leidenschaftlich. Mit ihrer Einwilligung und Erwiderung. Wie sich die Dinge doch ändern konnten…

Lisco ging in Richtung des Bettes und legte Elli langsam darauf ab. Sie sank auf die softe Matratze, die weiche Decke schmiegte sich an ihre Haut. Lisco folgte ihr, senkte sich auf sie hinab, stützte seine Arme links und rechts von ihr ab und küsste sie weiter. Sanft streichelte er ihr mit der einen Hand über ihr Haar. Elli überkam eine wohlige Gänsehaut und ihr wurde warm, als sie ihm so nahe war. Sie fasste Mut und strich mit ihren Händen sanft über seinen Kopf und hinab über seinen kräftigen Rücken. Vorsichtig ließ sie einzelne Strähnen seines Haares durch ihre Finger gleiten. Lisco lächelte, rollte sich zur Seite und zog Elli auf sich. Nun war er es, der mit seinen erfahrenen Händen an ihrem Körper entlangfuhr. Sanft drückte er sie an sich und begann, sich leicht zu bewegen, als wenn sie miteinander schliefen. Obwohl Elli sich merkwürdig dabei vorkam, versuchte sie, mitzumachen. Er lächelte, sie kontinuierlich küssend und seine Hände wanderten zu dem Verschluss ihres BHs. Sanft schob sie seine Hände an ihre Hüfte und flüsterte: »Nicht.«

»Was hast du?«,»Ich…möchte das noch nicht.«

»Vielleicht fühlst du dich wohler, wenn das Licht aus ist.«, meinte er lächelnd,»Und wenn wir zugedeckt sind. Dann kann ich dir nichts weggucken.«

»Ich weiß nicht…«.

»Vertrau mir einfach, okay?«, bat er, hob sie sanft von sich herunter und stand auf. Elli tat es ihm gleich, warum, wusste sie selbst nicht genau. Er ging zum Lichtschalter und machte das Licht aus: nun konnte sie nur noch seine Silhouette erkennen. Er kam zu ihr zurück, legte sich ins Bett, zog die Decke hoch und deutete einladend neben sich. Elli legte sich zu ihm und er bedeckte sie ebenfalls mit der warmen, weichen Decke. In der Dunkelheit war es in der Tat ein anderes Gefühl. Sie konnte nur seine Umrisse erkennen, hörte und spürte, wie sein Atem wieder näher kam. Sanft zog Lisco Elli wieder zu sich heran und küsste sie. Elli tat ihm den Gefallen und legte sich wieder auf ihn. Er strich ihr ihre Haare aus dem Gesicht, küsste sie liebevoll und streichelte wieder ihren Körper. Unter der Decke war es nun noch wärmer, in ihrem Becken kribbelte es angenehm. Seine Hände wanderten wieder zum Verschluss ihres BHs. Dieses Mal hielt sie ihn nicht zurück, auch wenn ihr etwas mulmig bei der Sache war. Stattdessen küsste sie ihn weiter und strich wieder über sein Haar und seine Schultern. Schließlich hatte er den BH geöffnet und schob sanft die Träger von Ellis Armen. Dann nahm er ihn und warf ihn irgendwo ins Zimmer. Er streichelte über ihren nun völlig nackten Rücken und sie bekam erneut eine Gänsehaut, als ihre Brüste seinen Ober-

körper berührten. Nun war sie also fast vollkommen nackt. Das einzige, was sie und er ebenfalls, noch trugen, waren die Unterhosen. Aber die würde sie, und er hoffentlich auch, sicher nicht ausziehen. Zumindest nicht heute Nacht.
»Ich liebe dich.«, flüsterte er.
»Das will ich hoffen.«, erwiderte sie lächelnd, küsste seinen Hals und seine Brust. Er lächelte ebenfalls und schob sie plötzlich sanft von sich herunter, um sich dann wieder über sie zu beugen und sie weiter zu küssen. Sanft drängten sich ihre Lippen gegenseitig auseinander, erkundend berührten sich ihre Zungenspitzen. Lisco wanderte mit seinen Lippen ihren Hals hinab und er begann, ihre Brüste zu streicheln. Sie wollte erst protestieren, doch schließlich unterließ sie es, weil es sich einfach zu gut anfühlte.
Seine Lippen gingen weiter hinab, er küsste ihren gesamten Oberkörper und begann dann, eine ihrer Brustwarzen mit den Lippen und der Zunge zu liebkosen. Die andere massierte er sanft mit den Fingerspitzen. Elli erschrak kurz freudig über dieses, ihr bisher unbekannte, neue Gefühl, dann genoss sie es, wie das Kribbeln in ihrem Schoß wuchs, sie eine Wärme im Becken verspürte und ihr Herz schneller zu schlagen begann. Es war alles ganz ähnlich den Gefühlen, die sie verspürt hatte, als Tycon ihr Blut getrunken hatte. Ob dieser damals wohl dasselbe empfunden hatte?

Lisco wanderte, ihren Körper kontinuierlich küssend, weiter an ihr hinab, schließlich spielte er mit der Zunge an ihrem Bauchnabelpiercing. Fast wäre Elli, in den Gefühlen der Erregung versunken, entgangen, dass Lisco sich jenem Teil ihres Körpers näherte, den sie heute noch nicht preisgeben wollte. Deshalb griff sie ihn sanft bei den Oberarmen und zog ihn wieder zu sich nach oben.
»Schade, lässt du dich heute doch nicht verführen?«, fragte er mit gespielter Enttäuschung.
»Nein.«, meinte sie lächelnd, »Ich sagte doch: kein Sex.«
»Ja, aber ich hatte gehofft, dass du dann doch noch ja sagen würdest…«
»Heb dir diese Hoffnung für wann anders auf.«, sagte sie zwinkernd und küsste ihn, »Wo ist eigentlich deine Taktik geblieben?«
»Welche Taktik?«

»Naja, eigentlich Tycons Taktik. Du wolltest mich doch zappeln lassen, damit ich dich anflehe, mit mir zu schlafen.«
»Ja, das stimmt. Hättest du mich nicht wieder hochgezogen und unterbrochen, hätte ich sie später noch angewandt. Dann hättest du mich aber wirklich angefleht...«
»Träum weiter.«, spottete sie. Was bildeten sich die Kerle eigentlich immer ein, was für eine Macht sie über sie hätten?
»Wart´s nur ab.«, erwiderte er verschwörerisch.
»Wie wäre es, wenn wir jetzt schlafen?«, schlug sie vor.
»Wenn du willst...du bleibst doch hier?«, fragte er hoffnungsvoll.
»Wenn es sein muss.«, scherzte sie.
»Ja, muss es.«, erwiderte er ebenso, und küsste sie erneut sanft.
»Wo ist mein BH?«,»Irgendwo im Zimmer. Du willst den doch jetzt nicht wieder anziehen...?«
»Doch, eigentlich schon...«, gab sie zu.
»Warum? Was gibt es für einen Grund, den wieder anzuziehen? Es ist dunkel hier drin und ich habe gerade deine Brüste geküsst...da kannst du ihn doch aus lassen.«
»Naja, wer weiß, was du mit mir anstellst, wenn ich noch schlafe...«, meinte sie etwas unsicher.
»Das könnte ich auch, wenn du den BH trägst.«, sagte er schulterzuckend, »Und eigentlich auch so immer. Vergiss nicht, ich könnte dich ganz einfach dazu bringen, es zu wollen...warum also sollte ich so etwas tun?«
»Na gut, du hast ja Recht. Ich gebe mich geschlagen.«, meinte sie seufzend.
»Geht doch.«, sagte er grinsend, »Bekomme ich noch einen Gute-Nacht-Kuss?«
Elisa tat, als würde sie überlegen und meinte dann ironisch: »Ausnahmsweise. Aber nur, wenn du ihn dir holst.«
»Mit Vergnügen, my Lady.«, feixte er und küsste sie erneut, jedoch ohne Zunge und auch nicht für lange. Dann legte er sich neben sie. Elli legte ihren Kopf auf seine Brust und er streichelte sanft ihren Rücken, bis sie irgendwann schließlich einschlief.

Am nächsten Morgen wachte sie, mit einem Glücksgefühl im Bauch, in ihrem Zimmer zu Hause auf. Die letzte Nacht war so wunderschön und romantisch gewesen! Warum hatte sie so etwas nicht schon eher gemacht? Warum hatte sie nicht eher die Inschrift der Toilettentür in der Schule gelesen und sich danach gerichtet? Wie viel Zeit sie vergeudet hatte! Sie würde demnächst wohl mit Lisco schlafen, denn er schien sie wirklich zu lieben, ebenso, wie sie ihn. Und außerdem fühlte sie, es ihm irgendwie schuldig zu sein. Ganz zu schweigen davon, dass sich alleine das Kuscheln gestern schon so gut angefühlt hatte...

Da nun der erste Weihnachtsfeiertag war, würden sie zu Ellis anderen Großeltern fahren, um dort das zweite Mal Weihnachten zu feiern. Mit Ellis kleinem Cousin und dessen Eltern. Also packte sie, nach dem Fertigmachen, schnell ihren Laptop und ein paar Sachen zusammen. Dann ging es auch schon los. Ihr Vater hatte wieder die Einfahrt vom Schnee befreit und das Auto angelassen, damit es warm darin wurde.

Dort angekommen, wurden sie sogleich von dem Hund von Ellis Großeltern begrüßt. Nachdem sie alle begrüßt hatten, gab es auch schon Kaffee. Drei Kuchen standen auf dem Tisch, und Plätzchen. Wieder aß Elli nur ein Stück Kuchen, um das Abendessen nachher noch heil zu überstehen.
Danach musste sie wieder mit ihrem Onkel, ihrem Cousin, und dem Hund spazieren gehen. Und dann, wenn sie zurückkamen, würden zufällig die Geschenke unter dem Baum liegen.

Sie gingen durch die verschneite Stadt, an den geschmückten Schaufenstern vorbei, auf den Marktplatz, an der Märchenpyramide vorüber...dies gefiel Elli allerdings: im Dunkeln, es dämmerte ja bereits, an den schönen Beleuchtungen vorbei zu gehen...nur leider war Lisco nicht dabei.
Als sie, bereits auf dem Rückweg, an den Häusern vorbei gingen, begann ihr Onkel, ihren Cousin über die Metallhaken neben den Haustüren zu fragen.
»Was ist das, Johannes?«, fragte er. Johannes wusste es natürlich nicht, ebenso wenig wie Elli.

»Das sind Schuhhaken! Da wurden früher Schuhe daran aufgehängt! Los, such noch nach ein paar an den anderen Häusern!«, forderte er ihn weiter auf. Johannes tat ihm den Gefallen, während Elli darüber nachdachte, dass es für Weihnachten wirklich schönere und interessantere Themen gab, als Schuhhaken. Ihr Onkel war genauso belehrend wie ihr Opa, dabei waren die nicht mal verwandt. Das nervte Elli etwas. Aber mittlerweile hatte sie sich daran gewöhnt und tat einfach so, als würde sie zuhören.

Schließlich waren sie dann wieder beim Haus ihrer Großeltern angekommen. Sie traten ein, Johannes war schon ganz aufgeregt, musste aber noch warten, bis auch Elli Schuhe und Mantel ausgezogen hatte, und dann gingen sie ins Wohnzimmer. Und, welch Überraschung, es lagen Geschenke unter dem Baum! Johannes´ Grinsen wurde immer breiter, wie wild stürmte er zu dem Baum hin, Elli ging gelassen hinterher. Damit die Bescherung nicht so schnell vorbei war, mussten Elisa und Johannes die Geschenke verteilen und das Nächste durfte erst geöffnet werden, wenn der, der gerade dran war, seines vollständig ausgepackt hatte.

Schließlich war sie dann, kurz vor Mitternacht, froh, endlich im Bett zu liegen. Mit einem leichten Kribbeln im Bauch schloss sie die Augen, gespannt darauf, was sie gleich erwarten würde.
Das erste, was sie spürte, als sie auf der anderen Ebene »ankam«, waren sachte Berührungen auf ihrem Gesicht. Dann konnte sie Liscos Parfüm riechen. Sie öffnete sacht die Augen und blickte direkt in Liscos Antlitz. Er lag neben ihr, stützte sich mit einem Arm ab und streichelte ihr sanft über Gesicht und Haar. Er lächelte, gab ihr einen Kuss auf die Stirn und sagte: »Guten Abend.«
»Hi.«, sagte Elli, richtete sich ein Stück auf und gähnte herzhaft.
»Wie hast du geschlafen?«, fragte er und streichelte ihre Wange. »Gut.«, antwortete sie, »Und du?«
»Ebenfalls.«, erwiderte er, immer noch lächelnd, »Heißt das, du erweist mir jetzt immer die Ehre?«
»Ja, ich denke schon.«, sagte sie nach kurzem Überlegen.
»Das freut mich.«, meinte er und küsste sie sanft.

»Warte.«, sagte sie und schob ihn sanft weg.
»Was hast du?«
»Ich habe doch sicher Mundgeruch…«
»Und du willst dir erst Zähne putzen gehen?«, fragte er belustigt.
»Ja…« Sie wollte ihn ja nicht vergraulen.
»So ein Unsinn, komm her. Mir ist dein Mundgeruch vollkommen egal, ich liebe doch dich, nicht den Geschmack deiner Zahnpasta.« Mann, der hat ja eine Courage!, dachte sie staunend.
»Meinst du wirklich?«, fragte sie unsicher.
Lisco antwortete nicht, sondern zog sie einfach sanft zu sich heran und küsste sie. Elisa gab nach, folgte ihm, öffnete sachte ihre Lippen und schloss sie wieder, wenn er es auch tat. Sie wurde langsam selbstbewusster, enthusiastischer, fordernder. Er wollte sie sanft zurück auf das Kissen drängen, Elli jedoch gab nicht nach und bewegte sich immer weiter auf ihn zu, zwang ihn nun leicht, seinerseits nachzugeben und nach hinten zu sinken. Schließlich drückte sie ihn in das Kissen, vielleicht etwas zu energisch, legte sich wieder auf ihn und sah ihn triumphierend an.
»Böses Mädchen.«, flüsterte er lächelnd. Sie grinste ebenfalls und erwiderte: »Ich habe gewonnen!«
»Wobei?«
»Dich in das Kissen zu drängen. Ich habe dich besiegt!«
»Ach wirklich?«, fragte er schelmisch, und kaum, dass sie sich versehen konnte, hatte er sich ruckartig gedreht, sodass sie nun doch wieder unter ihm lag.
»Wer zuletzt lacht, lacht am besten, würde ich sagen.«, erwiderte er grinsend.
»Das war unfair.«, spielte sich Elli auf.
»Warum?«
»Ich war nicht darauf vorbereitet! Du hast meinen schwachen Moment ausgenutzt!«
»Tja, so ist das eben manchmal. Aber ich dachte, du magst eher den zurückhaltenden Part? War da nicht was?«
»Ja, aber das musste einfach mal sein.«
Daraufhin zog sie ihn zu sich herunter und knabberte wieder sanft an seinen Lippen.

»Du bist heute richtig…«, er überlegte,»…liebesdurstig, wie es scheint.«, erkannte er zwinkernd, »Hast du dir irgendwas vorgenommen, wovon ich noch nichts weiß?«
»Nein. Das heißt: ich weiß es nicht. Mal sehen.«, erwiderte sie zwinkernd.
»Ich darf also gespannt sein?«
»Darfst du. Mach dir aber keine allzu großen Hoffnungen oder Versprechungen. Sonst ist die Enttäuschung zu groß.«, warnte sie ihn.
»Ach, was. Das wird dann alles irgendwann wieder ausgebügelt.«, meinte er lächelnd. Lisco hatte ja wirklich eine sehr…offene Einstellung.
»Na, wenn du meinst… du bist ja immer optimistisch.«
»Ja, das stimmt. Warum soll ich auch negativ denken? Das verdürbe doch die ganze Laune.«
Damit hatte er auch wieder recht.
»Ja, schon…aber ich kann das gar nicht. Immer positiv denken…das geht bei mir nicht.«, sagte sie deshalb schulterzuckend.
»Warum denn nicht? Ist doch nicht schwer.«
»Doch ist es. Wenn ich in einer Mathe-Arbeit nichts gewusst habe, weiß ich nicht, wie ich das noch in irgendeiner Form positiv sehen soll.«
»Ganz einfach: Die Lehrerin wird mit Folgefehlern rechnen und so viel hast du schon nicht falsch gemacht. Und wenn, gelingt dir die nächste Arbeit besser und gleicht diese wieder aus.«
»Hm, naja…«
»Sag mal, hast du heute noch irgendwas vor oder wollen wir die ganze Nacht im Bett bleiben?«
»War das jetzt ironisch gemeint?«
»Nein, wir können auch gern mal einfach nur hier liegen bleiben und kuscheln oder erzählen…«, »Oder beides.«., beendete sie für ihn.
»Ja.«
»Dann machen wir das einfach.«, beschloss Elisa und kuschelte sich ins Kissen. Lisco lächelte, legte sich wieder auf die Seite, schob den einen Arm über Elli und küsste zärtlich ihre Stirn. Sie rutschte näher zu ihm, sodass ihr Gesicht nun direkt an seiner warmen Brust lang. Er streichelte ihr übers Haar.
»Warum haben wir das nicht schon eher gemacht?«, fragte sie nach einer Weile.

»Was genau meinst du?«
»Das hier...einfach...kuscheln...romantisch und liebevoll...«
»Weil du totale Hemmungen hattest und verspannt warst. Aber siehst du, so schlimm ist es doch gar nicht. Immerhin liegst du jetzt fast nackt mit mir im Bett, das wäre anfangs doch völlig unmöglich für dich gewesen.«
»Ja, das stimmt...ich...habe mich anscheinend daran gewöhnt.«, stellte sie fest.
»Siehst du. Und du wirst dich auch daran gewöhnen, völlig nackt zu sein.«
»Wenn du meinst...«, sagte sie unsicher, denn dafür würde sie allerdings noch etwas Zeit brauchen.
»Ach, klar.«
»Wir werden sehen...«
»Ja, das werden wir.«
»Wollen wir vielleicht über ein anderes Thema reden?«, schlug sie vor. Lisco lächelte und fragte: »Und über welches?«
»Such du eines aus.«
»Was hast du heute noch zu Weihnachten bekommen?«
»Argh, nicht schon wieder!«, erwiderte sie genervt.
»Du hast gesagt, ich soll ein Thema aussuchen.«, entgegnete er.
»Ja, aber...na gut. Ich habe den Rest zum Tauchen bekommen.«
»Geht doch. Wann geht's denn in die Tiefe?«
»Na jetzt noch nicht, das ist doch noch viel zu kalt. Außerdem ist alles zugefroren. Und Eistauchen ist eigentlich erst ab 150 Tauchgängen oder so erlaubt. Aber dafür bräuchte ich auch eine andere Ausrüstung.«
»Ich habe auch nicht erwartet, dass du gleich unter Eis gehst. Aber wann fängt die Tauchsaison denn an?«
»Naja, so April, Mai, wenn es warm ist. Kann natürlich auch erst im Juni oder später sein. Oder auch schon im März. Kommt halt auf die Temperaturen an.«, erklärte sie.
»Aha...«,»Sag bloß, du hast das nicht gewusst?«
»Nein, wusste ich nicht. Warum auch? Ich bin doch kein Taucher.«
»Nein, aber ich dachte, du weißt sonst immer alles.«, neckte sie ihn.
»Wer hat denn das behauptet?« ,»Niemand. Aber es kam mir so vor.«

»Vielleicht habe ich ja auch nur so getan, als wüsste ich es nicht. Um dir das Gefühl zu geben, dass du auch mal etwas weißt.«
Das klang irgendwie gemein von ihm. »Hast du…?«, fragte sie zweifelnd.
»Naja, ich konnte mir schon vorstellen, dass du bei Minusgraden nicht tauchen gehst. Von daher ist es nicht besonders schwer, die Tauchsaison monatsmäßig zu bestimmen. Aber das Gespräch wird interessanter, wenn auch mal Fragen gestellt werden, obwohl man die Antwort darauf weiß. Und das Gegenüber fühlt sich gut, weil es glaubt, dem Anderen in einer Sache voraus zu sein.«
Schräg sah Elli ihn an, als er geendet hatte und meinte dann: »Ihr beide seid echt merkwürdig, Tycon und du.«
Lisco lachte und erwiderte: »Warum denn das jetzt?«
»Tycon macht immer irgendwelche blöden Witze oder Sprüche, die nur er unterhaltsam findet, du fragst mich was, obwohl du die Antwort kennst…«,»Und du bist dafür leichtgläubig und verklemmt.«, entgegnete er grinsend.
»Wieso denn nun wieder leichtgläubig?«, erwiderte sie.
»Ich hätte ihm nicht abgekauft, dass er ein Vampir ist.«
»Du wurdest ja auch nicht von ihm manipuliert. Und auf dich wirkt er nicht so, weil du ein Mann bist.«
»Das ist wahr.« Er schmunzelte.
»Siehst du. Aber du bist auch leichtgläubig.«
»Ich?«, fragte nun er irritiert.
»Du dachtest auch, ich würde dich lieben, bevor ich wieder zu Tycon gegangen bin.«, antwortete sie nachdenklich.
»Ja, weil es so aussah. Ich hätte ja nicht gedacht, dass du so falsch und hinterlistig sein kannst.«
»Du wusstest aber, dass Tycon eine gewisse Macht über mich hat. Und der ist ja nun mal so.«
»Das stimmt allerdings.«, stimmte er zu. »Siehst du.«
»Lass uns aufhören über dieses Thema zu streiten.«, schlug er vor.
»Hey, du hast angefangen!«,»Ja und jetzt höre ich auch auf damit.«, bestimmte er.
»Dann schlag ein anderes Thema vor.«, forderte sie. Er nickte und dachte nach, bevor er fragte: »Wie lange hast du noch Ferien?«

»Bis Anfang Januar.«
»Das ist ja noch ein gutes Weilchen.«
»Ja, zum Glück. In der Silvesternacht werde ich erst spät herkommen können, kann also sein, dass du da schon wieder schläfst.«
»Ach, was. Die Rollos hier sind doch lichtdicht, ich warte auf dich.«
»Es könnte aber sehr spät werden.«, warnte sie ihn.
»Das ist es mir wert. Du bist es mir wert.«, erwiderte er und küsste sie sanft.
»Du hoffnungsloser Romantiker.«, seufzte sie lächelnd. Er antwortete nichts, sondern lächelte ebenfalls und küsste sie wieder zärtlich.

Die Tage vergingen rasch, wie immer, wenn Ferien waren, und Elli schlief nun immer bei Lisco. Bei, aber nicht mit ihm. Lisco jedoch ließ sich nichts anmerken und war nach wie vor geduldig mit ihr. Immerhin hatte sie jetzt kein Problem mehr damit, wenn er sie in Unterwäsche und sogar oben ohne sah. Es war immer noch ein fremdes, merkwürdiges Gefühl für sie, aber sie kam mittlerweile damit klar.
Dies war nun die vorletzte Nacht, bevor sie wieder in die Schule musste. Elli wurde wieder durch sachte Berührungen in ihrem Gesicht sanft geweckt. Wie oft hatte sie schon versucht, eher wach zu werden, damit sie Lisco mal ebenso liebevoll wecken konnte. Aber sie schaffte es nicht, er war immer schon vor ihr wach. Warum und wie auch immer er das tat. Sie öffnete die Augen und blinzelte ihn verschlafen an. »Guten Abend.«, sagte er wie immer lächelnd.
»Guten Abend.«, wiederholte sie gähnend.
»Wie haben wir heute geschlafen?«
»Gut, wie immer, danke. Und selbst?«
»Ebenfalls gut. Was hast du heute vor?«
»Nochmal richtig auskosten, Ferien zu haben. Morgen muss ich schon wieder lernen…ich will nicht.«
»Ach, du schaffst das schon, ich helfe dir auch wieder. In ein paar Wochen hast du doch wieder Ferien, oder nicht?«
»Ja…«, »Na siehst du.«
»Aber nur für eine Woche.«, entgegnete sie.
»Besser als gar nichts.«, gab er zu bedenken. »Ja, stimmt schon.«
»Siehst du? Klappt doch mit dem Positiv Denken.«, sagte er optimistisch.

»Naja…jedenfalls will ich heute…«,»Es nochmal genießen?«, vollendete er.
»Ja, genau.«
»Ich werde dich die ganze Nacht lang verwöhnen.«
»So meinte ich das jetzt nicht…«, widersprach sie, doch Lisco schnitt ihr das Wort ab und meinte: »Ich aber. Vertrau mir einfach, wie immer.«
»Klar, wie immer…und was schlägst du vor?«
»Was hältst du von einer heißen Dusche?«
»Zusammen…?«, vergewisserte sie sich.
»Ja, klar. Warum nicht?«
Elli überlegte kurz, nickte dann aber und sagte: »Okay, dann zieh ich mir mal schnell den Bikini an.«
»Mach das, ich geh schon mal runter.«, erwiderte er.
»Okay.«, sagte Elli wieder und ging in ihr Zimmer, um sich umzuziehen. Lisco ging derweilen schon herunter ins Bad. Sie hoffte inständig, dass er sich ebenfalls eine Badehose anziehen würde.

Schließlich ging sie, im Bademantel, die Treppe herunter und ins Bad hinein. Warme Luft schlug ihr entgegen, die Decke und die Wände waren schon leicht beschlagen. Die Duschvorhänge waren zugezogen und das Wasser lief. Sie konnte Liscos Silhouette erkennen, er stand bereits unter der Dusche. Auf einem Hocker im Bad konnte sie einen Klamottenhaufen sehen. Ob er nun eine Badehose trug oder nicht, konnte sie sich jedoch nirgendwoher ableiten. Sie konnte nur hoffen. Obwohl…wohl oder übel würde sie ihn eh irgendwann nackt sehen. Und er sie ebenfalls. Deshalb war es eigentlich Quatsch, so ein Drama darum zu machen. Vermutlich war sie wirklich einfach verklemmt und hatte unnötig Angst.
Sie zog den Bademantel aus und ging zur Dusche. Eine Hand streckte sich ihr durch eine Öffnung des Vorhanges entgegen. Sie ergriff sie und stieg in die Dusche hinein. Die Vorhänge schlossen sich hinter ihr und es wurde noch wärmer um sie herum. Bevor sie sich versah, hatte Lisco sie schon sanft zu sich gezogen und küsste sie. Er zog sie vorsichtig mit sich unter die Wasserstrahlen. Das warme Wasser traf auf ihre Haut, und lief dann in lauter kleinen Strömen an ihrem Körper hinab. Dadurch, dass die Brause über ihr war, wurden auch ihre Haare nass und klebten an

ihrem Gesicht. Sie hatte erst Bedenken, ihn unter Brause zu küssen, wegen der Befürchtung, sie würde Wasser in Nase oder Mund bekommen und sich verschlucken. Mit der Zeit bemerkte sie aber, dass dies nicht passieren würde und küsste ihn energischer. Er fing an, ihren nassen, warmen Körper zu streicheln, ihre Kurven mit seinen Händen nachzufahren…dann begann er, ihren Bikini zu öffnen. Kaum, dass dieser offen war, ließ er ihn zu Boden fallen. Elli wusste immer noch nicht, ob er nun eine Badehose trug, oder nicht. Sie traute sich jedoch nicht, nach unten zu blicken. Er streichelte nun auch sanft ihren Busen. Ihr Körper reagierte darauf, sie spürte ein Kribbeln und ihre Brustwarzen wurden hart. Sie wollte sich wegdrehen, damit er es nicht merkte, doch er lächelte, hielt sie sanft davon ab und machte weiter. Sie schämte sich dafür, dass er sah, dass es ihr, oder vielmehr ihrem Körper, gefiel. Er nahm ihre Hände und legte sie sich auf die Brust. Nun streichelte auch sie ihn sanft: über seine warme, kräftige Brust, über seine Bauchmuskeln, seinen Rücken…
Vorsichtig wanderte sie mit ihren Händen weiter nach unten, in Richtung seines Beckens. Dort, wo eigentlich der Hosenbund sein sollte, war jedoch nichts. Erschrocken nahm sie ihre Hände zurück und wollte auch einen Schritt nach hinten weichen, Lisco jedoch lächelte wieder, sagte sanft »Keine Angst.«, und drückte sie wieder sanft an sich. Ihre Hände legte er um seinen Bauch, seine eigenen legte er an ihre Hüfte. Vorsichtig begann er, die Bändchen von ihrem Bikinihöschen zu lösen. Als Elli dies merkte, wollte sie seine Hände wegstoßen und protestierte: » Hey! Lisco! Nein! Was tust du da…!«
Lisco jedoch legte ihr einen Finger auf die Lippen und flüsterte: »Hab keine Angst, vertrau mir. Ich tue dir nichts.«
»Aber…!«,»SchSch. Bitte vertrau mir, es ist nicht schlimm, du wirst sehen.«
Elisa merkte, dass sie wohl keine Chance hatte, ihn auf vernünftige Weise daran zu hindern. Außerdem: hatte sie nicht gerade eben noch darüber nachgedacht, dass es irgendwann einfach sein musste? Ihm nackt gegenüberzustehen? Was war denn auch schlimm daran? Er liebte sie, sie liebte ihn… da passierte es eben, dass man sich irgendwann mal nackt sah…und so weiter. Das würde sie wohl bestimmt noch öfters erfahren müssen.

An der einen Seite hatte er das Bändchen bereits geöffnet. Schüchtern sah sie ihn an. Er blickte die ganze Zeit auf sie, in ihre Augen, nicht darauf, was er gerade tat. Dies beruhigte sie etwas. Der Ausdruck in seinen Augen sprach von Ruhe und Abwarten. Sie küsste ihn sanft. Zärtlich berührten sich ihre Lippen, ruhig und ohne jegliches Fordern erwiderte er den Kuss. Er hatte nun auch das zweite Bändchen gelöst und das Höschen fiel zu Boden. Nun standen sie sich also vollkommen nackt gegenüber, wie sie einst geboren worden waren. Lisco schaute ihr weiterhin in die Augen, sah nicht nach unten und fragte: »Es ist nicht schlimm, oder?«

»Nein.«, gab sie zu.

»Siehst du.«, meinte er lächelnd, küsste sie wieder sanft und umarmte sie dabei. Sie erschrak kurz, als er sie an sich drückte und sie seinen ganzen Körper spüren konnte.

»Was hast du jetzt vor?«, fragte sie vorsichtig.

»Nichts, was du nicht auch willst.«, sagte er beschwichtigend.

Elli atmete erleichtert aus.

»Wie lange dauert es, bis ich endlich dein volles Vertrauen habe?«

»Du hast mein volles Vertrauen.«, sagte sie.

»Nein, dann hättest du nicht ständig solche Angst.«

»Hat nicht jedes Mädchen irgendwie Angst bei der Sache?«

»Ja, weil du Angst hast, dass es weh tut. Ich werde dir aber nicht weh tun.«

»Ich weiß, dass du mir nicht weh tun willst, aber das kann man dabei doch nicht verhindern…«

»Ich schon. Du vergisst, dass ich eine besondere Gabe habe.«

»Du…?«, sie überlegte kurz über den Sinn seiner Worte, »Nein, ich will dabei nicht manipuliert werden!«, sagte sie bestimmt.

»Du willst also den Schmerz?«

»Ich will es empfinden und erfahren, wie es wirklich ist, nicht, wie du es mir eingeredet hast.«

»Es ist deine Entscheidung. Aber du vertraust mir, dass ich es nicht gegen deinen Willen mache?«

»Ja…«,»Gut. Ich möchte nämlich nicht, dass deshalb eine Barriere zwischen uns steht.«, sagte er, ebenfalls bestimmt.

»Ich auch nicht.«

»Das ist schön.«
Eine Weile standen sie nur da, eng umschlungen, keiner sagte etwas. Nur das Rauschen des Wassers aus der Brause war zu hören. Nach ein paar Minuten löste Lisco sich von ihr, stellte die Brause ab, griff durch den Vorhang und reichte ihr dann eine Flasche Duschgel. Fragend sah sie ihn an.
»Möchtest du dich nicht richtig duschen?«, fragte er etwas verwundert.
»Doch, natürlich.«, sagte sie und wollte ihm die Flasche aus der Hand nehmen. »Lass mich das machen.«, schlug er vor, »Zumindest den Oberkörper.«
Unsicher sah sie ihn an, er dagegen machte sich etwas Duschgel auf die Hand, drehte sie, sodass sie nun mit dem Rücken zu ihm stand, was ihr nur recht war, und begann langsam, das Gel auf ihren Schultern und ihrem Rücken zu verteilen. Sanft trug er es auf und massierte Elisas Haut dabei gleichzeitig. Sie schloss die Augen und sagte sich, dass das, was er da tat, nichts Schlimmes sei und manche sie um diese Situation jetzt sicher beneiden würden. Lisco gab eine neue Portion Duschgel auf seine Hand. Nun griff er um Elli herum und verteilte es auf ihrem Oberkörper. Sanft massierte er ihre Brüste und ihren Bauch. Sie atmete tief ein. Natürlich war es schon irgendwie erotisch, dennoch ungewohnt und fremd.
»Darf ich weitermachen oder möchtest du deinen Unterkörper selbst waschen?«, fragte er vorsichtig.
»Nein…du darfst…aber nur die Beine.«, sagte sie tapfer.
»Selbstverständlich.«, antwortete er. Sie kniff wieder die Augenlider zusammen, als er sich hinhockte und ihre Beine mit Duschgel einrieb. Sie redete sich ein, dass es einfach sein musste. Früher oder später wäre es ja eh passiert. Lisco achtete aber tatsächlich darauf, ihrem Intimbereich nicht zu nahe zu kommen und rieb nur ihre äußeren Oberschenkel ein. Als er fertig war, stand er wieder auf und gab ihr die Flasche. »Natürlich nur, wenn du möchtest.«, sagte er. Sie nahm sie und drehte ihn ebenfalls um. Dann machte sie sich ebenfalls Duschgel auf die Hand und verteilte es auf seinen breiten Schultern und seinem kräftigen Rücken. Auch sie massierte ihn dabei gleich ein wenig. »Du kannst gut massieren.«, stellte er fest, »Kriege ich davon nachher noch mehr?«
»Vielleicht.«, sagte sie lächelnd.

Dann schäumte sie auch seine Brust ein. Als sie sich ebenfalls bücken wollte, hielt er sie jedoch am Arm fest und sagte: »Nein, tu das nicht.«
»Warum?«, fragte sie verwirrt.
»Frauen sollten das nicht tun, finde ich. Das wirkt so...minderwertig. Früher war es ja tatsächlich so. Aber heute sind Männer und Frauen gleichberechtigt und so sollten sie sich auch verhalten.«
»Aber du hast es doch auch bei mir gemacht.«, stellte sie irritiert fest.
»Ja, ein Mann soll seiner Frau ja auch mal zu Füßen liegen. Aber nicht anders herum.«, meinte er zwinkernd.
»Okay..., ich mag deine Einstellung.«, gab sie, teils auch erleichtert, zu.
»Siehst du...gib her, den Rest wasche ich allein.«, sagte er freundlich und nahm ihr die Flasche aus der Hand.

Danach stellte er die Flasche wieder heraus und schaltete erneut die Brause an. Das warme Wasser strömte wieder über Ellis Körper, spülte den ganzen Schaum weg. Sie halfen noch ein wenig nach, indem sie sich noch gegenseitig mit der Hand über die Haut rieben, um auch wirklich allen Schaum loszuwerden. Dann küsste Lisco sie wieder sanft. Sie erwiderte die Küsse, aber langsam wurde ihr kalt.
Deshalb sagte Elli: »Ich würde jetzt gern aus der Dusche rausgehen, meine Haut wird schon schrumpelig. Und es wird langsam kalt.«
»Okay.«, sagte Lisco, stellte die Brause ab und stieg aus der Dusche. Elli wartete, immer noch nervös wegen ihrer Nacktheit. Kurz darauf öffneten sich die Vorhänge und Lisco stand davor, ein großes Handtuch für Elli bereithaltend. Also folgte auch sie aus der Dusche, stellte sich mit dem Rücken zu ihm und ließ sich das Handtuch um die Schultern legen. Er rieb damit sanft über ihren Körper, es fühlte sich gut an...
»Hast du immer noch Angst davor, nackt zu sein?«, fragte er.
»Ein bisschen.«, gab sie zu.
»Warum?«
»Ich weiß es nicht, ich fühle mich da so...hilflos und verletzlich.«
»Na gut, aber du läufst so ja nicht auf der Straße rum. Hier passiert dir ja nichts, ich beschütze dich.«, meinte er schmunzelnd. Elli lächelte ebenfalls und sagte: »Ja, ich weiß. Ich werde mich sicher dran gewöhnen. Aber zum Schlafen möchte ich trotzdem wieder einen Slip anziehen.«
»Ja, natürlich. Werde ich auch, falls dich das tröstet.«

Elli nickte daraufhin.
Sie nahm nun das Handtuch und trocknete sich selbst ein wenig ab, bevor sie es sich dann um den Leib schlang und hoch in ihr Zimmer ging, um sich etwas anzuziehen.

Danach ging sie wieder hinunter und ins Wohnzimmer. Lisco saß auch wieder angezogen auf der Couch, jedoch oberkörperfrei. »Ach ja, du wolltest ja noch eine kleine Massage.«, fiel ihr ein.
»Ich massiere dich auch gern noch, wenn du willst.«, erwiderte er freundlich.
»Na mal sehen.«
Sie ging zu ihm hin. Er legte sich auf den Bauch, sie setzte sich neben ihn und begann dann, seine Schultern zu massieren. Erst vorsichtig, dann mit kräftigeren Bewegungen. Er schloss die Augen, es schien ihm also zu gefallen. Endlich konnte sie mal etwas tun, um ihn ein wenig glücklich zu machen. »Warum kannst du das so gut?«, fragte er.
»Ich weiß es nicht…ich kann´s eben einfach…so wie du zum Beispiel gut küssen kannst.«
»Oh, danke.«, sagte er erfreut, »Wie schön, mal ein solches Feedback zu bekommen.«
Elli lächelte. Sie massierte seine Schultern und den Hals, dann seinen Rücken und ging hinunter bis zu seiner Hüfte. Er stöhnte kurz - genussvoll, nicht anzüglich.

Nach einer Weile sagte er dann: »Okay, jetzt bist du dran.«
Er stand auf, zog ihr ihren Pullover wieder aus, ihr Hemd ebenfalls und wies auf die Couch. Sie legte sich ebenfalls auf den Bauch, er setzte sich neben sie und öffnete ihren BH. Dann begann auch er, sie sanft, aber kräftig zu massieren. »Du kannst das aber auch ganz gut.«, gab sie zu. Er beugte sich lächelnd vor, küsste sie auf die Schulter und sagte: »Danke sehr, es freut mich, das zu hören.«

Nach einer Weile wurde es jedoch kühl, so oben ohne herumzuliegen und sie bekam eine Gänsehaut. »Na, zieh lieber wieder deine Sachen an, sonst erkältest du dich noch.«, sagte Lisco fürsorglich. Er stand auf und

reichte ihr die Sachen. Elli zog sie an und die Gänsehaut verschwand. Auch Lisco zog sich sein langärmliges Hemd wieder an.
»Was hältst du von Spielen?«, fragte Lisco sie plötzlich. Elli sah ihn schräg an und entgegnete argwöhnisch: »Was meinst du damit?«
»Na, Brett- oder Kartenspiele.«
»Achso.«
»Was hast du denn schon wieder gedacht?«, fragte er belustigt.
»Egal.«
»Was denkst du nur von mir.«, meinte er kopfschüttelnd.
»Ich beherrsche nicht viele, nur ein paar.«, wich sie aus.
»Ist doch gut, besser als nichts. Möchtest du Rommè lernen?«
»Warum nicht. Kann man das denn überhaupt zu zweit spielen?«
»Natürlich. Mit mehr als zwei Spielern macht es zwar mehr Spaß… aber es geht auch so.«
»Wir könnten ja Tycon noch mit einladen.«, schlug sie vor.
Schräg und misstrauisch sah er sie an.
»Mann, das war ein Scherz.«, lachte sie, »Deinen Blick hättest du jetzt sehen sollen.«
»Das war nicht witzig.«, stellte er fest.
»Fand ich schon. Das war der Ausgleich dafür, dass du mich vorhin einfach ausgezogen hast.«
»Achso. Na dann sind wir ja jetzt quitt. Ich hole das Rommè-Spiel…«, sagte er.
»Tu das.«
Lisco stand auf, ging zu der Schrankwand, holte dort etwas heraus und kam zurück. Er legte das Spiel auf den Tisch, setzte sich Elli gegenüber und öffnete dann die Schachtel. Dann nahm er die Karten heraus und reichte Elli die Hälfte davon. »Mischst du die bitte?«, fragte er und begann, seine Hälfte des Stapels schnell zu vermischen. »Ich…kann das nicht, sorry.«, sagte Elli etwas beschämt.
»Du kannst keine Karten mischen?«, fragte er ungläubig.
»Nein…«
»Versuchs doch wenigstens mal.«, schlug er vor.
Also nahm sie die Karten und versuchte, sie möglichst schnell zu mischen. Das Resultat war, dass die Hälfte davon auf den Boden fiel oder

sonst wo landete. Lisco sah sich das ein Weilchen an und meinte dann seufzend: »Okay, ich sehe es ein, lass mich das lieber machen.«
»Sag ich doch.«, stimmte sie zu, sammelte die gefallenen Karten auf und legte sie wieder als Stapel auf den Tisch. Lisco lächelte und mischte schnell die beiden Stapel. Dann begann er mit dem Verteilen und sagte: »Jeder bekommt 12 Karten…«, »12? So viel?«, unterbrach sie ihn ungläubig.
»Ja. Die Restlichen werden als Stapel in die Mitte gelegt.«
Elli nahm die Karten auf und hatte Mühe, sie in der Hand zu halten und gleichzeitig noch alle, ihres Zeichens wegen, zu erkennen. Lisco lächelte über ihre Ungeschicklichkeit. Dann erklärte er ihr die Regeln. Sie hörte aufmerksam zu und versuchte, sich alles zu merken und dann auch richtig anzuwenden. Dennoch war sie manchmal verwirrt und wusste gar nicht mehr, was Sache war, sodass Lisco sich schließlich lächelnd zu ihr rüber setzte, ihr in die Karten sah und ihr half.

Nach ein paar Runden hatte sie es dann einigermaßen begriffen und er setzte sich wieder ihr gegenüber. Bald hatte sie es geschafft, auch mal zu gewinnen.
Nachdem sie ein Weilchen, zwei Stunden waren es bestimmt gewesen, gespielt hatten, wurde Elli müde und konnte sich nicht mehr richtig konzentrieren. »Kann es sein, dass du müde bist?«, fragte Lisco lächelnd.
»Ach, quatsch. Wir sitzen hier doch erst seit ein paar Stunden.«, sagte sie ironisch.
»Dann geh schon mal ins Bett, ich räume das hier noch zusammen.«
»Ich kann doch helfen…«, »Nein, musst du nicht. Geh schlafen.«
»Okay…«, seufzte sie, stand auf und ging hoch.

In ihrem Zimmer zog sie sich um, dann ging sie hinüber und legte sich in Liscos Bett. Dabei kam sie sich immer noch komisch vor. Fremd. Als sei sie nicht sie selbst. Sie deckte sich bis zum Hals zu und schloss die Augen. Nach kurzer Zeit hörte sie Schritte. Elisa vernahm, wie er die Treppe hoch und dann leise ins Zimmer kam. Rasch zog er sich um, ihre Ohren nahmen war, wie die Sachen von ihm ausgezogen und irgendwo hingelegt wurden. Dann hörte Elli, wie er leise zum Bett kam und sich hineinlegte. Die Bettseite neben ihr senkte sich kurz leicht und sie merkte, dass er sich ihr näherte. Schließlich konnte sie seinen warmen Atem auf ihrer Haut spüren. Er gab ihr einen leichten Kuss auf die Schläfe. Sollte sie so tun, als schliefe sie? Oder sollte sie sich lieber herumdrehen und ihn küssen? Was erwartete er jetzt von ihr? Sie drehte sich herum, sodass sie genau in seine Richtung blickte. Langsam hatten sich ihre Augen an das Dunkel gewöhnt und sie konnte schemenhaft die Seinen sehen. »Ich liebe dich.«, sagte Lisco schließlich leise.

»Ich liebe dich auch.«, erwiderte Elli. Sie fühlte sich wie in einem Hollywoodfilm in dem Moment. Oder wie die Protagonistin in *Twilight*. Sie lag neben einem, ihr perfekt erscheinenden, Mann, der ihr sagte, dass er sie liebte. Und sie hatte keine Ahnung, warum er dies eigentlich tat. Wo er doch so viele andere Mädchen und Frauen haben könnte. Gerade er, mit seiner Gabe…

»Worüber denkst du nach?«, fragte er.

»Darüber, warum du gerade mich liebst.«

»Weil du du bist.«, entgegnete er schlicht.

»Und das heißt…?«

»Du bist intelligent. Hübsch. Witzig. Dickköpfig. Vorsichtig. Nett. Gutherzig…ich könnte ewig so weitermachen.«

»Von vielem davon wusste ich gar nicht, dass ich mich dadurch auszeichne.«

»Von was denn zum Beispiel?«

»Hübsch…nett…gutherzig beispielsweise.«

»Warum das denn?«

»Weil mir, außer meinen Verwandten und ein paar Blöden im Internet noch keiner so wirklich gesagt hat, dass ich hübsch bin. Und nett…eigentlich komme ich mir manchmal ziemlich unhöflich und fies vor…und gutherzig…davon wusste ich auch noch nichts. Ich bin ja nicht in einem Spendenverein oder sowas…«

»Also, dass du hübsch bist, sagt dir sonst sicher keiner, weil sie neidisch sind, zumindest die Mädchen. Und die Jungs trauen sich vielleicht nicht…und es kommt wahrscheinlich in deren Augen nicht cool rüber, wenn man einem Mädchen öffentlich sagt, dass man es hübsch findet oder es mag. Wegen dem Nett: wie du zu Anderen bist weiß ich nicht, zu mir bist du jedenfalls nett. Und das Gutherzig: man muss nicht in einem Spendenverein oder Ähnlichem sein, um gut zu sein. Man muss verge-

ben können und Hoffnung schenken. Dies hast du bei mir getan, und auch bei Tycon, als er so gemein zu dir war.«
»Hm...«, machte sie nachdenklich.
Nach einer Weile des Schweigens fasste sie ihren Mut zusammen: sie würde ihn etwas fragen, was ihr ganz und gar unangenehm war. Aber es war ja dunkel im Raum, da würde sie ihn wenigstens nicht dabei ansehen müssen. Sie konnte ja einfach an ihm vorbeischauen, er würde es gar nicht merken.
»Würdest du auch mit mir schlafen wollen, wenn ich keine Jungfrau mehr wäre?«, fragte sie schließlich vorsichtig.
»Natürlich, warum denn nicht? Dachtest du, mir kommt es nur darauf an? Ich liebe dich, Elisa, deshalb möchte ich das, nicht, weil du noch Jungfrau bist.«
Diese Worte hätten doch glatt aus einem Schnulzenfilm stammen können!
»Naja, manche...wollen ja, dass man noch Jungfrau ist, weil sie einen sonst als...minderwertig empfinden und darstellen. Als gebraucht, quasi...«
»Ach, das ist vollkommener Unsinn. Irgendwann ist jeder und jede nicht mehr jungfräulich, es sei denn, er oder sie war von Anfang an im Kloster...dann müssten ja alle erwachsenen Menschen minderwertig sein, wenn es nach dieser Theorie ginge...«
»Ja, na du weißt schon wie ich das meine...«, »Ja, weiß ich. Und es ist vollkommener Unsinn.«
Eine Weile herrschte wieder Schweigen.
»Elli?«
»Ja?«
»Ich möchte, dass du weißt, dass du mir vertrauen kannst.«
»Das weiß ich, Lisco.«
»Das ist schön. Gute Nacht, bis morgen. Und lerne tagsüber schon mal fleißig.«, sagte er lächelnd.
»Danke, dass du mich daran erinnert hast.«, grummelte sie, »Gute Nacht.«
Er beugte sich zu ihr, um ihr noch einen Gute-Nacht-Kuss zu geben, dann legten sie sich beide wieder bequem hin, schlossen die Augen und schliefen alsbald ein.

Am nächsten Morgen stand sie mit einer wunderbaren Laune auf. Im ironischen Sinne, natürlich. Sie hatte absolut keine Lust, etwas für die Schule zu machen. Nachdem sie dann gefrühstückt und sich fertig gemacht hatte, sah sie in ihrem Hausaufgabenheft nach, was sie zu erledigen hatte, und begann ihr Werk.
Glücklicherweise hatte sie nicht allzu viel zu tun, zumindest nicht für den kommenden Tag. Bei der restlichen Woche sah dies allerdings schon wieder anders aus.
Aber zum Glück konnte sie ja auch nachts noch ein wenig lernen. Obwohl, hatte sie sich nicht vorgenommen, mehr Zeit mit Lisco zu verbringen und tagsüber zu lernen, ihr »Nachtleben« ihrem richtigen Leben vorzuziehen?
Naja, zum Glück waren es ja nur noch vier Wochen bis zu den nächsten Ferien.
Also nahm sie ihr Schulzeug, setzte sich an ihren Schreibtisch und begann zu lernen.

Die nächste Nacht verlief ohne besondere Ereignisse. Wie immer wurde sie sanft geweckt und Lisco fragte, was sie heute alles noch lernen wolle.
»Gar nichts.«, sagte sie lächelnd.
»Gar nichts?«, fragte er misstrauisch, »Warum nicht?«
»Weil ich alles schon vorhin gemacht habe.«
»Bist du dir sicher?«, fragte er, im selben Ton wie vorher.
»Sicher worüber? Was soll das denn jetzt heißen?«
»Ob du nicht doch etwas vergessen hast? Oder einfach keine Lust hast, noch was zu machen?«
»Ja, ich bin mir sicher. Du tust so, als wärest du mein Vater.«, stellte sie mürrisch fest.
»Nein, ich fühle mich nur…verantwortlich für dich.«
»Das mag sein, aber es nervt. Bevor Tycon aufgetaucht ist, konnte ich ja auch nicht mal eben im Traum lernen. Und wenn ich jetzt noch bei ihm wäre, könnte ich das wahrscheinlich auch jetzt nicht.«
»Aber wenn du diese Möglichkeit jetzt hast, solltest du sie nutzen.«
»Das tue ich Lisco, wenn ich es brauche. Heute brauch ich es eben nicht. Vertraue mir doch einfach!«
»Vielleicht hast du Recht…«, sagte er seufzend.

»Ja, habe ich auch. Und Punkt.«
»Okay, du hast gewonnen, ich glaube dir.«
»Geht doch.«, sagte sie zufrieden.
»Auch so eine Eigenschaft von dir: du diskutierst so lange, bis man dir Recht gibt. Wusstest du das?«
»Ja, das wusste ich schon.«, grinste sie.

Am nächsten Tag war Elli noch unmotivierter, als an dem zuvor. Erstens, hatte sie das frühe Aufstehen überhaupt nicht vermisst. Und zweitens, worauf sie genauso wenig Lust hatte, war das dumme Gequatsche an der Bushaltestelle und in der Schule.
Also stand sie im Bad, um sich fertigzumachen, als ihr einfiel, dass sie ja nun wieder etwas mehr für ihr Aussehen tun musste, als in den Ferien. Manchmal hatte sie nämlich einfach auf das Make-up verzichtet- in der Schule unvorstellbar. Obwohl, eigentlich konnte es ihr ja egal sein, was die anderen, insbesondere die Jungs, von ihr dachten…sie hatte ja nun endlich ihren "Traumprinzen" gefunden…

Schließlich ging sie um 7.00 Uhr schweren Herzens zur Bushaltestelle. Schon von weitem konnte sie die ganzen Kinder und Jungendlichen wieder hören…warum mussten manche immer so laut reden?! Als würde es die anderen Leute interessieren, was sie in den Ferien gemacht hatten…
Als sie ankam, war natürlich Claudia wieder am Erzählen. Sie hatte anscheinend übers Internet einen tollen Typen kennengelernt, mit dem sie sich bald mal treffen wollte. Wie interessant. Sollte Elli erst mal von Lisco und Tycon zu erzählen loslegen?! Was sie dann wohl sagen würde…aber nein, das durfte sie nicht. Nicht nur, weil Lisco gesagt hatte, ihre Existenz müsse geheim bleiben, sondern auch, weil Elli sonst noch für verrückt gehalten würde und dann womöglich in die Psychiatrie müsste…nein, lieber nicht. Stattdessen grinste sie lieber still in sich hinein und tat, als würde sie zuhören.
Schließlich, irgendwann im Bus, wurde sie auch mal gefragt, was sie denn in den Ferien gemacht und was sie zu Weihnachten bekommen habe. Sie sagte, in den Ferien sei sie zu Hause gewesen und hätte einfach nur relaxt, mehr erläuterte sie nicht.

In der Schule ging das Gerede natürlich weiter, alle erzählten von ihren Geschenken oder zeigten sie, wenn es Handys oder Klamotten waren. Dafür, dass Elli Tauchzeug bekommen hatte, interessierten sich nur wenige, weil sie alle ja auch nichts vom Tauchen verstanden. Was in Elisas Augen aber auch verständlich war, sie konnte dem Karate-Zeug mancher zum Beispiel ja auch nichts abgewinnen.

Die Lehrer bemühten sich in den nächsten Wochen, wieder einmal zu beweisen, dass dies ein Gymnasium, ja sogar ein "Elitegmynasium", wie der Schulleiter es nannte, war, indem sie noch ein paar „schöne" Testsschrieben. Direkt vor den Zeugnissen. Die meisten Schüler hatten natürlich nicht gelernt, bis auf Elli, die, auf Liscos Bestreben hin, auch nachts wieder sich abgemüht hatte. Sie war froh, dies getan zu haben. Die Noten waren zwar schon für das nächste Halbjahr, aber trotzdem. Wie konnte man nach so vielen Jahren Schule immer noch dem Irrtum verfallen, dass vor den Ferien und Zeugnissen keine Tests mehr geschrieben wurden? Wie konnte man sich jedes Jahr aufs Neue täuschen, ohne etwas daraus zu lernen? Elli verstand dies nicht. So stand sie zwar wieder als Streberin da, weil sie mit so ziemlich die Einzige war, die die Tests alle gut meisterte, aber das war ihr gleichgültig. Eigentlich war sie ja sogar stolz darauf.

Nach vier Wochen, die ohne besondere Vorkommnisse, Ellis Tag-und Nachtleben betreffend, vergangen waren, gab es dann Zeugnisse und demzufolge endlich wieder Ferien. Dadurch, dass sie so lange abwesend gewesen war, war ihr Zeugnis natürlich nicht das Beste. Dennoch hatte Elli es mit Mühe und Not geschafft, keine 4 auf dem Zeugnis stehen zu haben- natürlich nur durch Liscos Hilfe und Geduld.

Als sie diesem abends dann von ihrem Zeugnis erzählte, war auch er sehr erfreut und stolz auf sie- genau wie ihre Eltern. Würden Lisco und ihre Eltern sich mal begegnen-gewiss würden sie sich gut verstehen. Aber leider würde dies nie passieren...zumindest konnte sie sich nicht vorstellen, wie das funktionieren sollte. Sie konnte ihre Eltern ja schlecht in ihre Träume beamen...aber Lisco könnte sie natürlich mal besuchen kommen...jedoch, was ihre Eltern dazu sagen würden, dass sie mit ei-

nem 27-jährigen zusammen war...? Sie wollte es lieber nicht wissen. Dann behielt sie es lieber für sich, ehe ihre Eltern ihr noch ein schlechtes Gewissen einredeten...als ob sie das nicht so schon genug hätte...
Die eine Woche Ferien verging rasant schnell, wieder war sie die ganze Zeit zu Hause und schrieb, zeichnete oder sah sich Filme, insbesondere Interview mit einem Vampir, auf Englisch an. Natürlich musste sie bei Lestats Anblick immer heimlich an Tycon denken...Tycon...sie hatte ihn schon lange nicht mehr gesehen oder gehört. Also beschloss sie eines Abends, bevor sie ins Bett und somit zu Lisco gehen würde, noch einmal mit Tycon zu sprechen. Wenn er denn da sein sollte.

Die kalte, klare Winterluft füllte ihre Lungen, als sie in den Garten trat, der seichte, kühle Wind zauste ihr Haar. Sie hatte ihren Eltern gesagt, sie fotografiere den Wintergarten bei Nacht, damit sie sich keine Sorgen machten. Sie müssten zwar eigentlich mal stutzig werden, da sie diese Ausrede ja immer benutzte, aber umso besser war es doch, dass sie ihr immer noch glaubten.
Rasch schritt sie hinter die Hecke, wo sie sich immer trafen. Eigentlich war es etwas sinnlos, immer in den kalten Garten zu gehen, denn in der Schulzeit, wenn ihre Eltern bis spät abends arbeiten waren, könnte sie ihn ja eigentlich auch ins Haus bitten...aber das wollte sie irgendwie nicht. Wer wusste schon, ob er nicht vielleicht sogar schon einmal darin gewesen war...?

In Gedanken rief sie ihn wieder und wartete, hinter der Hecke, auf ihn. Bald darauf spürte sie auch wieder einen kühlen Hauch an ihrer Wange, aber anders der leichten Böe, die über die Wiesen zog. Irgendwie war dieser hier...weich. Sie drehte sich sogleich um, und wo sie richtig vermutet hatte, stand er auch wieder. »Du lernst dazu.«, sagte er lächelnd, »Dieses Mal hast du dich gleich umgedreht.«
»Hi.«, sagte sie nur, ihr Herz schlug wieder schneller. Sie konnte nichts dagegen tun: sobald sie vor Tycon stand, waren alle ihre guten, oder auch weniger guten Vorsätze, was sie ihm sagen wollte und solche Sachen, einfach wieder vergessen, er schien mit seiner fremden, einzigartigen Präsenz einfach ihre kognitiven Fähigkeiten zu blockieren. Fragend sah er sie an. »Was ist?«, fragte Elli nervös.

»Was soll sein?«, fragte er zurück.
»Warum siehst du mich so an?«
»Ich warte darauf, dass du etwas sagst.«, antwortete er schulterzuckend.
»Wieso?«
Rätselhaft sah er sie kurz an und erwiderte dann:
»Na, hör mal! Wer hat mich denn hierher gerufen? Du rufst mich immer und wenn ich dann da bin, tust du so, als sei das ganz allein meine Idee und ich hätte dich gezwungen, hierher zu kommen. Was gibt es also für einen Grund?«
»Ich wollte dich sehen...«, gab sie zu.
Nun wirkte er überrascht und meinte: »Oh, wie nett. Das freut mich. Und warum?«
»Naja, zum...Reden.«
»Du willst reden...?«, wiederholte er skeptisch.
»Was ist daran so merkwürdig?«, fragte sie unsicher.
»Nun, es ist kalt hier draußen und der Wind nervt auch. Wollen wir vielleicht lieber irgendwo reingehen?«
»Wir können nicht ins Haus, da sind meine Eltern drin!«, entgegnete sie entsetzt.
»Ja, und?«, fragte er schulterzuckend.
»Die hören uns dann doch!«
»Wir müssen nicht reden um zu sprechen, hast du das vergessen?«
»Nein, aber wenn ich schon von Angesicht zu Angesicht mit dir spreche, möchte ich auch richtig mit dir reden, nicht nur dich ansehen und denken...«, gab sie zu.
»Na schön, dann eben irgendwo anders hinein...da, in den Schuppen zum Beispiel?«, schlug er seufzend vor und deutete vor die Hecke.
»Ja, das würde gehen...aber da ist es auch nicht viel wärmer drin.«
»Ist doch egal, Hauptsache, der blöde Wind ist weg...«,»Da sind aber Spinnen drin...«, fügte Elli etwas ängstlich hinzu. Tycon verdrehte kurz die Augen, legte symbolisch eine Hand an seine Stirn und meinte dann etwas genervt: »Mein Gott, mach es doch nicht so kompliziert! Wir gehen jetzt da rein und fertig. Ich beschütze dich, sollte dich eine Spinne angreifen. Was aber sehr unwahrscheinlich ist.«
Sie blickte ihn nur giftig an und ging dann vor, zum Schuppen. Tycon folgte ihr. Sie gingen hinein, Tycon schloss dann hinter ihnen die Tür.

»Schon besser.«, sagte er und sah sich um, »Wobei, wohnen möchte ich hier auch nicht. Gibt´s hier auch einen Lichtschalter?«
»Ja, aber dann sieht man uns von draußen, durch die Fenster.«
»Na, dann eben nicht. Mir ist es egal, ich dachte nur, dir wäre etwas Licht vielleicht lieber. Obwohl…Licht lockt das Viehzeug an.«
»Das außerdem.«
»Also gut!«, sagte er entschlossen und klatschte einmal in die Hände, »Worüber willst du reden? Was hast du auf dem Herzen?«
»Naja…wie alt bist du?«
»Wie bitte?«, fragte er, als hätte er sich verhört.
»Lisco hat mir eure Geschichte erzählt…also wie du…so wurdest und so…er ist 27, und wie alt warst du?«
»24. Aber sag das nicht so! Eure Geschichte, das klingt wie eine Lovestory. Fürchterlich.«, sagte er angewidert, »So, er hat dir also erzählt, wie ich dazu wurde…hat er dir auch erzählt, dass er mich benutzt hat? Beziehungsweise dies tun wollte?«
»Ja…«,»Auch, wofür?«
»Nein, das wollte er mir nicht sagen…wieso, wofür denn?«
Tycon lächelte siegessicher und begann: »Ich sollte, das heißt, er wollte, durch mich, jemanden töten. Weil er sich in dessen Frau verliebt hatte.«
»Aber bevor du das tun konntest, wurdest du ermordet…«
»Ja, von genau diesem Mann.«
»Von Lisco?!«, fragte sie ungläubig.
»Nein, von dem, den ich töten sollte.«
»Lisco hat gesagt, weil du was mit der Frau deines Mörders hattest…«
»Ja.«, sagte er lächelnd, »Ich habe sie beobachtet, um zu herauszufinden, wann ich den Mann am besten töten könnte…dabei habe ich jedoch ebenso Gefallen an seiner Frau gefunden…und irgendwann, als ich nicht aufpasste und bei ihr war, hat ihr Mann uns überrascht und mich getötet.«
»Und die Frau?«
»Die hat er auch bestraft, er hat sie als Hure gebrandmarkt und verbannt…er war ein Mann mit Einfluss, musst du wissen, ein Graf.«
»Das hat Lisco nicht erzählt…«
»Was, dass ich für ihn töten sollte?«

»Das alles, was du jetzt erzählt hast…aber was ist dann aus der Frau geworden? Er hätte sie doch dann einfach zu sich holen können.«
»Naja, so einfach war das nicht. Er hatte damals ja noch keinen Körper…er war einfach…nun, so wie ich es eben jetzt bin, also von der Art her, du weißt schon. Außerdem wurde sie, wenig später, tot neben den Stadtmauern gefunden.«
»Und so fing das Ganze also an…?«
»Ja, deswegen muss ich mich jetzt auf ewig damit abfinden, dass ich ihn quasi immer mit mir rumschleppe…und ihm immer irgendwie wieder begegnen werde…«, seufzte er.
»Das hat er auch gesagt…dass er sich deshalb auf ewig mit dir rumplagen muss.«
»Ja, das beruht auf Gegenseitigkeit.«, bekräftigte er.
»Wie war das dann, als ihr…beide so wart?«
»Genau kann ich dir das nicht erklären, das…ist top-secret, wenn du verstehst, was ich meine. Er hat mir alles erklärt und beigebracht, was eben so wichtig war, aber wir sind nicht miteinander klar gekommen. Er war wütend auf mich, weil wegen mir seine große Liebe tot war, ich war wütend auf ihn, weil ich schon so jung gestorben war und aber doch irgendwie lebte…nur noch ein halbes Leben hatte, sozusagen.«
»Und jetzt bist du…seid ihr…hier, bei mir…«, stellte sie zögerlich fest.
»Ja, sieht so aus.«, sagte er seufzend, »Ich vermute, jetzt, wo du das alles weißt, kann ich es dir ja sagen…«
»Was meinst du?«, fragte sie unsicher.
»Dass er dich nur…liebt, oder so tut, als täte er es, um sich an mir zu rächen, wegen damals.«
Elli wurde etwas schwindelig, als er das sagte, sodass sie sich an der Wand abstützen musste.
»Was?!«, fragte sie fassungslos.
Sprach Tycon da gerade die Wahrheit? Benutzte Lisco sie tatsächlich nur, um sich an Tycon für dessen Schandtat zu rächen?!
»Nein, das kann nicht sein.«, sagte sie leise.
»Doch, ich fürchte, so ist es aber.«
»Aber…nein! Er hat mir schon so oft gesagt, dass er mich liebt und auch warum! Das…kann nicht sein!«, entgegnete sie.
»Du vergisst, dass er dir alles einreden kann, Liebes.«, erwiderte er sanft.

»Aber…er hat mir versprochen, dass er das nicht tun wird!«, entgegnete sie verzweifelt.
»Versprechen kann man brechen. Das ist zwar traurig, aber wahr.«
Elisa konnte nicht verhindern, dass ihr eine Träne die Wange hinunter kullerte, der noch einige andere folgten. Sie schluchzte, hilflos stand sie da, sodass Tycon sie schließlich in den Arm nahm und tröstend an sich drückte.
Als sie sich wieder beruhigt hatte, ließ er sie ein Stück los und strich ihr sanft vom Weinen nass gewordene Haarsträhnen aus dem Gesicht.
»Das kann nicht sein.«, flüsterte sie.
»Hast du…mit ihm geschlafen?«, fragte Tycon vorsichtig.
»Nein…«, sagte sie.
»Das ist auch gut so…«, »Aber ich werde es tun.«, unterbrach sie ihn mit fester Stimme. Tycon sah sie an, offenbar ein wenig verwirrt und sagte: »Was?«
»Du hast mich schon verstanden, ich werde es tun.«, sagte sie und ging ein Stück von ihm weg, »Gerade, weil du dagegen bist.«
»Was soll das heißen?«, fragte er misstrauisch.
»Ich vertraue ihm, mehr als dir. Er nutzt mich nicht aus, das weiß ich, bei dir bin ich mir da aber nicht so sicher…«
»Elisa, das ist keine gute…!«, begann er. »Hör auf!«, schnitt sie ihm barsch das Wort ab, »Hör auf, mich gegen ihn aufzuhetzen! Hör auf, mich zu verunsichern! Verschwinde einfach, okay? Lass mich und Lisco in Ruhe!«
Sie wollte an ihm vorbei, aus der Garage stürmen, doch er lehnte sich gegen die Wand und versperrte ihr mit seinem Arm den Weg. »Liebe macht blind!«, sagte er eindringlich, ihr in die Augen schauend, »Auch falsche Liebe!«
Elli hatte ihn nur wütend angefunkelt und stieß nun ebenso wütend seinen Arm beiseite, in Richtung Haus rennend.
»Irgendwann wirst du dir wünschen, du hättest auf mich gehört!«, rief er ihr hinterher. Doch Elli rannte nur ins Haus, ging in ihr Zimmer und weinte sich in den Schlaf.

Schließlich wurde sie, bei Lisco, wieder wach und bevor sie die Augen öffnete, hoffte sie inständig, dass Lisco schon aufgestanden war…doch

als ihre Sinne wacher wurden, konnte sie seinen Atem hören, seine warme Ausstrahlung spüren...
Elli beschloss, einfach nicht mit ihm über ihr Gespräch mit Tycon zu reden und schlug, vorher noch einmal tief durchatmend, die Augen auf. Sie erblickte Lisco, er lag, wie immer in letzter Zeit, neben ihr, den Blick lächelnd auf sie gerichtet. Elli gähnte und streckte sich, dann sah sie zu ihm und sagte: »Guten Abend.«, »Guten Abend.«, wiederholte Lisco, beugte sich zu ihr und küsste sie. Sie wich erst ein Stück zurück und küsste ihn dann nur zaghaft.
»Was hast du?«, fragte er besorgt.
»Ich...habe vorhin, bei mir, zu Hause, mit Tycon gesprochen...er hat mir den Rest der Geschichte erzählt...« So viel zu ihrem Vorhaben...
»Ach, ja?«, fragte Lisco etwas genervt, »Was hat er denn erzählt?«
»Naja, dass er für dich jemanden töten sollte, weil du dessen Frau geliebt hast...und dass er sich dann auch in sie verliebt hat, ihr Mann sie beide erwischt und Tycon dann getötet hat...«
Lisco sagte nichts darauf.
»Ist das wahr?«
»Ja, ich fürchte schon...«, gab er zu.
»Du wolltest wirklich ihren Mann töten, um sie für dich zu haben?«, fragte sie entsetzt und fassungslos.
»Sie wurde von ihm schlecht behandelt. Ich bin kein Mörder, ich habe sie geliebt und wollte sie vor ihm retten.«
»Und dann für dich haben.«
»Ja...ich wollte sie dann zu dem machen, was ich auch bin...«
»Aber dann war sie tot.«, stellte sie fest. »Ja, leider...was hat er noch erzählt?«, antwortete er seufzend.
»Dass...«, begann Elli zögernd, »Du mich nur ausnutzt, um Rache an Tycon zu nehmen, weil du durch ihn die Frau verloren hast...«
Liscos Augen verengten sich, sicher schürte er gerade wieder eine riesige Wut auf Tycon in seiner Brust. »Glaubst du ihm?«, fragte er tonlos.
»Nein...«,»Gut. Du weißt ja, er erzählt immer solche Lügen, um dich gegen mich aufzuhetzen.«, unterbrach er sie.
»Deshalb ja...«
»Es freut mich, dass du seine Masche endlich durchschaut hast...und mir glaubst.«, meinte er erleichtert.

»Ich wusste schon eher, dass er so ist…ich wollte es wohl nur nicht wahr haben…«, vermutete sie beschämt.
»Ja, das kommt vor. Ich wollte, nach deiner kleinen Lampen-Attacke damals, auch nicht wahrhaben, dass du das getan hast…«
Nun war Elli es, die die Augen verdrehte und antwortete: »Jetzt fang bitte nicht schon wieder damit an, Lisco. Willst du mir das jetzt mein Leben lang vorhalten?!«
»Hast du denn vor, dein Leben lang bei mir zu bleiben?«
»Vielleicht…ich weiß nicht. Wieso? Ist das eine Drohung?«
»Nein.«, sagte er lächelnd, »Nur eine Frage. Viele Menschen können sich ein Leben mit nur einem Partner nicht vorstellen…das wird ihnen irgendwann langweilig. Deswegen.«
»Sowas hab ich auch schon mal gehört. Ich weiß nicht, mal sehen.«, antwortete sie lächelnd. Lisco lächelte ebenfalls und küsste sie wieder sanft. Elisa erwiderte seine Küsse und er beugte sich über sie, wurde bestimmter, leidenschaftlicher. Sanft begann er wieder, ihren Körper zu streicheln und zu liebkosen. Elli genoss es, musste jedoch gleichzeitig wieder daran denken, was Tycon gesagt hatte…sanft schob sie seine Hände ein Stück von sich und sagte: »Lisco…ich…es tut mir Leid…ich…nicht jetzt…«, stotterte sie, etwas beschämt.
»Siehst du, er hat es schon wieder geschafft.«, seufzte er genervt, und legte sich wieder neben sie.
»Was meinst du?«
»Er hat es schon wieder geschafft, einen Pfahl zwischen uns zu treiben. Warum bemühe ich mich eigentlich immer so sehr? Früher oder später macht er doch eh wieder alles kaputt.«
»Du meinst, nur weil ich jetzt keine Lust darauf habe, beziehungsweise mich noch nicht bereit fühle, sind wir gleich wieder zerstritten?! Was für ein Unsinn!«, entgegnete sie.
»Nein, nicht deswegen, sondern weil du dich von ihm leiten lässt! Du machst genau das, was er will! Du baust Distanz zu mir auf!«
»Das stimmt doch gar nicht!«, erwiderte sie empört.
»Und ob es stimmt! Warum hast du es nicht einfach mal zugelassen, einfach mal alles andere ausgeblendet?!«
»Jetzt fängst du schon wieder an!«
»Ich?! Womit?«, fragte er fassungslos.

»Du…du machst mir schon wieder Druck! Tu nicht so, als sei ich es dir irgendwie…schuldig, als müsste ich es tun! Dann bekomme ich wieder ein schlechtes Gewissen und das möchte ich nicht! Sowieso habe ich, seit ich das erste Mal bei dir war, viel öfter ein schlechtes Gewissen als vorher!«
»Jetzt lenke nicht ab, indem du die Schuld auf mich schiebst!«, erwiderte er wütend.
»Ich lenke nicht ab, es ist so!«
Lisco atmete tief durch und sagte dann, um einen ruhigen Tonfall bemüht: »Würdest du bitte mein Schlafzimmer verlassen?«
»Wie bitte?!« Hatte sie sich gerade verhört?
»Jetzt, sofort.«
»Du…wirfst mich raus?!«, fragte sie fassungslos.
»Ich habe keine Lust darauf, weiter zu diskutieren, beziehungsweise darauf, dass die Diskussion ausartet…«
»Das ist feige von dir.«, sagte sie trocken.
»Wieso? Wenn du keine Lust auf etwas hast, machst du es doch auch nicht. Also: würdest du mich jetzt bitte allein lassen?«, beharrte er. Und seinem Blick nach zu urteilen, meinte er es absolut und unwiderruflich ernst.

Wortlos stand Elli auf, ging aus Liscos Zimmer in ihr Eigenes und legte sich, nicht, ohne die Tür vorher abzuschließen, dort ins Bett.
Vielleicht hatte er ja Recht? Vielleicht versuchte, und schaffte Tycon es tatsächlich jedes Mal, einen Spalt, oder Pfahl, wie Lisco es genannt hatte, zwischen sie zu treiben. Vielleicht war es aber auch Lisco, der Tycon bloß als Sündenbock benutzte…? Um sich selbst ihr sympathischer zu machen…? Sie wusste es nicht. Warum zum Teufel konnte sie nicht mal die Gedanken der beiden lesen?! Sie hätte nie gedacht, dass Lisco sie je aus seinem Schlafzimmer verbannen würde…sicher war er jetzt sehr wütend auf sie. Und natürlich auf Tycon, wie immer. Elli wusste nicht wirklich, was sie von alledem halten sollte…sollte sie wütend auf Lisco sein? Oder auf Tycon? Oder auf sich selbst? Oder sollte sie ein schlechtes Gewissen haben? Oder stolz auf sich sein, dass sie sich wieder einmal nicht hatte verleiten lassen…?! Sie wusste sich einfach keinen Rat.

Nachdem sie ein Weilchen herumgelegen und nachgedacht hatte, reichte es ihr und sie stand auf, mit der Absicht, diese miese Stimmung loszuwerden und sich wieder mit Lisco zu versöhnen. Also zog sie sich an, schloss ihre Tür auf und ging zu seinem Schlafzimmer. Vorsichtig öffnete sie die Tür und spähte hinein. Lisco befand sich jedoch nicht darin. Sie runzelte die Stirn und ging die Treppe herunter. Wenn er nicht in seinem Schlafzimmer war, war er sicher im Wohnzimmer. Also machte sie sich auf den Weg dorthin und schaute auch dort hinein, wo sie ihn jedoch ebenfalls nicht finden konnte. Wo mochte er nur sein? Elli hatte schließlich das ganze Haus durchlaufen, Lisco aber nicht finden können. Also musste er wohl spazieren gegangen sein…hoffentlich tat er nichts Dummes. Elli wusste, dass sie ihn auf keinen Fall suchen wollte. Also draußen, verstand sich. Bei ihrem Glück würde sie nur wieder irgendwelchen kranken Typen begegnen und dann letztendlich von Lisco wieder Predigten vorgehalten bekommen…darauf konnte sie nun wirklich gut verzichten.
Deshalb setzte sich Elli aufs Sofa, schaltete den Fernseher ein und wartete auf Liscos Rückkehr.

Als dieser nach ca. 2 Stunden immer noch nicht erschienen war, begann sie allmählich, sich Sorgen zu machen. Konnte ihm etwas zugestoßen sein? Obwohl…die Person, auf die sie gerade wartete, war immerhin Lisco! Was sollte ihm schon passieren? Höchstens…hoffentlich hatte er sich keinen Kampf mit Tycon geliefert, um sich an diesem zu rächen!
Sie versuchte, positiv zu denken: ihm würde schon nichts passiert sein. Vielleicht spürte er auch, dass sie hier auf ihn wartete, und wollte nicht hereinkommen, bis sie schlafen gegangen war…? Schließlich war sie sich über die Fähigkeiten dieser…Wesen, die sie waren, immer noch nicht ganz im Klaren…
Deswegen beschloss sie wenig später, dass es vielleicht besser war, schlafen zu gehen. Irgendwann würde Lisco schon eintreffen…und in der nächsten Nacht würde sie sich dann bei ihm entschuldigen…"in der nächsten Nacht", wie das klang. Nein, so meinte sie das nicht. Sie würde sagen, dass es ihr Leid tat, ihn küssen…aber mehr auch nicht.
Also ging sie hoch in ihr Zimmer, zog sich um und legte sich ins Bett. Morgen war Sonntag, da würde sie wieder lernen und Montag dann

wieder in die Schule gehen müssen...die Ferien vergingen viel zu schnell. Wie immer eigentlich. Und dann, am Mittwoch, hatte sie Geburtstag...dann würde sie 18 sein.

Sie wusste nicht mehr, wann, beziehungsweise, dass sie überhaupt eingeschlafen war, als sie am nächsten Morgen, bei sich zu Hause, aufwachte. War Lisco wiedergekommen, hatte sie noch etwas davon wahrgenommen? Sie wusste es nicht... heute Nacht würde es sich ja zeigen, ob er da war oder nicht. Sie streckte sich, gähnte und stand schließlich auf.
Elli hatte einen Großteil des Tages mit Lernen verbracht, da sie nicht, nachdem sie sich bei Lisco entschuldigt haben würde, gleich wieder mit einer Bitte oder Ausrede, das Lernen betreffend, anfangen wollte.

Also war sie schon fertig mit dem ganzen Schulzeug, als sie, auf der anderen Ebene, abends schließlich wieder aufwachte. Wie entspannend war das, zu wissen, dass schon alles erledigt war! Da fiel das Aufstehen nicht ganz so schwer...obwohl, wenn sie daran dachte, dass sie sich jetzt noch bei Lisco entschuldigen musste...dann würde sie doch lieber liegen bleiben oder sogar noch weiter lernen.
Sie sah jedoch ein, dass es nichts nützte und dass sie nicht darum herumkommen würde, und stand auf, mit einem mulmigen Gefühl im Magen. Also ging sie, im Nachthemd, leise hinüber zu Liscos Schlafzimmer. Die Tür war zu. Ob er abgeschlossen hatte? Sollte sie einfach hineingehen und sich zu ihm legen, oder sollte sie höflich sein und anklopfen? Aber was, wenn er sie dann nicht hereinbat? Sollte sie dann einfach wieder gehen? Sie wollte schon die Klinke herunterdrücken, besann sich dann aber doch eines Besseren und klopfte zaghaft an, denn ihr war eingefallen, dass Lisco ein sehr höflichkeitsachtender Mensch...oder eher, Mann, war. Es erklang keine Antwort, auch keine andere Reaktion war zu vernehmen. Schließlich drückte sie doch langsam und vorsichtig die Klinke herunter. Denn, keine Antwort bedeutete ja nicht „nein“...wenn auch nicht automatisch „ja«“...
Zögernd trat sie ein und schloss hinter sich wieder die Tür. Sie blickte zum Bett: Lisco lag darin, mit dem Rücken zu ihr. Ob er noch schlief? Langsam ging sie auf das Bett zu. »Ich habe dich nicht hereingebeten.«,

sagte er plötzlich kühl, ohne sich irgendwie zu regen. Erschrocken blieb Elli stehen und sagte dann betreten: »Ich weiß.«
»Was willst du hier?«, fragte er tonlos. Elisa fasste Mut, ging weiter zum Bett und legte sich hinein.
»Ich...möchte wieder Frieden schließen.«, sagte sie sanft und küsste ihn kurz auf die Schulter.
»Du möchtest dich also entschuldigen?«, fragte er, immer noch ohne jegliche Regung.
»Ja.«
»Wofür genau?«. Warum musste er immer bis ins Detail nachhaken?
»Warum fragst du immer noch aufs Kleinste nach? Reicht denn »Entschuldigung« allein nicht?«
»Nein, ich will sehen, ob du es ehrlich meinst...und ob du verstanden hast, was du falsch gemacht hast.«
Elli seufzte. Dies war eigentlich der einzig nervige Punkt an Lisco: er war manchmal wirklich wie ein Lehrer oder Erzieher. Also begann sie: »Ich habe mich wieder von Tycon beirren lassen und dir die Schuld gegeben, obwohl du es nur gut gemeint hast...das tut mir leid.«. Es herrschte einen Moment lang Stille, dann drehte Lisco sich langsam zu ihr um und sah sie an, mit seinen dunklen Augen.
»Wirklich?«, fragte er ruhig.
»Ja.«
»Gut. Ich entschuldige mich auch.«, sagte nun er.
»Wofür?«
»Reicht denn ein einfaches "Entschuldige" nicht?«
»Nein.«, war nun ihre Antwort. So leicht konnte sie es ihm heimzahlen...vielleicht würde er dann merken, dass seine Art teilweise ziemlich anstrengend war.
»Ach, und warum?«
»Weil ich auch gern wüsste, ob du weißt, was dein Fehler war und ob du es ehrlich meinst.«, erwiderte sie hämisch.
»Alles, was ich zur dir sage, meine ich ernst und ehrlich.«, sagte er ruhig und küsste sie auf die Stirn.
»Also?«, begann Elli wieder, damit er nicht vom Thema ablenkte. Er lächelte, schüttelte kurz leicht den Kopf und sagte dann: »Es tut mir Leid, dass ich dich unter Druck gesetzt und so hart reagiert habe.«

»Geht doch.«, meinte sie grinsend, »Also leben wir jetzt wieder in Frieden?«
»Ja, das hoffe ich doch.«, sagte Lisco und lächelte. Dies war wiederum eine der vielen guten Seiten von ihm: er verzieh absolut und ausnahmslos schnell. Er beugte sich etwas zu ihr und küsste sie sanft. Sie ließ ihn gewähren und erwiderte seine Küsse. Sanft zog er sie näher zu sich heran. Elisa ließ sich nach hinten ins Kissen sinken, er folgte ihr und lag schließlich wieder über ihr. Sanft streichelte er ihr Haar, während sie mit ihren Händen seinen starken Rücken entlang fuhr. »Ich nehme an, du hast deine Meinung noch nicht geändert?«, flüsterte er lächelnd und küsste sie dann weiter. »Nein.«, antwortete sie, »Noch nicht.«
»Okay.«, erwiderte er, »Kein Problem. Wie du willst, wann du willst, was du willst…du bestimmst.«
»Geht doch.«, sagte sie grinsend und küsste ihn wieder.

Schließlich war es dann soweit und sie hatte Geburtstag. Wie immer, an diesem Tag, wurde sie von ihren Eltern mit einer Geburtstags-CD geweckt, die das Lied "Happy Birthday" abspielte. Eigentlich war sie zu alt dafür, aber es war irgendwie Tradition bei ihnen, seit jeher. Sie stand lächelnd auf, umarmte ihre Eltern, nahm dankend ihrer Glückwünsche entgegen und sah sich dann ihren Geburtstagstisch an. Auspacken tat sie immer erst nachmittags, nach der Schule, da sie es früh einfach zu hektisch fand. Außerdem hatte sie dann noch etwas, worauf sie sich den ganzen Tag lang freuen konnte. Wenig später riefen auch ihre Großeltern an.

An der Bushaltestelle schienen ihre "Freunde" ihren Geburtstag vorerst vergessen zu haben, denn keiner sagte etwas diesbezüglich. Bis sie irgendwie über ein Thema sprachen und Claudia dann »Ach, Elli, alles Gute zum Geburtstag!«, herausrutschte. Daraufhin gratulierten ihr dann auch Katha und Sam.
In der Schule war es genau dasselbe: einige, Melanie und Josy zum Beispiel, kamen gleich auf sie zu, um sie zu umarmen und ihr zu gratulieren. Wieder anderen fiel es erst in der 6. Stunde ein, dass ja jemand Geburtstag hatte. Ihre Klassenlehrerin vergaß es gleich völlig, obwohl es eigentlich hätte im Klassenbuch stehen müssen…besser gesagt: kein

Lehrer dachte daran und auch nur ein Bruchteil der Schüler, was Elli jedoch nicht weiter störte. Immerhin merkte sie sich die ganzen Geburtstage der anderen auch nicht…

Mit ihren Eltern ging sie abends dann, nach der "Bescherung" nur noch Essen- die richtige Geburtstagsfeier würde am Samstag folgen. Wobei "richtig" hier auch relativ anzusehen war, denn eine richtig coole Party, wie vielleicht bei anderen an ihrem 18. Geburtstag, würde das eh nicht werden. Aber was machte das schon? Dafür würde es sicher ein schöner Abend mit Lisco werden. Ob Tycon ihr auch gratulieren würde…? Wohl eher nicht, nach ihrer letzten Auseinandersetzung… aber es war wohl auch besser, ihn nicht unbedingt zu sehen, denn das würde vermutlich eh nur wieder Ärger geben…
Ob Lisco ihr etwas schenken würde? Und wenn ja, was? Aber eigentlich wollte sie ja nicht, dass er ihr etwas schenkte, denn dann würde sie sich wieder…schuldig fühlen, und worauf das hinauslaufen konnte, wusste sie ja genau.

Mit ein wenig pochendem Herzen, wachte sie schließlich neben ihm auf. Als sie die Augen aufschlug, war das erste, was sie sah, seine warmen, braunen Augen, die sie lächelnd musterten. »Guten Abend.«, sagte sie.
»Guten Abend, und alles Gute zu deinem 18. Geburtstag.«, erwiderte er lächelnd und küsste sie sanft auf die Stirn. »Danke.«
»Hast du Hunger?«, fragte er.
»Ehrlich gesagt: nicht so, wieso?«, fragte sie vorsichtig.
»Ich dachte, wir könnten mal schön Essen gehen…?«, schlug er vor. Das hatte ihr ja gerade noch gefehlt!
»Lisco…sorry, aber bitte nicht heute…ich war vorhin schon essen, mit meinen Eltern.«
»Okay, kein Problem.«, erwiderte er lächelnd, »Was willst du dann machen?«
»Ich weiß nicht…«, grübelte sie.
»Du weißt nicht, was du an deinem 18. Geburtstag machen willst?«, fragte er belustigt, du verspürst keinen Drang nach Party, Alkohol und Spaß?«
»Nein, sollte ich etwa?!«

»Nein, ich wundere mich nur. Aber es ist auch besser so. Trotzdem sollten wir es wenigstens ein bisschen feiern… wenigstens mit einem Glas Wein…? Wie findest du das?«, schlug er vor. Hatte er etwa schon wieder einen Plan…?
»Du willst mich betrunken machen.«, vermutete sie scherzend.
»Nein, um Gottes Willen.«, erwiderte er lachend, »Da würde ich nicht mal dran denken.«
»Natürlich, du doch nicht.«, sagte sie ironisch.
»Hey, was soll das heißen?«, fragte er, mit beleidigtem Unterton, »Glaubst du etwa, ich bin so einer, der dich abfüllt und dich dann zum Bett schleift…!?«
»Nein, natürlich nicht.«, sagte sie, nun wieder ernst, »Das war nur Spaß, wirklich.«
»Das will ich hoffen.«, riet er neckisch, »Also? Was sagst du dazu?«
»Ja, von mir aus, das klingt gut. Aber nur ein Glas.«
»Nur ein Glas.«, bestätigte er.
»Ohne heimliches Nachschenken oder Pimpen.«
»Ja.«, sagte er lachend, »Ich schwöre bei deiner nun erreichten Volljährigkeit.«
»Gut. Soll ich mir was Bestimmtes anziehen?«
»Ich finde, wir könnten zu diesem besonderen Ereignis ruhig mal schicke Kleidung tragen.«
»Okay…dann schau ich mal in meinen Schrank.«, beschloss sie.

Also stand sie auf, ging hinüber in ihr Zimmer und öffnete den Kleiderschrank. Sollte sie ein Kleid anziehen, oder eine Hose? Obwohl, Hosen trug sie immer…also würde sie ein Kleid tragen, das hatte sie hier, ihrer Erinnerung nach, noch nie angehabt. Sie entschied sich für ein Schwarzes, mittlerer Länge, mit einem bewusst kleinen Ausschnitt. Was eigentlich Unsinn war, da er sie ja nun eh schon eigentlich vollständig nackt gesehen hatte, jedoch wollte sie nicht "billig" wirken, oder zu aufreizend. Dazu legte sie die Kette von Tycon an, da diese gut zu dem Kleid passte. Danach wählte sie ein paar passende, schwarze Pumps.
Als sie schließlich, fertig bekleidet und frisch gemacht, aus dem Bad kam, ging sie anschließend hinunter ins Wohnzimmer, wo sie Lisco vermutete. Es kostete sie einige Mühe, in den Schuhen nicht die Treppe

herunter zu stolpern. Als sie eintrat, war er gerade dabei, die Weinflasche zu öffnen. Auch er trug edle Kleidung: eine schwarze Hose und ein weißes Hemd, mit einer dezent verzierten, schwarzen Weste darüber, er sah umwerfend aus, wie aber eigentlich fast immer. Sein Outfit erinnerte sie etwas an die Kostüme in *Interview mit einem Vampir*, die die männlichen Protagonisten da getragen hatten…

Als er sie bemerkte und ansah, schien er für einen Moment sprachlos zu sein. Er stellte die Flasche wieder hin, und kam ein Stück näher, um sie genauer zu mustern. Er ging um sie herum und begutachtete sie von allen Seiten. Elli kicherte. »Das ist ein Kleid.«, stellte er fest.

»Ja. Gut erkannt.«, sagte sie belustigt, »Und?«

»Ich habe dich noch nie in einem Kleid gesehen, glaube ich.«

»Ja, das ist möglich. Aber jetzt siehst du´s ja.«

»In der Tat, und es steht dir.«, gab er zu.

»Danke.«

»Wobei du auch etwas wie eine…«, begann er. Sie zog eine Augenbraue hoch und sah ihn fragend an: »Eine was?«

»Gothic-Braut, hätte ich jetzt gesagt. Nur durch die Kette…«, fuhr er fort.

»Stört sie dich? Soll ich sie abnehmen?«, fragte sie schnell.

»Nein, lass sie um, das Outfit steht dir.«

»Okay…und du bist dir sicher…?«

»Ja, die Kette stört mich nicht, ich denke einfach nicht daran, dass sie von Tycon ist.«

»Okay, gut.«

»Du solltest das öfters mal tragen.«

»Oder am liebsten gar nichts, wenn´s nach dir geht, nicht wahr?«, fragte sie neckisch.

»Natürlich.«, sagte er lächelnd, »Deine Haut ist dein schönstes Kleid.«

Sie lächelte und wurde etwas rot. »Du siehst auch gut aus.«, erwiderte sie, um wieder mal etwas vom Thema abzulenken.

»Danke.«. Er bedeutete ihr, sich zu setzen, wandte sich wieder der Weinflasche zu, öffnete diese und schenkte in die Gläser ein.

»Du hast hier schön dekoriert.«, bemerkte sie. Es stimmte, in so ziemlich jeder Ecke des Raumes stand eine Kerze, der Raum wurde somit in eine gemütliche Atmosphäre getaucht. Andere mochten es kitschig finden,

doch Elisa gefiel es. »Danke.«, sagte er lächelnd, »Schön, dass es dir gefällt.«
Er setzte sich zu ihr, sie hoben die Gläser und stießen auf Ellis 18. Geburtstag an.
»Ob Tycon heute wieder herkommt?«, dachte sie laut.
»Ich hoffe nicht. Wieso, hoffst du, noch ein Paar passende Ohrringe zu der Kette zu bekommen?«, fragte er belustigt.
»Nein, quatsch, ich sag ja nur…immerhin ist es mein 18. Geburtstag.«
»Ja, das ist es, aber ob Tycon daran denkt, bezweifle ich. Weiß er überhaupt, wann du Geburtstag hast?«
»Ich weiß es nicht, ehrlich gesagt…vielleicht habe ich es ihm mal gesagt…«
»Willst du denn, dass er herkommt?«, fragte er zweifelnd.
»Eigentlich nicht…nach der letzten Auseinandersetzung. Außerdem bringt das eh immer nur Ärger, Tycon zu treffen, weil er es immer schafft, uns irgendwie gegeneinander aufzuhetzen.« Eigentlich waren das zwar letztes Mal Liscos Worte gewesen, aber letztendlich war es ja genau das, was er hören wollte. Beziehungsweise hatte er damit ja vielleicht sogar Recht.
»Ja, deshalb. Aber zum Glück hält dieser Zustand immer nicht lange an.«, meinte er.
»Ja…«, »Aber wenn du ihn gar nicht sehen willst, dann ist doch alles gut, wenn er nicht herkommt, oder etwa nicht?«
»Ja, eigentlich schon…aber ich weiß nicht…mit ihm hat eben alles angefangen…ich finde die Vorstellung merkwürdig, dass er jetzt für immer weg ist…«, bekannte sie.
»Das verstehe ich, das wird er aber nicht. Irgendwann kommt er wieder…das wirst weder du, noch ich, verhindern können. Sei dir also dessen unbesorgt. Oder sei gerade deshalb besorgt… wie man es eben sieht.«
»Hm…«
»Aber, alles beginnt mit irgendwem, ob es auch mit diesem endet, ist jedoch die andere Frage.«, stellte er seufzend fest.
»Wie meinst du das?«, fragte sie argwöhnisch.
»Hm, wie erkläre ich das jetzt…«, begann er, »Bei mir, beziehungsweise bei Tycon, fing alles damit an, dass ich eine Frau liebte…und er auch.

Nun ist sie jedoch schon lange Zeit tot, aber wir leben immer noch…mehr oder weniger. Verstehst du, was ich meine?«
»Ja, schon, aber eigentlich ist Tycon doch durch dich so geworden…ist man da nicht auf ewig irgendwie verbunden?«
»Ja. Das stimmt, deshalb sage ich ja: er wird dich immer irgendwie finden und wiederkommen.«
»Wie beruhigend.«, sagte sie, nervös lachend, »Das heißt doch aber, dass du ihn auch immer irgendwie finden wirst…?«
»Ja.«
»Angenommen, Tycon stirbt, würde ich dann auch sterben?« Wobei sie nicht glaubte, dass man Tycon irgendwie töten könnte…ganz zu schweigen davon, dass sie das auch gar nicht wollen würde…
Lisco überlegte kurz und sagte dann: »Das weiß ich ehrlich gesagt nicht, kann sein…kommt aber vermutlich auch auf dein Alter in dem Moment an…aber eigentlich sind wir generell nicht wirklich totzukriegen, eigentlich bist du für immer an seine unsterbliche Seele gebunden…und die wird weiter existieren, auch wenn er vielleicht irgendwie…stirbt. Keine Ahnung.«
»Das ist, glaube ich, das erste Mal, dass du auf eine Frage keine hundertprozentig sichere Antwort weißt.«, stellte sie schmunzelnd fest.
»Das stimmt nicht, als du mich gefragt hast, ob man diese Seelen wieder entnehmen kann, wusste ich es auch nicht genau.«
»Also schon das zweite Mal!«, sagte sie, gespielt empört.
»Tja, auch ich bin nicht allwissend.«, erwiderte er lächelnd.
»Schade, ich dachte.«
»Bist du dir sicher, dass du nicht lieber froh darüber sein solltest?«, fragte er schelmisch. Elisa überlegte kurz und sagte dann: »Stimmt eigentlich, da hast du Recht. Ist wohl besser so.«
»Jeder hat eben seine Geheimnisse, nicht?«
»Ja.«, sagte sie herausfordernd. Sie lachten, stießen wieder an und tranken einen Schluck vom Wein.
»Der schmeckt gut.«, bemerkte Elisa, »Was ist das für einer?«
»Sag bloß, du kennst dich mit Weinsorten aus.«, erwiderte Lisco grinsend, »Wo du doch keinen Alkohol trinkst…? Eigentlich, versteht sich.«

»Nein, einen Schluck Wein trinke ich schon ab und zu...aber wirklich nur einen Schluck, nicht so viel wie hier...«, sie deutete auf ihr Glas, »Ich weiß nichts über Weine, nur, dass das hier ein Trockener ist.«
»Ach so, jaja.«, sagte er grinsend. »Wirklich!«, bekräftigte sie.
»Ja, ist ja gut, ich glaube dir. Und du hast Recht, das ist ein Trockener.«
»Und was für einer genau?«. «Ein Chateau Batailley Pauillac AC 5ème Cru Classé.", antwortete er, mit einem Anflug von Stolz in der Stimme.
«Okay...das sagt mir jetzt gar nichts, klingt nur teuer.«, erwiderte sie schulterzuckend. Das Einzige, was sie diesem Namen entnehmen konnte, war, dass es sich vermutlich um einen französischen Wein handelte.
Er lächelte und meinte: »Teuer ist relativ bei Weinen. Es gibt Weine, die kosten über 1500€, da ist dieser hier nichts im Vergleich dagegen.«
»1500€ für einen Wein?«, fragte sie ungläubig, »Für eine Flasche? Wer bezahlt denn so viel für eine Flasche Wein?!«
»Jemand, der sehr viel Wert auf eine guten Wein legt. Aber ob der dann auch gut schmeckt, oder aber einfach nur teuer ist, ist wohl eine andere Frage.«
»Vermutlich schmeckt der den Leuten eh nur, weil die sich einbilden, dass ein 1500€ teurer Wein einfach gut schmecken muss.«, dachte sie laut. Zu dieser Sorte von Leuten würden ihr sogar spontan einige Personen aus ihrem Umfeld einfallen.
»Ja, vielleicht.«, stimmte er zu.
»Und warum sind die so teuer? Sind die aus besonderen Trauben oder so?«
»Vielleicht, aber einige sind auch sehr alt. Von 1986 oder so.«
»Also sind die teuer, weil sie alt sind?«, vermutete sie zweifelnd.
Er lachte und meinte: »Unter anderem, ja. Sie erhalten dann geschmacklich eine besondere Note...glaube ich, ich habe so einen Wein noch nicht probiert, um ehrlich zu sein...und das habe ich auch nicht unbedingt vor.«
»Verständlich. Diese ewig langen Namen finde ich auch sinnlos.«, bemerkte sie.
»Wieso? Das zeichnet den Wein doch auch nochmal aus, und es klingt gut.«

»Aber es ist anstrengend, sich den ganzen Namen zu merken. Warum hätte dieser hier nicht einfach nur Chateau Batailley heißen können? O-der Cru Classé?«, schlug sie vor.
»Vielleicht, weil es so eindrucksvoller klingt, er nicht so leicht zu verwechseln ist, oder weil es mehrere Weine von der Sorte gibt, die sich dann bloß im hinteren Teil des Namens unterscheiden.«
»Na, ist ja auch egal.«, sagte sie seufzend und mit einer wegwerfenden Handbewegung.
»Ja, es gibt weitaus interessantere Themen, die man an einem 18. Geburtstag besprechen könnte.«, stimmte Lisco ihr lächelnd zu.
»Ja, aber…es hat mich eben mal interessiert.«
»Ist ja gut. Apropos, Geburtstag, ich habe da noch etwas für dich.«, sagte er, stand auf, verschwand kurz und kehrte dann mit einer kleinen Schachtel in der Hand zurück. Er reichte sie ihr. »Lisco! Du sollst mir doch aber nichts schenken!«, protestierte sie vorwurfsvoll, doch er legte ihr einen Finger auf die Lippen und hielt ihr mit Nachdruck das Kästchen hin. Zögerlich nahm sie es entgegen und klappte es auf. Ihr stockte der Atem, denn in dem Kästchen befand sich ein Ring. »Das ist…ein Ring.«, sagte sie, überrascht. Sollte ihr das irgendetwas sagen?
»Ja.«, sagte er lächelnd.
»Aber…warum?«
»Er gefiel mir eben und deswegen habe ich ihn dir mitgebracht.«
»Also…ohne tieferen Sinn…?«, fragte sie vorsichtig.
»Ohne…?«, wiederholte er fragend, stockte kurz und lachte dann herzhaft.
»Jetzt weiß ich, was du damit meinst.«, sagte er lachend, »Ja, es ist völlig ohne tieferen Sinn, das soll kein Verlobungsring sein.«
»Okay, ich dachte schon…«, sagte sie erleichtert.
»Also Elisa, bitte, was denkst du von mir?! Wir kennen uns seit nicht mal einem Jahr und du befürchtest allen Ernstes, ich würde dir einen Antrag machen? Heiratet man heutzutage so schnell?!«
»Einige, ja. Danke, Lisco, er ist sehr schön.«, sagte sie. Und das stimmte, der Ring war wirklich ein Prachtstück. Er war anthrazitfarben, verziert mit schwarzen und silbernen Ornamenten, in der Mitte prangte ein kleiner, funkelnder Stein. Sie schob ihn sich auf den Finger, umarmte Lisco

und küsste ihn kurz. »Danke.«, sagte sie nochmals, »Aber das hättest du nicht machen müssen.«
»Ja, ich weiß.«, meinte er lächelnd, »Er gefiel mir aber. Ich finde auch, dass er gut zu der Kette passt.«
»Du hast ihn passend zur Kette ausgesucht? Wie rücksichtsvoll.«, bemerkte Elli bewundernd.
»Ja, teilweise hab ich das. Ich dachte, es ist besser, wenn du beides zusammen tragen kannst und dich nicht immer für eins entscheiden musst…und dir dabei möglicherweise wieder ein schlechtes Gewissen entsteht.«
»Du bist unglaublich.«, stellte sie sprachlos fest.
»Danke, ich fasse das als Kompliment auf.«, schmunzelte er.
»Das kannst du auch, so war es gedacht.«
»Ich danke.«, sagte er, beugte sich zu ihr und küsste sie sanft. Elli erwiderte seine Küsse und fragte dann: »Hattest du heute noch irgendwas anderes vor…?«
»Nein, eigentlich nicht. Du etwa?«
»Gut. Nein, ich auch nicht.«
»Schön, nachdem wir das geklärt hätten, steht einem gemütlichen Abend, frei von Missverständnissen, ja nichts mehr im Wege.«, beschloss er. »Ja.«, sagte sie erleichtert und küsste ihn erneut.

Den restlichen Abend verbrachten sie damit, zu erzählen und Karten zu spielen, natürlich nicht, ohne die ein oder andere Zärtlichkeit auszutauschen.

Die Tage vergingen schnell und Ellis »richtige« Geburtstagsfeier war gekommen, sprich, ihre Großeltern, ihre Tante, ihre Onkel und ihr Cousin würden wieder, zu Ellis Freude, zu ihnen kommen."Freude" natürlich im ironischen Sinn. Eigentlich hatte sie gar keine Lust, ihre Verwandtschaft zu sehen und mit ihnen zu "feiern", was wieder hieß, es wurde so viel gegessen wie nur ging, die Erwachsenen, also ihre Eltern und altersaufwärts, saßen am Tisch und unterhielten sich über ihre Arbeit und andere interessante Themen, während sie sich wahrscheinlich wieder langweilte und ihrem Cousin beim Spielen zuschauen durfte- eine wirklich "coole" Party zu ihrem 18. Geburtstag.

Aber dafür war ihre kleine Feier mit Lisco umso schöner gewesen. Wie sie gemeinsam angestoßen hatten, wie er sie wieder geküsst und liebkost hatte...der ganze Abend war voll von Liebe, Vertrauen und Geborgenheit gewesen. Sie hegte mittlerweile keine Zweifel mehr daran, dass sie wahrscheinlich bald zum ersten Mal mit ihm schlafen würde. Sicher würde er auch dann genauso zärtlich, vorsichtig und liebevoll sein, wie er es sonst auch immer war, wenn sie sich nur küssten und kuschelten. Warum also sollte sie ihr erstes Mal nicht mit ihm haben? Wer wäre besser dafür geeignet? Wer sonst brachte ihr die Liebe und den Respekt entgegen, die ihr zustanden, wer gab auf sie Acht, beschützte sie, als sei sie der kostbarste Schatz auf der Welt? Wenn sie überhaupt je einen anderen Mann lieben würde als ihn! So, wie es aussah, schien er ja nichts dagegen zu haben, ihre Beziehung ewig währen zu lassen, er schien sie wirklich bedingungslos und innig zu lieben. Es stand also fest, sie würde es tun, demnächst. Nur, wann, das wusste sie noch nicht genau.

Jedenfalls war es nun Nachmittag, des 18. Februars, und Elisa zog sich gerade um, als es klingelte. »Elisa, deine Gäste sind da!«, rief ihre Mutter. Elli seufzte, zog schnell die Hose hoch, schloss sie und eilte hinunter zur Tür. Es waren ihre Großeltern, die gleich Ellis Cousin mitgebracht hatten. Elli lächelte und ließ alle herein. Strolch, der Hund, sprang als erster hinein und rannte in die Küche. »Hey, warte!«, rief Elli, doch da war er auch schon weg. Hinterlassen hatte er eine lange Spur aus dreckigen Pfotenabdrücken. Wäre er nicht so übermütig gewesen, hätte sie ihm die Pfoten abwischen können, aber nein, so würde sie wieder über den Boden kriechen und den Dreck wegwischen dürfen. Und das zu ihrer Geburtstagsfeier. Na, das fing ja mal wieder gut an...
»Ups«, sagte ihr Cousin und lachte. Was auch immer er an Strolchs Übermut und mangelnden Manieren lustig fand.
»Jetzt musst du das aufwischen.«, fügte er grinsend hinzu. »Ich weiß.«, erwiderte Elli gereizt, »Ich bin nicht blöd!«
»Hey, nicht in diesem Ton!«, rief ihre Mutter ihr verärgert zu.
»Wenn er es so gut bemerkt, kann er es auch selbst aufwischen!«, verteidigte sich Elli.
»Er und die anderen sind Gäste, und der Gast ist bekanntlich König, also wisch es doch bitte auf.«, bat ihre Mutter aus der Küche.

»Ja, und ich bin das Geburtstagskind, also bin ich Kaiser! Oder besser gleich Gott!«, maulte Elli sarkastisch, ging in die Küche, nahm sich einen Lappen und wischte Strolchs Spuren auf. Ihre Mutter sah ihr stirnrunzelnd nach. Davor hatte Elli noch Strolchs Pfoten abgewischt, damit er nicht noch mehr Dreck fabrizierte.
Kurze Zeit später waren auch ihre Tante und ihr Onkel eingetroffen und wenig später auch ihre Großeltern von nebenan.

Schließlich saßen sie am Kaffeetisch, es war am Ende wieder über die Hälfte des Kuchens übrig geblieben, und ihr einer Opa fragte ihren anderen, wie es dem Teich so ginge. Oh, nein, dachte Elli, jetzt fangen die Teichgespräche an...und so war es dann auch. Die beiden unterhielten sich über ihre Teiche, ihr Onkel stimmte mit ein und ihre Mutter sprach mit Ellis Tante und ihren Omas über die Arbeit. Ellis Vater tat, als würde er dem Teichgespräch beiwohnen und Elli und ihr Cousin saßen wieder hilflos inmitten der wichtigen Gespräche, woraufhin letzterer bald darauf seinen Nintendo zückte. Also war die Feier, oder eher, das Drama, wieder perfekt. Seufzend lehnte sie sich zu ihm rüber und sah ihm beim Spielen zu. »Hier, guck mal!«, sagte er aufgeregt und zeigte auf das Display. »Ich sehe es, zapple nicht so rum.«, sagte sie genervt und starrte auf den Pixelhaufen, den er ihr zeigte.
Ein wenig später kam ihre Oma auf die Idee, dass sie ja "Mensch ärgere dich nicht" spielen könnten. Also holte Ellis Mum die Spielesammlung und Elli, ihr Cousin, ihre Oma und Ellis Mutter begannen zu spielen. Das war immerhin spannender, als immer nur auf das öde Display zu schauen, wo sie ohnehin nicht viel erkannte. Bald jedoch raubte ihr auch dieses Spiel allmählich die Nerven, da ihr Cousin sich immer ablenken ließ und mit den Figuren spielte, als seien es kleine Lego-Flugzeuge oder ähnliches. Und wenn er jemanden rausgeworfen hatte, schoss er die Figur immer förmlich mit der Seinen vom Brett, sodass jene quer durch den ganzen Raum flog und Elli sie dann immer suchen durfte, weil leider fast immer sie rausgeworfen wurde.

Er hatte sie nun wieder einmal getroffen und holte gerade zum Schuss auf die Figur aus, als Elli genervt sagte: »Argh, bitte! Schieß die Figur nicht immer vom Brett, das nervt!«

»Hey, was hast du denn schon wieder? Nicht in dem Ton!«, sagte ihre Mutter verärgert.
»Elisa war schon immer groß und vernünftig, nicht wahr?«, sagte ihre Tante spöttisch. Elli funkelte sie nur kurz wütend an.
»Vielleicht kann sie aber auch einfach nicht verlieren.«, meinte ihre Großmutter. Elli reichte es, sie schob ruckartig ihren Stuhl zurück, stand auf und verließ, schnellen Schrittes und mit wehenden Haaren, den Raum.
»Sie ist wirklich ein schlechter Verlierer.«, stimmte jemand hinter ihr zu. Wütend ging Elli nochmal zurück und erwiderte: »Hört auf, von mir in der dritten Person zu sprechen, als ob ich nicht anwesend wäre! Ich bin nichts, von alledem, was ihr gesagt habt, es nervt mich einfach nur, dass er immer übertreiben und rumspinnen muss! Und ihr euch immer auf seine Seite stellt!«
Die Angesprochenen sahen sie alle mit verwunderten, fassungslosen Blicken an und Elli verließ wieder rasch den Raum. Sie schloss die Tür etwas zu heftig, ging zur Garderobe, zog sich an und trat hinaus ins Freie. Sie beschloss, einen kleinen Spaziergang zu machen.

Es war mittlerweile schon fast vollständig dunkel draußen, die Sterne und der Mond waren schon zu sehen und leuchteten in all ihrer Pracht. Elli mochte Nachtspaziergänge, denn zu jener Zeit waren nicht so viele Leute auf den Straßen. Eigentlich niemand außer Elli, sie musste keine schreienden Kinder hören, keine anderen tagestypischen Geräusche…es war einfach perfekt, im Gegensatz zum Tag. Das Einzige, was fehlte, war die Sonne, aber diese vermisste Elli in dem Moment auch nicht besonders. Wenn es dunkel war, sah sie niemand und sie musste auch niemanden sehen. Also ging sie die Straße hinunter und bog nach links ab. Nach wenigen Schritten war sie bei der örtlichen Feuerwehr angelangt. Die Fahrzeuge standen still und beinahe furchterregend, angesichts ihrer Größe, in dem Unterstand. Elli ging weiter und bog wieder nach links ab. Nun war sie auf der Straße, die, im Gegensatz zu den anderen Straßen, nur sehr spärlich beleuchtet war. Dies erinnerte sie sofort an den Park, aus dem Lisco sie gerettet, und sie später dort geküsst hatte. Lisco…sie ersehnte schon, nachher wieder neben ihm aufzuwachen. Mit ihm konnte sie über alles reden, er würde ihr Recht damit geben, dass es

falsch war, dass ihr Cousin so bevorzugt wurde, ihr gegenüber. Für Lisco war sie die Einzige, sie war für ihn alles, was zählte. Das hoffte sie zumindest…aber eigentlich hegte sie auch keine Zweifel daran, denn sie traute ihm nicht zu, fremdzugehen oder Ähnliches.
Dunkle Bäume ragten an der anderen Straßenseite auf. Sie glaubte, eine schemenhafte Bewegung dazwischen zu sehen. Vielleicht hätte sie Strolch mitnehmen sollen, so dunkel mochte sie es alleine dann doch nicht…
Elli schüttelte den Kopf, belustigt über ihre eigene Einbildung und ging weiter. Ihre Eltern würden sich schon keine Sorgen machen, wenn sie für zehn Minuten mal nicht da war…hoffte sie jedenfalls, denn sie hatte keine Lust, dass diese, oder am besten der ganze Clan, ihr folgten und sie, in ihrer Ruhe störend, aufsuchten. Vor allem ihr Cousin würde vermutlich durch das Dorf rennen, Ellis Namen schreiend. Dieser kleine, nervige…!
»Wütend?«, ertönte es hinter ihr. Elisa erschrak, ihr Herz schlug ihr urplötzlich bis zum Hals. Ruckartig drehte sie sich um- und erstarrte für einen Moment. Vor ihr stand Tycon, sie fragend ansehend.
»Du!«, rief sie wütend aus.
»Ja, ich. Hattest du jemand anderen erwartet?«, fragte er belustigt.
»Ich habe niemanden erwartet! Aber du hast mir gerade noch gefehlt!«
»Weiß ich doch.«, sagte er grinsend, »Kann es sein, dass du dezent wütend bist?«
»Nein, ich tu nur so!«, erwiderte sie gereizt.
»Du solltest nicht so schreien.«, bemerkte er ruhig, »Sonst weckst du noch alle auf.«
Elli ignorierte ihn und ging weiter. Er folgte ihr, wie auch nicht anders erwartet.
»Hey, was ist denn los?«, fragte er, nun in besorgterem Tonfall.
»Ich will dich nicht sehen, Tycon.«, sagte sie forsch.
»Warum?«
»Dein Verhalten, letztes Mal, war echt daneben. Du nervst.«
»Du solltest froh sein, mich zu sehen.«, bemerkte er.
»Ach, und warum?!«, erwiderte sie genervt. »Wer weiß, es könnte das letzte Mal sein.«, antwortete er schlicht.
»Wie meinst du das?«, fragte sie argwöhnisch und sah ihn kurz an.

»Es kann immer das letzte Mal sein, es kann immer irgendetwas passieren. Dir, mir, deinen Eltern…und allen anderen.«
»Nur mit dem kleinen Fehler, dass du praktisch unzerstörbar bist.«
»Schon, aber du nicht. Und die anderen auch nicht…ihnen könnte schnell etwas passieren.«, gab er zu bedenken. Was sollte das?!
»Soll das eine Drohung sein?!«
»Nein, ich möchte nur, dass du mir erzählst, was los ist.« Sein Tonfall war immer noch total ruhig und entspannt.
»Und, dass ich dir verzeihe, nehme ich an?«
»Du, mir verzeihen? Wofür?«, fragte er verdutzt.
»Für letztes Mal. Siehst du ein, dass du einen Fehler gemacht hast?«
»Nein, ich bleibe bei meiner Meinung. Aber da ich sehe, dass das nichts bringt, werde ich dich ab sofort mit dem Thema in Ruhe lassen…zufrieden?«
»Naja…ich verzeihe dir trotzdem nicht…«, »Mir egal, um ehrlich zu sein…«, unterbrach er sie abwertend mit einem Wink, »Redest du wenigstens wieder mit mir?«
»Tue ich doch schon die ganze Zeit.«
»Dann sag mir doch bitte endlich, was los ist, warum du so wütend bist.«
»Hast du gerade *bitte* gesagt?«, fragte sie verwundert und sah ihn an.
»Ja, habe ich. Was ist so besonders daran?«, fragte er belustigt.
»Ich kann mich nicht daran erinnern, dass das zu deinem üblichen Wortschatz gehört.«, erklärte sie überrascht.
»Doch tut es, ich bin schließlich ein Mann von Moral und Ehre.«, erwiderte er stolz.
»Dass ich nicht lache!«, sagte sie empört.
»Ich sage öfters *bitte*, ich nehme an, du hast es bisher nur nicht gehört.«
»Natürlich.«, stimmte sie, ironisch, zu.
»Würdest du mir nun bitte endlich erklären, was dich so bedrückt?«, fragte er wieder, langsam etwas ungeduldig.
»Warum willst du das unbedingt wissen? Es hat nichts mit Lisco zu tun, da muss ich dich enttäuschen.«
»Darum geht's mir nicht. Ich finde es bloß ungewöhnlich, und nebenbei auch nicht ganz ungefährlich, dass du mitten in der Nacht allein auf der Straße herumläufst.«

»Ach, du machst dir Sorgen? Wie süß. Wir sind hier in einem Mini-Dorf, da passiert mir doch nichts.«
»Das ist nicht gesagt. Gerade in kleinen Dörfern können…schlimme Dinge passieren. Du hast Glück, dass ich dich bemerkt habe und zu dir gekommen bin.«
»Wieso?«, fragte sie argwöhnisch.
»Du hast die Bewegung bei den Bäumen gesehen, nicht wahr? Das war ein…Streuner, der dir sicher nichts Gutes wollte.«, flüsterte er.
»Wirklich?«, fragte sie, etwas verängstigt, »Und…wo ist er jetzt?«
»Hier.«, sagte Tycon und deutete auf sich, »Ich habe seinen Körper genommen.«
»Du hast…?«, »Ja.«
»Aber…dann kannst du nicht mit bis zu mir nach Hause kommen, sonst weiß er doch, wo ich wohne, wenn du ihn verlässt!«, sagte sie, mit einem leichten Anflug von Panik.
»Sei unbesorgt, ich bin nicht blöd.«, meinte er verärgert, »Nun, da du eingesehen hast, dass es gut ist, dass ich hier bin, besitzt du vielleicht die Freundlichkeit, mir meine nun schon mehrmals gestellte Frage zu beantworten?«
»Du lässt dich ja nicht erweichen.«
»Niemals. Das solltest du doch langsam wissen.«. Er lächelte.
»Also gut: Stress in der Familie.«, gab sie es schließlich auf. Gegen Tycon hatte sie ja verbal eh keine Chance.
»Das heißt?«
»Wir feiern meinen Geburtstag, wobei von Feiern eigentlich nicht die Rede sein kann, und alle hacken auf mir rum.«
»Wieso?«
»Weil mein kleiner Cousin ständig bevorzugt wird und ich seine nervige Art nicht abkann.«
»Tja, die Kleinen werden meist bevorzugt. Aber ich mag sie nicht.«
»Willkommen im Club.« Wenigstens er verstand sie!
»Und deshalb bist du abgehauen?«, vermutete er.
Ich bin nicht abgehauen, ich wollte einfach nur bei einem kurzen Spaziergang etwas Ruhe haben.«
»Und dann kam ich.«, schmunzelte er.
»Ja.«

»Dann war´s das wohl mit der Ruhe, was?«, fragte er neckisch.
»So ziemlich, ja. Wobei es auch gut tut, mal mit jemandem darüber zu reden…bevor man in den Tumult zurückgeht.«
»Ja, ich weiß. Deshalb bin ich ja hier.«

Wenige Minuten später waren sie vor Ellis Haus angekommen. »So…«, sagte Elli unschlüssig.
»So…«, wiederholte Tycon, »Mal sehen, wie ich diesen Körper jetzt loswerde.«
»Kannst du ihn nicht irgendwie…versenken? Ihn unter Wasser verlassen?«
»Ich weiß nicht…aber es gäbe auch eine andere Lösung.«
»Und die wäre?«
»Du leihst mir deinen Körper und ich…entseele ihn ein wenig.«, schlug er vor und sah sie an.
»Du willst…! Mit meinem Körper…! Aber das ist ja widerlich, dann müsste ich ihn ja küssen!«, erwiderte sie entsetzt.
»Nein, musst du nicht. Es geht auch ohne Lippenkontakt.«
»Aber…ich weiß nicht, woher weiß ich, dass du mich wieder…frei lässt?!«
»Das muss ich, ich kann nicht lange zwanghaft in einem Körper bleiben, weißt du.«, sagte er unbekümmert.
»Aber, wie…?«, »Ich verlasse ihn, dann muss ich schnellstmöglich…in deinen Körper und kann dann ans Werk.«, schnitt er ihr das Wort ab.
»Und danach…?«
»Danach verlasse ich deinen Körper wieder, nachdem ich ihn zusätzlich manipuliert habe, sodass er dir gar nichts mehr anhaben kann.«, schloss er.
»Und du bist sicher, dass das funktioniert?«, fragte sie ängstlich.
»Natürlich, warum denn nicht. Ist doch im Prinzip ganz einfach.«
»Ich weiß nicht…«, erwiderte sie unsicher. Was sollte sie davon auch schon groß halten?
»Vertraust du mir etwa nicht?«, fragte er. Diese Frage war, gerade aus seinem Munde, ja fast schon witzig. »Nein, du hast mir bisher noch nicht wirklich einen Grund dazu gegeben.«, gab sie zu bedenken.

»Ach, Unsinn. Du hast doch insgeheim nur Angst, wieder Ärger mit Lisco zu bekommen.«, neckte er sie.
»Das auch, ja. Aber ich werde dich uns nicht mehr auseinanderbringen lassen.«, sagte sie bestimmt.
»Na, wo ist dann das Problem? Dann sag ihm doch einfach nichts davon.«
»Das läuft aber aufs Selbe wie Lügen hinaus!«, protestierte sie.
Tycon seufzte, legte ihr die Hand auf die Schulter und meinte:« Elli, du machst dir eindeutig zu viele Gedanken.«
»Und du scheinst, wie immer, nur an dich zu denken.«, erwiderte sie schnippisch.
»Hör zu, du hast zwei Auswahlmöglichkeiten.«, sagte er ernst, »Nummer eins: du tust einfach, was ich dir sage, und der Typ ist unschädlich. Nummer zwei: du weigerst dich und der Typ findet dich vielleicht eines Tages wieder und stellt sonst was mit dir an. Was davon ist dir lieber?«
Soweit hatte sie nicht gedacht. Sie schluckte.
Schließlich holte sie, nach kurzem Überlegen, tief Luft und fragte: »Und es ist wirklich nicht gefährlich für mich? Ich kriege meinen Körper und alles wieder? Mir passiert nichts?«
»Nein, für dich besteht absolut null Risiko. Können wir dann beginnen?«, erwiderte er ungeduldig.
»Ok…was muss ich machen?«
»Eigentlich gar nichts…außer vielleicht, deinen Geist darauf einzustellen, mich hereinzulassen…dann wird es leichter.«
»Okay.«, sagte sie unsicher und dachte sich: Entspann dich! Es passiert nichts, lass ihn hinein!
»Gut so.«, sagte Tycon. Klar, er konnte ihre Gedanken ja hören. Er kam nochmal näher zu ihr und blickte ihr tief in die Augen. Einen Moment lang dachte sie, er würde sie wieder küssen, was er, zum Glück, jedoch nicht tat. Dann sah sie erschrocken, wie er plötzlich zusammenbrach. Sein Körper schien sich zu verändern…und dann fuhr es ihr in den Hals, in den Leib, einem starken, kalten Windstoß gleich. Sie musste sich am Torpfeiler abstützen, um das Gleichgewicht nicht zu verlieren. Dann sah sie nur noch schemenhaft, jedoch durch ihre eigenen Augen, wie sie sich, vollkommen durch Tycon gesteuert, auf den Mann zubewegte, ihn packte, und tief in seine Augen schaute. Die Pupillen des Mannes weiteten

sich extrem, er schien in einer Art Trance zu sein. Schließlich zog sie, oder eher Tycon, den Unterkiefer des Mannes herunter und schien ihm den Atem rauben, die Luft aus dem Halse stehlen zu wollen. Dann sah sie ihm wieder in die Augen und sagte, mit Tycons kühler, befehlender Stimme: »Du vergisst, was heute Abend geschehen ist. Du vergisst, wo du warst, wen und was du gesehen hast und weißt nur noch, dass du betrunken warst.«

Dann ließ sie ihn los und er sank zu Boden. Das kalte, erdrückende Gefühl, das sie währenddessen in ihrem Körper gespürt hatte, wich allmählich und auch ihr Blick wurde wieder klarer, nur leichte Kopfschmerzen machten sich bemerkbar. Sie sah auf den Mann herab, er schien bewusstlos. Was sollte sie jetzt tun? Einfach ins Haus gehen? Einen Krankenwagen rufen und sagen, der Mann sei sturzbetrunken? Sie entschied, ihren Eltern zu sagen, ein betrunkener, bewusstloser Mann läge auf der Straße. Natürlich würde sie auf die Vorgeschichte verzichten. Sollten ihre Eltern doch entscheiden, was das beste Verfahren war, denn was Elli tat, war ja eh immer falsch…
Elli hoffte nur, dass ihre Eltern nicht auf die Idee kamen, ihn mit ins Haus zu nehmen.
Sie lief, sich noch einmal erfolglos nach Tycon umschauend, wieder zur Haustür und ging ins Haus. »Mum? Dad?«, rief sie, »Da liegt ein Betrunkener bewusstlos auf dem Bürgersteig!«
Ihre Eltern kamen in den Flur und sagten: »Wie, draußen, vor dem Tor?«
»Ja.«
»Ach, komm rein und lass ihn liegen.«, sagte ihr Vater schulterzuckend und wollte wieder ins Wohnzimmer gehen, doch ihre Mutter hielt ihn am Arm fest und fragte ihn: »Sollten wir nicht vielleicht den Krankenwagen rufen?«
»Den Krankenwagen? Warum denn, der ist doch wahrscheinlich eh nur besoffen.«, erwiderte ihr Vater unbekümmert.
»Das weißt du doch nicht, er kann auch schwer krank sein!«, entgegnete ihre Mutter fast panisch, »Außerdem ist es unsere Pflicht, zu helfen!«
»Ja, das steht im Grundgesetz.«, bestätigte Elli streberhaft.
»Na gut, dann ruft halt den blöden Krankenwagen.«, gab sich ihr Vater genervt geschlagen und ging wieder ins Wohnzimmer. Ellis Mutter rief

die 112 an und kurze Zeit später sah Elli zu, wie der Bewusstlose in den Krankenwagen verfrachtet wurde und dieser schließlich davonfuhr. Dann ging auch sie wieder zu den anderen hinein, um sich noch den Rest ihrer "tollen" Geburtstagsfeier zu gönnen.

Wie immer war sie froh, endlich ins Bett zu können und dann neben Lisco wieder aufzuwachen. Aber, wie schon so manches Mal, stand sie wieder vor der Frage: Sollte sie Lisco von ihrer Begegnung mit Tycon erzählen, und wenn ja, wie? Und was alles? Jedes Detail, auch den Part, wo Tycon sich ihren Körper geliehen hatte? Oder nur, dass sie mit ihm gesprochen hatte? Eine schwierige Entscheidung, denn sie wollte nicht wieder einen Streit mit ihm beginnen. Zumal dies sicher voll Tycons Absichten entsprechen würde und sie ihm den Triumph nicht gönnte. Ebenso, wie wenn sie es Lisco ganz verheimlichen würde, denn das hatte Tycon ihr ja vorgeschlagen…was Grund genug dafür war, es nicht zu tun. Stattdessen würde sie es ihm einfach schonend beibringen…und vielleicht nicht in allen nötigen Details. Und es war sicher auch clever, vorher noch die Story mit ihrem Cousin zu erzählen, damit er vielleicht etwas Mitleid bekäme und ihre Beweggründe verstand. Denn allein schon das Weglaufen würde Lisco sicher nicht gutheißen…

Müde schlug sie die Augen auf und gähnte erst einmal herzhaft. Als sie sich umschaute, lag Lisco nicht neben ihr. Klar, es war ja auch schon etwas später, dadurch, dass sie noch hatte feiern müssen und nicht eher ins Bett gekommen war…also würde er wohl schon unten sein. Oder er hatte ihre Abwesenheit genutzt, um schon Spazieren zugehen.
Also zog sie sich an, verschwand ins Bad und ging dann hinunter ins Wohnzimmer. Gerade, als sie die Treppe herunterkam, trat Lisco, wie gerufen, durch die Haustür herein.
»Elli!«, sagte er, als er sie erblickte, etwas verblüfft, »Du bist ja schon wach! Ich hatte gehofft, wieder zurück zu sein, bis du aufwachst…verzeih, ich wollte die Zeit nutzen, damit ich nachher nicht mehr raus muss, beziehungsweise wir die Zeit für uns hier drinnen genießen können.«

»Hey, kein Problem.«, erwiderte sie, auf ihn zukommend, etwas perplex wegen seiner ausführlichen Entschuldigung, »Ich bin dir nicht böse oder sonst irgendwas, du musst dich nicht entschuldigen. Bleib mal ruhig.«
»Okay.«, sagte er lächelnd, sie kurz küssend, »Es ist nicht schlimm, dass du allein aufstehen musstest?«
»Nein, Lisco, denn weißt du, ich bin schon groß und habe demzufolge kein Problem damit.«
»Gut, na dann bin ich ja beruhigt.«, sagte er zwinkernd, während er seine Jacke auszog, »Und, wie war die Feier so?«
»Naja...langweilig, wie fast immer.«
»Ach, komm, übertreib nicht.«, meinte er schmunzelnd.
»Nein, das ist die Wahrheit...es war nicht das, was man sich unter der Feier zum 18. Geburtstag vorstellt...eher ein Familientreffen, wo sich alle über das Neuste von Arbeit und so unterhalten, ich mir überhaupt nicht wie das Geburtstagskind vorkam und mein Cousin wieder mal total bevorzugt und betuttelt wurde...«
»Ja, die Kleineren werden meist bevorzugt...aber sei unbesorgt, hier, bei mir, bist nur du und ich würde niemanden dir vorziehen.«, sagte er, liebevoll lächelnd und ihr über die Wange streichelnd.
»Danke, das ist schön. Und dafür mag ich dich auch so.«, gab sie neckisch zurück.
»Du magst mich?«, fragte er etwas amüsiert nach.
»Dafür liebe ich dich so...«, verbesserte sie sich. Er lächelte wieder und küsste sie sanft. Elli erwiderte kurz den Kuss und meinte dann: »Aber...das ist noch nicht alles.«
»Wie meinst du das?«, fragte er und sah sie an.
»Ich...bin weggelaufen, weil ich die Nase voll hatte...«
»Also nicht weggelaufen!«, fügte sie schnell hinzu, als sie seine erschrockene Reaktion bemerkte, »Ich wollte nur einen kleinen Spaziergang machen, um mich wieder zu beruhigen, und...dann hat Tycon mich gefunden.«
»Klar, wer sonst...und was hat er dieses Mal wieder angestellt?«
»Er...«, begann sie, nervös auf der Stelle herumtretend, »Er hat mich eigentlich gerettet...«, »Dich gerettet? Wovor denn?«, fragte Lisco belustigt, »Vor sich selbst, indem er schwor, nie mehr wiederzukommen?«

»Nein, vor einem Mann...einen Streuner hat er ihn genannt...der mir angeblich nichts Gutes wollte...«
»Aha, und wie hat er dich vor dem Kerl gerettet?«
»Na, er hat seinen Körper genommen...aber damit der mich nicht irgendwann wieder findet, musste ich ihm meinen Körper leihen...«
Mist, eigentlich hatte sie diesen Part ja auslassen wollen...
»Wie bitte?!«, fragte er fassungslos, »Du musstest was? Was hast du getan?«
»Es war nicht schlimm, mir geht es gut!«, erwiderte sie schnell.
»Das ist schön, aber das meine ich jetzt nicht! Es hätte so viel passieren können! Überhaupt, warum läufst du nachts allein draußen herum?«
»Lisco, in einem Dorf...«, »In einem Dorf passiert nichts, meinst du?«, schnitt er ihr das Wort ab, »Da irrst du dich! Gerade in einem Dorf, wo nicht so viele Menschen leben, kann auch viel passieren! Wie du ja heute sicherlich gemerkt hast, wenn es stimmt, was Tycon gesagt hat!«
»Lisco, ich...es tut mir leid...«, »Das will ich nicht hören!«, schnitt er ihr wieder, um Fassung bemüht, das Wort ab, »Spar dir deine Erklärungen!« Er kam zu ihr und nahm ihr Gesicht in seine Hände. »Das will ich nicht hören.«, wiederholte er noch einmal leise. Ellis Augen füllten sich mit-Tränen, als sie in die seinen, wütenden Augen sah.
»Wenn du tot bist, ist es egal, ob es dir leid tut oder sonst irgendwem. Dann hilft das auch nicht weiter. Und ich kann und will nicht riskieren, dich zu verlieren, nie wieder.«, sagte er sanft und wischte ihr die Tränen weg.
»Deshalb musst du mich aber nicht so anschreien.«, sagte sie trocken, immer noch erschrocken über seine heftige Reaktion.
»Entschuldige, das wollte ich nicht.«, sagte er und küsste ihre Stirn, »Ich hab nur so schrecklich Angst um dich.«
»Ich bin aber kein Kleinkind mehr!«, verteidigte sie sich.
»Ja, ich weiß, aber...das heißt nicht, dass dir nichts passieren kann.«
»Schon, aber mir ist doch nichts passiert.«
»Das wäre es aber fast.«
»Laut Tycon.«
»Nein, ich rede nicht nur von dem merkwürdigen Kerl, ich meine auch die Sache mit Tycon. Warum zum Teufel hast du dich darauf eingelassen?«

»Ich hatte Angst...dass der Typ mich wieder finden würde...und so wird er das nicht, weil Tycon ihn manipuliert hat, so hat Tycon mir das gesagt und das hat mich eben überzeugt...«
»Das war aber auch nicht gerade ungefährlich. Ich habe dir schon oft genug gesagt, dass ich ihm nicht traue. Was da alles hätte passieren können!«, belehrte er sie.
»Was denn?«, fragte sie vorsichtig.
»Er hätte in deinem Körper, mit deiner Gestalt, irgendetwas tun können, was dein Leben total verändert hätte! Stell dir vor, er hätte jemanden umgebracht! Was das für Folgen gehabt hätte! Oder wenn er dir, beziehungsweise deinem Körper, irgendwelche Schäden zugefügt oder dich entführt hätte!«
»Das...das war mir nicht bewusst...«, »Das meine ich! Du setzt dich Gefahren aus, deren Ausmaßes du dir nicht im Geringsten bewusst bist!«, fuhr er fort.
»Lisco, bitte!«, sagte sie, etwas aufgebracht, »Hör auf! Ich habe einen Fehler begangen, das sehe ich ein! Aber ich kann es leider nicht wieder rückgängig machen! Deshalb hör bitte auf, mir jetzt so viele Vorwürfe zu machen! Ich kann nichts dafür!«
»Elisa, das wollte ich nicht, tut mir Leid. Ich mache mir nur solche Sorgen um dich...wenn dir etwas passiert wäre...ich hätte mir das nie verziehen. Und dir auch nicht.«
»Mir?!«
»Dass du dein Leben wegen bloßer Unachtsamkeit verloren hättest, das wäre eine ungeheure Verschwendung gewesen.«
»Meinetwegen, aber können wir das Thema jetzt bitte in Ruhe lassen? Du bist...ein bisschen zu ängstlich und fürsorglich, finde ich, du erstickst mich beinahe darin!«, sagte sie verzweifelt.
»Ja, vielleicht hast du Recht.«, überlegte er laut.
»Habe ich auch! Außerdem wäre das genau wieder das, was Tycon will: dass wir uns wieder streiten. Er hat mir geraten, es dir nicht zu erzählen, aber ich dachte, ich sag's dir, weil es unklug wäre, auf Tycon zu hören- aber er wusste wahrscheinlich, dass ich nicht auf ihn hören würde und hat es deshalb gesagt- ich hätte dir das alles nicht sagen sollen...«
»Doch, es war nur richtig, dass du es mir erzählt hast. Ich hätte es eh früher oder später herausbekommen. Lügen haben kurze Beine. Und ich

möchte, dass wir ehrlich zueinander sind und uns nichts verschweigen, hörst du?«, erwiderte er sanft.
»Okay…«
»Und du hast Recht, wir sollten mit dem Thema aufhören.«
»Gut.«
»Aber ich werde morgen noch mit Tycon ein Wörtchen darüber reden.«, beschloss er.
»Nein, Lisco, nicht!«, sagte sie erschrocken.
»Warum nicht?«, fragte er belustigt, »Hast du etwa Angst um mich? Oder um ihn?«
»Ja, das will er doch, dass du dich provoziert fühlst! Lass das! Wenn du da hingehst, merkt er, dass er sein Ziel erreicht hat und er wird weitermachen! Tu einfach so, als würde es dich nicht weiter stören!« Nun war er es anscheinend, auf den Tycons Taktik wirkte.
Er sah sie eine Weile einfach nur nachdenklich an, dann meinte er: »Mach dir um mich keine Sorgen.«
»Aber dadurch bringst du mich doch in Gefahr!«
Nun überlegte er noch einmal, meinte dann jedoch nur erneut: »Mach dir keine Sorgen.«, er strich ihr übers Haar, »Wir sollten das Thema jetzt beenden.«
Sie sah ein, dass eine weitere Argumentation sinnlos war und gab es auf. Er küsste sie sanft und sie gingen ins Wohnzimmer.

Lisco schien sich große Mühe zu geben, so zu tun, als hätte es die Auseinandersetzung nicht gegeben, er war so romantisch und zärtlich wie immer. Dennoch war die Stimmung im Raum irgendwie angespannt. Er streichelte sie und küsste ihre Wange, als wäre nichts gewesen.
»Du darfst nicht so bestimmend und kontrollierend sein, Lisco.«, bat Elli leise, »Ich fühle mich sonst so eingeengt.«
»Ich werde versuchen, mich zu zügeln, wenn du das möchtest.«, erwiderte er sanft.
»Ja, das wäre nett…versteh mich nicht falsch, ich mag es, dass du so fürsorglich mir gegenüber bist und dich um mich sorgst, aber zu viel des Guten ist auch nicht das Wahre.«
»Ich verstehe, was du meinst. Ich versuche es, ok? Und du versuchst, im Gegenzug dafür, etwas mehr auf dich zu achten?«

»Okay.«, stimmte sie seufzend zu.
»Dann sind wir ja quitt.«, meinte er lächelnd und küsste sie.

-einen Tag später-

-Tycon-

Tycon verließ das Haus, um seinen üblichen, abendlichen Weg zu erledigen, wie er es nun immer nannte. Ob Elli Lisco von ihrem gemeinsamen Erlebnis erzählt hatte? Eigentlich hatte er ihr ja gesagt, sie sollte es nicht tun…doch bestimmt hatte sie es trotzdem getan. Wie Lisco wohl darauf reagiert hatte? Ob er wütend gewesen war? Und wenn ja, auf wen? Gut, auf ihn, Tycon, war er ja generell immer wütend, vor allem, wenn er sich in Ellis Nähe aufhielt. Aber ob er auch Zorn gegen Elli gehegt hatte? Naja, irgendwann würde er es schon erfahren.
Er lief die ruhigen, spärlich beleuchteten Straßen entlang, auf dem Weg zu seinem Club.
Dort angekommen, empfing ihn sogleich Yvónne. »Péte! Guten Abend, wie gut, dass Sie da sind!«
»Ebenfalls einen guten Abend, was gibt es, Yvónne?«, antwortete er freundlich.
»Da möchte Sie jemand sprechen, ein junger Mann, in Ihrem Alter etwa müsste er sein, er wartet im Büro.«
»Danke.«, sagte er stirnrunzelnd und ging zum Büro. Wer wollte ihn denn sprechen? Das konnte doch eigentlich nur…»Lisco, natürlich.«, sagte er leise seufzend zu sich selbst, als er ins Büro eintrat. Lisco saß auf Tycons Chefsessel, mit den Füßen auf dem Tisch. Als Tycon eintrat, nahm er lässig die Füße vom Tisch und wandte sich ihm zu.
»Guten Abend.«, sagte Tycon, lächelnd und betont freundlich.
»Du kannst dir dein falsches Lächeln sparen, Tycon.«, erwiderte Lisco kühl.
»Du kommst sicher, um mir zu danken.«, setzte Tycon fort.
»Ich wüsste nicht, wofür. Ich wollte eigentlich eher ein ernstes Wörtchen mit dir reden, wegen gestern.«
»Davon rede ich ja. Ich habe Elli gerettet.«

»Du hast sie gerettet? Du solltest dich von ihr fernhalten!«, erwiderte Lisco zornig.
Tycon sah ihn nun ehrlich verwirrt an und erwiderte: »Ach, und warum? Wäre ich nicht da gewesen, hätte dieser Typ sonst was mit ihr anstellen können, falls sie dir dieses kleine, aber feine Detail verschwiegen hat!«
»Nein, sie hat es mir nicht verschwiegen! Sie ist nicht wie du, Tycon, und dreht alles zu ihrem Vorteil um! Sie hat mir erzählt, dass du sie gerettet hast, was ich jedoch für Unsinn halte! Das war wahrscheinlich nur ein ganz normaler Mann, der seines Weges ging!«
»Natürlich, mitten in der Nacht hält er sich in der Nähe der Bäume und Büsche auf und kommt zufällig heraus, wenn ein Mädchen allein um die Ecke läuft. Klar.«, meinte Tycon verächtlich.
»Warum nicht?«
»Du willst es nur nicht wahr haben, dass ich sie gerettet habe! Dir wäre es lieber, du wärst an meiner Stelle gewesen, nicht wahr?«
»In der Tat, es wäre mir wirklich lieber, ich wäre an deiner Stelle gewesen, dann müsste ich nämlich keine Angst um sie haben. Ich möchte, dass du dich von ihr fern hältst!«, beharrte Lisco.
»Das ist schön für dich, dass du das möchtest. Dennoch wäre ein kleines *Danke* nicht unangebracht, finde ich.«, spottete Tycon.
»Mit der Gefahr, von der ich sprach, meinte ich eigentlich nicht den komischen Typen, sondern dich.«, meinte Lisco kühl, »Ich habe nichts dagegen, ich wäre dir sogar dankbar, wenn du sie retten würdest- und zwar vor dir.«
»Vor mir?«, fragte Tycon nun wieder irritiert, »Was hab ich denn bitte gemacht?«
»Du weißt schon, was du gemacht hast, Tycon. Die Nummer mit dem Körperleihen hätte nicht sein müssen.«
»Ach, das hat sie dir auch erzählt? Ich staune.«. Das tat er wirklich.
»Hör auf mit dem blöden Gerede! Warum hast du das getan? Du hättest mit dem Körper des Mannes mühelos woanders hingehen und ihn dort verlassen können!«
»Sicher hätte ich das, aber da hätte ja die Gefahr bestanden, dass er eines Tages wieder kommt. Was so nicht passieren wird.«
»So ein Blödsinn, als ob der sich je wieder zu Elli gefunden hätte!«

»Weiß man´s...?«, sagte Tycon schulterzuckend. Warum wollte Lisco einfach nicht einsehen, dass Tycon Elli gerettet hatte?
»Ach, hör' schon auf! Außerdem hättest du ihn auch mit einem anderen Körper manipulieren können!«
»Den hätte ich aber erst suchen müssen. Und Elli war eben schon da. Außerdem habe ich so auch andere Menschen vor ihm geschützt.«, meinte Tycon stolz.
Lisco lachte und erwiderte: »Ach, ich wusste gar nicht, dass du so sozial bist. Alles was du machst, dient dem Wohl der Allgemeinheit, nicht wahr? Sicher gehen auch die Einnahmen dieses Clubs an irgendeine gemeinschaftliche, soziale Organisation.«
»Vielleicht?«, erwiderte Tycon mit einem herausfordernden Blitzen in den Augen.
Lisco lachte kurz verächtlich und schüttelte den Kopf. »Ich hör mir das nicht weiter an.«, sagte er, stand auf und ging zur Tür des Büros.
Tycon ging ihm nach. Lisco nahm seinen Mantel, zog ihn an und ging zur Tür.
»Halte dich von ihr fern.«, beharrte er, mit dem Zeigefinger drohend, bevor er den *Pykanór* verließ. Tycon sah ihm stirnrunzelnd hinterher.
Also hatte Elli es Lisco doch erzählt. Und vermutlich hatte sie jenen auch gebeten, ihn, Tycon, nicht deshalb aufzusuchen. Aber wer wäre Lisco, wenn er sich an Regeln halten würde, ebenso wie Tycon selbst. Ihre Art war einfach nicht dazu geschaffen, um Regeln zu befolgen-zumindest nicht die einfacher Sterblicher.

-Elli-

Als sie, nach einem wenig ereignisreichen Tag, langsam in ihrer "Nachtwelt" wach wurde, nahm sie wahr, wie Lisco die Treppe heraufstieg, ins Zimmer kam und sich auf die Bettkante setzte. Sie öffnete die Augen und gähnte herzhaft, bevor sie auf sein »Guten Abend« dasselbe antwortete und ihn fragte: »Wo warst du denn, so früh am Abend?«
»Draußen.«
»So früh schon?«, fragte sie misstrauisch, auf die Uhr blickend, »Warum?«
»Damit ich mehr Zeit für dich habe.«

»Und wo warst du genau?«
»Egal.«, sagte er forsch. »Nein, nicht egal! Wenn du schon so anfängst! Du warst doch nicht etwa bei Tycon?«
Er überlegte kurz und antwortete dann nickend: »Doch, wenn du´s unbedingt wissen willst: ich war da.«
»Was?«, sagte sie aufgebracht und setzte sich auf, »Aber ich hatte doch gesagt, du sollst deswegen nicht zu ihm gehen!«
»Ich war ganz friedlich, keine Sorge. Und er ebenfalls. Keine Gewalt, nicht mal verbal. Nur…Meinungskundgabe.«
»Aber…trotzdem! Ich dachte wir wollten einander vertrauen können?«
»Was hat das damit zu tun?«
»Wie kann ich dir vertrauen, wenn du Dinge, die ich dich bat, nicht zu tun, trotzdem tust?!«, meinte sie, leicht empört.
»Ich bat dich auch schon öfters, nicht mehr mit Tycon zu reden.«, erwiderte er lächelnd.
»Das…ist was anderes!«, verteidigte sie sich, »Er zwingt mich ja dazu, da kann ich ja nicht einfach weggehen!«
»Ja, ist ja gut…aber ich konnte einfach nicht anders, verzeih mir.«
»Jetzt kriegt er wohl auch schon Macht über dich, hm?«, vermutete sie sarkastisch.
»Niemals!«, erwiderte er, gespielt erschrocken, »Niemand hat Macht über mich, außer dir.«
»Ach, wie süß.«, sagte sie lächelnd und errötete. Lisco lächelte ebenfalls und küsste sie daraufhin, was sie zärtlich erwiderte.
»Wo warst du eigentlich genau?«, fragte sie neugierig.
Fragend sah er sie an.
»Na, ich meine, warst du bei ihm zu Hause, oder…?«, setzte sie fort.
»Achso, nein, ich war in seinem Club.«
Argwöhnisch sah sie ihn an und sagte dann kühl, mit zusammengekniffenen Augen: »Aha!« Lisco sah sie kurz nur verdutzt an. Aber dann sagte er, nach kurzem Nachdenken, lächelnd: »Nur, um mit ihm zu reden, keine Sorge.«
»Natürlich, das hätte ich jetzt auch gesagt.«
Er sah sie einen Moment lang beinahe herausfordernd an, stieß sie dann sanft wieder ins Kissen und beugte sich, mit den Armen rechts und links von ihr abstützend, über sie.

»Ach, und was sollte ich, deiner Meinung nach, dort getan haben?«, fragte er schelmisch. »Hm, ich weiß nicht, was man in einem Swingerclub halt so tut.«, antwortete sie lächelnd.
»Woher weißt du eigentlich, dass das ein Swingerclub ist?«
»Ich war mit drin.«, sagte sie grinsend.
»Da darf man doch erst ab 18 rein.«, meinte er, sie ironisch tadelnd.
»Bin ich doch jetzt.«
»Aber damals warst du es noch nicht.«
»Na und? Meine Großeltern haben auch einen, und da war ich auch schon ein paarmal mit drin.«
Er schüttelte den Kopf und fragte: »Ach, und was hast du da drin gemacht? Mit Tycon?«
»Ich habe nur was gegessen und gewartet, während er etwas Geschäftliches geklärt hat.«
»Hm…also weißt du, was die Gäste dort machen?« Sie nickte.
»Also ich habe wirklich nur mit ihm geredet, wenn du´s unbedingt wissen willst.«, meinte er zwinkernd. »Gut, das will ich hoffen.«, erwiderte sie neckisch.
»Aber weißt du was?«, sagte er nachdenklich, »Eigentlich hätte ich da drin auch etwas…Spaß haben können.«
Leicht schockiert sah sie ihn an.
»Ja, warum eigentlich nicht?«, fuhr er grübelnd fort und sah sie lächelnd an, »Du willst ja nicht.«
»Noch nicht.«, berichtigte sie ihn ärgerlich, »Aber bald, denke ich. Es sei denn, du reißt noch mehr von diesen Sprüchen.« Lisco lächelte und küsste sie, dabei sagte er: »Aber nein, das würde ich doch niemals tun…ich warte geduldig. Es ist immerhin auch eine wichtige Sache für dich.«
»Schön.«, grinste sie, »Das wollte ich nur hören.«

Die Woche verging rasant schnell, ohne besondere Vorkommnisse. In der Schule lief es so wie immer, was hieß, dass Elli nach wie vor nicht die Beliebteste, aber auch nicht das totale "Opfer" war und ihre Noten sich nun langsam wieder im oberen Bereich hielten.
Die Nächte waren romantisch gewesen, ohne irgendwelche Streitereien oder Ähnliches.

# Kapitel 13

Nun war es Donnerstagabend, Samstag würden sie früh wieder zu ihrer Oma fahren, da diese dann ihren Geburtstag feierte. Elisa hasste den Jahresanfang, der war immer so voll mit Geburtstagen, dass man nichts anderes mehr tat, als zu Feiern und zu Essen.
Sie war gerade dabei, sich zu waschen, als ihre Mutter ins Bad kam und sagte: »Elli? Ich wollte dir nur sagen, dass wir morgen Nachmittag schon zu Oma fahren, also wäre es ganz gut, wenn du jetzt schon mal ein bisschen packst.«
»Wie bitte?«, fragte Elli fassungslos, »Wir fahren morgen schon?«
»Ja.«
»Das sagst du mir erst jetzt?«
»Ich weiß es erst seit vorhin, ich habe mit Oma telefoniert und wir haben das so beschlossen.«
»Ach, ihr habt das so beschlossen, und ich werde wie immer einfach mitgezogen! Hab ich denn gar kein Entscheidungsrecht?«
»Jetzt spiel dich doch nicht so auf! Warum machst du jetzt so ein Theater?«, fragte ihre Mutter belustigt.
»Weil ich es dezent scheiße finde, dass das einfach so hinter meinem Rücken beschlossen wird, es ist immerhin auch mein Wochenende!«
»Ja, aber es geht nun mal nicht anders!«
»Und warum?«
»Weil Oma noch mit mir vielleicht noch nach Magdeburg will, und Samstagmittag, wenn wir dann ankommen würden, wird das dann zu knapp! Außerdem kannst du so richtig ausschlafen am Samstag, sei doch froh! Sonst müssten wir früher aufstehen!«
»Ein geringer Trost. Dort können wir auch nicht richtig ausschlafen, weil es dort keine richtigen Rollos gibt! Außerdem bedeutet das eine Nacht mehr auf dem unbequemen Couch-Bett.«, murmelte Elli.
»Jetzt reicht´s aber, du packst nachher gefälligst schon deine Sachen, soweit es geht, und morgen fahren wir dann! Etwas mehr Dankbarkeit bitte, Oma und Opa sind auch wegen deinem Geburtstag hergekommen!

Und jetzt keine Diskussion mehr!«, sagte ihre Mutter gereizt und schloss die Tür wieder.
Elli schüttelte, immer noch fassungslos, den Kopf und wusch sich weiter. Danach, als sie sich wieder angezogen hatte, ging sie zu ihrem Vater, der, wie fast immer, am Computer saß.
»Was sagst du dazu, dass wir morgen schon zu Oma und Opa fahren?«, fragte sie ihn.
Er reagierte nicht, sein Blick war starr auf den Computerbildschirm gerichtet, da er gerade ein Egoshooter-Game zockte.
»Papa!«
»Hm, was?«, fragte er abwesend. »Würdest du bitte das Spiel auf Pause stellen und mir zuhören?«
»Ich hör dir auch so zu.«, antwortete er, ohne sie anzuschauen. »Klar, das merke ich.«, sagte sie genervt.
»Red' doch einfach.«
Also gut, dachte sie sich und begann: »Ich fragte, ob du schon weißt, dass wir morgen schon zu Oma und Opa fahren?«
»Ja, weiß ich.« Er sah sie dabei immer noch nicht an.
»Und?«
»Was, und?«
»Was sagst du dazu?«, ergänzte sie genervt. »Nichts, es ist eben so. Nicht schön, aber unveränderbar.«, war seine Antwort.
Elli seufzte, denn sie merkte, dass sie hier nicht viel weiterkommen würde, und verließ das Zimmer.
Na super, noch eine Nacht mehr dort, dachte sie seufzend und machte sich bettfertig. Wenigstens hatte sie als Trost, in diesen zwei Nächten trotzdem bei Lisco sein zu können.

Da sie immer noch dieselbe Laune hatte, als sie bei ihm aufwachte, antwortete sie auf sein freundliches »Guten Abend« nur mürrisch: »Hi.«
»Warum so schlecht drauf?«, fragte er besorgt.
»Ach, nichts…«, »Komm schon, ich merke doch, dass was ist.«, bohrte er weiter nach.
Elli setzte sich auf, streckte sich und rieb sich die Augen, bevor sie sagte: »Mich kotzt das nur an, dass einfach was hinter meinem Rücken ent-

schieden wird und ich dabei keinerlei Mitspracherecht habe, obwohl es mich genauso betrifft.«
»Aha.«, sagte er nachdenklich, »Worum geht's?«
»Wir wollten ja eigentlich Samstag zu meinen Großeltern fahren, weil meine Oma da Geburtstag hat. Nun haben meine Mum und meine Oma aber einfach beschlossen, dass wir morgen Nachmittag schon fahren.«
»Und...das ist schlecht?«, fragte er vorsichtig nach.
»Ja, natürlich!«
Als Lisco sie weiterhin nur fragend ansah, fuhr sie fort: »Das wurde einfach so hinter meinem Rücken entschieden und ich werde einfach mitgezerrt. Verstehst du? Mir bleibt ja keine andere Wahl, ich muss mich ja ergeben und mit! Aber das finde ich...unfair, weil es ist genauso mein Wochenende, wie ihres! Aber was ich will, zählt ja nicht...«
»Hm, das stimmt. Gut finde ich das auch nicht. Aber da bist du nicht die Einzige, die sowas mitmachen muss. Es ist doch bloß ein Wochenende, und so schlimm wird es schon nicht werden.«, meinte er tröstend.
»Du hast gut Reden.«
»Ach, komm.«, sagte er und legte ihr die Hand auf die Schulter, »Deine Mutter freut sich nun mal, dort zu sein, verdirb ihr das doch nicht. Außerdem bist du in der Nacht, die du dort mehr sein musst, doch eh bei mir, so groß ist der Unterschied doch nicht.«
»Ja, das weiß ich ja, aber mir geht´s ums Prinzip.«
»Das verstehe ich. Aber trotzdem...in manchen Situationen muss man es einfach mal über sich ergehen lassen. Zähne zusammenbeißen und durch.«
»Hm...«
»Ich würde ja jetzt sagen, dass nicht immer alles nur nach deiner Nase gehen kann, aber dann artet das wieder in Streit aus. Deshalb lasse ich es lieber.«, meinte er schmunzelnd.
»Ja, ist wohl besser so. Zumal ich diesen Spruch hasse und oft genug höre...meistens vollkommen überflüssig.«, sagte sie mürrisch.
»Hey, soll ich dir was zeigen, was deine Laune etwas hebt?«, »Was denn?«, fragte sie misstrauisch.
»Zieh dir was Warmes an, dann zeig ich´s dir.« Immerhin hat es nichts mit Nacktheit zu tun, das ist ja schonmal gut, dachte sie erleichtert. Aber was mochte es sein?

Lisco ging aus dem Zimmer, um solange im Wohnzimmer auf sie zu warten. Elli runzelte die Stirn, ging in ihr eigentliches Zimmer, zog sich an, und ging hinunter.
»Ah, da bist du ja schon.«, sagte er lächelnd, nahm sie bei der Hand und ging mit ihr zur Haustür. Sie zogen sich Straßenschuhe und Jacken an und gingen dann hinaus.

»Wohin gehen wir?«, fragte Elli.
»Wirst du gleich sehen, folge mir einfach.«
Ohne Widerrede ging sie ihm nach, wenn sie sich auch etwas wunderte, was er denn vorhatte.
Lisco ging hinter das Haus, dort befand sich ein kleiner Anbau. Er öffnete dessen Tür und gewahrte Elli Einblick. Es kam ihr vor, wie ein Déjàvu. Der Anbau war eine Garage, in der ein Motorrad stand. Bloß war es nicht dasselbe, wie Tycon besaß: anstatt einer schnellen Sportler stand hier eine schwere Chopper, eine Triumph Rocket III. Natürlich in schwarz. Gab es überhaupt andere Farben, die Motorrädern wirklich standen, außer Schwarz und dem Neon-Grün der Ninja-Serie von Kawasaki?!
Sie stand da, die große Maschine sprachlos musternd. Lisco beobachtete sie und fragte: »Gefällt sie dir?«
»Ja…sie ist groß. Und sieht kräftig aus, ein schickes Teil.«, sagte sie bewundernd.
»Lust auf ´ne kleine Tour durch die Gegend?«
»Jetzt?«
»Ja, klar. Tagsüber geht's ja ein bisschen schlecht.«, erwiderte er lachend.
»Stimmt, da war was…«, »Bist du denn schon mal auf einem Motorrad mitgefahren?«
»Ja, bei Tycon.«
Nun sah er sie einen Moment überrascht an und sagte dann: »Oh…achso.«
»Der hat aber ´ne andere, eine Sportler…«, fügte sie schnell hinzu.
Er sagte nichts darauf, und als auch Elli schwieg, fragte er: »Magst du Motorradfahren nicht?«
»Doch, ich denke schon…aber nicht so schnell, letztes Mal hatte ich manchmal echt Angst.«, gab sie zu.

»Ach, so schnell fahre ich nicht. Die hier kann das zwar auch…«, sagte er, über den Tank der Triumph streichend, »Aber ich fahre lieber etwas relaxter. Das ist das Schöne an den Choppern: die machen auch in langsamem Tempo Spaß. Und sie sind einfach bequemer.«
»Hm…«
»Wollen wir?«, fragte er und deutete einladend auf das Motorrad.
»Ja, ok.«
»Schön.«, sagte er lächelnd, ging zu einem Schrank und gab ihr daraus einen Helm. Sich selbst nahm er auch einen und setzte ihn auf.
Elli tat es ihm gleich. Dann setzte Lisco sich auf die Maschine, steckte den Schlüssel ins Zündschloss, ließ den Motor an und schob sie aus der Garage. Ellis Herz machte einen Satz bei dem Klang des Dreizylindermotors: er klang einfach mächtig!
Er bedeutete ihr, aufzusteigen. Nervös setzte sie sich hinter ihm auf die Maschine und schlang die Arme um seinen Bauch. »Keine Angst, ich fahre nicht so schnell«, sagte er, »Es sei denn, du willst es so.«
»Okay.«, sagte Elli unsicher.
Dann fuhren sie hinaus auf die Straße und er gab Gas. Der Motor brummte auf, Elli glaubte, der ganze Boden müsse vibrieren. Sie klammerte sich an ihn. Trotz dessen, dass es eine Chopper war, hatte sie eine enorme Antriebskraft. Klar, bei einem so starken Motor…

Sie fuhren durch die Stadt und schließlich auch hinaus, auf eine Landstraße. Elegant legte die Maschine sich in die Kurven, der einzige Laut, den sie wahrnahmen, war der Klang des Motorrades. Jegliche anderen Geräusche und Lebewesen schienen ihr Tun eingestellt zu haben. Etliche Felder und Wälder zogen an ihnen vorbei, nur sie fuhren auf Straße, zu zweit, durch die Nacht. Elli wusste nicht, wohin er fuhr, doch sie vertraute ihm.
Schließlich bog er von der Straße ab, zwischen zwei Bäumen hindurch, ins Gelände, auf einen schmalen Weg. Er fuhr noch ein Stück weiter, dann bedeutete er ihr, abzusteigen. Elli tat es, wenn auch etwas verwundert. Lisco folgte ihr, zog den Schlüssel aus dem Zündschloss und nahm Elli bei der Hand. Sie liefen über eine Wiese, bis sie schließlich auf einem kleinen Felsvorsprung standen und sich vor ihnen ein wunderschönes, schauerliches Bild erstreckte: sie sahen hinunter auf einen großen, im

Mondlicht glitzernden See, auf dem sich das Spiegelbild des Mondes präsentierte und durch die leichten Wellen, die das Wasser bewegten, immer leicht verzerrt und bewegt wurde. Von der Schönheit dieser Erscheinung sprachlos, sah Elli auf das Bildnis. Der Himmel war sternenklar, keine einzige Wolke bedeckte ihn, viele Sternbilder waren zu erkennen.
»Das…ist gigantisch.«, sagte sie bewundernd.
»Ja, das ist es.«, erwiderte er lächelnd, »Ich kam früher oft hierher, wenn ich mich einsam fühlte oder einfach mal nachdenken wollte.«
»Das kann ich gut nachvollziehen…es ist sehr schön hier.«, stimmte sie zu.
»Du bist schön.«, sagte er lächelnd und küsste sie sanft. Elli wurde rot, legte ihre Hände an seine Taille und erwiderte seine Küsse. Auch er legte seine Arme um sie. Wenn sie über seine Schulter sah, fühlte sie sich wie im Märchen: Vor ihr lag ein großer, im Mondlicht schimmernder See, ab und zu vernahm man den Schrei einer Eule und sonstige Nachtgeräusche, und sie wurde gerade von ihrem Prinzen geküsst. Warum war Tycon nicht so romantisch gewesen?! Dann hätte einiges so viel schöner sein können…aber sie wollte jetzt nicht an Tycon denken, sie wollte lieber den magischen Moment mit Lisco genießen.
Sie setzten sich nach einem Weilchen auf den Felsen und sahen auf den See hinab, er legte den Arm um ihre Schulter und zog sie an sich. So kann es ruhig bleiben, dachte Elli. Wenn sie es so sah, wollte sie gar nicht mehr weg: von diesem Ort und generell, aus dieser Ebene, und von Lisco. Sie konnte sich ein Leben ohne dies, mit nur ganz normalen Träumen, gar nicht mehr vorstellen.
Hoffentlich würde sie das auch nie mehr müssen.
»Ich kann doch für immer hierbleiben, oder?«, fragte sie ihn.
»Wie meinst du das?«
»Hier, bei dir, generell, in dieser…Traumwelt.«
»Wenn du das möchtest.«
»Natürlich, ich kann mir ein Leben ohne sie und ohne dich gar nicht mehr vorstellen. Bitte verlass mich nie!«, bat sie ihn leise.
»Nie.«, wiederholte er, auf den See schauend, nach kurzem Schweigen.

Nachdem sie eine Weile noch schweigend da gesessen und auf das Wasser geschaut hatten, gingen sie wieder zum Motorrad und fuhren nach Hause.

Als sie schließlich wieder im Haus waren und sich umgezogen hatten, ging Elli zu Lisco und umarmte ihn. »Danke, das hat sehr Spaß gemacht.«, sagte sie und küsste ihn kurz.
»Danke, dass du mitgefahren bist.«, erwiderte er lächelnd und küsste sie ebenfalls, jedoch länger. Er nahm ihr Gesicht sanft in seine Hände und Elisa trat noch näher an ihn heran, um den Kuss zu erwidern. »Was wollen wir jetzt tun?«, flüsterte Lisco lächelnd.
»Nicht das, woran du denkst.«, entgegnete sie schelmisch. »Ach? Woran denke ich denn?«, fragte er neckisch. Elli grinste kurz und küsste ihn zur Antwort. »Das ist nicht schwer zu erraten.«, fügte sie hinzu, »Immerhin wartest du jede Nacht darauf, und das seit einer langen Zeit.«
»Ja, mag sein. Aber ich werde mich hüten, es irgendwie zu erwähnen oder zu versuchen. Einmal eine Lampe auf den Kopf geschlagen bekommen zu haben, reicht völlig aus.«
»Prima, dann hat es ja funktioniert.«, meinte sie grinsend und streichelte seinen Kopf, als wäre die Wunde ihres Schlages mit der Lampe noch immer präsent.
»Nicht heute.«, flüsterte sie, dicht an seinem Ohr, und fügte plötzlich hinzu: »Sonntag.«
Überrascht sah er sie an: »Diesen Sonntag?«, »Ja.«
»Doch so schnell schon?«, fragte er ironisch. Sie lächelte bloß.
»Warum gerade da?«, fragte er.
»Passt es dir nicht?« Gespielt empört sah sie ihn an.
»Mir passt jede Nacht.«, meinte er, »Aber warum gerade diesen Sonntag? Gibt es einen bestimmten Grund dafür?«
»Ja...davon abgesehen, dass ich dich liebe...«, sie wurde leicht rot, »Und dir das endlich auch zeigen und beweisen will...«
»Das beweist du mir mit jedem Atemzug und jedem Kuss, mach dir deshalb keine Sorgen. Deswegen brauchst du dich nicht gedrängt fühlen.«, sagte er sanft.
»Ja, ich weiß, aber ich war noch nicht fertig, mit dem Erklären.«
»Entschuldige.«

»Also...davon jedenfalls mal abgesehen, möchte ich etwas haben, worauf ich mich freuen kann, sodass das Wochenende spaßiger und schneller verläuft.«
»Du freust dich darauf? Ich dachte, du fürchtest dich etwas davor?«
»Ja, naja, ich weiß nicht recht. Bei Furcht und Freude geht die Zeit generell immer schnell rum.«, sagte sie nachdenklich.
»Das stimmt...und deswegen diesen Sonntag?«
»Ja.«
»Okay.«, meinte er lächelnd, »Ich freue mich. Das ist natürlich nicht verbindlich, du kannst deine Meinung auch noch ändern.«
»Das ist nett, aber ich denke, es bleibt dabei.«, meinte sie zaghaft.
»Schön, wir werden sehen.«, meinte er lächelnd und küsste sie auf die Stirn, »Und was machen wir jetzt noch? Ist dir kalt? Wollen wir ein Bad nehmen? Oder Fernsehen?«
»Eigentlich möchte ich nur in deinen Armen liegen und irgendwann einschlafen.«, sagte sie, verlegen lächelnd. Lisco lachte kurz und erwiderte dann: »Gern, dann tun wir das einfach.«
Mit diesen Worten nahm er sie ohne Vorwarnung auf den Arm und trug sie hoch in sein Schlafzimmer, wo Elli irgendwann neben ihm einschlief.

Als Elisa am nächsten Tag von der Schule nach Hause kam, packte sie schnell ihre restlichen Sachen zusammen und dann fuhren sie auch schon los. Sie hasste die lange Autofahrt. Wie immer verbrachte sie die Zeit damit, am Ipod zu spielen oder zu lesen.
Als sie dann endlich angekommen waren, wurden sie natürlich wieder sogleich von Strolch begrüßt.
Ihr Cousin würde zum Glück erst am nächsten Tag kommen. Ellis Mutter half ihrer Oma beim Kuchenbacken, ihr Vater unterhielt sich mit ihrem Opa...und Elli ging in den Bungalow, um noch Hausaufgaben zu machen.

Am nächsten Tag musste auch Elli helfen, die Kuchen noch zu verzieren, den Tisch zu decken und ihre Großmutter zu beruhigen, dass sie nichts vergessen hatte und schon alles glatt ablaufen würde.
Dann, alsbald am Nachmittag, klingelte es auch schon zum ersten Mal. Natürlich waren es Ellis Cousin und dessen Eltern. Das Gequietsche,

wenn dieser Strolch sah, hätte sich Elli gern erspart, was ihr aber leider nicht ermöglicht wurde. Kurze Zeit später erschienen dann auch die anderen Gäste.
Alles in allem wurde es eine typische Familienfeier, bei der die Erwachsenen sich über ihre Arbeit etc. unterhielten, Elli am Ipod saß und spielte, ihr Cousin ebenso, aber an seinem Nintendo. Später spielten sie dann mit ihrer Oma ein paar Brettspiele.
Dann gab es auch bald schon wieder Abendessen, wovon, wie immer und nicht anders erwartet, auch wieder über die Hälfte übrig blieb. Somit war klar, was es am nächsten Tag zu Essen geben würde.
Dann, gegen 23 Uhr, waren auch, bis auf Elli und deren Eltern, die letzten Gäste gegangen. Das war das Gute an diesen Geburtstagen: sie gingen schnell vorbei, beziehungsweise endeten sie früh. Also half Elli noch mit beim Aufräumen, sagte dann, sie wäre müde und ging schlafen, nachdem sie sich bettfertig gemacht hatte.

Als sie neben Lisco aufwachte, schaute dieser sie schon lächelnd an. »Na du.«, sagte er und küsste sie kurz auf die Stirn. »Hi.«, antwortete sie und streckte sich.
»Und, war´s so schlimm?«, fragte er lächelnd. »Naja, wie immer.«, meinte sie gähnend, »Es ging.«
»Na siehst du, jetzt hast du es geschafft und bist endlich hier.«
»Bei dir.«, ergänzte sie ihn lächelnd.
»Ja.«
»Und morgen ist der große Tag…oder eher die große Nacht.«, bemerkte sie zaghaft.
»Wenn du willst, ja.«, bestätigte er sanft.
Als Antwort küsste sie ihn nur kurz und sah ihm dann in die Augen.
»Was machen wir heute?«, fragte sie.
»Ich weiß nicht? Wir könnten wieder ein bisschen biken, oder fernsehen, oder erzählen und kuscheln…wie du magst.«
»Hm, warum nicht alles davon?«, schlug sie vor.
»Okay.«, stimmte er lächelnd zu, »Warum nicht? Was zuerst?«
»Biken?«
»Okay.«, meinte er und stand auf, »Dann zieh dich warm an und es geht los.«

Elli lächelte, stand auf und ging nach nebenan, um sich umzuziehen.

»Wo geht es heute hin?«, fragte sie, bevor sie schließlich hinter ihm auf die Maschine stieg.
»Lass dich überraschen.«, meinte er lächelnd. Dann startete er den Motor, legte den Gang ein, gab Gas und sie fuhren davon.
Wieder zogen die Häuser und die Straßenlaternen an ihnen vorbei und bald waren sie wieder auf einer Landstraße, zwischen Feldern und einigen kleinen Wäldern.
Ein spezielles Ziel hatten sie dieses Mal nicht angefahren, was Elisa aber nicht weiter gestört hatte. Einfach nur so durch die Nacht zu fahren, hatte ihr auch gefallen.
Den restlichen Abend hatten sie, wie geplant, damit verbracht, romantisch bei Kerzenschein fernzusehen und nebenbei zu erzählen.

Als Elli am nächsten Morgen aufwachte, hatte sie ein mulmiges Gefühl im Bauch. Immerhin war dies der Tag vor der "großen Nacht"- sie würde gar nicht anders können, als den ganzen Tag über daran denken zu müssen und aufgeregt zu sein.
Schon beim Frühstück aß sie sehr wenig, wie immer, wenn sie aufgeregt wegen irgendetwas war. Bloß, dass das, weshalb sie dieses Mal aufgeregt war, nicht irgendetwas war. Eigentlich hatte sie immer vorgehabt, ihr erstes Mal spontan zu haben. Natürlich nicht mit irgendjemandem, sondern mit einem, der sie liebte und den sie ebenfalls liebte. Aber es so auf den Tag zu planen, hatte sie eigentlich nicht gedacht…aber dadurch, dass sie es sich Lisco gegenüber irgendwie schuldig fühlte, hatte es sich eben so ergeben. Auch, wenn er ihr so viele Male schon gesagt hatte, dass er warten würde. Jede Nacht hatte sie das Gefühl, dass dies nur Worte waren und er jede Nacht darauf hoffte, sie würde einwilligen. Nun gut, er hatte gewonnen: diese Nacht würde sie es tun. Auch wenn sie dem etwas ängstlich gegenüber stand. Aber sie wollte es andererseits auch selbst. Ja, sie hatte es im Gefühl, dass er der Richtige war und sie es mit keinem anderen als ihm erleben wollte. Sicher würde er zärtlich, behutsam und romantisch bei der Sache sein, wie immer. Ob er genauso aufgeregt war, wie sie? Oder ob er immer noch an ihrem Entschluss zweifelte? Das zu wissen, wäre ja mal interessant…

»Elli, geht´s dir nicht gut?«, fragte ihre Mutter.
»Was?«, fragte Elli, aus den Gedanken gerissen, etwas erschrocken.
»Geht´s dir gut? Du isst so wenig und wirkst so abwesend?«, »Nein, mir geht´s gut…ich war nur in Gedanken versunken.«, antwortete sie schnell.
»Oh, bist du etwa verliebt?«, fragte ihr Vater lächelnd. Fast hätte sie ja gesagt.
»Nein! Quatsch!«, erwiderte sie stattdessen empört. »Ach, schade…«, meinte ihre Mutter, »Ich würde mich freuen, wenn du mal endlich einen Freund hättest.«
Wenn die wüssten, dachte Elli, innerlich schmunzelnd.
»Mir wäre ja jeder recht, solange er gut zu dir ist. Na gut, ein Assi oder armer Schlucker sollte er schon nicht sein, wenn´s geht auch nicht so viel älter als du…«, fügte ihr Vater hinzu.
Hallo?! Manchmal schienen Eltern echt zu vergessen, dass der Partner ihrer Tochter eben dieser gefallen musste, nicht ihnen, als Eltern. Aber ok, sie meinten es ja, wie immer, nur gut.
»Naja, eigentlich muss er ja mir gefallen, nicht dir.«, sagte Elli deshalb.
»Ja, da hast du natürlich recht…ich sag ja nur.«
Elli nickte zufrieden und aß weiter.
Ob Lisco ihren Eltern gefallen würde? Eigentlich müsste er in den Augen ihrer Eltern, wie auch in denen ihrer selbst, ja perfekt sein. Bis auf den Altersunterschied zwischen ihm und ihr vielleicht, aber sonst…

Der Rest des Tages verlief nicht anders: sie reagierte spät oder gar nicht, wenn man sie ansprach, da sie gedanklich völlig abwesend war, versunken, in Vermutungen über den Ablauf der kommenden Nacht. Natürlich wunderten ihre Eltern sich über Ellis merkwürdiges Verhalten. Aber als Elli es damit begründete, dass jeder Mensch mal nachdenkliche Tage hätte, ließen sie sie damit in Ruhe.
Je näher der Abend kam, umso nervöser wurde sie. Nicht dazu imstande, auch nur einen klaren Gedanken zu fassen, lief sie durch das Haus, sah abwesend aus dem Fenster und dachte darüber nach, was sie nachher am besten anziehen sollte.

Auch während der Autofahrt nach Hause saß sie nur da, lauschte mit halbem Ohr der Musik von ihrem iPod und sah aus dem Fenster. Zum Lesen oder gar Lernen reichte ihre Konzentration nicht.

Als es dann endlich Abend war, nahm sie sich vor, sich schnell zu duschen, essen konnte sie wegen der Aufregung eh nichts, sich die Zähne zu putzen und dann schon 19.00 Uhr ins Bett zu gehen, damit die Nacht möglichst lang war.

Genau dies tat sie dann auch und legte sich tatsächlich schon 19.00 Uhr schlafen. Sie hatte diese frühe Zeit auch gewählt, aus Angst, vor Aufregung nicht einschlafen zu können und somit schlimmstenfalls haufenweise Zeit zu verschwenden.
Doch so schwer war es dann doch nicht, und sie wachte gefühlte 30 Minuten später neben Lisco auf. Wie fast immer lag er neben ihr, den Kopf auf die Arme gestützt, und schaute sie an. Ob er es gleich tun würde? Oder ob er sie fragte, wann sie es gerne wollte?
»Hey.«, sagte sie etwas unsicher.
»Hallo.«, erwiderte er lächelnd und küsste sie kurz.
»Du bist aufgeregt.«, vermutete er. Elli nickte etwas beschämt.
»Das ist doch nicht schlimm.«, meinte er freundlich und küsste sie wieder, »Wie wäre es, wenn wir Essen gehen?«. »Essen gehen?«, wiederholte sie.
»Ja, warum nicht? Das wollten wir doch eigentlich vor geraumer Zeit schon machen, oder irre ich mich da?«
»Nein, du hast Recht.«
»Gut, dann lass uns uns umziehen gehen und losfahren.«, meinte er munter und stand auf. Elli tat es ihm gleich, ging ins Nebenzimmer und zog sich um. Sie wählte an diesem Abend mal ausgesucht schöne, figurbetonte Unterwäsche und Kleidung, um ihm damit zusätzlich noch ein bisschen zu imponieren. Auch, wenn sie die Klamotten dann ja eh nicht mehr anhaben würde…aber das war in dem Moment ja erst mal egal.

Dann gingen sie aus dem Haus, zur Garage und fuhren wieder mit dem Motorrad los.

Nach einer schönen, nicht allzu langen Fahrt, waren sie an einem hübschen, einladendem Restaurant angekommen. Lisco parkte das Motorrad, sie stiegen ab und gingen in das Lokal.
Drinnen herrschte eine angenehme Temperatur, es war nicht zu warm und nicht zu kalt. Auch die Beleuchtung war schön: ein paar Kronleuchter erhellten die Räume mit einem warmen, nicht zu grellem Licht und auf den Tischen standen Kerzen, deren Flammen gemächlich vor sich hin flackerten. Eine leise, entspannende Musik war zu hören.
Lisco nahm ihr die Jacke ab und hängte sie, zusammen mit seiner Eigenen, auf. Dann kam ein Kellner und brachte sie zu einem Tisch. Sie setzten sich und Lisco bestellte Wein. Der Kellner nickte und verschwand, nachdem er ihnen noch die Speisekarten ausgehändigt hatte.
»Und, gefällt´s dir?«, fragte Lisco.
»Ja, es ist sehr schön hier.«
Daraufhin lächelte er. Kurz darauf erschien der Kellner wieder und brachte den Wein.
»Wissen Sie schon, was Sie zu Essen wünschen?«, fragte dieser. Elli wollte verneinen, da sie noch gar nicht in die Karte geschaut hatte, doch Lisco sagte einfach »Ja.«, und gab die Bestellung auf.
Elli sah ihn etwas verwirrt an. Als der Kellner wieder gegangen war, meinte Lisco zu ihr: »Verzeih, ich war so frei, gleich für dich mit zu bestellen, da ich ja weiß, wie schwer dir Entscheidungen fallen. Aber es wird dir schmecken, vertrau mir.« Er zwinkerte ihr zu. »Okay…«, antwortete sie, »Dann lasse ich mich mal überraschen.«

Tatsächlich zeigte sich erneut, dass sie Lisco einfach vertrauen konnte. Es schmeckte köstlich, auch der Wein war vorzüglich. Entspannt aßen sie und unterhielten sich. Von solch einem romantischen Dinner bei Kerzenschein hatte Elli mehr oder weniger schon immer geträumt, wie vermutlich jede andere Frau auch. Und nun wurde es für sie wahr- sie genoss es, mit einem Mann, den sie am liebsten nie mehr loslassen würde. Einem Mann, der geradezu perfekt war, in ihren Augen, und mit dem sie wenige Stunden später ihr erstes Mal haben würde. Sie wurde innerlich immer aufgeregter deswegen. Einerseits wünschte sie sich, dass der Abend, beziehungsweise das Essen, schnell vorbei ging, damit jener Moment endlich gekommen war, andererseits hoffte sie, der Abend würde langsam vergehen, da sie auch etwas Angst davor hatte...wobei Lisco ihr mehrmals versichert hatte, dass dies unnötig war. Er würde ihr nicht weh tun. Er würde sie nicht zwingen, sollte sie sich doch noch dagegen entscheiden. Er hatte dies oft gesagt und sie wusste, dass es stimmte. Hätte er sie zwingen wollen, hätte er sie ja einfach hypnotisieren können, um es dann zu tun. Aber das tat er nicht, weil er anscheinend aus seinem Fehler damals gelernt hatte. Er wollte sie nicht noch einmal verlieren und vermutlich hatte der Schlag mit der Lampe auf den Kopf auch wirklich ziemlich geschmerzt. Aber warum er damals so stürmisch gewesen war, hatte er ihr bis heute nicht wirklich verraten. Zumindest begründete er es immer nur mit ungebändigter Liebe...aber bekanntlich sollte man alte Wunden ja auch nicht wieder aufkratzen, deswegen beließ sie es einfach bei dieser Erklärung und gab sich damit zufrieden. Warum sollte er auch sonst so drauf gewesen sein...?

Schließlich hatten sie fertig gegessen, Lisco bezahlte und sie gingen wieder zum Motorrad. Es stand direkt im Mondlicht, was ihm einen sonderbaren Ausdruck verlieh. Elli ging zu der Maschine, Lisco blieb ein paar Meter davor stehen und lächelte. »Was ist?«, fragte sie.
»Ich genieße nur diesen fantastischen Anblick. Du und mein Motorrad, im Mondlicht. Besser geht´s doch gar nicht.«
Elli lächelte und strich sich nervös eine Haarsträhne aus dem Gesicht.
»Am liebsten wär´s dir wahrscheinlich, wenn ich dazu noch weniger an hätte, oder?«, fragte sie schelmisch lächelnd.
Er lächelte ebenfalls und erwiderte: »Nein, so gefällt es mir besser. Außerdem kommt der Teil des Abends, wo die Klamotten weichen, doch erst noch. Oder wolltest du es unbedingt auf dem Parkplatz eines Restaurants?«
»Nein, natürlich nicht.«, sagte sie schnell.
»Siehst du.«, meinte er neckisch, »Wollen wir dann los?«
Elisa nickte und setzte ihren Helm auf. Lisco tat es ihr gleich, stieg dann auf das Motorrad, startete es, bedeutete ihr, aufzusteigen und dann fuhren sie los.

Zu Hause angekommen nahm er ihr, nachdem das Motorrad wieder in der Garage stand und sie ins Haus gegangen waren, die Jacke ab und fragte: »Was willst du jetzt machen? Ein Bad nehmen? Fernsehen?«
Elli überlegte, dann küsste sie ihn kurz sanft und flüsterte in sein Ohr: »Nun, ich könnte wetten, dir wäre ein Bad am liebsten, weil ich dann gleich nackt bin?«
Er lächelte und erwiderte: »Nein, denn ein Geschenk ist nur halb so spannend, wenn man es nicht mehr auspacken kann.«
»Du siehst mich als Geschenk?«, fragte sie ungläubig und belustigt.
»Ja, natürlich. Ein Geschenk des Himmels.«
Sie wurde rot und meinte schmunzelnd: »Danke, aber das Schleimen kannst du dir sparen.«
»Ich schleime nicht.«
»Natürlich nicht.«, meinte sie scherzend, »Aber warum hebt das Ausziehen die Spannung? Du hast mich doch schon öfters nackt gesehen...oder zumindest fast.«
»Ja, das stimmt. Aber du bist jeden Tag aufs Neue spannend.«, erwiderte er zwinkernd.
»Klar.«, antwortete sie lachend, »Hätte ich mir ja denken können, dass diese Antwort kommt. Also, was nun? Wollen wir ein Bad nehmen und ich ziehe mich danach nochmal an?«
»Du hast es plötzlich eilig, kann das sein?«, vermutete er lachend, »Wir können auch vorziehen, so ist es nicht.«
»Nein, ich will nur nicht den ganzen Abend mit Planen verbringen.«, erwiderte sie schnell.
»Ok, dann lasse ich jetzt mal das Bad ein, sagte er, küsste sie kurz und ging dann ins Bad. Elli ging währenddessen in ihr Zimmer, um sich umzuziehen. Sollte sie jetzt, beim Baden, überhaupt etwas anziehen? Immerhin würde er sie nachher sowieso nackt sehen...aber er fand es sicher besser, wenn sie jetzt einen Bikini trug und erst nachher völlig entblößt war. Das hob sicherlich die Spannung...der kam vielleicht auf Ideen. Ob andere Paare auch so ein Drama aus ihrem ersten Mal machten?! Sicher nicht. Aber egal, sie waren ja eh anders als normale Paare...
Also zog sie sich ihren Bikini an und ging dann wieder ins Bad. Lisco war nicht dort, also zog er sich wohl auch gerade um. Sie ging zur Wanne, fühlte mit dem großen Zeh die Temperatur des Wassers und stieg

dann hinein. Sie schloss die Augen und genoss das warme Wasser, das ihren Körper umgab. Es erinnerte sie an ihren ersten Tag bei Lisco…welch Ironie: als sie damals aus der Wanne gestiegen war und sich etwas anziehen wollte, hatte er gewollt, dass sie die Klamotten aus ließ und das mit ihm tat, was sie heute, nachdem sie sich wieder angezogen hatte, tun würde…
»Die Wassertemperatur scheint gut zu sein?«, vermutete Lisco lächelnd, der plötzlich neben der Wanne stand.
»Ja, komm doch mit rein.«, sagte sie einladend. »Danke, hatte ich gerade vor.«, erwiderte er und stieg ebenfalls in die Wanne. Auch er trug eine Badehose.
Der Wasserspiegel stieg noch ein Stück, als er sich neben sie ins Wasser gleiten ließ. Er legte ihr den Arm um die Schultern und zog sie sanft näher zu sich heran. Sie legte das Gesicht an seinen Hals und eine Hand auf seine Brust. Er streichelte über ihre Haut und eine wohlige Gänsehaut überkam sie. Er küsste ihr Haar und sie schloss die Augen. Ob sie mit Tycon auch hätte so romantische Abende verbringen können? Wohl eher nicht. Bei Tycon war es ja schon schwer gewesen, ihn überhaupt zum Küssen bewegen zu können. »Worüber denkst du nach?«, fragte Lisco.
»Warum glaubst du, dass ich über etwas nachdenke?«
Er lachte kurz und erwiderte: » Nun, was sollst du denn sonst tun, im warmen Wasser, halb auf mir liegend, die Augen geschlossen?«
»Na gut…hast ja recht.«, gab sie zu. »Ich weiß. Also?«
»Naja…ich hab gerade darüber nachgedacht, dass Tycon wohl nie sowas mit mir gemacht hätte…«, »Was genau meinst du?«
»Naja, sowas hier…«, sie deutete durch den Raum, »Sowas Romantisches…Zärtliches…«
Er lächelte kurz dünn und meinte dann: »Willst du ihn und das Vergangene nicht langsam mal vergessen?«
»Das kann ich nicht…«
»Ja, das verstehe ich. Aber willst du nicht wenigstens aufhören, ständig darüber nachzudenken?«
»Ja, naja…vielleicht sollte ich das.«, antwortete sie etwas beschämt.
»Das wäre wohl besser, ja.«
»Ok.«

»Ich will dir nichts vorschreiben, aber ich denke, das wäre wirklich das Beste für dich…und das ist mein einziges Bestreben.«, fügte er hinzu.
»Ja, ich weiß. Danke.«
Natürlich wollte er nur das Beste für sie. Was denn sonst? Schade, dass er nicht auf ihrer Ebene mit ihr zusammen sein konnte. Wie gern würde sie mit ihm mal vor Claudia und den anderen angeben, wenn er sie von der Schule abholte, mit dem gigantischen Motorrad, sie sanft küsste und dann mit ihr, den Boden durch die gewaltige Maschine beinahe zum Beben bringend, davonfuhr…aber eigentlich war sie auch ganz froh, dass er nur hier wesentlich war…so konnte wenigstens niemand von ihrer Ebene den Versuch unternehmen, ihn ihr auszuspannen…das hoffte sie zumindest.
»Ich will dich nie mehr verlieren.«, sagte sie leise. Er lächelte, streichelte ihre Schulter und meinte: »Schön, das freut mich.«

Nach ungefähr einer Stunde, in der sie einfach so dagelegen hatten, war das Wasser bis aufs Lauwarme erkaltet.
»Wollen wir jetzt langsam raus? Nicht, dass dir noch kalt wird, wenn das Wasser nicht mehr warm ist.«, bemerkte er etwas besorgt.
Sie nickte und stand auf. Gleich war es soweit. Sie wurde langsam, aber sicher immer nervöser. Lisco stand ebenfalls auf, doch als sie aus der Wanne steigen wollte, hielt er sie am Arm fest, zog sie sanft zu sich heran und küsste sie, mit den Händen sanft ihren Körper streichelnd. Überrascht erwiderte sie es. »Ich freue mich auf dich.«, sagte er lächelnd, »Du musst nicht nervös sein.«
Konnte er vielleicht doch ihre Gedanken lesen…?!
»Ähm, ich mich auch.«, erwiderte sie, etwas perplex. Er lächelte.
»Was soll ich denn anziehen?«, flüsterte sie ihm ins Ohr.
»Hm…etwas, worin du dich wohlfühlst. Obwohl…lange hast du es ja eh nicht an.«, antwortete er, schelmisch lächelnd.
»Achso, sexy muss es also nicht sein?«, vermutete sie neckisch.
»Naja, je hässlicher es ist, umso schneller hast du es aus.«, meinte er grinsend. Na der ging ja ganz schön ran…
»Hm. Na mal sehen, was sich finden lässt.«, erwiderte sie herausfordernd.

»Da bin ich ja mal gespannt.«. Er lächelte, küsste sie nochmals kurz und ließ sie dann los.
Elli stieg aus der Wanne, nahm ein Handtuch und trocknete sich notdürftig ab. Dann wickelte sie sich darin ein und ging in ihr Zimmer.
Dort stand sie schließlich vor dem Schrank und überlegte, was sie anziehen sollte. Eigentlich könnte sie ja, allein des Spaßes wegen, etwas total Unattraktives anziehen. Wobei Lisco das vermutlich ziemlich egal war, da sie ja, wie er schon bemerkt hatte, die Sachen ohnehin nicht lange anhaben würde…
Zuerst suchte sie nach hübscher Unterwäsche, was bei der großen Auswahl nicht gerade leicht war. Letztendlich entschied sie sich für einen schwarzen BH mit dezenten roten Verzierungen und ein ebenso gemustertes Höschen. Darüber zog sie schließlich, nach einigem Überlegen, einfach eine figurbetonte, schwarze Hose und ein ebensolches Top. Was die Schuhe betraf, wählte sie mal schwarze Pumps.
Elli besah sich noch einmal von oben bis unten im Spiegel und entschied dann, dass sie so ganz akzeptabel aussah.

Mit klopfendem Herzen ging sie schließlich zu Liscos Zimmer. Die Tür war nur angelehnt, weshalb sie auf das Klopfen verzichtete, sie langsam öffnete und eintrat.
Was sie sah, ließ sie ihren Augen nicht trauen: vor ihr tat sich ein wahrhaftig unglaublicher Anblick der Romantik auf: Im ganzen Zimmer verteilt standen Kerzen, die den Raum in ein warmes, gemütliches Licht tauchten, und überall auf dem Boden und auf dem Bett lagen Rosenblätter verteilt. In dem Moment, wo sie noch sprachlos diesen Anblick bewunderte, schlossen sich von hinten sanft zwei Arme um sie und weiche Lippen küssten sanft ihren Hals.
Elli schloss die Augen, lehnte sich leicht gegen ihn und hob ihr Kinn, damit er ihren ganzen Hals küssen konnte. Tatsächlich wanderten die Lippen ihren Hals entlang und liebkosten ihn. Er strich dabei mit einer Hand sacht über ihre Brust und legte sie auf die Stelle, wo sich ihr Herz befand.
»Lisco…«, flüsterte sie.
Mit weiterhin geschlossenen Augen drehte sie ihren Kopf, um ihn zu küssen. Sanft erwiderte er den Kuss und küsste dann wieder ihren Hals. Sie

gab sich der Wärme, die sich nun vermehrt in ihren Körper ausbreitete, vollends hin.
»Ich liebe dich.«, sagte sie mit einem Seufzer.
»Schön.«, antwortete er.
Aber hatte seine Stimme vorhin nicht noch anders geklungen? Gerade in dem Moment, als sie sich dies fragte und die Augen öffnen wollte, spürte sie einen stechenden, aber dennoch grazilen Schmerz an ihrem Hals. Sie schrie auf.
»Tycon!«, schrie sie und wollte sich losmachen, doch sein Griff wurde stärker und er trank weiter.
»Lass mich los!«, rief sie, gegen den Schmerz und die gleichzeitige Verzückung, die jener mit sich brachte, ankämpfend. Wie wild schlug sie um sich und schrie…

»Elli!«, hörte sie eine Stimme neben sich rufen. Eine vertraute, weiche Stimme. Die Stimme Liscos. Er rüttelte sie sanft und als sie die Augen öffnete, sah sie seinen besorgten Blick auf sich ruhen.
»Was…? Wo ist…?«, fragte sie benommen und erhob sich ein Stück.
»Es ist alles gut, beruhige dich.«, sagte er sanft, »Du bist eingeschlafen.«
»Ich…ich hab geträumt, dass Tycon…«, »Ich weiß, ich habe es gehört.«, sagte er und streichelte ihre Schulter, »Er ist nicht hier und wird es auch nachher nicht sein. Alles ist gut.«
Er küsste ihre Stirn. Sie schloss wieder kurz die Augen und atmete tief ein und aus. Es war nichts passiert, sie hatte es nur geträumt. Tycon war nicht wirklich da gewesen. Er hatte sie nicht gebissen, nicht heute. Und das würde er auch nicht mehr tun können, weil Lisco da war und sie beschützte.
»Wollen wir langsam aus dem Wasser rausgehen? Es wird langsam kühl.«, riss er sie aus ihren Gedanken.
»Ja, klar.«
»Gut.«, meinte er, stand auf und zog sie sanft mit sich hoch. Er küsste sie kurz und stieg dann aus der Wanne. Dann nahm er ein Handtuch und reichte Elli die Hand, um ihr aus der Wanne zu helfen. Danach hüllte er sie in das Handtuch und begann sanft, ihren Körper damit abzureiben. Sie merkte, wie er ihr Bikinioberteil öffnete und zu Boden fallen ließ, um dann auch ihre Brüste abzutrocknen.

»Wolltest du mich nicht erst nachher auspacken?«, fragte sie lächelnd.
»Ja, natürlich...jetzt trockne ich dich doch nur ab.«, erwiderte er schelmisch.
War ja klar...ob er dasselbe auch mit dem Bikinihöschen tun würde?
»Darf ich weitermachen oder willst du den Rest selbst abtrocknen?«, fragte er dicht an ihrem Ohr, sodass sich eine Gänsehaut auf ihrer Haut ausbreitete.
Sie überlegte einen Moment: sollte sie ihn fortfahren lassen? Es würde ungewohnt und merkwürdig sein, andererseits war es vielleicht auch angenehm und wenige Minuten später würde sie sich ihm eh hingeben müssen...und wollen.
»Du darfst.«, sagte sie deshalb.
»Oh, ich darf, wie gütig.«, wiederholte er in übertriebenem, ironischem Maße und küsste sie auf die Schulter. Dann griff er an ihre Hüfte und schob langsam das Bikinihöschen ein Stück herunter. Es fiel mit einem leisen Geräusch auf den Boden. Sanft begann er, das Handtuch um seine Hand gelegt, die Innenseiten ihrer Schenkel abzutrocknen, immer höher wandernd, bis er schließlich ihren Schritt erreichte. Auch diesen trocknete er vorsichtig ab. Ellis atmete kurz scharf ein, er lächelte.
»Es gefällt dir.«, stellte er lächelnd fest.
Sie nickte.
»Nun, wir machen in ein paar Minuten weiter, nicht wahr?«
Er küsste sie und sie nickte wieder.
»Schön...dann zieh dir an, was du magst und komm dann ins Schlafzimmer, wenn du fertig bist, ja?«
»Ja.«, bestätigte sie aufgeregt.
Als sie dies gesagt hatte, schlang er wieder das Handtuch um sie, beugte sich ein Stück herunter und nahm sie plötzlich auf den Arm.
»Was wird das?«, fragte sie überrascht.
»Ich trage dich rüber.«
»Warum?«
»Warum nicht?«
»Du hast dich doch noch gar nicht abgetrocknet?«
»Ich bin schon so getrocknet, meine Liebe. Wollen wir dann jetzt rübergehen?«
»Nagut...«, erwiderte sie nur, etwas irritiert.

Er lachte und ging dann, mit ihr auf dem Arm, in Richtung ihres Zimmers. Davor setzte er sie ab, küsste sie nochmals und meinte: »Bis gleich. Ich freue mich auf dich.«- dann ging er ins Schlafzimmer.

Elli betrat das Ihre, was mittlerweile eigentlich nur noch als Ankleideraum diente, und spielte dieselbe Situation und Entscheidung durch wie im Traum.
Sie entschied sich einfach für dasselbe Outfit. Warum sollte sie sich auch nochmals endlose Gedanken darüber machen, wenn sie es im Traum schon getan hatte?
Anschließend ging sie wieder zu Liscos Zimmer, es kam ihr vor wie ein Déjà-vu.
Die Tür war wieder angelehnt. Vorsichtig öffnete sie sie ein Stück weit, sodass sie hineinsehen konnte. Sofort erblickte sie Lisco, der, ihr zugewandt, vor dem Bett stand und eine Rose in seiner Hand hielt. Elisa musste lächeln, als er auf sie zukam und ihr einen keuschen Kuss gab. »My Lady.«, sagte er schmunzelnd, »Habe ich Euch schon meine Liebe gestanden?«
»Nein, my Lord, nicht, dass ich mich entsinnen könnte.«, erwiderte sie kichernd.
Er reichte ihr die Rose und fuhr fort: »Nun denn, erlaubt mir, Euch über die Schwelle zu tragen, damit ich euch meine Zuneigung beweisen kann?«
Er wartete ihre Antwort nicht ab, sondern hob sie einfach sanft hoch und trug sie bis zum Bett. Wenn sie auch etwas überrascht über die rasch erfolgte Handlung war, so ließ sie ihn doch machen. Das Zimmer war nicht so übertrieben gestaltet wie im Traum, aber dennoch romantisch: Im Raum standen einige rote, harmonisch flackernde Kerzen und auch eine Vase mit Rosen.
Vor dem Bett setzte er sie ab, ließ jedoch die Hände an ihrer Taille. »Ich liebe dich.«, sagte er nun, ihr tief in die Augen schauend.
»Ich liebe dich auch.«, erwiderte sie.
»Wollen wir es wagen, in dieser Nacht?«, fragte er leise, mit einem Funkeln in den Augen. Elli spürte die knisternde, beinahe greifbare Spannung zwischen ihnen.
»Ja.«, flüsterte sie.

»Das freut mich.«, sagte er lächelnd und küsste sie auf die Stirn.
Lisco zog sie näher an sich heran, drückte sie sanft an sich und legte die Arme um sie. Elli tat es ihm gleich und küsste ihn. Er erwiderte den Kuss und begann, ihr mit einer Hand sanft über Hals und Rücken zu streichen. Dann schob er sie unter Ellis Top und fuhr ihr über die nackte Haut. Kurzerhand zog er es ihr über den Kopf, um sie dann weiter zu küssen und ihren nackten Bauch und Rücken zu streicheln. Elli begann, sein Hemd aufzuknöpfen, einen Knopf nach dem anderen. Sie tat es extra langsam, da dies das Prickeln in der Luft noch verstärkte. Leicht zog sie mit den Fingerspitzen die Konturen seiner Muskeln nach und strich dann mit der Handfläche über seine Brust. Lisco lächelte und öffnete langsam ihren BH. Dieser fiel mit einem leisen Geräusch zu Boden und Lisco drückte sie wieder an sich. Als ihre nackten Brüste Liscos Körper berührten, bekam sie eine wohlige Gänsehaut. Er streichelte ihre Brust mit einer Hand, während er nun Ellis Hals küsste. Ein leiser Laut der Erregung entfuhr ihren Lippen und Lisco lächelte, da er dies anscheinend als eine Art Bestätigung seines Tuns ansah.
Nun hob er sie wieder hoch und küsste sie weiter, dabei schlang Elli die Beine um seine Hüfte und erwiderte die Küsse. Sanft legte er sie dann auf das Bett und ließ sich über sie sinken. Er küsste erst weiter ihre Lippen und wanderte dann ihren Hals entlang, beinahe jeden Quadratzentimeter ihrer Haut mit Küssen bedeckend. Elisa streichelte sein Haar.
Er ging tiefer und küsste ihre Brüste, jede einzeln, während er die jeweils andere massierte. Zärtlich nahm er ihre Spitzen in den Mund und saugte mit den Lippen leicht daran. Elli schloss die Augen und seufzte vor Wohlgefallen.
Schließlich war er bei ihrem Bauch angelangt und liebkoste auch diesen. Kurz darauf merkte Elli, wie er dann ihre Hose öffnete und sie sanft herunterzog. Nun küsste er über ihre Beine und über ihren Slip, was ihr einerseits etwas unangenehm war, andererseits aber ihre Gänsehaut verstärkte, sodass sie ihn gewähren ließ. Auch die Schuhe zog er ihr aus, massierte und küsste ihre Füße.
Plötzlich kam er wieder hoch, legte sich neben sie und zog sie auf sich.
»Du bist dran.«, meinte er lächelnd.
Noch etwas verwirrt über den plötzlichen Rollentausch, begann nun Elli, ihn zu küssen. Er lächelte über ihre leicht spürbare Unsicherheit. Beson-

ders, als sie davor war, seine Hose zu öffnen und herunterzuziehen, wirkte sie sichtlich nervös. Dennoch brachte sie es dann über sich, nach einigen Momenten des Mutfassens, ihn bis auf die Boxershorts zu entkleiden. Sie verzichtete jedoch darauf, ihn dort zu küssen, wie er es bei ihr getan hatte, und küsste ihn stattdessen wieder auf den Mund. Aber sie streichelte ehrfürchtig über seine Shorts. Unsicher sah sie ihn an.
»Es ist okay.«, meinte er sanft, »Tu einfach nur das, wobei du dich wohl fühlst und was du magst.«
»Okay…«, erwiderte sie leise und küsste ihn wieder. Er streichelte über ihren Rücken und kroch mit den Händen dann in ihr Höschen, um ihren nackten Po zu streicheln. Elli konnte sein Geschlecht an ihren Becken spüren. Es machte ihr einerseits etwas Angst, andererseits fand sie es in gewisser Weise spannend, sodass sie mit einer Hand leicht darüber strich.
»Heb dein Becken etwas an.«, bat er sie.
Elli befolgte die Bitte, woraufhin Lisco ihr vorsichtig den Slip über den Po und den Oberschenkel schob. Sie atmete schneller. Nun trennte sie nicht mehr viel von dem Moment, auf den sie schon lange gespannt, aber auch ehrfürchtig gewartet hatte. Lisco schob sie sanft von sich herunter, um sich dann wieder über sie zu legen. Er zog ihr das Höschen vollends aus und begann dann, ihren Schoß zu liebkosen.
Wieder schloss Elli die Augen, und ein neuer Wärmeschwall stieg in ihr empor. Sie blendete einfach aus, was genau er da tat und genoss einfach das Gefühl, die Hormone, die durch ihren Körper strömten. Er setzte sich kurz neben sie, um sich die Shorts auszuziehen, und legte sich dann wieder über sie. Nun waren sie beide völlig nackt. Ellis Pulsschlag ging schneller. Gleich würde es soweit sein.
»Winkle die Beine etwas an.«, bat er. Sie tat es. Er lag nun zwischen ihren Schenkeln, sie konnte sein Geschlecht an ihrem spüren. Ihr Atem beschleunigte sich. Er küsste wieder ihren Mund und ihren Hals. Sanft knabberte er an ihrem Ohrläppchen. Mit einer Hand glitt er vorsichtig in ihren Schoß und massierte sie dort ein wenig. Wieder entwich ihr ein Seufzen, über das unbekannte, schöne Gefühl.
»Bist du bereit?«, fragte er liebevoll, mit den Lippen ganz dich an ihrem Ohr.
Nach einem kurzen Zögern nickte sie. Ihr Herz schien ihr aus der Brust springen zu wollen, so aufgeregt war sie.

Er lächelte und dann tat er es. Ganz langsam führte er sich in sie ein. Das schmerzerfüllte Stöhnen Ellis erstickte er sanft mit einem Kuss. Ganz langsam und zärtlich begann er, sie völlig ausfüllend, sich in ihr zu bewegen. Elisa schloss wieder die Augen und kostete dieses vollkommen neue, fremde Gefühl aus, trotz dessen, dass es schmerzte. Ein wenig glich es Tycons Bissen: schmerzhaft und doch betörend. Ihre Haut fühlte sich an, als würde sie glühen. Sie suchte den Mund Liscos, um ihn zu küssen, was dieser lächelnd erwiderte. Sie waren sich nun so nah, so vollkommen verbunden, wie noch nie zuvor. Dann begann sie langsam, sich zu seinem Rhythmus zu bewegen. Lisco streichelte ihr Haar, fuhr mit einem Finger die Konturen ihres Gesichtes nach und gab auch ab und an einen seufzenden Laut von sich.

Nach ein paar Minuten steigerte er ein wenig das Tempo und Elli merkte allmählich, wie sich ein sehr warmes, prickelndes Gefühl in ihrem Becken breit machte. Es wuchs, sie wusste nicht, wie ihr geschah oder wie sie es kontrollieren könnte. Schließlich übermannte es sie, sodass sie, aufstöhnend und vollkommen die Kontrolle über ihren Körper verlierend, den Kopf ins Kissen drückte und sich mit den Händen ins Laken krallte. Lisco küsste sie auf den vor Extase geöffneten Mund. Dabei schien sich dem warmen Prickeln noch ein anderes, Kühleres hinzuzufügen, was Elli nun vollends aus der Fassung brachte. Ihr Körper wölbte sich nach oben, ein lauter Klang entwich ihren Lippen und allmählich wurde ihr schwarz vor Augen.

Als sie am nächsten Morgen lautstark von ihrem Wecker geweckt wurde, streckte sie sich und gähnte herzhaft. Die vergangene Nacht war wirklich der Wahnsinn gewesen. Sie hatte, zugegeben, so einige Phantasien über ihr erstes Mal gehabt, wie und mit wem es geschehen würde, ob es wehtun und wie der Höhepunkt sein würde, wenn sie denn einen haben sollte…aber das, was sie erlebt hatte, hatte alle ihre Vorstellungen übertroffen. Der Orgasmus hatte sie ja buchstäblich umgehauen! Sie bedauerte, ohnmächtig geworden zu sein, denn, wenn sie jetzt so darüber nachdachte, hätte sie sich durchaus vorstellen können, noch einmal in dieser Nacht mit ihm zu schlafen. Aber das konnte sie in der heutigen Nacht, und in den vielen folgenden Nächten ihres Lebens, ja immer noch tun.

# Kapitel 14

Als sie zum Frühstück hinunterging, traf sie auf ihren Vater, der seinen Firmencomputer ins Auto trug. Er hatte gesagt, dass die Firma ihre Angestellten auf Laptops umrüsten wolle. Warum auch nicht.
Sie war gerade mit dem Frühstück fertig, da kam ihr Vater in die Küche.
»Elli?«, fragte er, »Hast du mal ein weißes Blatt für mich?«
»Ähm…ja, warte.«, sagte sie stirnrunzelnd und stand auf, »Wofür brauchst du das denn?«
»Für die Arbeit. Meine sind alle.«
»Ahja.«, meinte sie, immer noch etwas verwundert und ging zu ihrem Rucksack. Aus ihrem Mathematikhefter heftete sie eines der weißen Blätter aus und gab es ihrem Dad.
»Danke.«, sagte er und ging ins Wohnzimmer zurück. Elli sah ihm hinterher. Er saß am Tisch und schrieb mit einem Bleistift auf das Blatt. Es lagen auch schon ein paar andere mit Bleistift beschriebene, ehemals weiße Blätter dort. Sie zuckte mit den Schultern und ging ins Bad, um danach dann zur Bushaltestelle zu gehen.

In der Hofpause erhielt sie eine SMS von ihrem Vater, in welcher geschrieben stand, dass sie doch, wenn sie nach Hause komme, mal auf ihrem Schrank nachschauen solle, da dort etwas für sie läge. Irgendwie ist er komisch drauf heute, dachte sie. Was mochte das wohl sein, was da lag? Vielleicht ein Geschenk? Aber warum gab er es ihr dann nicht einfach persönlich? Hm, vielleicht dauerte ihm das zu lange, bis er nach Hause kam…vielleicht war es dringend. Sie würde sich wohl oder übel überraschen lassen müssen.

Endlich war die Schule vorbei und Elli war auf dem Weg nach Hause.
Als sie durch das Tor auf ihrem Grundstück trat, sah sie sogleich ihre Großmutter, die am Küchenfenster stand und Elli bedeutete, zu ihnen ins Haus zu kommen. Sie sah nicht gerade glücklich aus. Was da wohl wieder los war? Vielleicht hatte ein Reiher wieder ein paar wertvolle Fi-

sche aus dem Teich gestohlen...das ging natürlich vor, die mysteriöse Überraschung auf ihrem Schrank würde warten müssen.
Also ging sie zur Vordertür des Hauses ihrer Großeltern. Klingeln brauchte sie nicht, denn ihre Großmutter stand schon in der geöffneten Tür, mit einem Taschentuch und verweinten Augen, wie Elli nach genauerem Hinsehen feststellte. Oje. Dann mussten es wirklich große Fische gewesen sein oder etwas viel Schlimmeres...
Aber dann würde ihre Oma nicht weinen. Oder zumindest nicht so stark.
»Was ist denn los?«, fragte Elli besorgt, aber ihre Oma winkte sie nur nach drinnen, sagte leise, sie solle die Schuhe anbehalten und ging ins Wohnzimmer. Elli legte also ihren Rucksack in die Ecke und folgte ihr.
Dort angekommen, zuckte sie erschrocken zusammen. Auf dem Sofa saß ihre Mum, vom Weinen vollkommen gerötete Augen, die Haut nass von den Tränen und leichenblass. Ellis Großvater hielt tröstend ihre Hand.
»Mama, was...?«,»Papa hat uns verlassen!«, sagte ihre Mutter, unter einem neuen Tränenschwall, bevor Elli ausreden konnte. Sie traute ihren Ohren nicht und musste sich setzen.
»Was...? Wie...? Hatte er einen Autounfall?«, fragte sie ängstlich.
»Nein, er...«, schluchzte ihre Mum, »Er hat einen Brief geschrieben...er hat eine Andere...«,»Was? Aber...das kann doch nicht sein! Er...ihr...!«, stotterte Elli. Ihre Mutter reichte ihr wortlos den Brief und weinte erneut. Elli traute ihren Augen nicht. Es waren drei weiße Zettel, mit Bleistift bekritzelt. Einer davon war gelocht und hatte in der Mitte einen kleinen Knick. Es war der Zettel, den Ellis Vater am Morgen von ihr erfragt hatte. Wie dreist konnte Man(n) denn sein?!
Sie begann zu lesen. Das Papier war zahlreich betropft, von den Tränen ihrer Mutter und vermutlich auch von denen ihrer Großmutter, welche auch schon wieder weinte.

Sie fühlte sich wie in einem typischen, traurigen Hollywoodfilm. In ihrer Familie war doch immer alles perfekt gewesen. Klar hatte es auch mal den einen oder anderen Streit gegeben, auch zwischen ihren Eltern, aber welche Beziehung verlief schon streitlos?! Sonst aber war immer alles harmonisch gewesen: Ihre Eltern hatten wie frisch verliebt gewirkt, alle anderen Paare hatten ständig gefragt, wie sie das anstellten, nach 19 Jah-

ren Ehe noch immer wie frisch verliebte Teenager zu sein. Okay, im letzten Urlaub hatte sich ihr Vater öfters mal von ihnen abgeschottet, oder zumindest war er oft aufs Zimmer gegangen, weil er angeblich Kopfschmerzen gehabt hatte oder duschen gehen wollte. Auch hatte er ziemlich oft nur bei seinen Tauchfreunden, statt bei Elli und ihrer Mum, gesessen, wenn sie an der Strandbar etwas getrunken hatten…
Eine Hand auf ihrer Schulter riss sie aus ihren Gedanken und Überlegungen. Sie wandte den Kopf. Ihre Großmutter stand hinter ihr.
»Wir fahren jetzt zu deinen anderen Oma und Opa, um es ihnen zu sagen…am Telefon diese schlimme Nachricht zu überbringen, wäre nicht so gut.«, sagte sie leise.
»Okay…«, erwiderte Elli, »Ich muss aber schnell noch auf meinen Schrank gucken, ich hab vorhin eine SMS von ihm bekommen, in der stand, dass da was für mich liegt.«
»Dann hat er dir bestimmt auch einen Brief geschrieben.«, meinte ihre Mum, »Dann warten wir, ich will wissen, was da drin steht.«
»Dann klingelt einfach, wenn ihr fahrbereit seid.«, sagte Ellis Opa.
Elli und ihre Mutter nickten. »Na dann gehen wir mal rüber…«, sagte Elli und reichte ihrer Mum die Hand. Diese stand auf und nahm Elli in den Arm, erneut weinend. Elli schloss die Arme um sie und merkte, wie auch ihr Tränen über die Wangen liefen.
»Na los…«, sagte Elli dann schweren Herzens nach einer Weile, nahm ihrer Mutters Hand und sie gingen herüber.

Schnellen Schrittes lief Elli in ihr Zimmer, stieg auf ihr Bett, fasste an die besagte Stelle auf dem Schrank und ergriff tatsächlich einen Brief. Auf dem Umschlag stand »an Elli- persönlich«. Mit zittrigen Fingern öffnete Elisa das Kuvert. Sie entnahm zwei Blätter, die ebenfalls mal weiß gewesen waren und auf denen nun viel, mit Bleistift geschrieben, stand.
Sie setzte sich besser gleich hin und begann zu lesen. In ihrem Brief stand vieles, was in dem an ihre Mutter auch schon gestanden hatte, also dass er sich neu verliebt hatte, Liebe sich nicht steuern ließ und so weiter.
Wieder musste Elli weinen. Es tat weh, dies alles zu lesen.
Als sie geendet hatte, legte sie den Brief in die Schublade unter ihrem Schreibtisch und ging wieder hinunter.

»Und?«, fragte ihre Mutter.

»Es steht im Prinzip dasselbe drin, wie in deinem Brief.«, sagte Elli tonlos.

Sie brauchte jetzt erstmal einen großen Schluck Cola, um durch den Zucker wieder ein bisschen an Nervenkraft zu gewinnen. Im übertragenen Sinne. Ihre Mutter hatte auch gerade zu der Cola-Flasche gegriffen.

»Ich versteh das nicht.«, sagte ihre Mum leise, »Der hatte hier doch alles…«

»Ich verstehe es genauso wenig.«, meinte Elli, »Wie Oma und Opa sicher auch.«

»Na los, dann gehen wir mal klingeln und fahren los…«

Daraufhin klingelten sie drüben wieder und kurz darauf fuhren sie dann auch schon los.

Wie gewohnt waren sie nach ca. einer Stunde angekommen. Die Autofahrt war in traurigem Schweigen erfolgt. Leise hatte Musik aus dem Radio geklungen, der wohl aber keiner von ihnen gelauscht hatte, da alle in jenen düsteren Gedanken versunken gewesen waren.

Es erschien Elli merkwürdig, schon wieder hier zu sein. Gestern, vor 24 Stunden, waren sie doch gerade erst von hier weggefahren. Vor 24 Stunden, wo noch alles in Ordnung gewesen zu sein schien.

Elli klingelte und als ihre Oma die Tür öffnete, schaute sie erst freudig überrascht, wenn auch etwas verwirrt drein. Sie bemerkte die traurigen Gesichter und die sonderbare Konstellation, da es sehr ungewöhnlich war, dass Elli mit ihrer Mutter und ihren anderen Großeltern zu ihnen gefahren kam. Sofort wich der Ausdruck der freudigen Überraschung dem von Trauer und Verunsicherung. Elli ging wortlos an ihr vorbei, lächelte nicht, da sie dies in Anbetracht der Situation als unangebracht empfunden hätte. Als nächstes trat Ellis Mum ein und fiel ihrer Mutter um den Hals. Als Ellis Großmutter ihre Tochter so weinen sah, hatte sie selbst schon Tränen in den Augen, bevor sie überhaupt den Grund der Trauer erfahren hatte.

»Was ist denn los?«, fragte sie etwas ängstlich.

»Er hat mich verlassen.«, schluchzte sie an ihrer Schulter.

Ellis beide anderen Großeltern traten ein und legten ihrer Mum eine Hand auf die Schulter.
»Was? Aber..? Wieso? Das kann doch nicht sein!«, schluchzte nun ihre Großmutter, ebenfalls völlig fassungslos.
»Er hat einen Brief geschrieben, und...«, sie konnte kaum sprechen durch das viele Weinen, »Ich bin wach geworden und da hat er mir gesagt, dass er mich nicht mehr liebt und...'ne andere hat und...weggeht. Dann ist er aus dem Haus gerannt, ins Auto gestiegen und schnell weggefahren.«
»Was? Aber das kann doch nicht sein! Sowas Feiges!«, regte sich Ellis Oma auf.
Mittlerweile kam auch ihr anderer Opa um die Ecke, dem auch nochmal alles erzählt wurde.
Dann gingen sie allesamt ins Wohnzimmer, wo sie weinten und sich den Kopf darüber zerbrachen, wie das nur möglich war. Wie das hatte passieren können. Das ganze Haus war von trauriger, düsterer Atmosphäre erfüllt. Selbst für Strolchs freudiges Gebell hatte niemand so wirklich ein Lächeln übrig gehabt.
»Wie sollen wir das überhaupt finanziell schaffen?«, merkte Elli dann, nach einer Weile, an.
»Du wieder mit dem Finanziellen, darauf kommt´s doch jetzt erst mal gar nicht an! Jetzt geht´s erst mal darum, herauszufinden, warum er weg ist und ob er vielleicht doch wiederkommt!«, herrschte ihr einer Großvater sie an.
Elli war ein bisschen überrascht über die forsche Antwort. Es war doch eine ganz normale Frage gewesen. Und Elli dachte nun mal eben schon weiter. Was brachte es, sich jetzt ewig lange den Kopf darüber zu zerbrechen, warum ihr Vater weg war und wie sie ihn zurückholen könnten? Er würde eh nicht zurückkehren, das hatte er in Ellis Brief ja ausdrücklich verlauten lassen.
Also lehnte Elli sich wieder zurück und mischte sich nicht weiter in das Gespräch ein.
»Aber er muss doch noch seine Sachen holen, oder?«, fragte ihre Großmutter in die Runde. Na eben, stimmt, darüber hatte Elli auch noch nicht nachgedacht.

»Nein, er hat schon alles mitgenommen. Ich hab sogar gesehen gestern, wie er den Computer eingepackt hat, mir aber nichts dabei gedacht, weil er meinte, die Firma wolle ihn und die anderen auf Laptops umrüsten.«, antwortete ihre Mutter verächtlich, »Sogar das Motorrad ist schon weg.«
Wow, das überraschte Elli. Wie hatte er es geschafft, die ganzen Sachen zu packen, ohne, dass sie oder ihre Mutter etwas davon mitbekommen hatten? Vor allem das Motorrad... wobei, Elli erinnerte sich daran, am Vorabend den Klang eines Motorrads gehört zu haben, der seinem ziemlich ähnlich geklungen hatte...vielleicht hatte er es von einem Freund abholen lassen?
Das war zutiefst erschreckend. Wie hatte er sie so hintergehen können? Vor allem, ohne sich vorher etwas anmerken zu lassen? Und dann einfach so abzuhauen, so feige zu sein und nicht mal vernünftig darüber zu reden, das war ja das Schlimmste, fand Elisa.

Nachdem sie ca. zwei Stunden über seine Beweggründe gegrübelt und sich weiter aufgeregt hatten, fuhren sie wieder nach Hause. Der Abschied fiel Ellis Mutter heute besonders schwer. Klar, dies hier war immerhin ihre engste Familie, wo sie sich gehalten und geborgen fühlte.

Die Rückfahrt verlief genauso wie die Hinfahrt: Stille, von Trauer erfüllte Luft, endlos lang erscheinende 60 Minuten.
Als sie dann angekommen waren, umarmten Ellis Großeltern sie und ihre Mutter nochmal, und dann gingen sie jeweils in ihre Häuser.
Eine merkwürdige Atmosphäre herrschte nun bei ihnen zu Hause. Es war komisch, so leer und leblos, weil eigentlich um die Zeit Ellis Vater schon längst zu Hause gewesen wäre.
Elli ging ins Schlafzimmer ihrer Eltern und stellte fest, dass wirklich eigentlich alles, was ihm gehörte, weg war: sein Schrank war fast leer, bis auf ein paar Klamotten, die er wohl nicht mehr tragen wollte, der Computertisch stand völlig nackt und verlassen da, im Wäschekorb lag auch nichts mehr von ihm. Ebenso sein ganzes Tauch- und Motorradequipment befand sich nicht mehr an seinem Platz.
Elli und ihre Mutter sprachen an dem Tag nicht mehr viel, dazu waren sie beide zu aufgelöst. Elli wurde von ihrer Mutter lediglich gebeten, an Stelle von Ellis Vater neben ihr zu schlafen, damit sie sich nicht ganz so

allein fühlte. Das tat Elli dann auch und sie gingen früh zu Bett, wobei jedoch keine von ihnen einen ruhigen Schlaf fand.

Elli war überaus froh, schließlich, wie gewohnt, in Liscos Bett aufzuwachen. Sie wollte noch einmal so geliebt werden, wir in der Nacht zuvor. Es war atemberaubend gewesen, im wahrsten Sinn des Wortes. Und sie musste ihm alles erzählen. Vielleicht würde er ihr irgendwie helfen können, dass ihr Vater zurückkam…
Sie tastete neben sich, spürte anstatt Lisco jedoch nur das Laken an der Hand. Sie sah hin und bemerkte, dass sie allein in dem Bett lag. Vielleicht war er ja schon aufgestanden? Wobei das eigentlich untypisch für ihn war…

Elli stand auf, zog sich rasch etwas an und ging in die anderen Räume, konnte ihn jedoch nirgends finden. »Lisco?«, rief sie, erhielt jedoch keine Antwort.
»Lisco? Wo bist du?«, rief sie erneut. Wieder vernahm sie nichts, als das Ticken einer Wanduhr. Okay, vielleicht ist er ja schnell mal rausgegangen, beruhigte sie sich, setzte sich auf eine Couch und wartete.

Er kam jedoch nicht. Langsam machte sie sich Sorgen. Sollte sie vielleicht Tycon mal fragen? Obwohl, das war keine gute Idee, denn wahrscheinlich würde dieser dann zu ihr kommen, das würde Lisco erst recht nicht wollen. Und Tycon wäre froh darüber, dass Lisco plötzlich ohne Erklärung weg war…
Sie dachte auch darüber nach, einfach mal rauszugehen und ihn zu suchen. Aber auch das erschien ihr bei den gefährlichen Erlebnissen, die sie hier bisher gehabt hatte, als keine gute Idee.
Sie wartete also so lange auf der Couch, bis sie schließlich darauf einschlief.

Ihre Mutter hatte in Ellis Schule angerufen und sie für eine Woche freistellen lassen, sodass Elli nun mit ihrer Mutter zu Hause war. Die Stimmung war weiterhin betrübt. Nachmittags kam Claudia vorbei, die Elli die Hausaufgaben und den Schulstoff brachte.

Elli konnte es nicht ertragen, ihre Mutter so dermaßen betrübt und am Boden zerstört zu sehen. Beinahe den ganzen Tag über weinte sie, aber Elli hatte noch nie gut Leute trösten können. Zum Glück wollten in den nächsten Tagen ein paar Freunde ihrer Familie vorbeikommen, die ihre Mutter hoffentlich etwas aufmuntern können würden.
Elli hoffte, dass Lisco in dieser Nacht wieder da sein würde, bevor sie zu Bett ging.

Als sie dann schließlich wieder aufwachte, war dies aber nicht nachts und nicht neben Lisco. Es war helllichter Tag und sie lag neben ihrer Mutter. Warum war sie nicht bei Lisco gewesen? Lag es daran, dass sie nicht in ihrem Zimmer schlief? Obwohl, das konnte nicht sein, da sie ja, wenn sie bei ihrer Oma gewesen waren, auch immer auf die andere Ebene gelangt war…gestern war sie ja auch da gewesen…was hatte es damit auf sich? Hatte möglicherweise Tycon seine Finger im Spiel? Oder war Lisco einfach…ausgezogen oder Ähnliches? Aber warum hatte er dann nicht mal Bescheid gesagt? Hatte er sie womöglich doch nur ausgenutzt…?
Nein, das konnte sie sich nicht vorstellen. So jemand war Lisco nicht.
Aber warum, verdammt nochmal, kam sie dann nicht auf die andere Ebene und warum war Lisco gestern Nacht nicht da gewesen? Sein Verschwinden war genauso rätselhaft, wie das ihres Vaters.

-eine Woche später-

Eine Woche war es nun schon her, dass Ellis Vater sie verlassen hatte. Die Stimmung zu Hause hatte sich nicht wirklich verbessert. Eher war sie noch bedrückender geworden, da Elli auch in den anderen Nächten nicht in Liscos Haus aufgewacht war und weder irgendwas von Lisco, noch von Tycon gehört hatte. Sie schienen beide wie vom Erdboden verschluckt.
Elisa verstand nun, wie ihre Mutter sich fühlte. Denn sie fühlte sich ebenso enttäuscht und im Stich gelassen. Vor allem von Lisco, weil sie mit diesem kurz zuvor noch ihr erstes Mal gehabt hatte und er ihr immer wieder vorgesäuselt hatte, wie sehr er sie liebte, dass er sie nie verlassen würde und so weiter. Und, weil er, genau wie ihr Vater, einfach so ver-

schwunden war, ohne vorher mal irgendetwas zu sagen. Im Gegenteil: er hatte ja nicht mal wenigstens einen Brief geschrieben oder sowas...
Vielleicht sollte sie mal versuchen, Kontakt zu Tycon aufzunehmen. Eventuell wusste er ja etwas darüber. Aber vielleicht war er auch schuld... möglicherweise hatte er irgendetwas mit Lisco angestellt! Elli mochte gar nicht darüber nachdenken. Aber wenn dem so wäre, hätte Tycon doch sicher wieder irgendwie Kontakt mit ihr aufgenommen, oder?
Sie beschloss, ihn per Gedanken zu rufen: Tycon!, dachte sie, Tycon antworte mir!- doch sie erhielt keine Antwort. Vielleicht schlief er ja. Obwohl, sonst hatte es ja auch immer funktioniert...
Tycon war also anscheinend auch einfach weg...was sollte das alles?! Wieso waren "ihre" Typen plötzlich alle verschwunden?! Ihr Vater war weg, Tycon und Lisco ebenso...irgendetwas stimmte hier doch nicht!

Es war merkwürdig, nachts nicht mehr auf der anderen Ebene aufzuwachen, sondern, wie alle anderen Menschen, und wie sie selbst früher auch, nur irgendetwas Bedeutungsloses oder gar nichts zu träumen und einfach durchzuschlafen. Das hatte den Vorteil, dass sie sich am Morgen wirklich so fühlte, als hätte sie geschlafen, was sonst durch ihr Doppelleben ja nicht immer der Fall gewesen war. Wiederum schlecht hingegen fand sie, dass sie sich nun nicht mehr auf das Schlafen freute. Aber das würde sich, wenn sie wieder in die Schule ging, ja vielleicht noch ändern.

Am nächsten Tag sollte es dann auch soweit sein. Mit mehr Interesse und Fürsorge als früher erledigte sie die Hausaufgaben, machte teilweise sogar mehr als verlangt, um schlicht und einfach Ablenkung und Abstand von dem momentanen emotionalen Chaos in ihrem Inneren und ihrer Umgebung zu bekommen.
Abends legte sie sich schließlich schlafen, mit zwiegespaltenen Gefühlen für den anstehenden Tag. Und trotz dessen, dass sie nicht mehr daran glaubte, verspürte sie dennoch einen winzigen Funken Hoffnung in sich ruhen, gleich wieder neben Lisco aufzuwachen.

Nach einer weiteren, traumlosen Nacht erwies sich auch der folgende Tag als nicht viel besser. Natürlich fragten alle Elli, warum sie denn die Woche über zu Hause geblieben sei, ob sie eine Krankheit gehabt hätte und dergleichen, sodass sie immer wieder aufs Neue die ganze Geschichte erzählen musste- natürlich ließ sie den Teil von Lisco und Tycon weg und erzählte nur das von ihrem Vater.
Am gleichen Tag erhielt sie eine SMS von jenem, in der er schrieb, dass er sie nicht drängen wolle, aber sie sich mal wieder melden solle, wenn sie soweit wäre, da er sie sehr vermisse.
Männer scheinen von Gefühlen ja nicht viel zu verstehen, dachte Elli, als sie die Nachricht las. Er hatte im Brief zwar mehrmals geschrieben, dass er nicht sie verlassen hatte, sondern nur ihre Mutter, aber dennoch sah sich Elli noch nicht in der Lage, ihm gegenüberzutreten. Auch ihr saßen die Enttäuschung, der Schmerz und der Schock noch immer tief im Gemüt. Was mochte ihr Vater wohl denken? Dass sie nach einer Woche wieder mit ihm sprach, wie früher, und dass dann nach einem Monat zwischen ihnen wieder alles so war, als wäre nie etwas gewesen?! Wie auch Tycon damals… Männer schienen wirklich eine komplett andere Weltansicht, oder wie man das auch immer beschreiben mochte, zu haben.

Die Schule war seit dem Verschwinden ihres Vaters allmählich beinahe ein Zufluchtsort für Elli geworden. So merkwürdig das auch klingen mochte, aber die Aufgaben und der Lernstoff lenkten sie ab. Die Anstrengung, sich nur auf den Schulstoff und nichts anderes zu konzentrieren, ließen keine anderen Gedanken zu, ihr außerschulisches Leben blendete sie fast völlig aus. Das hatte zur Folge, dass sie sogar am Wochenende lernte und sich wieder auf Montag freute, weil sie da endlich wieder der Trauerstimmung von zu Hause entfliehen konnte.
Auch ihre Mutter ging mittlerweile wieder Arbeiten und war dadurch etwas abgelenkt, aber lächeln sah Elli sie nur selten. Sie versuchte aber auch, sich weitestgehend von dem Thema fernzuhalten, um sich selbst nicht ablenken zu lassen und somit ihre schulischen Leistungen nicht zu gefährden. Und vielleicht konnte sie damit auch ihre Mutter etwas aufmuntern.

Jeden Tag kam auch aufs Neue die Frage, wer die Neue ihres Vaters wohl sei. Jeder, der ihnen etwas näher stand, stellte Spekulationen auf. Ihre Mutter dachte, es sei vielleicht eine Arbeitskollegin seinerseits, von der sie wusste, dass diese ihn vor einiger Zeit ganz toll gefunden hätte. Ihre Oma dachte, er hätte vielleicht gar keine Neue, sei stattdessen stark krank und wolle seine letzten Lebensmonate noch richtig auskosten oder Ähnliches…aber das fand Elli ziemlich weit hergeholt. Sie hoffte auch, dass dem nicht so war, denn sie konnte sich nicht vorstellen, in ein paar Jahren keinen Vater mehr zu haben…ganz gleich, wie wütend sie jetzt gerade auf ihn war, er war ihr Vater und das würde er auch immer bleiben. Auch Ellis Großeltern waren sehr wütend auf ihn. Sie gaben Elli und ihrer Mutter den Rückhalt in dieser schwierigen Zeit, wie auch viele andere aus dem Freundeskreis der Familie.
Auch Elli konnte jemandem ihre Gefühle schildern, wenn sie das wollte. Sie hatte sich ja vorher schon mit Melanie, aus ihrer Klasse, ganz gut verstanden. Aber die Trennung ihrer Eltern schien sie irgendwie zu verbinden, da es Melanie nicht viel anders ergangen war. Im Gegenteil, bei ihr war alles irgendwie noch ein bisschen krasser: ihr richtiger Vater war schon gestorben und der, der jahrelang ihr guter Stiefvater gewesen war, war auch schon von ihrer Mutter geschieden. So konnte Elli mit Melanie immer ihre Gefühle und Erfahrungen zu diesem Thema austauschen. Elli hätte nie gedacht, dass Melanie Gefühle so empfinden und äußern könnte, da sie vom Wesen und ihrer Art her ja eher männlich und gefühlskalt wirkte. So entwickelte sich auch eine gute Freundschaft zwischen ihnen.

-4 Wochen später-

Nach etwa 4 Wochen ging es zumindest Elli schon besser. Nach außen hin wirkte sie ganz normal, auch, wenn es in ihr etwas anders aussah. Sie hatte die negativen Gefühle in sich eingeschlossen und ließ sie nur manchmal heraus, wenn sie allein war, gerade die, die Lisco betrafen. Denn sie wollte nicht schwach oder verletzlich wirken, sie wollte stark sein. Besonders in Gegenwart ihrer Mutter versuchte sie, dies zu vollbringen, weil sie sie nicht noch zusätzlich mit ihren eigenen Gefühlen herunterziehen wollte. Im Gegenteil, vielleicht konnte sie sie ja irgendwie auch damit stärken.

Es war an einem Dienstag, als sie erfuhren, dass ihr Vater tatsächlich eine neue Freundin hatte und auch, wer es war.
Der Tag war für Elli eigentlich gut gewesen, da sie gute Noten bekommen hatte und auch insgesamt irgendwie gut drauf war. Ihre Mutter holte sie von der Schule ab, was ihre Laune noch besserte, weil sie dann nicht auf den Bus warten musste.

Sie ging also zum Auto, in dem ihre Mutter auf sie wartete, packte ihren Rucksack in den Kofferraum und setzte sich auf den Beifahrersitz. Da Melanie ihr kurz vorher noch etwas Lustiges erzählt hatte, musste Elli immer noch lachen, als sie ins Auto stieg.
»Ich weiß wer sie ist.«, sagte ihre Mutter kühl und ohne Begrüßung.
»Wer ist wer?«, fragte Elli, durch die Abruptheit der Aussage etwas überfordert.
»Die Neue deines Vaters. Es ist Anna!«
Elli musste nochmal kurz über den Witz von Melanie lachen.
»Warum lachst du, wusstest du das etwa?«, fuhr ihre Mutter sie an.
»Entschuldige, ich hatte nur einen guten Tag!«, sagte Elli erschrocken und ein wenig sarkastisch, »Welche Anna meinst du? Kenne ich die?«
»Ja, seit du auf der Welt bist. Das ist die Tochter von Anita. Sie ist nur 7 Jahre älter als du.«
»Oh…das ist…krass…«, brachte Elli nur hervor. Das war es wirklich. Anita war die ehemalige, langjährige Arbeitskollegin und Freundin ihrer Mutter. Und diese Anna könnte gut Ellis Schwester sein…das war doch irgendwie pervers, oder?!
Gut, Lisco und Tycon waren auch älter als sie gewesen, aber nicht gleich ganze 20 Jahre, wie ihr Vater es war, Anna gegenüber.
»Wie kann man so hinterfotzig und gewissenlos sein?«, fragte ihre Mutter, »Sie kannte dich von Anfang an und unsere Familie auch, seit ihrer Kindheit…und sie hat uns ohne Spur von Gewissen einfach so zerstört…«
»Ich weiß es nicht…aber vielleicht tut es ihr ja doch leid…«, gab Elli zu bedenken.
Ihre Mutter sah sie fast zornig an, sodass Elli es vorzog, fortan lieber zu schweigen, beziehungsweise die Aussagen ihrer Mutter nicht zu widerlegen.

»Die hat kein Gewissen.«, fuhr jene fort, »Ich konnte die und ihre Art noch nie wirklich leiden… was findet dein Vater nur an der? Die ist nichtmal hübsch!«
Wer weiß, was sie gemacht hat, um ihn rumzukriegen, dachte Elli angewidert, sprach es aber lieber nicht aus.
Somit war die Stimmung für diesen Tag im Eimer. Zuhause angekommen, schrieb Elli das gerade Erfahrene in einer Email an Melanie. Auch diese war darüber ziemlich empört.

Wenige Tage später schrieb sie ihrem Vater, mehr oder weniger gezwungenermaßen, via SMS, dass sie einen Drucker bräuchte. Weil dadurch, dass er ihren gemeinsamen Drucker mitgenommen hatte, hatten sie ja keinen mehr. Deswegen hatte er gemeint, würde er ihr einen besorgen. Und das forderte sie hiermit ein. Ihr Vater stimmte freudig zu und meinte, dass er in den nächsten Tagen einen Drucker bei ihren Großeltern vorbeibringen würde. In derselben SMS fragte er, ob sie am Wochenende mal wieder eine Runde Motorrad mit ihm fahren wolle. Nach kurzem Überlegen stimmte sie zu, da sie ihn und das Motorradfahren schon ziemlich vermisste. Aber sie beschloss, ihrer Mutter noch nichts davon zu erzählen.

Schließlich war das Wochenende angelangt. Es war Samstagmorgen und in ein paar Stunden würde ihr Vater Elli abholen und mit ihr Motorrad fahren.
Wie sollte sie es ihrer Mutter am besten beibringen? Lieber schon vorher Bescheid sagen oder dann einfach, wenn es soweit war, sagen was Sache war und verschwinden?
Sie entschied sich für Ersteres. Beim Frühstück sagte sie: »Mama?«
»Hm?«, antwortete ihre Mutter.
»Ich bin nachher mal für ein paar Stunden nicht da…Papa holt mich ab und fährt mit mir eine Runde Motorrad.«
Beinahe entsetzt sah ihre Mutter sie an. »Jetzt schon?«
»Wie, jetzt schon?«, »So kurze Zeit, nachdem er weggegangen ist?!«
»Naja, warum nicht? Irgendwann muss es doch mal passieren…und es sind ja auch schon ein paar Wochen seitdem vergangen…«, sagte Elli kleinlaut.
»Wie du meinst.«, sagte ihre Mutter kühl und aß schweigend weiter.

Als es fast soweit war und Elli sich schon die Motorradsachen anzog, war gerade Anja, Nachbarin und Freundin der Familie, bei ihnen. Das war auch gut so, denn sie tröstete Ellis Mutter, die wieder weinen musste, als Elli dann in Motorradsachen hinausging.
Ein schlechtes Gewissen machte sich ein wenig in ihr breit, als sie zum Motorrad ging und ihren Vater umarmte. Sicher, sie freute sich, ihn mal wieder zu sehen, auch, wenn er ihnen diesen Mist angetan hatte. Aber ihre Mutter tat ihr eben Leid, die sich jetzt wieder so schrecklich allein und betrogen vorkommen musste…

Es war ein komisches Gefühl, wieder auf einem Motorrad zu sitzen. Als der kraftvolle Motor aufbrummte und sie losfuhren, kam es Elli- mal wieder- vor, wie ein Dèjá-vu.
Auf einer langen Landstraße schloss sie die Augen und stellte sich vor, sie würde wieder mit Lisco umherfahren. Oder mit Tycon.

Ein paar Wochen später fuhr sie zum ersten Mal mit ihrem Vater nach Leipzig, um sich seine Wohnung anzusehen, weitere vier Wochen sollte sie seine neue Freundin kennen lernen. Geplant war, dass sie das Wochenende über bei ihnen blieb. Ihr Vater wollte sie mit Anna abholen.

Als er schließlich klingelte, und sie aus dem Haus trat, hatte sie nochmals Gewissensbisse, ihre Mum allein zu lassen. Damit ging sie, mit mulmigem Gefühl im Bauch, zum Wagen, dessen Fahrertür offen stand. Die Person auf dem Beifahrersitz beugte sich grinsend, mit großer Sonnenbrille und Klimper-Ohrringen, nach vorn, um Elli sehen zu können. Als erster Eindruck fiel Elli nur ein: ach du scheiße. Die könnte ja glatt aus Claudias schräger Tussi-Truppe stammen, nicht nur des Alters wegen.
»Hi, ich bin Anna!«, sagte diese erfreut, als Elli, hinten natürlich, einstieg.
»Elli.«, antwortete jene, zwang sich ein Lächeln auf und schüttelte Anna die Hand.
Die Fahrt nach Leipzig spielte sich so ab, dass Elli eigentlich die ganze Zeit über erzählen musste, weil Anna sie mit Fragen rund um ihr Leben löcherte, was ziemlich nervig war.

In Leipzig angekommen, beschlossen sie, oder vielmehr Anna, ein wenig Shoppen zu gehen. Elli schlug einen Gothic-Shop vor, vor dessen verschlossenen Türen sie letztes Mal mit ihrem Vater gestanden hatte.
Sie hatte Gefallen an der düsteren Szene gefunden, die Musik, der Stil und die Lebenseinstellung sagten ihr mehr zu, als alles andere, was ihr schlichtweg zu fröhlich, zu bunt oder zu primitiv war. Gothic war tiefsinnig, dunkel und mystisch. Und die Musik war durch ihre einerseits harten, rockigen Klänge und durch die andererseits melancholische, traurige Seite genau das, was meistens ihre Gefühle ausdrückte. Sie fühlte sich dadurch verstanden, zu Hause und vor allem nicht allein.

Sie gingen in den Shop, welcher drei Etagen besaß, und durchliefen diese alle.
Letztendlich fragten sie an der Kasse nach Armbändern, da Ellis Vater ihr Aktuelles hässlich und billig fand. Was es aber, zugegebenermaßen, auch gewesen war.
Elli fiel der Typ hinter der Kasse, der sie bediente, ins Auge. Er war Azubi in dem Laden. Er reichte ihr verschiedene Armbänder, von denen sie sich zwei aussuchte.
»Ich weiß ja nicht, wie du zu Lack und Leder stehst....«, sagte er schmunzelnd, da es das Eine auch im Lackleder-Design gab, und reichte ihr dieses.
Elli errötete leicht und sagte: »Ähm, nein, ich nehme lieber das Normale.«
»Okay.«, sagte er lächelnd, »Wenn es doch noch Lack werden soll, einfach mit Kleber bestreichen und trocknen lassen.«
Netter Kerl. Er gefiel ihr irgendwie: um seine Augen trug er ein wenig Kajal, seine Fingernägel waren schwarz lackiert, er hatte schwarze, zum Zopf gebundene Rasta-Locken und stahlblaue Augen, was in Kombination mit dem Schwarz einfach mystisch aussah. In der Lippe trug er zwei Snakebites und er hatte ansonsten auch so einfach einen coolen Stil.

Schließlich verließen sie den Laden, zu Ellis Bedauern, und gingen dafür aber in den benachbarten Gotik-& Schach-Shop, was wiederum Anna etwas missfiel. Aber da musste sie durch.
Dieser Laden hatte nur zwei Etagen und seine Klamotten waren wirklich eher im Gotik-Stil, aber es roch enorm stark nach Räucherstäbchen,

Patchouli und Ähnlichem, was Elli auch nicht gerade schlecht fand. Im Gegensatz zu den anderen beiden, die nur schnellstmöglich wieder hinauswollten.

Elli besah sich gerade die Schmuckvitrinen, als Anna sie antippte und fragte: »Sieh mal, diese Kette da ist doch hübsch, oder?«, und auf ein Schmuckstück in der Vitrine zeigte. Elli folgte ihrem Finger und erstarrte. Die Kette, auf die Anna gerade gezeigt hatte, sah aus wie die, die Tycon ihr einst geschenkt hatte. Konnte es solch enorme Zufälle überhaupt geben?!

Sie bat die Verkäuferin, sie ihr zu geben, damit sie sie sich ansehen konnte. Also schloss jene die Vitrine auf und gab Elli die Kette. Ein kalter Schauer überlief sie, als sie das Silber berührte. Als Anna ihr die Kette zum Probieren umlegte, durchlief eine Gänsehaut Ellis Körper, dennoch zugleich ein Gefühl der Wärme und Vertrautheit.

»Gefällt sie dir?«, fragte ihr Vater.

»Ich nehme sie.«, antwortete sie, wie von selbst.

Sie wusste nicht, warum sie das tat. Sie hatte das Gefühl, diese Kette haben zu müssen. Vielleicht, damit sie ihre Zeit bei Tycon nicht vergaß, oder damit ihr wenigstens etwas davon übrig blieb.

Als die Verkäuferin ihr die Kette abnehmen wollte, um sie zu verpacken, legte Elli ihre Hand darauf und sagte schroff: »Nein, ich trage sie gleich so!«

»Okay okay!«, erwiderte die Verkäuferin etwas verdutzt, und nannte den fälligen Geldbetrag.

Danach gingen sie leider noch in ein paar Läden, in die Anna unbedingt hinein wollte, und dann fuhren sie zur Wohnung.

Dort kochten sie zusammen, Elli hatte bis dato nie gewusst, dass ihr Vater dies beherrschte, und aßen dann vor dem Fernseher. Schlafen musste Elli dieses Mal auf einem aufblasbaren Bett, was sich als ungewohnt, aber machbar erwies.

# Kapitel 15

Am nächsten Tag schliefen sie lange, schauten zum Frühstück einen Film, wie zu jeder Mahlzeit, wodurch es dann schnell wieder Nachmittag wurde und Elli wieder nach Hause gebracht wurde. Natürlich wollte Anna wieder unbedingt mitkommen, um ihre neuen Schwiegereltern zu besuchen, die ja praktischerweise direkt neben Elli wohnten, sodass Elli wieder hinten sitzen musste.

Zu Hause angekommen, umarmte Anna sie, fast zu Ellis Entsetzen, und sagte, sie solle bald mal wieder zu ihnen kommen. Ihr Vater tat es ihr gleich, aber das konnte Elli ja wenigstens nachvollziehen.
Ihrer Mutter erzählte sie nicht viel von den zwei Tagen, weil diese nichts davon und darüber wissen wollte. Lediglich, ob Elli ihre neue "Stiefmutti", dem mischte sie natürlich einen verächtlichen Unterton bei, gefiel, was diese mit einem klaren Nein beantwortete.

Schließlich war es Abend und sie beschloss, sich bettfertig zu machen. Also ging sie ins Bad und begann, sich abzuschminken und ihr Gesicht zu waschen. Die Kette würde sie danach, zum Duschen, ablegen.
Sie trocknete ihr Gesicht ab und warf einen Blick in den Spiegel, um zu überprüfen, ob auch alles Unnatürliche aus ihrem Gesicht verschwunden war- und sprang mit einem lauten Aufschrei zurück.

Im Spiegel hatte sie nicht ihr eigenes Antlitz angeschaut, beziehungsweise, nicht nur. Sie wischte sich über die Augen, sah vorsichtig abermals in den Spiegel und zuckte erneut zusammen. Sie hatte sich nicht geirrt. Direkt vor sich sah sie Tycon, der sie nicht gerade erfreut anschaute. Erschrocken drehte sie sich um, doch außer ihr war niemand im Raum. Dennoch sah sie Tycon immer noch im Spiegel.
»Bin ich verrückt?«, fragte sie ängstlich. »Nein«, sagte er kühl.
»Elli?«, hörte sie ihre Mutter von unten rufen, »Alles ok?«
Panisch sah sie zu Tycon. Dieser legte beschwörend einen Finger auf seine Lippen.

»Ja, alles ok, ich habe mich nur gestoßen!«, rief Elli deshalb zurück. Dann sah sie wieder Tycon an.
»Wo warst du die ganze Zeit?«, fragte sie im Flüsterton.
»Willst du nicht lieber fragen, warum ich jetzt hier bin? Und vor allem, wie?«, erwiderte er säuerlich. Verwirrt sah sie ihn an. »Was meinst du?«
»Lisco hat mich auffliegen lassen. Ich frage mich nur, wie er das geschafft hat. Was hast du ihm erzählt?«
»Ich?«, antwortete Elli verdutzt, »Ich habe ihm gar nichts erzählt! Was weiß ich denn bitte über dich, was für ihn von Belangen wäre?«
»Gut, dann könntest du ihn vielleicht nachher mal fragen, was das soll!«
»Ich habe keinen Kontakt mehr zu ihm.«, sagte sie etwas beklemmt, »Ich komme nicht mehr auf die andere Ebene.«
»Oh, das ist aber ärgerlich.«, erwiderte er mit einer Spur von Hohn, »Wie kam es dazu?«
»Er hat mich sitzen lassen, er war einfach weg. Gleich nachdem...«, »Nachdem was?«
»Nachdem ich zum ersten Mal mit ihm geschlafen hab.«, vollendete sie, peinlich berührt. »Du hast was?!«, fuhr er sie an.
Einen Moment lang dachte sie, der Spiegel würde mit ihm zerbersten.
»Ja, ich weiß, dass du dagegen warst!«, erwiderte sie.
»Warum hast du es dann getan?«, »Weil ich es wollte! Was geht dich das überhaupt an?!«
»Was mich das...!«, er atmete kurz tief durch, »Dadurch befinde ich mich jetzt in dieser bescheidenen Lage!«
»Wie meinst du das?«
Er seufzte. »Du weißt, dass ein Teil meiner Seele in dir ist- ja?«
»Ja, und?!«
»Während des...der Ekstase, bist du völlig außer Kontrolle und dein Geist ist frei- da hat er dann wahrscheinlich quasi in dich hineingeschaut und alles über mich erfahren, was er wissen wollte- und das haben wir nun davon. Einer der Gründe, warum ich dagegen war.«
»Was? Aber warum hast du davon nie etwas gesagt?«, fragte sie fassungslos.
»Das hätte doch eh nichts an deiner Entscheidung geändert.«, erwiderte er kühl.
Sie sah zu Boden. »Und warum sehe ich dich jetzt hier im Spiegel?!«

»Du siehst mich in allen spiegelnden Oberflächen. In dir ist ein Teil von mir- in der Kette, genauer dem Anhänger…«, er deutete darauf, »Der andere.«
Verwundert warf sie einen Blick auf ihre Kette.
»Und wie kam die Kette in den Laden?«, fragte sie verwirrt.
»Das ist nicht wichtig. Aber du wirst mir helfen, diese beiden Teile von mir wieder zu vereinen und mich zurückzuholen.«, sagte er bestimmt.
»Ich werde gar nichts!«, erwiderte sie empört.
»Oh doch, du wirst.«, sagte er selbstsicher, »Ich bringe dich dazu.«
»Ach, und wie willst du das anstellen, aus dem Spiegel?«
»Nun, zum letzten Mal: ich bin ein Teil von dir, ich habe direkten Zugang zu deinem Gehirn. Wenn du dich sträubst…«, unterbrach er und sah sie abwartend an. Elli überkam plötzlich ein beklemmendes Gefühl, voller Kälte, als würden zwei starke kalte Arme sie einzwängen und ihr die Luft zum Atmen nehmen, während sie das Gefühl hatte, dass sich zentimeterlange Nägel in ihre Haut bohrten. »Dann mache ich das.«, fuhr er fort, »Wobei das noch viel intensiver und schmerzhafter geht, falls du jetzt meinst, das hier aushalten zu können. Gehorchst du dagegen und stellst mich zufrieden…«, er unterbrach wieder.
Und dieses Mal hatte Elli das Gefühl, als würden die kühlen, starken Arme sie umarmen, starke, weiche Hände ihren Körper entlangfahren und sie an den sündigsten Stellen liebkosen, als würde sie von Tycon geküsst und geliebt und nebenbei noch von ihm gebissen. Das Gefühl kam der Ekstase bei ihrem ersten Mal gleich, und war trotzdem noch eine Spur intensiver. Ein leises Stöhnen überkam ihre Lippen in diesem Rausch.
Doch auf einmal stoppte dieser abrupt und Tycon sah sie wieder an. »Dann mache ich das.«, beendete er seinen Satz, »Wobei das mir, deiner Reaktion nach zu urteilen, als die wirksamere Methode erscheint.«
»Das ist gemein!«, entgegnete sie ärgerlich.
»Nein, finde ich nicht. Wenn du mir hilfst, können wir Letzteres…«, er ließ sie noch einmal kurz seine Hände spüren,»…wahr werden lassen. Nicht mehr pure Illusion. Echt. Warm. Lebendig. Wenn du mir hilfst, zurückzukehren und einen Körper zu erlangen, können wir endlich zusammen sein! Richtig zusammen!«, betonte er.

»Du…du willst wieder mit mir zusammen sein?«, fragte sie verwundert. Trotz dessen, dass er wegen ihr jetzt in dieser misslichen Lage war?
»Ja, natürlich! Wenn es erst soweit ist, hält uns keiner mehr davon ab! Lisco wird nicht länger im Wege stehen!«
Elli zögerte: »Wirst du dann wieder ein Vampir sein?«
»Wenn du mir hilfst, dann kann ich das, ja.«
»Machst du mich dann auch zu einem? Machst du mich unsterblich?«
Wenn sie ihm schon half, dann wollte sie ihm wenigstens gewachsen sein. Und sich an ihm rächen können, sollte er sie wieder verlassen oder verletzen.
»Warum willst du das?«, fragte er argwöhnisch.
»Ich will nicht alt werden! Ich möchte nicht eines Tages nicht mehr laufen können, ständig Medikamente nehmen und mich von anderen waschen lassen müssen!«, erklärte Elli.
Das stimmte natürlich auch, das Andere musste er ja nicht wissen.
»Nun gut, wenn du das willst, dann helfe ich dir, damit du das nicht ertragen musst.«, sagte er, nach kurzem Überlegen.
Sie atmete tief durch. »Was muss ich tun?«
»Zuallererst wirst du die Kette nie ablegen. Zum Einen, damit du sie nicht verlierst, zum Anderen, damit wir so wie jetzt reden können.«
»Nichtmal zum Duschen?«
Er verdrehte die Augen. »Meinetwegen zum Duschen oder Schlafen, aber sonst trägst du sie immer!«, befahl er ihr.
»Okay…«, »Und du wirst tun, was ich dir sage, auch, wenn es dir nicht gefallen wird.«.
»Das heißt…?«, fragte sie misstrauisch.
»Alles. Notfalls auch jemanden töten.«
»Was?! Nein! Das werde ich nicht tun!«, entgegnete sie erschrocken.
Sie trat entsetzt von dem Spiegel zurück und wollte aus dem Bad gehen, doch da im ganzen Bad ringsum Spiegel angebracht waren, stand sie nun inmitten dutzender Tycons. Er sah sie aus allen Richtungen beschwörend an.
»Ach, wollen wir die Unartigkeit und deren Folgen mal austesten?«, fragte er genervt. Daraufhin ließ er sie durch einen kurzen, stechenden Schmerz in die Knie gehen.
»Du liebst mich nicht!«, erwiderte sie wütend.

»Natürlich liebe ich dich!«, entgegnete er.
»Nein, tust du nicht! Sonst würdest du mich nicht so behandeln!«
»Ich liebe dich, Elisa. Aber um dir das zu beweisen, muss ich leider diesen Weg gehen, da wir sonst nicht ans Ziel kommen!«
»Ach?«, entgegnete sie spöttisch, »Würden wir nicht? Hast du schon mal was von Bitten gehört? Du hättest mich einfach ganz normal bitten können, dir zu helfen!«
»Ja, das hätte ich, aber ich bezweifle, dass das gewirkt hätte.«, meinte er schulterzuckend.
»Stimmt. Warum erst mit Nettigkeit versuchen, wenn Gewalt es auch gleich bringt.«, sagte sie kühl und verließ das Bad.
»Wo willst du hin?! Komm zurück!«, rief er ihr nach, doch sie ignorierte ihn, ging in ihr Zimmer und legte die Kette ab. Sogleich fühlte sie sich besser und auf eine sonderbare Art befreit.

Am nächsten Tag überlegte sie, die Kette nochmals anzulegen. Nur um auszuprobieren, ob dann wirklich gleich Tycon wieder im Spiegel erschien. Sollte dies nicht der Fall sein, könnte sie sie ja weiterhin tragen. Falls doch...dazu würde sie kommen, wenn es soweit war.
Elli nahm die Kette in die Hand. So fühlte sie sich wie eine ganz normale Kette an. Also legte sie sie sich um den Hals. Auch das fühlte sich jetzt erstmal nicht merkwürdig an.

Schließlich ging sie ins Bad und warf einen Blick in den Spiegel, aus dem dieses Mal aber nur sie selbst dreinblickte. Sie runzelte die Stirn, schloss kurz die Augen und sah dann erneut in den Spiegel. Wieder sah sie nur sich selbst.
Elli zuckte mit den Schultern und wollte wieder in ihr Zimmer gehen. Vielleicht hatte sie die gestrige Begegnung mit ihm ja nur geträumt? Oder sich nur eingebildet? Oder vielleicht hatte Tycon sich nicht richtig ausgedrückt. Vielleicht konnte sie ihn immer nur im Spiegel sehen, wenn sie nicht damit rechnete oder ihn nicht sehen wollte. Was ihm ja ziemlich ähnlich sehen würde.
Gerade, als sie sich umdrehen und das Bad verlassen wollte, nahm sie neben sich eine Bewegung wahr. Sie sah in den Spiegel, aus dem nun Tycon sie ansah.

»Wir hatten einen unschönen Start gestern…«, begann er.
»Allerdings.«, pflichtete sie ihm bei.
»Tut mir leid.«, fuhr er fort, »Eigentlich wollte ich dir sagen, dass du mir gefehlt hast.«
Sie nickte: »Du mir auch. Vor allem, als ich so allein war.«
»Ja, das tut mir leid. Hätte ich gekonnt, wäre ich für dich da gewesen.«, sagte er bedauernd.
»Naja…jetzt ist es dafür zu spät. Ich habe jetzt lediglich den Beweis dafür, dass das alles wirklich passiert ist.«, stellte sie fest.
»Du hast daran gezweifelt?«, fragte er ungläubig.
»Naja, es war alles so plötzlich weg…ich hatte weder Kontakt zu dir, noch zu ihm…als wärt ihr nie da gewesen.«
»Ach so. Hast du…«, begann er vorsichtig, »Darüber nachgedacht, worum ich dich gestern bat?«
»Nein, habe ich nicht…weil ich keine anderen Menschen töten oder verletzen werde…«, »Ich verstehe ja, dass dir das grausam erscheint…«
»Grausam ist dafür noch nett ausgedrückt.«, bemerkte sie zynisch.
»Ja, meinetwegen. Aber wenn du das tust, wärst du nicht mehr allein. Dann wäre ich wieder bei dir. Wirklicher als je zuvor. Und wir könnten alles machen, was bisher nicht ging und was du dir erträumst.«
»Alles?«
»Absolut.«, bestätigte er.
»Das klingt ja verlockend…aber ich weiß nicht…«, »Dass du jemanden töten musst, ist ja gar nicht gesagt, das war nur ein Beispiel.«, unterbrach er sie.
»Trotzdem.«, »Schlaf einfach nochmal drüber und sag mir dann möglichst bald Bescheid, ok?«
»Ja, okay…ich werde drüber nachdenken.«
»Braves Mädchen.«
Genervt sah sie ihn an.
Er lächelte und erwiderte: »Entschuldige, das musste einfach sein.«
»Natürlich. Du bist eben du.«
»Genau.«
»Na gut, dann denk ich mal drüber nach…bis demnächst.«
»Ja, mach das, ich danke dir.«, sagte er erleichtert.
Elli nickte, drehte sich um und verließ den Raum.

Sie beschloss, mal bei Facebook reinzuschauen, um etwas Ablenkung zu bekommen.
Als sie auf ihre Neuigkeiten sah, bemerkte sie, dass sie eine neue Freundschaftsanfrage hatte. »Daniel S.« hieß derjenige, der sie einlud. Sie klickte auf sein Profil, sah, dass er auf ihre Schule ging und nahm deshalb einfach mal an. Wenn er blöd war, konnte sie ihn ja immer noch wieder löschen.

Als sie am nächsten Tag mit Katha zur Schule ging, fragte Elli: »Sag mal, du kennst doch viele Leute, wer ist Daniel S.?«
Katha überlegte, sah zur Schule und zeigte zu den Fenstern des Bio-Raumes: »Das da!«
Elli folgte dem Hinweis und sah einen Jungen, der genau in dem Moment auch zu ihnen schaute. Was Elli auf die Entfernung erkennen konnte, war, dass er schwarze Sachen trug und sehr lange, dunkelblonde Haare hatte. Und eine Brille.
»Wieso eigentlich?«, fragte Katha.
»Er hat mich bei Facebook eingeladen.«
»Achso. Ja, ich bin da glaube auch mit dem befreundet.«
Elli zuckte gleichgültig mit den Schultern und machte sich auf den Weg zu ihrer ersten Unterrichtsstunde dieses Tages.

Am Abend loggte Elli sich wieder bei Facebook ein, weil sie einen Kameraden etwas wegen Latein fragen wollte.
Gerade als sie die Nachricht an jenen abgeschickt hatte, bekam sie die Meldung einer neuen Nachricht. Das konnte doch unmöglich schon dessen Antwort sein?
Sie klickte auf das Symbol. Die Nachricht war von Daniel S.
»Hi.«, lautete sie einfach nur.
»Hey.«, schrieb sie zurück.
»Wie geht's?«, schrieb er wieder.
»Gut, und dir?«
»Auch gut, danke.«
»Warum hast du mich hier eingeladen?«, fragte Elli.
»Du gehst doch auf meine Schule, oder? Ich wollte dich kennenlernen.«
Irgendwie klang das sogar einleuchtend.

»Du hattest heute früh in der ersten Stunde Bio, stimmt´s? Ich hab dich da am Fenster gesehen.«, setzte sie fort.
»Jaa, hatte ich.«, antwortete er, »Ich sehe dich oft. Wenn du die bist, die ich denke. ;-)«
Okay, das war beinahe etwas unheimlich. Klang ja, als würde er sie stalken oder so etwas.
»Okay…«, erwiderte Elli überrascht, »Ich bin die, die fast immer in schwarz oder anderen dunklen Farben rumläuft, mit einem Nieten-Ketten-Gürtel.«
»Ja, dann bist du es :-)«, schrieb er, »Cooler Style.«
»Danke…deinen konnte ich bisher noch nicht so sehen.«
»Naja, ich trage meistens auch schwarz, Band-Shirts und an der Hose 'ne Schlüsselkette, und auf meinem Rucksack sind auch viele Bandlogos.«
»Ah,ok.«, erwiderte sie nur.

Sie unterhielten sich noch ein wenig über die Schule, ihre Hobbys und Musik- an diesem und den nächsten Tagen. Meistens schrieb er sie an. Eigentlich immer.
Nach einer Woche fragte er sie, ob sie für den kommenden Mittwoch schon eine Begleitung zur Bushaltestelle habe, was sie verwundert verneinte.
»Gut, treffen wir uns vor´m Schulausgang? Da, wo die Motorräder immer stehen?«
»Ähm…ja, okay.«, stimmte Elli, etwas überrumpelt, zu. Dieser Typ war ja anscheinend überhaupt nicht schüchtern.

Schließlich war der besagte Mittwoch dann angekommen.
Elli war schon den ganzen Tag über aufgeregt. Wie würde es wohl sein, wenn sie sich gegenüber standen? Würden sie sich dann immer noch so gut verstehen, wie im Chat?

Die letzte Stunde war vorüber, und Elisa ging zum Schulausgang.
Als sie hinaustrat, sah sie auch sogleich Daniel, der sich noch mit einem Freund unterhielt, sich von diesem jedoch sogleich verabschiedete, als er Elli sah und daraufhin nervös lächelte.
Elli ging auf ihn zu und lächelte ebenfalls.

»Na du.«, begrüßte er sie.
»Selber na du.«, gab sie keck zurück.
»Wie war dein Tag?«, fragte sie.
»Ach, naja…ich will Ferien.«, war die Antwort. »Wer will das nicht.«, stimmte sie ihm zu. »Und wie war deiner?«, fragte nun er.
»Genauso.«
»Hm…«
»Was machst du in den nächsten Ferien?«, fragte sie.
»Weiß ich noch nicht genau. Auf ein paar Konzerte gehen, mit Freunden treffen…und du?«
»Ich weiß es auch noch nicht. Vielleicht können wir ja auch mal was zusammen machen.«, schlug sie vor. Das würde ihr zumindest mal etwas Ablenkung einbringen. Und vielleicht waren die Kerle auf ihrer Ebene ja nicht so merkwürdig drauf, ihren Vater mal ausgenommen.
»Ja, gern.«, sagte er grinsend.

Als sie dann kurz vor der Haltestelle waren, meinte Daniel, dass sie sich jetzt verabschieden müssten, weil er nun in eine andere Richtung gehen musste, um nach Hause zu kommen.
Sie standen sich gegenüber, nervös lächelnd, unschlüssig darüber, was sie jetzt tun sollten.
Um diese unangenehme Situation aufzuheben, ging Elli schließlich einen Schritt auf ihn zu und deutete eine Umarmung an.
»Oh, okay.«, sagte er überrascht und umarmte sie kurz lächelnd.
»Na dann, gute Fahrt.«, sagte er.
»Danke, dir auch einen guten Heimweg.«, erwiderte Elli.
Sie nickten sich nochmal zu und gingen dann beide ihrer Wege.

Noch am selben Tag, kaum, dass sie zu Hause war, schrieb Daniel sie wieder an, um ihr zu sagen, dass es ihn sehr gefreut hatte, sie heute begleiten zu dürfen und dass sie ihn umarmt hatte.
Er schien sie ja wirklich zu mögen, war im Chat jedoch viel gesprächiger, als in realen Gesprächen. Das zeigte sich auch immer, wenn sie über Skype telefonierten. Manchmal schwiegen sie sich dann minutenlang an, da Elli ja auch ein wenig schüchtern war.

Dennoch wollte Daniel nahezu immer telefonieren, was sie manchmal schon fast ein wenig nervig fand.

Sie kamen sich immer näher, eine Freundschaft entwickelte sich, und nach ein paar Wochen erklärte er sich bereit, Elli zur Autogrammstunde von Blutengel, mittlerweile eine ihrer Lieblingsbands, zu begleiten. Er selbst mochte die Musik zwar nicht so, aber ihr zuliebe gingen sie zusammen dorthin.

Ganze vier Stunden standen sie an, Daniel tat Elli von Stunde zu Stunde immer mehr leid, weil er immer wieder davon sprach, dass es nicht schlecht gewesen wäre, sich etwas zu Essen einzupacken und er nicht mehr wusste, wie er stehen sollte, weil ihm derart die Füße schmerzten. Wobei es Elli da aber nicht viel anders ging.
Umso froher waren sie dann, als sie endlich an der Reihe waren. Elli holte sich ihre Autogramme und ein Foto mit der Band, Daniel ließ sich nur ein paar Autogramme geben.

Danach verließen sie den Leipziger Hautbahnhof, wo die Autogrammstunde stattgefunden hatte. Elli rief ihren Vater an, damit er sie abholte. Eigentlich dachte sie, dass Daniel mit ihr warten würde, bis ihr Vater da war, aber stattdessen fragte er sie, ob es schlimm wäre, wenn sie allein warten würde, damit er seine nächste Straßenbahn schaffte. Elli verneinte dies, wenn auch etwas enttäuscht. Also umarmte er sie, dankte ihr für den tollen Tag und ging dann zu seiner Bahn.
Elli stand nun allein, nachts, vor dem Hauptbahnhof in Leipzig, einer der größten Städte der Umgebung. Das würde ihr Vater sicher nicht gut heißen, Lisco ebenso wenig… wenn dieser sich überhaupt noch dafür interessierte. Warum traf oder sah sie ihn nicht mehr? Warum war er einfach plötzlich weggewesen? Stimmte, was Tycon ihr immer prophezeit hatte, dass Lisco sie von Anfang an nur hatte ausnutzen wollen, um Rache an ihm zu nehmen? Immerhin hatte Tycon ja gesagt, dass Lisco Elli, und somit auch Tycon, während ihrer Exstase ausgespäht hatte und nun wusste, was er vorgehabt hatte…aber vielleicht hielt er sich ja auch einfach von ihr fern, um sie nicht an die Behörden ausliefern zu müssen. Das würde der Grund sein…das hoffte sie zumindest. Sie konnte und

wollte nicht einsehen, ihr erstes Mal mit einem Typen gehabt zu haben, der sie anscheinend nur als Mittel zum Zweck benutzt hatte. Vielleicht sollte sie nachher mal wieder den Kontakt zu Tycon suchen, immerhin hatte sie schon relativ lange nicht mehr mit ihm geredet.
Vorausgesetzt natürlich, Daniel würde ihr Zeit dazu lassen, denn sie ging davon aus, dass sie nachher wieder chatten oder telefonieren würden.

Endlich kam ihr Vater dann angefahren. Sie traute ihren Augen nicht, als sie genauer ins Auto blickte: neben ihm saß Anna- mit einem Handtuch-Turban um den Haaren. Anscheinend hatte sie gerade geduscht oder sich die Haare gewaschen und wollte unbedingt wieder mitkommen, aus Angst, etwas zu verpassen. Elli könnte ja etwas Lustiges mit ihrem Vater erleben oder unternehmen, ohne sie. Lächerlich, dachte Elli.
In ironischer Begeisterung stieg sie ein.
»Na, wie war´s?«, fragte Anna. »Lang.«, erwiderte Elli nur.
»Wow, geht´s auch genauer?«, hakte Anna nach.
Elli verdrehte genervt die Augen.
»Was genau willst du denn wissen?«, antwortete sie seufzend.
»Na alles, was so passiert ist, wie viele da waren…«
Wollte sie etwa darauf hinaus, ob Daniel sie geküsst hatte, oder was?
»Es war voll, wir haben vier Stunden angestanden…nach zwei Stunden taten Daniel schon die Füße weh und ja…nichts weiter.«, antwortete Elli seufzend.
»Warum standest du grad eigentlich allein da, wo ist der Typ?«, fragte nun ihr Vater.
»Er musste seine Straßenbahn schaffen und hat deshalb gefragt, ob es schlimm wäre, wenn ich allein warte.«, antwortete Elli.
»Was fällt dem ein, man lässt doch ein Mädchen nicht nachts allein in Leipzig stehen!«, regte sich ihr Vater auf, »Wir hätten ihn doch auch nach Hause fahren können!«
Aber anscheinend hatte Daniel schon geahnt, weshalb es besser war, die Straßenbahn zu nehmen. Zumindest hätte Elli ihm die Fahrt und Annas Fragen nicht unbedingt antun wollen.

In der Wohnung ihres Vaters angekommen, föhnte Anna sich ihre Haare, währenddessen Elli und ihr Vater fernsahen. Nebenbei lud Elli das Foto von sich und Blutengel bei Facebook hoch, machte über sich selbst allerdings einen schwarzen Balken auf dem Bild, sodass nur die Band zu erkennen war. Sie fand nämlich, dass sie ziemlich bescheuert darauf aussah, weil die Bandmitglieder nicht von ihrem Tisch aufgestanden waren und Elli so hatte hinter ihnen stehen und sich nach vorn beugen müssen, um mit auf das Foto zu passen und nicht doppelt so groß zu sein, wie diese.
Kurze Zeit später, da sie wieder bei Facebook reinschaute, hatte Daniel unter das Bild geschrieben: »Der wahre Star ist hinter dem schwarzen Balken versteckt :-)«. Elli wurde rot, als sie das las.
Nicht, dass es das erste Kompliment von Daniel gewesen wäre, im Gegenteil. Er schrieb, manchmal sagte er es sogar, ständig, wie hübsch sie doch sei und Ähnliches. Vielleicht war er ja in sie verliebt…? Aber konnte sie darauf eingehen, nach allem, was passiert war, und vor allem jetzt, wo Tycon wieder da war…? Vielleicht sollte sie ihn fragen…obwohl, warum eigentlich, dachte sie, was konnte er aus seinem Spiegel schon dagegen tun? Beziehungsweise, warum sollte es ihn etwas angehen? Es war ihr Leben und ihr Körper, nicht seiner, auch, wenn er momentan quasi zum Teil in ihr lebte und sie dadurch anscheinend als sein Eigen ansah. Aber Daniel war ja nur ein ganz normaler Junge, kein Seelenwanderer, wie Elli Tycons und Liscos Gattung mittlerweile nannte.

Also beschloss sie, Tycon lieber nichts von Daniel zu erzählen, damit er nicht irgendwie in Versuchung kam, ihre Gedanken gegen ihn zu manipulieren. Falls er das in seinem momentanen Zustand überhaupt konnte. Aber wer wusste das schon?

Am nächsten Abend schlug Elli vor, ins DarkFlower, einen Alternative-Club in Leipzig, zu gehen, da Blutengel dort ihre neue DVD präsentieren würden und ihr Frontmann persönlich den DJ geben würde.
Ihr Vater und Anna leisteten sogar nicht viel Widerrede, sondern waren anscheinend der Meinung, es würde schon ganz cool werden.

Vor dem Club angekommen, machte Ellis Herz schon einen Satz nach oben, als sie die ganzen Gleichgesinnten davor herumstehen sah. Bei Anna und Ellis Vater schien es eher das Gegenteil zu bewirken.
Als sie eintraten, schlug Elli sogleich die laute, ihr so sympathische Musik und der typische Geruch nach Patchouli entgegen. Auch die Räumlichkeiten sprachen sie sehr an. Zuerst traute Elli sich nicht recht, sich unter die Menschenmenge zu mischen und zu tanzen, weil sie vorher auch noch nie in einem solchen Club gewesen war. Ihr Vater und Anna waren da schon entspannter und zogen sie einfach auf die Tanzfläche.
Nach ein paar Minuten merkte Elli, dass es Leute gab, die sowas von gar kein Taktgefühl hatten, sodass es vollkommen egal war, wie sie selbst tanzte- weil da eh niemand drauf achten würde, bei dieser Menschenmenge.
Also tanzte sie einfach. Erst zaghaft und unsicher, bis sie irgendwann die Kontrolle ihres Körpers der Musik übergab und sich von dieser leiten ließ.
Sie spürte jeden einzelnen Takt, ihr Herzschlag passte sich diesem an, alles andere blendete sie aus. Sie fühlte sich als Teil der Menge, fühlte sich zu Hause, in diesem Club, zwischen diesen, ihr gleichgesinnten Leuten und dieser wunderbaren Musik.
Gerade, als sie so richtig in Fahrt kam, als sie bis auf die Musik alles um sich herum vergaß, zog ihr Vater sie aus der Menge.
»Wir halten`s hier nicht mehr aus, bei der Mucke!«, schrie er durch die laute Musik, »Komm, wir gehen!«
»Ich will aber noch nicht gehen!«, rief Elli enttäuscht zurück. Jetzt, wo sie sich gerade mal richtig eingelebt hatte?
»Wir müssen aber, das ist für deinen Papa und mich echt schrecklich!«, pflichtete Anna ihm bei.
Da Elli keine andere Wahl blieb, begleitete sie die beiden mürrisch nach draußen. Sie hätte ja gern vorgeschlagen, dass sie sie noch ein paar Stunden allein da drin lassen könnten, aber da hätte ihr Vater sowieso nicht mitgemacht.
Als sie draußen waren und wieder normal reden konnten, meinte ihr Vater, dass sie jetzt ins Werk II gehen würden, in welchem angeblich eine 80er-Party stattfand. Ein paar Freunde von ihnen seien auch da. Das dämpfte Ellis Laune noch mehr. Nun wurde sie also nicht nur aus ihrem

Club, ihrer Welt, herausgerissen, sondern auch noch in eine Meute der Mainstreamen hineingezerrt.

Beim Eintritt in das Werk II fragte sie sich, ob es überhaupt noch schlimmer werden konnte. Hatte ihr Vater eine 80er-Party versprochen, deren Musik ja noch relativ erträglich gewesen wäre, herrschte in diesem Gebäude alles andere als 80er vor: Elli vernahm genau die Art von Musik, die sie, neben Schlagern und Volksmusik, abgrundtief verabscheute: Elektro, HipHop, House, Dinge wie Deichkind und Ähnliche drückten ihr hier auf die Trommelfelle.
Dementsprechend war ihre Mimik.
Als ihr Vater ihre Jacken ins Auto brachte, stand sie ein Weilchen mit Anna allein da. Auf einmal kam ein Typ angelaufen, welcher zu Anna meinte: »Deine Freundin sieht nicht gerade glücklich aus.«, mit einem Nicken zu Elli.
»Das ist nicht meine Freundin, das ist meine Tochter.«, meinte Anna grinsend und drückte Elli an sich.
Wie bitte?, dachte Elli empört. Was hatte sie da gerade gesagt?!
Der Typ sah sie verwirrt an und erwiderte: »Verarschst du mich, das ist doch niemals deine Tochter!«
Elli fand es immer wieder "toll", wenn über sie, als Objekt, geredet wurde, obwohl sie direkt daneben stand.
»Nee, hast Recht.«, meinte Anna lachend, »Ist die Tochter von meinem Freund.«
Na, wenigstens das war klargestellt.
Der Typ lächelte und wollte Anna etwas zu Trinken ausgeben, doch diese lehnte ab.
Dann kam auch schon Ellis Vater wieder. Er und Anna zerrten sie auf die Tanzfläche, wo auch deren Freunde gerade tanzten. Anna erzählte ihm, was gerade passiert war. Er fand es anscheinend auch lustig, dass sie behauptet hatte, Elli wäre ihre Tochter.
Elli dagegen stand genervt zwischen den Tanzenden, mit allessagendem Gesichtsausdruck und demotivierter Körperhaltung.
»Jetzt tanz doch mal!«, rief ihr Vater, »Gerade eben ging`s doch noch!«
»Ja, das war aber auch Musik, zu der ich getanzt habe, und nicht so ein Schranz wie hier!«, erwiderte Elli.

Ihr Vater schüttelte nur den Kopf. Um sich weitere Aufforderungen zu ersparen, versuchte sie, sich zur Musik zu bewegen, veränderte jedoch ihren Gesichtsausdruck dazu nicht.

Nach einer Weile hatte sie es geschafft, die Musik größtenteils zu überhören und sich nur auf den Takt und die Beats zu konzentrieren. Auch, wenn sie nicht so enthusiastisch war, wie vorhin im DarkFlower, so konnte man dennoch sagen, dass sie tanzte. Das freute Anna und Ellis Vater natürlich. Auch merkte Elli, wie sie hin und wieder von ein paar Typen abgecheckt wurde, denen sie aber keine Beachtung schenkte.

Als sie dann, einige Stunden später, die Disco verließen, meinte Ellis Vater zu ihr: »Na siehst du, war doch cool, oder?«
»Hm...ging.«, erwiderte Elli.
»Ach komm.«, fuhr dieser fort, »Du willst es nur nicht zugeben. Dich haben auch einige Typen abgecheckt.«
Elli verdrehte die Augen.
»Kann Sein.«, antwortete sie.
»Aber so böse, wie du geguckt hast, hat sich keiner an dich ran getraut.«, sagte Anna belustigt.
Ach, woran lagen die bösen Blicke denn wohl nur?, dachte Elli sarkastisch, sprach es aber nicht aus.

Am nächsten Abend, den sie immer noch bei ihrem Vater verbrachte, gingen sie, ihr Vater und natürlich Anna, zu Freunden von ihnen zum Spieleabend.
Dabei assoziierte Elli Karten-oder Brettspiele. Diese Erwartungen wurden nicht ganz getroffen: letztendlich spielten sie "Tabu"- allerdings die Version ab 18, wovon Elli nicht gerade begeistert war. Das bedeutete nämlich, dass, neben den normalen Tabu-Karten, auch Erotik-Karten dabei waren. Und so etwas mit ihrem Vater und dessen Freunden zu spielen, war ihr dezent peinlich.

Die Erotik-Karten überließ Elli von vornherein Anna, welche jene mit Bravur darstellte, zeichnete oder Ähnliches.
»Los, trau dich doch auch mal!«, sagte Anna aufmunternd zu ihr.

»Nein, das ist peinlich.«, erwiderte Elli.
»Wieso, ich mache es doch auch!«, war Annas Antwort.
»Ja, im Gegensatz zu mir, sitzt bei dir aber nicht dein Vater daneben und denkt sonst was von dir, wenn du das machst.«, erwiderte Elli kühl.
»Hey, du bist doch schon 18!«, entgegnete Anna, »Wenn du das machst, dann denken wir nicht, dass du das weißt und tust, weil du´s schon mal gemacht hast, sondern weil du einfach schon 18 bist und so.«
Hä? Diese Logik soll mal einer verstehen, dachte Elli.
»Also gut…«, meinte Elli genervt und griff sich eine Karte.
"Dreiecksverhältnis" stand darauf, und dieses sollte sie pantomimisch darstellen. Wie soll man denn bitte ein Dreiecksverhältnis pantomimisch darstellen?!, dachte sie zweifelnd.
Also stand sie auf und dachte hektisch nach. Zuerst stellte sie mit ihren Händen ein Dreieck dar. Als sie daraufhin nur fragend angeschaut wurde, wippte sie, so peinlich es ihr auch war, etwas mit dem Becken.
»Dreier?«, fragte Anna.
Fast, hätte Elli gern geantwortet, aber das verboten ja die Spielregeln.
Wie schon nicht anders erwartet, konnte niemand erraten, was sie da darstellte. Dies verhielt sich aber anders, wenn Anna oder die anderen etwas darstellten, die aber auch viel hemmungsloser waren, als Elli. Das lag aber vielleicht auch daran, dass Elli eine der Wenigen des Abends war, die nur ein Glas Sekt getrunken hatten.

-einige Wochen später-

In den nächsten Ferien wollten Elli und Daniel sich wieder treffen. Dabei war geplant, dass Elli nach Merseburg fuhr, Daniel sie vom Bahnhof abholte und sie dann einfach ein bisschen herumliefen, erzählten und vielleicht zu ihm nach Hause gingen.

Es war ein relativ warmer Frühlingstag, die Sonne schien und der Boden war trocken, sodass sie auch bequem abseits der Straßen laufen konnten.
»Wir können noch weiter hier langgehen oder zu mir gehen.«, schlug er schließlich vor, »Was ist dir lieber?«
»Mir ist es egal.«, meinte Elli lächelnd, »Entscheide du.«
Er lächelte ebenfalls und sie gingen zu ihm nach Hause.

Zuerst zeigte er ihr die Motorräder seiner Familie: seine Eltern, seine Schwester und er hatten alle jeweils ein eigenes Motorrad und allesamt waren es Harleys. Diese standen in einer liebevoll gestalteten Garage, überall an den Wänden hingen Bilder von Harleys oder dem Emblem der Marke Harley-Davidson. Elli staunte, als sie die Maschinen sah: sie waren groß, prächtig und allesamt unterschiedlich gestaltet. Leider hatte keines der Motorräder einen Rücksitz, sonst hätte sie ihn zu gern gebeten, dass er mal mit ihr eine Runde fuhr.

Danach zeigte er ihr sein Zimmer: es war genauer gesagt der Dachboden, da er aus seinem alten Zimmer herausgewachsen war, wie er meinte. Elli erschrak, als sie hochgingen, denn direkt neben dem Eingang, beziehungsweise der letzten Treppenstufe, stand eine echte Ritterrüstung. Daniel erklärte, dass er früher ein ziemlicher Mittelalter-Fan gewesen sei. Weiterhin waren die Wände seines Zimmers mit Bandpostern verklebt und auf seiner Couch lagen seine beiden Gitarren. Elli sah sich weiter um.
»Ein...wirklich interessantes Zimmer.«, bemerkte sie.
Er lächelte schüchtern. Sie standen sich gegenüber und Elli sah ihn an, in der Erwartung, dass er sie vielleicht küssen würde. Doch sie tat nichts dergleichen, woraus er sich das hätte erschließen können. Vielleicht bemerkte er ihre Absicht trotzdem, denn er sah sie unsicher an, wich mit dem Blick dann zur Seite aus und setzte sich auf seine Couch. »Setz dich hin, wo du magst.«, bot er ihr an. Neben ihm war kein Platz mehr, also setzte sie sich auf sein Bett, was eh die letzte verbleibende Sitzmöglichkeit darstellte.
Vielleicht war er ja einfach schüchtern, wie sie auch...?
»Spiel doch mal was.«, schlug sie vor und deutete auf die Gitarren.
»Ach, ich weiß nicht...«, begann er.
»Komm schon.«, forderte sie ihn lächelnd auf.
»Na gut.«, meinte er zögernd und griff zu seiner E-Gitarre.
Er war anscheinend wirklich ziemlich schüchtern, oder nervös, denn sie hatte ihn schon in Videos Gitarre spielen gesehen, wo er richtig abgerockt hatte. Jetzt dagegen spielte er ein paar Töne, mehr traute er sich anscheinend nicht, und legte die Gitarre dann wieder zur Seite.

Ein Weilchen schwiegen sie dann wieder, bis Elli vorschlug, er könne ja mal Musik anmachen. Er tat ihr den Gefallen, sodass es dann zumindest nicht mehr so still war, trotz ihres Schweigens. Elli versuchte oft, ein Gespräch zu beginnen, manchmal auch Daniel. Doch länger als fünf Minuten war zu dem Thema meist nichts zu erzählen.
Nach einer Weile ging Daniel dann einmal kurz aus dem Zimmer, sodass Elli die Chance nutzte, um schnell etwas zu trinken. Er hatte ihr die Flasche nämlich quasi ans andere Ende des Zimmers gestellt, sodass sie nicht einfach danach greifen konnte, und irgendwie hatte sie sich nicht getraut, aufzustehen und sie sich zu holen. Jetzt, da er nicht da war, tat sie dies.
Sie öffnete die Flasche und trank einen Schluck- igitt, dachte sie angewidert, Wasser mit Kirschgeschmack. Sofort schraubte sie sie wieder zu und stellte sie weg. In dem Moment kam dann auch Daniel wieder.
»Und, ist deine Mutter mittlerweile da?«, fragte sie, weil er vorhin gemeint hatte, sie müsse bald nach Hause kommen.
»Nein.«, antwortete er, »Aber wenn du nicht ins Kreuzverhör geraten willst, würde ich vorschlagen, dass du langsam gehst.«
Etwas perplex sah sie ihn an. War er etwa gerade im Begriff, sie rauszuwerfen?!
»Du willst mich wohl loswerden?«, fragte sie scherzhaft.
»Nein! Ich würde dich nie loswerden wollen.«, erwiderte er und lächelte entschuldigend, »Aber meine Mum ist ziemlich neugierig, und ich weiß nicht, ob du dir die vielen Fragen antun willst.«
»Ah, ok.«, meinte Elli etwas bedauernd, »Na dann gehen wir mal los.«
Er nickte und sie verließen sein Zimmer.

Als sie die eine Treppe heruntergelaufen waren, fragte Elli: »Hier jetzt schon rechts?«
»Nein.«, antwortete er, schelmisch lächelnd, »Es sei denn, du willst ins Gästezimmer. Würde mich auch nicht stören.«
Elli errötete leicht und rechtfertigte sich: »Euer großes Haus hat mich verwirrt.« Sie war immerhin nur zwei Etagen, und somit nur eine Treppe herunterzugehen, gewöhnt. Daniel kicherte.

Schließlich hatten sie das Haus verlassen und liefen wieder Richtung Stadt. »Es ist wirklich sehr schön hier.«, bemerkte Elli.
»Dann bleib doch hier.«, meinte er lächelnd.
»Du lässt mich ja nicht, wegen deiner neugierigen Mutter.«, entgegnete sie neckisch. Er schmunzelte.
»Ich bringe dich bis zur Brücke, oder?«, fragte er dann.
»Was?«, fragte Elli leicht entsetzt, »Dann finde ich mich aber nicht zum Bahnhof...«
Der Weg von seinem Haus bis zur Brücke war etwa ein Drittel der Gesamtstrecke.
»Du findest dich von da nicht zum Bahnhof?«, wiederholte er ungläubig.
»Ja naja...ich hab mir den Weg nicht gemerkt.«, erklärte sie kleinlaut. Sie war durch seine Gegenwart etwas abgelenkt gewesen...und noch dazu war es nicht gerade die feine, englische Art, wie man so schön sagte, seinen Gast, noch dazu wenn dieser ein Mädchen war, nicht bis zum Bus zurückzubringen.
»Ok, dann komm' ich eben bis zur Schule mit.«, seufzte er.
Das war ja immerhin etwas.

Er kam letzten Endes sogar noch ein Stück weiter mit, als nur bis zur Schule.
Zur Verabschiedung umarmten sie sich wieder und Elli ging dann zum Busbahnhof. Auf dem Weg dorthin sah sie sich noch ein paar Mal um. Dabei trafen sich ihre Blicke, da Daniel dasselbe tat. Sie lächelten.

Abends chatteten sie wieder, allerdings nur kurz, da Daniel erst spät online kam und dann auch noch zur Party eines Kumpels wollte.
»Hey, meine Sonne :-)«, schrieb er, »Ich fand den Tag mit dir heute sehr schön!«
Elli errötete, als sie das las. Diese Bezeichnung war ihr neu. "Süße" oder Ähnliches hatte er schon mal geschrieben, aber "meine Sonne" hatte er noch nie gesagt.
»Hey :-). Ich fand den Tag mit dir auch sehr schön, auch wenn du mich rausgeschmissen hast :b«, antwortete sie.

»Das wollte ich nicht :-(.«, kam zurück, »Aber wie gesagt, meine Mum ist sehr neugierig. Ich muss jetzt aber auch gleich los, hoffe, wir schreiben oder telen morgen wieder :-)«
»Ja, hoffe ich auch :-)« , schrieb Elli, »Viel Spaß auf der Party ;-)«
»Danke, bis morgen :-*«, antwortete Daniel und war dann auch schon offline. Elli wunderte sich über den Kuss-Smiley, das war ebenfalls das erste Mal, dass sie einen solchen von ihm erhielt. Merkwürdig…aber vielleicht taut er ja langsam auf, dachte sie schulterzuckend.

Was sollte sie den restlichen Abend nun noch tun? Sie dachte nach. Dabei fiel ihr auf, dass sie relativ lange nicht mehr mit Tycon geredet hatte. Also legte sie sich die Kette um den Hals und ging ins Bad. Hoffentlich würde er nicht wieder eine Diskussion zwischen ihnen entfachen.
Sie stellte sich vor den Spiegel, schloss kurz die Augen und atmete tief ein. Ob dies überhaupt notwendig war, damit er erschien oder damit sie ihn sehen konnte, wusste sie nicht, aber als sie ihre Augen wieder öffnete, war er jedenfalls da.
»Wie schön, dass du mich anscheinend doch nicht vergessen hast.«, sagte er etwas bitter.
»Wie könnte ich dich vergessen?«, erwiderte sie sarkastisch.
»Warum kommst du dann so selten zu mir?«, fragte er.
»Ich…hab eben noch anderes zu tun.«, antwortete sie ausweichend.
»Das da wäre?«, »Das geht dich nichts an.«
»Elli, das hatten wir doch schon.«, seufzte er, in bedauerndem Tonfall.
Ein stechender Schmerz durchfuhr sie, als sie gerade zu einer Antwort ansetzen wollte. Sie rang nach Luft und sah ihn zornig und fassungslos an. Wie konnte er nur so etwas tun und sie dabei noch so kaltherzig anschauen?
Er dagegen meinte gelassen: »Du weißt doch, wie das abläuft, früher oder später musst du es mir eh erzählen. Warum machst du also erst so ein Theater?«
»Du bist so ein…Arschloch!«, erwiderte sie wütend.
»Oh, wie charmant. Da kann ich mich aber noch an ganz andere Töne erinnern.«, meinte er schmunzelnd.
»Ja, weil du mich dazu gelenkt hast!«, entgegnete sie.

»Ach komm, Elisa, tu nicht so, als hätte es dir nicht gefallen. Du hast mich geliebt und du liebst mich immer noch, auch, wenn du es nicht zugeben willst.«
»Das ist nicht wahr!«, bestritt sie.
»Natürlich ist es das, früher oder später wäre es sowieso passiert.«
»Wenn was? Und wieso "sowieso"?«, fragte sie misstrauisch.
»Na, wenn ich dich nicht mit zu mir genommen, sondern dich weiterhin nur nachts hier besucht hätte. Du hättest mir nicht lange widerstehen können.«, schmunzelte er.
»Doch, hätte ich!«, widersprach sie empört.
»Ach, komm, hör schon auf.«, sagte er abwinkend, »Wie heißt er?«
»Wie bitte?«, erwiderte sie irritiert.
Wie konnte er so plötzlich das Thema wechseln?!
»Der Typ, weswegen wir uns gerade streiten.«, antwortete er gelangweilt.
»Wir streiten uns nicht wegen Daniel, sondern wegen dir!«
Und woher wusste er überhaupt, dass ihre Abwesenheit mit einem Kerl zu tun hatte?!
»Wie auch immer...Daniel also. Und was ist an dem so toll?«, fuhr er fort.
Dass sie aber auch nie ihre Klappe halten konnte...jetzt wusste er es also doch. Toll Elli, dachte sie und schlug sich in Gedanken die Hand vor die Stirn.
»Was ist an dem so toll?«, fragte er erneut.
»Ich weiß nicht...wir verstehen uns einfach gut!«
Langsam reizte er sie mal wieder.
»Und wie sieht er aus?«, bohrte er weiter. »Lange, blonde Haare...blaugrüne Augen...«, überlegte sie.
»Hm, kommt mir bekannt vor.«, meinte er und sah an sich herunter.
Fragend sah sie ihn an.
»Du suchst dir Ersatz für mich.«, erklärte er grinsend.
»Ich tue was?«, fragte sie, nun noch empörter.
»Du vermisst mich und suchst dir Ersatz, der mir ähnlich sieht...wahrscheinlich ähnelt er mir auch vom Charakter.«
»Nein, das tue ich nicht!«, stritt sie ab, »Und nein, sein Charakter ist viel besser als deiner!«

»Doch Elli, glaub mir.«, entgegnete er lächelnd und letzteres ignorierend, »Aber warum der Aufwand...es wäre so einfach! Hilf mir, wieder Gestalt und Stärke zu erlangen und du brauchst diesen Typen nicht mehr. Denn dann hast du mich, für immer.«
Tycons Selbstbewusstsein war ja wirklich unschlagbar...
»Wie kommst du darauf, dass ich dich noch will?«, fragte sie kühl.
»Ach, Elli, Liebes...ich kenne dich mittlerweile sehr gut. Und vergiss nicht, teilweise kann ich deine Gefühle und Gedanken wahrnehmen.«, meinte er zwinkernd.
Sie wurde rot, woraufhin er lächelte. Gut, so ganz Unrecht hatte er damit nicht: trotz dessen, was er bereits alles angestellt hatte, kam sie dennoch irgendwie nicht von ihm los. Aber das würde sie nicht zugeben.
Da sie nicht wusste, was sie darauf antworten sollte, verließ sie einfach das Bad.
»Wir sprechen uns noch, verlass dich drauf!«, rief er ihr hinterher, »Du kommst immer zu mir zurück!«
Sie nahm die Kette ab und legte sie auf den Schreibtisch. Sogleich meinte sie, sich wieder etwas befreiter zu fühlen.

Wie versprochen chatteten sie und Daniel am nächsten Tag wieder und auch an den darauffolgenden Tagen. Jedoch schien Daniel zunehmend weniger Zeit zu haben, da er immer öfter gar nicht online war, oder nur so kurz, dass mehr als ein »Hallo« und »Ich muss gleich weg«, oder »Hab keine Zeit« nicht drin war.

Grund dafür waren immer irgendwelche Konzerte, Partys oder Festivals, wodurch er dann teilweise sogar mehrere Tage lang am Stück nicht online erschien.
Elli war deswegen oft traurig und eifersüchtig, vor allem, wenn er oder Freunde von ihm Bilder von den jeweiligen Ereignissen auf Facebook hochluden und sie sah, dass da auch relativ viele Mädchen dabei waren. Daniel hatte auch generell sehr viele Freundinnen, natürlich auch fast alle aus der Gothic-oder Metalszene. Manche von ihnen schrieben so skurrile Kommentare unter seine Fotos oder Statuseinträge, dass Elli so manches Mal wütend auf den Monitor starrte und die Hände zu Fäusten

ballte. Obwohl diese Kommentare im Grunde genommen gar nicht schlimm waren, sie weckten nur einfach die Eifersucht in ihr.

Dass Daniel bei sehr vielen Bildern von diesen oder anderen Mädchen auf "Gefällt mir" klickte oder Kommentare wie "sehr heiß :>" oder "wunderschön :)" oder ähnlich darunter schrieb, machte es nicht gerade besser.

Immerhin gingen sie wenigstens fast jede Woche ein- bis zweimal gemeinsam zum Bus, beziehungsweise bis zu der Gabelung, wo sich ihre Wege trennten.

Aber zu mehr, als einer Umarmung, hatte sie ihn auch noch nicht bewegen können. Nicht, dass sie es versucht hätte, ihn zu küssen, oder etwas Derartiges gesagt hätte, aber sie hoffte, er würde einfach von selbst diesen Schritt tun.

Mit den außerschulischen Treffen gestaltete es sich durch besagte Konzerte, Partys und Festivals ebenfalls schwierig. Umso froher war sie, ihn in den nächsten Ferien dazu gebracht zu haben, zu ihr zu kommen.

Bevor er ihr zugesagt hatte, hatte er sich mehrmals versichert, ob sie auch allein zu Hause war. Warum, war Elli nicht ganz klar, sie vermutete aber einfach mal, dass er etwas geprägt war, weil seine Mutter anscheinend so krass drauf war.

Als jener Tag gekommen war, war Elli schon ganz aufgeregt. Sie war extra etwas früher aufgestanden, um ihr Zimmer aufzuräumen und sich die Haare zu waschen.

Als alles erledigt war, schrieb sie ihn nochmal an, um sich zu vergewissern, dass er es auch nicht vergessen hatte.

Er antwortete: »Ja, klar, bin gegen 14 Uhr da.:-) Muss aber ca. 16 Uhr wieder los, zu 'ner Geburtstagsfeier von 'nem Kumpel.«

Elli sank buchstäblich das Herz in die Hose. Nur 14-16 Uhr? Was konnte man da schon groß machen, in zwei Stunden? Und warum musste er überhaupt so früh wieder weg, sie hatte eigentlich erwartet, dass er sich den ganzen Nachmittag für sie Zeit nehmen würde…

»Wie jetzt, schon 16 Uhr? So früh? Dachte, du bleibst länger :-(«, schrieb sie deshalb.

»Warum früh? Reicht doch erst mal.«, war seine Antwort.
Ein erneuter Schwall der Enttäuschung stieg in ihr empor. Was war das denn bitte für eine Antwort? Und warum bestimmte er einfach, dass diese zwei Stunden erst mal reichen würden? Konnte er sie länger nicht ertragen? Oder hatte er vielleicht vergessen, dass sie sich an dem Tag treffen wollten und deshalb seinem Kumpel so früh zugesagt?
Elli blieb jedenfalls nichts anderes übrig, als »ok«, zu schreiben.
»Bis gleich, ich freue mich :-)«, kam daraufhin zurück.
»Ich mich auch :-)«, erwiderte sie, aber da war er auch schon wieder offline. Das war auch ein nerviger Punkt an ihm: dass er immer, ohne Vorwarnung oder Entschuldigung, offline ging und sie dann ewig lange ihren Monitor anstarrte, in der Hoffnung, er möge ihr doch endlich mal antworten. Aber hier endeten wohl die Grenzen seiner Höflichkeit.

Kurz vor 14 Uhr ging Elli in die Einfahrt, um ihn zu empfangen. Sie setzte sich auf einen Stein und wartete. Bei jedem Fahrgeräusch eines Motorrades stand sie auf, weil sie dachte, es sei das Seine.

Aber als Daniel mit seiner roten Harley endlich um die Ecke bog, war es bereits 14:30 Uhr. Jetzt bleiben uns also nur noch anderthalb Stunden, dachte Elli enttäuscht.
Dennoch bemühte sie sich, zu lächeln, als er in ihre Einfahrt fuhr, den Motor abstellte und abstieg. Er umarmte sie kurz zur Begrüßung, dann zeigte sie ihm, wo er sein Motorrad unterstellen konnte. Nicht, dass das bei strahlender Sonne und der kurzen Zeit überhaupt notwendig gewesen wäre…
Sie zeigte ihm auch kurz den Teich und anschließend gingen sie hoch, in ihr Zimmer. Als sie vor ihm die Treppe hochging, wurde sie das Gefühl nicht los, dass er verstohlen grinsend ihren Po musterte, da sie eine, leider unbedacht, relativ kurze Hose trug und dabei, wenn man nach unten versetzt hinter ihr lief, wahrscheinlich etwas von ihrem Hinterteil zu sehen war.

Er setzte sich auf ihren Stuhl, sie nahm auf ihrem Bett Platz. Einen Moment hatte sie gehofft, er würde sich neben sie setzen, womit sie aber mal wieder enttäuscht wurde.

Die Gesprächssituation war im Grunde dieselbe, wie letztes Mal, als sie bei ihm gewesen war, was hieß, dass ein Gesprächsthema nie lange anhielt und sie, oder manchmal auch er, ständig nach Neuen suchen musste.
»Spiel doch mal was am Keyboard.«, schlug er vor und deutete auf jenes. Elli schluckte. Eigentlich war ihr klar gewesen, dass diese Frage kommen würde, die Sache war nur die, dass sie schon seit Ewigkeiten nicht mehr vor anderen Leuten gespielt hatte. Mit Ausnahme von Tycon, natürlich…
Zögernd stand sie auf und schaltete es ein. Er sah sie abwartend an. Zaghaft legte sie die Finger auf die Tastatur, traute sich aber nicht, zu spielen.
»Ich bin voll nervös…«, sagte sie entschuldigend.
»Soll ich mich umdrehen?«, fragte er lächelnd.
»Vielleicht hilft das, ja.«, meinte sie kleinlaut.
Er lächelte wieder und drehte sich mit dem Stuhl Richtung Fenster. Das ist schon besser, dachte Elli.
Vorsichtig begann sie zu spielen. Sachte berührten ihre Finger die Tastatur, sanfte, melancholische Töne erklangen.
Ihre Finger wurden sicherer und im Kopf sang sie das Lied mit. Plötzlich bemerkte sie im Hintergrund, wie Daniel sich erhob und auf sie zukam.
Er stand nun hinter ihr, sie konnte seinen warmen Atem in Nacken spüren.
Sie fühlte sich an ihre erste Nacht bei Lisco erinnert, als dieser auch so hinter ihr gestanden hatte, bevor er sie geküsst hatte.
Sie erwartete, dass er ihre Haare beiseiteschieben und vorsichtig ihren Hals küssen würde. Dass er dann seine Hände an ihre Hüfte legen würde, um sie sanft zu sich umzudrehen und richtig zu küssen. Elli schloss die Augen und wünschte sich sehnlichst, diese Erwartungen würden erfüllt werden.

Doch nichts davon geschah.
Als sie geendet hatte, sah sie unsicher über ihre Schulter.
»Das war schön.«, sagte er, »Kannst du noch eins?«
»Ja, Coma White, von Marilyn Manson.«, antwortete sie.
»Cool.«, erwiderte er, »Dann spiel das doch noch.«

Sie schaute auf die Uhr und bemerkte traurig: »Du musst doch aber gleich los, hast du vorhin gesagt...«, »Ach, dann muss mein Kumpel eben warten.«, erwiderte er lächelnd.
Ach, dachte sie, auf einmal? Hatte ihm ihr Spiel etwa so sehr gefallen?
Sie nickte lächelnd und begann zu spielen. Er stand immer noch neben ihr, beobachtete ihre Hände und lauschte den Klängen.
Als sie auch dieses Stück beendet hatte, versuchte er, auch irgendwelche guten Töne auf der Tastatur zu erzeugen, entschied sich dann aber, es zu lassen. Er begründete es damit, dass er sie ja nicht von ihrem eigenen Instrument vergraulen wolle.
Nun musste er eigentlich gleich gehen, doch er tat noch nichts dergleichen. Elli hatte das Keyboard ausgeschaltet, stand unschlüssig da und trommelte mit einer Hand nervös auf ihrem Bauch herum.
»Was klappert da so?«, fragte Daniel verwundert.
»Hm?«, antwortete Elli. Er sah sie fragend an.
»Achso, ja.«, fügte sie hinzu, als ihr auffiel, was er meinte, »Mein Piercing.«
»Du hast da 'nen Piercing?!«, fragte er etwas erschrocken.
»Ja, ist doch nichts Besonderes.«, antwortete sie schulterzuckend, »Willst du ihn sehen?«
Er nickte unsicher.
Sie zog natürlich nicht ihr Oberteil aus, sondern hob es nur bis zur Hälfte hoch, sodass er den Piercing sehen konnte, aber mehr auch nicht. Sie musste sich ja nicht gleich völlig präsentieren.
»Au!«, gab er, beinahe geschockt, von sich und griff sich selbst an den Bauch, als ob er die Schmerzen des Stiches schon durch den bloßen Anblick spüren könnte. Er tat ja regelrecht so, als wäre sie der der einzige Mensch auf der Welt, der auf die Idee gekommen war, sich ein Metallstäbchen durch den Bauchnabel stechen zu lassen.
Vorsichtig berührte er den Piercing mit der Fingerspitze und schüttelte sich leicht.
»Das kann ich mir überhaupt nicht vorstellen, da 'nen Piercing durchzukriegen. Das muss doch irre weh tun!«, sagte er.
»Naja, so dolle weh tat´s nicht.«, erwiderte Elli lässig und ließ ihr Oberteil wieder absinken.

»Hm...naja, aber jetzt sollte ich wirklich los...«, meinte er etwas bedrückt.
Elli nickte. Stimmt, da war ja was, dachte sie.
Also gingen sie die Treppe herunter und verließen das Haus.

Bevor er dann wieder seine Harley anließ und aufstieg, umarmte er sie wieder. »Danke, dass ich hier sein durfte.«, sagte er an ihrem Ohr.
»Danke, dass du hier warst. Auch, wenn es nur so kurz war.«, erwiderte sie.
Er lächelte, ließ sie los und stieg auf sein Motorrad. Wieder kein Kuss, dachte sie und seufzte leise.
Er lächelte ihr noch einmal zu, winkte und fuhr dann davon. Elli ging enttäuscht ins Haus zurück.

Die nächsten zwei Tage kam er wieder überhaupt nicht online, an den darauffolgenden jeweils nur kurz, für ein paar Minuten. Sie vermutete, dass er bei seiner Schwester in Leipzig war, weil er dort auch einige Freunde hatte und dort immer irgendwelche Partys oder Konzerte stattfanden, zu denen er ging. Als sie sich damals zur Blutengel-Autogrammstunde dort getroffen hatten, hatte sein Atem auch ziemlich nach Alkohol gerochen, erinnerte sie sich im Nachhinein.

Nach ein paar Tagen lud eine Freundin von Daniel Bilder von den Partys hoch. Auf jenen selber war nichts Außergewöhnliches zu sehen, aber Elli mochte dieses Mädchen nicht. Sie war ihr unsympathisch, vor allem, wenn sie sah, was diese für Kommentare unter die Bilder schrieb. Die schmeißt sich doch total an Daniel ran, dachte Elli verächtlich, und der merkt es nicht mal.
Aber was sie selbst, Elli, für ihn empfand, merkte er ja anscheinend auch nicht...

Elli ertappte sich immer öfter dabei, wie sie auf Daniels Profil schaute, die Links der Leute, vor allem Mädchen, anklickte , mit denen er unterwegs gewesen war und deren Profile durchforstete.
Bei jenem Mädchen, welches sie wegen ihrer Anzüglichkeit Daniel gegenüber ja ohnehin schon nicht leiden konnte, stand eines Tages plötz-

lich im Profil: »Das Gefühl, jemandem seine Liebe nicht gestehen zu können, weil man ihn sonst verliert.« Elli ballte die Fäuste, als sie das las. Damit konnte ja nur Daniel gemeint sein!

Zum Glück konnte sie ihn ein paar Tage später dazu bringen, mal wieder mit ihr zu telefonieren: »Wie war dein Wochenende?«, fragte sie.
»Lustig, war ja auf 'ner Party mit Freunden. Die Eine hat mit mir rumgeknutscht.«, antwortete er grinsend. Sie war froh, ihn in diesem Moment nicht sehen zu können, weil sie diese Info erstmal verarbeiten musste. Das Grinsen hatte man ihm aber regelrecht anhören können.
»Wie jetzt?«, fragte sie perplex.
»Naja, ich wollte eigentlich nicht, aber die hat mich einfach geküsst und dann hab ich halt mitgemacht.«, fuhr er unbekümmert fort.
Elli konnte nicht fassen, dass er ihr das einfach so erzählte, wo er doch eigentlich wissen musste, was sie für ihn empfand!
»Und…seid ihr jetzt zusammen…?«, fragte sie vorsichtig.
»Nö, wieso? Ich bin noch Single, keine Sorge.«, sagte er, wieder mit hörbarem Grinsen.
»Gehen wir nächsten Donnerstag wieder das Stück zusammen?«, fragte sie, um von diesem peinlichen und ihr unangenehmen Thema abzulenken.
»Klar, gern.«, antwortete er.
»Du bist selten online, in letzter Zeit.«, stellte sie fest.
»Ja naja, hab eben viel zu tun. Tut mir leid, würde auch gern öfters mit dir chatten oder telen.«
»Vielleicht kann ich ja mal mitkommen?«, schlug sie vor.
»Wohin?«, fragte er irritiert. »Na auf so 'ne Party, ein Konzert oder so.«
»Ja, naja, könntest du.«, erwiderte er, »Aber ich bin da relativ oft etwas angetrunken, und das möchte ich dir nicht unbedingt zumuten.«
»Wieso, wie bist du denn, wenn du getrunken hast?«, fragte sie neckisch.
Er lachte und meinte: »Naja, ist nicht so, dass ich da aggressiv werde oder so…ist ja bei vielen so…ich werde da eher…«, er überlegte, »kuschelig.«
»Kuschelig?«, wiederholte sie belustigt. Wo war dann bitte das Problem?!

»Naja, ich weiß nicht, wie ich das erklären soll...«, fuhr er fort, »Ich bin dann eben total anhänglich und eben...kuschelig. Deswegen hab ich ja wahrscheinlich auch mit der rumgeknutscht.«
Na, wenn´s weiter nichts ist, dachte Elli, dann musste sie eben alle anderen Weiber von ihm fernhalten und sich selbst in seiner Nähe aufhalten.
»Und das heißt jetzt im Resultat?«, fragte sie.
»Dass wir gern mal wieder was zusammen machen können, aber auf so eine Party möchte ich dich nicht unbedingt mitnehmen...nicht, weil ich dich nicht dabei haben wollen würde, sondern...naja, wie gesagt.«
»Schon klar.«, sagte sie tonlos. Dachte er etwa, sie sei eine Spaßbremse oder Ähnliches?!
»Was hast du am Wochenende so gemacht?«, fragte nun er. Wollte er vom Thema ablenken?
»Nichts Besonderes...hab nur gehofft und gewartet, dass du online kommst.«, gab sie zu.
»Ach mann...«, antwortete er bedauernd, »Und ich war nicht da!«
»Ja naja...jetzt bist du´s ja.«
»Ja. Ich hab neulich angefangen, eine Geschichte zu schreiben.«, erzählte er. Er wusste ja, dass sie selbst auch schrieb.
»Echt? Kannst du sie mir schicken?«, fragte sie ungläubig.
»Naja...ich kann sie dir auch vorlesen, wenn du magst.«, schlug er vor.
»Gern!«, erwiderte sie und fragte schelmisch: »Spielen wir jetzt etwa den Vorleser nach?«
»Woran du wieder denkst!«, erwiderte er, gespielt vorwurfsvoll. Sie kicherten. Dann begann er, seine Geschichte vorzulesen. Elli lehnte sich im Stuhl zurück und lauschte seiner Stimme. Die Geschichte war relativ spannend, sie ärgerte sich ein bisschen, dass sie nicht selbst auf die Idee gekommen war. Auch, wenn in dieser Story die Frauen den Männern gesellschaftlich ziemlich unterstellt waren. Daniels Statement dazu war nur: »Frauen halt«, und ein Lachen. Er gehörte zu der Sorte Typen, die gern ihre Späße mit der veralteten Rolle der Frau trieben, in Wahrheit jedoch angeblich Frauen achteten und als gleichberechtigt ansahen. Elli mochte diese Art Späße nicht besonders, aber was sollte sie schon dagegen tun? So war er nunmal. Tycon hatte ja auch einen eigenartigen Sinn von Humor.

Ab und zu fragte er, ob sie eingeschlafen sei, weil sie nichts sagte, sondern ihm einfach nur lauschte. Spaßeshalber schlug sie vor, sich ab und an zu räuspern, um diesem Irrtum vorzubeugen. Er fand die Idee super, also tat sie es auch wirklich so.

Als er geendet hatte, streckte sie sich und gähnte.

»War es so langweilig?«, fragte er belustigt.

»Nein, ich hab grad nur ziemlich lange in derselben Position verharrt und es ist schon ziemlich spät.«, erwiderte sie schmunzelnd.

»Achso, ja. Stimmt, ich auch.«, gab er zurück und sie konnte hören, wie er sich streckte.

»Die Geschichte ist cool, gefällt mir.«, sagte sie.

»Echt? Cool, das freut mich.«, sagte er, freudig überrascht, »Es geht natürlich noch weiter, irgendwann...das war nur der Anfang. Mal sehen, wann ich weiterschreibe.«

»Ja, das dachte ich mir schon.«, antwortete sie, »Ich freu mich drauf, zu hören, wie es weitergeht.«

Sie hörte, wie er lächelte. »Jetzt ist es aber echt schon spät.«, stellte er fest, »Vielleicht geh ich langsam off und ins Bett.«

»Ja, ich auch.«, stimmte sie ihm zu.

»Na dann... dann wünsche ich dir mal eine gute Nacht mit süßen Träumen!«, sagte er freundlich.

»Danke, dasselbe wünsche ich dir auch.«, erwiderte sie, und fügte kurze Zeit später noch hinzu: »Hab dich lieb.«

Wieder hörte sie, wie er lächelte und sagte: »Ich dich auch.«

Sie lächelte ebenfalls. Per Chat schickte er ihr einen Kuss-Smiley, den sie natürlich sogleich erwiderte.

»Na dann, bis morgen.«, sagte er.

»Ja, bis morgen.«

»Mann, ich will nicht auflegen.«, meinte er, in bedauerndem Tonfall.

»Ich eigentlich auch nicht...«, gab sie zu.

Wer weiß, wann ich deine Stimme das nächste Mal höre, hätte sie gern hinzugefügt.

»Aber wir müssen langsam...«, »Ja...wir können ja gleichzeitig auflegen.«, schlug sie vor.

»Echt jetzt?«, erwiderte er belustigt.

»Warum nicht?«

»Okay...na dann...3...2...1«, zählte er und dann legten sie gleichzeitig auf. Im Chat sandte er ihr noch: »Also dann, gute Nacht :*« und war dann auch gleich darauf offline.
Na, das war doch eigentlich ein recht schönes Telefonat gewesen, dachte sie. Von dem anfänglichen Geständnis einmal abgesehen.
Sie konnte den Donnerstag kaum erwarten. Vielleicht würde sie da den Versuch unternehmen, ihn zu küssen. Oder, besser: ihn dazu bewegen, sie zu küssen.

Die Woche, bis es dann endlich soweit war, verlief ereignislos und langweilig. Sie hatte nach wie vor weder von Lisco, noch von Tycon etwas gehört, geträumt oder gesehen und beschlossen, in nächster Zeit auch nicht mit Tycon zu sprechen. Ganz einfach deshalb, damit er sah, dass sie auch sehr gut ohne ihn klar kam. Und, dass er sie nicht einfach so selbstverständlich für sich beanspruchen durfte.

Sie wartete vor der Schule auf Daniel und lächelte, als sie ihn sah. Er lächelte ebenfalls.
»Na du.«, sagte er.
»Na du selber.«, gab sie keck zurück.
»Wie war dein Tag?«, fragte sie beim Laufen.
»Stressig. Ich hasse Donnerstage...das einzig Gute daran ist, dass morgen schon wieder Freitag ist.«
»Ja, das stimmt.«, stimmte sie ihm zu, »Was machst du am Wochenende?«
»Zu 'nem Konzert gehen.«, antwortete er schmunzelnd. »Also das Übliche.«, stellte sie fest.
»Ja. Und du?«, »Weiß ich noch nicht.«
»Hm...du kannst ja eine Geschichte schreiben und dir mir dann mal vorlesen.«, schlug er vor. Sie lächelte.
Gleich kam der Punkt, wo sie sich wieder trennen mussten. Warum zum Teufel war ihr gemeinsamer Weg nur so kurz?!
Sie blieben, wie gewohnt, an jenem Punkt stehen und sahen sich unschlüssig an. Elli ging auf ihn zu und wollte ihn umarmen, doch er sagte: »Ich bin erkältet...sicher, dass du mich trotzdem umarmen willst?«

»Klar, komm her.«, erwiderte sie abwinkend und umarmte ihn einfach. Er schien durch ihren raschen Entschluss etwas überrumpelt zu sein, schloss jedoch auch die Arme um sie. Elli atmete seinen Geruch ein und schloss die Augen.
»Na dann, gute Fahrt und bis dann.«, sagte er lächelnd und ließ sie los.
Jetzt oder nie, dachte Elli und sagte: »Ich würde dich sogar küssen…«
Daniel grinste breit, tat aber nicht, was sie erwartet, oder wenigstens gehofft hatte. Stattdessen ging er langsam und unsicher in Richtung seines Dorfes. Elli seufzte und ging zum Busbahnhof.
Abends schrieb sie ihn dann an: »Was hättest du eigentlich gemacht, wenn ich dich geküsst hätte? :b«
»Was hätte ich da schon machen sollen? :b«, kam zurück, »Du hättest mir meinetwegen auch das Gesicht ablecken können.«
»Ernsthaft? o.0«, schrieb sie zurück. Diese Vorstellung erschien ihr etwas absurd.
»Klar.«, schrieb er, »Bei Leuten, die ich mag und denen ich vertraue, stört mich das nicht.«
Igitt, dachte sie. Also war damit nicht speziell sie gemeint…kein Wunder, dass die Tussi letztens ihn abgeknutscht hatte, anscheinend ließ er das ja jede machen, die er leiden konnte. Ein Kuss hatte für ihn wohl nicht sonderlich viel mit Liebe zu tun.
»Aber findest du das nicht eklig?«, fragte sie, »Mit Mädchen rumzuknutschen, mit denen du nicht mal annähernd zusammen bist?«
»Nö, warum? Es gibt ja die Küsse, die man macht, weil´s Spaß macht, und die, weil man sich liebt. So kam auch mein erster Kuss zustande ^^«
Elli stockte. Diese Einstellung gefiel ihr ja mal überhaupt nicht…zumindest nicht, wenn sie sich gerade vorstellte, dass Daniel vielleicht mit all den Mädels, mit denen er befreundet war, mal eben herumknutschte, wenn ihm danach war. Sie hatte zwar eigentlich auch Lisco geküsst, ohne, dass sie zusammen gewesen waren, aber das war ja etwas anderes gewesen…
»Okaay…«, schrieb sie deshalb nur. Die Vorstellung, betrunken auf irgendeinem Konzert, von irgendeinem unbekannten Typen den ersten Kuss zu bekommen, erschien ihr ziemlich widerwärtig und unromantisch. In diesem Moment wurde ihr wieder klar, dass ihr erster Kuss ja mit Tycon gewesen war! Sie hatte erst an ihre erste Nacht bei Lisco ge-

dacht, aber Tycon war ja um Einiges eher da gewesen. Auch, wenn es ein nicht ganz normgerechter Kuss gewesen war, da Tycon ihn ja nicht zum Zweck eines Kusses gemacht hatte, und obwohl Tycon auch ein Fremder gewesen war, so war es dennoch ein schöner erster Kuss gewesen. Ein gut aussehender Fremder, der Sternenhimmel über ihnen, die Ruhe der Nacht…statt einem Haufen Betrunkener und einer Alkoholfahne aus dem Mund. Aber sie wollte jetzt nicht schon wieder an Tycon denken! Auch, wenn so mancher Moment mit ihm ihr wundervoll und magisch vorgekommen war, so waren auch genügend Momente dabei gewesen, in denen sie ihn gehasst hatte. Und das nicht grundlos.
»Ich muss jetzt offline gehen.«, schrieb Daniel, »Sitze noch an 'nem Aufsatz für morgen.«
»Okay, viel Erfolg ;-)«, schrieb Elli, aber da war er schon wieder offline.
Was sollte dieses Verhalten?! Sie war ratlos. Wie er mit ihr umging, war mehr als merkwürdig. Wen könnte sie um Rat fragen? Ihr kam ein Gedanke. Nein, dachte sie, Tycon frage ich ganz bestimmt nicht. Andererseits- wen dann? Ihre Mutter war immer noch ziemlich aufgelöst und down, da wollte Elli sie nicht auch noch mit ihren Problemen belasten. Melanie war nicht dazu geschaffen, um über Jungs zu reden, sie hatte die Angewohnheit, dabei einzuschlafen. Ellis Vater würde wahrscheinlich nur sagen, dass sie schon noch den Richtigen finden würde oder Ähnliches…und Tycon? Tycon war ein Kerl, mit jahrhundertelanger Erfahrung…er müsste ja wissen, wie Kerle so ticken…die Frage war nur, ob er ihr ernsthaft zuhören und antworten würde, oder ob er wieder begann, ihr Daniel ausreden zu wollen.
Obwohl sie sich bewusst war, damit gegen ihr Vorhaben, Tycon zappeln zu lassen, zu verstoßen, beschloss sie, mit ihm zu reden. Am besten gleich jetzt, bevor ich wieder zur Vernunft komme und es mir anders überlege, dachte sie zynisch. Auch war sie jetzt noch allein zu Hause, sodass sie ungestört reden konnten.
Elli legte sich die Kette um und ging ins Bad.

Das blöde Gefühl, vor dem Spiegel zu stehen und auf Tycon zu warten, erschien ihr immer noch als ziemlich merkwürdig.
»Hab ich´s dir nicht gesagt?«, ertönte dann auch schon seine Stimme, mit triumphierendem Unterton.

Genervt sah sie ihn an und erwiderte: »Ja, ich bin wiedergekommen. Und? Das hat nichts mit dir zu tun!«
»Mit wem dann? Ich sehe außer mir niemanden hier drin.« Er sah sich demonstrativ um.
»Wenn du so anfängst, gehe ich wieder!«, drohte sie.
»Mach doch.«, erwiderte er schulterzuckend, »Dann kommst du eben später wieder.« Leicht gereizt sah sie ihn an.
»Du bist ja immer noch hier.«, stellte er überrascht fest, »Ich denke, du wolltest gehen?«
»Eigentlich wollte ich mal wieder den guten Teil von dir sehen und dich etwas fragen.«
Nun war er es, der sie etwas überrascht ansah.
»Meinen guten Teil?«, überlegte er, »Wer sagt, dass es den gibt? Wo ich doch angeblich immer nur der Böse bin...?«
»Ich weiß, dass es ihn gibt. Vielleicht willst du es nicht zugeben, ich will es eigentlich auch nicht. Aber ich weiß, dass zumindest nicht alles Nette, von dem, was du getan hast, gespielt war.«
»Ach, wirklich?«, meinte er abschätzig, »Jetzt, wo Lisco dich verlassen hat und dein Ersatz für mich dich auch nicht will, bin ich wieder der Gute?!«
»Daniel ist kein Ersatz für irgendjemanden! Und es ist nicht so, dass er mich nicht will!«, rechtfertigte sie sich.
»Aber etwas stimmt nicht mit ihm, beziehungsweise verhält er sich komisch.«, stellte Tycon fest.
»Woher willst du das wissen?«, fragte sie misstrauisch.
Tycon lächelte daraufhin. »Warum wärest du sonst zu mir gekommen?«
Sie wurde rot.
»Man kann mir dir nie vernünftig reden.«, bemerkte sie genervt.
»Nein, du lässt dich nur zu oft ablenken.«, entgegnete er mit einem hämischen Lächeln. Elli atmete einmal tief ein und aus, um ihre innere Ruhe wenigstens ein bisschen zu bewahren.
»Na los, sag schon, was du auf dem Herzen hast.«, forderte er gelangweilt.
»Ich würde dich nicht fragen, wenn ich jemand anderen wüsste.«, sagte sie kühl.

»Ich weiß. Aber wie es aussieht, hast du nur mich. Also, was macht er denn nun so Furchtbares?«
»Ich weiß nicht…er…verhält sich komisch.«, begann sie.
»Ist mir klar.«, meinte er und verdrehte genervt die Augen, »Und inwiefern?«
Sie warf ihm einen finsteren Blick zu und fuhr fort: »Kriegst du`s hin, mich jetzt erklären zu lassen und nicht dazwischenzureden?«
»Ich versuche es. Na los.«
Also begann sie zu erklären: »Naja, er hat so selten Zeit…ist fast immer auf Partys oder Konzerten, wo er mit irgendwelchen Mädchen rumknutscht…er meinte, dass er bei Leuten, die er mag und denen er vertraut, kein Problem damit hat, wenn sie ihn küssen oder Ähnliches…aber er kommt nie auf die Idee, mich zu küssen, obwohl ich es ihm quasi schon überdeutlich angeboten habe…und wenn wir uns mal treffen, dann hat er nie mehr Zeit, als ein paar Stunden…aber in Chats oder am Telefon gibt er mir immer Kosenamen und sagt schöne Dinge oder schickt mir Kusssmileys…«
Fragend und etwas peinlich berührt sah sie ihn an. Er hatte ihr tatsächlich aufmerksam zugehört und schien nachzudenken.
»Er ist noch fast ein Kind.«, sagte er dann schlicht.
»Wie bitte?«
»Er ist 18, oder? Er weiß anscheinend noch nicht so recht, was er will. Deswegen kannst du ihn in diesem Punkt auch nicht mit mir, oder meinetwegen auch mit Lisco, vergleichen.«, erklärte Tycon.
»Das hatte ich nicht vor. Aber ich bin doch auch 18?!«, entgegnete sie verständnislos.
»Meine Güte, hast du noch nie davon gehört, dass Jungs den Mädchen etwas hinterher sind, in der Entwicklung? Er ist geistig wahrscheinlich erst 15 oder 16…«
»Ach, so meinst du das…«, erkannte sie nachdenklich.
»Oder, was ich vielleicht eher denke…«, begann er und wartete auf ihre Reaktion.
»Was?«, fragte sie gespannt.
»…er will dich wirklich nicht und traut sich nur nicht, es zu sagen.«, schloss er.

»Warum?«, »Das weiß ich doch nicht, warum.«, erwiderte er mürrisch, »Wenn ich nicht hier drin festsäße, könnte ich ja seine Gedanken lesen…aber so wird das nichts.«
»Das sollst du auch nicht.«, entgegnete sie barsch, »Aber warum denkst du das?«
»Weil du gesagt hast, dass er nie viel Zeit für dich hat und dich anscheinend nicht küssen will.«
»Du wolltest mich auch nicht immer küssen.«, erinnerte sie ihn.
»Das stimmt so nicht.«, erwiderte er ruhig, »Aber jetzt bist du diejenige, die ablenkt. Du solltest ihn vergessen, glaub mir…das ist das Beste für dich, sonst…«, »Wieso war mir so klar, dass du es wieder versuchst?!«, schnitt sie ihm scharf das Wort ab.
»…dass ich was versuche?«, fragte er irritiert.
»Ihn mir auszureden!«
»Das tue ich doch überhaupt nicht!« Nun war er es, der aufbrausend wurde.
»Natürlich, du hast es letztes Mal schon versucht, und jetzt tust du es wieder! Ich hätte es wissen müssen!«
»Elli, du hast mich um meine Meinung gefragt, und das ist sie! Er wird dir nur weh tun, durch sein Verhalten, auch, wenn er es nicht unbedingt will!«
»Ach, so wie du, meinst du?«, entgegnete sie traurig.
Ohne weitere Worte verließ sie das Bad und merkte, wie er sie verständnislos ansah und zu weiteren Worten ansetzte. Er kam jedoch nicht dazu, jene zu sagen, weil Elli dann den Raum schon verlassen hatte.
Eigentlich hätte sie sich ja denken können, wie dieses Gespräch enden würde. Warum hatte sie dann trotzdem mit ihm gesprochen? Stimmte es, dass ihr einfach Liscos Zurechtweisungen fehlten? Dass sie unbedingt etwas Gutes in Tycon sehen und nicht einsehen wollte, dass da vielleicht gar nichts war? Aber andererseits, war da bei Lisco denn etwas gewesen? Er, mit dem sie ihr erstes Mal gehabt hatte, und der dann von einem Tag auf den nächsten verschwunden war? Tycon war immerhin noch einigermaßen bei ihr. Aber vermutlich auch nur, weil er nicht anders konnte und sie brauchte…

Am Wochenende fuhr sie mit ihrem Vater auf eine Motorradtour. Sie hoffte, dadurch etwas auf andere Gedanken zu kommen. Sie hätte ja Daniel gefragt, ob er mit seiner Familie auch mitfuhr, aber durch das Konzert ging das ja nicht.

Elli hatte noch nie so viele Motorräder auf einem Fleck gesehen.
In Sangerhausen begann das Treffen, von da aus fuhren alle gemeinsam nach PullmanCity.
Der Boden schien zu vibrieren, als die vielen Motoren starteten, Ellis Herz machte förmlich einen Satz. Es schlug schneller, sie konnte sich ein Grinsen nicht verkneifen. Als sich die Meute in Bewegung setzte, verstärkte dies ihr Glück nur: wohin sie auch sah, sie war scheinbar bis zum Horizont von glänzendem Chrom und den Abgasen hunderter, wenn nicht sogar tausender Motorräder umgeben. Es sah aus wie eine riesige Welle aus Metall, die sich langsam fortbewegte.
Ihr Vater drehte beherzt am Gas und sie erkämpften sich einen Platz, relativ weit vorne in der Gruppe. Manchmal fuhr eine Simson oder ein anderes kleines Moped vor oder neben ihnen, der Lärm des nörgelnden Einzylindermotors war kaum auszuhalten. Umso schöner war es dann, wenn sich vorne eine Lücke ergab, sodass sie sich vorbeidrängeln und dem entfliehen konnten.
Es war auch ein wunderbares Gefühl, den ganzen Leuten, die am Straßenrand standen und sich die Ausfahrt ansehen wollten, zuzuwinken. Elli fühlte sich dadurch wie eine von vielen Prominenten: die Menschen standen freudestrahlend am Straßenrand und winkten, riefen ihnen Dinge zu, die Biker winkten zurück und hupten- unbeschreiblich und unnachahmlich, diese Augenblicke. Wer das verpasste, oder nicht miterleben wollte, war selbst schuld.
Elli fand es auch sehr interessant, endlich mal PullmanCity zu sehen, die berühmte Westernstadt im Harz. Sie staunte, dass wirklich alles so aussah, als wären sie in der Kulisse irgendeines Cowboyfilms. Selbst die Leute hier liefen alle ausnahmslos wie Cowboys herum, sogar die Kinder waren dementsprechend gekleidet. Es kam auch vor, dass ihnen plötzlich eine Truppe Reiter entgegen galoppiert kam, um wenige Minuten später eine Show vorzuführen.

Als ihr Vater sie nach der Tour wieder zu Hause absetzte, hatte Elli das Gefühl, sie würde noch immer auf dem Motorrad sitzen, inmitten der ganzen anderen Maschinen, so sehr spürte sie noch das Brummen in ihren Ohren. Selbst laute Musik vermochte nicht, es zu vertreiben.
Wie würde sich Daniel ärgern, wenn sie ihm davon erzählte! Oder, besser noch, wenn sie ihm eins der Videos zeigte, die sie vom Motorrad aus gedreht hatte!
Sie war gespannt, wann er online kam und ihr von dem Konzert erzählte. Aber wahrscheinlich blieb er noch bis Sonntag bei seiner Schwester und kam dann erst abends nach Hause und online…sodass sie sich wohl leider noch etwas gedulden musste.

-einen Tag später-

Bald blinkte endlich der grüne Punkt hinter seinem Namen bei Facebook.
»Na, wie war die Bikertour? :b«, fragte er sogleich.
»Genial«, antwortete sie, »Du hast echt was verpasst :b«
»Meinste? :b«
»Ja :b«, antwortete sie wieder.
»`nen tollen Biker kennengelernt? :b«
Was war das denn für eine Frage?!
»Nein…könnte ich auch gar nicht…«, antwortete sie ehrlich.
»Warum?«
»Weil ich schon `nen tollen Biker kenne.«, gab sie zu, nach einigem Überlegen, ob sie das wirklich schreiben sollte, »Auf den ich mit allen Sinnen fixiert bin…da blende ich alle anderen aus :>«
»Kenne ich den? :>«
»Glaub schon :b«
»^^«
»Mehr gehst du nicht drauf ein?«, fragte sie, mit mulmigem Gefühl im Bauch.
»Um's so zu sagen ;)«, begann er,»Ich freue mich, dass dein Augenmerk auf mir liegt. Ich könnte mich auch selbst schlagen und auf dem Boden wälzen, weil ich dich hier so auf die Folter spanne und eine unglaublich schöne Möglichkeit, einen Menschen näher kennenzulernen verschiebe,

aber ich bin noch nicht bereit, etwas Festes anzugehen…ich könnte mir vorstellen, mit dir zusammenzukommen…aber ich zerre mich hier von einer mehr oder weniger Unbedeutsamen zur anderen…und ich will um alles auf der Welt nicht, dass du eine davon bist, dazu bist du mir zu sehr ans Herz gewachsen :-/
Ich würde gern noch etwas 'wild' in meine Jugendzeit starten, bis ich im Ernst des Lebens mit einem wundervollen Mädchen, wie dir, in einer Beziehung zu stehen, bereit bin.«
»Aha…«, antwortete sie nur. Was hätte sie dazu schon groß sagen sollen?!
»Tut mir leid :>«, fügte er hinzu.
»Muss es nicht. Ich komm schon klar, auch wenn es schwer wird. Muss jetzt erstmal offline.«
»Ok, bis demnächst, Schnuckl :*«, schrieb er. Diesen Namen, oder auch „Schatzl", verwendete er neuerdings auch für sie.
Hatte Tycon Recht gehabt? Wollte Daniel damit nur indirekt sagen, dass er nicht mit ihr zusammen sein wollte? War das seine Art, so etwas zu auszudrücken? Sie wusste es nicht, aber das würde Tycon ihr auch nicht beantworten können. Beziehungsweise würde sie diesen so schnell eh nicht wieder um Rat bitten.

# Kapitel 16

Eine ganze Woche verging, bis sie auch wieder Daniel anschrieb. Vielleicht hatte er gemerkt, dass sie Zeit für sich brauchte, und sie deshalb auch nicht angeschrieben.

»Na, wie war das Konzert?«, fragte sie zu Beginn.

»Woher weißt du, dass ich auf einem Konzert war? :>«, antwortete er.

»Du bist an Wochenenden zu 98% immer auf Konzerten ^^«, erwiderte sie.

»...stimmt, ist eigentlich logisch ^^«, erkannte er.

» ;) Und wie war es nun?«

»Super«, kam zurück, »Ich bin jetzt mit der einen irgendwie zusammen ^^«

Mit vor Entsetzen geöffnetem Mund starrte Elli den Monitor an. Was hatte er da gerade geschrieben?!

»Was?«, antwortete sie nur.

»Ja naja, das ergab sich einfach so ^^«

»Aha...«, mehr wusste sie nicht zu antworten. Wie konnte er ihr das einfach so ins Gesicht sagen? Wo er doch wusste, was sie für ihn empfand?

»Die, mit der ich letztens rumgeknutscht hab. ^^«

Hatte sie doch Recht gehabt! So ein Miststück! , dachte Elli verbittert.

»Ich dachte, du wolltest nichts von der?«, fragte sie, mit einem Kloß im Hals.

»Ja naja, deswegen ja auch irgendwie... denn momentan weiß nicht mal ich, ob sie nun mit mir zusammen sein will und ob ich das will und sonst was, aber eins kannst du mir glauben, es lag nicht an dir! Mal im Ernst, du hast unglaublich viel Köpfchen, siehst verdammt gut aus, hast identische Interessen mit den Meinen, bist nett und liebenswürdig, drollig, etc. ,es lag nicht an dir, Elli ;-)

Ich könnte mir heute noch mehrere knallen, weil ich das so entschieden habe, aber geschehen ist geschehen... ;-)«

»Schön für dich.«, schrieb sie, während ihr schon die ersten Tränen die Wangen hinunterrannen, »Dann störe ich nicht weiter.«

»Was? Nein, warte, du störst doch nicht, im Gegenteil :)«, schrieb er sofort, »Ich freue mich immer, wenn du schreibst:)«
»Naja, trotzdem…ich muss das erstmal verdauen.«, antwortete sie und ging offline, ohne auf eine Antwort von ihm zu warten. Sollte er ruhig mal sehen, wie das für den Chatpartner immer war.
Die folgende Nacht war eine der Schlimmsten überhaupt für sie, in letzter Zeit. Sie fühlte sich so allein und verlassen, mehr, als ohnehin schon. In ihrer Brust stach ein Schmerz, als würde jemand mit einer eiskalten Faust ihr Herz umfassen und immer wieder fest zudrücken, es nahm ihr förmlich den Atem. Umso mehr konnte sie nun den Schmerz ihrer Mutter verstehen, als ihr Vater sie verlassen hatte, obwohl dieser noch um ein Vielfaches größer gewesen sein musste, als der, den Elli nun empfand. Und sie fühlte sich nun auch wieder daran erinnert, wie Lisco plötzlich weggewesen war…

Als sie am nächsten Tag online kam, sah sie, dass Daniel am Vorabend noch »Nein, warte«, geschrieben hatte. Und kaum, dass sie zwei Minuten online war, schrieb er sie auch schon an: »Tut mir nochmal leid, wegen gestern:-/«, begann er,
»Nur, weil ich vielleicht mit einem Mädchen Zeit verbringe, das ich liebe, heißt das nicht, dass wir uns nicht mehr sehen dürfen, im Gegenteil«
Sie atmete tief ein und beschloss, nun endlich klare Worte zu schreiben, die keinen noch so kleinsten Zweifel offen ließen.
Also antwortete sie:
»Mann…stellst du dir das wirklich so einfach vor, für mich? Glaubst du, ich kann das, mental? Ich liebe dich, verdammt…, das kann ich nicht einfach so abstellen oder ausblenden, tut mir leid…& ich verkrafte das so nicht, ich kann mich nicht einfach mit dir treffen und so tun als wäre nichts…davon mal abgesehen, hast du ja eh so gut wie nie Zeit. Für mich irgendwie schon gar nicht. & wenn du mal Zeit hast, solltest du die lieber mit ihr verbringen, nicht mit irgendeinem anderen, eher bedeutungslosen Mädchen wie mir...und ich habe auch keine Lust, als «Lückenfüller« zu dienen, oder als Langeweile-Vertreiber, wenn sie oder alle anderen mal keine Zeit hat/haben. Ich brauche Abstand. Ich will nicht mehr wegen dir weinen, nicht mehr schlafen & klar denken können und all diese Sachen…das kann ich einfach nicht mehr, sorry. Wir treffen uns

irgendwann bestimmt mal wieder, aber in nächster Zeit, denke ich wohl eher nicht. (aber das hätten wir, aufgrund deiner Zeitprobleme, wohl eh nicht getan.) Tut mir leid, ich wünschte, es wäre nicht so. So dramatisch, theatralisch, unnachvollziehbar & übertrieben das alles für dich wohl klingt...es ist aber leider so. Aber Mitleid erregen will ich damit nicht, falls du das denkst. Ich werde nicht gern bemitleidet, das verschlimmert meist nur alles. ich wollte einfach nur mal reinen Tisch machen.«

Ein paar Minuten dauerte es, bis er antwortete: »Ich weiß nicht, was ich sagen soll…bin überwältigt, von der Intensität deiner Gefühle zu mir…mir war bewusst, dass du etwas für mich empfindest, aber, dass du soooo an mir hängst…verdammt, ich will nicht, dass du wegen mir weinst :'(.«

» Tja…weiß auch nicht wie ich´s beschreiben soll…«, fuhr sie fort, »Ist halt nicht nur bloße Schwärmerei…das ist so tief im Herzen & der Seele verankert…aber egal, steht ja auch oben schon alles…ich will auch nicht wegen dir weinen. Aber´s passiert halt einfach. Das ist es schon oft. Nach´m/beim Chatten und so…ist dir wahrscheinlich gar nicht bewusst gewesen, was deine Worte so manches Mal in mir auslösten, aber woher auch. Kannst du nix für, liegt an mir. Aber genauso wenig, wie man Liebe steuern kann, kann man sie abstellen, wie schon gesagt…aber ich versuch halt damit klarzukommen & ´s zu verarbeiten, indem ich Gedichte & so schreibe & versuche meine Gedanken woanders hinzulenken. Das hilft. Ich hoffe, es ist bald ganz vorbei. Aber das wird schon, mach dir keinen Kopf. Kannst du nicht beschleunigen/stoppen oder sowas, denke ich.«

Darauf antwortete er nichts, weil er da bereits wieder offline war. Langsam reichte ihr diese Masche.

Um sich abzulenken, beziehungsweise, weil sie einfach mal auf andere Gedanken kommen musste, googelte sie nach Gedichtwettbewerben. Auf einer Seite, an deren Wettbewerb sie bereits einmal teilgenommen und auch ganz gut abgeschnitten hatte, fand sie als Themavorgabe »der Weg«. Sie überlegte: …der Weg…war nicht weit, begann sie dazu zu denken…doch unerreichbar war das Ziel…

Natürlich dachte sie dabei, widerwillig, auch an Daniel. Aber irgendwie musste sie diese Gefühle verarbeiten, und wie ging das besser, als in einem Gedicht?
Also schrieb sie:

*Der Weg war nicht weit*
*Doch unerreichbar schien das Ziel*
*Ich wollte die Segel setzen,*
*die Flagge hissen,*
*Um Kurs auf dich zu nehmen,*
*doch der Wind war zu stark*
*Gebrochen hätte er mich,*
*Sodass ich dich nie erreicht.*

*Dann, im Traume, war ich plötzlich dort*
*Wenige Meter vor dir*
*Doch der letzte Schritt gelang mir nicht*
*Der Weg zurück, ins alte Leben, versperrt*
*Durch ein unsichtbar´ Tor*
*Erzeugt durch Gewissen, keine Spur von Vergebung*
*Geprägt durch Schmerz*
*Im Glanze verblassender Erinnerungen,*
*die den Neuanfang unmöglich gestalten.*

Die Metaphern und Vergleiche mit einem Sturm und einem Segelboot erschienen ihr gut ausgesucht und angemessen. Würde sie Daniel weiter zu erreichen versuchen, würde es sie zerbrechen und zerreißen. Wie der Wind die Segel und das Schiff allgemein. Sie musste nicht einmal lange darüber nachdenken, es kam einfach so. In wenigen Minuten hatte sie dieses Gedicht eingetippt. Mal sehen, was das wird, dachte sie, füllte noch die Formalia aus und schickte es ab.

Am nächsten Tag schrieb Daniel sie wieder an, er konnte es anscheinend einfach nicht lassen. Oder ihm lag wirklich etwas an ihr, nur leider nicht so viel, oder in der Art, wie Elli es gern hätte.
»Was hast du gestern noch so gemacht?«, wollte er wissen.

»Ein Gedicht geschrieben.«, antwortete sie nur, mit kühlem Blick.
»Echt? Zeig mal :-)«, bat er sie.
»Ich weiß nicht…«
»Ach komm schon, ist sicher toll :-)«
Also schickte sie es ihm. Es dauerte ein paar Minuten, bis er es sich durchgelesen hatte und antwortete: »Wow, ich bin beeindruckt! Eine super Darstellung!«
»Danke…weiß auch nicht, wie ich drauf gekommen bin…kam einfach so.«
»Ich bin doch nicht blöd ;)«, kam zurück, »Es betrifft ja immerhin auch mich.«
Blöd war er tatsächlich nicht. Dennoch fragte sie: »Wie kommst du darauf?«
»Wieso, tut es das etwa nicht? :>«
»Warum sollte es denn gerade dich betreffen?«, fragte sie zurück.
»Ist ja gut, Schande über mein Haupt ;)«, antwortete er, scheinbar ausweichend. Er wollte also nicht näher darauf eingehen…
»Hast du grad die Nerven, einen (etwas längeren) Text zu lesen? Nichts Kreatives, einfach etwas, das ich gern noch loswerden würde…aber ist nichts Schlimmes & es ist das letzte Mal, dass ich damit anfange, versprochen.«, schrieb sie zaghaft. Sie wusste, dass es falsch war, wieder mit dem Thema anzufangen, aber sie konnte einfach nicht anders.
»Ich habe nie etwas dagegen. Sag mir, was dich bedrückt, dazu sind die Ohren eines vertrauten Menschen da ;-), oder in dem Fall auch Augen. Du kannst mir sagen, wenn dich etwas bedrückt und musst dir keinen Kopf machen, dass es mich stören würde, tut es nicht.«, antwortete er.
»Okay, danke…«, erwiderte Elli. Aber, was genau sie bedrückte, das müsste er doch eigentlich wissen…das würde wieder ein langer Text werden.
»Also…«, begann sie, »Ich gehe hiermit das letzte Mal auf das Thema ein und werde auch nicht irgendwann wieder damit anfangen, keine Sorge. Tut mir leid, dass der Text so lang ist. Ich fände es gut, wenn du ihn trotzdem bis zu Ende liest, da ich dir das hier schon seit ein paar Tagen sagen will. Also:
Weißt du, was das eigentlich…Schlimme/Blöde für mich war? Nicht, dass du dich in 'ne andere verliebt hast. Sicherlich find ich das, von mei-

ner Position aus, blöd, aber es ist dir nicht zu verübeln. Da man, wie schon mehrmals gesagt, Gefühle nicht steuern kann.
Was ich jedoch mistig fand & immer noch so finde, ist, dass du mich im Prinzip, würde ich mal so sagen, belogen hast. Nicht mit bösen Hintergedanken/Absichten, das ist mir klar. Wahrscheinlich sogar, weil du dachtest, es sei zu meinem Besten.
Worauf ich hinaus will: als wir das Thema vor ein paar Wochen hatten, meintest du, du wärst dir nicht so wirklich sicher. Auch du hättest tagtäglich Gefühle, die eigentlich mehr wollen als Freundschaft, aber du wolltest mich nicht verletzen.
Beim nächsten Mal hieß es dann, dass du dir vollkommen vorstellen könntest, mit mir zusammen zu sein. & dich innerlich eigentlich freuen würdest, & es theoretisch gern wärst. Aber du willst eben noch frei sein, dich nicht binden und demzufolge keine Beziehung haben in nächster Zeit. Was aber nur an dir läge, nicht an mir.
Jetzt hieß es plötzlich, du seist »irgendwie« mit einer zusammen- das war, aufgrund dem obigen, erst mal quasi ein Frontalschlag ins Gesicht. Weil ich mir ziemlich verarscht & blöd vorkam. Warum hattest du damals nicht einfach gesagt: "Sorry, aber ich empfinde nichts für dich.", oder "Ich mag dich sehr, aber ich liebe dich nicht."- oder gleich:"Sorry, ich mag dich, aber ich liebe eine Andere"?
-das fragte ich dich schon mal, ich weiß. Du sagtest darauf, du seist dir nicht sicher gewesen, was du überhaupt willst. Aber man muss doch nicht erst überlegen, ob man jemanden liebt, das weiß man doch, oder etwa nicht…? Man merkt doch, ob man gefühlte 24h täglich an denjenigen denkt, alle Handlungen etc. innerlich an jene Person gerichtet ausführt, diese klischeehaften Schmetterlinge oder Flugzeuge im Bauch hat, wenn man den/diejenige sieht, jene Person so oft wie möglich sehen will und sich wie der Gegenpol desjenigen fühlt, wenn man sich gegenübersteht? (So kitschig das auch klingen mag, mir ging´s jedenfalls so…)
Das ist es, was ich nicht verstehe. Ich denke, du hast ganz genau gewusst, dass du nicht (genug) für mich empfindest. Bzw. für jmd. Anderen dafür mehr. Ich würde entweder behaupten, du warst zu feige, mir die Wahrheit zu sagen, oder aber, du wolltest es nicht, weil du mir nicht wehtun wolltest. Letzteres denke ich eher. So, wie oben beschrieben, mit ein paar klaren Worten, wäre es aber wesentlich schmerzfrei-

er/erträglicher und so für mich gewesen. Kurz & knapp und fertig. Denn am Sonntagabend war das ein richtig besch*ssenes Gefühl. Auch waren, bzw. sind immer noch meine Selbstzweifel, die durch dich lange Zeit weg waren, wieder ein bisschen da. Details lasse ich mal weg. Du kannst mir 10mal sagen, dass es "damals, als wir das Thema hatten" nicht an mir lag- das glaube ich dir nicht...
Ich weiß, dass du mich magst etc., (ich finde es ja auch schön, dass du den Kontakt nicht abrechen willst, das will ich, wie gesagt, auch nicht.)
Ich glaube, es war für dich nur einfach nicht genug für eine Beziehung.
Du musst dich jetzt auch nicht irgendwie rechtfertigen. Musst auch gar nichts darauf antworten. Kannst du natürlich, wenn du möchtest. Verlange ich aber nicht. Ich wollte dir hiermit auch keinen Vorwurf machen oder irgendwie versuchen dich umzustimmen oder sowas, was ich ja sowieso nicht könnte. Ich erwarte auch nicht, dass du mich verstehst und das hier nachvollziehen kannst. Vielleicht hältst du mich jetzt auch für...gestört oder sowas in der Art, denke ich aber eigentlich nicht. Aber ich will nicht als "schlechter Verlierer" oder sowas rüberkommen, das sage ich gleich. Ich hab mich mit der Sache abgefunden & wollte das hier lediglich mal anmerken, damit du meine Position dazu kennst & nicht denkst, dass ich jetzt ein' auf Zicke mache oder sowas. ;)
Auch wenn, bzw. weil, ich jetzt weiterhin etwas Abstand zu dir halte (ich denke du weißt, was damit gemeint ist), dich nicht anschaue/anlächle o.ä. liegt das lediglich daran, dass innerlich immer noch ein Krieg in mir tobt, der aber nicht gegen dich geht, sondern lediglich gegen meine Gefühle für dich.
So, das war wie gesagt das letzte Mal, dass ich dich darüber zugelabert hab. Sry nochmal für den langen Text, danke, dass du ihn zu Ende gelesen hast. In dem Sinne, viel Glück & so in der Beziehung.«

Der letzte Satz war natürlich reine Höflichkeit gewesen. Sie wünschte ihm nichts Schlechtes, aber bei seiner Freundin war das etwas anderes. Es würde ihr auch nicht leid tun, wenn er in der Beziehung unglücklich werden würde, sollte er nur sehen, was er davon hatte.
Dadurch, dass der Text so lang war, musste sie auch wieder eine Weile warten, bis er antwortete. Vermutlich wusste er auch nicht auf Anhieb, was er hätte sagen sollen.

Schließlich lautete seine Antwort: »Erstens, du musst dich hier für nichts entschuldigen. Das mit dem nicht Ansehen finde ich etwas…naja ^^. Ich halte dich jetzt weder für eine Zicke, noch für gestört. Für mich bist du das gleiche sehr schlaue, hübsche Mädchen, das ich vor einer gewissen Zeit kennenlernte. Das mit dem Abstand ist eig. keine Änderung der herrschenden Ereignisse, zu meinem Bedauern, denn wir haben uns auch früher ja kaum außerhalb der Schule gesehen und die 2 min von der Schule bis zur Bar waren eh immer viel zu kurz. Nur es war eben immer sehr schwer Zeit zu finden und wir wohnen nun weit auseinander, aber naja. Zweitens: in der Liebe und der Freundschaft gibt es gar keine Verlierer. Drittens: will ich hier mal eins klarstellen. Du hast mir hier einige Worte im Mund herumgedreht. Was ich dir von Anfang an schon versuchte klarzumachen ist Folgendes: Ich empfinde etwas für dich. Ich bin mir nur nicht sicher, ob die Gefühle so stark sind, dass ich eine langwierige Beziehung so durchhalte, denn ich finde, du bist ein ganz wunderbares und nettes Mädchen, aber ich wollte dieses Risiko, eine Beziehung mit dir aufzubauen und dann nach geraumer Zeit zu merken, dass ich doch nicht so starke Gefühle habe und dir dann mit einer Trennung wehzutun und unsere Freundschaft zu gefährden ( für mich mit einer Trennung nie denkbar…aber man weiß ja nie, wie du mich noch hättest ertragen können, wenn ich dir so eine Botschaft mitteile).

Nein, ich war nie zu feige das zu sagen, denn ich habe oft genug dazu etwas gesagt, es ist nur schwer, die richtigen Worte für eine solche Botschaft zu finden, wenn du sie gerade einer so nahestehenden Person überbringen musst…verstehst du? Du bist mir als Freundin mehr wert, als vllt. 3 Monate Beziehung oder so und ich wollte dich nicht dafür auf's Spiel setzen und wenn ich deine Reaktion auf die ganze Sache sehe, will ich gar nicht wissen, wie sehr ich dich getroffen hätte, hätte ich es dir nach langer glücklicher Beziehung gesagt. Ich wäre glücklicher, wenn du jmd. anderen finden würdest, der dein Gegenpol ist und dich zum Lachen bringt und an den du Tage denken kannst und weitere theatralische Bekundungen einer starken Zuneigung. Verstehst du, was ich meinte und dir eig. von Anfang an schon mitteilen wollte?

So, jetzt sind wir quitt, was die langen Texte angeht ;)«

Elli schluckte. Wenn er doch etwas für sie empfand, warum hatte er dann nicht einfach zugelassen, dass sie es wenigstens versuchten? Glaubte er wirklich, dass, wenn sie sich getrennt hätten, ihr das noch mehr geschmerzt hätte, als das jetzt? Sie hätten es doch wenigstens versuchen können...vielleicht hätte es ja geklappt...
»Das hättest du mir ruhig gleich sagen können...«, schrieb sie, »Und ich wäre das Risiko eingegangen, mit der Beziehung.«
»Das habe ich doch oft versucht...und ja, das kann ich mir denken, aber wie gesagt, ich denke, es ist besser so.:-/«, antwortete er. Und dann war er plötzlich schon wieder einfach offline.
Wieder spürte Elli einen Stich in ihrem Herzen und Tränen in ihren Augen. Wie konnte man nur so...kalt sein?
Tycon hatte also Recht gehabt. Er hatte sie nicht reizen wollen, er hatte einfach bloß gesagt, was er vermutete und er hatte richtig vermutet. Es war also vielleicht angebracht, dass sie sich bei ihm entschuldigte oder zumindest wieder mit ihm sprach. Also legte sie sich die Kette um und ging ins Bad.

»Deine Launen gehen mir langsam...«, begann er genervt, doch als er sie sah, fragte er sogleich: »Was ist denn los?«
»Du hattest Recht.«, sagte sie weinerlich.
»Ich hatte Recht?«
»Mit Daniel...«
»Tut mir leid...«, sagte er, einen Moment sprachlos, »Vielleicht solltest mir einfach langsam mal vertrauen...mit Lisco hatte ich immerhin auch Recht.«
»Ja, ich weiß...aber das hilft mir jetzt auch nicht weiter.«, erwiderte sie kläglich.
»Ich würde dich jetzt gern in den Arm nehmen.«, meinte er ehrlich. Elli nickte, das täte ihr jetzt auch gut.
»Schließ die Augen.«, bat er sie sanft. Sie tat, was er sagte. Kurz darauf vermeinte sie, seine Arme zu spüren, wie sie sie umschlossen, seinen Duft zu riechen und seine Brust ganz nah an ihrer zu wissen. Es nahm ihr etwas den Schmerz und gab ihr das Gefühl, nicht allein zu sein. Als sie die Augen öffnete, umarmte er sie jedoch nicht, sondern sah sie immer noch nur aus dem Spiegel an.

»Mehr als das geht momentan leider nicht.«, stellte er fest. Elli nickte. Nach kurzem Überlegen fragte sie dann: »Was muss ich tun?«
»Fragend sah er sie an. »Damit du da rauskommst.«, ergänzte sie.
»Du willst mir endlich helfen?«, fragte er ungläubig.
»Wenn du dich an deinen Teil der Abmachung hältst, ja…ich hab mein jetziges Leben langsam satt. Ich will wieder so leben, wie damals, in der Nacht, mit dir. Nur endgültig.«
»Und du willst nicht alt werden, oder? So war es doch.«, überlegte er. Sie nickte.
»Das freut mich, natürlich halte ich mich daran.«
»Gut. Also, was muss ich tun?«
»Zuerst musst du die Kette tragen, und zwar immer.«, forderte er.
Sie nickte. Das war ja keine allzu anstrengende Aufgabe.
»Dann trägst du immer einen kleinen Spiegel bei dir, damit wir reden können.«
»Okay…«
»Und du musst dein Halbvampir-Dasein wieder aufnehmen.«
»Das heißt?«
»Du musst ab und zu Blut trinken.«, erwiderte er.
Sie schluckte.
»Das Schwerste aber wird sein, mir einen Körper zu beschaffen.«
»Warum?«
»Weil ich nicht irgendeinen Körper brauche. Er muss stark sein. Und bestenfalls unsterblich.«.
»Aber das ist…«, begann sie. »Nicht unmöglich, Elli. Es ist nur nicht allzu einfach.«, unterbrach er sie.
»Und wie stellst du dir das vor?«, fragte sie zweifelnd.
»Du kennst doch Dracula, oder?«, begann er. »Ja, aber der ist doch schon seit über 300 Jahren tot! Und wurde der nicht verbrannt?«, fragte sie ungläubig.
»Das musst du herausfinden.«
»Aber, war der überhaupt wirklich ein Vampir?«
»Elli…«, seufzte er, »Wie war das mit den Gedanken und dem Glauben?«.
Sie überlegte.

»Viele Menschen glauben, dass er das war…, erklärte er, »Und nur das brauche ich. Und etwas schwarze Magie.«
»Schwarze Magie? Aber doch nicht etwa von mir, oder?«, fragte sie erschrocken.
»Von wem denn sonst?«, antwortete er, »Keine Angst, es wird funktionieren und dir passiert nichts.«
Unsicher sah sie ihn an.
»Vertrau mir.«, sagte er sanft, »Du sollst ja, außer mir, keinen Dämon oder Ähnliches beschwören. Aber irgendwie muss ich ja aus dem Amulett herauskommen.«
»Ach so…na dann…«, erwiderte sie, etwas erleichtert.
»Also, dann beginne mal damit, über Dracula zu forschen.«, schlug er vor, »Und wie gesagt: lass das Amulett um.«
Elli nickte und verließ das Bad.

In ihrem Zimmer setzte sie sich sogleich an ihren Computer und googelte Vlad III. Draculea. Doch die Ergebnisse waren ernüchternd: die meisten Quellen besagten, er sei geköpft worden, und sein Kopf und sein Torso befänden sich an unterschiedlichen Orten. Wie sollte sie das denn anstellen? Beziehungsweise, ging das überhaupt, wenn er geköpft worden war?
Also ging sie wieder ins Bad.
»Er wurde geköpft.«, sagte sie, nachdem Tycon wieder erschienen war.
»Bist du dir sicher?«, fragte er stirnrunzelnd.
»Ja, in allen Internet-Quellen stand das so…laut einigen wurde er sogar zerstückelt.«
»Das macht die Sache komplizierter.«, seufzte er.
»Was jetzt?«
Er überlegte: »Fallen dir sonst noch irgendwelche angeblichen, männlichen Vampire ein?«
Elli schüttelte den Kopf. »Du treibst dich doch jetzt anscheinend ab und zu in dieser Gothic-Szene rum, oder?«, fragte er nachdenklich.
»Ja, und?«
»Da findet sich doch bestimmt jemand, der auf Vampire steht und auch daran glaubt.«, vermutete er.
»Kann sein.«

»Dann finde da jemanden und erzähle ihm von deinem Dasein als Halbvampir.«, verlangte er schulterzuckend.
»Was? Aber ich dachte, ich darf niemandem davon erzählen?«, fragte sie verwirrt. Tycon verdrehte die Augen und erwiderte: »Darfst du auch nicht, eigentlich. Aber wie willst du ihn sonst überzeugen?«
Unsicher sah sie ihn an.
»Da du das Amulett ja nun immer trägst, bin ich ja bei dir und helfe dir, also mach dir keine Sorgen.«, fügte er hinzu. Elli nickte.
»Und informier' dich schon mal über solche Beschwörungsrituale.«, ergänzte er.
Wieder nickte sie und ging zurück zu ihrem Computer.
Für den Typen, den sie für Tycon finden sollte, fiel ihr momentan nur der Verkäufer aus dem Leipziger Laden ein. Aber wie sollte sie den überzeugen, mit ihr zu kommen? Und würde er glauben, was sie ihm weismachen wollte?

Elli rief bei Facebook die Seite des Shops auf und durchsuchte sie vergeblich nach einem Link zu des Verkäufers Profil. Anscheinend war er nicht bei Facebook...stattdessen stieß sie jedoch auf einen Link zu einem Gothic-Chat und beschloss, ihr Glück dort einmal zu versuchen. Nicht, um den Verkäufer dort zu finden, sondern um einen vampirbegeisterten Goth zu finden, den sie für Tycons Zweck gewinnen konnte.

Es vergingen nur ein paar Minuten, bis sie von ein paar Leuten angeschrieben wurde. Allerdings hatten die meisten davon nur sexuelle Absichten, sodass sie dann letztendlich nur noch mit zwei Männern schrieb. Beide waren Anfang 20 und aus der schwarzen Szene, die ersten Voraussetzungen waren also erfüllt. Der eine kam aus Braunschweig und schied somit aufgrund der großen Entfernung leider aus. Der andere jedoch war praktischerweise aus Leipzig, sodass Elli das Gespräch mit ihm vertiefen konnte.
Er war 25 Jahre alt und hörte weitestgehend dieselbe Musik wie sie. Weiterhin war er relativ sportlich, zumindest war er Mitglied in einer Schwertkampftruppe. Desweiteren war er Student in Leipzig und befasste sich ebenso gern mit Mythen und dunkler Poesie. Als sie ihn auf das Thema Vampirismus ansprach, zeigte er sich sehr interessiert. Als sie

ihm sagte, sie sei ein Halbvampir, wollte er ihr erst nicht so recht glauben, schlug aber vor, dass sie ja telefonieren könnten. Somit redeten sie, nun wirklich, über das Thema und Elli glaubte, er müsse der Richtige für Tycon sein. Sie kramte einen kleinen Handspiegel aus einer Schublade hervor, damit sie nicht immer ins Bad laufen musste, und legte ihn neben den Laptop. So konnte sie Tycon bei ihren Gesprächen mithören lassen. Er lauschte aufmerksam, seine Miene war ausdruckslos.
»Frag ihn, ob er an schwarze Magie und Seelenwanderung glaubt.«, sagte Tycon. Erschrocken sah Elli ihn an, aber Martin, so hieß derjenige, hatte Tycon anscheinend nicht wahrgenommen.
»Er kann mich nicht hören.«, fügte Tycon hinzu.
»Ok.«, antwortete Elli.
»Wie bitte?«, entgegnete Martin.
»Sag mal…«, begann Elli überspielend, »Glaubst du eigentlich an schwarze Magie? Und Seelenwanderung, und sowas?«
Am anderen Ende war einen Moment Stille, dann antwortete Martin: »Naja, ich würde es zumindest nicht abstreiten und für völlig unmöglich halten.«
»Gut.«, sagte Elli lächelnd, drehte dann das Micro leiser und sagte zu Tycon: »Soll ich ihn gleich nach einem Treffen fragen?«
»Ja.«, antwortete Tycon, »Aber noch nicht für die…Operation. Er soll erstmal Vertrauen zu dir gewinnen.«
Sie nickte, drehte das Micro wieder laut und sagte zu Martin: »Was würdest du davon halten, wenn wir uns mal treffen? In Leipzig, zum Beispiel?«
»Klar, gern.«, antwortete er erfreut. »Schön.«, sagte sie, »Und wann?«
»Nächsten Samstag?«, schlug er vor.
Elli überlegte: wenn sie da bei ihrem Vater sein könnte, wäre es ideal. Sie müsste ihn nur vorher mal fragen, ob sie da überhaupt zu ihm kommen konnte.
»Ok.«, sagte sie deshalb, »Ich denke, dass es klappt, muss mich aber nochmal vergewissern und sage dir dann Bescheid.«
»Okay, cool.«, war seine Antwort.
»Schön, dann bis demnächst.«, erwiderte Elli, »Wir schreiben oder telefonieren ja vorher bestimmt nochmal.«
»Du musst wohl offline?«, fragte er.

»Ja, leider, hab noch was zu erledigen.«, antwortete sie seufzend.
»Ok, dann bis demnächst. Freut mich, dich kennengelernt zu haben.«
»Ja, mich auch. Bis dann.«, sagte sie zum Abschluss, schloss das Programm und legte das Headset beiseite.
»Gut.«, sagte Tycon zufrieden, »Schritt eins wäre also erledigt.«
»Was wird mit ihm geschehen?«, fragte sie vorsichtig. Fragend sah er sie an.
»Bei…der Operation.«, fügte sie nach kurzem Überlegen hinzu.
»Ich dachte, das könntest du dir denken.«, antwortete er, »Ich erhalte seinen Körper.«
»Und…seine Seele?«, fragte sie unsicher.
»Was soll damit sein? Sie kommt ebenfalls mir zu Gute. Beziehungsweise nimmt sie meinen Platz im Amulett ein.«, erwiderte er gelassen.
Elli schluckte.
»Jetzt sag nicht, du hast Mitleid mit ihm?«, vermutete er, mit leichtem Vorwurf in der Stimme. Elli schwieg und sah zur Seite.
»Mitleid ist falsch, Elli.«, belehrte er sie ruhig, »Es gibt Milliarden von Menschen auf der Welt, da macht der Eine weniger doch keinen Unterschied.«
»Wahrscheinlich hast du Recht…«, sagte sie beklemmt, um ihn nicht zu verärgern.
»Natürlich habe ich das.«, meinte er schulterzuckend.
»Ich gehe jetzt erst mal duschen.«, sagte sie und stand auf.
»Ich wollte dich gerade bitten, doch mal nach besagten Beschwörungszaubern zu googeln.«, sagte er lauter.
»Dann mach ich das eben danach.«, erwiderte sie schulterzuckend. Er wollte zu einer erneuten Antwort ansetzen, beließ es dann jedoch bei einem schelmischen Grinsen. »Warum grinst du so?«, fragte Elli nervös. Sie hatte den leichten Verdacht, dass er ihr gleich wieder Schmerzen zufügen würde. Stattdessen meinte er nur schmunzelnd: »Ich vergaß, dass du manchmal deinen eigenen Kopf hast.«
»Ach so, ja.«, erwiderte sie erleichtert.
»Hattest du etwa Angst, jetzt wieder Schmerzen zu erhalten?«, fragte er.
»Nein…«, »Lüg nicht, ich sehe es an deinem Blick.«, unterbrach er sie barsch.
Betreten sah sie zu Boden.

»Ich habe nicht die Absicht, dir bei jeder kleinsten Gelegenheit Schmerzen zuzufügen.«, sagte er ruhig, »Ich bin für dich da und du für mich. Die Schmerzen gebrauche ich nur, wenn ich dich daran erinnern muss.« Sie nickte. »Dann geh dich mal duschen.«, fügte er hinzu.
Elli leistete Folge und ging ins Bad. Sie wollte das Amulett abnehmen, doch als sie an den Verschluss griff, stach ein kurzer, aber prägnanter Schmerz in ihrer Hand auf. »Au, was soll das?«, fragte sie erschrocken.
»Dasselbe wollte ich dich gerade fragen.«, erwiderte er kühl.
»Ich sagte doch, dass ich duschen will?«, entgegnete sie verständnislos.
»Und warum willst du das Amulett dazu abnehmen?«
Jetzt verstand sie, worauf er hinauswollte.
»Es ist aus Silber, das heißt, es rostet nicht, wenn es nass wird.«, fügte er hinzu.
»Okay, aber…dann siehst du mich ja.«, sagte sie kleinlaut.
»Ja, und?«, sagte er, nun wieder lächelnd. Elli wurde rot.
»Nicht nur Lisco fand deinen Körper schön.«, fuhr er, neckisch grinsend, fort.
Sie wollte sich von ihm wegdrehen, damit er sie nur von hinten sah, was aber durch die Tatsache, dass an jeder Wand im Bad mindestens ein Spiegel hing, nicht möglich war.

Also zog sie sich, mit zunehmender Schamesröte, aus und stieg in die Dusche. Sie spürte, dass Tycon grinste. Als sie das warme Wasser über ihren Körper laufen ließ und sich anschließend einseifte, bat er sie, ihre Augen zu schließen. Unsicher leistete sie Folge.
Plötzlich spürte sie, wie er sie küsste und seine Hände sanft an ihrem nassen Körper entlang glitten. Sie wollte die Küsse erwidern, erreichte seine Lippen jedoch nicht.
»Nur, weil man etwas nicht kann, heißt das nicht, dass man es nicht will.«, flüsterte er zärtlich an ihrem Ohr.
»Warum kannst du nicht wirklich hier sein?«, seufzte sie.
»Weil wir vorher noch die Operation durchführen müssen. Leider.«, meinte er bedauernd. Dann spürte sie ihn nicht mehr und öffnete die Augen. Mit einer Spur von Traurigkeit blickte er ihr aus dem Spiegel entgegen.

»Verstehst du jetzt, dass wir das Ganze möglichst schnell über die Bühne bringen müssen?«, fragte er. Sie nickte.
Als sie sich wieder abbrauste, stellte sie die Wassertemperatur so hoch, dass die Spiegel beschlugen. So konnte er ihr wenigstens nicht beim Eincremen zusehen.

Wenig später saß sie dann wieder vor ihrem Laptop und googelte über Dämonenbeschwörungen.
»Das mit dem heißen Wasser war clever.«, merkte Tycon an, während sie las.
»Ja.«, sagte sie nur.
»Absicht?«
»Tycon, sei bitte mal ruhig, ich muss mich konzentrieren.«, erwiderte sie verärgert. Er verschloss daraufhin symbolisch mit einem Finger seine Lippen.
»Ich brauch ein Schwert.«, sagte sie nach einem Weilchen verwundert.
»Er ist Schwertkämpfer, oder nicht?«, bemerkte Tycon.
»Ja.«
»Dann soll er eben eins mitbringen. E' voila, ein Problem weniger.«
»Okay...aber ich glaube nicht, dass er einen Zauberstab hat...und Räucherwerk.«
»Das bekommst du sicher in einem speziellen Shop.«, fuhr er unberührt fort und sah sie an. »Worauf wartest du?«, fragte er, als sie ihn nur wortlos ansah. Elli sagte nichts und rief einen Shop für schwarze und weiße Magie auf.
Schnell fand sie einen Zauberstab und Räucherzeug und kaufte beides.
»In ein paar Tagen müsste es geliefert sein.«, sagte sie tonlos.
»Gut.«, erwiderte er.
»Wie soll ich es in der Schule machen?«, fragte sie nachdenklich.
»Was meinst du?«.
»Naja...mit dir reden zum Beispiel.«, antwortete sie.
»Leg' dir einen kleinen Spiegel in die Federmappe.«, sagte er lässig.
»Okay...vorhin, bei dem Beschwörungskram, stand da noch, dass ich dein Symbol brauche...«, erwiderte sie, »Wie sieht das aus?«
»Ich habe kein Symbol.«, begann er, »Ich bin schließlich keiner der Dämonen, die mit diesen Formeln normalerweise beschworen werden.«

»Aha…«, sagte sie nachdenklich, »Also funktioniert das auch ohne?«
»Ja. Ich bin ja auch schon da, so ist es ja nicht. Du musst mich nur aus diesem Ding befreien.«
»Achso, ok…und wo soll das eigentlich stattfinden?«, überlegte sie.
»Vielleicht in einem Keller oder einer Gruft…auf jeden Fall dort, wo wir ungestört sind. Vielleicht hat oder kennt unser Freund ja so etwas.«, schlug er vor. Elli sah ihn nachdenklich an. »Was ist denn?«, fragte er argwöhnisch.
»Und du meinst das klappt?«, antwortete sie.
»Die Beschwörung? Natürlich.«, erwiderte er, »Solange du daran glaubst…du kennst doch den Spruch von Drescàrtes, oder?« Sie überlegte: »Meinst du cogito ergo sum?«
»Genau.«, er lächelte zufrieden, »Du weißt, was es bedeutet?«
»Ich denke, also bin ich.«, antwortete sie.
»Ja.«, bestätigte er, »Weitere Fragen erübrigen sich, oder? Es ist alles Gedanken-und Glaubenssache.«
»Weswegen ich Martin auch davon überzeugen muss, dass ich ein Halbvampir bin?«
»Und ihn auch dazu machst, ja. Als Lockmittel nur, versteht sich.«
»Alles klar…«, sagte sie langsam.
»Apropos Halbvampir, das musst du nächsten Samstag auch machen.«, bemerkte er.
»Was…meinst du?«, fragte sie misstrauisch. »Sein Blut trinken.«, antwortete er schlicht.
»Was?«, fragte sie entsetzt, »Aber ich kann ihm doch nicht einfach die Pulsader aufschlitzen!«
»Sollst du doch auch nicht, Grundgütiger.«, erwiderte er, die Augen verdrehend, »Du sollst ihn nur spüren lassen, dass du ihm keinen Mist erzählst. Außerdem macht es ihn vielleicht an, wenn du etwas von seinem Blut trinkst.«
»Und was, wenn er Aids hat?!«, fragte sie erschrocken.
Er schlug sich die Hand vor die Stirn und seufzte.
»Wenn du dich mal daran entsinnst, was meine Gegenleistung an dich für die Operation ist, sollte dir klar werden, dass es völlig irrelevant ist, ob der Aids oder sonst was hat.«
»Stimmt…«, gab sie zu.

»...außerdem denke ich nicht, dass er infiziert ist.«, fügte er hinzu, »Du kannst ihn meinetwegen ja auch diesbezüglich vorher fragen.«
»Ist ja gut, ich hab´s verstanden.«, erwiderte sie ärgerlich, »Aber wie soll ich ihn überhaupt beißen? Ich denke nicht, dass meine Zähne scharf genug dafür sind.«
»Dann besorg dir so einen spitzen Fingerhut, wie dein Lieblingsvampir aus dem einen Film immer trägt...«, schlug er vor, »Oder bestell' dir solche aufsteckbaren Zähne, in die du eine Nadel reinsteckst.«
Elli schluckte, beides klang relativ kompliziert und irgendwie auch gruselig.
»Ich würde zu den Zähnen tendieren...«, sagte er, »Aber nimm nicht zu große, damit es nicht unrealistisch aussieht.«
»Okay...«, sagte sie unsicher und suchte im Internet nach passenden Aufsteckzähnen.
»Mit Kleber oder Anpassmasse?«, fragte sie irritiert.
»Wenn der Kleber wie Zement wirkt, nimm die, dann ist die Nadel fest im Zahn und er passt nach dem Anpassen immer gut, ohne langes Fummeln.«, schlug er vor. Also bestellte Elli auch die Zähne.
»Aber in der Schule muss ich die nicht tragen, oder?«, fragte sie.
Er schüttelte den Kopf. »Nicht unbedingt...es sei denn, du möchtest auch dort deinen Durst stillen...das würde ich aber lieber an Orten machen, wo du nicht so bekannt bist.«
Sie nickte.
»Hoffentlich halten meine Eltern mich nicht für verrückt...«, seufzte sie.
»Wieso sollten sie?«
»Naja, wenn sie hören, dass ich ständig mit jemandem rede...oder sogar sehen, dass ich mit einem Spiegel spreche...«, »Du musst ja nicht reden, das hab ich dir doch schon oft genug gesagt.«, belehrte er sie.
Stimmt, da war ja was, dachte sie. Also würden ihre Eltern wohl lediglich denken, Elli sei neuerdings sehr auf ihr Äußeres bedacht...oder sowas in der Art.
Wie lange hatte sie jetzt überhaupt mit Tycon vor dem Computer gesessen? Ein Blick auf die Uhr und ein herzhaftes Gähnen ihrerseits sagten ihr, dass es schon relativ spät war. »Ich gehe jetzt mal langsam schlafen.«, sagte sie deshalb.
»Mach das.«, stimmte er ihr zu, »Aber lass das Amulett um.«

Elli nickte, schaltete den Computer aus und zog sich um. Als sie sich schließlich ins Bett legte und zudeckte, hatte sie das Gefühl, als würde Tycon neben ihr liegen, ihren Nacken küssen und den Arm und ihre Schulter legen.

In der Schule gestaltete es sich relativ schwierig für Elli, sich ihren "Begleiter" nicht anmerken zu lassen. Sie erntete durchaus einige schräge Blicke, wenn sie in ihre Federmappe starrte, worin der kleine Spiegel lag, und manchmal zu jenem flüsterte, wenn sie mal wieder vergaß, dass pures Denken ja schon genügen würde. Zum Glück machte Tycon sie dann früher oder später rechtzeitig darauf aufmerksam, bevor die ganze Klasse zu ihr starren und sie in die Nervenheilanstalt verweisen wollen könnte.

Dieselbe Situation war es, wenn sie im Mädchenklo mit teilweise merkwürdiger Mimik in den Spiegel sah.
Jedoch war es auch nützlich, Tycon bei sich zu haben: er war ihr eine völlig eigene, unnachweisbare Hilfe in Tests und Klausuren. So konnte sie in manchen Fächern, wenn sie bei einer Frage nicht weiter wusste, ihn gedanklich um Rat bitten. Dadurch besserten sich ihre Noten, obwohl sie durch ihn weniger lernen konnte, da er sie ja ständig irgendwie ablenkte.

Wenige Tage nach der Bestellung kamen das Räucherzeug und der Zauberstab an, ebenso die Zähne. Mit gerümpfter Nase rührte Elli die Masse an, bestrich damit dann die Innenseite der künstlichen Eckzähne und bohrte je eine gekürzte Nadel durch die Kunstzähne. Sie war kaum sichtbar, nur, wenn man ganz genau hinschaute, erkannte man die winzige Metallspitze. Dann drückte sie die Kunstzähne auf ihre eigenen und wartete, bis die Masse fest wurde.
Sie sah in den Spiegel: ihre Eckzähne waren spitz, jedoch nicht übermäßig lang, sodass es wirklich ziemlich realistisch aussah. »Gut.«, sagte Tycon lächelnd, »Da wird er nicht widerstehen können.«
Elli nickte und versuchte, ihre Unsicherheit zu unterdrücken.

Als sie die Zähne wieder von ihren eigenen entfernte, fürchtete sie etwas, die richtigen Zähne würden hinterherkommen, doch dem war, zu ihrem Erleichtern, nicht so.

Der Samstag, an dem sie Martin treffen würde, nahte. Ihr Vater war erfreut gewesen, als sie ihn gefragt hatte, ob sie dieses Wochenende zu ihm kommen könne. Seine Freude sank etwas, als sie das Treffen erwähnte, aber das war auch nicht anders zu erwarten gewesen. Anna war gleich wieder Feuer und Flamme und sagte, dass sie mit Elli ja dann kochen und backen könne, was wiederum Ellis Freude etwas niederschlug. Aber gut, am Samstag war sie ja wahrscheinlich größtenteils eh nicht da.

Schließlich war es soweit: es war Samstagmorgen, ihr Vater hatte sie am Vortag nach der Schule abgeholt. Elli stand vor dem Spiegel und schminkte sich. Die künstlichen Zähne hatte sie sich schon angesteckt, damit sie sie nicht vergaß.
Sie war aufgeregt und hatte nicht viel frühstücken können. Auch wurde ihr abwechselnd immer warm und kalt. Ob es Martin genauso ging? Hoffentlich würde er ihre Nervosität nicht bemerken.

Wenig später fuhr ihr Vater sie zu dem Treffpunkt, den sie mit Martin vereinbart hatte. Er war noch nicht da, als sie ankamen, was Elli aber ganz recht war. Auf abfällige Kommentare ihres Vaters bezüglich Martin konnte sie gern verzichten.
Ein wenig enttäuscht darüber, Ellis "Date" nicht gesehen zu haben, fuhr ihr Vater wieder davon. Kurz darauf erblickte sie Martin. Es war seltsam, ihm zum ersten Mal live gegenüberzustehen, hatte sie bisher doch nur seine Stimme gehört und ein unscharfes Foto gesehen. Vor allem, wenn sie darüber nachdachte, was sie demnächst mit ihm tun musste.

Martin lächelte, als er auf sie zukam. Er war nicht viel größer als sie, was ihre bevorstehende Tat einfacher machte, seine Körperstatur war schlank. Er trug eine schwarze Hose mit mehreren Nietengürteln, dazu Boots. Weiterhin trug er ein schwarzes Shirt mit einer, ebenso nietenbesetzten, schwarzen Lederjacke darüber. Seine Haut war blass, er hatte blau-grüne Augen und schwarze Haare, welche seitwärts etwas abrasiert

und hinten zu einem Pferdeschwanz gebunden waren. Sein Parfüm konnte sie als gutriechend beurteilen, als er sie zur Begrüßung umarmte.
»Na du.«, sagte er freundlich.
»Hey.«, erwiderte Elli und musste einen Laut unterdrücken, als sie sich mit ihren Kunstzähnen aus Versehen in ihre Lippe stach.
»Hast du gut hergefunden?«, fragte er. »Ja, naja mein Vater hat mich gefahren.«, antwortete sie kleinlaut. »Macht doch nichts.«, erwiderte er lächelnd, »Besser so, als wenn du dich verlaufen hättest.« Elli lächelte ebenfalls.
»Wo wollen wir hingehen?«, fragte er, »Wir können auch zu mir gehen, ich wohne hier gleich um die Ecke.«
»Klar, warum nicht.«, meinte sie. Dann würden sie wenigstens kein neugieriges Publikum haben.
»Okay, dann komm mit.«, sagte er lächelnd und nahm ihre Hand. Sie war etwas überrumpelt wegen letzterem, ließ ihn aber gewähren und folgte ihm.

Seine Wohnung war relativ normal eingerichtet: die Wände waren nicht schwarz, zumindest nicht alle, er schlief auch nicht in einem Sarg und es standen auch keine Totenschädel in den Ecken. Jedoch hatte er drei Spinnen und zwei Schlangen als Haustiere. Elli verzichtete darauf, sie anzufassen, als er es ihr anbot.
Er bot ihr etwas zu Trinken an und sie nahm auf seinem Sofa Platz, während er ihr ein Glas Wasser holte.
»Wie bist du eigentlich in den Chatroom gekommen?«, fragte er, als er das Glas vor ihr abstellte und sich neben sie setzte.
Elli überlegte kurz und antwortete dann schulterzuckend: »Mir war langweilig und ich hab nach Gleichgesinnten gesucht.«
»Nach Leuten, die auch lange Weile haben?«, erwiderte er schmunzelnd.
»Nein, nach Leuten, die meine Interessen und Ansichten teilen.«, ergänzte sie.
»Ach so.«, meinte er, »Und was sind so deine Interessen?«
»Poesie, Übernatürliches…Vampirismus…«, zählte sie auf und blickte seitlich zu ihm herüber. »Ja, das kann ich gut nachvollziehen.«, erwiderte er zaghaft.
»Bist du schon mal einem begegnet?«, fragte sie beiläufig.

»Wem?«, »Einem Vampir.«
Schräg sah er sie an. »Sollte ich?« Elli lächelte und fragte: »Hältst du es für so unwahrscheinlich?«
»Naja…ich weiß nicht…soweit ich mich erinnern kann, bin ich noch keinem begegnet. Zumindest nicht bewusst.«
»Würdest du gern einem begegnen?«, fragte sie weiter. Unsicher sah er sie an und erwiderte: »Naja…eigentlich wäre es schon ganz interessant…«, »Würdest du dich auch beißen lassen?«, unterbrach sie ihn.
Nun schien er wirklich nicht zu wissen, was er antworten sollte, denn er sah sie nur etwas verdutzt an. Elli lächelte und holte einen kleinen Handspiegel aus ihrer Tasche, um sich theoretisch eine abgefallene Wimper oder Ähnliches vom Auge wegzustreichen. In Wahrheit aber fragte sie Tycon, über die Gedanken natürlich, was sie nun tun sollte.
»Überrumple ihn nicht, verführe ihn dazu, sich beißen zu lassen.«, riet Tycon.
Aber was ist dann mit der Wunde?, fragte Elli ihn besorgt.
»Wenn du nicht gerade mit deinen Zähnen in seinem Fleisch rumwühlst, bleiben da doch nur die zwei kleinen Einstiche. Da kommt dann ein Pflaster drauf, und fertig.«, antwortete Tycon.
Elli steckte den Spiegel wieder in ihre Tasche und sah Martin abwartend an.
»Warum fragst du das alles?«, fragte er vorsichtig. »Weil es mich interessiert.«, antwortete sie lächelnd.
»Bist du denn schon mal einem begegnet?«, fragte er, um von sich abzulenken.
»Könnte man so sagen, ja.«, erwiderte sie, nach kurzem Überlegen.
»Hast du dich beißen lassen?«
»Unter anderem, ja.«, entgegnete sie keck. Erst ein paar Sekunden später wurde ihr bewusst, dass ihre Aussage etwas zweideutig war, aber das schien Martin gar nicht bemerkt zu haben.
»Wie war es?«, fragte er gespannt.
»Ein wenig schmerzhaft, aber schön…wie ein herber, intensiver Kuss.«, überlegte sie. Er schluckte.
»Willst du es ausprobieren?«, fragte sie neckisch. »Was?«, erwiderte er unsicher. Na, was wohl, dachte Elli, innerlich gleichsam kichernd wie aufgeregt. Sie antwortete ihm nicht. Stattdessen stand sie auf, setzte sich

seitlich auf seinen Schoß und küsste ihn sanft. Er lächelte erleichtert, zog sie an sich und erwiderte ihre Küsse. Aus Versehen zwickte sie ihn einmal leicht in die Unterlippe, doch er tat es mit einem Lächeln ab und ließ sich nicht weiter davon stören.
Elli griff in seine Haare und begann nach einer Zeit langsam, mit ihren Küssen seinen Hals hinabzuwandern, wobei sie leicht seinen Kopf nach hinten zog. Martin lächelte und schloss die Augen. Ob er wusste, was sie gleich tun würde, oder ob er etwas anderes erwartete…?
Schließlich war sie mit ihren Küssen an der Stelle angekommen, die Tycon bei ihr meistens gewählt hatte. Sie war aufgeregt und atmete noch einmal tief ein und aus, dann biss sie ihn. Sie spürte, wie er zusammenzuckte und kurz leise aufstöhnte, doch sie hielt ihn fest. Ihre präparierten Kunstzähne erfüllten ihren Zweck und Elli schmeckte sein Blut. Es benetzte ihre Lippen und lief ihren Hals hinunter, als sie vorsichtig zu saugen begann.
Es war ein komisches Gefühl, zum ersten Mal frisches, warmes Blut direkt von einem Menschen zu trinken. Bisher hatte sie es die wenigen Male ja immer von Tycon aus Blutkonserven bekommen.

Elli nahm nicht viel, da sie ja nicht wusste, wie viel Blut er noch verlieren würde, bis es endlich gerann, beziehungsweise bis ein Pflaster es stillte. Und er durfte ja nicht verbluten. Vorsichtig leckte sie noch einmal über die Wunde und küsste sie, bevor sie davon abließ und sich wieder gerade hinsetzte. Sie kramte ein Pflaster aus ihrer Tasche hervor und klebte es auf die Wunde. Dann sah sie in Martins Augen. Er musterte sie mit einer Mischung aus Entsetzen, Faszination und Ehrfurcht.
»Du bist…«, begann er sprachlos, sie nickte langsam, ehe er zu Ende geredet hatte.
»Wie lange …«, »Ein Weilchen.«, unterbrach sie ihn.
»Bist du…auch unsterblich?«, fragte er vorsichtig.
»Wieso, willst du mich pfählen?«, fragte sie scherzhaft.
»Nein, natürlich nicht!«, sagte er schnell, »Aber bist du es?«
»Ja.«, log sie.
»Wow.«, meinte er bewundernd und hob seine Hand zu ihrem Gesicht. Elli fragte sich, was er gerade im Begriff war, zu tun, ließ ihn aber gewähren. Sanft schob er ihre Oberlippe etwas nach oben, um ihre Eckzähne zu betrachten.

»Wahnsinn…«, flüsterte er sprachlos. Dann küsste er sie wieder vorsichtig. Sie gönnte ihm einen kurzen Kuss, löste ihn dann aber sanft von sich. Sie durfte keine zu enge emotionale Bindung zu ihm aufbauen, denn sonst würde sie die Operation nicht zulassen können und Tycons Vorhaben damit gefährden.
»Willst du auch so werden?«, fragte sie deswegen ausweichend.
»Du meinst, du würdest mich auch zu dem machen, was du bist?«, fragte er ungläubig. Sie nickte und meinte: »Allerdings funktioniert es nicht so einfach, wie es in den ganzen Filmen immer dargestellt wird.«
»Sondern?«, »Du musst dazu in einer Art Trance sein…und ich brauch dazu einige Utensilien. Und einen anderen Ort…«
»Okay…«, antwortete er verwirrt, »Und was für einen Ort? Beziehungsweise was für Utensilien?«
»Es hat…mit schwarzer Magie zu tun.«, sagte sie zögerlich.
»Ah…also einen Friedhof oder so etwas? Das ist mir neu.«, stellte er fest.
»Genau. Ich sagte doch, es ist etwas anders, als die ganzen Filme es immer präsentieren.«, entgegnete sie schulterzuckend.
»Ist ja gut…und wann?«
»Wie wäre es mit nächstem Freitag?«, schlug sie vor.
»Okay…und ich?«, fragte er. »Was, du?«
»Na, soll ich noch irgendwas Bestimmtes mitbringen, oder sowas?«
»Achso, nein.«, sagte sie lächelnd, »Aber du kannst dich mal nach einem passenden Ort umschauen.«
»Alles klar.«
»Wie geht es deinem Hals?«, fragte sie und schaute auf sein Pflaster. Die Wunde schien nicht mehr zu bluten, zum Glück.
»Es geht.«, antwortete er und betastete die betroffene Stelle, »Es brennt noch etwas, aber sonst ist es okay.«
Elli lächelte, Martin tat es ihr gleich. Er wollte sie wieder küssen, doch sie entzog sich ihm und stand auf. »Was ist los?«, fragte er enttäuscht.
»Ich muss gehen, tut mir leid.«, sagte sie bedauernd, nahm ihre Tasche und ging in Richtung der Tür.
»Warum?«, fragte er und folgte ihr. »Weil…ich noch woanders hin muss.«, antwortete sie ausweichend, »Außerdem sehen wir uns doch am Freitag wieder.« Etwas traurig sah er sie an. Elli zwang sich zu einem tröstenden Lächeln und küsste ihn noch einmal kurz, bevor sie »Bis Freitag.«

hauchte und seine Wohnung verließ. Sie spürte, dass er ihr, überrascht durch den plötzlichen Abschied, rätselnd hinterher schaute.

Elli verließ das Haus und ging wieder zu dem Platz, wo sie sich getroffen hatten. Dort angekommen, setzte sie sich auf eine Bank und holte ihren kleinen Spiegel aus der Tasche.

»Wie hab ich mich geschlagen?«, fragte sie leise, als Tycon erschien.

»Ganz passabel. Das mit dem Kuss war eine gute Idee.«, gab er zu.

»Danke.«, erwiderte sie lächelnd. »Du empfindest doch aber nichts für ihn, hab ich Recht?«, fragte er, leicht drohend.

»Nein, natürlich nicht!«, erwiderte Elli schnell.

»Gut.«, meinte er, zufrieden lächelnd, »Denn dir ist klar, was das bedeuten würde?« Elli nickte.

»Schön, dann wäre das ja geklärt.«, setzte er fort.

»Was…geschieht eigentlich mit seiner Seele, während der…Transformation?«, fragte sie vorsichtig.

Tycon sah sie rätselhaft an und erwiderte: »Transformation ist ein gutes Wort dafür, da bin ich gar nicht drauf gekommen.«

»Das war aber nicht die Antwort auf meine Frage.«, bemerkte sie.

»Warum fragst du überhaupt? Ich denke, er ist dir egal?«

»Es interessiert mich einfach.«, antwortete sie ausweichend, »Ich empfinde zwar nichts für ihn, aber trotzdem würde ich gern wissen, was genau mit ihm geschehen wird.«

»Ganz einfach.«, sagte Tycon schulterzuckend, »Sein Körper, also seine Hülle, wird die Meine und er selbst, also seine Seele…nimmt den Platz in diesem hübschen Amulett ein. Wir tauschen also im Prinzip nur den Ort.«

»Wieso…?«, fragte sie argwöhnisch.

»Weil ich nicht einfach so dauerhaft in seinen Körper einsteigen kann, wenn er selbst noch darin ist, überleg doch mal!«, meinte er ärgerlich. Als Elli zu einer erneuten Antwort ansetzen wollte, fuhr er fort: »Er wird davon nichts spüren, weil er sich ja in einer Art Trance befinden wird, wenn du deine Sache gut machst. Falls es dir darum ging…«, »Ja.«, stimmte sie zu, »Darum ging es mir. Und nachdem du den Körper hast, erfüllst du deinen Teil der Abmachung?«

»Natürlich.«, erwiderte er knapp, »Wie könnte ich anders?«

»Gut.«, meinte Elli lächelnd, »In einer Woche ist es soweit.«

Tycon seufzte sehnsuchtsvoll und lächelte verträumt. So, von dieser verletzlichen, offenen Seite, hatte sie ihn eigentlich noch nie vorher gesehen. Er erschien ihr fremdartig und doch vertraut, er war er, nur scheinbar auf sonderbare Weise verändert. Wie würde er wohl sein, wenn er dann einen Körper hatte? Wenn er sie unsterblich gemacht hatte und sie für immer zusammen sein konnten?

»Ich werde wieder gutmachen, was ich damals versäumt habe.«, sagte er, wie als Antwort auf ihre Gedanken.

»Auf was bezogen?«, fragte sie. »Auf dich. Auf mein Verhalten dir gegenüber. Auf das, was ich mit dir getan und nicht getan habe…« Ein Kribbeln durchfuhr Ellis Bauch, als er das sagte. Wie verführerisch er doch sein konnte!

»Ja.«, antwortete sie deshalb neckisch, »Da gibt es so einiges wieder gutzumachen und nachzuholen…« Tycon lächelte schelmisch und meinte: »Ich spüre deine Freude, das gefällt mir.«

Der Blick, mit dem er sie nun musterte, war eigenartig, doch gerade, als sie ihn fragen wollte, warum er sie so anschaute, spürte sie wieder seine Küsse und seine Berührungen. Automatisch schloss sie die Augen, wahrscheinlich gehörte das zu diesem Trick einfach dazu, und versuchte, ihre Reaktionen nicht zu öffentlich zu zeigen. »Tycon, nicht…mitten in Leipzig!«, brachte sie gepresst und leise hervor. Er schmunzelte und die von ihm erzeugten Illusionen und Gefühle verebbten. »Verzeih, mir war nur gerade danach.«

Elli musste ebenfalls schmunzeln: in einer Woche würden diese Gefühle nicht mehr nur pure Illusion sein…!

Aus diesem Grund konnte sie das Ende des Wochenendes ausnahmsweise auch kaum abwarten. Ihre Konzentration in der Schule hatte ihren Tiefpunkt erreicht, Tycon hatte in dieser Richtung einen auf sie, zugegeben, schlechten Einfluss. Aber warum sollte sie auch noch zuhören und aufpassen? In wenigen Tagen würde sie ihm zu neuem Leben verhelfen und mit ihm gehen, dann brauchte sie keine Schule mehr. Beziehungsweise würde sie ja eh nicht mehr fähig sein, jene zu besuchen, da Elli dann ja nur noch ausschließlich nachts aus dem Haus würde gehen können.

# Kapitel 17

Mittlerweile war auch der Rest ihrer Utensilien für die Transformation geliefert worden und sie übte sich im Zeichnen von Pentagrammen und dem Sprechen der Formeln, damit auch alles glatt ablaufen würde. Ebenfalls hatte sie Martin Bescheid gesagt, dass er doch noch etwas mitbringen solle, nämlich ein Schwert, und er hatte schon einen passenden Ort für ihr Vorhaben gefunden: die Burg Groitzsch bei Leipzig. Eine Ruine, in der man nachts wahrscheinlich ungestört das Ritual vollziehen konnte, da sie tagsüber nur gelegentlich für Konzerte und Ähnliches genutzt wurde. Martin würde sie abends abholen und mit ihr dann zu der Ruine fahren. Den Rückweg würde sie jedoch ohne ihn antreten…zumindest indirekt…sie würde sich wirklich bemühen müssen, kein schlechtes Gewissen zu bekommen, oder es sich zumindest nicht anmerken zu lassen, sollte es sie doch übermannen.

Drei Tage nach dem Treffen mit Martin schrieb Daniel sie an. Auf die Frage, wie es ihr ginge, schrieb sie: »Es geht.«, da sie ziemlich aufgeregt war und Martin ihr, trotz ihres Vorhabens, kein schlechtes Gewissen zu bekommen, leid tat.

»Was bedrückt dich denn, außer dem, von dem ich schon weiß, dass du darunter leidest? :-/«, schrieb Daniel.

Damit spielte er wohl schon wieder auf die Tatsache an, dass er sie verletzt hatte. Dank Tycon kam sie mittlerweile jedoch damit klar, da er ja sein Bestes gab, um sie abzulenken. Und sie freute sich darauf, Tycon in wenigen Tagen endlich wieder zu haben, Daniel war ihr dadurch nun gar nicht mehr unbedingt so wichtig. Aber was sollte sie darauf antworten? Die Wahrheit ja wohl eher nicht…

»Ich bin krank.«, log sie deshalb.

»Oh, na dann wünsch ich dir mal gute Besserung :-)«, war seine Antwort.

»Danke.«, erwiderte sie. Gern hätte sie gesagt, dass sie darauf auch verzichten konnte, unterließ es aber lieber. Sie wollte sich ihn ja nicht zum Feind machen, indem sie etwas Unüberlegtes schrieb. Er schien anzu-

nehmen, dass sie gerade nicht mit ihm schreiben wollte, denn er beließ es bei ihrer Antwort und fragte nicht weiter nach. Oder er hatte mal wieder Wichtigeres zu tun.
Elli war froh, durch Tycon einigermaßen über Daniel hinweggekommen zu sein. Er hatte ihr neue Kraft und neuen Mut gegeben, hatte ihr das Leben wieder schmackhaft gemacht. Sie war durch ihn quasi aus der Asche ihrer Gefühle zu Daniel wieder aufgestiegen, wie ein Phönix…
Als diese Gedanken durch ihren Kopf strömten, kam ihr die Idee für ein neues Gedicht. Also öffnete sie ihr Schreibprogramm und schrieb:

Das Feuer der Liebe-
erloschen.
Gleichsam Tod wie Wiedergeburt.
Dem prächtigen Phönix gleich
schreite aus der Glut,
Gepeinigter
die Asche von den Schwingen schlagend,
in neuem Glanze,
neuer Schönheit,
neuem Mut!

Erlöst.
Vollkommen,
vom Alten, Schlechten.
Nichts mehr
als verbleichende Erinnerungen
an trügerische Freude,
falsche Worte,
Schmerzen,
Leid.

Das Neue
Es erwartet dich,
reicht dir die Hand.
Hinfort, mit all der Trauer!
Hinein, in neue Euphorie!

Mit einem Lächeln der Zuversicht,
der Neugier,
des Mutes
ergreife die Chance,
den Blick eisern nach vorn gerichtet
um zu entdecken
was du noch nicht geseh'n.

Sie hatte erst überlegt, in der Ich-Perspektive zu schreiben, diese Idee dann jedoch verworfen. In der jetzigen Form wirkte es stärker, animierender...wie eine Motivation für jeden Einzelnen, der sich in ihrer Situation befand.

Es war ihr selbst ein wenig rätselhaft, woher sie die Inspiration für ihre Gedichte nahm. Meist war die Idee einfach da und die Wörter schienen automatisch durch ihre Hände auf die Tastatur und den Bildschirm zu wandern...vielleicht hatte Tycon ja auch einen poetischen Einfluss auf sie. Wie in so vielen anderen Bereichen. Zumindest hatte ihre Mutter zu Elli gemeint, dass sie sich in letzter Zeit irgendwie verändert hätte. Sie schien angeblich in sich gekehrter zu sein und manchmal Selbstgespräche zu führen. Ihr Vater hingegen fügte, unabhängig davon, noch hinzu, dass Elli sich nicht um die Gefühle anderer Menschen schere. Wie auch immer er das meinte...was war denn zum Beispiel falsch daran, sich im Supermarkt an einem Rentnerpärchen einfach schnell vorbei zu schleichen, um schnell weitergehen zu können, statt stundenlang hinter ihnen herzulaufen? Es schadete doch niemandem. Und Elli hatte Besseres zu tun, als im Schneckentempo durch den Markt zu laufen.

Als sie am nächsten Morgen mit dem Bus in die Schule fuhr, kam sie in eine ähnliche Situation: sie saß allein in einem der Vierer, bis nach und nach mehr und mehr Leute einstiegen. Diese Leute waren alle ausnahmslos im Rentenalter und kurzerhand roch der Bus wie ein Wartezimmer einer Arztpraxis. Alles, was sie durch die Musik aus ihren Kopfhörern hörte, war Husten, Röcheln und Gespräche über verstorbene Freunde und Schmerzen. Und die üblichen »Damals...«-Gespräche. Es trat auch wieder das Phänomen ein, dass die Leute sich zu ihr in den

Vierer setzten, obwohl der gesamte hintere Teil des Busses noch frei war. Vielleicht sollte sie sich nächstes Mal lieber weiter hinter setzen.

Sie spürte einige, sie merkwürdig und teilweise auch verächtlich musternde, Blicke auf sich ruhen, was wohl an ihrem Kleidungsstil lag. Oder an ihrem teilweise deutlich genervten Blick, denn wieder einmal wurde ihr bewusst: sie wollte nicht alt werden. Sie wollte jung bleiben, mit Tycon. Denn was war schon der Sinn des »normalen« Lebens? Man ging in die Schule, um später eine gute Arbeit zu finden. Diese und vielleicht noch andere Arbeiten führte man aus, bis man Mitte 60 war, um dann Rente zu erhalten und mit Schmerzen und Verlust auf den Tod zu warten. Wo blieb da die Freiheit? Die Selbstverwirklichung? Sofern man nicht einen Job mit kurzen Arbeitszeiten und gutem Gehalt hatte, war man doch bis zum Rentenalter gebunden und überhaupt so wenig frei, wie es nur ging. Und hatte man das Arbeitsleben dann hinter sich gebracht, konnte man seine Freiheit aufgrund altersbedingter Einschränkungen nicht mehr wirklich nutzen. Zudem wurde man auch zunehmend auf Hilfe anderer angewiesen, bis man gar nicht mehr allein für sich sorgen konnte.

Nein, so wollte sie nicht enden, das wusste sie genau. Und Tycon würde ihr dabei behilflich sein, ebenso, wie sie ihm. Was wohl ihre Eltern sagen würden, wenn sie plötzlich nicht mehr da war? Es war ja nicht so, dass sie sie nie wieder sehen würde, im Gegenteil, sie konnte sie ja besuchen. Aber eben immer nur abends...

Ihre Mutter tat ihr leid, da diese dann komplett allein sein würde...ihrem Vater würde es ja gar nicht weiter auffallen, da sie ihn ja eh nur ab und zu besuchte.

Die Reaktion ihrer Schulkameraden würde lustig sein, wenn Elli sie dann, mit Tycon an ihrer Seite, vielleicht mal besuchen würde. Wahrscheinlich würde sie ihn dann davon abhalten müssen, ein paar ihrer ehemaligen Kommilitonen als Zwischenmahlzeit zu gebrauchen. Um einige Bestimmte wäre es, Ellis Meinung nach, zwar nicht allzu schade, aber sie gönnte es jenen auch irgendwie nicht, von Tycon gebissen zu werden. Dieses fremdartige, intime Gefühl sollte allein ihres bleiben. Wobei diejenigen dieses Gefühl wahrscheinlich gar nicht spüren würden, wenn Tycons Theorie stimmte...

Aber da die Schule nur tagsüber geöffnet hatte, brauchte sie sich um dieses Thema ja eigentlich gar nicht weiter Gedanken zu machen.

In der Schule fiel, sogar ihr selbst, irgendwie auf, dass Elli leicht ungeduldig geworden war. So konnte sie es zum Beispiel überhaupt nicht leiden, wenn die ganzen Mädchenhorden früh den Flur versperrten, um sich erst einmal in Ruhe zu bekuscheln, als hätten sie sich jahrelang nicht gesehen. Elli machte nun meist kurzen Prozess und drängelte sich einfach hindurch, beziehungsweise schubste jene einfach zur Seite, die ihr den Weg versperrten. Dass sie dafür meist aufgebrachte Rufe und Getuschel hinter ihrem Rücken erntete, war ihr relativ egal. Tycon bestätigte ihr ihr Verhalten dann meist, wenn er bei ihrer nächsten Konversation sagte, er hätte genauso gehandelt, wenn nicht sogar noch radikaler. Vielleicht hatte sie sich ihre neuen Verhaltensweisen ja einfach von ihm angewöhnt.

Schließlich war der heiß ersehnte, und gleichzeitig von Elli mit flauem Magengefühl begleitete Freitag endlich gekommen. Sie war den ganzen Tag lang vor Aufregung nicht wirklich ansprechbar gewesen, was ihr in der Schule einige eigenartige Kommentare eingebracht hatte. Es war auch ein merkwürdiges Gefühl für sie, zu wissen, dass dieser Tag ihr allerletzter Schultag sein würde. Keine Mottowoche, kein Abitur, keine Abschlussparty. Doch dafür würde sie ab dem bevorstehenden Abend ein neues, für immer währendes Leben führen.

Martin holte sie pünktlich um 19 Uhr ab, auch er war ziemlich aufgeregt. Sie redeten während der Fahrt deswegen auch nicht allzu viel. Als Elli ihn fragte, ob er nervös sei, lächelte er nur angespannt und nickte.
»Ich auch.«, gab sie zu. »Super.«, meinte er sarkastisch, »Hoffentlich läuft nichts schief…«, »Quatsch.«, entgegnete sie, in bemüht überzeugendem Ton, »Ich kann das. Schon heute Abend wirst du, wie ich auch, ein Vampir sein.«
Mit diesem Satz log sie nicht einmal, wenn man mit »du« seinen Körper bezeichnete…

Als sie an der Ruine angekommen waren, war es bereits dunkel. Martin hatte sein Schwert mitgebracht und trug es am Gürtel, um Elli beim Tragen der anderen Utensilien zu helfen. »Wo genau willst du hin?«, fragte er.

»In die Rundkapelle.«, antwortete sie, denn dort konnte sie gut Pentagramme auf den Steinboden malen. »Ok.«, meinte er und brachte die Sachen dorthin. Elli folgte ihm.

Sie breitete eine Decke auf dem Boden aus und holte zwei Kelche aus ihrer Tasche, in die sie etwas Wein füllte. »Du musst in einer Art Trance sein«, erklärte sie, als er fragend auf die Decke schaute. Dann reichte sie ihm einen der Kelche. »Auf dein neues Leben.«, prostete sie ermutigend und setzte dann den Kelch an ihre Lippen. Er erwiderte den Prost nervös und trank dann den Wein aus. Elli hingegen hatte nur so getan, als hätte sie getrunken, da sie den Wein zu Hause mit einem relativ starken Beruhigungsmittel versetzt hatte. Sie selbst musste jedoch einen klaren Kopf bewahren.

»Setz dich auf die Decke.«, bat sie. Martin folgte ihrer Anweisung. Elli entzündete eine Kerze und stellte sie in eine Nische in der Wand. Die Restlichen verteilte sie auf dem Boden der Kapelle, als Lichtquelle. Anschließend setzte sie sich neben ihn. »Schau auf die Flamme.«, sagte sie ruhig. Martin sah sie zwar kurz merkwürdig an, tat dann aber, was sie verlangte.

»Stell dir vor, wir sitzen an einem See, vor einem Lagerfeuer…«, begann sie, in hypnotischem Ton, und sah selbst zu der Flamme hin,» Die Flammen wiegen sich sanft im Wind…und Funken umgeben uns…erst wenige…dann hunderte…und tausende…du schließt die Augen und spürst die Wärme des Feuers…« Nun blickte sie langsam zu ihm. Seine Augen wirkten schon ziemlich müde. »Du spürst nichts, als die Wärme des Feuers…«, wiederholte sie langsam, »Und lässt dich langsam nach hinten sinken…du spürst das weiche Gras an deiner Haut…einen leichten Wind, der über dein Haar streicht…und Funken der Flammen zu dir weht…zähle sie…eins…zwei…«

»Drei…vier…fünf...«, setzte er fort, mit zunehmend langsamerer und leiser werdender Stimme.

Wenige Momente später war er weggetreten. Nun musste Elli schnell und effektiv handeln: zuerst nahm sie die Kreide und zeichnete die erforderlichen Pentagramme und den sie umgebenden Kreis auf den Steinboden. Auf die Pentagramme stellte sie jeweils eine Kerze. Dann entzündete sie auch das Räucherwerk und legte sich Zauberstab und Schwert bereit. Ihr Amulett hielt sie in derselben Hand, wie den Zauberstab. Auf das Schutzritual verzichtete sie, da sie ja nicht irgendeinen Dämon heraufbeschwören, sondern Tycon nur aus dem Amulett befreien wollte. Er selbst hatte ihr außerdem auch gesagt, dass sie jenes Ritual nicht durchzuführen bräuchte. Ebenso wenig brauchte sie ein Symbol, stattdessen sollte sie nur das Amulett mit dem Schwert berühren und seine Konturen mit dem Zauberstab nachfahren.
Sie tat das Genannte.
Anschließend legte sie Martin das Amulett auf die Lippen und sprach die Beschwörungsformel, die Tycon ihr vorgeschlagen hatte: »Mächtiger Tycon, der du in diesem Amulett gefangen bist, tritt heraus und zeige dich! Bewege dich, in den neuen Körper und mache ihn zu dem Deinigen! Beende deine Gefangenschaft und sei wieder frei, mit all deiner Schönheit, Klugheit und Macht! Zwinge die arme Seele, der dieser Körper einst gehörte, dafür in dein Verlies!«
Teilweise fand sie die Formel zwar etwas fragwürdig und selbstverliebt von Tycon, aber gut, er musste es ja wissen. Als sie die Formel gesprochen hatte und das Amulett auf Martins Lippen legte, tat sich vorerst nichts.
Dann begann das Amulett plötzlich, kälter zu werden. Es schien in ihrer Hand zu gefrieren, es wurde so kalt, dass es schmerzte. Sie drückte es noch ein letztes Mal krampfhaft auf Martins Lippen und ließ es dann los. Martins Körper begann zu zittern, doch das Amulett blieb auf seinem Mund, als würde es von ihm angesaugt. Er veränderte sich: seine schwarzen Haare fielen aus und blonde wuchsen langsam an jenen Stellen nach, auch dort, wo er vorher rasiert gewesen war. Seine Haut wurde etwas reiner, schien weicher zu wirken. Auch sein Körperbau und sein Gesicht veränderten sich allmählich.

Und dann hörte sie den ersten Atemzug. Er war kraftvoll, wenn auch sehr angestrengt. Eine der Hände erhob sich langsam und nahm vorsich-

tig das Amulett von den Lippen. Dann setzte er, der Körper mit seinem neuen Herren, sich langsam auf.
»Tycon!«, flüsterte Elli, fassungslos und erfreut. Er wandte ihr den Kopf zu und schon wurde sie von seinen dunkelblauen Augen erfasst. Sie trafen die Ihren und waren genauso schön, wie sie sie in Erinnerung gehabt hatte.
Tycon lächelte und besah sich das Amulett, wobei er langsam aufstand. Elli wollte ihm erst aufhelfen, ging dann aber doch ehrfurchtsvoll einen Schritt zurück.
Er ließ das Amulett seiner Hand entgleiten und kam langsamen Schrittes auf sie zu. Elli war sich nicht ganz darüber im Klaren, wie sie reagieren sollte. Er konnte ihren eigentlichen Schutzkreis mühelos übertreten, da sie das Schutzritual ja nicht ausgesprochen hatte. Seine Augen musterten sie geheimnisvoll. Sollte sie auf ihn zugehen und ihn küssen, oder umarmen? Oder sollte sie stehen bleiben, wo sie war und sich nicht bewegen?
»Du hast deine Sache gut gemacht.«, sagte er lobend, mit noch etwas schwächlicher Stimme. »Danke.«, erwiderte sie, darum bemüht, ihre Aufregung nicht zu zeigen, »Ich freue mich, dass du wieder da bist.«
»Und ich mich erst.«, meinte er, atmete genussvoll tief ein und betrachtete lächelnd seine Hände. Er strich sanft mit einer Hand über Ellis Wange, welche bei der Berührung zusammenzuckte. Sein Lächeln wuchs, vermutlich erfreute er sich der so lange entbehrten Empfindungen.
»Ich danke dir.«, sagte er, ihr direkt in die Augen sehend, »Dafür erfülle ich jetzt meinen Teil der Verabredung. Aber vorerst…«, fuhr er fort und strich ihr sanft ihr Haar vom Hals. »Was tust du da?«, fragte Elli ein wenig argwöhnisch.
»Du hast nicht vergessen, was ich jetzt bin, oder doch?«, erwiderte er belustigt, »Ich brauche jetzt Blut.«
»Davon war in der Vereinbarung aber nicht die Rede!«, sagte sie etwas ängstlich.
»Ach Elli, bitte…«, seufzte er, »Ich dachte, du kennst mich…und kannst logisch denken.«
Bevor sie noch etwas erwidern konnte, zog er sie fest an sich, umfasste sie mit seinen Armen und biss sie vorsichtig in die schon so oft dafür ge-

nutzte Stelle an ihrem Hals. Elli stöhnte durch den Schmerz wieder leicht auf.
Nach wenigen Momenten durchströmte sie wieder dieses unerklärliche Gefühl, welches sie bei diesem Vorgang immer schon verspürt hatte. Es wuchs langsam und schien sich anzuhäufen, schien sie zersprengen zu wollen- bevor es sich schließlich auf einmal in einem Schwall entlud. Sie seufzte dabei und lächelte. Soweit hatte er es noch nie kommen lassen! Aber bedeutete das nicht auch, dass er vorher noch nie so viel von ihr getrunken hatte…?
»Tycon, was…«, sagte sie leise. Sie spürte, dass sie schwach geworden war. Er hörte auf zu trinken und sah sie an. Dann küsste er sie. Er küsste sie behutsam und ruhig, nicht drängend oder Ähnliches. Ein kühler Hauch wanderte wieder durch ihren Hals, wie in jener Nacht im Garten. Tycon küsste sie noch einen Moment weiter und sagte dann sanft: »Ich gebe dir, was du willst. Ich halte meinen Teil der Vereinbarung ebenfalls ein, und sorge dafür, dass du jung bleibst und nicht altern musst.«
Elli sah ihn müde an und wollte etwas sagen, doch er biss sie erneut, wortlos. Sie wollte sich wehren, war jedoch zu schwach. Sie spürte, wie ihre Beine und Arme nun völlig nachgaben und ihr Körper nur noch durch Tycon gehalten wurde. Auch das Atmen fiel ihr schwer, selbst dazu fehlte ihr die Kraft.
Tycon küsste die Wunde, wie so oft, nochmals kurz und schaute dann Elli wieder an. Ihre Lider wurden schwer und sie nahm ihn nur noch schleierhaft wahr, sie war unfähig, irgendetwas zu sagen oder zu tun. Sie spürte, wie er sie behutsam auf die Decke legte und noch einmal über ihr Haar strich. »SchSch.«, machte er sanft und legte ihr kurz einen Finger auf die Lippen. Die andere Hand legte er auf ihren Brustkorb und fühlte ihren Herzschlag.
Als dieser versiegte, war das Letzte, was Elli sah, wie Tycon aufstand und die Ruine verließ. Dann schlossen sich ihre Lider, wie von selbst. Für immer.
Was hat er mir angetan? Warum habe ich ihm nur vertraut?, waren ihre letzten Gedanken, bevor alles schwarz um sie herum wurde.

Er nahm einen tiefen Atemzug und genoss die Nachtluft. Wie wunderbar es doch war, endlich wieder einen eigenen Körper zu haben! Noch dazu einen so mächtigen, wenn er es schaffte, dass die Leute an seine Existenz glaubten und ihn tatsächlich für einen Vampir hielten! Er würde zuerst nach Leipzig gehen und dort sein Glück versuchen. Er würde Anhänger finden und eine neue Sekte, einen neuen Glauben schaffen, der ihm zu neuer Macht verhelfen würde.
Elli hatte wirklich gute Arbeit geleistet und ihm bestätigt, dass er mit ihr die Richtige für seinen Plan ausgewählt hatte. Auch, wenn sie manchmal etwas schwierig gewesen war, was das Ganze jedoch interessanter gestaltet hatte. Ein wenig tat es ihm sogar leid, sie einfach zu töten und in der Kapelle liegen zu lassen, nach allem, was sie für ihn getan hatte. Allerdings hatte er sich damit ebenso an seinen Teil der Vereinbarung gehalten: er hatte dafür gesorgt, dass sie ihre Jugend behalten und nicht altern würde. Exakt auf diese Weise hatte er es ihr versprochen- mit welchem Mittel, beziehungsweise auf welche Art er ihr dies ermöglichen würde, war nie Teil der Vereinbarung gewesen.